廖心一 著

两帝三朝全传

明英宗 明代宗合传

正统朝实录 ①

戊戌桂秋 王之锋题

金城出版社·北京
GOLD WALL PRESS BEIJING

图书在版编目（CIP）数据

两帝三朝全传 / 廖心一著 . —北京：金城出版社，2019.3
（明史纪实小说系列）
ISBN 978-7-5155-1796-4

Ⅰ. ①两… Ⅱ. ①廖… Ⅲ. ①纪实小说—中国—当代
Ⅳ. ① I247.5

中国版本图书馆 CIP 数据核字（2018）第 283335 号

两帝三朝全传
LIANGDI SANCHAO QUANZHUAN

作　　者　廖心一
责任编辑　王媛媛
开　　本　710 毫米 ×1000 毫米 1/16
印　　张　86
字　　数　1571 千字
版　　次　2019 年 3 月第 1 版
印　　次　2019 年 3 月第 1 次印刷
印　　刷　三河市百盛印装有限公司
书　　号　ISBN 978-7-5155-1796-4
定　　价　168.00 元（全三册）

出版发行　金城出版社　北京市朝阳区利泽东二路 3 号　邮编：100102
发 行 部　（010）64210030
编 辑 部　（010）64399870
总 编 室　（010）64228516
网　　址　http：//www. jccb. com. cn
电子邮箱　jinchengchuban@ 163. com
法律顾问　北京市安理律师事务所（电话）18911105819

明帝世系表

名 讳		庙 号	谥 号	陵 寝	年 号	在位公元纪年
朱元璋		太 祖	高皇帝	孝 陵	洪 武	1368—1398
朱允炆	（太祖孙）		惠皇帝		建 文	1399—1402
朱 棣	（太祖子）	太 宗 （嘉靖十七年改成祖）	文皇帝	长 陵	永 乐	1403—1424
朱高炽	（太宗子）	仁 宗	昭皇帝	献 陵	洪 熙	1425
朱瞻基	（仁宗子）	宣 宗	章皇帝	景 陵	宣 德	1426—1435
朱祁镇	（宣宗子）	英 宗	睿皇帝	裕 陵	正 统	1436—1449
朱祁钰	（宣宗子）	代 宗	景皇帝	景泰陵	景 泰	1450—1456
朱祁镇		英 宗			天 顺	1457—1464
朱见深	（英宗子）	宪 宗	纯皇帝	茂 陵	成 化	1465—1487
朱祐樘	（宪宗子）	孝 宗	敬皇帝	泰 陵	弘 治	1488—1505
朱厚照	（孝宗子）	武 宗	毅皇帝	康 陵	正 德	1506—1521
朱厚熜	（宪宗孙）	世 宗	肃皇帝	永 陵	嘉 靖	1522—1566
朱载垕	（世宗子）	穆 宗	庄皇帝	昭 陵	隆 庆	1567—1572
朱翊钧	（穆宗子）	神 宗	显皇帝	定 陵	万 历	1573—1620
朱常洛	（神宗子）	光 宗	贞皇帝	庆 陵	泰 昌	1620
朱由校	（光宗子）	熹 宗	哲皇帝	德 陵	天 启	1621—1627
朱由检	（光宗子）	思 宗 （后改毅宗）	烈皇帝	思 陵	崇 祯	1628—1644

明朝文职简表

衙　门	职　官	职　掌	备　注
内阁	殿阁大学士，预机务，称阁臣或辅臣，初加低品职衔，后均加尚书职衔	票拟圣旨，批答奏章	史称阁臣有相权而无相名
六部（吏户礼兵刑工）	长官尚书，佐官左、右侍郎，属官郎中、员外郎、主事等	分掌庶务	以上衙门长官合称七卿
都察院	长官左、右都御史，佐官左、右副都御史，左、右佥都御史；属官十三道监察御史等	纠劾百司，会审大狱重囚	
通政使司	长官通政使，佐官左、右通政，左、右参议等	进内外章疏	
大理寺	长官卿，佐官左、右少卿	审谳平反刑狱	与刑部、都察院合称三法司。以上衙门长官称大九卿
太常寺	长官卿，佐官少卿	掌祭祀礼乐等	以下至苑马寺，长官称小九卿
光禄寺	长官卿，佐官少卿	掌祭享宴劳等	
太仆寺	长官卿，佐官少卿	掌牧马政令	
詹事府	长官詹事，佐官少詹事	辅导太子	
翰林院	长官学士，佐官侍读学士、侍讲学士	掌文翰、备顾问	
鸿胪寺	长官卿，佐官左、右少卿	掌朝会等仪礼	
国子监	长官祭酒，佐官司业	掌国学训导	
尚宝司	长官卿，佐官少卿	掌宝玺等	
苑马寺	长官卿，佐官少卿	掌各监苑马政	

续表

衙门	职官	职掌	备注
六科（吏户礼兵刑工）	都给事中，左、右给事中，给事中	侍从、规谏，稽察六部	
中书科	中书舍人	掌殿阁书写事	
行人司	司正，左、右司副，行人	掌颁诏、册封等	
督抚	总督、总制、总理、巡抚，加佥都御史至尚书、都御史衔	总督军务，巡抚地方	俗称封疆
顺天府	府尹、府丞等	掌京府政令	
应天府	同上	同上	
承宣布政使司	左、右布政使，左、右参政，左、右参议	掌一省之政	与都指挥使司合称三司
提刑按察使司	按察使、副使、佥事	掌一省刑名	
府衙	知府、同知、通判等	掌一府之政	
州衙	知州、同知、判官等	掌一州之政	
县衙	知县、同丞、主簿等	掌一县之政	

明朝武职简表

五军都督府	下属			
五军都督府（中、左、右、前、后） **长官**左、右都督 **佐官**都督同知 都督佥事	**都指挥使司** **长官**都指挥使 **佐官**都指挥同知 都指挥佥事	**卫指挥使司** **长官**指挥使 **佐官**指挥同知 指挥佥事 **属官**镇抚等	**千户所** 正千户 副千户 镇抚	**百户所** 百户
	京卫指挥使司	官制如卫指挥使司，南、北两京卫共计四十八，其中三十三卫隶都督府，余十五卫与亲军卫不隶都督府		
	总兵官	**副总兵官**	**参将** 游击将军 守备等	

亲军卫指挥使司 司宿卫，设官同京卫，其中，锦衣卫又司缉捕、刑狱，下设南、北二镇抚司，北司专治钦定重案，即所谓诏狱。

明朝宦官简表

<table>
<tr><th>衙门</th><th>职官</th><th>职掌</th><th colspan="2">备注</th></tr>
<tr><td>司礼监</td><td>提督、掌印、秉笔等太监</td><td>掌内外章奏，御前勘合</td><td>有内相之喻</td><td rowspan="20">司礼监——司苑局合称二十四衙门</td></tr>
<tr><td>内官监</td><td>掌印、总理、管理等太监</td><td>掌宫室、陵墓等营造</td><td rowspan="11">以上十二监</td></tr>
<tr><td>御用监</td><td>掌印、把总、掌司等太监</td><td>掌御用物什</td></tr>
<tr><td>司设监</td><td>掌印、总理、管理等太监</td><td>掌仪仗、卤簿等</td></tr>
<tr><td>御马监</td><td>掌印、监督、提督等太监</td><td>掌御马房、象房等</td></tr>
<tr><td>神宫监</td><td>掌印、佥书、掌司等太监</td><td>掌太庙洒扫、香灯等</td></tr>
<tr><td>尚膳监</td><td>掌印、提督、总理等太监</td><td>掌御膳、宫内食用等</td></tr>
<tr><td>尚宝监</td><td>掌印、佥书、掌司等太监</td><td>掌宝玺、敕符、印信等</td></tr>
<tr><td>印绶监</td><td>掌印、佥书、掌司等太监</td><td>掌铁券、诰敕、勘合等</td></tr>
<tr><td>直殿监</td><td>掌印、佥书、掌司等太监</td><td>掌各殿、廊庑扫除</td></tr>
<tr><td>尚衣监</td><td>掌印、管理、佥书等太监</td><td>掌御用冠冕、袍服等</td></tr>
<tr><td>都知监</td><td>掌印、佥书、掌司等太监</td><td>随驾前导警跸</td></tr>
<tr><td>惜薪司</td><td>掌印、总理、佥书等太监</td><td>掌薪碳之事</td><td rowspan="4">以上四司</td></tr>
<tr><td>钟鼓司</td><td>掌印、佥书、司房等太监</td><td>掌出朝钟鼓及诸内戏</td></tr>
<tr><td>宝钞司</td><td>掌印、佥书、管理等太监</td><td>掌造粗细草纸</td></tr>
<tr><td>混堂司</td><td>掌印、佥书、监工等太监</td><td>掌沐浴之事</td></tr>
<tr><td>兵仗局</td><td>掌印、提督、管理等太监</td><td>掌制造军器、火药</td><td rowspan="4"></td></tr>
<tr><td>银作局</td><td>掌印、管理、佥书等太监</td><td>掌打造金银器饰</td></tr>
<tr><td>浣衣局</td><td>掌印、佥书、监工等太监</td><td>安置老年及罢退宫女</td></tr>
<tr><td>巾帽局</td><td>掌印、管理、佥书等太监</td><td>掌内用帽靴</td></tr>
</table>

续表

衙门	职官	职掌	备注
内织染局	掌印、管理、佥书等太监	掌染造御用、内用缎匹	
针工局	掌印、管理、佥书等太监	掌造宫中衣服	
酒醋面局	掌印、管理、佥书等太监	掌造宫中食用酒醋糖酱	
司苑局	掌印、管理、佥书等太监	掌蔬菜瓜果	以上八局
东厂	掌印、掌班、领班等太监	掌刺缉刑狱之事	与锦衣卫合称厂卫
西厂	同东厂		不常设
守备	南京、天寿山守备太监嘉靖时设承天府守备太监	护卫留都及守陵	
镇守	各省各镇镇守太监		时人比之督抚
织造	提督织造太监	掌织造御用龙衣	设于南京、苏州、杭州
市泊司	提督太监	掌海外朝贡、交易	设于广东、福建、浙江

目录

第一部　正统朝实录

第二部　景泰朝实录

第三部　天顺朝实录

第一部

正统朝实录

第一章

皇太后张氏离开大行皇帝梓宫后，步行回后宫。跟随的女官、宫女、宦者，没有一人敢劝说她老人家登辇。回宫后，她面无任何表情地坐了一两个时辰。殿内外侍奉的女官、宫女、宦者，没有一人敢出声，更没有一人敢劝她老人家开口。

太后娘娘的哀切之情，众人都能够理解。

大行皇帝是太后亲出，老者送少者，白发人送黑发人，自是莫大的哀痛。况且，大行皇帝只有三十八岁，不但是一般意义上的“黑发人”，而且正是年富力强、大有作为的时候；况且，大行皇帝励精图治，备受赞誉，似乎大明的前程就寄托在他的身上。大行皇帝的英明，当然和皇祖考太宗皇帝、皇考仁宗皇帝的调理教化分不开，而太后对他的影响也是不能忽视的。否则，大行皇帝就不会留下“国家重务，必禀皇太后而行之”的遗诏。也许正是这一句话，使得皇太后的哀切之情倍增。

如果太后娘娘的沉默仅仅是因为哀切之情，她的心腹女官、宫女、宦者们，三言两语也好，滔滔不绝也好，还不乏开解之辞。但不难看出，太后娘娘的沉默不仅是因为哀切之情；不难看出，皇后娘娘在想着一件关系重大的事情，在思考着一个难以抉择的决定。这件事情，这个决定，是除太后娘娘之外的任何人都不能想，更不能说的。当然，并非每个人都看得出来；但再愚钝的人，只要一经点拨，也不难懂得。

太后宫里的沉寂，让人感到窒息。幸亏在天将黑时，太后自己开口。她吩咐道：“唤兴安来，我有事交代他办。”

兴安是一名司礼太监。司礼监排在第一位的是掌印太监，兴安并非掌印；排在第二位的是秉笔太监，兴安并非秉笔。如果说他和一般的太监有什么不同，那就是他甚得大行皇帝信用。但即便就这一点而言，他也不是排在第一位或第二位的：和他资历相仿的司礼太监金英，更得大行皇帝信用；另一名司礼太监范弘，受大行皇帝信用的程度，也和他在伯仲之间，或许还稍稍高于他。不少人议论，大行皇帝如果多活几年，哪怕多活一年半载，司礼监的大印一定交到金英的手里。而今大行皇帝宾天了，司礼掌印若易人，首选也应该是范弘。

因此，皇太后在大行皇帝宾天后，没有召入金英，没有召入范弘，而召入兴安，便有人暗自猜测，是不是太后娘娘更看重他，是不是对他要有更重要的委任？连他自己心里头，也在哀悼大行皇帝的同时，产生一种莫名的兴奋。

但太后的第一句话，让他恢复冷静。

"兴安，你是进过内书堂的。有句古话，叫作国赖长君。这是什么意思，你讲给我听听。"皇太后说。

内书堂是宣德四年，大行皇帝创立的。在那以前，识字的宦官不多；而司礼太监的职责之一，是代皇帝批答奏章，即所谓"批朱"。内书堂就是为解决这个不足而设立的。兴安是第一批入内书堂就读的宦官之一，肄业后，顺理成章地进司礼监办事。其实，不入内书堂也会知道，太后娘娘琢磨的是天子之位，而不是司礼掌印之位。

"国赖长君"这四个字很容易解释，但兴安不得不琢磨太后娘娘这样提问的用意。他觉得，不管太后的用意何在，以不正面回答为好。

"回娘娘话，奴才在内书堂时，先生没讲解过这四个字，奴才不知道它的出处。"他说。

"我不要你讲它的出处，我只要你讲它的意思。"太后不会让他轻易躲闪开。

"是，"兴安不得不说。"据奴才想，'国赖长君'是指，国家在危难之际，宜立年长的君主。"

"一定要在危难之际吗？"太后追问。

兴安听出皇太后并不满意这个答案，但仍硬着头皮回答："奴才以为，这句话指的是危难之际。"

"国家若有麻烦之事呢？"太后问。

"麻烦有大有小。"兴安道。

"这倒也是。"太后点点头，不再逼问，停了一会儿，她说起另一件似是无关的事，"大行皇帝宾天，襄王和他是一奶同胞，理当赶过来送行。兴安，你说呢？"

"诚如娘娘所谕。"兴安道。襄王也是太后所出，虽然太后欲召入襄王和"国赖长君"的提问有着明显的关联，兴安也不可能有别的回答。

"召入亲藩，是不是须持金符呀？"太后问。

"是。"兴安应道。

金符是召藩王入朝的信物，各藩府有不同标识的金符，召某亲王入朝，使臣必须出示相应的金符，否则，该王不会奉诏；而亲王未得金符而径赴京师，是一件很大的罪过。

“兴安，你替我将襄府金符取来。”太后吩咐。

“这——”兴安在犹豫。

“我只让你将襄府金符取来，又不让你持符去长沙，你怕什么！襄府金符放在我这里，和放在内府，又有什么不同！”太后轻描淡写地说。

襄王的藩国封在长沙，襄王是宣德四年就藩的。数年过去，太后对他的思念可想而知。

“是，奴才谨遵懿旨。”兴安叩头离去。

金英出司礼监值房如厕，听到身后有人唤“金哥”。因内急，他顾不上回头，只用手指指前方的茅厕，仍低头疾行。后面的人赶上几步，说：“我陪金哥去。”

“我要大解。”金英边走边说边侧过脸看。见是王振，他问:“老王，怎么是你？”

王振虽比金英、兴安晚入宫几年，却与他等同时进的内书堂，所以，在金英面前以同辈自居。大行皇帝对他也很赏识，不过，对他的安排和对金英、兴安的安排不同，他没有入司礼监办事，而是在东宫服侍太子。东宫太监的地位和司礼太监是无法相提并论的，何况，王振只不过才提升为少监。所以，金英不屑于称呼他“王哥”。

“真巧，我也去解个手。”王振说。

这当然是鬼话，在东宫走动的人，怎么会到这里来解手？金英笑着说：“这哪里是巧，分明是不巧。茅厕里只有一个坑，是你蹲，还是我蹲？老王，你不会连这个位置也要抢占吧？”

他的话里有话。

“位置是金哥的，我怎敢抢占！不过，”王振口气一变，带着几分诡谲说，“我不敢抢占这个位置，未见得就没人敢抢占。我是来帮金哥保住这个位置的。”

他的话里也有话。

金英心头一沉，脚步停下来。他顺手一拉，比他跨前一步的王振也停下来，并回过头，和他面对面地站着。他盯住王振的眼睛看了一阵，想从中看出这些话里的意思，但什么也没看出来。

“老王，什么意思？”他问。

“打个比方：金哥方才走在前头，一个不留神，被我赶上；又一个不留神，被我超过。”王振说着眼前的事。

“你这个比方甚是无聊，不如直截了当地说。”金英道。

“好，”王振点点头，说，“太后娘娘把兴哥唤去说话，金哥，这就是你的第一个不留神。”

“我怎么不留神？”金英不服气，“他不就是被太后娘娘唤进慈宁宫说上几句话，交办一件事，这就赶上我？老王，你好不可笑！”

“金哥，你别小觑这几句话，这几句话可是太后娘娘天大的心思；你别小觑这一件事，这一件事可是宫里天大的机密。”王振说着，问道，“这几句话她老人家不与你说，却与兴哥说，这一件事她老人家不交给你办，却交给兴哥办，金哥觉得可笑吗？”

经他这么一说一问，金英再笑不出来。皇太后的话，兴安一个字也不肯透露，金英是从慈宁宫太监的嘴里听到的。如果不是该太监的编造，那真是太后娘娘的天大的心思；皇太后要兴安办的事，许多人看在眼里，不会有假，那也是宫里从来不曾发生的事情。这话对谁说，这事交谁办，的确耐人寻味。

“老王，你说这是什么缘故？”他问。

“金哥得问自己呀。”王振说。

“这叫什么话，我要是清楚，还会问你吗！”金英有些不高兴。

“金哥莫急，所谓得问自己，是说有两件事，得想清楚。”王振说。

“哪两件事？”金哥问。

“第一件事：太后她老人家是想继续当她的皇太后呢，还是想当太皇太后？”王振反问。

“大行皇帝遗诏写得明白，是以皇太子嗣位呀。”金英辩道。

“大行皇帝遗诏也写得明白，国家重务，禀皇太后行之。”王振说，“金哥想想，国家还有比承嗣大统更重大的事务吗？万一太后她老人家觉着当皇太后比当太皇太后好，这事不该她做主吗？”

“当皇太后，万岁爷是她老人家亲子；当太皇太后，万岁爷是她老人家亲孙。她老人家为何觉着当皇太后比当太皇太后好？”金英想不通。

“理由很多，咱随便说一个：她老人家当太皇太后，不又多出个皇太后吗？万一这位皇太后和她老人家心思不一样，如何是好？”王振道。

“这个理由说不通。”金英摇头。大行皇帝在位十年，凡遇重务，皆禀太后而行；他的皇后当上皇太后，会有不同的心思？敢有不同的心思？

“那就换个理由。”王振说，“子是亲子，孙是亲孙，照理说，都是心疼的。可万一太后她老人家心疼儿子更多一些呢？就算一样心疼，可亲孙子就在身旁，亲儿子却在几千里以外。万一太后她老人家想让亲儿子也在身旁呢？”

“这么一来，亲孙子早晚得去几千里以外。”金英说。他没有简单地评价这个理由也说不通，是不想让王振再说其他的理由。其实，在他评价前一个理由说不通的时候，内心想的是，它并非完全说不通。而后一个理由，说服力更大一些。不过，真的不能再议论下去。他二人在这里一个劲儿地揣摩皇太后的心思，成何体统！

“好吧，这件事算我已想清楚，还有什么事我得想清楚？”他问。

“第二件事：金哥想太后她老人家继续当她的皇太后呢，还是想太后她老人家改做太皇太后？”王振道。

“放肆！”金英的严厉没有吓住王振，却把自己吓住。由谁承嗣大统，是他等当奴才的该想的吗，能想的吗！

“要说放肆，说第一件事时已经放肆。谁来坐龙廷，我等不该想，太后她老人家也不该想呀！”王振平静地说着，又平静地问，“金哥，你当真就没个想法？”

金英也平静下来。他摆摆手，道：“不好说。”

“金哥不好说，我来替金哥说。”王振道，“金哥是大行皇帝面前第一宠信之人，手里拿着大行皇帝所赐免死诏书。若太子爷承嗣大统，金哥仍是第一宠信之人，大行皇帝所赐免死诏书仍有效力；可万一承嗣大统的不是太子爷，那就难说得很了。所以，金哥想太后她老人家改做太皇太后。”说罢，问道，“金哥，我说的对不对？”

金英不吱声，但王振的话显然说到他心里。

王振继续说：“金哥不是问我太后她老人家唤入兴哥说话，交代兴哥办事，是什么缘故吗？就是这个缘故。兴哥或许也想太子爷承嗣大统，但不会像金哥这样去想。太后她老人家继续当皇太后，还是改做太皇太后，对兴哥来说，毕竟没那么大的影响。所以，太后她老人家天大的心思，只会对兴哥说，不会对金哥说；宫里天大的机密，太后她老人家只会交兴哥办，不会交金哥办。所以我说，金哥一个不留神，就被兴哥赶上来。”

“是不是我再一个不留神，就会被老兴超过？”金英调侃地问。

“不错。”王振却不以为是调侃。

“说说看。”金英道。

“太后她老人家与兴哥说的几句话，虽是天大的心思，但归根到底，只是个心思；太后她老人家交代兴哥办的一件事，虽是天大的机密，但归根到底，不过是一个机密。亲耳聆听这个心思，亲手办成这件机密，兴哥充其量赶上来一步而已，不会超过金哥。而一旦这个心思付诸实施，这个机密宣之于天下，情形则不同。且不说在太后她老人家心目中的位置如何，金哥只想，向朝臣宣示懿旨的会是谁，迎接圣驾的会是谁，在新天子心目中，位置又该如何？”王振一番话说得头头是道。

金英越听心思越重，眉头皱得越深。等重到不能再重，深到不能再深，却反而解脱。

“老王，这件事你看得透彻。不过，一旦太后她老人家决心把心思付诸实施，除认命，别无他法可想。”他说。

“这却未必。”王振反驳道。

金英一震，问：“你是说，尚有转圜的余地？”

“大有转圜的余地。”王振说。

“怎么讲？”金英问。

“太后只命兴哥取去金符，却不立即差人持符出宫出京，奔赴长沙，显见尚未做出决断，这时候如果——”王振话说到一半，停下来。

“如果有人出面劝阻，便有转机。”金英把他的话说完整。

“金哥说得不错。”王振道。

“你是要我向太后进言？”金英问。

王振头一摇，说：“金哥的话虽然有分量，但不足以说动太后。”

“难道你打算自己进言？”金英问。

“我？”王振哂笑，“金哥说不动，我就更说不动。”

“我不成，你不成，还有谁成？”不知是不是因为王振不但猜中自己的心思，而且似乎握有解决难题的灵丹妙药，金英把他提高到和自己并重的位置，“老兴或许成，但他不会进言。老王，你倒是说说，有谁办得成此事！”

“太后对内阁几位老先生一向很敬重。”王振说。

对呀，首先向皇太后进言的应该是阁老们！不但太后她老人家一向敬重阁老，而且，大行皇帝的遗诏是阁老们拟的，他们也得为实施大行皇帝的遗诏负责呀。

就在金英这么想的时候，王振变换成一副置身事外的态度。他身子一侧，拱手道：“耽误金哥正事，请如厕。”

如厕？金英被提醒。大冷的天，他离开值房，为的是去茅厕。奇怪的是，方才闹得肚子不舒服的一团秽物，现在却化为乌有。

“这会儿只觉肚里空空，如哪门子厕！我还是先去阁中走一遭吧。”他说着，向相反的方向走去，走几步，他又回过头说，“老王，不少人称你有心计，我还不信。今天算是领教。”

大学士办事内阁位于禁城东南隅，是个单独的院落。院门开在西侧，进院后有座不大的石坊，绕过石坊，是南向而建的正房。所谓阁，指的就是这间正房。

内阁大学士不定员，多时有六七个，自大行皇帝宣德七年以后，阁臣一直是三人。巧的是，三人都姓杨，排列在第一位的名士奇，排列在第二位的名荣，排列在第三位的名溥。因此，官员们说起三个人的时候，往往统称为三杨；而要加以区别时，又因杨士奇居所在西，故称他西杨，杨荣居所在东，故称他东杨，而杨溥在著文时往往自署为南郡人，故称他南杨。或称，三杨的别号是仁宗皇帝为加以区别而赐。

三阁臣送走金英后，回到阁中。杨溥端起自己的杯子，喝口茶水，咽下一半，吐出一半，嘴里念叨着："味道怎么不对？"

"我说闽茶好，你偏要说楚茶好，这下分出好坏吧？"杨荣嘲笑道。他是福建人，杨溥是湖广人，各自偏爱家乡所产之茶。杨溥自己说家乡茶叶的味道不对，他自然不会放过这个机会。

"茶要热饮，我不信你那杯冷茶的味道还能醇正。"杨溥反击道。

杨荣果然抿一口茶，也觉得冷茶入口不像热茶入口的感觉好。但他却说："味道如何，并不在冷热，而在心境。"

"在冷热。"杨溥坚持。

"在心境。"杨荣也坚持。

"东翁，你说呢？"杨溥转问杨士奇。

杨士奇被称作西杨先生，别号却是东里。杨溥所提的问题，他似乎没听清楚，眼睛眨眨，不做答复。

"我说品茶在冷热，勉仁先生说在心境，你说呢？"杨溥又问。

"不在冷热，便在心境。二者都被说，我还有什么好说的？"杨士奇道，趁着二人一笑的工夫，他说，"还是转入正题吧。金太监所言之事，确实重大，二位怎么看？"

"关系重大，东翁认定，我们还怎说？"杨溥道。

"他问的不是这个。"杨荣却说。

"那他问何事？"杨溥问。

"事关重大，如何处置。"杨荣一板一眼地说。

"如何处置，倒真要好好议一议，"杨溥看一眼杨士奇，看一眼杨荣，说，"勉仁兄，你遇事都拿得出主意，看看该如何处置。"

"还是你二位先议吧，我怕说出来，二位要失望。"杨荣道。

"不会吧？你说出来，我等或不赞同，这在以前也有过，怎说得上失望呢？"杨溥大为困惑。

"我若是说，该做些什么，你或是赞同，或是不赞同；但我若是说什么也不必做呢？"杨荣问他。

"遇到这么大一件事，身为阁臣，却什么也不必做，怎么可能！"杨溥转身问杨士奇，"东翁，你说可能吗？"

杨士奇很沉静。他说："勉仁先生既然说了上一句，不如让他把下一句也说出来。要不，他以为你真的失望。"

杨溥想想也对，他问杨荣："勉仁兄，为何什么也不必做？"

"道理极是简单，弘济先生以为该做些什么，是因为宫事会有大的变故；若无变故，还用得着做什么吗？"杨荣道。

"你是说，所传皆为浮言？"杨溥自己也开始琢磨。

"是不是浮言，无须计较；须计较的是，消息早已在宫内外散布开来，故我等用不着做什么。"杨荣说。

杨溥听得只皱眉头，道："我还是不懂。"

"皇太后是女中圣人，她若是真想立长君，不等消息散布开来，变故早就发生；现在消息散布开来，变故却未发生，而人心浮动，朝野议论。如何取舍，皇太后不难做出决断。"杨荣的解释简单明确。

"不无道理。"杨溥点头称道，又问杨士奇，"东杨先生断定不会发生变故，东翁意下如何？"

"不错，皇太后是女中圣人，分得清利害。"杨士奇说。

"这么说，当真用不着做什么？"杨溥似乎还有疑问。

"这却不然，"杨士奇说，"即使不会有变故，我等也要有所作为。"

"为什么？"杨溥问。

"大行皇帝以社稷之重托付我等，而今梓宫未殡，少主未立，浮言四起。这个险，冒不起。"杨士奇的解释同样简单明确。

"对，这个险，冒不起！"杨溥双手一击，兴奋地说，表明自己的态度后，他觉得还该问一问杨荣，"勉仁兄，你说呢？"

"你问我是不是失望？"杨荣反问一句。

"勉仁兄是否失望，我也关心；但我更关心的是，勉仁兄是否赞同。"杨溥道。

"那我来告诉你，失望我是有些；而东翁所言有所作为，我也全力赞同。"杨荣说的前半句似为戏言，后半句却是真诚的。

"那就请勉仁兄说说，如何作为？"杨溥又出题目。

"这你该问东翁呀！"杨荣道。

杨士奇不等杨溥问，主动说："上疏皇太后，请新天子早日登极。"

"是请皇太子早日登极吧？"杨荣纠正道。

"不错，"杨士奇称是，"请皇太子早日登极。"

"此疏须得东翁草拟。"杨溥提议。

其实，这话用不着说。这些年来，内阁的文字多由杨士奇草拟；况且，此番上疏皇太后关系重大。

“好，我来拟疏，”杨士奇慨然允诺，并问，“二位同署吗？”

“自然要同署。”杨荣、杨溥齐声说。

皇太后听兴安读罢内阁三杨的疏本，既没有感动，也没有不满。疏本里的每一个字每一句话，她都听进耳朵里，可她的心思根本不在这些字这些话上，甚至不在杨士奇、杨荣、杨溥身上。她可能在想着身边的兴安：这个人听她述说自己的心思，没有一句反驳的话；为她取来襄府金符，没有丝毫的犹豫。可他心里到底是怎么想的呢？他真的赞成迎立襄王吗？恐怕，他和阁老们的心思一样，还是希望服侍大行皇帝册立的太子吧！她可能在想着身边的女官、宫女、宦者，他们在她面前像哑巴一样不出声，好像皇太子还是襄王承嗣大统，和他们毫不相干。可她想象得出来，在她的背后，他们一个比一个话多。宫中的废立之事他们真的漠不关心吗？只怕未必。更多的是那些不在身边转来转去的女官、宫女、宦者，和那些除内阁三位杨先生之外的大臣们，他们会不议论这件事吗？他们会怎样议论这件事？

太后暗自思忖，此事该有个了断。好在未下懿旨，不论有多少议论，有什么议论，都可以说是浮言。

“兴安！”太后忽然招呼。

“奴才在。”兴安应道。

“你这两日去过锺祥宫吗？”太后问。锺祥宫是皇太子的居所。

“回娘娘话，奴才这两日忙昏头，尚未去锺祥宫叩头。”兴安拿不准皇太后是愿意他去，还是不愿意他去，只能实话实说。

“也不怪你，这两天我交代你办的事情委实有些多。这样吧，我给你个机会，去弥补一下你的疏忽。”太后说。

“谢娘娘恩典，奴才这就去锺祥宫叩头。”兴安心里暗暗松口气。

“不是叩个头就了事，你把我的孙儿接进乾清宫去；另外，你着人宣旨，召大臣们进宫。”太后吩咐。

“奴才请娘娘懿旨，都召入哪些大臣？”兴安问。

“内阁三位杨先生，各部尚书、侍郎，都察院都御史、副都御史、佥都御史，四品以上衙门正卿，六科掌印都给事中，十三道掌道御史，还有，”太后最后特别强调，“执掌各都督府的爵爷们，各府的都督同知、都督佥事们，一并进宫。”

皇太后已做出重大决定，是显而易见的；而且，是什么样的决定，也显而易见。

但兴安还得问个清楚："娘娘，是到乾清宫候旨吗？"

"你说呢？"太后的口气有些不耐烦。

兴安哪里敢说，他躬身道："奴才这就去宣旨。"

皇太后点到的衙门几十处，有的近，有的远；点到的文武官员近百名，有的动作快，有的动作慢。因此，到达的有早有晚。众官员都猜想今日将有大事发生，早到的官员都想早一刻得知会有什么大事发生。可是看看侍卫们呆若木鸡的表情，看看更早到的或同时到的官员们微微摇头的动作，知道不该议论，不该发问，要发问也问不出个所以。等乾清宫当值的太监点清人数，匆匆入内殿禀奏，已经过去一个多时辰。

皇太后牵着皇太子朱祁镇的手出现在大殿时，文武官员已经按照班序排列整齐，躬身迎候。殿内的正座是皇帝才能坐的，内臣们在御座前摆上两张榻椅，一在正面，一在左首。皇太后自己动手，把正面的榻椅向左侧稍稍挪动，然后坐下；又指了指左首的椅子，要朱祁镇坐。

年仅九岁的朱祁镇，第一次面对面地和这么多大臣相见，心中难免慌乱。他偷偷向远处的角落看去，那一处的前面站着金英、兴安等人，他是认得的；但熟悉的，只有站在后面的王振。朱祁镇的目光只盯住王振看。见王振摇头，他结结巴巴地说："皇祖母在上，儿臣不敢就座。"

"好个知礼数的太子爷！"太后笑道，她指着大臣们说，"孙儿，今日不是你我祖孙见面，行家礼就成。今日是你我与王公大臣们见面，你若是不坐，他等站都站不住，我这个老太婆也会坐不住。"

朱祁镇往王振站立的角落偷瞥一眼，见他点头，便说了句"孙儿谨遵慈命"，规规矩矩坐在为他准备的榻椅上。

英国公张辅排位勋臣之首，文武大臣都在场，也会视他为领袖人物。皇太后坐定，他本该率先行叩拜礼的，而两班大臣们也该做出随时行叩拜礼的准备。但张辅无意识地看了站在另一侧班首的杨士奇一眼，见他纹丝不动地站在原处，不由得有些犹豫。接下来看杨荣，他面带虽不明显但不太难看出的微笑，也一动不动。这使得张辅更加犹豫。直到皇太子也坐下，两位阁老以及站在他们后面的杨溥才动了动身子。

张辅像接收到一个信号，口称："臣等叩见皇太后，叩见皇太子殿下。"身子便要拜倒。

文武两班大臣齐声道："臣等叩见皇太后，叩见皇太子殿下。"

"慢！"皇太后轻吐一字，见众臣从惊愕中逐渐醒悟，身子从沉下到抬起，逐渐恢复躬身而立的姿态，皇太后说，“我有一两句话，等我说完，你等再行礼不迟。”说罢，唤道，“杨士奇。”

“臣在。”杨士奇应着，向前跨半步。

“西杨先生，内阁的奏本是你草拟的吧？”皇太后问。

“是臣与臣荣、臣溥计议后草拟的。”杨士奇对这一说法略加修正。

“先生们计议何事呀？”皇太后问。

“臣等计议，至尊之位不宜久虚。”杨士奇答道。

“卿等是因为宫内浮言，才担心至尊之位久虚的吧？”太后问。

“至尊之位久虚，总于社稷不利。”杨士奇含糊地回答。

“是啊，大位久虚，谁也说不准有没有人觊觎，有没有人生出非分之想。我为太子妃二十年，为皇后十个月，为皇太后十年，这个道理是懂得的。先生们一心为的祖宗社稷，我也是知道的。可先生们为社稷计，难道我就敢置社稷于不顾吗？杨先生，仁宗皇帝为东宫时的险恶境况，我是经历过的，你是经历过的，在场的许多大臣们也是经历过的。”皇太后说到这里，目光依次扫过杨荣、杨溥，他们都是永乐朝的重臣，不仅经历过汉王朱高煦图谋夺嫡的严重局面，而且为维护东宫受过磨难。她的目光从各部正卿、佐卿身上泛泛扫过。要是吏部尚书蹇义在的话，她的目光或许会在那一排人里多停留一会儿。蹇义几乎自太宗皇帝登极就任吏部尚书，他也是那场争斗的见证人，但他现在病倒在卧榻，听说已经奄奄一息。至于其他大臣，不管资历深浅，和永乐年间的夺嫡之争应该没有太直接的关系。或因想到那时的艰难，或因想到经历那时艰难的人越来越少，皇太后鼻子一酸，眼圈红了，泪水在眼眶打转。她强忍着不让眼泪涌出，但声音的哽咽却是怎么也控制不住的。她近乎谴责地问杨士奇：“西杨先生说，我忍心给自己的亲孙儿也制造这样一场磨难吗？”

杨士奇的眼圈也红了。他拜倒在地，道：“臣不该生猜疑之心，惹得皇太后伤心，还乞恕罪。”

“西杨先生起来吧。”皇太后说着，手向前伸出。等杨士奇站起来后，她说，“猜疑之心这几个字说得好，是大实话。不过，有猜疑之心，怪不得你，也怪不得那两位杨先生。况且，有猜疑之心的不止你等；其他大臣，我看十之八九也是有猜疑之心的。有猜疑之心未见得不好，没有猜疑之心未见得就好。不！应该说，没有猜疑之心，我倒要问一句：面临如此大事，怎可无动于衷？说来说去，总是宫里先有浮言，众卿才有猜疑之心的。今日我也说一句大实话。所谓浮言，并非空穴来风。我想过国赖长君的格言，也和人说起过国赖长君的想法。西杨先生，是你内阁的奏章让我明白事体有大小之分。何谓事体之小者？国赖长君即其小者。何谓事体之大者？国赖贤君才是事体之大者；还有，祖宗所立法度才是事体之大者。皇太子是大行皇帝长子，大行皇帝立他为储君，甚合祖宗法度；若做他想，则有违祖宗法度。”

大臣们静静地听着，脸上浮现出崇敬之情。他们是真的被感动。

“祁镇，你过来。”皇太后招呼道。

朱祁镇稍一迟疑，但没四下张望。他站起身，走到皇太后身边。

“转过身去。”皇太后吩咐。

朱祁镇转向大臣们，顺从而有些羞怯地抬起头。

“卿等有猜疑之心，是担心大位易主，社稷摇动。”皇太后说着，也站起来，她手指朱祁镇，对大臣们说，“现在，我把新天子带给你等。择日登极，他就是你等的新帝！”

此话出口，殿内一片寂静。杨荣反应最快，他捅捅左首的杨士奇，捅捅右首的杨溥，三人向前跪倒，口称：“皇太后圣明，吾皇万岁！”

众臣纷纷跪倒，“皇太后圣明，吾皇万岁”的欢呼声虽不甚齐整，但都是发自内心的，祥和的气氛充溢于大殿。

宣德十年正月十日，大行皇帝宾天七天之后，朱祁镇即皇帝位，以明年为正统元年。

第二章

掌左军都督府事左都督张升，独自一骑，穿街过巷，在彭城伯府前勒缰下马。府里的仆人讨好地叫声“三爷”，想接过缰绳，被他推到一边。他问：“可记得住我的规矩？”

“记得住，草料各半，不准多也不准少。”仆人回答。

张升这才把缰绳交给他，并说：“好小子，别舍不得好料。它若吃得不合适，我让大哥赏你一顿板子。”

“老爷吩咐过，三爷若来，茶水差些不要紧，马料却一定要上好的。小的怎敢不用好料！”仆人嬉笑着说。

张升径直奔向书房，推门而入。一条腿刚刚迈进，他就大声问道：“大哥，什么急事，非限我在午时前到达？”

彭城伯张昶在屋里踱步，他没停下来，也不看张升，但一指书案，说：“你自己看吧。”

书案上放着几页宫中用的纸笺，张升是见惯的，不会大惊小怪。他拿起纸笺，低头读道：“吾起于寒微，叨蒙国恩——”读两句，抬起头问，“大哥，是咱妹子写的？”

张昶、张升是太皇太后张氏的同胞兄弟。张昶是张氏的长兄，继承彭城伯的爵位；张升是张氏的三哥，虽未封爵，但已官至一品。

“老三，我对你说过多少次，不能再做私家之称，你怎么就记不住呢！”张昶责备道。

“对，对，”张升一边认错，一边问，“书笺是太后娘娘写的？”

“怎么还称太后娘娘，朝中大事，你真是无所用心呀！”张昶又责备。

“该死，该死。”张升拍着自己的脑门说。不久前，一应礼仪均已确定：大行皇帝谥为章皇帝，庙号宣宗；张氏被尊为太皇太后，宣宗皇帝的皇后孙氏被尊为皇太后，所以，再称自己的妹妹为皇太后是极大的口误。张升重新问道：“是太皇太后的书笺？”

“是。”张昶应着。

“是专门写给大哥和我的？”张升又问。

“是。”张昶应着。

“有什么话，何不把你我叫进宫去，当面嘱咐，却要写在纸上！”张升嘟囔一句，从头念起太皇太后的书笺。

太皇太后写道：

> 吾起于寒微，叨蒙国恩，荣及祖宗，显受褒宠。诸兄嗣膺重爵厚禄，合门富贵，与功臣等。此皆列圣天地之赐也，顾岂尝有汗马之劳哉！夫受非分之福，宜存非分之虞。古之人有言，知足不辱，知止不殆，可不思保全永远之道哉！吾不幸，仁宗皇帝早逝，吾子宣宗皇帝又继逝矣。今长孙皇帝以幼聪嗣大宝，内间保持辅翼，实系于吾。
>
> 吾夙夜兢兢如执玉，如捧盈，不遑宁处，惧弗堪负荷，上负宗庙圣灵，及辱我先人。因念外家，欲令皆善。二兄同气至亲，可不体吾之此心哉！尚其循礼度，修恭俭，以率子孙家人，俾咸慎蹈，毋作愆过。庶以光国家之荣命，而吾先人之祀，亦永有依赖矣。勉之哉，勉之哉！二兄自今唯朔望朝参，有政议，悉勿预闻。

下面的落款是宣德十年二月十五日，也就是昨天。张升想，太皇太后这函家书大概是昨夜很晚写出来的，所以今早才送达。他忍不住又抱怨：“太皇太后这些话，本来昨天就可以当面对我们讲，偏偏要写出来，大哥和我今天才读到。”

“写出来有写出来的好处；写出来，方示郑重。况且，当面说的话，只有你知我知，写成家书，要由文臣代写，朝廷上下都知道。大家都睁大眼睛看着，我兄弟行事还敢越轨吗？说起来，还是赐以家书效果为好。”张昶一半是说自己的想法，一半却像是教训张升。

张升怎听不出来！他笑着说：“大哥这么看得开，我无话可说。”

张昶一愣，追问：“老三，你什么意思？”

“太皇太后的家书虽用个《谕二兄书》的名目，却是写给大哥一人的。只要大哥能看得开就成。”张升说。

“怎见得？”张昶问。

“你读读这句，”张升很快找到要张昶读的那句，自己读出来，“‘嗣膺重爵厚禄’，这分明在指大哥。”

“你倒会断章取义，干吗把前面‘诸兄’两个字，后面‘合门富贵’四个字去掉！”张昶道。

“好，好，我把前面的两个字、后面的四个字都加上。我承认，太皇太后指的不是大哥一个人，是大哥和我两个人。不过，”张升仍然狡辩，“大哥敢不敢承认，太皇太后这话，八成是针对大哥说的，只有两成是针对我说的？”

“那有什么不敢承认的！”张昶哼一声，道，“我甚至觉得，太皇太后这话，九成是针对我说的，只有一成是针对你说的。”

“那么，你也承认，此家书只要你看得开就成？”张升问。

“不承认。”张昶摇头。

“为何？”张升问。

“你让我看这句话，另一句话，你怎么不看！”张昶道。

“大哥说的是哪一句话？”张升问。

“你看这里，”张昶指着太皇太后家书将近结尾的一句，读道，“有政议，悉勿预闻。”然后说，“我掌过中府，掌过右哨，但早已一概辞去。老三，你说太皇太后这句话是针对你说的，还是针对我说的？有几成是针对你说的，有几成是针对我说的？”

“这句话倒像是针对我说的。”张升承认。

“那么，你看得开吗？”张昶问。

“大哥是什么意思？”张升警觉。

“有政议，悉勿预闻。”张昶重复家书里的这句话。

“大哥不掌府事，不预闻当然可以；我怎可不预闻！”张升道。

“所以，你也要看得开呀。”张昶话里有话地说。

“大哥的意思，我得辞去府事？”张升听懂。

“不是我的意思，是太皇太后的意思。”张昶说。

“大哥看得开，我有什么看不开！只支俸禄，不办事，有什么不好！”张升心里舍不得掌府事的差事，嘴上却很硬。

为了区别两京的衙门，北京各衙门前加“行在”字样。永乐年间，南京各衙门前加“南京”字样，仁宗皇帝时去掉。

行在兵部衙门议事，新增的两名右侍郎徐晞、李郁先到，坐着说闲话。他二人都不是进士出身，都以县吏起家。徐晞字孟初，湖广江陵人，以兵部郎中召入；李郁字文烨，河南洛阳人，以给事中召入。县吏出身而被召入朝廷任官，而能升至兵部佐卿，应该有着超过常人的才干和业绩；但应付起朝廷大政，就不见得那么得心应手。

“孟初先生，你看今日要议何事？”李郁问。

“我料不中。”徐晞憨直地说。

“据我所料，是议张三督帅的去留。”李郁说。

“或许吧。”徐晞道。

李郁不满意他的谨慎，说：“不是或许，是定然。”

“文烨先生何以断言？”徐晞问。

“张三督帅请辞府务，多日未决。内阁以为他是治军之才，请留之。疏本呈进，多日未复。太皇太后不准内阁之请，懿旨下过，又过多日。今日还不该决断吗？”李郁掰着指头说。

“文烨先生连说几个多日，算起来，差不多总计两个月，真称得上多日。”徐晞附和道。

“孟初先生也可以断定？”李郁略觉得意。

“不，我还是宁愿说或许。”徐晞却说。

“我知孟初先生固执己见，不愿改口就不改口吧。”李郁大度地说。

“改不改口，不在于固执己见不固执己见，而在于实不能断定。”徐晞分辩道。

行在兵部尚书王骥到得衙门，两位侍郎已就“断定”和“或许”这两个词，争论几个来回。

“二位在议论何事，好热闹呀！”王骥说。

徐晞、李郁站起身，与他互行揖礼。李郁告诉他：“我与孟初先生在议左府之事。”

“看来，一人主去，一人主留。”王骥揣测。

“尚德先生怎么知道的？”李郁说着，朝徐晞眨眨眼，意思是，不妨和大司马开个小小的玩笑。

“若皆主去，或皆主留，就争吵不起来。”王骥说。

“哈哈，尚德先生错矣。”李郁笑着说。

王骥对自己的判断很有把握。他摇头道：“错了？不会吧！”

“张三督帅去耶留耶，要等到大司马来后才议；我二人争的是，今日是否要议其事。”李郁告诉他。

“文烨先生主张要议，还是不要议？”王骥问。

“自然要议。”李郁道。

“那么，文烨先生错矣。”王骥说着，做个手势，请二人就座。然后，他自己先坐下去。

徐晞随他坐下，李郁似乎不甘心认错，走到他座椅一侧，弯下身子，在他耳边问：“尚德先生，我真的错矣？”

“是，”王骥点头。又补充说，“文烨先生要议左府之事，尽管议，但这不是今日议题。”

李郁边向自己座椅走去，边自语：“今日不议，更待何日？”

等他也就座了，王骥问徐晞：“孟初先生为何以为此事不要议？”

“我并不以为此事不要议；我只是以为，今日或许要议此事，或许不要议此事。”徐晞把自己的意思表达清楚。

“原来是这样，”王骥点点头，转对二人说，主要是对李郁说，“其实，二位都应该知道，此事定然是无须议的。”

徐晞还在琢磨他这句话，李郁抢着说：“这次我要借用孟初先生‘或许’两个字。此事今日或许不议，但无论如何，不能说无须议，更不能说定然无须议。”

“这个题目，恰恰是定然无须议的。”王骥却说。

李郁还要争辩，徐晞拦住他，道：“且听尚德先生解说。”

“也无须多做解说。”王骥胸有成算地说，“若是太皇太后主张其留，内阁主张其去，去留还得议一议；现在是太皇太后主张其去，内阁主张其留，这还用得着议吗？”

话虽简单，但无疑给徐晞、李郁上了一课。他们从话里至少听出两层意思。第一层意思：内阁和太皇太后的分歧是有是非区别的，或者说有小道理和大道理的区别，有大道理和更大道理的区别。王骥一定以为太皇太后是内阁非，或者内阁只有小道理而太皇太后则有大道理，内阁有大道理而太皇太后则有更大道理。因为无论张三督帅有多么出色的治军才能，他都不可能是不可或缺的人物。徐晞甚至想，阁臣们挽留张升，可能是因为太皇太后果断地化解一场危机，朝廷应该对她的家人表示更多的善意，和张升本人的才干并没有直接的关系。这不能说不对，不能说不正大光明，但总有可以挑剔的地方。而太皇太后不准张升留任，有太多理由，有太正大光明的理由。第二层意思：太皇太后主张其留，内阁主张其去，结果很难预料；太皇太后主张其去，内阁主张其留，就只能有一种结果。眼下的情形，太皇太后的懿旨，即皇帝的诏书。

“尚德先生说的是，左府之事的确用不着议。”徐晞道。

“此事用不着议，今日欲议何事？”李郁则问。

“有个小题目，有个大题目，我等先议小题目吧。”王骥说。

“尚德先生说的小题目是——”李郁问。

“河南贼李刚已死，其家属在押，方面官请旨，当如何处置。”王骥只言片语把小题目说清楚。

李郁一听，立即有回应："此事我看也无须议。"

"事虽小，不可掉以轻心。"王骥说。

"我说无须议，并非因事小，而是因早有明旨。"李郁说。

所谓明旨，指的是上个月皇帝降谕兵部，称：

> 比闻河南军民，有为饥馑困迫流离就食者，因而群聚为盗。究其初心，良可矜恻。尔部即张榜晓谕，榜至悉宥其罪。

以行在兵部榜谕，而不是让地方官府榜谕，足见朝廷对河南盗情的重视。所以，盗情缓解之后，地方官府不能自作主张，而要请旨处置。

"文烨先生是说，宥其家属？"王骥问。

"若不宽宥，则失信于民。尚德先生难道有别的主意吗？"李郁道。

"没有。"王骥说。

"既如此，岂不是用不着议！"李郁道。

王骥笑笑，不答。

徐晞似乎懂得他的意思，说："我看，尚德先生想议的，不在是否宽宥贼人家属，而在兵部所张之榜。"

王骥点点头，说："此乃我欲议的大题目。"

"遵朝廷旨意榜谕，也有可议之处吗？"李郁大是不解。

"是啊，遵朝廷旨意榜谕，的确没有可议之处；但朝廷是不是可以不让兵部榜谕呢？"王骥问道。

"尚德先生是说，让地方官府自行榜谕？"李郁似乎也琢磨过来。

王骥又点点头，说："河南与行在相距较近，发生盗情，由行在兵部榜谕或不至于误事；若边远之处发生盗情，也能指望行在兵部榜谕或南京兵部榜谕吗？"

"府、州、县榜谕之事也是有的。"徐晞插上一句。

"对！但到上面，这事就有些难办。"王骥说。他知道，徐晞、李郁在县里办过差，熟知下面的情形，对布、按二司的情形，知道得就不那么清楚；而他曾任按察副使，知道省里办事的章程。因此，不等二人发问，他主动加以解释："自废行省，设布、按二司，一理政事，一理刑狱，各司其职。县里发生盗情，县衙可榜谕；府里发生盗情，府衙可榜谕；省里发生盗情，却由哪个衙门榜谕？碰到布政司官员热中，则称当由布政司榜谕；碰到按察司官员热中，则称当由按察司榜谕。反之，碰到布政司官员惧事，则称当由按察司榜谕；碰到按察司官员惧事，则称当由布政司榜谕。或争行其事，或争避其事，故此次河南发生盗情，由行在兵部榜谕，亦有不得已者。”

“照尚德先生说来，这不但是一件大事，而且是一件极大之事。”徐晞首先领会他谈论的这个题目的意义。

“大事？极大之事？”李郁重复着这些没有实际内容的词语，好像非得经过自己的重复，才能领会其意义，“正因事大，才难以处置。二司各司其职，是祖宗朝定下的制度，总不能为方便榜谕这一件事，便坏祖宗的制度，要一司辖制另一司吧？”

“说得好，若可以一司辖制另一司，用今日我等说的最多的一句话：那也无须议。”王骥道。

“那么，大司马有什么更好的法子？”李郁问。

“未见得更好，仅可行而已。”王骥说着，忽问，“大行皇帝宣德五年九月，朝廷超擢一批低阶官员为侍郎，赴各地办事。这件事孟初先生、文烨先生还记得吧？”

“怎么不记得，我还记得，那时的本兵是东阿张先生，尚德先生恰任兵侍。”徐晞说。他说的本兵名本，是山东东阿人。

“尚德先生，这个法子是由你倡议而被东阿张先生接纳，还是由东阿张先生倡议而由你实施的？”李郁问。

“都不是，此事是朝廷议决的，兵部不过是与吏部、都察院一起议定人选。”王骥说。

“那尚德先生怎么突然想起此事？”李郁问。

“你不是问我有什么法子吗？我想，这个法子或可行之。”王骥说。

“但我记得，当年擢官差遣，为的总督税粮。”徐晞说着，问道，“尚德先生，是不是？”

“是。”王骥应道。

“总督税粮，和应付盗情等，相去甚远。”徐晞说。

“这个自然。”承认这一点，不等于承认这个法子不好，王骥说，“有一事，二位可曾留意：被超擢的官员以侍郎差出，地位在布、按二司之外，又在二司之上。若略加改善，地方事权便不难划一。”

“尚德先生且说，怎样改善？”李郁道。

“当年擢官差遣，为的总督税粮；但他等到各地，所办的差事，却不只是总督税粮。巡抚的名目也有，镇守的名目也有，所以，重新差遣，就不必用总督税粮的名目。”王骥说。

“不用总督税粮的名目，却用什么名目？是用巡抚的名目，还是用镇守的名目？”李郁问。

“已用巡抚名目的，仍用巡抚名目；已用镇守名目的，仍用镇守名目；未用巡抚、镇守名目的，或用巡抚名目，或用镇守名目。总之，不再用总督税粮的名目。”王骥说。

徐晞不但在认真听，也在用心想着改善。王骥话语一停，他紧接着补充：“还有，当年擢官差遣，为应一时之急；但差遣的官员，并非差事办完，马上取回。如差往山西、河南的兵部侍郎于谦，现仍巡抚山西、河南；差往南畿的工部侍郎周忱，现仍巡抚南畿。”

“孟初先生的意思是久任？”李郁问。

“若尚德先生以为巡抚或镇守宜常设，自以久任为好。”徐晞说。

“我确以为当常设。”王骥说。

“既常设，就不能有的省设置，有的省不设置。”李郁提议。

“地广事繁之省，也可设置二三人。”徐晞又提议。

三人你一句，我一句，议出个大概轮廓。

“此议朝廷若准，兵部举荐关系重大，我等要不要先议一议？”王骥问要不要议，等于说要议。

“孟初先生方才提到于兵侍、周工侍，此二人皆有政绩，我看不必更换。”李郁抢先说。

“但要申明其差事。”徐晞说。

“不就是改用巡抚、镇守名目吗？南直隶不宜用镇守，给周忱巡抚的名目吧；于谦在山西、河南，可用镇守名目。”李郁说。

王骥、徐晞皆无异议。王骥还说：“吏部侍郎赵新在江西，宣德八年就有巡抚的名目，亦可留任。”

“山西乃北京屏障，迄今朝廷只以一人巡抚宣府、大同，太过单薄，应多设几处。”李郁从已设巡抚处转到未设巡抚处。

“哪一处当设，一时难以确定，不如多差几人，笼统称作巡抚山西。”徐晞重复他方才的提议。

“孟初先生，兵部你那位本家算得一个吗？”王骥提出第一个人选。他说的徐晞的本家名琦，现官南京兵部右侍郎。其实，徐琦是浙江钱塘人，和徐晞绝非本家。

“好啊，他已是兵侍，不必再经朝廷超擢，这正是多设佐卿的好处。”李郁说。若言多设，这几年不仅佐卿设置得多，连正卿也设置得多，往往是一部两尚书，甚至三尚书。

“工部左侍郎郑辰、刑部右侍郎吾绅对兵事皆略通一二，不可埋没其才。”李郁复举二人。

“也别只差南京各部的佐卿呀，好似行在就没有人才。”王骥说。

“行在都察院右副都御史陈镒、右佥都御史王翱、行在通政司左通政周铨的才干，应不在那几位南京佐卿之下。”徐晞说。

“已有六人，不能都差往山西吧？”王骥道。

“南京三位佐卿及周通政可并往山西，陈都宪可往浙江，王都宪可往湖广。”李郁分派之后，问道，“二位看如何？”

反正是本衙门关起门计议，用不着过细权衡。王骥、徐晞没提什么反对意见。其实，王骥想的是另一件事。

“文烨先生言及山西乃北京屏障，这是内屏障；还有外屏障。我看陕西也该多差几位巡抚或镇守官。”他说。

这话不错，陕西虽距北京较远，但对于屏捍北京来说，与山西同等重要；而且，陕西面积远比山西广阔。如果说，时人所谓北边，山西只占五分之一，那么，陕西就占五分之三，另外五分之一是辽东。

在为浙江、湖广等不太要紧的地方差遣官员时，徐晞、李郁的心情都比较轻松。当然，所谓不太要紧，是说对兵部而言不太要紧。一旦说起为要紧的地方差遣官员，二人想的又多起来。

“糟糕！”徐晞自语。

“何事糟糕？”李郁问。

“我等议差官山西时太慷慨，现在议差官陕西，一时竟想不起合适的人物。”徐晞说。

“不至于如此之糟吧？”李郁道。

“那就请文烨先生略举一二。”徐晞道。

“譬如——”李郁指指他，指指自己，“孟初先生和某，难道不能胜任边方之寄？”

徐晞想不到他会这么说，愣了愣，道：“你这是毛遂自荐呀。”

“自荐的勇气我还是有的，但荐得成荐不成，要看大司马肯不肯放。”李郁看着王骥说。

“二位愿分朝廷之忧，效力边方，我怎敢阻止！”王骥道。

越过雁门关，时辰还早，众人都以为，歇一歇会继续赶路。没想到于谦不但命人安排食，还命人安排宿。

“大人，不再赶一程？”一侍从说。

“你欲赶往何处？”于谦问。

“代州是赶不到，但沿途还有一两处人烟稠密的市镇，大人连日来旅途劳累，该好好歇一歇。”侍从说。

“我正是为好好歇一歇，才要在这里留宿呀！”于谦用手指点着他，略带责备地说，“你呀，跟随我许久，却还不晓得，身在关隘我才歇得舒坦吗？”

“是，我这就去为大人安排食宿。”侍从应道。

于谦独自一人下关。雁门关以南面对的山峦，名西陉山，又名雁门山。究竟是山以关得名，还是关以山得名，于谦没有考证过，也无心考证。因为这并不重要；重要的是，越过雁门关，似乎就进入另一个世界。雁门关和偏头关、倒马关，被视为外三关，应该就是古人所谓的边塞吧。虽然边塞之外仍是大明的疆土，但在人们的心目中，那里有没有乱子，是不是安宁，好像用不着太焦虑；只要这些边塞守住，边塞以内不出乱子，边塞以内安宁，天下也就太平。

因此，自总督河南、山西以来，他的第一个想法是：二省之事务不同，一个人怎么管得过来？他的第二个想法是：二省之事务，应偏重于山西的事务，在全山西的事务中，应偏重于边塞的事务。今年正月，朝廷以户部侍郎王佐镇守河南，他更加相信自己的选择是正确的。兼顾两省时，他不可能遍历山西的各处关隘；自打从河南事务中抽身，他就计划着要走遍山西的每一处关隘，每一处边塞。

行走在山间，他控制不了内心的冲动，吟诵起自己写的《出塞》：

健儿马上吹边笳，旌旗五色如云霞。
紫髯将军挂金印，意气平吞瓦剌家。
瓦剌蕃人手弓矢，敢向边疆挠赤子。
云屯雨散去复来，大荒落日风尘起。
将军出塞整戎行，十万戈矛映雪霜。
左将才看收部落，前军又报缚戎王。
羽书捷奏上神州，喜动天颜宠数优。
不愿千金万户侯，凯歌但愿早回头。

诗是哪一年哪一日巡视哪一处边关时写的，他已经记不太清楚。这不要紧；要紧的是，他仍有着那时的豪气。“左将才看收部落，前军又报缚戎王”，他出镇山西以来，每巡视一处边关，都渴望着这样的胜利。他从来没有获得过这样的胜利，那不是他的过错。因为他没有机会。他相信，机会到来时，他可以战胜任何敌人。

但朝廷忽然召回王佐，重申以于谦镇守河南，并促他速往河南安抚动乱之后的军民。他是在巡视边关时接获诏书的。朝廷并没有撤去他巡抚山西的差事，仍命他兼顾二省；但他忽然觉得，他的主要事务是在河南，即使仍要办山西的事务，也不会久在边关。这种感觉，可能是由于朝廷明令他安抚河南军民而产生，更可能是由于朝廷差遣多员大臣巡抚、镇守山西而产生。山西的事务，山西边关的事务，要易手他人来处置，可能不是由一个人来处置。

“凯歌但愿早回头”，气势如虹的《出塞》诗，怎么会选这么一句话来结束呢？现在很难回味起当时的心情，可以肯定地说，这句话里绝没有卸甲归田的含义。他在仕途上才走多远，他还想做出更多更大的事业来呢！谁知这句话竟成诗谶，他真的要远离边关，走回腹里。所以，他特意选择一条关隘最多的路线赶赴河南，他要尽可能多地在边塞、关口留宿。

他的这种心情，侍从们又怎能理解！

他内心忽然又产生吟诗的冲动，好像是为弥补“凯歌但愿早回头”的消极情绪，浮现在他脑海里的第一句话是：将军归来气如虎。他由此想到新吟诗的题目：既曰归来，那是从边塞归来，前一首诗称《出塞》，这一首诗就称《入塞》吧。

他由山路而下，不停地念着“将军归来气如虎”这句诗。回到雁门守御千户所驻地，这里已为他腾出一间房屋。他命侍从收拾好笔、墨、纸、砚，然后关起门来写诗。在写下《入塞》的题目和“将军归来气如虎”这句话后，其他的句子如潮水般涌出：

将军归来气如虎，十万貔貅争鼓舞。
凯歌驰入玉门关，邑屋参差认乡土。
弟兄亲戚远相迎，拥道拦街不得行。
喜极成悲还堕泪，共言此会是更生。
将军令严不得住，羽书催入京城去。
朝廷受赏却还家，父子夫妻保相聚。
人生从军可奈何，岁岁防边辛苦多。
不须更奏边笳曲，请君听我入塞歌。

“请君听我入塞歌”和前一首诗的“凯歌但愿早回头”，真有点呼应的意思。但如果说，前一次的“凯歌但愿早回头”只是没有卸甲归田的含义，但多少有些消沉；那么，“请君听我入塞歌”有的是更深一层的含义：由边方回到腹里，以后可能还会从地方走入朝廷，不论在哪里，自己都能做出更多更大的事业。

距河南还有几日的行程，但于谦已经准备把全部心思用在河南的事务上。

第三章

御花园里，皇帝在一伙少年宦者的簇拥下击毬。其中一个小宦者身体灵活，脚法极佳。他每次传递过来的毬，皇帝都能舒舒服服地将其弹入门框，每当他需要自己击毬时，不管多么困难，他都能玩着花样击出，而且一击中的。所以，每次一伙人击毬，实际上只有皇帝和他两个人在玩要，其他小宦者只是在一旁喊叫助威。

不知谁喊一声："王太监来了！"喊叫助威的小宦者们惊叫一声散开，离场地远的，跑得不见踪影，离场地近的，垂手而立，一动也不敢动。善击毬的小宦者也想跑开，至少想混在垂手而立的小宦者的队伍里，但被快步走来的王振一把抓住。他像一只老鼠，在猫的利爪下战栗不已；王振松开手，他也不敢再躲闪。

王振松手，是为与皇帝说话。

"老奴给皇上叩头。"王振说着，就要跪倒。

"不要，不要！"皇帝忙加阻拦，"朕早就说过，王先生在朕面前不必行大礼。"

"谢皇上恩典。"王振垂手站立在皇帝面前，对附近垂手站立的小宦者，包括站立在他身旁的善击毬的小宦，毫不理会。

"王先生，有事吗？"皇帝问。

"奴才别无他事，只想问皇上累不累。"王振说。

"怎么？"皇帝不知他的用意。

"皇上若不累，老奴陪着皇上击毬。"王振说。

"不用，不用！朕甚累，朕想读书，不想击毬。"皇帝一口气说道，并以眼神向王振乞求着什么。

"皇上爱读书，实是社稷之幸，百姓之福，太皇太后也会欣慰。奴才陪皇上去读书。"王振说着，向一侧挪挪，意思是请皇帝先走，他会随后跟上。

"朕今日击毬之事，王先生不会告诉皇祖母吧？"皇帝大喜之余，似乎有些不敢相信。

"老奴只知皇上曾歇一会儿，不知皇上曾击毬。"王振说。

"好，好，朕这就去读书。"皇帝高兴地说。但才要迈步，又停下来。"朕自己去读书，老先生不必陪伴。”他看王振身旁的小宦者一眼，有了主意，笑着说，“这个小奴才调皮得很，你代朕教训教训他。”

“老奴遵旨。”王振应道。

小宦者想说不敢说，想动不敢动，流露出可怜和哀恳的表情。

皇帝装着没看见，仰头走去。走出五步，又退回三步，他说：“不过，老先生动嘴教训教训他就行，不必动手。”

“是，老奴遵旨。”王振应道。

等皇帝率人走远，他转向身旁的小宦者，嘴角挂着一丝冷笑，叫一声：“小子！”

“小子在。”小宦者应着，腰弯得很深。

“小宁子！”王振又叫。

“小宁子在。”小宦者没把腰再弯下去，而是向王振倾过去，他说，“有件事向你老人家禀报，小宁子已有姓。”

“是吗？姓什么？”王振问。

“喜。”小宦者说。

“是欢喜的喜？”王振问。

“是。”小宦者应道。

王振哼一声，说：“小子，你倒选个好姓！”

“不是小子选的，是爷赐的。”小宦者有恃无恐，话也多起来，“你老人家金口玉言，说小宁子来自异邦，用不着有姓氏，大家就叫他小宁子吧。小子牢记在心，怎敢自己选个姓。可今日击毬前，爷把小子叫到面前说，小宁子，朕见了你就欢喜，以后别叫小宁子，叫喜宁吧。小子已经给爷磕过头，谢爷的恩赏。”

王振又哼一声：“这么说，我也得向你道喜？”

“不敢！小子还没叩问你老人家，这个姓用得用不得。”小宦者说。

“皇上赐姓，谁敢说用不得！”王振说着，叫一声：“喜宁！”

这等于正式认可喜宁这个名字，他忙应道：“小子在。”

“你可知道，皇上赏赐姓氏，我也很为你欢喜？”王振问。

“小子知道，你老人家一直是心疼小子的。”喜宁说。

“心疼还在其次；我就是想看一看，姓喜的人，怎么会一下子变得不欢喜。”王振咬着牙说。

“是，是，为你老人家欢喜，小子从此不敢欢喜。”喜宁半是惶恐半是无赖地说。

“好，说说吧，皇上方才是怎么吩咐的？”王振命道。

“爷要你老人家教训教训小子。”喜宁说。

“还有呢？”王振问。

“爷说，你老人家动嘴教训就行，不必动手。”喜宁一定要等王振问起，才肯重复这句话，免得惹他生气。

“这下，你可以安心了吧？”王振冷笑，“喜宁，你知道皇上为什么不让我动手教训吗？”

“爷怕累着你老人家。”喜宁谄媚地回答。

“知道就好！”王振先把手攥成拳头，看了看；又把手张开，看了看。他缓缓地说:“小宁子，我也没气力动手教训。我不动手教训，你动手自责，这算不得违旨吧？”

“你老人家金口玉言，这算不得违旨。”喜宁不情愿地说。

“那还不动手！”王振道。

语气并未加重，喜宁却浑身一震。他举起右手，可怜巴巴地问：“你老人家是要小子掌嘴吗？”

“我倒想让你打自个儿的屁股，你够得着吗？就算够到，像是自责的样子吗？”王振不紧不慢地说着，还示范般拍拍自己的屁股。

“你老人家要我掌几下嘴？”喜宁愈发可怜。

“咱们别定数吧，你只要掌得这边脸颊和那边脸颊不同，就停下来，如何？”王振显得很好说话。

“多谢你老人家开恩。”喜宁说着，伸在空中的手慢慢向右脸颊落去。一下，两下，他心里暗自数着。数到第五下，他猛地用力，手掌抽打到脸上，除感觉右颊火辣辣地疼痛，他似乎还看到，右颊上清清楚楚地印上指印，然后肿起来。

“叔，看得出不同吧？”他带着哭腔问。

“看是看得出，可我没想到，变得不同会这么难看，你出去怎么见人呀！”王振闭上眼，不住地摇头，好像不忍入目，“小宁子，我见不得你这个样子，你还是把右颊整治回原来的模样吧。”

喜宁抚摸几下右脸颊，哭丧着说：“小宁子无能，不能把它整治回原来的模样。”

“那只好求其次，把左颊整治成右颊的模样。”王振说。

喜宁知道央告也没用。他咬着牙，把自己的左脸颊也抽打得肿起来。

“很好，你这次的自责很彻底。去吧！”王振说着，挥挥手。

“你老人家还没动嘴教训呢。”喜宁大概挨自己一顿嘴巴，觉得很冤枉，反而不肯就这么了结。

“你真的想听？”王振问。

“小子真的想听。”喜宁道。

“好吧，我就教训你几句。”王振说，“咱们皇上聪慧过人，这是不必说的。但皇上到底是在幼冲之年，童心未泯，难免喜爱玩耍。把你等选出来陪伴皇上，原是为的让你等陪伴皇上读书。你等可好，皇上还没想到玩耍，你等自己先想到玩耍。皇上还会有心思读书吗？我不是说皇上不可以玩耍，不是说你等不可以陪伴皇上玩耍，但玩耍要挑个时辰。该读书的时候，就不能玩耍；该琢磨朝政的时候，就不能玩耍。你在不该玩耍的时辰，陪伴皇上玩耍，我看到，不过让你自己掌嘴；要是太皇太后看到，就要取你的性命！”说到这里，他顿了顿，问道，“我说的这些，你可听清楚？”

“小子已听清楚。”喜宁说。

“你可知道利害？”王振问。

“小子已知利害。”喜宁说。

“已听清楚，已知利害，你去反省两天吧。”王振再次挥手。

司礼监一名太监和太皇太后宫里一名太监，为同一件事先后脚到内阁。司礼太监是传皇帝圣谕，要内阁拟旨，以王振为司礼监掌印太监；宫里太监是传太皇太后懿旨，要阁臣们议一议此事。

“议不议，王某掌司礼监已成定局。”杨荣原本不想先开口，但见杨士奇、杨溥闷在那里不作声，不得不说一句。

“何以见得？”杨溥问。

“你看，皇上的意思是明白无误的；太皇太后降下懿旨，可见皇上已将此事禀明。太皇太后若不赞同，定会当即驳回；太皇太后没有驳回，可见赞同的成分居多。”杨荣一层一层地分析。

“有道理，”杨溥频频点头。然后问杨士奇，“东翁，你看呢？”

“已成定局，或如勉仁先生所言；但议还是要议的。”杨士奇说。

“为什么？”杨溥问。

“太皇太后既命内阁议之，一定有太皇太后的道理，内阁不能不议。太皇太后既命内阁议之，内阁不议出个结果，就成不了定局。勉仁先生说已成定局，应该是指内阁议后结局不变，而不是指内阁不议而成定局。这是其一。太皇太后命内阁议之，是看重司礼之职，内阁可以不看重吗？太皇太后命内阁议之，是表示要对此事承担责任，内阁就可以不承担责任吗？这是其二。”杨士奇也一层一层地分析。

“东翁的道理更深刻，”杨溥说着，稍一迟疑，他问，“不过，既然已成定局，又怎么议呢？难道我等就为这个结局找些依据？”

“如此行事，怎做群臣的表率！那也不是太皇太后的本意。”杨士奇摇着头说，

“我看，勉仁先生有四个字说得好。”

“可是‘明白无误’四字？”杨溥听得仔细，在杨荣的分析里，只有这四个字可以连成一个词语。

“对。”杨士奇应道。

“请东翁仔细说说。”杨溥还没体会到这四个字的好处。

“皇上要王太监掌司礼监，确如勉仁先生所言。太皇太后虽然没明白无误地赞同，但也没明白无误地反对。我等就议议，内阁能不能明白无误地反对。能明白无误地反对，就反对；不能明白无误地反对，就只得赞同。”杨士奇说。

杨溥静静地听着，心想：东翁方才的一番话，何等慷慨；而具体说起来，怎又变得含糊？看来，此事已成定局，他二位的看法是一致的；只不过对这个结局，勉仁兄是以平静的心态接受的，东翁是以无奈的心态接受的，这或许就是二人的不同风格吧。

杨荣走到他面前，笑嘻嘻地说：“弘济兄，你既把我的心思发掘出来，把东翁的心思发掘出来，现在该透露透露你的心思吧？”

他二人都是建文四年的进士，但一来杨荣入阁办事的年头比杨溥早得多，二人之间就有距离；二来杨士奇不是进士出身，不能让他和他二人之间有距离感。所以，在内阁议事时，他们有时也互称先生，但有时杨荣会对杨溥说几句俏皮话。

“我也来说说明白无误这四个字。”杨溥道，“皇上明白无误地要王太监掌司礼，是以为他只有长处，没有短处；或者说，是只看到他的长处，没看到他的短处。太皇太后不明白无误地赞同，也不明白无误地反对，是因为既看到他的长处，也看到他的短处。赞同的成分居多，是因为看到他的长处多于短处；命内阁议之，是因为尚未确定他的短处是不是可以不计。我等前奉皇上圣旨，继奉太皇太后懿旨，一定要明白无误地赞同，或明白无误地反对。那只有一个法子，议议王太监有何长处，有何短处，他的短处是不是可以不计。”

“好啊，弘济先生这才把明白无误说透。”杨士奇赞道。

“那就请弘济先生说说王太监的长处、短处吧。”杨荣马上接一句。

“不，不，明白无误是勉仁先生的创议，还是请勉仁先生先议。”杨溥推辞。

“先议就先议。”杨荣见杨士奇也在看他，知道不能再推辞，“宣宗皇帝曾激赏王太监的才干，这算不算他的一个长处？”

宣宗是内阁会同礼臣为大行皇帝拟定的庙号。

“我看，这不但是长处，而且是极大的长处。”杨溥说。

“那么，督促皇上勤学上进，也该算作极大的长处。”杨士奇说。

“自然该算。”杨溥应道。

“弘济先生也能举出个极大的长处吗？”杨荣问他。

“司礼掌印为各衙门太监之首，须得对内臣严加约束，方为称职。以此而言，眼下司礼监的太监们都不如王太监。”杨溥说。

“这是他的长处，恐怕也是他的短处。”杨士奇对此颇有看法。

“怎讲？”杨溥问。

“严加约束之下，看得出他过于横暴。现在他权势还有限，一旦掌司礼，情形将大不相同。我怕他权势加大，横暴也会加大；不仅对内臣横暴，对外臣也会横暴。”杨士奇说。

“东翁说的是，太皇太后不明白无误地赞同他掌司礼，或许正是为此。”杨荣附和道。

“这可不是个平常的短处，太皇太后既虑及此，为什么还说太皇太后赞同的成分居多？”杨溥问。

“有太皇太后镇着，大约他不至太横暴吧。”杨荣不像在说太皇太后的想法，而像在说自己的想法。

“万一太皇——”杨溥要说“万一太皇太后不在了呢”，可才说出几个字来，猛然发觉这话是不能说、不该说的。

杨士奇、杨荣当然也知道这话是不能说、不该说的，所以谁也不接他的话。沉闷片刻，杨荣把话岔开：“弘济先生列举一事，难的既是长处，又是短处，可否单举他一个长处？”

“我还是单举他一个短处吧。”杨溥说，“他几日前才升太监，尚未确定分派去哪个衙门，资历是不是略浅？”

“比起金太监、兴太监等，他的资历稍觉不足；不过，他既有长于金太监、兴太监之处，这个短处似乎也可不计。”杨荣说。

一个短处可以不计，一个短处不好深议，三位阁臣都无话可说。老实说，王振长久在东宫，没有出面办多少事，要具体议出他的长处、短处，还真是挺难的。

王振、金英一前一后走进司礼值房的内间。金英指着上首的椅子，做个恭让的手势，道：“请。”

“那是掌印的位子？”王振问。

“是。”金英应道。

“今日我不坐在那里，”王振在一旁拣把椅子坐下，“金哥在这里是前辈，我本来想将那把椅子争给金哥，没想到却争给自己，金哥莫见怪。那把椅子，金哥今日尽管坐，明日我不会再让。”

“今日也不必让；让，我也不敢坐。”金英说着，拣另一把椅子坐。

两把椅子正好相对，二人面对面坐着，却谁也不看对方。

金英心里一阵一阵感觉酸楚。王振为自己争掌印的位置，谁知是不是真的！但自己进出这间屋子，的确已经很久；自己渴望得到那个位置，的确已经很久。没有人时，他甚至在掌印太监的那把椅子上坐过。现在想想，真有些可笑。正所谓命里有的终归会有，命里没有的，怎么想也想不来。王振“今日尽管坐”的那句话，与其说是谦让，不如说是警告。这是在告诉他，那把椅子已经有主，再也不能去坐；不但那把椅子不能再坐，而且，这间屋子也不能轻易再进来。

随他去吧，大丈夫能屈能伸，何必在意一时的得失。金英想到这里，不由得苦笑：一个残缺不全的人，还说什么大丈夫！不管是不是大丈夫吧，该屈时就得屈。现在是王振得势，绝不能再与他争。趁着二人单独在屋里的机会，他很想说几句服软的话。但“老王”叫了很久，一句“王哥”却怎么也叫不出来，肚子里的话逼得他干咳几声。

“金哥，有话要说？”王振问。

“日后还望——还望王哥关照。”金英把王哥叫出来，把话说出来，但叫得干巴巴的，说得干巴巴的。

“好说。”王振的回应也是干巴巴的。

金哥多一刻也不愿坐，站起来说：“王哥，我出去走走。”

“请便。”王振也不留他。

金英出门时和御马监太监曹吉祥撞个正着。曹吉祥往边上让让，想打招呼；他却像没看见，昂首而去。

“他老人家这是怎么了？”曹吉祥进来后，顾不上寒暄便问。

“你说呢？”王振冷笑道。

“嫉不敢嫉，恨不敢恨，让人看在眼里，好不可笑。”曹吉祥说。

几句话说得王振很开心，冷笑变成欢笑。他这才问：“吉祥来这里，有何公干呀？”

“并无公干，只有私情，属下特来向王公道喜。”曹吉祥连连作揖。

“此言差矣！我做少监时，你已经是太监；我才升太监，你怎么反而成我的属下？”王振问。

“太监与太监，如同诸王与太子不同。吉祥早想拜在王公门下，无奈王公辅导东宫，无缘接近；今日王公坐衙办事，吉祥紧赶慢赶，来向王公道喜，来求王公收录。”曹吉祥说。

“我是不想立什么门户的。不过，你紧赶慢赶来到这里，我也不能把你拒之门外。”王振这么说，显然已经不把同辈太监甚至比他资格更老的太监放在眼里，“这样吧，我给你出个题目，你做得好，我让你来司礼监办事。”

“属下没进过内书堂，不识几个字，入司礼监非所愿。”曹吉祥说。

“你所愿何事？”王振问。

“领兵。”曹吉祥说。

“想做我大明朝第一个统兵太监？”王振颇感意外，但绝无嘲讽之意，“好，我答应你，若有大的战事，定使你监军。”

“多谢王公重诺。”曹吉祥边说，边叩拜行礼，然后起身，略整衣装，道，“请王公出题。”

“我当如何对待金太监？”王振问。

“王公说什么？”曹吉祥生怕自己没听清楚。

“我当如何对待金太监？”王振重复一遍。

“王公为何想起他？”曹吉祥问。

“他才从这个房间走出去呀。”这当然不是一个正式的回答，王振又说，“你说他嫉不敢嫉，恨不敢恨；但他内心终究是嫉的，是恨的。对内心嫉我、恨我的人，我要知道该怎么对待。”

“王公说的是，金太监是嫉你、恨你的，对嫉你、恨你之人不可不防。”曹吉祥说着，伸出一指，“防他的法子，我看只有一条。”

“哪一条？”王振问。

“不让他离开司礼监。”曹吉祥说。

“你说什么？”对王振来说，这是个意料之外的答案。他恰恰正在想，怎样把金英，以及另外几个资历在他之上的太监赶出司礼监。

“不让他离开司礼监。”曹吉祥重复道。

“理由呢？”王振问。

“把他留在司礼监，留在王公眼皮底下，他永远只能嫉不敢嫉，恨不敢恨；一旦他离开司礼监，不在王公眼皮底下，他会变成什么样，他会做出什么事，谁也拿不准。”曹吉祥说。

不错，这是一步高棋，把金英等资深的太监放在自己眼皮下作司礼太监，维持自己的尊贵地位，就用不着担忧。王振这样想着。但他不愿过分赞誉曹吉祥，于是说：“把金太监留在司礼监，不仅便于制约他，还可以利用他。他与内阁几位杨先生有多年的交情，让他和他等打交道，比我事事和他等打交代有利得多。”

“是，还是王公想得周到。”曹吉祥当然不会吝惜赞誉。

“吉祥啊，你的谋略功夫也不差嘛。”王振这才夸奖他一句，并说，“对了，你方才提到志在领兵。在外领兵呢，机会一定会有，咱们迟些再说，你先陪我在京师阅武如何？”

“是，多谢王公栽培。”曹吉祥道。

将台是北京演武的场所。

京营各部挑选出的将佐已在将台内排列整齐。文武大臣或乘轿，或乘马，三三两两来到校场外。先到的多是四五品衙门的堂官及各部的属官，只有他们等二三品大员们，绝无二三品大员等他们的道理。但等得过久，也难免有些不耐烦。

有人就盼大司马快来，因为演武之事由大司马主持，他一来，大家就可以进入场地，演武就差不多要开始。可王骥到后，却只顾和已经到了的几位尚书、侍郎行礼、说话，全没有进入场地的意思。

又有人想：不错，到底是演武，怎么也得等爵爷们来，才好进入场地，才好开始演武。可英国公张辅来后，多位爵爷来后，却只顾和已经到了的几位尚书、侍郎行礼、说话，和先到的几位爵爷行礼、说话，全没有进入场地的意思。

有人忍不住问身边的人：怎么了，公爷也要等人？大司马也要等人？

身边的人说：主角没到，不等还成？

有人问：主角没到？名曰演武，统领京营事的公爷难道不是主角？大司马难道不是主角？

有人说：主角是谁都不知，你也太孤陋寡闻！皇上降旨，命司礼掌印王太监偕文武大臣阅武将台，你道主角是谁！

前一人说：圣旨我是知道的，但没想到，一个偕字竟烘托出主角来。

身边有人说：好了，这回主角终于驾到。

果然，一队人马驰来。纵马奔走在最前面的，正是王振。他驾驭着一匹西域进贡的马匹，高大俊美，毛色纯白，配鞍鲜亮，衬托得文武大臣们的坐骑黯然无光。

王振在距离大臣们稍远的地方下马。张辅、王骥离开众人迎上去。

“王公公请，众人到齐，都在恭候。”王骥揖道。

王振瞥他一眼，毫不理会，连哼都不哼一声。

王骥碰壁，甚是难堪。与他并排而站的张辅也不知所措。

王振身后的曹吉祥低声说：“王公，这位是兵书王尚德先生。”

“大司马都不识，我来作甚！”王振却故意把嗓门放开。他对王骥不理睬，对张辅却格外亲热。“公爷给我点儿面子，咱俩一起进去。”

“请，请。”张辅忙回应。

王骥站在那里，走也不是，不走也不是。见曹吉祥跟在后面要走，他一把拉住。在内府各衙门太监里，曹吉祥是他最熟悉的。

“曹公公，这是怎了？”他问。

“什么怎了？”曹吉祥故作懵懂。

王骥要说，说不出口；要用手向前方指去，想想不好，便用嘴向前方努努。

“你说的是这件事呀。”曹吉祥卖起关子，“事情的原委嘛，我知道得一清二楚；但关系重大，我不能随便说呀。”

“对我也不能说吗？”王骥问。

“尚德先生别误会我的意思。这件事我对谁都可以说，只是不能随随便便地说。”曹吉祥的话仍然不明确，但变得容易理解一些。

“当然，承蒙相告，定有重谢。”王骥说。

“尚德先生说到谢字，未免见外。”曹吉祥道，想了想，他说，“这样吧，我把此事告诉尚德先生，尚德先生拨与我五名健卒，如何？”

王骥本想问一句“你要健卒何用”，但见王振拉着张辅已经快走进校场，顾不得再问。他匆忙允诺：“你要健卒，我设法就是。”

“好，俯耳过来，”曹吉祥一招手，贴在王骥的耳边说，“尚德先生，你那声‘王公公’招呼的不对。”

“怎么，”王骥大为不解，“对众位太监不都是这样招呼吗？我不是也招呼你曹公公吗？”

“我和王太监岂得相提并论，众太监与王太监岂得相提并论！你可知，万岁爷是如何招呼王太监的吗？”曹吉祥问。

“不知。”王骥道。

“万岁爷只称他王先生，尚德先生该如何招呼，自己琢磨吧。”曹吉祥甩下一句话，扬长而去。

王骥快步跟上。边走边想：这个消息，值五名健卒。

观武台上，王振站在正中的位置。他右手第一位站的是张辅，以下依此为各公、侯爵爷。紧靠他左手的位置空着，以下依此是吏部尚书郭琎等。圣旨没有特别提到内阁大臣，三位杨先生没来。

王骥稍一犹豫，向王振左手走去。

“大司马步履蹒跚呀。”王振看他一眼，说。

离他较近的大臣们听到他的话，都笑起来。王骥赔着笑脸请示：“王先生，今日演练射箭，开始吧？”

“好啊，就请大司马发令。”王振不但说话的语气变得温和，连眉毛也舒展开来。

司仪官传令下去。各将佐轮流登场，朝着台上行礼，自报姓名；然后走向指定的地方，弯弓射箭。箭靶距射者三十步，每人三箭。三箭皆中靶心者优异，三箭中二者优胜，三箭中一者及格，三箭皆不中者劣等。事先已发布，优秀者重赏，劣等者重罚。因为距离近，考较是象征性的。

王振这次把张辅冷落在一边，只管与王骥说话。

“尚德先生是何方人氏？”他问。

“保定束鹿。”王骥回答。

“祖籍呢？”王振又问。

“族人曾言，本支王姓自太原迁徙而来，但不曾考证。”王骥说。

“是吗？”王振显得很高兴。“这么说，你我或是同宗。”

“王先生也是太原人？”王骥问。

“本族正宗在太原，我属于定居在蔚州的一支。”王振回答，并说，“尚德先生考证本族时，也替我考证一二。”

“是，闲下来时，我必用心于此。”王骥应道。

演射完毕，大约三箭中二者三分之一,三箭中一者三分之一,三箭皆不中者三分之一,三箭中靶心者只有一人。

“优异者何人？”王振问。

“后军指挥佥事纪广。”司仪官禀道。

“大司马，我等保奏他升任都指挥佥事如何？”王振问王骥。

“这个一径升三级，没有先例呀。”王骥感觉为难。

“说的是重赏嘛，不能言而无信。”王振不以为意地说，又和王骥开起玩笑，“人家都说我山西人悭吝，尚德先生，你还没考证出自家是不是山西人，怎么也悭吝起来？”

“取笑了。王先生保奏，在下愿意末署。”王骥笑着说。

第四章

再过一夜，就是正旦，也就是说，从明天开始，该正式使用正统这个年号。皇帝很兴奋，兴奋到就寝的时辰过去很久，仍在卧榻上翻过来转过去，丝毫没有倦意。

他以前盼望过年。过年时，宫里很热闹，张灯结彩，还会放烟火；人人喜气洋洋，连说话的声调都会变。但他也害怕过年。过年时，礼节比平日多很多，有人给他叩头，他也要去给父皇、给母后、给皇祖母叩头。明天将是他做皇帝以后过的第一个正旦。他知道，这个年和他以前过的年将会不一样：那些好听的乐曲是为他而奏，那些高亢的颂词是为他而陈，他要叩的头减少，给他叩头的人增多。

他对新年的理解可能就是这些；或许连这些也不能理解，只是奉天殿将要出现的场面带给他一种刺激感。

他知道，每个皇帝都要有一个自己的年号，这表明他的时代来到。差不多整整一年的时间，他都在使用宣德这个年号，这应该是属于父皇的时代。他等待属于自己的时代等待得太久，现在，这一天终于来临。

他对改元的意义的理解可能就是这些；或许连这些他也不能理解，只是将要使用的新年号带给他一种新鲜感。

听到身后传来脚步声，皇帝从被子里伸出一只胳膊，不耐烦地说："出去！朕不是说了吗，不许进来打扰！"

进来的人没出去。如果说，方才的脚步声比较轻，比较缓慢，因为进来的人无法确定皇帝是不是睡着；现在知道皇帝并没睡着，她的脚步变得更沉着，更有力。她走到卧榻前，一只手把被子掀开一角，另一只手把皇帝的胳膊按捺到被子里。

"你好大胆！"皇帝掉过头来，才要开口斥骂，却发现站在榻前的是太皇太后，他边吃惊地问"皇祖母怎么来了"，边要坐起来。

"别动，小心着凉。"太皇太后说着，把他按下，自己在卧榻边坐下来，"我怕皇上睡不着觉，来陪着说几句话。"

"还是皇祖母懂得孙儿心思，孙儿今晚又睡不着觉。"皇帝说。

"这不足怪。"太皇太后先安慰皇帝一句，然后问，"皇上还记得上一次睡不着是什么时候吗？”

“怎么不记得，是孙儿登极大典的前一晚呀。”皇帝说。

“皇上还记得我那晚跟你说的话吗？”太皇太后又问。

“记得，皇祖母告诉孙儿，别的都不要想，只想明天定要挺直腰板坐定，就能睡着。孙儿后来真的睡着。”皇帝说，一年过去，太皇太后的话他还记得很清楚，他问，“皇祖母，今天也要对孙儿说一句话吗？”

“我今晚要说的话，和那晚说过的话，只差一个字：别的都不要想，只想明天更要挺直腰板坐定。”太皇太后说。

皇帝似乎在考虑太皇太后的话，也可能在考虑话外的什么。考虑了一会儿，皇帝说：“有件事，孙儿想问问皇祖母。”

“皇上问吧。”太皇太后道。

“为什么在奉天殿里定要挺直腰板坐定，是不是因为大臣们都在看着孙儿？”问题虽然幼稚，但皇帝问得很认真。

“他们不敢看皇上。”太皇太后说。

“那孙儿挺直腰板给谁看？”皇帝问。

“给天看。”太皇太后说。

“被云遮住，天看得见吗？”皇帝问。

“看得见。”太皇太后说。

“隔着大殿，天看得见吗？”皇帝问。

“也看得见。”太皇太后说。

“天下这么多人，天都看得见吗？”皇帝问。

“都看得见。”太皇太后说。

“那不是很累吗？”皇帝道。

“别人做事，天可以不看；或看一看，可以不在意。唯皇上做的每一件事，天都要看；不但看，还会记在心里。”太皇太后说。

“这是为什么？”皇帝问。

“因为皇上是天子呀，是替天行事呀。皇上怕天很累，其实，天只要看看皇上如何行事，就会知道天下的事怎样，所以不会很累。倒是皇上替天行事，要替天管理天下的事务，管理朝内朝外的大小臣子，管理普天之下的百姓，会很累的。皇上方才问我，坐在奉天殿里，大臣们是不是都在看着你，这说明，皇上已经懂得要为大臣们做个表率；年初登极时，皇上还没想到这个问题，年尾却想到，这说明，皇上已经长大。皇祖母很是欣慰，皇祖母相信，皇上能把天下治理好。”太皇太后说了很长一段话，然后问，“皇祖母说的这些，皇上听得懂吗？”

“有些好像听懂，有些好像没听懂。”皇帝说。

“不要紧，再长大些，皇上就会全懂。”太皇太后说。

正统元年正月十五一过，内阁的第一个客人是行在礼部尚书胡濙。正旦朝仪上，他和三位阁臣见过面；以后，或者和此杨，或者和彼杨，也有过聚会。但这时相见，还是要互致问候。

“源洁兄怎么肯屈尊下访？”杨溥先和他打招呼。杨士奇、杨荣除有尚书的头衔外，还有少傅的加衔，只有杨溥是以礼部尚书衔在阁办事，对于兼掌户部的胡濙来说，屈尊下访之类的话，只有出自他的口，才像是那么一回事。

由于是同年，二人互致问候的方式有些特别。胡濙接着他的话说：“屈尊下访？真是笑话！我从外面来，才听人议论内阁一句话，弘济兄知道是什么吗？”

“不知道，是什么？”杨溥问。

“门槛日高。”胡濙道。

杨溥吃了一惊，复问：“怎说？”

“他们说，内阁门槛日高。”胡濙又多说几个字。

“源洁兄所言他们，何许人也？”杨溥问。

胡濙知道他是一定要问的，在说有人议论内阁前，早想好说法。

“笑话而已，弘济兄何必知道谁人所言。”他说。

“谁人所言，可以不知道；源洁兄自己呢，是不是也以为内阁门槛日高？”杨荣走过来问。

“我也仅将此言当作笑话。”胡濙说。

“那就是说，源洁兄以为内阁门槛日高。”杨荣道，“祖宗朝内阁之设，备顾问而已，门槛能有多高？所谓内阁门槛日高，无非是说内阁管了许多不该管的事，对吧？例如，去年蹇老尚书去世后，内阁对大臣的任用，过问得太多，对吧？”

“勉仁兄心明如镜，什么事也瞒不过你。”胡濙恭维一句。

“不是我心明如镜，是这话说得太让人寒心。”杨荣绷着脸说，“这话的意思，难道东翁听不出来？难道弘济先生听不出来？但他二位肚量大，不予计较；我却不能忍，一定要计较计较。去年七八月间，升调若干方面官入朝，分任行在各部侍郎，都察院副都御史、佥都御史，各寺正卿、佐卿等，时用先生第一次主持这么大的事，有些把握不定；加之其时行在吏部侍郎空缺，连个可与之商量的人都没有。所以，他来过内阁两三次，与我等计议。”

“却有人说，是内阁将大冢宰唤来计议。”胡濙插话。

“这才是天大的笑话呢！我等虽有尚书衔，但东翁是兵书，弘济兄是礼书，我是工书，我等谁敢将大冢宰呼来唤去？”虽称天大的笑话，杨荣却是认真地批驳。“时用先生第一次来内阁时，‘屈尊下访’四字，是东翁说的，我等着实感觉荣幸之至，惶恐之至。再者，所升调之人，都是吏部拟的，我等充其量只是对吏部所拟的官员略加品藻而已，并未妄加一人。时用先生对我等的品藻，有的赞同，有的不赞同；皇上后来的批复，用的也不全是我等称赏之人。又再者，温州知府何文渊升调行在刑部右侍郎，时用先生言道：何文渊任温州太守五六年，政绩卓著，继任者甚是难选。我无意中应一句：既然难选，何不由何文渊举贤自代？不料时用先生以为可行，竟以此议奏闻。”批驳之后，问道，“源洁兄，他们说内阁对铨政过问得太多，大约就是这些吧？”

胡濙点点头，说：“此等内情，外间如何知晓？勉仁兄这番话一旦传播出去，误解或会消除。”

“消除他人的误解，我没有把握，也不甚急；不如先来消除源洁兄的误解，那我是有把握的。”杨荣却说。

“勉仁兄怎么就断言我有误解？”胡濙似乎很委屈。

“源洁兄把‘内阁门槛日高’这句话仅当作笑话，不当作谬误，此其一也；源洁兄说‘误解或会消除’，把‘他们’二字也省却，可见是身在其中的，此其二也。”杨荣说。如果说言者未必无心，那么听者着实有心，胡濙的只言片语，乃至说话的语调神态，他都没有放过。

“好，好，我辩不过勉仁兄，就请来消除我的误解吧。”胡濙显得颇为无奈，同时又很是好奇。

“源洁兄可知，在你进来前，我三人正议何事？”杨荣虚问，并不需要胡濙回答，“在议屯种之事。东翁议曰：国家岁用浩大，皆仰给江南，军民转运，不胜劳苦；况河道难通，稍有阻隔则粮饷不足，实非长久之计。弘济兄和我都以为虑的是。”

“三位有何良策？”胡濙忙问。

“我等以为，京营军余数多，除操练、造作等应用外，余者可悉令于北京八府空闲田地屯种。倘遇丰年，则有蓄积，又可省南方转运之费，正所谓一举而公私获利。”杨荣说。

“好，既合祖宗制度，又切实可行，实是国家经久长策。”胡濙赞道。

“源洁兄以为切实可行，就好办。”杨荣说。

“怎么？”胡濙一时转不过弯来。

“你兼掌户部呀，这事不正该户部管吗？”杨荣道，又问，“源洁兄对此事关切，也是因为自己兼掌户部吧？”

“是又如何？”胡濙问。

“是就有些麻烦。”杨荣说，“该源洁兄管的事，我等不知回避，起劲地谋划；而源洁兄恰好走访内阁，不知外间会有怎样的议论呢！”

“内阁又在管不该管的事。”杨溥抢着说。

“还有呢？”杨荣问。

“内阁将大司徒唤来计议。”杨溥说，并问胡濙，“源洁兄可是我等唤来的？是哪一个唤来的？”

“哎呀，勉仁兄好厉害，三言两语就把我诱入彀中。”胡濙懊恼地说，但随即又忍不住笑出声来。

“源洁兄笑什么？”杨溥问。

杨士奇一直静静地听着，时而沉思，时而会意地一笑。这时，他也加入到谈话中，说：“源洁先生恰好有事要与我等议，对吧？”因为和他们之间的关系不同，说完了，还得正式问候一句，“源洁先生这个年过得累吧，怎么见瘦？”

“新年伊始，东翁倒是愈发康健矍铄。”胡濙则恭维一句吉祥话后，才说，“好啊，我的心思，勉仁兄说出一半，东翁又说出一半，我想言不由衷，想故作矜持，亦不可得。”

杨士奇笑笑，又问：“要议的不是户部的事务，对吧？”

“诚如东翁所料，是礼部的事务。”胡濙说。

“那就请讲吧。”杨士奇道。

内阁三杨都是翰林出身，对礼部事务的关注，远超过对户部事务的关注，不仅杨士奇摆出洗耳恭听的架势，杨荣、杨溥也把方才谈论的话题搁置一旁，注意倾听。

“三位老先生莫瞪大眼睛看我，我想说的，不过是一件例行之事。”胡濙好像被三位阁臣看得不好意思。

“可是今年的春闱？”听到“例行”二字，杨荣立即领会。

见胡濙点头，杨溥颇为不解。他问：“既是例行之事，源洁兄为何特意来内阁计议？”

“虽是例行之事，今年春闱却与往年略有不同。”胡濙说。

杨溥还要问，杨荣拦住他：“源洁兄的意思，我似领会。”

“是吗？他是何意？”杨溥问。

“今年是改元之初，恰逢春闱之年，这在本朝尚未有过。”杨荣说罢，问胡濙，

"源洁兄所言略有不同，可是指此？"

本朝以辰、戌、丑、未之年会试，正统元年为丙辰年，正当会试。算起来，太祖皇帝时，第一次春闱是洪武四年举行；建文帝在位四年，被称为革除年间，即"建文"这个年号是不被承认的，但在那几年里也举行过一次春闱，是在建文二年；太宗皇帝、宣宗皇帝时，第一次春闱分别在永乐二年，宣德二年。改元初年即举行春闱，当真不曾有过。

"勉仁兄说的，还会有错吗！"胡濙道。

"源洁先生所谓的略有不同，蕴意非同寻常，今年的春闱真得好好议上一议。"杨士奇说。

"那就先议定考试官吧。"杨溥说。

大家都不反对。考试官须得从翰林里挑选，你提一人，我提一人，竟提出十几个人选，反复斟酌后确定，以少詹事兼翰林院侍读学士王直为第一考试官，翰林院侍讲学士陈循为第二考试官。

"是否再议议策题？"胡濙问。

"我看，策题还是留待源洁兄与二位考试官去议吧。"杨荣说。

"我等为何不能议？"杨溥问。

"去年我等只议吏部一个衙门的事，已经有人说内阁门槛日高；今年我等连议两个衙门的事，门槛岂不是更高？"杨荣说着，转向胡濙，更加尖刻地说，"源洁兄，我可全是为你打算。我等管许多不该管的事，还不打紧；源洁兄落个为虎作伥的名声，却不值得。"

胡濙哭笑不得，杨士奇、杨溥也不好再说什么。

二月末的北京，天阴下来，或风吹起来，还会产生寒意。而集中在东阁的大臣们，多数会感到燥热；火气更壮者，更要不时揩拭额头的汗珠。这或是因为：阁中的大臣们辛苦了多日，阅卷使他们昏昏沉沉，议论使他们昏昏沉沉，倾听使他们昏昏沉沉。或是因为：阁中坐着的人已经不少，他们一呼一吸，把热气散出来；走进走出的人更多，他们举手投足，把热气带进来。

三阁臣与胡濙、王直、陈循等反复筛选，首先从与试的数百名举子中选出中试者百名。在此之前的十九次春闱，只有洪武二十七年和宣德五年的会试，取整整一百名进士。三阁臣议论今次会试时，谁也没有提出取一个整数；他们也没向胡濙示意，今次会试要取一个整数；胡濙也没向王直、陈循等示意，今次会试要取一个整数。这完全是筛选的结果。只能说上苍之意，要给今次不寻常的春闱留下个话柄。

在殿试以后，他们反复推敲，从中第的一百篇试卷里选出十篇，又从十篇试卷里选出六篇。一般来说，今次的状元，即殿试的第一名，今次的一甲，即状元、榜眼、探花，今次的传胪，即二甲的第一名，都是在这个范围里产生。三甲的第一名，也称传胪，已不太引人注意。

今次会元，即会试的第一名刘定之的试卷，也在十篇以内。

“状元、会元为同一人，定会是一段佳话。”王直说。会试名次的排定，考试官起的作用较大，他希望在最大限度上维持会试的名次。

“刘生的策论的确做得不错；不过，文笔仍欠火候。”杨士奇说。他被公认为文坛领袖，对文章的要求近于苛刻。而且，他和王直是泰和同乡，刘定之又是江西永丰人，直言不讳地点评，更显得无私。

“在东翁看来，哪一篇更好？”胡濙问。

“东翁和我议过，他以为，周旋的那一篇较佳。”杨溥说。

周旋是来自浙江永嘉的举子。

“不错，周君的立论确有过人之处。”杨荣附和，他强调的是立论。

三位阁臣看法一致，另外三人即便都倾向刘定之，也难以抗衡；何况胡濙、陈循未必以为他是本科状元的最佳人选。

“那就以周旋为一甲第一名？”胡濙征求众人意见。

众人都看杨士奇。他犹豫片刻，说：“我还有一事拿不准。”

“东翁何事拿不准？”王直问。

“诸位有谁见过周旋吗？”杨士奇反问众人。

众人被他问得莫名其妙，你看看我，摇摇头，我看看你，摇摇头，最后确定，谁也没见过周旋。

“可惜。”杨士奇感叹。

“东翁，这有什么可惜的？”杨溥问。

“都没有见过此人，就是说，谁也不知他相貌如何。”杨士奇说。

“我等选定状元，与相貌何干？”杨溥仍然不懂。

这也是除杨荣以外的众人心中的疑问，他已猜中杨士奇的心思。

“弘济先生还问什么，东翁是想今次春闱能够十全十美呀！”他说。

这个答案让众人觉得匪夷所思。但进一步想，又觉得不无道理。科考考的是学问，是才气；但把相貌列入考虑的范围，又有何不可？策论作得好，相貌也长得好，才对得起今次春闱，对得起各位老先生。

“这也不难，我等均未见过周君，同考官中却有人见过他，找来问一问，不就知道？”陈循说。

“但此事不宜太声张，德遵，你去私下里问一问，如何？”杨士奇道。陈循字德遵，永乐十七年的状元，也是泰和人。

陈循出去询问时，众人又议议其他试卷。因为一甲第一名还没确定，只能是泛泛而论。好在没过太久，陈循就带着一名官员返回。他大步迈进阁中，兴冲冲地叫着：“找到了，找到了！”

“陈学士休忘，东翁才说此事不宜声张！”胡濙责备道。

陈循向他做个手势，表示自己要轻声。他的声音也果然压到最低。

“东翁，”他指着随自己而来的官员说，“这位弥封御史见过那人。”

弥封指收来举子的试卷后将卷首的姓名、户籍、乡贯等栏目贴封，不使阅卷官看到。按照制度，这事及受卷、监门等项，都由监察御史承担。被陈循称作弥封御史的官员上前，行过礼，欲自报姓名。

“不必，我只问你几句话，”杨士奇拦住他，然后问，“陈学士所言‘那人’，你知道是谁吧？”

“晚生知道。”弥封御史回答。

“那你说说，他相貌如何，”杨士奇见那官员相貌还算端正，又补充一句，“你说说，他比起你来如何。”

“周某一表人才，晚生无法比。”弥封御史说。

“他怎的一表人才，你具体说说。”杨士奇道。

“老先生具体要知道什么？”弥封御史问。

“譬如，他肤色如何。”杨士奇道。

“白皙。”弥封御史回答。

“身材呢？”杨士奇问。

“伟岸。”弥封御史回答。

“听这四个字，某如见其人。”杨士奇不无兴奋地说。

于是，一甲三人及二甲第一人的名次顺利地确定下来：状元周旋，榜眼陈文，探花刘定之，传胪王鉴。

三月初一日，皇帝亲临奉天殿，鸿胪寺官于午门外唱名，礼部官于长安左门张榜，状元周旋等于奉天门谢恩，一切都在按照程序进行。当有人把周旋指给杨士奇看时，他大吃一惊，那天议论过状元人选的大臣都大吃一惊。这个身材瘦小、相貌平平的人，就是周生吗？不，他的相貌甚至说不上平平，而应该说丑陋。

为众大臣讲述过周旋相貌的御史就在附近，杨士奇招手把他唤来，轻声责备道：

“这就是你老弟说的一表人才！”

“他不是老先生问过的人。”该御史说。

“难道他不是周旋？”杨士奇问。

“他是周旋，但老先生那天问的是周瑄呀。”该御史说。

他竟把周旋听成周瑄！杨士奇气恼地想。他可以想象得出来，周瑄一定是肤色白皙，身材伟岸，一表人才，但那与周旋有什么相干！冷静以后，想法又不同。他为什么不能把周旋听成周瑄呢？他并不知道周旋的策、论被看好，一个不知底细的人听到这个名字，十有八九会以为是周瑄的。要是怪，只能怪陈德遵找到他时没多说一句，或自己见到他时没多问一句。可谁又想得到，同时中式的举子中，还有一个周瑄呢！而且，这个周瑄也是来自浙江。大概只能说这是天意吧。世事很难十全十美，刻意去求，多半也求不到。

想到这里，杨士奇坦然。

本地出一名状元，对任何一级的官员来说，都是莫大的荣耀。永嘉县属温州府，府、县衙同城，因此，对任何一个永嘉人来说，温州知府可以说是最直接意义上的父母官。

刘谦的确心怀喜悦，而且对前任何文渊心怀感激之情。他是永乐十九年的进士，原以御史监督温州的银矿开采。按他的资历，升任四品知府是可以的；但如果不是何文渊在入京前的大力举荐，他能否得到这一美差，真的很难说。不过，在喜悦、感激之外，他还有另一种心情，那就是困惑。让他困惑的，当然不是周旋抡魁。从道理上说，任何一名举子都有可能抡魁。让他困惑的，是他自己的一个经历，更准确地说，是他的一个梦。

周旋中状元，捷报到布政司，到府、县，有人会去周家报喜。作为知府，作为父母官，刘谦可以去，也可以不去。他决定亲自去一趟，不是因为他与周家有特别的交情，或者向周家表示友好，而是希望此行得以解开他心中的困惑。

周村距温州城不太远，刘谦率府衙的属官、吏员、衙役等，抬着锣鼓出城，直奔周村而去。

到村外，拎着铜锣的衙役问：“老爷，敲起来吗？”

“等等，先问清楚周状元的家宅。”刘谦说。

一吏员应声而去。不多时他从村里出来，身后跟着三五成群的村民，大概他对他们透露过什么。他一定也告诉过他们，今日到村里来的是知府老爷，这足以引起轰动。

吏员指着村里一处高出周围房屋许多、大过周围院落许多的宅第，道：“大人见到那片宅子了吗？”

“那里就是周状元的家宅？”刘谦问。

“不，周府在那片宅子的对面。”吏员说。

“既问清，敲起来吧。”刘谦说着，率先向村里走去。

衙役们敲锣的敲锣，擂鼓的擂鼓，在后面簇拥着。围观的村民，年老的尚知自重，远远地跟在后面；年少的叫着笑着打着闹着，几乎和官府的人们打成一片。他们开始只是看热闹，但很快明白敲锣擂鼓的意义，便由衷地欢呼起来。

人群走近高大的宅第，锣鼓声惊动宅中的主人。大门被谨慎地打开一道缝，等看清走在前面的官府老爷，门立刻大开，主人急速出门，迈下台阶，迎将上来。但官府老爷却一个转身，向邻家走去。高大宅第的主人呆呆地站在路旁，满脸的惆怅。

吏员说的周府，其实是一座很小的院落，几间房屋也很破旧简陋，别说和对面高大的宅第不能相比，就是和周围其他差不多大小高矮的院落比起来，也显得寒酸。

官府的人和村民在小院外围上好几层，衙役们把锣鼓敲打得更响。但小院的栅门一直关闭着，直到有村民高声呼唤周旋父亲的名字，他才拉开栅门，哆哆嗦嗦走出来。但一见门外的场面，他又想退回去。他的一个本家拉住他，道：“三叔，你跑得僧人，跑得寺庙吗？”

众人哄笑，连刘谦脸上都流露出笑容。周旋的父亲显然是个老实本分的农民，想走走不掉，留在外面又浑身不自在。他只得向四面胡乱作着揖，嘴上念叨着：“小民周成叩见各位老爷。”

“此处没有各位老爷，只有一位老爷，”一吏员指着刘谦，对他说，“还不快给本府郡侯刘老爷叩头。”

“是，小民周成给刘老爷叩头。”周成说着，就要跪倒。

“不可，”刘谦拉住他问，“老哥就是周成？”

“小民是。”周成应道。

“老哥贵庚？”刘谦边问边想，这样一个家庭，这样一个父亲，恐怕贵庚是什么意思都不知道，怎么居然养育出一个状元郎？

“不敢，小民虚度四十九个春秋。”好像看出他的心思，从周成嘴里忽然冒出一句文绉绉的话来。

刘谦想笑，但忍住。他心说：看不出还是读过几天书的。

“我这句老哥叫对，你长我三岁。”他说。

趁着他们说话的间歇，衙门里的人把喜帖送到周成手里，吵闹着要喜钱。吵是一定要吵的，不吵，怎显得出喜气？有刘谦在，不至于吵闹得太厉害，但这也让周成手足无措。本来他该回屋里去取些碎银、贯钱，但想到回屋也取不来钱，两条腿又迈不动。

刘谦看出他的难处，伸手去怀里掏。糟糕，出门匆忙，身上没有带银子。他想了想，问众人："哪位乡邻随身带着钱吗？"

村人一听，纷纷朝后退，生怕求告不得，会硬抢。

"老爷，我身上有。"人群后面有人说。村人看是住在周成对面高大宅院的老翁，闪开一条路，让他走上前去。

"这位高邻，肯借我几文钱吗？"刘谦问。

"说什么借，老爷尽管拿去用。"老翁说着，从怀里取出一把碎银。

刘谦接过银子，说："不，是借，日后定要还的。"然后，把银子塞到周成手里，说，"借与你，日后须得还的。"

周成不能推辞，他手刚一张开，衙役们这个抢一块，那个抢一块，刹那间抢个精光。他一脸苦相，说："我这是慷老爷之慨。"

又是一句让人意想不到的话。

"老哥，我二人进去说句话。"刘谦邀道。

"老爷请。"周成让道。二人进院后，他将栅门关好，把其他所有的人，包括他的另外几个儿子，都关在外面。

"老哥，这是做什么？"刘谦问。

"老爷似有机密之事要说。"周成显出很懂事的样子。

"也不是什么机密之事，有两句话，我无论怎么也解不开，想请老哥帮我个忙。"刘谦说。

"老爷要我解句，这不是问道于盲吗！"周成道。

"你别忙着回绝，且听这两句话。"刘谦眼睛盯住他看，嘴里念念有词，"欲传种子术，恐欺心上天。"

周成虽没搭腔，但无疑受到震动。

刘谦注意到。他问："老哥听过这两句话吗？"

"没听过。"周成缓缓摇头。

"当真没听过？"刘谦追问。

"又好似听过。"周成不再摇头，但也不肯定。

"你不是好似听过，是一定听过；要是我料的不错，这话大概是出自老哥之口吧！"刘谦道。

周成一惊，问："老爷怎的知晓？"

"这么说，果然出自老哥之口？"刘谦道。

周成终究是老实人，不再隐瞒，点头承认。

"那就说与我听听吧。"刘谦道。

"可以不说吗？"周成十分不想说。

"不可以！"刘谦口气强硬，无非是逼着周成讲述。

"好吧，我说。"周成无奈，只得设置另一条防线，"不过，老爷可否答应小民一件事？"

"你说。"刘谦道。

"我讲的这件事，请老爷不要传告他人。"周成说。

"此事有损老哥的声誉吗？"刘谦问。

"有损我的声誉无关紧要，是有损别人的声誉。"周成说。

"好，我答应你。"刘谦道。

"老爷问的是二十多年前的事。我记得，那时旋儿还在他娘的肚子里。"周成这才放心地讲述，"一天，某邻人请我过去饮酒，我应邀而去。"

"是哪一位邻人？"刘谦插问。

"这个，可以不说吗？"看来，这就是周成担心有损其声誉的人。

"老哥不想说，就不说吧。"刘谦这次没强迫他。

"邻家摆上一桌子美味菜肴，还有一坛好酒。老爷知道，我家境窘迫，是喝不上好酒的。闻到酒香，我真恨不得一醉方休。但只喝两盅，邻人自称酒量不好，唤其妻出来陪饮。这还没什么。又喝两盅，邻人又称有事，溜出屋去。我这才清醒。其妻很是殷勤，不住劝酒，我却不再喝；她为我布菜，我也不再吃。她于是不再劝酒布菜，使个眼色，把女婢支使出去。我问她作甚，她说，欲借种。这家人是本村第一富室，人人羡慕，唯有一事，女主人嫁过来后，几年不曾生育，招致许多闲话。听说，这家把温州城里的医仙都请来，为男女二人诊脉。医仙是怎么说的，我不知道；但事过不久，就有此宴。"说到关键处，周成顿住，让刘谦自己判断。

判断也容易。刘谦说："既欲借种，看来是播种的人有毛病。"

"小民也这么想。"周成道，"借种之事，小民曾听说过，让人想不到的是，邻人之妻在说'欲借种'时，居然——"

"脸也不红。"刘谦替他说。

"不，居然脸红。"周成道。

"如此说来，借种并非她的主意。"刘谦判断。

“诚如老爷所言，主意是邻人出的。邻人刚对她说时，她百般地不愿意，百般地反对，但最后还是在子嗣为大的念头下屈服。”周成说到这里，问刘谦，“老爷很不以为然吧？”

“我不在意他两个人，我在意的是老哥。”刘谦道。

“老爷是说，小民该甩手而去？”周成问。

“不，该问一问，这家人为何选中老哥。”刘谦说。

“小民问了，”周成道，“她说，邻人对她说，周成这家伙多男，比我还要神气，当向他借种。”

“原来为此，而非人品有什么瑕疵，老哥可以去矣。”刘谦说。

“这时要走，却走不成，门、窗都已从外面锁上。”周成道。

“老哥竟成瓮中之鳖，危哉！”刘谦语气里奚落的成分居多。

“还不打紧，她总不能强迫我行那事。”周成不经意地说，他接着讲述，“她在床榻外沿坐着，我面壁立着。我觉得出，她坐在那厢，脱去外衣，脱去夹衣，脱去内衣，马上就要一丝不挂。于是我的思绪禁不住渐渐混乱，老爷大概不知，其貌甚美，村里不知多少男人对她垂涎已久。这时，我心头忽然冒出两句话来，我反复对自己念着。”

“是‘欲传种子术，恐欺心上天’那两句吧？”刘谦插话。

“正是。”周成道，“我只读过几天书，写得出的字不多，但这两句话我实在想写出来。恰好窗台上有笔砚，我拿起笔，一字一字写在窗下。写罢，我大声念诵，反反复复，不下数百遍。终于我听到身后一声长叹，邻人之妻对我说句‘你去吧’，然后喝叫女婢将门打开，放我出去。”

“老哥，邻人请你饮酒，是在哪个房间？”刘谦问。

“正院的东厢房。”周成说。

“不会记错？”刘谦问。

“不会记错。”周成道，“那事之后不过两年，邻人之妻病故。小民听说，东厢房从此加锁，再没打开过。小民还听说，邻人再未娶妻，只从族人子弟中过继一子。”

刘谦点点头，不再提问。他不提问，周成却有疑惑要问：“小民斗胆问一句：‘欲传种子术，恐欺心上天’这两句话，小民从来没对人说起过，连小民自己都要忘掉，老爷如何得知？”

“这个，可以不说吗？”刘谦和他开个玩笑。

“老爷不想说，小民奈何不得。”周成道。

刘谦离了周家，敲开对面高大宅第的大门，先向主人致谢，然后表示想进去歇歇脚。主人一言不发，把他领到正院。他表示想在东厢房坐一坐，主人一言不发，打开门锁。东厢房三间，当中一间摆着一张桌子，三把椅子，右手的一间是一张大床，床上的被褥都没动过。房间里充满霉气，刘谦沿着靠窗的一面，边走边弯下腰察看。在窗下一段墙壁上，他果然发现那两句话，虽然有的比画脱落，但字迹依稀可见。

回城的路上，刘谦回想着他的那个梦：有人呼他出城迎状元，遥见前方数十柄旗幡，上面写的都是：欲传种子术，恐欺心上天。他后悔这么好的一个梦，为什么不讲给状元的父亲听。

第五章

周忱一行离开松江，前往苏州。在上海停一站，在唐行镇停一站，进入苏州界后，在嘉定停一站。

嘉定城南有一座茶楼。周忱过往此地，总要进茶楼歇脚饮茶，是熟客。店小二殷勤地招呼："客官回来了，请楼上雅间。"

"还记得我的规矩吗？"周忱边登楼梯边问。

"记得，第一是墨好，第二是茶好，第三才是点心好。"店小二回答。

"忙去吧。"周忱向他挥手。

雅间朝东开着窗户，朝南也开着窗户。从朝东开的窗户看去，看得到大海；从朝南开的窗户看去，数得出几条江。周忱在朝东开的窗户前稍站一会儿，在朝南开的窗户前多站一会，心里默念着：正南的那一条是吴淞江，与它并行的是蟠龙江，西南两水分别是白鹤江和青龙江，南运河与诸江交叉而过。

随行的幕僚，有的陪他看窗外景色，有的先找地方坐下。

店小二手托大托盘而入，托盘上有一个茶壶，几个茶盅，另外还有一套笔砚。他把茶壶、茶盅放在当中的大桌上，把笔砚放在靠窗的小几上，说句"客官们自便"，然后退出。

"各位先饮茶。"周忱招呼过幕僚们，自己在小几旁坐下。他从怀里取出一本册子，翻开，找到空白一页，提笔写下：正统元年五月七日，嘉定，晴，无风，海微浪，吴淞等江不见波纹。在书写的同时，他还念出声来。写完，问道："所录不差吧？"

方才陪他观看过窗外景色的幕僚应道："不差。"

早坐下的幕僚起来，往窗外探着身子，也应道："不差。"

周忱把笔放下，收起册子，拍拍手，说："好，饮茶。先生们肚子都在叫吧？我也饿了，催他们快送点心来。"他不是指使幕僚，而是自己走到门口，连叫数声"小二"。

店小二果然记得他的规矩，这一叫，几样点心马上端上来。往桌上摆放时，他手不停，嘴也不停："都是才出笼的，该甜的甜，该咸的咸，该焦的焦，该嫩的嫩，客官们就吃个热气腾腾吧。”

“我看你小嘴挺甜的，肯不肯让我啃一啃？”一幕僚笑道。

“小人偷喝过蜜汁，嘴或是甜的；不过，小人还偷吃臭鱼，嘴里满是腥气。要不，我给客官们找一两个姑娘来？她等的嘴保管又甜又香。”店小二不温不火地对开玩笑。

“去，去！”另一幕僚笑着说，“也不看谁在，敢说这等龌龊话！”

前一幕僚姓黄，大概觉得说笑过分，不宜再继续，于是改换话题，问周忱：“我跟随少司空两三年，见少司空每到一处，首先记录该地该时风雨阴晴，不知是何用意？”

工部尚书俗称大司空，工部侍郎俗称少司空。周忱以工部侍郎巡抚应天等府，六年以来，虽然一天也不曾在工部衙门坐值，仍有人愿以工部佐卿的职衔称呼他。

“只是习惯，并无用意。”周忱道。

“那么，记录下这些，可有实用？”姓黄的幕僚又问。

“未见得有实用。”周忱道。

“黄兄莫把崖公这话当真。”另一名姓陆的幕僚说。

周忱别号双崖，幕僚尊称他崖公。

“怎么，陆兄又可以忆旧吗？”姓黄的幕僚道。姓陆的幕僚跟随周忱的年头更长，能说出许多逸闻旧事，常引以自得。姓黄的幕僚不服气，因而口气很不友好。

姓陆的幕僚不以为意，心平气和地说：“确有一段旧事。那次我随崖公督粮常州。江阴某县民来告，其载粮之船行之于江，遇风浪翻船，他侥幸逃生，一船田粮却损失。崖公安慰他几句，然后问他，在哪处翻的船？他回答在某处。崖公问他，是哪日遇到的风浪？他回答是某日。崖公问他，是午前还是午后？他眼珠一转，回答是午后。崖公问他，刮的是东风还是西风？他眼珠又一转，回答是西风。崖公笑笑，取出册子，读道：唯年月日，某处江面，午前细雨，午后转晴，终日无风。该县民惊恐万状，叩头如捣蒜，但求饶命。原来他诈称船翻，希图将一甲的田赋据为己有，却被崖公的一本小册子识破。”

“崖公真乃神人也。”另一幕僚赞道。

周忱嘴里正嚼着一块点心，对幕僚的讲述和赞誉不能有所表示。等咽下点心后，他说：“我只是那天刚好在那段江面巡视，把天气和江面的情形记录下来。若这也算作神人，那神人和普通人就没什么区别。此乃小术，治事不能只凭小术，而要靠用心。譬如，朝廷以我巡抚应天等府，诸位莫小觑这个‘等’字，那是十个府呀！十府的风雨阴晴，我能看个遍吗？我能掐算得出吗？只好去各处走，去各处看，去各处记，为的不是每到一处，每见一事，每记一笔，都能有用；为的是用心办事，上对得起朝廷，下对得起百姓。若走到一处、见到一事、记下一笔，得以实用，那也是苍天怜我一片苦心。”

“听公一席话，胜读十年书。崖公一心用在督粮、巡抚的事务上，我等皆愿效绵薄之力。”方才赞誉他的幕僚说。

众幕僚皆附和。

“少司空教诲，学生一定牢记在心。”姓黄的幕僚口气一转，说，“学生还有一事疑惑，不知问得问不得。”

“请讲。”周忱道。

“少司空方才说到去各处走，去各处看，去各处记，但据学生看来——”姓黄的幕僚才说个开头，忽被外面的争吵声打断。

“黄先生的意思我明白，不过，恐怕不能马上答复你。”周忱说。

说音未落，两个人撕打着闯进来。周忱与幕僚们看过去，见一人是招呼过他们的店小二，另一人是农户模样的客人。两个较为健壮的幕僚上前，将他二人拉开。

“小二，你不能店大欺客呀。”周忱说。

“哎哟我的好客官，小人敢欺负这位大爷吗！”店小二叫屈，“这位大爷定要进来见客官，小人知道客官们不愿被搅扰，劝说两句，就被他揪住不放，连茶壶都摔碎两个。小人正不知怎么向主人交代呢。”

“我看，我看这位客人是讲道理的，摔碎的茶壶，他会赔你。”周忱安抚过他，又问另一人，“这位仁兄要见我等？”

“我只要见一人。”那客人把房间里所有的人挨着个看一遍，认准周忱，纳头要拜，口称，“小民有冤情，乞大人做主。”

“等等，”周忱忙拦住他，问，“你知我是谁人？”

“大人是——”那人看了店小二一眼，似有所悟，“大人想必是怕他等浑人知道，小民不说。”

“我倒不是怕，但实在没必要让人知道。”周忱说着，一笑，“好吧，你有何冤情，不妨说与我听听。”

“小民的老父去世，兄长分配产业不公，乞大人做主。”那人说。

“怎么不公？”周忱问。

“五十亩田产，各家二十五亩；两处房产，各家一处。”那人说。

“这不是很公平吗？”周忱道。

“兄长的二十五亩，只有五亩是官田，二十亩都是民田；小民的二十五亩，却只有七亩是民田，其余十八亩都是官田。”那人说。

“房产呢？”周忱问。

“那倒是小民分得的房产较大，”那人承认在这方面得些便宜，但随即又说，“然房产的差别，怎抵得上官田民田的差别！”

“这倒是个事。”周忱同意他的说法。不过，这只是一面之词，不好判定真伪，他建议道：“你家有五十亩田产，在此地大概也经营几世，族中一定有主事者，不如请他公断。”

“族长总是偏向长房的。”那人说。

“那就告到县衙。”周忱说。

“县太爷多数是听族长的。”那人说。

“是吗？”周忱又给他出主意，“你姑苏况太守只认事，不认人，是出名的，你干脆直接去找他。”

“小民找过。”那人说。

“那么，况太守是如何判定的？”周忱问。

“他说：某日，即今日，有一位大人从城外经过，最善断官、民田纠纷。你要讨公道，可去找他。”那人说着，叩头道，“求大人公道。”

“况太守让你来找我？”周忱先是发愣，随即大笑，“好个况伯律，也学会在我面前装神弄鬼！”他命店小二，“为我取纸张来。”店小二不多时返回，他又吩咐找他打官司的人，“你随我来。”把那人带到小几旁。

“大人肯了断小民的案子？”那人喜出望外。

“是。”周忱低头在纸上写几句话。

“大人，这么断案子是不成的。”那人认真地说。

“好，你告诉我，该怎样断案。”周忱道。

“我是原告，我兄长是被告，大人得升堂，把兄长和我都叫来，先听小民陈述，再听小民兄长分辩，最后秉公而断。”那人说。

“好是好，但我无堂可升，却如何是好？”周忱道。

“大人可借县太爷的衙门用一用呀。”那人说。

周忱摇了摇头，说：“他的衙门太小。”

“县衙小，可借况老爷的衙门用一用呀。”那人又说。

周忱手摆了摆，说：“那不如由况太守自己来断案。你回去找他，告诉他我的话，这案子还得由他来断。”

“他若仍不肯断呢？”那人问。

"不会的。我写几句话，你交给他，他定会为你断案。"周忱说着，把纸折起来，交给那人。那人还要说什么，周忱催他："速去，速去！这张纸今日还管用，拖到明日就不管用。"

那人见话已说死，一面大失所望，一面抱着试一试的心情，走了。

他一走，幕僚们围着周忱，议论起来。

"崖公，你给况太守写些什么话？"一幕僚问。

"崖公，此人当真是经况太守授意来的吗？"另一幕僚问。

"崖公，况太守为何要你来断这么一桩小案子？"又一幕僚问。

"等等，咱们依着次序来议。"周忱说。众幕僚以为他会先告诉大家他方才写的是什么，他却对姓黄的幕僚说："你问我，说的是去各处走，为何来苏、松的次数偏多，是不是？我的准则是：事繁频去，事寡少去；事急急去，事缓缓去。苏、松事繁事急，所以，我来得频，来得急。你等看，才进苏州地界，官司不就来找我？"

众幕僚笑。姓黄的幕僚说："但少司空并未处分这官司呀。"

"这官司不好处分呀，"周忱说着，问众幕僚，"方才有人说这是一桩小案子，是哪一位先生呀？"

"是学生。"一幕僚说。

"若以为这是一桩小案子，则辜负况太守的一片苦心。"周忱说。

"崖公不是说依着次序来议吗？"方才最先提问的幕僚提醒他。

"对，对，自己定的规矩，自己不遵守，最是可恶。"周忱转言他提的问题，"我写四句话给况太守，道是：况守是况守，赵守是赵守；况守学赵守，难免要出丑。"

众幕僚被这些通俗朴实的句子引得大笑不止。姓陆的幕僚边笑边说："崖公这四句诗似谶呀。"

"既非诗，亦非谶，无非回应他一下而已。"周忱道。

在众人的笑声中，姓黄的幕僚忽问："赵守即松江赵太守吧？"

"自然是他，与况太守齐名者，除他还会有谁！"姓陆的幕僚说。

自找上门打官司的人来后一直被提到的况太守，是苏州知府况钟，后来被提到的赵太守，是松江知府赵豫。宣德五年，西安、杭州、苏州、松江等九府正职缺，宣宗皇帝因天下郡守多不称职，命吏部会同都察院从严佥选。考核选拔的结果，以况钟为苏州知府，赵豫为松江知府。几年过去，他们中有人已升调他职，况、赵二人却一直留在知府任上；而且，在当年选拔的九名知府中，乃至在天下知府中，也以他二人的声誉最高。

"陆先生说况、赵齐名，这我是知道的；但少司空对他二位似乎有所褒贬，这学生却有些不懂。”姓黄的幕僚说。

“我只说他二位风格各异，并无褒贬之意。”周忱道。

“大人可否略加品藻？”姓黄的幕僚向上一揖。

“品藻郡守是吏部的事，非本官所宜；不过，说一说他二位的长处，我倒是情愿的。”周忱道。“何谓‘况守是况守’呢？一言以蔽之，果断二字是也。日有百案，不断完，况守一口气也不会歇的。何谓‘赵守是赵守’呢？一言以蔽之，持重二字是也。各位知道赵太守有个雅号吗？松江一府二县的人都呼他‘松江太守明日来’。”

“对，在华亭或上海时，常听人说‘松江太守明日来’，我还以为赵太守明日要巡视该县，却不知是他的雅号。”姓黄的幕僚说着，问道，“少司空，此雅号有什么出处吗？”

“有啊，”周忱道，“松江人打官司，每到府衙，赵太守必命‘明日来’。松江人这样呼他，始则讽他当断不断，后来渐渐明白，太守是在告诫他们，有的官司一定要打，有的官司不一定要打；回去想一想，很多官司就打不起来。这个绰号呢，也就由谑而雅，由讽而敬。”

“这倒真是弥讼的良方，少司空为什么不愿况太守效之？”有人问。

“况、赵二守风格各异，况太守若似赵太守行事，说句难听的话，是东施效颦。”周忱说着，转向另一幕僚，“你问闯入之人是否经况太守授意，我可以告诉你，断无可疑。此番行程，我只告诉况太守；知道我等今日到达嘉定的，只有况太守。况且，我方才说过，把这个官司留给我断，那是况太守的一片苦心。”

“崖公是不是说，况太守欲通过此举来询问，苏州官田田赋畸重的局面何时方能改变？”一幕僚问。

“不是询问，是质问。”周忱道。

“他不是不知道，崖公为此事，一直在不懈努力呀；他不是不知道，为此事，朝廷诸公对崖公颇有微词呀。”该幕僚说。

“但他认为，努力的还不够；我也认为，努力的还不够。”周忱说。

说到这件事，他脸上露出疲惫之色。天下田亩分官、民二等，官田赋重民田赋轻，苏州官田赋尤重，这些是建国以来的定则。其时，天下官田田赋五升三合，民田田赋三升三合，而苏、松及浙江嘉兴、湖州等地的官田，田赋都在数斗，有的地方甚至高达两三石。有人说，这是因为江、浙富庶，是天下的粮仓；有人说，这是因为太祖高皇帝在争夺天下时，这些地方的百姓效忠张士诚，故太祖高皇帝得天下后，把田赋定得畸重。对太祖高皇帝的心思，不可揣摩，也无须揣摩；只要记住天下有几个府，有一些田亩，在征收高得惊人的田赋就可以。

并非周忱，或况钟，才看出这一定则的弊病，不然，在太祖皇帝时，就不会裁减苏、松、嘉、湖等府官田的数额。并非今日，才看出裁减官田田赋的重要，例如，在宣宗皇帝时，周忱和况钟细心审核，将苏州的官田田赋减少七十余万石。但经过裁减后，这些地区官田的田赋仍比其他地区的田赋高出十数倍至数十倍。

现在，六十多年过去，按照通常的说法，是一个轮回。让周忱这样的一方大员、况钟这样的一地守令忧心的，不仅是官田田主能不能承受得起过高的田赋，还有另一方面的问题。由于田赋不均，势单力薄的官田田主，难以支撑，以很低的田价就把田产卖出；有的干脆弃田而去，流亡他乡，或沦为佣工。买得起田产的，多是大户人家，他们在买得官田后，或依仗权势，或勾结官府，轻而易举地把到手的官田变作民田。官府为维持官田数额，拿小户人家的民田来抵，使得更多没有靠山的小户农民陷入灭顶之灾。在这样的循环中，稳定的基础失去，贫富间的冲突不断加剧。他们肩负的职责在要求他们进行更大的改变，他们终生追求的理想在要求他们进行更大的改变。

更大的改变是什么呢？朝廷可以再次颁布诏令，裁减官田田赋，甚至在更大程度上裁减官田田赋。但无论“更大程度”有多大，在以官、民二则征收田赋的制度下，是不可能根本解决问题的。例如，洪武年间裁减官田田赋十分之二，现在大概需要裁减十分之八。与其如此，倒不如将官、民田赋划一。田赋划一，对有的官田来说，可能裁减十分之八；对有的官田来说，可能只裁减十分之二。但大多数人应该可以接受这个改变。

官田依民田定赋，不但可以实现官、民田主的平等，而且可以实现更广泛意义上的平等，是唯一能根本解决问题的办法。这些年来，周忱经过不断的思考，得出这个结论；并经过和况钟等人不断的切磋，达成共识。他们在为实现这一改变而努力。

姓陆的幕僚觉察到周忱的疲惫，提议：“崖公，今日在嘉定住下吧？”

“不，我还想看看，况太守是怎样断那桩案子的。”周忱不同意。他又对众幕僚说，“况太守以小喻大，说的是官、民田赋划一这件大事。所谓苏、松事繁事急，没有再繁过此事者，没有再急过此事者。还望各位对此多出主意，多发议论。”

“谨遵台命。”众幕僚应道。

闰六月初二日，廷臣于左顺门朝房集议。议的是田赋事，兼掌行在户部事务的行在礼部尚书胡濙坐于主位，左侧是内阁排在第一位的阁臣杨士奇，右侧是英国公张辅。这没什么不正常的。依照惯例，批下奏章的议题归哪一部管，集议便由哪一部的正卿主持。哪怕勋戚大臣到会，也是如此；哪怕内阁大臣到会，也是如此。但今天胡濙有点儿坐不住，他悄悄对杨士奇说："东翁，换个位子，如何？"

"这是何意？"杨士奇问。

"今日集议，我不宜主持。"胡濙说。

"今日所议，乃户部职掌，源洁先生怎会不宜主持？"杨士奇问。

"唉，东翁是知道的，户部我只是兼管，并非专职，这是第一；第二嘛，官田依民田起赋之事，两年前曾议过，被户部严词驳回，那时我也兼管户部。今日再议，换个人主持为好。"胡濙说。

"我看没必要。"杨士奇道，"当年户部驳回，我不知是不是源洁先生的本意；若是源洁先生本意，今日仍可严词驳回嘛。再者，源洁先生难道忘记前些日子在内阁的议论？你这是要把我放在火炉上烤呀。"

"但东翁对周忱如是极力举荐，极力维护呀。"胡濙说。

"我举荐和维护周忱如，是因为他的才干；他所议之事，我未必件件赞同。这一层源洁先生倒不必顾及。"杨士奇说。

"那么，还是我来主持？"胡濙不好再推让。

"当然，除非有旨，这是不能改变的。"杨士奇说。

胡濙正要招呼群臣，司礼太监王振、金英一前一后走进朝房。他二人地位相当，本该并肩而行，现在却分出前后，金英一步一步走得很收敛，王振则气势很盛。

"各位大人，今日集议，皇上命我和金公公过来听听。"王振说着，朝众大臣环作一揖，然后在下席找个座位，他问胡濙，"源洁先生，我坐在这里，可以吗？"

胡濙稍一犹豫，说："二位奉旨与会，请来上座。"说着，看杨士奇一眼，便欲起身。他看杨士奇一眼的含意是：我把主席的位置让给你，你不肯，现在只好让给别人。

"我从未参与集议，不懂规矩，金哥，那里坐得吗？"王振问金英。

"那是主持者座位，坐不得。"金英说。

"源洁先生别动。金太监说，那里坐不得。"王振似认真似调侃。

"那么——"胡濙向各处张望，想为王振找个合适的位置。他的目光扫到阁臣们时，杨士奇低声对杨荣说着什么。杨荣笑笑，又低声对杨溥说着什么。杨溥点点头，绕过杨荣，和杨士奇说着什么。他再往下扫向行在吏部尚书郭琎，郭琎挪动身子，准备把自己的位置让出来。

王振两眼随着他的目光转动，看清三位阁臣的表现，也看清郭琎的表现。郭琎那个位置，似乎难合他意，他突然转向张辅，说："公爷，我坐在你那里，行不行？"

张辅乍听一愣，但很快回过神来。他站起身来，道："王公请。"

“不，不。”王振连连摆手，朝他走过去，“公爷乃勋戚领袖，你那个位置我也不敢坐，我坐在你下手吧。”

张辅用胳膊肘碰碰坐在他右边的另一位爵爷，该爵爷和其他的爵爷、都督们知趣地向后移个位置。

王振在张辅右边坐下，还问：“这算不得僭越吧？”

“算不得，算不得。”张辅连声说。

王振一拉随他走过来的金英，指指自己右边的座位，道：“公爷说算不得僭越，金哥，你也坐下吧。”

爵爷、都督们又一起向后移动。

“搅扰。”王振冲着胡濙一揖，以示歉意。并问，“可以开始吧？”

“好，”胡濙清清喉咙，说，“今日奉旨集议浙、直几个府官田赋重之事，内阁诸公，还有司礼王先生都到，足见此事重大。我方才还在对东翁说，今日集议，我不宜主持，因为户部持议不同。但东翁以为，并无妨碍，若持原议，仍可以驳回。但今日廷议，不是户部一家之言，甚至未必以户部之言为主。故无论户部持议如何，还应广启言路，畅所欲言。”说到这里，他稍稍停顿，问，“哪位先议？”

众人皆知事体重大，谁也不愿冲在最前面。

“要不东翁先说几句，以启迪视听？”胡濙转向杨士奇。

杨士奇看情势，真需要自己来打破沉闷的气氛。他说：“好，我先说几句。我告诉源洁先生，周忱如虽是我极力举荐，他所议之事，我却未必都赞同。但在这件事上——”

“西杨先生，请等一等。”王振忽然插话。

杨士奇有些恼火，且有些诧异。无论在内阁议事，还是在朝房议事，他一开口，别人总要先听他把话讲完，才会发表自己的见解。其实，在议事时，就算地位比他差得多的人开口，大家也会让人家把话讲完。这位王太监，怎么连起码的规矩也不懂！但他仍闭上嘴，并未表现出不满。

其他大臣不一定恼火，但也都很诧异。

“东翁一发表高见，等于调子定下，广启言路、畅所欲言的宗旨荡然无存。今日所议之事，我还有几处不懂，不如我先向各位请教，包括向西杨先生请教。源洁先生，你看行不行？”王振旁若无人地说，最后一问，给人的感觉是：行也得行，不行也得行。

因为他打断杨士奇的话，胡濙觉得为难。他朝杨士奇侧过身去，问道：“东翁看呢？”

“王先生肯启迪众人，也好。”杨士奇只得说。

“如此，多谢。”王振有显示文雅的机会，绝不轻易放过，“这几个月来，苏、松事多，周大人疏多，户部议的也多。如淮、扬灾，他受命巡视，奏请苏州等府，拨米一二万石运扬州盐场，灶户纳盐给米。官得积盐，民得食米，原本是两全其美的事，却险些被驳回。这事有吧？”

无人回答。过一会儿，胡濙才恍然醒悟：“王先生在问我？”

“户部议复，我不向源洁先生请教，却向谁人请教？”王振道。

“这事是有的。”胡濙回答。

王振又举例：“再如，朝廷命周大人兼理松江盐课。周大人核出，华亭、上海二县积欠五十余万引——”

“是五十三万七千引。”胡濙说出更准确的数字。

“多谢提醒。”王振冷淡地说，“除五十三万七千引外，今年又该正额十五万七千余引，户部责其正额、逋额一并追缴。周大人议，煮海之功，日有定数，以数年逋负，责一日偿之，民力不堪。奏请自今年始，每年在正额之外，带补一分。按说，民力得以少纾缓，国家亦不失利，这也是两全其美的事，却又被户部驳回。这事有吧？”

“这事也有。”胡濙应后，解释说，“不过，王先生提到的两件事，已改正。苏州拨粮扬州，松江逋课缓追，皆准其奏。”

“这是皇上英明，还有赖阁老们的计议。”王振说，“源洁先生，我想问一句，周大人所议，皆利国利民，户部一一驳回，这是为何？”

“户部议复，对事不对人。”胡濙分辩。

“怎么个对事不对人？”王振问。

“户部掌度支，须以朝廷用度充足为首务。故户部一贯坚持，可免可不免的逋赋、逋课不免，可减可不减的逋赋、逋课不减。”胡濙自有其道理。

“是你一贯坚持。”王振说。

“王先生要这么说，也未尝不可。”胡濙道。

“但源洁先生想过没有，周大人在当地，你远在北京，是他更知道该不该免、该不该减，还是你知道该不该免、该不该减？”王振质问。

大臣之间相互辩驳是有的，但话总不至于如此尖刻。胡濙要说：方面官言过其实，以灾荒掩饰行政不力，也是有的；但想到在场大臣不少是由方面官提升上来的，这么说，难免得罪。要说：自然是周忱更知道；但想到这么说，脸面大概丢尽。最明智的选择，是什么也不要说。

杨士奇看不过去，说："王先生，议今日正题吧。"

"好，我就要说到正题。其实，我所问的这些事，和今日的正题大有干系。"王振这两句话是对杨士奇说的，说完，又对胡濙说，"源洁先生反对浙、直的几个府官田依民田起赋，也是怕因而减少田赋总数，怕朝廷不足用，对吧？"

"确如王先生所言。"胡濙道。

"源洁先生是否知道，苏州田粮积欠高达七百九十万石？"王振问。

"这在周恂如的奏本里写得很清楚。"胡濙道。

"源洁先生以为他言过其实？"王振问。

"或许。"胡濙道。他的脾气一旦上来，也有些不讲道理。

"我翻阅过宫中的档案，见先帝指责某些人'壅遏膏泽'，不知是不是指的源洁先生。"王振道。

宣宗这话是当着胡濙等人的面说的，而且就是在议论裁减苏、松等府的田粮时说的，所指应该很确定。

胡濙说："或是指我，当时先帝命我兼管户部事。"

"先帝一贯礼敬大臣，源洁先生也不必因此而自得。我想说的还是那句话：源洁先生远在北京，周大人就在当地，是周大人更知道苏、松等府官田该不该依民田起赋，还是源洁先生更知道苏、松等府官田该不该依民田起赋？"王振一字一字，态度鲜明地总结道，"总而言之，我赞成周大人之议。"

众大臣默不作声。反对的人感受到很大的压力，不得不再慎重地考虑；赞成的人则在王振明确表态之后，羞于立即附和。

"王先生还说我一开口调子定下，我看阁下一开口，才是调子已经定下。"杨士奇在沉闷中说句与主题无关的话。

"西杨先生可以反驳呀。"王振说。

"我方才才要说，在这件事上，我恰恰是赞同周恂如的。"杨士奇道。

如果说，在廷议中，杨士奇、胡濙等元老的发言是关键的，有时可以一锤定音；今天大家忽然发现，新掌司礼监的王振，在廷议中的发言也是关键的，也可以一锤定音。

实际上，再没经过大的争论，就有结果：苏、松、嘉、湖等府官田，依民田起赋，每亩田粮在四斗一升至五斗以上者，减至二斗七升；每亩田粮二斗一升至四斗者，减作二斗；每亩田粮一斗以上至二斗者，减作一斗。

第六章

十月十日，正午时分，御辇出朝阳门。列阵官道两旁的京营官兵匍匐于地，山呼万岁。皇帝听惯大臣们的欢呼，但今天的欢呼声和平日在奉天殿等处听到的欢呼声不一样。大臣们的欢呼显得苍郁，而今天官兵们的欢呼声极为清脆；奉天殿里的欢呼声像一声闷雷，而郊外的欢呼声像一声接一声的晴天霹雳。

皇帝感到兴奋，又略感不安。他问左右："王先生呢？"

王振就在后面，得知皇帝招呼，勒马向御辇靠近。等靠得极近时，他隔着侧面的辇帘，口称："老奴奉召见驾，皇上有何旨意？"

"外面这些人都是从哪里来的呀？"皇帝问。

"回皇上话，都是从京营各卫挑选出来的。"王振说。

"不会、不会有不测吧？"皇帝问。

"皇上不必担心。他们人人忠勇，能效死力，即便眼前天崩地陷，他们也会救出皇上。"王振说。

"那就好。"皇帝想了想，问道，"朕要不要对他们说什么？"

"皇上可传旨颁赏。"王振说。

近侍传旨，对迎驾官兵，各有赏赐。于是，又响起几声连续的欢呼声，然后戛然而止。

将台前，文武大臣列班迎驾。皇帝吩咐一句"王先生在朕身边，陪同观射"后，在大臣们的山呼万岁中登上将台。

王振经过王骥身边时，低声对他说："大司马，可别让皇上失望。"

"王公放心。"王骥低声回应一句。

规矩还和去年一样，箭靶三十步远，以三箭为限。前两名将佐箭法都不错，或是由于在皇帝面前演射，心情紧张，一人两箭中靶，一箭脱落，另一人两箭中靶，第三箭射在靶子的边缘，虽然箭锋扎进靶子，没有掉到地下，但它远离另外两支箭，箭羽微微颤抖，看上去很可笑。

"王先生，这箭算中靶吗？"皇帝问。

“不算中靶。”王振回答，并解释，“好比两军交战，箭穿过衣甲，敌人却丝毫无损，有什么用？”

“可惜。”皇帝为该将惋惜。

第三人上场，只见他身材魁梧，容貌端庄，行礼、迈步，持弓、搭箭，一举一动，中规中矩。皇帝两眼不由一亮。

“此人是谁？”他问王振。

“驸马都尉井源。”王振答道。

皇帝知道自己有两个皇妹，都还没下嫁。那么，此人应该是皇姑的夫婿。他说：“朕要好好看看，此人是不是配得上朕的皇姑。”又问，“王先生，是哪一位皇姑呀？”

“嘉兴长公主。”王振答。

嘉兴公主是皇祖仁宗皇帝的长女，而且和皇考宣宗皇帝是一母所生。皇帝嬉笑着说：“他若配不上大皇姑，朕就废了他。”

“奴才恳乞皇上三思而言。嘉兴公主有病在身，若废驸马，公主积郁，病情或将加重。那可是要让太皇太后烦心的。”王振说。

“朕随口说说而已，又不会真的废了他。”皇帝道。

“但君无戏言呀。”王振说。

“这可怎么办？”皇帝不由得发起愁来。

“依奴才看，他若徒有其表，废了也罢；但太皇太后和嘉兴公主都在，不一定要立即废黜。”王振说。

“对，这个主意好。”皇帝愁来得快，也去得快。

所幸井源三箭皆中靶心，不但保住他的名分，也让皇帝大为开心。

“王先生，朕要赏赐驸马。”皇帝说。

“理当赏赐。”王振说。

“你说说看，当如何赏赐？”皇帝问。

王振看到皇帝面前的桌案上有一尊御用的水杯，是因为皇帝有口渴的习惯，细心的近侍取来备用的。他说：“皇上可将御尊赐予他。”

皇帝应允，命近侍传旨。将台内外又响起一片欢呼声。

从将台返回的路上，皇帝命王振一直跟随在御辇左右，直到进入午门，进入乾清宫，他心里才完全踏实。

“王先生今日辛苦，先回去歇着吧。”他对王振说。

“老奴还有几件事要禀奏。”王振说。

“定要今日说吗？”皇帝实在不想再听什么禀奏。

“是，今日之事，当今日处置。”王振说。

“那就说吧。”皇帝说着，身子向后一靠，坐得舒服一些。

“一事：吏部主事李贤奏请重修国子监。”王振奏陈。

“王先生看呢？”皇帝问。

“太学乃育人之所，而今监舍不整，是该重修。”王振说。

“那就修吧。”皇帝道。

“是。”王振应一声，接着奏陈，“北虏鞑靼降人，若非率所部及眷属来归，兵部奏请发江南卫、所管束，听朝廷征调。”

“王先生看呢？”皇帝问。

“降人恐有异心，不得不防。”王振说。

“那就发吧。”皇帝道。

“是。”王振应罢，奏陈今日最后一事，“北京九门门漆有斑驳者，墙砖有脱落者，工部奏请重加修缮。”

“王先生看呢？”皇帝问。

“北京是国家的脸面，九门是北京的脸面，理当辉煌。”王振说。

“那就修吧。”皇帝道。

“太宗皇帝时营建北京，以内官监太监阮安督其役。今阮安健在，奴才以为他仍可胜任其事。”王振在这件上多说两句。

“就依先生。”皇帝道。

在通州通往北京城必经的道口，等候多时的喜宁终于看到阮安一行从东往西而来。他跃身上马，飞快迎上去。两下遭遇时，他几乎勒马不住，跑个大圈子，才回过头来追上阮安。阮安听到他的大声呼叫，已勒转马头，停下来等候。

“小子见过阮叔。”喜宁喘着气说。

“是你呀，小宁子。”阮安拿马鞭指点着他说，忽然想起什么，又说，“对了，万岁赐你姓氏，是姓喜吧？你说，我仍叫你小宁子好，还是改叫你小喜子好？”

“小子的贱名，随阮叔叫。”喜宁说。

十月底，已入冬多时，阮安问：“大冷的天，你这是去哪里呀？”

“小子特来接阮叔。”喜宁道。

“爷差你来的？”阮安略觉不安，“通州河浮桥才动工，宫里若出什么大事，爷差人召我回城不算，又差你来催促？”

“不是爷差小子来的，是老先生差小子来的。”喜宁说。

“哪个老先生？”阮安对这个称呼还不习惯。

“除司礼监，别处哪里还有老先生。”喜宁道。

“是他呀。”阮安的资历远在王振之上，是不会跟着他称老先生的，“王司礼差你来，为的何事？”

“阮叔可知爷急召你回来为的何事？”喜宁反问。

“不知。”阮安道。

“爷降旨重修北京九门，召阮叔主持其役，这是老先生极力举荐的。老先生差小子来，为的和阮叔先打个招呼。”喜宁说。

“原来如此。小宁子，你回去告诉王司礼，举荐及先行通告之事，我承情之至。”阮安说着，把马身调转，“小宁子在这里遇见我，用不着再往前走，咱们一同回宫吧。”

“是，是，小子随阮叔回宫。”喜宁应着。

一行人马，朝着北京城赶路。喜宁陪着阮安说一阵话后，有些扭捏地说：“阮叔，老先生差我来，还有件事。”

“噢，还有何事？”阮安问。

喜宁说：“小子在宫里，除知道吃就是知道睡，老先生很是不满——”

“不对吧，”阮安打断他的话，“你不还是击毬高手吗？”

“那不是正经事，老先生为此不知和小子怄过多少气。老先生想让小子跟着阮叔，历练历练。”喜宁说。

“想在重修九门时谋个差事？”阮安问。

“就是这个意思。”喜宁忙说。

阮按沉吟片刻，说：“工程甚大，人手需要极多，给你安排个差事不是不可以，但你得和我说实话。”

“是，阮叔问什么，小子不敢隐瞒。”喜宁应道。

“想谋个差事，是王司礼的意思，还是你自个儿的意思？”阮安问。

“小子早有伺候阮叔的心思，苦无机缘。这次阮叔督工，小子愈发按捺不住。不过，这件事老先生不点头，小子绝不敢私自出宫。”喜宁说。

阮安一想，是这个道理。太祖皇帝时，立下宦官私出京城者斩的律例；现在虽然宽松许多，但像喜宁这样的小宦者，不得像王振这样有权势的大太监的允许，不见得有胆量出京城一步。

“你这是实话，那么，你想谋个什么差事呢？”阮安问。

“但听阮叔拨派。”喜宁唯求获准，不敢提什么条件。

“你若不说，就等我想好再拨派你。”阮安说。

“哎呀，阮叔贵人多忘事，等到爷那里领旨以后，还记得小子这点儿鸡毛蒜皮的事吗？要不，阮叔随便把个冠冕堂皇的差事拨派到小子名下。”喜宁嬉皮笑脸地说。

“譬如——”阮安仍让他自己说。

“重修城门，须得用大木，要不，阮叔让我管木料？”喜宁道。

“管木料倒是个冠冕堂皇的差事。”阮安说。

“阮叔肯应承？”喜宁大喜。

“你呀。”阮安伸手想打他一巴掌，身子一晃，险些跌下马来，他重新坐稳，说，“好大的口气，一桩冠冕堂皇的差事，就这么拨派到你名下？你想管木料，可你懂得材质吗？挑选得出合用的大木吗？”

“小的可向阮叔请教呀。”喜宁说。

“我是修城门楼子，不是办内书堂。”阮安说。

“我请阮叔拨派，阮叔非要我自己说；我说了，阮叔又不应承。”喜宁发句牢骚，“罢了，还是阮叔拨派吧。”

“倒是有桩冠冕堂皇的差事，就不知你怕不怕跑路。”阮安说。

“阮叔别忘，小子是击毬高手，得力的就是两条腿。有什么跑路的差事，阮叔尽管放心地交给小子。”喜宁说。

“那好，”阮安马鞭朝身后一指，说，“东郊有两座砖厂，”又朝前方一指，说，“西郊有三座砖厂，你来管一管烧砖的事。单日呢，你出朝阳门，巡查东郊的砖厂；双日呢，你出阜成门，巡查西郊的砖厂。每日里景致不同，你也不至于跑腿跑得心烦。”

“小子求过老先生，再求阮叔，阮叔就让小子去玩弄泥巴呀！”喜宁有些委屈。

“你别小看泥巴，那是城墙和城门的根基。不错，从远处望来，只看得见城门，只看得见城门的光彩；但没有被你小觑的泥巴，它能立得那么高、那么牢吗？”阮安正色言道。

喜宁听得高兴，道：“好，好，小子就为阮叔办这件差事。”

“本中先生存放的好茶呢？”行在工部尚书吴中呼着本部左侍郎李庸的字，问道。

“大司空又作弄人，我不饮茶，哪儿来的好茶？”李庸道。

“衙门里的好茶呢？”吴中又问。

“大司空在问我？”李庸反问。

“衙门内的事务都是本中先生管着，不问你，却问谁？”吴中道。

“大司空要我直言？”李庸又问。

“不要直言，问你作甚！”吴中觉出他话里有话，道，“本中先生今日怪得很呀，这么一件小事，难道有什么不好说吗？”

“当真有些不好说。”李庸一笑。

笑得虽然很含蓄，但吴中聪明绝顶，立刻品出其中的味道。他这个人什么都好，就是好色，在欢场上颇有几个相好。定情之物为一方手帕，是他家中织绣的，且有他署名；一盒茶叶，则是借花献佛。他是山东武城人，家乡不产茶。送与红颜知己的茶，都是别人送给他的；家里没有时，只好送衙门里备用的茶。他任工部侍郎至少有十年，上上下下都熟悉得很，一盒一盒挑好茶往外拿，没人当作一回事。

“算了，算了，不好说就不说吧。”吴山把这个话题打住，“本中先生，阮太监和沈督帅就要过来议事。沈督帅还好说，阮太监可是讲究品茶的。工部的颜面总得维护，麻烦你去找找，不管谁手边有上好之茶，一律拿来充作公用。”

朝廷降旨，以阮安、吴中和都督沈清监督重修北京九门之役，三人议事，当然可以另找一处所，但阮安、沈清宁愿来工部，吴中没理由反对。阮安绝想不到，他饮的茶是堂堂佐卿满衙门告借来的。

阮安捧起茶杯，把鼻子凑近闻了闻，对沈清说：“我说来工部好吧？沈爷闻闻这茶里的清香，分明是正宗的六安瓜片呀。”

沈清从不闻茶。他饮一大口，赞道：“果是好茶。”

“唉，可惜。”阮安叹息。

“何物可惜？”沈清话没问完，又喝一大口。

“没什么，沈爷尽管痛饮，”阮安说着，转问吴中，“思正先生，九门之事工部曾议了议吗？”

“圣旨才下，尚未和阮公公、沈督帅议过，我在部里不敢大张旗鼓地计议，只和本中先生小议一番。”吴中说。

“本中先生有何高见？”阮安又问李庸。

“一个字。”李庸道。

“可是难字？”阮安问。

“阮公公怎么猜得出？”李庸很是吃惊。

“因为当年修筑北京城，皇祖命我参与其事，我脱口而出的也是一个难字。”阮安说。

“阮公公已经历过，今日大概不会再说难。”沈清在一旁说。

“是，再要我说，我会说两个字。”阮安道。

“可是更难？”吴中问。

阮安看他一眼，开怀大笑，道："知我者，大司空也。"

"当年乃营造整个北京城，今日不过重修几座城门，与前次营造相比，不过是十之一。在阮公公眼里怎么会更难呢？"李庸觉得不可理解。

"当年营造北京城，思正先生已是大司空，你可问他。"阮安说。

"难字我能说上几句，更字还须阮公公自己说。"吴中道。

"好，那我就来说说。"阮安道，"诚如本中先生所言，今次重修与前次营造相比，不过十之一而已。但本中先生想过没有，工程十之一，朝廷不会拨给你同样多的银两吧，不会为你召集同样多的役夫吧？譬如，营造北京城，须银二百万两，须工五十万人；重修九门，若仍给你拨银二百万两，拨工五十万人，你做起来自然处处顺当。但以十之一计之，只给你拨银二十万两，拨工五万人，你做起来如何？我告诉本中先生，我才在通州修筑一座浮桥，与营造北京城相比，万之一而已。本当用银二百两，用工五十人，因工程急，朝廷拨银一千两，拨工三百人，但我做起来仍觉十分吃力。"

李庸对这些数字的比较并不感兴趣，他感兴趣的是数字本身。

"阮公公，朝廷确定拨银二十万两，拨工五万人吗？"他问。

"我只是比喻，朝廷任何事情都未确定。"阮安说。

"那还好。"李庸擦擦额头的汗。

"本中先生说还好？噢，我大致可以明白你的意思。"阮安道。

"少司空话里还有什么意思吗？我不明白。"沈清却说。

"还是说那个更字吧。"阮安不理会他的问题，"我想说的是，用一个人来干一个人的活计，比用十个人来干十个人的活计要难，比用一百个人来干一百个人的活计更要难。这就是更字的含义。"

"是，我已懂得公公所言。"李庸说。

"但这只是其一。"阮安道。

"其二呢？"李庸问。

"其二，前次营造北京，所建不止九门，也可以说，主要不是九门。因而各门的门楼都比较简易，使用的材料也有欠缺。各门楼梁、柱蚀空，砖、石破碎，原因在此；我这个当年参与其事的人没受到过多处分、责难，原因也在此。今次专一重修九门则不同。如前次赶工，一座月城也没有修建；今次若仍不修建，门楼仍旧简易，恐怕说不过去吧？再如前次未经精选，用些次等的料材；今次若仍不精选，十年八年之后梁、柱仍蚀空，砖石仍破碎，恐怕也说不过去吧？说一句实实在在的话，前次营造北京城，究竟以北京为京师，还是以南京为京师，尚不确定，故工程优劣，尚可蒙混；今次重修九门，虽未确定以行在为京师，但对此已经没有多少疑义，故重修九门，是为千秋万代奠基。”阮安一口气把这一层意思说完，才想到品茶；但茶水已凉，品不出味道。

“阮公公，换过一道茶吧？”吴中欲尽好客之道。

“不必，”阮安把茶杯推向一旁，问李庸，“本中先生，我这个更字解说清楚没有？”

“阮公公是说，今次重修九门，对你关系更重大。”李庸说。

“不是对我，是对我等。”阮安更正。

“是，是对我等。”李庸应道。

“思正先生，我这个更字的解释还过得去吗？”阮安问吴中。

“鞭辟入里。”吴中道。

“那我可以再解释两个字。”阮安谈论的兴致上来，欲罢不能。

“阮公公要解释本中先生说的还好二字？”吴中问。

“我知道瞒不过你。”阮安笑着说。

“对了，还好二字里会有什么意思，是我的疑问。老阮，我在这里洗耳恭听。”沈清说。

“好哇，我先看沈爷还记得不记得，”阮安说着，问道，“在说还好之前，本中先生问的一句是什么？”

“他问，朝廷是否确定拨银二十万两，拨工五万人。”沈清说。

“不错。”阮安应道，又问，“我如何回答？”

“你告他，朝廷任何事情都未确定。”沈清说。

“然后本中先生说的还好，对不对？”阮安问。

“还好前面还有个那字。”沈清故意较真。

“该字无关紧要。”阮安挥挥手，问道，“沈爷，你琢磨琢磨，他说还好，是嫌五万人多，还是嫌五万人少？”

“恐怕是嫌少。”沈清猜测。

“那你问问他，重修九门之役，须得夫役若干。”阮安道。

“这倒是该问一问。”沈清道，并问，“本中先生，在你看来，重修九门，须得夫役若干？”

“我粗粗估算一下，须得十八万。”李庸说。

沈清吐出舌头，缩不回去。

“沈爷被吓住吧？”阮安笑道。

“没有，没有！”沈清否认，“人多，可早日竣工。”

“沈爷，这话是你说的。”阮安一只手几乎指到他脸上。

“是我说的。”沈清道。

“说这话，你会不会后悔呀？”阮安追问。

沈清生怕阮安设个什么圈套让他钻，不敢贸然回答。

“其实，我当真以为，十八万夫役为多。”他说。

“那好，思正先生是经历过当年营造北京城的，你问问他，重修九门，须得夫役若干。”阮安道。

“对，大司空不会要这么多人吧？”沈清问。

“可以量减。”吴中说。

“减至多少，十五万左右？”沈清把握不大地报个数。

“再少些，七八万吧。”吴中说。

“大司空这么一估算，比少司空省一半夫役还多。老阮，你也粗粗估算一下吧。”沈清听出兴趣。

“要我说，仍可量减。”阮安道。

“可减至五万吗？”沈清大胆地说个数字。

“再少些，三万。”阮安伸出三根手指。

“那不又省一大半夫役？不对，咱们得说清楚，并非夫役越少越好，日子也得估算估算呀。”沈清自己念叨着。

“对，咱们就来估算日子，”阮安道，他问李庸，“本中先生用十八万夫役，打算多久完工？”

李庸是算过的，随口说道：“一年半吧。”

“本中先生是准备九门同时动工？”阮安问。

“是。”李庸答道。

“也就是说，每门使用夫役两万人，一年半完工。”阮安把这笔账算清楚，然后问吴中，“思正先生，你呢？”

“两年吧。”吴中说。

“七八万夫役若同时动工，每门不足一万，太少。思正先生是准备分期动工？”阮安问。

“是。”吴中答道。

“也就是说，以两万五千至两万八千夫役为一营，分为三营，每营要修建三门，每门八个月完工。”阮安把这笔账也算清楚。

“我是这么算计的。”吴中说。

“老阮，别光算别人的日子，你的呢？”沈清问。

“二十七个月。”阮安答道。

“阮公公仅用三万役夫，是准备逐门动工吧？”吴中问他。

“是。”阮安答道。

“也就是说，三万人聚于一门，三个月完工。”吴中为他计算。

“大致如此，不过有两处小小的更正。”阮安道，“其一，一门使用的夫役太多不成，太多要窝工；太少不成，太少要误工。思正先生敏于计算、规划，以两万五千人至两万八千人修建一门，应是恰到好处。我也以两万五千人修城，所余五千人则在下一门筹办。其二，有的门工程较大，有的门工程较小，如正阳门一定比其他各门的工程大得多。再者，因为筹办在先，筹办越细致，后面各门的工程会越快。再者，天寒时与天暖时进程不一。所以，并不是每门均以三个月完工。”

“一年半是十八个月，两年是二十四个月，”沈清把日子统一按照月份计算，说，“老阮旷日持久，本中先生用人无度，我从大司空之议。”

“好啊，你征调得出七八万人，我也从大司空之议。”阮安说。

“等等，征调夫役怎成我一个人的事？”沈清大叫。

“不是你一个人的事，但主要得仰仗于你。沈爷，我下面的话主要是说与你听的。”阮安道。

虽然主要是说与沈清听的，也引起吴中、李庸二人的警觉。

“阮公公不是说，朝廷任何事情都未确定吗？”李庸发问。

“对，朝廷是还没有确定任何事情，但司礼王太监找我去议过一次。噢，就像我等今日议事一样。我还听说，在找我之前，他与内阁诸公议过一次。大概也像今日我等议事一样。不过，你等都知道，他的议论，早晚是要付诸实施的。”阮安并不觉得这些内幕对他来说有多光彩，所以是以平淡的口吻说的。

在他人听来，却非平淡无味。吴中问：“王先生议的是何事？”

“两件事，”阮安道，“一则，王司礼的意思是，重修北京九门，材木诸费一出公府，不劳一司，不扰一民。”

“这么说，诸费之事用不着我等计议？”吴中问。

“诚然，此事刘司徒已经知道。”阮安说。

“刘司徒也恁不幸，守制不成，一到任，就碰到这么一件任谁都会头疼的差事。”李庸禁不住连连摇头，表示同情。

刘中敷原官山东左布政使，适逢父亲病故，奏请回家守制；朝廷不准，召拜户部尚书。户部由他官兼管好几年，到现在才选中一名尚书，足见朝廷的重视。刘中敷不能坚辞。

“他有办法对付，说不定已在运筹。”阮安道，又说，“我再来说说其二。王司礼还对我说，九门之役，不向各处要人，皆由京营征调。”

“老阮，这事可得从长计议！”沈清又叫起来。他终于明白，阮安为什么喋喋不休地谈论征调夫役。

“我等不就是在此计议吗？不过，有的事可计议，有的事不可计议。在我看来，征调京营之事无可计议，可计议的只是征调数额。”阮安说着，和沈清开个玩笑，“沈爷欲从思正先生之议，要不，我等就议一议，这七八万京营士卒如何征调吧。”

“不，我改从阮老之议。”沈清情急之下，连称呼都改，“阮老又不是不知道，京营各卫，年年都有缺额，亟待以军余补充，年初内阁议于京畿军屯，抽调军余充屯卒，达三万之多。我看，日后欲京营足额，是越来越难。此际再征调七八万人，京营更要空虚。”

“那如何是好？”阮安问。

“还是议一议三万夫役如何征调吧。”沈清说。

“但那须得二十七个月呀。”阮安继续调侃。

“不多！”沈清忙说。“我还想，不妨再宽裕些，加至三十个月，亦即两年半，完成九门重修的工程。”

“夫役是否也可宽裕些？”李庸提议。

“加至多少？”阮安问。

“譬如，五万。”李庸道。

阮安不置可否，且问吴中：“思正先生之见呢？”

“依他二位所言，以五万夫役为限，以三十个月为期，向朝廷立下军令状，也不失为一稳妥之计。”吴中说。

“说到军令状，以三万夫役为限，以二十七个月为期，我也敢立。不过，三位都想宽裕些，不无道理。”阮安几经权衡，说，“这样吧，我等且不立军令状，也不把夫役数额和完工期限定死，但我等心里有个数：以三万夫役，二十七个月完工。如何？”

“很好，就这样吧。”沈清第一个响应。

“你已从我，不必说；思正先生、本中先生觉得呢？”阮安问。

“我等亦无异议。”吴中、李庸道。

阮安起身，向三人并作一揖，郑重其事地说：“成事在天，亦在人，我愿与诸公善为规划，共谋其事。”

三人也站起来，揖道：“朝廷大事，我等不敢怠慢。”

第七章

除非内容特别有趣，向皇帝讲述大臣的章疏，是最让司礼监的太监们头疼的事。一是怕皇帝听不懂，二是怕皇帝没兴趣听，三是怕皇帝没有主意，所以，当值的太监总挨到王振到来，向他禀报完后，再定行止。按照他们的心愿，最好由王振亲自给皇帝讲述章疏；要是王振交代他们去，也得再三恳请他同行；要是王振确定不去，也得向他问清楚某事当如何处置。

轮到范弘当值，他的心情很轻松；王振交代他去讲述，他也没有再三恳请。因为这一天不乏有趣的章疏。

“皇上，这些都是大理寺驳谳的案卷。”范弘奏道。

“先选个有趣的说与朕听。”皇帝吩咐。

“是，奴才遵旨。”范弘早想好皇帝要听的话，先说哪一桩案子，但仍装着忙乱地翻找一会儿，他挑出一卷，道，“爷，这桩案子有趣。”

“审理的是何事？”皇帝问。

“一女子被杀。”范弘回答。

“凶犯可缉拿到？”皇帝问。

“已关押在狱。”范弘回答。

“杀人者何人？”皇帝问。

“京城一无赖，姓马。”范弘回答。

“可查实？”皇帝问。

“姓马的供认不讳。”范弘回答。

“刑部是如何拟罪的？”皇帝问。

“斩立决。”范弘回答。

“按照我大明律，杀人当偿命吧？”皇帝问。

“是，大明律中有这一款。”范弘回答。

“那刑部拟罪没错，”皇帝道，“刑部没错，定是大理寺错。传旨下去，让大理寺重谳。”

“爷，奴才还没讲到有趣的地方呢。”范弘提醒皇上。

“着啊，朕也没听出有趣，你接着讲。”皇帝命道。

范弘讲起案情，尽量讲得生动易懂：“被杀的女子是个胡妇，有人说她是鞑靼人，有人说她是西域某部女子，这与案情无关，无须细究。胡妇之夫在某衙门当差。衙门里事繁，他不等天亮就要出门，夜黑方能返家；有时去外地办差，数日才能归家。胡妇性浪荡——”

“老伴当，什么叫性浪荡？”皇帝打断他的讲述。

“浪荡即——”范弘寻思一会儿，想不出更贴切的词来，只得说，“回爷的话，浪荡即性淫。”

“什么叫性淫？”皇帝问。

范弘被难住。原以为很容易讲述的内容，却节外生枝地出现一个幼冲之年的皇帝理解不了的词句。不，不能说是节外生枝，不用这个词句，整个故事就无法展开。

“性淫即不守妇道，交合无度。”他硬着头皮说。

“什么又叫交合？”还好，皇帝自己问的有些不耐烦，他说，“算了，朕不再问，老伴当，你接着讲。”

“该胡妇性浪荡，耐不住寂寞，一定要生出事来。”讲到这里，范弘把胡妇且放下，又介绍起凶犯，“姓马的无赖，坊人都称他马甲。不过，据奴才想，这不见得是他的真名，或是因无赖甲于一方而得的绰号。马甲厮打混骂，拈花惹草，没有他不敢做的。这样两个人，自是一拍即合，每当胡妇之夫不在，马甲便窜入他家，与胡妇行苟且之事。”

“苟且之事即交合吧？”皇帝终归是孩童之性，忍不住要问。

“也不全是，夫妇二人交合，并非苟且之事；不是夫妇的男女二人交合，才是苟且之事。”范弘解释。

“老伴当这回说得明白，朕听得懂。”皇帝道。

“奴才叩谢爷的褒勉。”范弘谢过恩，再讲下去，“一个冬夜，胡妇之夫又去衙门，躲在外面的马甲迫不及待地进屋、上床，与胡妇搂作一团。不料，胡妇之夫突然返回，在外叫门。胡妇、马甲大惊失措，马甲滚到床下，胡妇丢给他一件棉衣，手指床底，示意他钻进去。然后她披衣下地，为其夫开门。其夫一身白雪，笑盈盈地把她推进屋，自己也跟进来，她却恶声恶气地说：夜间冻煞人，你还回来作甚？害得我起来为你开门，你不怜惜自家，怎的也不知怜惜我？其夫说：念你寒夜独宿，我不顾道远，抽空回来看上一眼，给炉灶里加一把火，还得赶回去呢。他说几句亲热的话，为胡妇盖好被子，在她脸上亲了几下。胡妇极不耐烦，说：好了，人也看见，火也加足，你还不回衙门？其夫依依不舍地说：迟了要被斥责，不得不走。胡妇说：那就走吧，把门带上，我会从里面反扣。其夫出门，马甲才要钻出床外，忽听他的脚步声又回转来。胡妇躺在床上问：为何去而复返？其夫说：终是不放心你！炉灶虽加一把火，房间里还是冰冷，我要给你再加床被子。他为胡妇加盖被子，百般慰藉。胡妇说：你去你去，不劳惦记，我自知冷暖。其夫去不多时，第三次又返回，不等胡妇问，他说：今夜扰你的梦，明朝晚些再起，所需菜米，我会带回。还有，你和左邻右舍相处不好，惹出些风言风语，你万勿使气，免得气坏身子。胡妇说：与左邻右舍相处不好，并非我错，你无须劝解。如是三番五次，其夫来来去去，言语一次比一次缠绵，而胡妇的话，则一次比一次恶毒。其夫终于离去，胡妇唤道：马郎，出来吧，那个讨厌鬼不会再回来。马甲从床下钻出，胡妇一头扎进他的怀里。但她绝没想到，恐怕任何人也不会想到，迎向她咽喉的，却是一柄锋利的尖刃。她立时身亡。”

“怪哉，这个马甲为何要杀她？”皇帝问。

“无人知晓；所以，开始也无人疑到他，”范弘说，“向官府报案的是胡妇的两个哥哥，他等一口咬定，杀害胡妇的是其夫。其他人的口供也对其夫不利，当晚，他本该在衙门里守夜，却差不多一个时辰光景不知去向。有人说，他是回家。官府根据两条线索：一是胡妇不守本分，非良妇；二是其夫当晚离职返家，不难推测出，其夫嫌疑最大，于是将他传唤。其夫哀恸，但矢口否认杀人。官府动刑，而且动大刑，其夫禁受不住，遂诬服。官府定其死罪。但在他被押赴西市时，马甲忽然投官自首，案情于是大白。”

“他为何要杀胡妇，也可以问出来。”皇帝插话。

“皇上圣明。”范弘颂道，“官府问他杀人始末，他供出与胡妇间的隐情，供出那晚的经过，然后说：其夫待她，恩义如此，她还忍心出墙，这等贼妇，浑噩如我，也看不过去。我杀她，是怜其夫。我要杀的是她，非其夫，故而自首。我是为其夫而死，非为她抵命。”

“这个马甲，人品虽不佳，却不失为一条硬汉。”皇帝说。

“皇上明鉴。”范弘应道，“官府得马甲供词，改判胡妇之夫无罪，以马甲抵死。该案业经行在刑部议复，行在都察院也合署，只待择日处决，却被行在大理寺审谳平反。”

“朕看，大理司审谳平反的很是，想不到，两个二品的衙门，还不如一个三品的衙门晓得事理。”皇帝说。

“爷是说，依大理寺审谳平反批复？”范弘忙请旨。

“胡妇死有应得；其夫无罪，不当死；马甲有罪，但朕不想他死。”皇帝自言自语道，他忽问，“老伴当，此案王先生是怎么说的？”

“奴才尚未与他计议。”范弘回答。

“那你把此案讲给他听，看看他怎说。”皇帝吩咐。

“是，奴才这就回司礼监。”范弘应道，复请旨，“皇上谕旨，奴才也讲与他听吗？”

皇帝想了想，说：“朕还没有谕旨，你不必讲与他听。”

刑部审理的案子被大理寺驳回，不是什么太严重的事情，但皇帝对案子的议论不知从什么渠道传出来，就有些不同。王太监对案子的议论又不知从什么渠道传出来，就更为不同。魏源任行在刑部侍郎的年头不短，但经常被派外差，升任尚书不过一年多一点儿。他几乎没有被皇帝直接指责过，因此，这次心情十分紧张。他明知去同被指责的都察院，也说不出什么名堂，还是决定要走一遭。

行在都察院掌院右都御史陈智，和魏源是永乐四年的同科进士，而且同时任过监察御史，出按过不同的地方，在不同的地方任过按察使或按察副使，官至不同地方的左布政使。不同的是，魏源早几年召入，陈智则是今年六月才由江西左布政使任上召拜右都御史的。

“文渊兄？”陈智很感意外。他二人虽是同年，曾同事，但因为性情不同，基本上没什么私下里的来往。有人告诉陈智，魏源曾对人说过：陈孟机有干才，唯性情太过暴躁，难付大任。这话褒贬各半，很有分寸，但陈智听到，还是心生怨恨。

魏源字文渊，江西建昌人。陈智则字孟机，湖广咸宁人。

“孟机兄，找个僻静地方说话。”魏源道。

陈智不知在考虑去哪里好，或在考虑要不要单独和他谈话，有一丝犹豫，但结果还是把他领到后衙的一间小室。

“此处不会有人来打扰。”他说。

“甚好，我二人正好在这里说说话。”魏源道。

“不，是你在这里说话。”陈智纠正他。

“怎么？”性情比较单纯的魏源瞪大眼睛。

“是你有话要对我说，我并无话要对你说。”陈智道。

“好，你无话对我说，就听我对你说吧。”魏源对他的冷漠很是无奈，“孟机兄，我想请教你，马甲那桩案子，我二人断错否？”

“案子是你断的，不是我二人断的。”陈智说。

“但都察院也曾签署呀。”魏源道。

“都察院只是副署。”陈智说。

“好，案子是刑部断的，是我断的，对错与都察院无关，与孟机兄无关；但案子断的对错，孟机兄总可以说一说吧？”魏源道。

“不便说。”陈智更加冷漠。

“有何不便？”魏源问。

“我说断对，有攀附文渊兄之嫌；但我并不想攀附文渊兄。我说断错，有排陷文渊兄之嫌；但我并不想排陷文渊兄。”陈智不带丝毫感情色彩地说。

“孟机兄说的是什么话！”魏源终于忍耐不住，声调大大提高，“三法司审狱，是我朝制度，孟机兄与我总要在一起议事的，也多次在一起议事。马甲之狱，刑部审断时，我也曾与孟机兄打过招呼。怎么今日要议一议，就不便，就有这嫌那嫌！”

陈智却笑了。他说：“文渊兄一向以稳重见称，怎么也暴躁起来？是为事所迫，还是原形暴露？”

魏源这才知道，陈智在报复他无意中说过的话。他也无奈地笑一笑。

“是为事所迫，也是原形暴露。”魏源附和着陈智的原话，“我说嘛，孟机兄是极要面子的人，眼见都察院、刑部两个大衙门要丢面子，怎么形若无事，毫不在意？看来，孟机兄的修为胜我多矣。”

“修为胜兄，不敢当。文渊兄不把我当作莽撞毛躁之人，我就知足。”陈智发泄过心中的怨气之后，好像方才什么话也没有说过，他问，“文渊兄要与我谈论何事？”

“马甲之狱，我等，不，不是我等，是我，是否断错？”魏源问。

“文渊兄怎么问出这等话来！”陈智道，“马甲之狱，明明是刑部、都察院一起断的，文渊兄怎么揽到自家一个人身上！”

“等等。”魏源听这话，不知该把他哪句话当真，“孟机兄也肯为马甲之狱承担责任？”

“责任是要承担的，但不是文渊兄以为的那个责任。”陈智说。

“怎讲？”魏源仍不解其意。

“马甲的案子不是我断的，也不是文渊兄断的，故文渊兄承担的责任，也是我要承担的责任。”陈智说。

“不是我断的，却是谁人所断？”魏源越听越糊涂。

“在先是顺天府断的，又先或是大兴县断的；在后是刑部云南司、都察院云南道复议的。”陈智平心静气地说。

顺天府衙，大兴、宛平县衙，同在北京城里。京城人打官司，胆子大的直接告到府衙，胆子小的告到二县衙，但以告到大兴县衙的居多。刑部、都察院、大理司审理天下刑狱，有三法司之称。刑部和都察院的设置相似，根据天下十三布政司，刑部有十三司，都察院有十三道，各自打理相应的布政司刑狱。在两个衙门里，不单独为顺天、应天二府设司、道，顺天府的刑狱在刑部归于云南司，在都察院归于云南道。

陈智话说得其实很明白，但魏源还要坐实。

“孟机兄的意思是——”他问。

“都察院复议马甲之案的是云南道御史李聪，刑部复议马甲之狱的难道不是云南司的主事、员外，或郎中？”陈智问。

“是。”魏源道。

“那我的话有什么不对？”陈智问。

“刑部复议马甲之狱的虽是云南司属僚，最后核准的却是我。”魏源指着自己的鼻子说。

“都察院最后核准的是我。”陈智也指着自己的鼻子，理直气壮地问，“文渊兄，那又怎样？”

“你我亦难辞其咎。”魏源说。

“对呀，我不是才说，文渊兄要承担的责任，也是我要承担的责任！”陈智道。

“是何责任？”魏源问。

“失察。”陈智口中吐出两个字。

“以断狱之责诿与人，以失察之责归于己，孟机兄的主张我料得到；我没料到的是，孟机兄说出这个主张时，竟能如此坦然！孟机兄，想必你也能理解，复议案卷的是刑部，不是刑部某郎中、员外、主事，是都察院，不是都察院某御史；该承担责任的是尚书，是都御史。死决之案尤其如此。再者，断狱失误该什么罪过，失察该什么罪过？难道断狱失误的罪过真比失察的罪过要大许多？若当真大许多，孟机兄使出这等小伎俩，尤其令人发指！”魏源越说火气越大，坐着说不舒服，干脆站起来说；站着说不舒服，干脆踱着步说，“不错，我曾言孟机兄性情暴躁，是个短处。今日我把这话收回，改赠一句：孟机兄不是暴躁，是浮躁！”

说罢，推门出外，大步而去。

陈智跟在他后面，仍很平静。他边走边说：“文渊兄不是来议事的吗，怎么又暴躁起来？”

魏源一走，陈智马上恢复故态，满脸阴沉地在屋里踱来踱去。五六个在大门内外当差的衙役，战战兢兢地站成一排。

“老爷，今日当值的差役都在这里。”一衙役头目禀报。

“谁守在大门外？”陈智问。

“小的问过，是他。”衙役头目指着一衙役说。

“你出来。”陈智向那衙役招呼。

那衙役只顾看着自己的脚尖，动也不动。

“好，你不出来，我过去。”陈智冷笑着，朝那衙役走过去。

那衙役想后退，腿却迈不动。他两旁的衙役趁着还迈得动腿，朝远处挪挪，他周围立刻空出一块地方。

“你叫什么？”陈智问。

“小的叫陈勇。”那衙役说。

“你也配姓陈！”陈智说着，一巴掌扇过去。

叫陈勇的衙役捂着被打的半边脸，说：“老爷嫌小的姓不好，小的回去就改随母姓。”

陈智又一巴掌煽到陈勇另半边脸上，叱道：“胡说！陈姓有什么不好，是你不配姓。再者，你光姓的不对吗？本官名讳一个智字，你就敢名勇，是要和本官并肩而立吗？”

“小的不敢，小的回去名、姓一并改过。”陈勇捂着两边的脸说。

“好，回本官话，今日刑部魏老爷来，你见到没有？”陈智问。

“小的见到。”陈勇说。

“为何不加阻拦？”陈智问。

“老爷，他是刑部正堂呀！”陈勇觉得自己占住理，两只手都放下来，但见陈智手扬起，忙又捂住脸。

陈智的胳膊肘却改变方向，手掌握紧，当胸给他一拳。

“刑部正堂又如何？你吃的是刑部的粮，还是我都察院的粮？你吃都察院的粮，为何不敢拦刑部正堂？即便你不敢拦他，你就不会抢先来禀报一声吗？”陈智斥骂时，两只手轮换着捏成拳头。

陈勇两眼盯住他的拳头，又辩一句：“他与老爷是同年呀！人家都说，同年如兄弟。”

但没防到，陈智踢他一脚，并骂道：“狗屁话！你只知道同年如兄弟，不知道同年如冤家吗？你看，魏老爷和我是兄弟，抑或是冤家？”

“小的不敢说。”陈勇道。

“本官问你，怎么反而不敢说？”陈智责问。

“老爷拳也殴过，脚也踢过，小的怕再说句错话，老爷不知该怎样惩处小的。”陈勇在多次被责打之后反而变得诙谐。

“你——”陈智发现，自己被将一军。拳打过，不能再拳打；脚踢过，不能再脚踢。否则，就输在下人手里。而不拳打，不脚踢，充斥在肚子里的无名火、有名火，就发泄不出来。好在他有一条退路。他冲着屋外大声叫道：“童儿何在？”

书童应声而入，道：“童儿在此伺候。”

“本官的戒方呢？”陈智问。

“童儿一直带在身上。”书童道。

“拿给我看。”陈智伸出手去。

书童把一尊木方放在他手上。木方选上等木料制成，看上去十分精致。木方的正面雕刻三个篆字，陈智把三个字看了又看，似乎自得其乐。

“这字谅你等不识，谅你等不解其意，对吧？”陈智问众衙役，其实，这尊木方他不知当着衙役们的面拿出来多少次，不知给这个衙役那个衙役解说过多少次，“这三个字是‘戒暴怒’。何谓暴怒？方才我对他拳殴之，脚踢之，即为暴怒。为何要戒？暴怒于事无补，且常常要坏事。陈勇，我不是没法子惩处你，我是要戒暴怒。”

“是，小的明白。”陈勇道。

“好，你等去吧。”陈智朝众衙役挥挥手。

“谢老爷，”众衙役道。他们恨不得一步跨出这间房屋，但他们的头目还没动，他们不敢先动。

“老爷，下次刑部魏老爷来，怎办？”衙役头目问。

“自然——”陈智也在想答案。

“是，小的们一定把他拦在门。”衙役头目自以为懂得他的意思。

“谁说要拦住他？自然是让他进来。”陈智的指令完全相反。

活动了一阵拳脚之后，陈智的心情爽快多了。他让人去找云南道掌道御史张勖，在张勖到来之前，他甚至偷喝两口老酒。

张勖匆匆赶来，正好看到陈智把酒瓶藏起来的动作。他强制自己只在心里笑，一定不要笑出声来。

“都堂找我？”他问。

“勉夫，来，你坐，”陈智叫着张勖的字，亲切地招呼，等张勖坐下后，他又亲切地问道，“勉夫，你这个侍御做了有十年吧？”

侍御是御史的俗称。张勖说："下官永乐十五年乡试中第，授官，五年后升侍御，算起来有十三四年。"

"出过外差吗？"陈智问。

"曾出按山西。"张勖说。

"那该升一升。"陈智声音很低，似在自语，实则说给张勖听的，他又问，"勉夫愿意留在京里，还是愿意升个外官？"

"下官是吴人，在北京住久，很有些思乡。"张勖说。

"好说，我为勉夫设法。"陈智允诺。

"多谢孟机先生关照。"张勖起身应道。

"你坐！"陈智等他坐下后说，"稍早些，大司寇魏公过来，给我出个题目：马甲之狱是不是审理错？"

"都堂想把这个题目转交给下官？"张勖态度很明朗，"与有夫之妇通奸，罪之一也；亲手杀人，罪之二也。在下官看来，无论他以什么缘由杀人，都该死罪。刑部、都察院以死罪议复，站得住脚。"

"不，不，我对此事并不留心，我留心的是另一事。"陈智说。

"都堂留意何事？"张勖问。

"复议此案的是你云南道的人吧？"陈智以问作答。

"是啊，此案该着我道处分。"张勖道。

"是你亲自处分的吗？"陈智问。

"不是我，是另一御史。"张勖道。

"是李聪吧？"陈智问。

"是他。"张勖道。

"勉夫，这个人太自以为是。你是掌道，处分死罪的案子，他也不向你禀明。"陈智说着，连连摇头。

"不，此案他曾向下官禀明。"张勖说。

"曾向你禀明？我怎不知？"陈智一脸诧异。

"都堂也该知道。"张勖说。

"勉夫为何这么说？"陈智问。

"下官亦曾向都堂禀明。"张勖说。

"你曾向我禀明？"陈智毫不犹豫地说，"不对，李聪并未向你禀明，你也并未向我禀明，此案完全是他自作主张。勉夫不妨再想想。"

张勖害怕自己真得健忘症，努力去想，他很快确定不是自己健忘。

“错的不是下官，是都堂。”他说。

“你好糊涂呀！”陈智又是连连摇头。

“下官怎么糊涂，请大人赐教。”张勖揖道。

“与此案无染，你可能外放知府；与此案有染，你至多外放知县。其间差别你看不出来？”陈智道。

“照都堂这么说，下官当真糊涂，看不出外放不外放、外放何职，与此案有什么牵连。不过，”张勖语气一变，说，“即便确有牵连，下官宁外放知县，甚或丢掉官职，也绝不肯做伤天害理之事。”

陈智哼一声，道：“照勉夫这么说，我是在做伤天害理之事？”

“不敢。下官只请都堂想一想，马甲之狱若真的断错，李聪将担个什么罪名。”张勖说。

“即便我等肯担待，他这一劫也躲不过去。”陈智说。

“不错。该案断错了，下官有下官的过失，都堂有都堂的过失，而过失最大、受处分最重的仍是李聪。但据实而言，他曾向我禀明，我曾向都堂禀明，他不过断狱失误；不据实而言，他就是隐瞒上司，擅自行事，出入人死罪。根据大明律，这可是死罪呀！”张勖大声质问，“其间差别都堂看不出来吗？看不出来，那才是大大的糊涂；看得出来，难道不是伤天害理？”

陈智没有在中间打断，任他把话说完，但脸色变得越来越阴沉。他一开口，话也说得特别阴沉：“好个张勖，竟与我理论起是非！”他猛拍惊堂木，发觉声音不对，一看，原来是一直拿在手里的木方。他顾不得许多，喝道：“来人！”

衙役们蜂拥入堂。

“张勖堂上咆哮，目无本堂，拉下去，重笞四十。”他命道。

“老伴当，今日可有什么有趣的章奏？”皇帝问范弘。

“有一本六科给事中弹劾行在都察院掌院右都御史陈智的奏章，奴才觉得甚是有趣。”范弘回奏。

“六科弹劾都御史，怎么回事？”皇帝问。

“陈智当堂笞责御史张勖，科臣谓有失宪体。”范弘说。

“怎么一回事，都御史不会平白无故地责打御史吧？”皇帝道。

“爷圣明。陈智责打张勖，确有缘故；说起来，和爷前些日子关注的马甲杀人一案有些牵连。”范弘说。

“马甲杀人一案？”皇帝偌小的年纪，说他关注某事，实在有些言过其实，不过，让范弘一说，皇帝还真的关注起来，“是马甲杀胡妇一案吧？对了，此案可定下来？”

“定是定下来，但尚未批复。”范弘说。

“为什么？朕记得，刑部断马甲抵命，被大理寺驳回；朕说过，大理寺驳回的是。老伴当，是不是这样？”皇帝问。

“是这样；不过，爷还要奴才去问问王太监。”范弘说。

“难道王先生以为大理寺驳错？”皇帝不愿意这么想，可又最容易这么想。

“不，王太监也称颂皇上圣明。但他说，不忙着批复，让那些草菅人命的大员们多过几天担惊受怕的日子。”范弘说。

“还是王先生有惩治不职官员的法子。反正定下来，朕不在乎早几日迟几日批复。”皇帝说着，问道，“马甲之狱，都察院难脱干系，但怎么朕还没处分，他们自己就闹起来？”

“奴才听说，陈智要追究审理马甲之狱的御史；张勖却说，陈智自己也有责任。陈智一怒之下，责打的他。”范弘说。

“陈智追究该御史，这不错呀。”皇帝说。

“爷所谕极是。”范弘迎合道。

“陈智掌院，难脱干系，张勖的话也不错。”皇帝说。

“爷所谕极是。”范弘仍迎合。

“陈智当堂责打张勖，朕却不知该怎么说。”皇帝道。

“爷无论怎么说，都不会错。”范弘启发他。

皇帝仍然为难。两人都有道理，一人却打了另一人。是打人的有道理，还是被打的有道理？得不出结论，他干脆不想。

“要不，此事也先不批复吧。”皇帝道。

“把此事先搁置也成；不过，王太监要奴才请旨，不如趁着科臣弹劾都御史一事，把马甲之狱做个了断。”范弘说。

“做个了断也成，老伴当，你说说看。”皇帝命道。

“奴才遵旨，”范弘事先打好腹稿，这会儿顺当地说，“其一，胡妇之夫、马甲两释之。”

“两个人都放？”皇帝问。

“是，”范弘应道。

“好，拟旨时，别写都放，就用两释之。”皇帝说。

“是。”范弘应道，“其二，刑部、都察院断狱失误，均不追究；其三，陈智责打张勖，不合宪体，然事有缘头，且不追究。”

“就这样吧。”皇帝没什么要修正的，他只在范弘要跪退时，忽然想起一件事来，“马甲之狱，皆因胡妇浪荡，不守妇道。日后各衙门差役，凡娶胡妇者，晚间均不必当差。”

“爷居心仁慈，乃天下百姓之幸。”范弘颂道。

第八章

正统二年上元节的夜晚，太皇太后和皇太后孙氏、皇帝一起在御花园举宴、赏月。皇帝亲自捧觞，先敬献太皇太后，再敬献皇太后。皇太后亦捧觞，敬献太皇太后。太皇太后饮后问："皇上，你这盅酒有什么讲头吗？"

"孙儿感谢皇祖母教养之恩，恭祝皇祖母万寿无疆。"皇帝说。

"皇太后，你这盅酒有什么讲头吗？"太皇太后问。

"臣媳感谢太皇太后代臣媳教养皇上，恭祝太皇太后万寿无疆。"皇太后说。

这话都是以前在家宴时说过的，太皇太后听了，却多出几分感慨。她亲自斟一盅酒，递给皇帝。

皇帝跪在太皇太后面前领受。

"皇上，皇祖母这盅酒也有个讲头。"太皇太后说。

"是，孙儿谨受慈训。"皇帝道。

"皇祖母老了，累了，唯望皇上快些成长起来，能独柄朝政，把祖宗留下的基业守住。"太皇太后说。

"皇祖母这盅酒，孙儿不饮。"皇帝说。

"这是为何？"太皇太后问。

"皇祖母不能丢下孙儿不管呀！"皇帝带着几分哭腔说。这绝不会是事先有人教导的，因为没人想得到太皇太后会说这番话；如果是别人事先教导的，皇帝的表现也不能这么真诚。

太皇太后笑了。她说："皇上放心，皇祖母不会马上就离开你的。不过，总会有这么一天。所以，皇上得快快长大，得多多历练。"

"启奏皇祖母，孙儿已经有一些历练。"皇帝说。

"感觉怎样？"太皇太后问。

"似乎也不太难。"皇帝说。

"那是因为你还没遇到大事、难题，我也盼望着你不要遇到什么大事、难题。但这不是你想回避就能回避得了的，也不是我盼望就能盼望得来的，以后遇到大事、难题，你会知道治理天下不易。你皇祖母经历几十年风雨，能告诉你的也只有不易二字。”太皇太后谆谆叮嘱。

“是，皇祖母的话，孙儿牢记不忘。”皇帝说。

“好，皇祖母说的话太多，皇上喝酒吧。”太皇太后道。

皇帝把酒喝了，起身，回到座位。

太皇太后又斟一盅酒，递给皇太后。

皇太后亦起身，跪受。

“我于皇太后没有那么大的恩惠，皇太后起来吧。”太皇太后说。

“太皇太后言之差矣，太皇太后对皇上的一点一滴恩泽，臣媳皆感同身受，臣媳亦当跪领慈训。”皇太后说。

“我只要你喝酒，并没说有什么讲头呀。”太皇太后道。

“太皇太后对孙儿有教诲，对儿媳无教诲，那是对儿媳不慈。”皇太后不肯起来。

“看看，你们的太后娘娘倒编排起我的不是。”太皇太后对身后的女官、宫女、宦者们说。大家都笑起来。太皇太后想了想，说：“你一定要个讲头，我就说上两句。唯望日后的大事、难题，我二人能为皇上分担；唯望皇上早日成为贤明君主，你我得以颐养天年。”

“谢太皇太后赐福。”皇太后道。

太皇太后看着皇太后喝了酒。皇太后还要再献酒与太皇太后，太皇太后摆摆手，说：“先不喝，我吃口菜吧。”拣爱吃的菜吃两口，她说，“今夜月儿不错，你们娘儿两个多坐一会儿。我有些凉，要先回去。”

皇上、皇太后再起身，恭送太皇太后回宫。

各局掌局女官皆正五品，这是最高的品秩。当然，也可能有意外的机缘，被封为夫人，或成为妃嫔；但这绝对是可遇而不可求的。尚仪局尚仪常氏从未幻想过出现奇迹，升至最高女官品秩，她已经很知足。如果说她有什么意外的机缘，那就是得到太皇太后的喜爱和器重。太皇太后为太子妃时，她在东宫办事；为皇后时，她在坤宁宫办事；为皇太后时，她在皇太后宫里办事；做太皇太后，她在太皇太后宫里办事。几十年来，她一直在服侍太皇太后，她知道，太皇太后若不在，她也不会留在宫里。所以，太皇太后的饮食起居，事无巨细，她都想得很周到。

太皇太后起驾时，常氏站在凤辇旁，抱着一条叠得方方正正的毯子。

“太皇太后，腿易生寒，加条毯子吧。”她说。

“用不着。”太皇太后拒绝。“仪官，你以为我真觉得凉吗？”“不，太皇太后是心里有事。”常氏说。

“你看得出来？”太皇太后问。

“奴婢听得出来。”常氏说。

“那你说给我听听。”太皇太后道。

“愿皇上早日独柄朝政，这话把皇帝吓着。奴婢偷偷看一眼，太后娘娘的脸色也有点儿变化。”常氏说。

“我这话难道说错？”太皇太后问。

“错是不错，但太皇太后是忧心忡忡说的。”常氏道。

“忧心忡忡。”太皇太后嘴里重复着这四个字，过一会儿，又重复一遍，然后命道，“停辇，我想自个儿走走。”

常氏在把太皇太后搀扶出辇时，使个手势，一应女官、宫女、宦者都懂事地垂手站立在原处，等太皇太后和常氏走出一段距离，才脚步轻轻地跟在后面。

“忧心忡忡，这四个字可是说到我内心去了。”太皇太后道，“我所谓皇上独自柄政，不是让皇上谁的话也不听，而是说不要再让我操心。这一年多来，朝廷有什么大事，都说与我知晓。皇上不懂的，我为他分说；皇上拿不出主意的，我帮他拿个主意。于是变成皇上靠着我，大臣们也都靠着我。这是有功于社稷，还是有罪于社稷，谁知道呢！”

“自然有功于社稷。”常氏插话。

“自然？不见得吧，”太皇太后摇摇头，说，“我太祖高皇帝圣训，后妃不得预政。你看，今日一个奉懿旨如何如何，明日一个奉懿旨如何如何，我不分明在预政吗？不分明有违太祖高皇帝的圣训吗？”

“太皇太后是为此忧心忡忡吗？”常氏问。

“不。”太皇太后道，“给皇上拿个主意，虽有违太祖高皇帝圣训，但皇上冲龄登极，在本朝尚无先例，太祖高皇帝大概也不会想到，所以，在过问那些或不该过问的事情时，我并没有什么不安。要是皇上觉得我拿的主意不错，大臣们觉得我拿得主意不错，皇上还想这么靠着我，大臣们还想这么靠着我，我再为皇上拿两年主意，再让皇上靠上两年，让大臣们靠上两年，也并非不可。”

“奴婢只听人称颂太皇太后圣明，譬如放回教坊司乐户啦，放还朝鲜宫女啦，南畿官牧黄牛给军民耕种啦，禁僧道私度啦，无不造福百姓；奴婢从未听人说太皇太后的懿旨不当。太皇太后用不着担心。”常氏说。

“这我相信。”太皇太后道，“再说，即便有一两次我拿的主意不好，也不会碍着大局。我不担心。”

“那太皇太后担心的是什么？”常氏问。

“我担心皇上靠我靠得过分，大臣们靠我靠得过分。”太皇太后说。

“过分？”常氏似乎有些明白。“是大臣们日前的奏议过分吧？”

“仪官，我知道你会懂得我的心思。”太皇太后笑道。

“可奴婢以为，大臣们的奏议并不过分呀。”常氏说。

“什么？难道垂帘听政之议，也不过分？”太皇太后道。

“垂帘不过是个仪式，听政才是要紧的，不管有没有垂帘这个仪式，太皇太后已经在听政。太皇太后说，皇上冲龄登极，在本朝没有先例，所以可以听政。那么，加上垂帘的仪式，亦无不可。”常氏说。

“仪官，你掌尚仪局，不该这么说。”太皇太后似乎有两层意思：一是她承认常氏的话里有正确的成分，二是即便有正确的成分，常氏也不该说。但她更需要阐述的，是常氏话里不正确的成分。她说：“这个仪式是不能小看的。朝廷之上，大朝也好，常朝也好，均有朝仪。有这些朝仪，朝廷才成为朝廷，皇上才成为皇上；若没有这些朝仪，朝廷还有朝廷的样子吗，皇上还有皇上的样子吗？我记得在东宫的时候，听老公公讲三国的典故。有人劝曹孟德废汉帝自立，曹孟德说，你们这是要把我放在炉子上烤呀。我当时还不太懂得他这句话的意思，现在却完全懂得。你看，他已经把朝政都揽到自己手里，缺少的就是一个仪式。别人劝他加上这么一个仪式，他却把这个仪式看作火炉。他害怕被煎烤。我和他不一样。他嘴上不想加上这个仪式，心里还是想加上这个仪式的；我则从内心就不想加上这个仪式，干吗要把自己放到火炉上煎烤呢？”

“我懂了，太皇太后不愿被火炉煎烤，所以，盼望皇上早日独自柄政。不过，太皇太后不愿被放在火炉上，任谁也不能把太皇太后放到火炉上呀。”常氏说懂，还是不完全懂。

“你说得对。大臣们要我垂帘听政，我虽然担心，还不至于忧心忡忡。”太皇太后说着，忽问，“仪官，你说，大臣们为何有此奏议？”

“这个，奴婢说不好。”常氏不正面回答。

“是不好说吧？”太皇太后不勉强她，“他们也在忧心忡忡呀。或者，不如说，他们忧心忡忡，闹得我也忧心忡忡起来。”

“太皇太后的话奴婢又有些听不懂。”常氏说。

“听不懂，咱们一层一层来说。”太皇太后说着，问道，“仪官，你说咱们皇上肯听谁的话？”

“皇上最听太皇太后的话。”常氏回答。

“还有呢？”太皇太后问。

“内阁老先生们的话，皇上也是听的。”常氏又说。

“还有呢？”太皇太后继续问。

“奴婢常听人说，皇上不管遇到什么事由，先要问司礼王太监是怎么说的。”常氏回答。

“你这才说到点子上。”太皇太后道。“皇上冲龄，是需要有人帮他拿主意的。皇上听我的话，听内阁老先生们的话，听王太监的话，也就是说，我能帮着皇上拿主意，内阁老先生能帮着皇上拿主意，王太监能帮着皇上拿主意。我帮着皇上拿主意，内阁老先生们忧心忡忡吗？我想不会。按说，他等应该忧心我主意拿得太多，有预政之嫌才是。可他等不但不忧心，反而劝我垂帘听政。内阁老先生们帮着皇上拿主意，我忧心忡忡吗？没有。他们都是永乐、洪熙、宣德三朝简选出来的德硕之士，尽可以把朝政托付给他等。”说到这里，她顿了顿，道，“还有什么话，仪官，你替我说吧。”

“剩下的，只有王太监。他帮着皇上拿主意，太皇太后不放心，大臣们也不放心。”常氏说。

“你看，这话也没什么不好说嘛。”太皇太后道。

“但奴婢觉得，为此事忧心忡忡，似无必要。”常氏说。

“怎讲？”太皇太后问。

“太皇太后若要处置他，还不是易如反掌！”常氏道。

“易如反掌？”太皇太后显然不这么看，“现在要处置他，或许不难；但我总得处置得让他心服口服，让宫里上上下下心服口服，让朝廷上上下下心服口服吧？要不，有人会以为我真想垂帘听政呢。”

“太皇太后要查实他的作为？”常氏问。

“对，明日你把兴安唤来，咱们问问他。”太皇太后吩咐。

兴安心怀几分兴奋，几分不安，给太皇太后叩头请安。他兴奋，是因为从奉懿旨召唤他的人嘴里什么都没问出来；他不安，也是因为从奉懿旨召唤他的人嘴里什么都没问出来。如果是寻常的事，传唤他的人是无须瞒着的；如果是机密的事，只要他知道，也不会瞒着。可见，他并不知道太皇太后为何事传唤。

太皇太后自己证实了兴安的猜测。她摒出其他侍从，只把常氏留在自己身后。

“兴安，可知召你何事？”她问。

“奴才不知。”兴安回答。

“我怎么看你像是知道？”太皇太后不但这么说，还问常氏，“仪官，你说呢？”

“奴婢同感。”常氏道。

“奴才在太皇太后面前不敢撒谎。”兴安说，并朝着常氏讨好地加上一句，“就是在仪官面前，奴才也不敢撒谎。奴才这次奉懿旨觐见，觉得太皇太后有重大事务交代，却并不知是何事。”

“哪里有重大事务交代！我呢，不过想问你些事；你呢，如实回话即可。你看，这里只有三人。我问的话，你回的话，只要你不泄出，便无人知晓。你不必顾虑。”太皇太后说。

“是，太皇太后问什么，奴才答什么，知无不言。”兴安说。

“我听说，司礼监的公公们，乃至各衙门的公公们，都惧怕王太监。兴安，你惧怕不惧怕？”太皇太问。

兴安看看太皇太后，看看常氏，没有回答。他好像在问：这是太皇太后要问我的事吗?

“是啊，我是在问你。”太皇太后说。

“奴才不惧怕。”兴安这才说。

“这话是打折扣的吧？”太皇太后讥道。

兴安尴尬地一笑，道：“太皇太后圣明，奴才要说一丁点儿不惧怕，就不实在。惧怕是有的，但奴才也不十分惧怕。”

“这是为什么呢？”太皇太后问。

“因为凡事都有太皇太后做主，奴才规规矩矩遵照太皇太后懿旨和皇上圣旨办事，他也奈何不得奴才。”兴安说。

“好吧，我就当你对他不十分惧怕。”太皇太后道，“我再问你，你和内阁老先生、各衙门大臣都有交往，他等惧怕不惧怕王太监？”

“惧怕者有，不惧怕者亦有，惧怕者居多。”兴安回答。

“惧怕者对他一定是阿谀奉承，这我不要听；我想知道，不惧怕者对他可有非议？”太皇太后问。

“有。”兴安道。

“多吗？”太皇太后又问。

“甚多。”兴安道。

“那好，你且选一二事，说与我听。”太皇太后命道。

“奴才曾听人议论，说王太监引诱皇上尚武。”兴安说。

“因何事而言？”太皇太后问。

“去年秋冬之际，圣驾赴将台阅武。”兴安说。

“阅武之举，前朝也有过；再者，这事皇上是与我说过的，我也向内阁老先生们征询过。”太皇太后根据自己的说道，判定是非。“不能因为皇上年幼，就说这事有错。”

“太皇太后说的是。大臣们议论此事，不光是说他引诱皇上尚武，还说他借此事凌驾于皇上之上。”兴安又说。

“这话怎么讲？”太皇太后警觉起来。

“前一年阅武，皇上没去，是王太监代皇上去的，优异者超擢三级；去年阅武，皇上亲临，优异者仅赐一樽。议者谓：何其殊也！”兴安述道。最后一句显然是未经修饰的“议者谓”。

太皇太后与常氏无言相视，她们的眼神都在说：这是在示恩呀！

“超擢三级的是谁？”太皇太后问。

“指挥佥事纪广。”兴安说。

“赐予酒樽的是谁？”太皇太后问。

“驸马都尉井源。”兴安说。

太皇太后想评论几句，却发现很难评论。指挥佥事超擢三级，是都指挥佥事，算不得了不起的大事；驸马都尉超擢三级，该是国公吧？如果因一次阅武，而超擢出一名国公，那才要让天下人瞠目结舌呢。退一步说，难道钦赐一樽，就不如连升三级显贵吗？不知对井源的赏赐是不是出于王振之意，如果是的话，应该说他的处置甚是得体。

“兴安，你再说说，对王太监还有什么非议。”太皇太后道。

“是。”兴安应道，“奴才还听人议论，说王太监专横跋扈。”

“这又是因何而言？”太皇太后问。

“他着人摭拾各衙门官员过失，凡有奏入，辄令下狱。”兴安说。

太皇太后又和常氏相互以眼神示意：这是在示威呀！

“他等可有实例？”太皇太后问。

“有。”兴安应罢，不忘表明是别人的议论，“有人议道：去冬兵书王骥、兵侍邝埜下狱，皆王太监所为。”

“等等，”太皇太后止住他，“王骥、邝埜下狱，可是在去年十二月？”

“是。”兴安应道。

“他二人下狱，是因为皇上将边方疏奏批下兵部议之，兵部居然五日不复奏。是吧？”太皇太后问。

“是。”兴安应道。

“如此轻慢，难道不该下狱？”太皇太后直把兴安当作议论之人。

“这个——”兴安稍一停顿，不慌不忙地说，“奴才只是听人议道；其间是非，奴才也说不清楚。”

这事又没办法评论。一则，五日不复诏旨，是实实在在的旷职，不论什么原因，都该治罪；二则，不必王振说什么，皇上也会发雷霆之怒；三则，即便王振摭拾此事，能说他有什么不对吗？或许，还该称赞他尽职呢。

原要查实他的错处，怎么说来说去，却变成他的好处？太皇太后又要兴安举些事例，听了之后，都不太经得住推敲。她听的兴致不太高。兴安有所察觉，讲的兴致也不太高。

兴安去后，太皇太后嘴一撇，问常氏：“如何？”

“奴婢也觉忧心忡忡。”常氏说。

太皇太后忍不住“咯咯”笑出声来。笑过后，她问：“仪官，你看兴安是有意隐瞒什么，还是他只说得出这些？”

“据奴婢想，他没必要隐瞒什么。”常氏说。

“我也这么想。”太皇太后道。“一个呢，他只说得出这些。一个呢，他觉得自己说的事要紧，其实并不要紧；有些要紧的事呢，他却看不出来。仪官，你看出来了吧，我要是就这么着处置王振，他能心服口服吗，宫里上上下下、朝廷上上下下能心服口服吗？”

“太皇太后明察秋毫。要不，他的事先放一放？”常氏建议。

“那不行。”太皇太后摇头。“我也听出来，示恩之心、示威之意，王振是有的；若不处置，迟早是个祸胎。”

常氏暗道，多余提出建议，太皇太后一定早有主意。而且，她从正月十五夜晚就和自己念叨这事，今天又把自己留下一起问兴安话，一定有事交代自己去办。自己听从吩咐就是，别的不要多想。

“仪官，有件事，你为我办吧。”太皇太后果然开口。

“是。”常氏应一声，并不多问。

“你为我操练一支女兵出来。”太皇太后说。

常氏惊愕之情尽显，但她对太皇太后不时突发奇想已经习以为常，所以只应一声“是”，并不问做何用途。

“人不要多，你在女官中选十人吧。”太皇太后说。

“是，”常氏神情和缓下来。只操练十人，应该不难，也不会有很大动静。她问，“太皇太后要奴婢几时练成？”

“三日，”太皇太后伸出三指，“三日之后，我要派用场。”

“三日？”常氏叫苦，“太皇太后是拿我当作孙、吴、诸葛用吧？即便孙、吴、诸葛在世，三日也练不成一支军队呀。”

“我又不要她等赴边关，战敌酋，你只要她等学学佩剑、刺剑，学学挎刀、举刀，吓吓手无寸铁之人，三日还不够吗？”太皇太后道。

“那倒是够。”常氏说。

英国公张辅，内阁杨士奇、杨荣、杨溥，礼部尚书胡濙等五人奉召至乾清宫偏殿。他们以为召唤他们来回皇帝的话，没想到坐在上面的是盛装的太皇太后，皇帝则垂手立于东侧。有人想：垂帘听政的呼声甚高，难道太皇太后终于应允？

他们先给太皇太后叩拜行礼，接着要给皇帝叩拜行礼。太皇太后说：“卿等平身，迟些再拜见皇上。”又有人想：莫非垂帘听政只是第一步，太皇太后还要行废立之事？

如果太皇太后欲行垂帘听政，大臣们可能在拥戴的热情上略有不同，然而没人会从根本上反对。因为宣德十年和正统一年以来的事实说明，太皇太后可以依赖，她会和大臣们和衷共济，把皇上引入正道。但如果太皇太后欲行废立之事，该怎么办呢？这是听太皇太后第一句话后的感受，谁也不曾在事先预料到；因此，谁也没想过该持什么态度。

“今日皇上和我把卿等召入宫中，是为了说说垂帘听政的事。”太皇太后好像看出有些人的心思，先给大家吃一粒定心丸，“垂帘听政之议，出自科、道之口；可我知道，公卿大臣们，包括尔等，也有这个意思。此议奏入有些日子，我想，也该给卿等一个交代，给天下一个交代。”她看皇帝一眼，补充道，“对，我也得给皇上一个交代。”

“太皇太后垂帘听政，亦孙儿之愿。”皇上说。

“好皇上，这事咱们祖孙两个说过，你的心思我晓得。”太皇太后单独对皇帝说一句，然后转向众人，“不过，垂帘听政，万万行不得。政出于朝廷，不可出于后宫。后妃不得预政，是太祖高皇帝圣训。我不能坏祖宗的制度，更不能让皇上坏祖宗的制度。今日颁圣旨也好，颁懿旨也好，垂帘听政，不得再议！今日以前，议垂帘听政者，不罪；今日以后，再有议垂帘听政者，重罪之。”

无论在想太皇太后今天可能要行垂帘听政的大臣，还是在想太皇太后今天可能要行废立之事的大臣，这时一起颂道：“太皇太后圣明，臣等谨遵圣旨、懿旨。”

皇帝也颂道：“太皇太后圣明。”他不甘心莫名其妙地颁这么一道圣旨，又加上一句，“孙儿无知，须赖皇祖母教导。”

“皇上别急，这是咱们今日把大臣们召入宫中要说的第二件事。”太皇太后道，“垂帘听政行不得，这并不是说，从今以后朝廷的事我就不闻不问。我是想着，从今以后，朝廷的事我能一天比一天少听一句，一天比一天少问一句，一天比一天少说一句，就很知足。皇上自称无知，这不对。咱们的皇上是很懂事的，很知理的。他只是年幼。年幼就需要人来教导，这话是不错的。我是皇祖母，教导皇上，义不容辞。不过，教导皇上，主要不能靠我。靠谁呢？”太皇太后不急着给出答案，他把几位大臣依此看一遍，吩咐道，“卿等且站一旁。”

张辅、杨士奇、杨荣、杨溥、胡濙后行两步，在西侧站定。

“皇上识得这几个人吧？”太皇太后问。

“孙儿识得。”皇帝应道。

“皇上识得，我也要郑重引荐，”太皇太后呼道，“张辅上前。”

“臣遵懿旨。”张辅跨出一步。

“这位是英国公张辅。”太皇太后对皇帝说。

“是，”皇帝答应一声，呼道，“张爱卿。”

“臣在。”张辅应道。

“英国公是太宗皇帝时的功臣，永乐初封伯，三年进封侯，六年进封公，仁宗皇帝时加封太师，宣宗皇帝时加封光禄大夫、左柱国。英国公历事三朝，小心敬慎，为今日元勋之首。”太皇太后说。

“是，孙儿记住。”皇帝道。

“杨士奇上前。”太皇太后又呼道。

“臣遵懿旨。”杨士奇跨出一步。

“这位是内阁第一位辅臣西杨先生。”太皇太后对皇上说。

“是，”皇帝答应一声，呼道，“西杨先生。”

“臣在。”杨士奇应道。

“西杨先生早年以硕儒召入翰林，于太宗皇帝初设内阁时，即入阁办事。汉庶人高煦欲夺嫡，你皇祖多赖内阁诸臣维护，才得保全。其中，西杨先生兼职宫僚，功莫大焉。故你皇祖登极后，即以西杨先生居内阁首席。西杨先生在内阁三十四年，居首席一十三年，为今日第一文臣，天下士人尊为宗师。”太皇太后说。

“是，孙儿记住。”皇帝道。

“杨荣上前。”太皇太后呼道。

“臣遵懿旨。”杨荣跨出一步。

“这位是内阁第二位阁臣东杨先生。”太皇太后对皇帝说。

“是，”皇帝答应一声，呼道，“东杨先生。”

“臣在。”杨荣应道。

“东杨先生进士出身，与西杨先生同时入阁，一度排列在诸阁臣之首。太宗文皇帝最后一次北征，崩于榆木川，那时外有北虏，内有逆藩，多亏东杨先生主张秘不发丧，方渡过难关。”太皇太后说。

“是，孙儿记住。”皇帝道。

“杨溥上前。”太皇太后呼道。

“臣遵懿旨。”杨溥跨出一步。

“这位是内阁第三位阁臣南杨先生。”太皇太后对皇帝说。

“是，”皇帝答应一声，呼道，“南杨先生。”

“臣在。”杨溥应道。

“南杨先生和东杨先生是同年进士，入阁较迟。我记得，是宣宗皇帝登极后入阁的吧？”太皇太后停下来，似乎要求证。

“臣溥于洪熙元年七月入阁办事。”杨溥奏道。

“不错，是在那时。”太皇太后点头，“南杨先生是在宣宗皇帝登极后入阁的，但仁宗皇帝已有召他入阁的心愿。只不过其时阁臣众多，不宜增添。仁宗皇帝遂新设弘文阁，以南杨先生掌阁事。皇上可知，你皇祖为何对南杨先生寄情最深吗？”

“不知，请皇祖母讲与孙儿听。”皇帝道。

“也是为逆藩谋嫡之事，南杨先生和西杨先生是先后下狱的，不过，西杨先生很快被释，而南杨先生在狱中一关就是十年。十年啊，生死难卜，供食数绝，但南杨先生处之泰然，读书不辍。你皇祖常对我说，南杨先生这十年的牢狱，是为他坐的。”太皇太后由述说杨溥的经历，而想起夫君仁宗皇帝，想起他在东宫时担惊受怕的日日夜夜，想起他历经艰难承继大统，而只做十个来月的皇帝就撒手归西，不由得潸然涕下。

大臣们听太皇太后说起这段伤心事，无不落泪，杨溥更是泣不成声。

“好了，大家收泪吧。”太皇太后道，她对杨溥说，“这些话呢，我一直想告诉你，不想今日才得机会。”

“我仁宗皇帝上膺天命，下孚人心，微臣略受些皮肉之苦，算不得什么。”杨溥强忍着悲伤说。

“皇上，这段典故你一定要记在心里。”太皇太后嘱咐。

“是，孙儿记住。”皇帝道。

“胡濙上前。”太皇太后最后呼道。

“臣遵懿旨。”胡濙跨上一步。

“这位是礼部尚书胡先生。”太皇太后对皇帝说。

“是，”皇帝答应一声，呼道，“胡尚书。”

“臣在。”胡濙应道。

“胡先生和东杨先生、南杨先生是同年进士，我太宗皇帝曾差他遍行天下州、郡、乡、邑，颁发御制诸书。仁宗皇帝当初在南京监国，也曾多得他庇护。胡先生自宣德元年掌礼部，迄今已在十年以上，其间他曾兼掌过多个衙门，无不尽心竭力。在我看来，朝廷各衙门堂官，以他最为干练勤勉。”太皇太后说。

“是，孙儿记住。”皇帝道。

“皇上方才说须赖我教导，我呢，想告诉你，这五个人学问、德行、才干都有，你皇祖、皇考用之于昔日，大加称赏。你日后肯听他等的教导，凡事与他等计议，国家就一定安宁，天下就一定太平，你就一定能成为无愧列祖列宗的好皇帝。”太皇太后说。

“是，孙儿记住。”皇帝道。

“好吧，你给他等行个礼，就说：朕年幼，须赖卿等教导。”太皇太后吩咐。

此话一出，皇帝还没什么。他知道，所谓行礼，不是行跪拜礼。他转向众大臣，身子稍稍一躬，道：“朕年幼，须赖卿等教导。”

众大臣早慌得跪成一片，叩头不止，口称：“臣等遵太皇太后懿旨，遵皇上圣旨，必当殚精竭虑，辛勤国事。”

“皇上那个礼，是为我代行的。但愿众爱卿今后能把我肩上的担子多分些去担上。我开始不让你等给皇上行礼，现在任你等给皇上行礼，是要你等不可忘记自己的承诺。”太皇太后说。

“是，臣等切记在心，绝不敢忘。”众大臣应道。

太皇太后向皇帝示意，皇帝道：“卿等平身。”

太皇太后等众大臣依次在西侧重新站立好，又说：“今日咱们的话说完，还有一个人，我想让皇上和卿等见一见。”说着，问身后侍立的常氏，“他来了吗？”

“来了，在外面。”常氏回奏。

“让他进来，”太皇太后命道，又命，“让她等也进来。”

皇帝和大臣们还没来得及想，他是谁，她们又是谁，答案已有。有宦者朗声道：“奉太皇太后懿旨，宣王振进殿。”接着，在王振进殿之前，从殿后走上十名女官，全副戎装，或佩剑，或挎刀，英姿飒爽地走到太皇太后座前，拜道：“奴婢等叩见太皇太后。”

“列队。”太皇太后命道。

“是。”女官们整齐地应道。她们中佩剑的列成一队，站在太皇太后和皇帝之间，挎刀的列成一队，站在太皇太后和众大臣之间。她们人数虽不多，但都违背常制地佩带真剑真刀，使殿里刹那间充满肃杀之气，让皇帝和大臣们手心都捏着一把汗。

看到这阵势，王振手心也捏着一把汗。不同的是，皇帝和大臣们捏着一把汗，有好奇，有惊恐，好奇多于惊恐；王振捏着一把汗，则只有惊恐。他双膝一软，自然而然地跪倒，口称：“奴才叩见太皇太后！叩见皇上！”皇帝朝他使着眼色，让他只回太皇太后的话。

“王振，你现在哪个衙门办事？”太皇太后问。

“皇上命奴才去司礼监办事。”王振回奏。

“是掌印吗？”太皇太后问。

“是，皇上命奴才暂掌司礼监印。”王振回奏。

“这么说，我该把你叫来，”太皇太后指着自己右侧的大臣们，以明显是嘲讽的语调说，“你看，天下第一勋臣在此，天下第一文臣在此，有司第一正卿在此，再加上你，天下的第一不就到齐了吗？”

“奴才怎敢与这几位第一并立。”王振说。

“哼，你知道不敢就好！”太皇太后叱道，又问，“司礼监是内使第一衙门，王振，你掌司礼监，自觉胜任吗？”

“奴才但求实心办事，不敢言胜任。”王振回奏。

“那你有没有误导皇上？”太皇太后问。

“奴才见识不到是有的，实不敢误导。”王振回奏。

“你有没有欺凌大臣？”太皇太后问。

“奴才与大臣们所见不合是有的，实不敢欺凌。”王振回奏。

“哼！”太皇太后从鼻腔里重重地哼一声，“不敢误导，不敢欺凌！王振，你以为我对你的作为一无所知吗？告诉你，我问你有没有误导皇上，是握有你误导皇上的实例；我问你有没有欺凌大臣，是握有你欺凌大臣的实例。我问你话，你尚敢推三阻四，足见你目空一切，谁还被你放在眼里；足见你刁钻蛮横，别人谁还敢与你做对！这等奴才，我不杀，天下难得太平。”说着，喝道，“来人，当场取他首级！”

“奴婢等谨遵懿旨。”众女官应着，上前将王振围住。只见佩剑的拔剑，直指他胸前；挎刀的取刀，架在他颈上。

在刀剑夹指之下，王振心中害怕；但他还沉得住气，上身一动也不敢动。他知道，只要动一动，不是伤于刀锋，就是死于剑芒。

“皇祖母！”皇帝惊叫一声，一头栽倒，匍匐在地。

“皇上，有话等我杀了这个奴才再说。”太皇太后道。

“太皇太后刀剑下留人！”皇帝虽然头也不敢抬，话却说出口。

“皇上为何替他乞命？难道他的罪过，我历数错？”太皇太后问。

“太皇太后的话，句句皆实。不过，他误导孙儿，孙儿也有错；他欺凌大臣，大臣也有错。不该都算在他的头上。孙儿自幼由他服侍，他不在，孙儿只怕衣之食之，皆感不适。况且，皇祖母命孙儿听从英国公、内阁三臣、礼部尚书等教导，孙儿从今以后，处处听从他等教导，事事与他等计议而行。王振再想误导孙儿，也误导不成；再想欺凌大臣，也欺凌不成。唯望皇祖母饶他一命，让他戴罪办事。”皇帝自己也没想到，一番话会说得如此顺畅。

太皇太后也很感意外，她沉吟着，没有马上决定。

皇帝不敢直视太皇太后，他头一偏，两眼在几位大臣身上打转，目光中充满着惊恐和求助的神情。

不知谁在轻轻地叹息，也不知谁第一个站出来，五名大臣几乎是同时跪倒在太皇太后座位前，几乎是同时呼道：“太皇太后！”

“卿等有何话说？”太皇太后问，声音仍很严厉。

张辅希望三杨中有一人率先开口，哪怕胡濙先开口也好。但他四人好像也在等待。以他的地位，不能不站出来说话。

“王振虽有过失，但侍奉皇上将近十年。皇上一言一行，均合规矩，他不无微劳。乞太皇太后容他劳过相抵，戴罪办事。”张辅说。

“西杨先生，你说呢？”太皇太后问杨士奇。

“臣辅所言甚是。臣愿代皇上奏陈，乞恕王振不死。”杨士奇说。

“都说妇人之仁，卿等就不怕日后为妇人之仁所害吗？”太皇太后叹道。她对常氏说，“还不快去把皇上搀起来！”

常氏早在等太皇太后发话，急忙朝东侧走两步，边说“皇上请起”，边用手搀扶。皇帝跪久，加之心情不安，没人搀扶，真的很难站起来。

太皇太后又对众大臣说：“卿等平身。”

众大臣知道，王振捡回一条命，皇上可以安心，纷纷起身复位。事发突然，他们绝没料到；而现在这样一个结果，他们也不知道该感到满意，还是该感到遗憾。

太皇太后冲着围在王振周围的女官挥挥手，她们刀剑入鞘，退到太皇太后身后；太皇太后又挥挥手，她们列队退出殿外。

“王振，你有何话说？”太皇太后问道。

“奴才叩谢太皇太后不杀之恩。”王振道。

“你别谢我。不杀你，非我本意。你下去好好叩谢皇上救命之恩，好好拜谢众爱卿搭救之恩。”太皇太后说。

“是，奴才谨遵太皇太后懿旨。”王振道。

“还有，你记住：今日我不杀你，日后你再有误导皇上之事，再有欺凌大臣之事，我仍要杀你。”太皇太后警告说。

“是，奴才记住。”王振应道。

“好，该处置的事儿都已处置，仪官，咱们回宫去。”太皇太后说着，一手搭在常氏臂上，起身离去。

皇帝在前，众大臣在后，跪送太皇太后。王振想跟在后面行礼，但两腿两臂都使不上劲，只得在原处叩头。

第九章

石亨端起酒碗，愣起神来。他记不清这是第几碗酒，桌上有一盘炖得烂烂的羊肉，几乎还没有动过。他想，或许该吃一口。

“叔别光顾着喝闷酒，倒是拿个主意呀。”盘腿坐在对面的石彪说。

被他一催，石亨又把吃肉的念头打消。他猛地扬起脖子，把盛得满满的一碗酒一股脑灌进嘴里，狠狠地骂道：“狗娘养的！”

“叔在骂谁？”石彪问。

“骂你呢。”石亨顺口说道。

“好，我就去说与我那狗娘知道。”石彪说着，跳下炕就走。

石亨一把拉住他，道：“彪子别走，和我一起筹划筹划。”

石亨对他的寡嫂确实有几分敬畏。他早年丧母，父、兄皆在军中，幼时是嫂子把他拉扯大的。后来兄长死在父亲之前，父亲死后，宽河卫指挥佥事一职，由他承袭。他心里对寡嫂、对侄儿，都觉得有些愧疚。而对石彪呢，感情也很特别。他年纪三十出头，石彪年近二十,二人之间，半似父子，半似兄弟。

“我在骂姓郭的家伙，缺了鸟，也敢欺负到咱们头上！”石亨又说。

“叔，骂他没用。”石彪很懂事地说。

“我也知道骂他没用，这不正在想主意嘛！”石亨说。

他骂的是镇守宣府太监郭敬。郭敬的三弟娶媳妇，郭敬给上自总兵官下至千、百户的军官发帖子，说要在宣府城里摆酒宴，意在收敛银子。军官们不管愿意不愿意，各有贺仪。石亨的那份贺仪，在与他相当的军官里最少，不但三日两日被郭敬讥讽几句，而且，郭敬还抓住他一个过错，当着众多军官的面训斥他一顿。

“叔怎么想的？”石彪问。

“银子给出，要是要不回来；气受过，找是找不回来。我想来想去，只有一条路可走。”石亨看来已经过深思熟虑，方才骂那句“狗娘养的”，是在暗暗下定决心。

“叔想的是哪一条路？”石彪问。

“告他！”石亨从牙缝里蹦出两个字来。

“告他？去哪里告？”石彪没想到，叔叔会想出这么一个主意。

“他从哪里来，就去哪里告。”石亨道。

“那只有告到朝廷。”石彪说。

“对，我就是要告御状。”石亨道。

叔侄二人一句接一句，把石亨想定的主意说得更明确。

“叔，成吗？”石彪不放心地问。

“老百姓都能告官，我告个缺鸟的太监有什么不成？”石亨骂痛快，才说明最后那碗酒为什么很久没喝下去，“不过，难处也是有的。老百姓告官，是到衙门里告；长安门外虽有登闻鼓，有几人敢去擂！”

“叔根本用不着擂登闻鼓，叔可以径直写疏。”石彪说。

“对，我可以径直写疏，但写疏容易呈进难呀。”石亨道。

“我懂。”石彪点点头，好像真懂。按照制度，任何官员都可以径直上疏朝廷。但地方奏疏，须由相当地位的官员，如布政使，或朝廷差出的官员，如巡抚、巡按，代为呈送。不然，到不了京城；到京城，也送不到通政司；送到通政司，司官也可以不为其呈进。宣府离北京虽然很近，但以石亨的身份，是不能自行差人送疏进京的。

“在宣府城里，找一个不怕郭没鸟的人，还不难吧？”石彪道。

“光是不怕，还不行。”石亨说。

“还要怎的？”石彪问。

“还要守得住秘密。”石亨说。

原来石亨自己心里在打鼓。石彪很想顶撞一句：“男子汉大丈夫还怕他报复不成？”但他知道，石亨的担心并非没有道理：在宣府，总兵、副总兵也得让着郭敬三分，更别说区区一指挥佥事。所以，他改问：“叔，找得出这等人吗？”

“有两个人，难以抉择，故而留你筹划。”石亨说。

“叔且说是哪两个人。”石彪道。

“一个是巡抚宣府、大同二镇的李都宪，一个是督粮宣府、大同二镇的刘大参。”石亨说。李都宪名仪，去年以佥都御史出巡两地。石亨提到他时，竖起大拇指。刘大参名琏，前年以布政司参政督粮两地。石亨提到他时，把已经竖起来的大拇指按下去，重新再竖起来。可见在这两个人中，他真分不出孰优孰劣。他把分辨优劣的责任交给石彪，说：“彪儿，你看请哪一位代为进疏好？”

“要说不怕姓郭的，李都宪、刘大参二人都不怕。我听说，姓郭的在宣府广发帖子，独不曾发给这两位大人；若说守得住秘密，我与两位大人都没有交往，也未听人议论过谁的嘴严。”石彪说。

这话对石亨的选择没任何意义。他问："还有呢？"

"还有？"石彪想了想，说，"李都宪以佥都御史出巡，正四品，刘大参以参政督粮，从三品，刘大参官品略高；但李都宪是廷臣，刘大参是方面，李都宪的正四品并不输于刘大参的从三品。且巡抚职掌与督粮难分高下，我看不出由谁转疏更有分量。"

"还有呢？"石亨耐着性子问。

石彪实在想不出还有什么可比较。他问："叔，李都宪是哪里人？"

"涿州。"石亨告诉他。

"刘大参呢？"石彪又问。

"苏州。"石亨告诉他。

"若是如此，我选李都宪。"一问一答，石彪又可以比较。

"为何？"石亨问。

"李都宪是北人，刘大参是南人，叔应与北人谈得来。"石彪回答。他叔侄的祖籍在陕西渭南，所以他这么说。

"那也未必。"石亨不以为然，"况且，南人较为谨慎，北人没有城府。刘大参守得住的秘密，李都宪不一定守得住。"

"叔说的是。"石彪道，他想，既然这方面可以比较，其他方面也可以比较，于是问，"叔，李都宪什么出身？"

"乡荐。"石亨告诉他，不等他问，又说，"彪儿还要问刘大参吧？我一并告与你知，刘大参是进士出身。"

"若是如此，我仍选李都宪。"石彪说。

"说出理由。"石亨道。

"进士出身多狂傲，乡荐出身较易亲近。"石彪回答。

"那也未必。"石亨又不以为然，"况且，乡荐出身，晋升艰难，或致柔弱；进士出身，则耻与阴人为伍。"

还有一些可以进行比较的方面，不过，每说出一个理由，石亨可能都有相反的理由。这个想法让石彪泄气。他说："叔，我二人这般筹划下去，一定不会有结果的。"

"你说，怎样筹划才好？"石亨问。

"叔不如先写好奏章，再定投递衙门。"石彪说。

"好是好，但不如你我各有所思更好：我的心思用在拟疏上，投递衙门的事，我不费心想；我拟罢奏疏，你说去哪个衙门，我二人就去哪个衙门。"石亨道。

"就依叔叔。"石彪无可无不可。

石亨恨的是郭敬索要贺仪，自己因贺仪不足而受凌辱；但他知道，以此事弹劾郭敬，不会有多大作用。所以，他的奏疏里根本不提贺仪的事，而是一劾郭敬骄横，二劾郭敬贪渎。这两件事，只要有一条两条确凿的证据就可以；他能举出的，绝非一条两条证据。

写好后，他两眼盯住石彪，看他说什么。

“叔，出门再说。”石彪道。

“好。”石亨不反对。

石家在一个小巷里，走到小巷口，即是纵贯宣府城的官道。

“叔，走到前面路口再说。”石彪道。

“好。”石亨也不反对。

从石家巷口到前面路口，大约一百步，二人默默走过这一段路。到路口，必须做出决定，不能“再说”，因为往左拐，是到巡抚宣、大衙门，往右拐，是到督粮宣、大衙门。

“南人较为谨慎，进士出身耻与阴人为伍，咱找刘大参吧。”石彪说。

“好。”石亨应道，但在石彪要往右拐时，他忽然改变主意，“彪儿，我想了想，还是找李都宪吧。”

李仪待人谦和，这一点，石彪所料不差。他把二人让到自己歇息的小屋里，随便地聊起家常。

“宽河卫指挥佥事石亨？”听了对方的自我引介，他重复一遍。

“末将是。”石亨应道。

“现职呢？”李仪问。在各军镇，都指挥使至指挥佥事等几乎成虚衔，总兵至把总的一系列职衔才有实际的意义。

“守备。”石亨回答。

“石将军大有作为呀。”李仪赞道。守备在参将之下，游击之上，一般要指挥使之上的职官才能出任。

“末将不才，愿为朝廷尽忠，为都宪大人效力。”石亨揖道。

“好，好。”李仪连连点头，他又指着站在石亨身后的石彪问，“石将军，这娃儿是谁？”

“末将兄长之子石彪。”石亨答道。

“娃儿，别藏在你叔后面，让本官看看你。”李仪向石彪招手。

石亨把石彪拉到前面和自己并排的位置，道：“彪儿，都宪大人与你说话呢，还不快快请安。”

石彪不请安，却说：“回都宪大人话，石彪早不是娃儿。”

“不是娃儿？”李仪和他开起玩笑，“你看，你叔长须齐胸，你的胡须还只在嘴边打转转。不是娃儿，难道还是伟丈夫不成？”

“好男儿不在胡须长短，都宪大人的胡须也不长。”石彪回敬道。

“彪儿，不得放肆！”石亨喝道。

“不碍事，不碍事。”李仪笑着抚摸自己不长且稀落的胡须，说，“石将军，令侄有志气，你该欣慰才是。我看，他日后的功业不在你之下。”

“彪儿不知深浅，都宪大人千万别纵容他。”石亨说着，碰碰石彪。

石彪会意，揖道：“彪儿不懂事，还仰仗大人栽培。”

“边方用人之际，你好生练习武艺，自会派上用场。”李仪对石彪说罢，复问石亨，“石将军说，要我转呈一本奏章？”

“是，末将有一劾疏，烦请都宪大人呈进。”石亨说。

“好，你把奏章留下吧，本官一定替你送达朝廷。”李仪说到这里，略显踌躇，“不过，有一句话，我或许不该问，石将军若不愿说，也可以不说。”

“都宪大人是问末将弹劾谁人吧？”石亨不会听不懂。

李仪没吱声，但这无疑正是他要问的。可说可不说，不过是一句言不由衷的客套话；他代为转疏，要负一定的责任，怎能不问清楚？

“末将正要禀明，劾的是镇守太监郭敬。”石亨说。

“劾他何事，也可以说一说吗？”李仪问。

“一则劾他待下刻薄，宣府各卫指挥使以下将佐无不受其凌辱责打；二则劾他贪渎，宣府各卫军饷无不受其克剥。”石亨简要地说。

“这两件事都不小，克剥军饷一事尤为严重，是要治重罪的。石将军可有事例？”李仪有些不放心。

“有。”石亨道。“若无事例，末将不敢惹他。”

“已查实否？”李仪又问。

“确凿无误。”石亨道。

李仪怕他误以为自己胆怯，解释说：“石将军若无事例，或事例不实，被他反咬一口，将是一场大祸。”

“末将晓得利害。”石亨说。

“那就好。”李仪说。

转疏一事说定，石亨再无其他事要说。他正要举手作揖，开口告退，李仪忽道：

“石将军方才说起郭某克剥粮饷，我正有一事问你。”

“是。”石亨又站立不动。

“不少人向我诉苦，说宣府克剥粮饷最厉害的，是督粮衙门，这事你知道吗？”李仪问。

“这个——”石亨斟酌后，小心地回答，“末将亦有所闻。不过，末将想，刘大人不见得会行这等不法之事。”

“你可别为他遮掩，他的不法之事，还不止于此呢。”李仪道。

“是。”石亨应一声，不敢再多说一个字。

石亨万万没料到，两天之后，郭敬带着一干随从，找上门来。小院的门开着，房门开着，郭敬用不着敲门。进屋后，他的随从立即散开。

正是午饭时分，桌上仍摆着大碗酒，大盘炖烂的羊肉。石亨和石彪仍面对面坐着，仍是酒喝得多，肉吃得少。见此情景，石亨慌得从炕上跳下地，揖道：“哎呀，公公怎的亲临舍下！”

“有没搅扰大将军用膳？要不，我在外面等等？”郭敬道。一个“大将军”，一个“用膳”，足见他的尖酸刻薄。

“公公折煞末将，快请上坐。”石亨让道。

“我若上坐，大将军坐在哪儿呀？大将军若坐到娃儿那边，娃儿坐在哪儿呀？”郭敬阴阳怪气地说。

石彪这才坐不住，站到石亨身旁。

“大将军，他是令郎吗？”郭敬问。

“不是，他是末将兄长之子石彪。”石亨道。

“好一个英俊的娃儿！”郭敬赞道，“我看，他也是个将相种，日后功业更在大将军之上。大将军，你信不信？”

“公公如此说，可要折杀他。”石亨道，并低声对石彪说，“公公在说你呢，还不快给公公请安。”

“公公，石彪早不是娃儿。”石彪说。

“不是娃儿？”郭敬不拿他的胡须和石亨比，而拿他的个头和石亨比，“倒也是，大将军身材魁梧，你也不在他之下，称得上伟男子。”话虽这么说，他对石彪的称呼却不改，“娃儿，现官何职？”

“仍是军余，并无任何职位。”石亨代答。

“可惜，可惜。”郭敬连连摇头，“娃儿，我看你只要编入军伍，不用一年，定可搏个千户百户来做；不用三年，定可像你叔一样，做个大将军。要不要我来帮你这个忙呀？”

“彪儿，还不谢过公公。”石亨说着，碰了碰石彪。

石彪觉得郭敬的话比李仪的话更实在，更可靠，揖谢不够。他双膝一屈，跪倒在地，称道：“彪儿年少，仰仗公公栽培。”

“起来，起来，在我是举手之劳，娃儿用不着行此大礼。”郭敬说，看着桌上的酒肉，他问石亨，“大将军叔侄二人在庆功吗？”

“惭愧，末将未参一战，有什么功可庆！”石亨道。

“那不见得，立功不但在战场，也可在朝廷呀。”郭敬说。

石亨脸上立刻冒出汗来。如果说，郭敬前面针对石彪的话，和李仪的话大同小异，还是巧合；那么，他说在朝廷立功，一定是指自己上疏弹劾他一事。此事他怎么会知晓？是李仪有意透露给他的，无意透露给他的，或是衙门里的别人偷听到，透露给他的？

顾不上寻求答案，石亨结结巴巴地说：“公公，末将有一事恳请。”

“不敢当，不敢当，大将军有事，尽管吩咐。”郭敬说。

“末将恳请公公将大将军三个字收起，莫再以此相呼唤。”石亨道。

“不称呼大将军，却称呼什么头衔？称中将军、少将军？娃儿不在，还不妨；娃儿在这里，还以为我呼他呢。”郭敬说。

“公公呼末将贱名即可。”石亨道。

“那怎么成！”郭敬一口拒绝，“人家好歹也呼你一声石将军，我若呼你一声石亨，岂不是失礼？”

连李仪唤自己石将军都知道，真是了如指掌呀！石亨想。

“在宫里时，人常呼我老郭，倒也显得亲切。”郭敬又说。

“公公不嫌弃，呼我老石亦可。”石亨忙说。

“不合适，不合适。”郭敬的头又摇个不停。他手指自己的随从们，说，“他等呼你老石还差不多，我这么大年纪，呼你老石，岂不把你呼老？可呼你小石呢，有娃儿在这里，也是不合适。不如这样吧，你若不怪我放肆，我呼你大石。”

“好，好，末将就是大石。”石亨应道。

郭敬在石亨空出的地方坐下，叫声：“大石。”

石亨不习惯这个称呼，迟疑一会儿，应道：“末将在。”

“我口渴，喝你口酒，可否？”郭敬道。

“公公稍候。”石亨边说边去取只新碗，倒上酒，双手捧上。他说：“酒不好，请公公慢用。”

郭敬尝一口，道：“酒不错嘛。大石，你不陪我喝一口？”

“是，末将理当奉陪。”石亨端起自己那碗酒，喝一口。

“娃儿，你不喝吗？”郭敬招呼石彪。

石彪看着石亨，石亨点头示意，他也喝一口。

“这么喝不过瘾，来，咱们喝个满盅。”郭敬发现他们用的是碗，改口说，“不对，咱们喝个满碗。”

石彪抢上前，把三只碗斟满。郭敬一手举起碗来，石亨两手举起碗来，石彪两手捧起碗来，都把酒喝干。

郭敬抹一抹嘴，用食指和中指夹起块羊肉，放进嘴里，边嚼边说：“大石，这碗酒咱不白喝你的，送个立功的机会给你，怎样？”

“公公厚爱，末将感激不尽。”石亨道。

“我呢，方才说句立功也可在朝廷，瞧着你心情激荡，汗流一脸。怎么着，是不是猜到我的来意？”郭敬盯着石亨的眼睛问。

石亨脑袋嗡的一声炸开，心想，来者不善，果然是来问罪的。他往郭敬面前一跪，连声道：“公公恕罪，公公恕罪！”

石彪跟在后面跪倒，亦称：“公公恕罪！”

“大石，这是怎么说的，咱们称呼都改，你还行此大礼？娃儿，你怎么也跟着你叔起哄呀？”郭敬说着，弯腰去搀石亨。

石亨不肯起来，说：“末将一时糊涂，冒犯公公，尚乞宽恕。”

“你倒是说说，怎的冒犯我？”郭敬道。

“末将前些日子去了，去了——”石亨不知该怎样说下去。

“叔与彪儿前些日子去了巡抚衙门。”还是石彪爽快。

“咳，你说那事呀，”郭敬好像才明白，“怎么着，大石，你以为我是来寻仇的？这可太把我看轻。说句话别吓着你们，你们做的那事呀，不过是给我挠挠痒处，我还嫌你等挠得太轻呢。咱今日来，真的是送件功劳给你，大石，你要是还不起来，我可拔腿就走。”

“末将遵命。”石亨这才起身，但仍心有余悸，不敢正视郭敬。

郭敬两腿翘起来，不紧不慢地说：“在我见过的将佐里，大石，你呀，可谓聪明过人。不信你就看看，宣府这么多军卫，这么多将佐，有几个想到立功于朝廷的？你别以为我在挖苦你，我是真的喜欢你。不过，立功于朝廷，得看准；否则，也是要倒霉的。”

“公公说的是，末将已经追悔莫及。”石亨恳切地说。

“你也不必追悔，你上道奏本，不是还交上个朋友吗？另外，你不是还看清人家的嘴脸吗？”郭敬道。

“公公是说——”郭敬说过两个“人家”，指的是谁，已经很清楚，但石亨不能自己说破。

“你就不想问一问，关起门来说的话，我怎么知道的？”郭敬道，“我呢，也不告诉你，是不是他亲口对我说的。你只要知道，这事不仅我知道，还有别的人也知道，就够了；只要想一想，关起门来说话，别人把身家性命都托付给你，你却不当一回事。其人品如何，靠得住靠不住，就可想而知。”

听他的口气，李仪并没有亲口告诉他石亨上了一本弹劾他的奏疏，但即便李仪是在无意中泄露出这件事，也足够让石亨对他充满恨意。看来，他说李仪没有城府，没有说错。但他难道仅仅是“没有城府”吗？别人把身家性命交到你手里，你却掉以轻心，不，这不是用“没有城府”可以开脱的！

“公公不用再说，末将实在不该认贼为友！”石亨愤愤地说。

“所以，我给你的机会，不仅将使你立功于朝廷，而且将使你报复此等贼子。”郭敬说。

“公公要我弹劾此人？”石亨问。

“不是我要，应是你自己要。”郭敬道，见石亨犹豫，他激道，“怎么，堂堂大将军敢弹劾我，却不敢弹劾他？”

“不是不敢劾他，是不知该以何事劾他。”石亨闪烁其词。

“那简单，有两个字可用在他身上。”郭敬说。

“请教公公，是哪两个字？”石亨问。

“一个淫字，一个乱字，”郭敬道，见石亨还没有爽快应允的意思，他说，“大石，实话告诉你，我也要上疏纠劾他。这两个字，你先选用一个，剩下一个留给我，如何？”

“既然公公有命——”石亨知道，这本奏疏他非写不可。他在琢磨，用这两个字做文章，哪个字好做一些。

“我可不是命你，我是提携你。”郭敬趁机多说一句。

“是，既然公公如此提携——”石亨还在想这两个字：淫，可以是淫秽，也可以是淫威；乱，可以是乱政，也可以是乱法。说李仪淫秽，不知从何说起，说李仪淫威，他明明比较谦和。看来，还是说他乱政或乱法比较容易。巡抚设立不过数年，该做什么，该怎么做，都没有定规呢。他对郭敬说：“公公，我来做乱字的文章吧。”

"一言为定！"郭敬伸出手掌。

二人击掌后，石亨问："奏章写好，是公公代我转呈吗？"

"我代你转呈亦无不可；不过，你才上一道弹劾我的奏疏，我为你转呈，不合情理。这样，你疏写好后，可请廷琏先生呈进。"郭敬说。

廷琏是刘琏的字。石亨问："刘大参肯吗？"

郭敬诡谲地一笑，道："大石，我索性把底都透露给你吧，廷琏先生已上疏反击李某，用的就是淫、乱二字。你我上疏，不过附和而已。"

石亨暗自好笑，没想到自己和郭敬竟都是两个方面大员棋盘中的棋子。或者这个比喻不准确。石亨又想，要是自己当初不是往左拐，而是往右拐，现在会是什么局面？可能刘大参不肯代为转疏，也可能他答应转疏而不会泄露与郭敬知道。如果他答应转疏而又泄露与郭敬知道呢？郭敬一定会找他做另一篇文章。

以后行事要慎重，千万别再沦为别人棋盘上的棋子。他想。

李仪下狱，陈智一定要讨个说法。李仪在刑部狱，但陈智不愿多与他那位同年交涉，更不愿与刑部佐卿交涉，他干脆去找吏部尚书郭琎。

"时用先生，公道何在！"二人一见面，陈智就大喊大叫。

郭琎的声望与他的前任蹇义相比，形同霄壤，因此，他处置每一件事，都十分小心。陈智找上门来向他要公道，当然让他受惊不小。

"孟机先生为何事而来，坐下慢慢说。"他忙让道。

"为何事？为李某之事！"陈智道，"我知道，李某下狱，是因为刘某参他一本。可李某也曾参刘某一本呀；而且，李某参刘某在刘某参李某之前。李某参刘某之事，未必就不如刘某参李某之事要紧、实在，只将李某一人下狱，没道理呀！"

他李某、刘某地乱叫一气，实在是被气坏。郭琎听他这几句绕来绕去的话，心里反而踏实。李仪下狱，或者说，李仪下狱而刘琏不予追究，和吏部一点儿关系也没有。

"原来为李佥院之事，孟机先生，你找错了地方。"郭琎说。佥院是佥都御史的俗称，也是尊称。地位高于佥都御史者，除了郭琎，不会有人这么称呼李仪。

"找时用先生不对，我该找谁？"陈智问。

"李佥院现在刑部狱，孟机先生该找刑部啊。"郭琎说。

"你又不是不知道，大司寇心里从无公道二字。"陈智道。

"不找刑部，也该找内阁。"郭琎又指一条门径。

"为何该找内阁？"陈智问。

"李佥院下狱，是内阁拟的旨呀。"郭琎说。

"你又不是不知道，陈某从不与内阁诸公交涉。"陈智道。

郭琎两手一摊，说："孟机先生这里不肯去那里不肯去，有些难办。"

"说难也不难，我不是找到时用先生！"陈智道。

"还是那句话：你找错了地方。此事不该吏部处置。"郭琎说。

"我并不要你处置，我只要你给个公道呀。"陈智道。

"怎么个给法？"郭琎问。

"你若说李某下狱下得对，我不再多说一句话；你若说李某下狱不对，你我议议不对在哪里。"陈智说。

"对抑或不对，我不好说。"郭琎道，他稍稍一想，决定转守为攻，"孟机先生，我有一事请教：孟机先生是因为刘大参劾李佥院，李佥院亦劾刘大参，而仅将李佥院一人下狱，故而以为不公道，对吧？"

"那又如何？"陈智根本不想回答。

"若刘大参和李佥院一并下狱，你以为就公道吗？"郭琎问。

"或许吧。"陈智道。

"孟机先生是因为刘大参一疏而将李佥院下狱，故而欲刘大参亦下狱，对吧？"郭琎又问。

"那又如何？"陈智仍不想回答。

"若李佥院非因刘大参一疏下狱，你还想刘大参下狱吗？"郭琎问。

"或许吧。"陈智话一出口，马上发觉不对，"等等，时用先生是说，李某非因刘某一疏下狱？"

"是啊。"郭琎道。

"不可能呀！李某下狱，分明是李、刘之争嘛。"陈智道。

"孟机先生，我敢说，若仅是李、刘之争，一定是二人双双下狱，或二人双双免究。今仅李佥院下狱，是有别的缘故。"郭琎说。

"是何缘故？"陈智问。

"孟机先生掌院，竟不知刘大参一疏后，又有两疏跟进？"郭琎道。

"你是说镇守郭太监和那个叫什么石亨的佥指的弹章？你是说李某不是因刘某一疏而是因他二人之疏下狱？"陈智很快得出结论，"不，这不可能！区区佥指不必说他，就是镇守内使，倾其全力，也不能说把方面大员下狱，就把方面大员下狱呀！"

"据我所知，郭太监和司礼掌印的关系匪浅。"郭琎不动声色地说。

陈智一愣，随即说："那又怎样，司礼掌印本人而今也很收敛呀。"

"你说他收敛，敢去碰碰他吗？"郭琎戏谑地问。

陈智断定自己不敢去碰。他颇为沮丧地说："照你的说法，他若介入，就讨不到公道？"

"不对，他若介入，那就是公道。"郭琎说。

一个月后，李仪瘐死狱中。

第十章

曹吉祥是行在兵部的常客，进衙门不会有人阻拦。在衙门里，各司郎中不用说，他一律当作交好，至少也要做出交好的样子；连员外郎、主事，十有八七他也叫得出名字。但这一日，他是趁着门役不注意时溜进去的。进衙门后，他贴着边边角角的地方走，尽量不让人见到。直到走进后堂，见只有王骥一人，他才长吁一口气。但王骥的表情很冷淡，连招呼也不打。他东看看，西看看，像在找人。见王骥仍不理会，他不得不没话找话地说："大司马，徐侍郎呢？"

"曹公公要找孟初先生来得有点儿早。他奉旨巡查山西军务，尚未还部。"王骥说。

"不错，不错，这会儿他也许正在还京路上，"曹吉祥讪讪地说着，又问，"那邝侍郎呢？"

"曹公公要找孟质先生，来得却又忒迟些。他奉旨查视蓟州军务，已走了些日子。"王骥说。孟质是兵部右侍郎邝埜的别字。

"不巧，不巧，不知他这会儿该在密云，还是该在平谷。"曹吉祥说着，还要问，"大司马，那么——"

"文烨先生告病假；叔舆先生督师甘肃，还部之日尚未确定。曹公公到底要找哪一位侍郎？"王骥终于不耐烦。叔舆是兵部左侍郎柴车的别字。徐晞在宣德十年六月奉旨督师甘肃，半年后，朝廷做出调整，以柴车换回徐晞。

主人不欢迎，换别的客人，大概只有灰溜溜地离开。曹吉祥却一点儿也不感到难堪，反而坐得更安稳。他笑着说："论人数，兵部侍郎最多，这会儿却一个也寻不到。尚德先生这是在唱空城计呀。"

"本兵不是还在吗？"王骥不高兴地说。

"对，我就是来找你这个本兵的。"曹吉祥这才说实话。

王骥哼一声，脸扭向一边，不搭话。

"大司马还为那件事在记恨我吗？"曹吉祥问。

"你倒是忘得一干二净！"王骥道。

"说不定还记恨王公吧？"曹吉祥不理会他，自顾自地说。

“他并没有应允我什么，应允我的是你曹公公。”王骥说。

“大司马这是自欺欺人，他不应允你，我敢应允你吗？”曹吉祥道。

“如此说来，不追究兵部过失真是王公应允的？”王骥问。

“这是自然。”曹吉祥道。

“可我和孟质先生却被羁牢狱十几天。”王骥还有几分不信，“王公乃重诺之人，会如此行事吗？”

“王公重诺，你说得对。”曹吉祥道，“不追究，并非不下狱。大司马不妨想想，你和孟质先生在牢狱里坐几天，皮毛无损地回到兵部，还有没有人追究那档子事？若不将你和孟质先生下狱，躲得过科、道们的聒噪吗？王公交代，这是在行苦肉计。”

“原来王公是为我好？”王骥的脸绷得不那么紧了。

“可不是吗！”曹吉祥不忘归功于己，他说，“大司马，你猜怎么着，要不是在下想出这么一步高棋，王公本人也不会化险为夷。”

“听曹公公口气，宫中兵戎相见是真的？”王骥问。

“不说这事。”曹吉祥深谙适可而止的道理。他知道，宫中发生这么大的事件，早已传得满城风雨，王骥提出的问题根本用不着回答。他说：“大司马，王公不但用苦肉计是为你好，他老人家即使在困境之中也不忘为你谋划呀。”

王骥想，困境二字用得真好，但谋划二字后面不知是什么文章。他举手揖道：“请曹公公代某向王公转达谢忱。”

“感激的话自个儿去向王公说，大司马先谢我吧。”曹吉祥边说，边做着连滚带爬的动作，甚是滑稽，“我今日狼狈之至混进兵部，只为他老人家命我向大司马当面交代一句话。”

“是，在此谢过曹公公，”王骥忍住笑，向曹吉祥揖了揖，随即又问，“曹公公奉命交代的是什么话？”

“不如真唱一出空城计。”曹吉祥说。

因为有第一次说“空城计”的铺垫，第二次再说，意思就很明确。所以，王骥问他：“王公就这一句话？”

“还有一些；不过，王公交代，得大司马愿意，再说。”曹吉祥道。

“王公的交代，曹公公狼狈之至来转达，我会不愿意吗？”王骥不做正面回答，是想留下转圜的余地。

“说得好，说得好！”曹吉祥拍手笑道。

“曹公公为何嘲笑？”王骥有些不高兴，也有些莫名其妙。

“王公料到大司马会这样应付。他老人家交代，除非大司马亲口说出愿意二字，其他的话不要说。”曹吉祥道。

“那好，”王骥咬了咬牙，说，“我愿为王公唱出空城计。”

“不是为王公，是为你自个儿。”曹吉祥道。

“是，我愿意唱出空城计。”王骥不得不说。

“很好。”曹吉祥点点头，开始认真复述王振的话，“按照常规，在朝廷任几年大司马，年纪一到，就该致仕；至多再去南京任几年闲职，也该致仕。王公说，他可以担保，大司马在致仕前，什么功夫都不必做，也坐得稳这个位置。但他不希望如此，他希望大司马更有所进取；想再有所进取，一定要多立军功。”

官至兵部尚书，再有所进取，不是没可能。如改任吏部尚书，就是又进一步。但那和多立军功没什么关系。王骥能够理解，王振说的有所进取，是指爵位。本朝制度，没有重大军功，文臣是不得封爵的。王骥不是没想过立功封爵，但真不敢深想。

“我才具不堪，恐有负王公期许。”他说。

“王公说，大司马才识过人，定能有所建树。”曹吉祥道。

“既有此言，我当勉力而为。”王骥决心虽下，但还有顾忌，“曹公公，你说我出得了城吗？”

“王公说，大司马陈以利害，朝廷必准奏请。”曹吉祥道。

“在王公看来，哪一处最要紧？”王骥该问具体的了。

“王公说了，西鄙不宁，亟须处置。”曹吉祥道。

“王公为我谋划的，真是周全呀。”王骥不由感慨。

五月初一日，朝廷降敕，命行在兵部尚书王骥往甘肃整饬边务，准其便宜行事。接旨后，王骥访晤内阁诸公，一是辞行，二是请教方略。

不等他申明来意，杨溥率先发问：“尚德先生是自请行边的吧？”

听他口气，很有些不满。

“是我向朝廷奏请的。”王骥回答。

“当真到须得大司马行边的地步吗？”杨溥接着问。

“尚德先生千万别误会。”杨荣见王骥略显难堪，解释说，“大司马一动，天下必有大事。弘济先生方才还和我算计，自宣德二年大司马张公奉差山西安抚军民之后，大司马有十年不曾出京。尚德先生此次巡边，他担心流言四起，内外骚动。”

“弘济先生所虑不是没有道理，但我自请巡边，也有不得已之苦衷；且有三位老先生等坐镇中朝，定不致流言泛滥。”王骥一正一反，从两个方面答复杨溥的质疑。

杨溥的质疑比较温和，王骥的答复也比较含蓄，彼此一笑了之。因此，很容易转为正常的计议。

“尚德先生有何不得已的苦衷呀？”杨溥问。

“弘济先生是知道的，前者孟初先生奉旨整理边务，无功而返；后者叔舆先生督师甘肃，也没什么起色。虏酋朵儿只伯猖獗已极，若不加以遏制，必后患无穷。我想，孟初先生、叔舆先生才足以任事，智足以应对，唯以兵侍身份，尚不足以震慑。故两年以来，未收功效。我自请行边，并非自以为才智在二兵侍之上，而是欲借朝廷之威，寄事权之重，以期成功。区区报国之心，望老先生们鉴之。”王骥说。

朵儿只伯是前元遗族鞑靼部首领，这几年来，数于甘州、肃州、凉州等地犯边滋事。边镇官军奈何不得，很让朝廷头疼。徐晞、柴车相继差出，正是为应付甘、凉一带局势，而被动局面一直没有改观。

一边是大司马行边可能引起的惊慌，一边是鞑靼部已在西北边陲引起的不安，孰轻孰重，有待商榷；不过，朝廷既已降旨，则没必要商榷。杨溥顾不上再抱怨，心思完全放到了处置边务上。

“甘、凉事权，朝廷已交到尚德先生手里；但尚德先生不能只凭事权巡边呀，总还得有处置的方略吧？”他说。

“靖边方略，正要向老先生们请教。”王骥就势说明来意。

“当年文皇帝北征，勉仁先生多次扈从，于征战之事，一定有许多心得。尚德先生不妨问他。”杨溥道。

时人评论三杨，谓杨士奇有学行，杨荣有才识，杨溥有雅操。杨溥似乎认同此论，王骥问起行边方略，他一下推给杨荣。

“不。”杨荣推辞，“大司马行边，和天子亲征，又不相同。尚德先生既然自请行边，对行边方略一定深思熟虑，还是请他说吧。”

“深思熟虑说不上，我只有一些简单的想法，三位老先生要听，我就说一说。”王骥这是在询问。因为一直是杨荣、杨溥在与他对话，杨士奇还没出声；而王骥忙着应付杨溥的发问，连招呼都没来得及和杨士奇打。所以，他的目光在杨士奇身上多停留一会儿。

杨士奇当然注意到。他说：“我在听呢，尚德先生请讲。”

“其一，甘、凉久未平靖，究其缘故，不在敌强，而在我弱；我之弱，不在缺兵，而在少将；我之少将，不在无将可用，而在军纪不严、号令不行、赏罚不明。”王骥在一连用几个排比后，信心十足地说，“故我到甘、凉之后，第一要务即整顿军纪。朝廷既以生杀予夺之权付我，我定要让官军面貌一新。”

“尚德先生，可不能滥杀呀。”杨溥不无担心地提醒他。

“弘济先生放心，我自有分寸。”王骥应道。

“其一果然是要务，其二是何事？”杨荣问。

“事权贵明。我意，当分兵划地，各尽其责。”王骥说。

“尚德先生，再说其三。”杨溥道。

“兵贵精干。我意，各卫冗员，一律裁革；再效前人更番法，一则兵得休息，一则节省粮饷。”王骥说。

“听尚德先生所言三事，可以想见边镇新貌。”杨溥由衷赞叹，复问，“尚德先生，还有其他吗？”

“最要紧的恐怕是下面一事。”杨荣笑着说。

“那是何事？”杨溥转而问他。

“相机行事。”杨荣说。

王骥也笑，回应道：“勉仁先生所言极是。我前面说的都是纸上谈兵，如何得以强兵靖边，真的要相机行事。”

“初知尚德先生自请行边，我有一重忧虑；朝廷准尚德先生行边，我又多一重忧虑。现在我则无忧无虑。尚德先生，你启程时，我要去给你送行啊。”杨溥态度真诚地说。

“多谢。”王骥朝他一揖，说起笑话，“弘济先生不是在撵我吧？”

“哪里话！我郑重挽留，请尚德先生再多坐一会儿。”杨溥说。

“弘济先生即便撵我，我也不能走。说句老实话，弘济先生无忧无虑，我的忧虑却未消除。”王骥道。

“行边是尚德先生自己的主意，怎么也有忧虑？”杨溥不解。

“人家来内阁是请教几位老先生的，老先生们竖起耳朵听一大番议论，却一句话不说，人家怎能不忧虑！”杨荣道。

“怎么一句话不说？相机行事不是勉仁先生说的吗？”杨溥反驳。

“那是一句百用百灵、灵而无用的话。”杨荣道，他转向王骥说，“尚德先生，弘济先生和我虽请而不教，无话可说，但有人却是有话说的。”说着，朝杨士奇坐的方向撇嘴。

王骥不知此话该不该当真，不知该不该向杨士奇开口，颇感为难。

“勉仁先生的话不错，我是有话说。”杨士奇一句话，既解除王骥的窘迫，也证实杨荣的猜测。

“是，请东翁赐教。”王骥恭敬地说。

“弘济先生说到忧虑，身为阁臣，忧虑该有；但尚德先生自请行边，朝廷准其行边，是用不着忧虑的。”杨士奇针对杨溥说一句。

“依着东翁，该忧虑何事？”杨溥问。

“该忧虑尚德先生凯旋之后的事。”杨士奇说。

“东翁这话，我怎听不懂？”杨溥一脸的茫然。

不但他听不懂，王骥也听不懂。不过话不是针对他说的，他不必询问。只有杨荣抚髯沉思，似乎听懂几分。

“别急，我还有话。”杨士奇道，“尚德先生说到忧虑，身为兵书，忧虑该有；不过，勉仁先生眼下有话没话，弘济先生眼下有话没话，以及我眼下有话没话，都用不着考虑。”

“依着东翁，该考虑什么？”王骥问。

“该考虑几时班师。”杨士奇说。

“东翁，我还没出师呢。”王骥道。

“对，在出师之前就要想一想几时班师。”杨士奇说。

“依着东翁，我该几时班师？”王骥问。

“以一年为期，如何？”杨士奇把食指伸到他面前。

“一年之中，半年在路途，半年处置边务，东翁，我没有把握彻底平息朵儿只伯呀。”王骥说。

“你不必剿灭西部鞑靼，或擒获朵儿只伯。半年里，你只要让朵儿只伯远遁，就算大功告成。”杨士奇说。

“东翁是不是告诫我不可贪功？”王骥问。

“不，我想告诉尚德先生：守一年之期，除西部之患，你有功于朝廷；延挨时日，误朝廷大事，你有罪于天下。尚德先生，我可不是危言耸听。”杨士奇说。他神情肃穆，绝无说笑之意。

王骥悚然起身，深作一揖，道：“东翁，请再明示。”

杨士奇示意他坐下，然后缓缓言道：“不错，朵儿只伯这些年窜于甘、凉，为我边患。但其患，在指在掌在肢，乃肌肤之患。肌肤之患不可不治，故尚德先生自请行边，我赞成。但朝廷设大司马，终是要运筹帷幄的，若两只眼睛只盯住肌肤之患，而不审心腹之患，说轻些，是旷职，说重些，乃是罪过。”

几句话把杨荣、杨溥也吸引过来。杨溥问：“东翁，何为心腹之患？”

“在我看来，心腹之患者，瓦剌也。”杨士奇说。

瓦剌是前元遗族的另一部。前元亡国后，其遗族渐分为三大部，在东为兀良哈，在中为鞑靼，在西为瓦剌。

“瓦剌驱朵儿只伯而西，有功于我呀。”杨溥说。

“这要看怎么说。”杨士奇道，“鞑靼、瓦剌，同为异族。当朵儿只伯强盛时，曾为朝廷心腹之患。瓦剌与其争斗之，将其驱逐之，确有功于朝廷。然近年来，瓦剌之强盛，不仅远远超过今时的朵儿只伯，而且远远超过强盛时的朵儿只伯，远远超过鞑靼各部。其部日益逼近宣、大，其贡使动以千计，往来于途。而朝廷对其一味褒奖、姑息，日后之祸患，有不可知者。弘济先生，我说该忧虑尚德先生凯旋之后的事；尚德先生，我说该考虑班师之期，都是为此。”

“是，东翁所虑甚深远，某绝不敢误朝廷之事。”王骥道。

他嘴上这么说，心里却不这么想。杨士奇称自己不是危言耸听，可他无论怎么听，还是像危言耸听。因为瓦剌一直致力于和朵儿只伯作战，和其他鞑靼部作战，并没有危及我朝的迹象。

杨荣看出他的心思，觉得有必要再说几句：“瓦剌须防，我赞成东翁之见。至于朵儿只伯，我看不但不必剿灭，而且不可剿灭。我朝自太宗文皇帝以来，即确定以夷制夷之策。瓦剌强盛，则扶持鞑靼；鞑靼强盛，则扶持瓦剌。今瓦剌强过鞑靼各部，我防瓦剌之心须多过防鞑靼。朵儿只伯使之远遁即可，日后尚可借以制约瓦剌。”

他短短几句话，比杨士奇绕许多弯子的一番话，意思更明确。“或许以夷制夷这一类话，西杨先生不屑说出口吧。”王骥想。

“大司马终是要运筹帷幄，东翁说得好。速去速归，最是要紧。以一年为期，不短，尚德先生要抓紧呀。”杨溥在不知不觉之中，又回到最初反对王骥行边的立场。

内阁三杨的话，表达不同，中心的内容却是一致的，他们在对局势做出判断的同时，也表明对王骥的期待和看重。这让王骥很满足，很感动，而且产生紧迫感。在与三杨揖别时，他说：“一年后，再来拜望老先生们。”

六月初五日，甘州城外旌旗飘扬。

陕西行都指挥使司设于甘州。官军集结，迎候钦差，应该以都指挥使为首。但因为甘州又是甘肃边镇的治所，镇守总兵官、协守副总兵官都驻于城中。总兵官的职衔至少是都督同知，副总兵官的职衔至少是都督佥事，都比都指挥使高得多。因此，都指挥使只能和都指挥同知、都指挥佥事、卫指挥使等站到一起去。

等的时间一久，军官们忍不住窃窃私语，进而由窃窃私语变为声音较大的交谈，进而由一两处声音较大的交谈变为多处声音更大、嘈杂混乱的交谈。直到全副戎装的总兵官回过头瞪一眼，才又安静下来。

佩平羌将军印、以左都督镇守甘肃的总兵官任礼，协守副总兵官赵安，心里也着急。根据探报，整饬甘肃军务的兵部尚书王骥，在半个时辰前就应该到的。走得再慢，这会儿也该到的。可官道上冷冷清清，连一点尘烟也没有，估计再有半个时辰也到不了。该不会出什么变故吧？

还有让他们着急的事呢。佩平虏将军印、以都督同知率官军剿虏的总兵官蒋贵，在一个时辰前也该到的，可现在连影子都没有。

“尚帅，你料大司马先到，还是大富帅先到？”百无聊赖中，赵安问道。任礼字尚义，大富则是蒋贵的字。

“你想谁先到？”任礼反问。

“大富帅。”赵安说。

“这是为何？”任礼问。

“大司马肯定挟旨而来，有大富帅挡在前面，你我或许不会当众出太多的丑。”赵安说。

行在都察院以贻误战机纠劾甘肃将帅的消息，早些时候传到甘州，蒋贵、任礼、赵安等，皆惶惶不安。王骥的到来，更加重他们的心病。三人中，最惊恐不安的应属蒋贵。他和任礼、赵安不同，任、赵的责任是守土，他的责任是剿虏。行在都察院称贻误战机，无疑指贻误征剿朵儿只伯的战机，他的责任比任、赵二人要大得多。

赵安说有蒋贵挡在前面，理由在此。

“老赵，你这么说可有失厚道，且极是不智。”任礼说，“大富帅的面子肯定是保不住，你我的面子就保得住吗？况且，朝廷追究今春鱼儿海子一战，大家恐怕不只是丢面子。”

赵安很能理解，任礼为什么要帮着蒋贵说话。任、蒋二人都以燕山卫卒起家，太宗文皇帝兴靖难之师，二人征战有功，一步一步升到今天的职位。一人若受严厉的处分，另一人大概要兔死狐悲吧。其实，赵安比任礼更不愿意蒋贵受严厉的处分。蒋贵率官军征讨，他作为副手随同作战，蒋贵受重罚，他的处分肯定也不会轻。

“不止丢面子，这我想得到。”他说。

任礼还想说什么，身后一军官道：“镇帅，有消息了。”

扭头看去，一校尉从城里飞奔而来。任礼、赵安转身迎过去。

该校尉在离二人几步远的地方驻足，禀道：“大帅，到了。”

“可看确实？”任礼问。

“卑职看得清清楚楚。”校尉道。

任礼又扭过头，手搭眉梢，向前方望去。不错，前方的确有尘土扬起，但看上去不对。根据他的经验，来者不会超过十骑，大司马再轻车简从，也不会只带这几个人行边吧？或是蒋贵赶来，他知道自己是被纠劾的主要人物，为示认罪，未带兵马？

想到此，任礼问："你等可见到旗帜？"

"见到，是个王字。"校尉说。

那就不会有错。任礼做个手势，从将佐到士卒都不出声地整理衣装，列好队阵。任礼和赵安向前走几步，回到原来的位置。

大约一顿饭的工夫，但见七八匹马越驰越近。骑者的模样还分辨不清，但装束已经看得清楚。里面可能有校尉，有幕僚，有役者，但绝不会有大司马本人！这是怎么回事？

他二人一懈怠，身后的队伍也懈怠。嘈杂的声音又起。

来者在二十步开外下马。其中一人，看来是他们的头目，朝任、赵二人疾行数步，躬身行礼，道："整饬甘肃军务兵部尚书王，致意任、赵二位总兵官，约以明日巳时于总兵衙门相见。"

"谨遵大司马台命。"任礼、赵安应道。

同来的甘肃镇军校欲行跪拜礼，任礼拦住，问："大司马呢？"

"大司马取小径直往蒋总兵大营而去。"那军校说。

任礼、赵安相互看一眼，不明所以。

"大司马还有何吩咐？"任礼问。

"大司马请两位总兵大人传令下去，明日总兵衙门与众将相见。卫指挥以上，不得有一人不到。特别是此人，请两位镇帅差人看住。"那校尉说着，呈上一函，里面写着一人姓名。

任礼接函，转手递给赵安，道："老赵，此事你亲自去办。"

蒋贵把王骥接进营帐，才要问候辛苦，王骥手一挥，摒去自己的随员和蒋贵的亲兵，低声道："蒋贵，有旨。"

蒋贵解带脱帽，匍匐于地，口称："罪将蒋贵接旨。"

王骥从怀里掏出皇帝的手敕宣读："鱼儿海子官军无功而返，总兵官蒋贵玩寇纵寇，罪不容诛。姑不问，着戴罪立功。"

蒋贵料到，朝廷不会要他的命；可没有降职的处分，没有其他具体的处分，只有"戴罪立功"四个字，也大大出乎他的预料。以至于王骥宣读完敕旨有一会儿，他才抬起头问："宣旨已毕？"

"是。"王骥已将敕旨收起。

蒋贵起身，拍了拍两膝的尘土，叹道："真是皇恩浩荡啊！"又对王骥说："怎样戴罪，如何立功，但凭大司马吩咐。”

“这个以后再说，蒋帅，坐下叙话。”王骥道。

“是。”蒋贵应一声，指着帅位说，“大司马请上座。”

“那是蒋帅的位置，我不能喧宾夺主。”王骥道。

他随便坐在一把椅子上。蒋贵当然更不敢坐在当中，他随便拣王骥下首的一把椅子坐下，并理解王骥的苦心：要是王骥坐上帅位，不管自己坐得远近，都会形成奉旨训饬的场面，而现在隔着一张茶几相邻而坐，才真是“叙话”呢。

“蒋帅，官军合剿朵儿只伯于贺兰山后，有确报吗？”王骥问，贺兰山在宁夏卫城以西，是鞑靼各部的一个集合点。王骥说的合剿，指官军两路出师，以大同总兵官方政、都指挥使杨洪等出东路，以蒋贵、赵安等出西路，对驻扎于贺兰山后的鞑靼部形成合围之势。

“有。”蒋贵说。

“甘、凉官军一路而东，有没有得到虏部变动的消息？”王骥问。

“没有。”蒋贵说。

“那么，为何行至鱼儿海子而返？”王骥提出关键的问题，并尽量使这个问题变得婉转一些，“我知道，蒋帅于战事一向慎重，大军回撤一定有缘故吧？”

“惭愧，坏事恰恰坏在我不够慎重上。”蒋贵道，“有人称前途无草无水，我轻信之。现在想想，第一，前方有无草水，无论如何我该亲自去看看；第二，即便前方确无草水，也不该轻易回师。”

“谁人称前途无草无水？”王骥问。

“是——”名字到嘴边，蒋贵又咽回去。

“怎么，不好说？”王骥问。

“实不相瞒，该将是甘州任、赵二位的属下，确不好说。”蒋贵道。

“是都指挥安敬？”王骥问。

“不错，是他。”大司马说得出姓名，蒋贵想不说都不成。

“看来，陕西陈都宪的奏言，行在都察院的纠劾，皆确凿无误。”王骥自语道。又对蒋贵说，“今晚在蒋帅处借宿，明日你我一同进城，如何？”

陈都宪是镇守陕西都御史陈镒。

总兵府大堂上，王骥端端正正地坐在帅位上。下面左右两侧各有三把椅子，左侧第一把椅子上坐的是协赞甘肃军务兼督粮饷的兵部侍郎柴车，第二把椅子上坐的是任礼，第三把椅子上坐的是赵安，右侧第一把椅子上坐的是甘肃镇守太监王贵，第二把椅子上坐的是蒋贵，第三把椅子则空着。甘肃镇参将以下、行都司都指挥以下的将领列于阶下。

王骥迅速地扫阶下众将领一眼，对坐在两侧的高官点点头。他说："本部奉敕西来，为的是向虏酋问罪，不是向我军将士问罪，但不把我军将士功罪分辨清楚，临敌之际，只怕有人仍不肯用心，仍不肯拼命。"说着，喝道，"安敬何在！"

安敬站在阶下靠前的位置，他走出队列，面对王骥，跪下去。

"你是安敬？"王骥问。

"末将是。"安敬应道。

"你可知罪？"王骥喝问。

"末将出战不力，有负朝廷厚恩。"安敬道。

"你不是出战不力，你是坏了朝廷大计！"王骥怒道，"我来问你，官军在鱼儿海子，是不是你向蒋总兵禀报，前途无草无水？"

"是，"安敬应一声，分辩道，"不过，末将是亲自去前方探查过的。"

"你探查几里？"王骥问。

"十几二十里，"安敬道。

"十几里还是二十里？"王骥问。

"十五里开外二十里以内。"安敬道。

"你可知道，向前三十里，又有一海子，水澈草肥？"王骥问。

"末将不知，是末将疏忽。"安敬道。

"你不是疏忽，你是畏虏！"王骥说着，大喝一声，"来人！"

两名魁梧健壮的校尉应声而上，一左一右，立于安敬身后。

"本部奉天子敕书：都指挥使安敬畏敌如虎，谎言蛊惑，动摇军心，罪该万死，杀无赦！"王骥一挥手，二校尉架住安敬臂肘，向外拖去。

安敬喊冤告饶的叫声回荡于堂上，但没一人敢为他求情。

"蒋贵！"王骥又喝道。

蒋贵起身，往当中走了几步，跪倒在地，口称："罪将在！"

"你轻信安敬之言，本当与其同罪。今奉天子敕命，着你戴罪立功。若仍不恪尽职守，再负朝廷重托，定与前罪并罚。"王骥不等他有所表示，喝道，"众位将军！"

"末将等在！"包括任礼、赵安在内的将领，皆躬身听候训饬。

"本部奉敕行边，今与众位将军约：今后凡不遵守号令、畏敌不前、有损军威者，守城者戮于城下，征战者戮于阵前。"王骥举剑立约。

"末将等谨遵大司马号令。"众将领应道。

第十一章

十一月以后，辽东各卫更北的饮马河畔，却充满着勃勃生机。这里是脱欢部的栖息地，脱欢部众多人马，依靠囤积的粮草和即时打猎过冬。

脱欢有双重身份，他既是瓦剌一部的首领，又承袭了天朝敕封的顺宁王。而且，在打败鞑靼首领阿鲁台之后，他的部众可以说是瓦剌各部最强大的一支；在灭掉同属瓦剌部的贤义王、安乐王之后，他可以说是瓦剌各部共同的首领。他万万没料到，在他欲自立为可汗时，却遭受到其他部族的强烈抵制。他没有力量消灭敌对的势力，不得不做出妥协，和各部首领一起，拥立前元帝室后裔、时为鞑靼首领的脱脱不花为可汗。但在他内心，从来不把脱脱不花看作各部的共主，他无时不想取而代之。当然，他也明白，要实现这个愿望，除进一步扩张自己的力量，还得设法获得大明朝廷的支持。

一场大雪之后，脱欢走出营帐，在厚厚的雪地里漫步。听到马匹嘶鸣，他循声望去，见两匹战马驰来。从骑者的身形、装束及举鞭勒缰等动作，他可以分辨出来，在前的是次子伯颜帖木儿，在后的是长子也先。

转眼间，二马驰至营帐前。脱欢一手拉住先到的伯颜帖木儿那匹马的缰绳，一手拉住后到的也先那匹马的缰绳，让两个儿子下马。

也先后到先开口，双拳随随便便一抱，道："谢过爹。"

伯颜帖木儿除了抱拳，身子还微微一躬，道："谢过爹爹。"

"也先，你名字中有个先字，怎么反而后到？"脱欢问。

"雪深难行，我恐怕伤着马儿，缰绳勒得紧一些，要是不比马的脚力，而比自己的脚力，伯颜绝占不到先机。"也先说。

"伯颜，你说呢？"脱欢又问。

"大哥输也输得有理由，这最让我佩服。"伯颜帖木儿说。

脱欢出声地笑着，看来对两个人的回答都满意。

"说说昨日的功课吧。也先，你先说。"他命道。

"孩儿昨日共招募八十人，五十人属三卫，三十人属野人。"也先说。

他说的三卫，指兀良哈三卫，又称朵颜三卫。兀良哈是和鞑靼、瓦剌并称的前元遗族，生活在黑龙江以南地区，太祖高皇帝时，于其地置朵颜、福余、泰宁三卫，以各部首领掌之。他说的野人指生活在极北地区的女真人。脱欢部屯于饮马河，从朵颜三卫和野人女真中招募战士，是扩充本部力量的重要手段。

“伯颜，你呢？”脱欢问道。

“孩儿昨日共招募一百三十人，九十人属三卫，四十人属野人。”伯颜帖木儿回答。

“也先，你为兄长，怎么功课反而不如伯颜？”脱欢问。

“孩儿只要精壮，孱弱皆汰去。”也先说。

“伯颜，你说呢？”脱欢又问。

“汉人有句话，叫作海纳百川，有容乃大。”伯颜说。

“汉人还把兄弟称作伯仲。我看，你兄弟办事，也在伯仲之间。”脱欢没有评定二人功课的优劣，他指指大帐，道，“走，进去说话。”

进入大帐，也先操起一只盛酒的皮囊，拔出塞子，喝两口。然后把皮囊递给伯颜帖木儿，做个鬼脸，连称“好酒”。

伯颜帖木儿接过皮囊，喝一口，皱起眉头。

“这酒味道如何？”脱欢问他。

“不如昨日那囊好。”伯颜帖木儿如实回答。

“明日新启一囊，比今日的酒还要差。”脱欢说着，自己也喝一口。

“我去为爹取些好酒来。”也先自告奋勇地说。

“去哪里取？”脱欢问。

“辽阳或沈阳。”也先说的，都是天朝在辽东的重要军镇。他说的去取，当然不会是规规矩矩地购买或交易。

“辽阳、沈阳远倒是不远，却未必有好酒。”脱欢说。

“爹的意思呢？”也先问。

“要取好酒，不如去北京。”脱欢问，“你二人谁愿去？”

“也先愿去。”也先抢在前面说。

“伯颜愿去。”伯颜帖木儿随即说。

“那好，你二人都去。”脱欢说着，盘腿坐下，等也先、伯颜帖木儿也在他身边坐下，他才说起正题，“脱脱不花的贡使已经上路，我差遣的使者也马上要动身。也先，你率一二百人护卫，你要催促他们快一些走，从小径走，一定赶在脱脱不花的贡使前进入北京。若与脱脱不花的贡使遭遇，你知道该怎么办吧？”

“他不犯我，我不犯他，各走各的路。”也先说。

"他若犯你呢？"脱欢问。

"我先动手。"也先说。

"对，就是这样，"脱欢称许，又说，"不过，你只要把使者们护送到边墙之外就可以，后面的路，有南朝的官军呢。"

他说的边墙，即自山海关逶迤而西的长城。

"留在边墙之外，孩儿做些什么？"也先问。

"可做些什么，就做些什么。你也知道，马匹、牲畜、粮草、男女人等，永远不会嫌多。等使者们出大墙，你与他等一起回来。"脱欢说。

"知道了，也先遵照爹的吩咐行事。"也先道。

伯颜帖木儿等得着急，道："爹爹不是差我和大哥同去吗？"

"对，你随使者进北京。"脱欢说，"我让也先率军护送，留在边墙之外，一则因为他领军强过你，二则因为他应付汉人不如你。"

"爹爹要我进北京做什么？"伯颜帖木儿问。

"我欲约南朝官军来年共灭朵儿只伯，有一封致汉人皇帝的信札着使者带去。你代我留意南朝大臣们的动静。"脱欢说。

"这事孩儿做得，大家只要面对面地喝一回酒，就什么都说出来。"伯颜帖木儿道。

"但有一条，你是使者随从之一，并非我脱欢的儿子。和南朝大臣们饮酒轮不到你，故你只能暗中打探。"脱欢说。

"这是为何？"伯颜帖木儿眼珠一转，自己找到答案，"汉人有一句话，叫作投鼠忌器，爹爹怕我被扣在北京做人质。"

"你说的对，就是这个意思。"脱欢道。

"伯颜进北京，还要做一件事。"也先插话。

"何事？"伯颜帖木儿问。

"给爹带几大桶好酒回来，"也先说，并特别点明，"要宫中御酿。"

"宫中御酿都装在瓶子里，哪有装在桶里的？"伯颜帖木儿取笑他。

"那有何难！你可以把瓶子装入桶里呀。"也先道。

"也先，你别给伯颜出难题。你二人既同去，须得同回；伯颜若是出事，你还有脸回来吗？"脱欢先对也先说，再对伯颜帖木儿说，"取几大桶御酿用不着，若能带回几瓶御酿，我便知你和南朝有头脸的人物勾搭上，你也不枉去趟北京。"

"是，孩儿晓得。"也先、伯颜帖木儿应道。

西直门外高粱桥附近的一家小酒店生意清淡，进来一伙三人，店家又喜又怕。

喜的是这是一单大生意，怕的是进来的三个人里有两个小公公，他们要是赖起账来，他一点儿办法也没有。

其中一个小公公他看着面熟，似乎在远处的官窑办事，无论何时经过酒店，总要进来讨碗酒喝。他进门就嚷嚷："店家，喝酒的来了。"

"公公今日做东吗？"店家赔着笑脸，不很热心地问。这个小公公喝酒，三次中有两次是不给钱的，店家心里不得不嘀咕。

"我做东，才不来你这家黑店。"那小公公嬉笑着说，他又指着自己的鼻子问，"我叫什么名字，又没记住吧？"

"这是说哪里话，公公大名，我怎会忘记！"店家以嬉笑对嬉笑。

"这么说，你已记住？"那小公公问。

"我只听人称你宁公公，可公公从没对小的说过自家姓名。小的什么身份，敢问吗？"店家道。

"当真？"那小公公摸摸自己脑袋，好像分辨不出店家的话是真是假，"好吧，今日我就正式向你报个姓名：本公公姓喜名宁。喜呢，是当今万岁爷钦赐的，所以一般人不敢叫。有来头的，叫我小宁子；没来头的，则叫我宁公公。至于你嘛，我看连宁字也不必叫。"

"是，是，小的只配称呼公公一声公公。"店家连连点头。

"对了，你如此晓事，我把我这个兄弟的姓名也报给你吧。"喜宁指着另一个小公公说，"他叫跛儿干。这个跛呢，开始谁也不知道是哪个字，只是跛儿干、跛儿干地叫着；后来司礼监当家的说，你们都说不出来，我就写一个吧。他写的是跛脚的跛。当家的意思，可不是跛儿干的脚不好，而是说他这一双脚太厉害，所以名字里得有个足字边。你想，跛儿干在御马监当差，但只要司礼监当家的一招呼，随叫随到。你别以为当家的一年半载的才想起招呼他，当家的把他喜欢得不得了，三天两头就招呼他一次。店家，你说他厉害不厉害？"

"厉害，着实厉害。"店家道。

"今日他一跛一跛到你这儿来，多半是要做东。"喜宁说。

"小的得以伺候跛公公，真是三生有幸。"店家嘴里这么应付，心里却想：最好也别让跛脚的公公做东。

跛儿干偏说："今日我做东。来吧，小宁子；达官爷，咱先坐下。"

北京城里，鞑靼、瓦刺、兀良哈差来朝贡及常驻的使臣成百上千，统称为达官。无论在街头，在酒肆，在店铺，无论出现一两个达官，或达官和京城的官人、百姓混杂在一起，都不会引起太大的注意。

谁也想不到，这个普通装束的达官会是瓦剌脱欢的儿子伯颜帖木儿。

伯颜帖木儿本来应该随瓦剌使臣行动。但瓦剌使臣未获准入京，被羁留在大同。他不甘心就此回转，带一二心腹潜入北京城。通过常驻北京的瓦剌人引见，伯颜帖木儿结识小宦者跛儿干。跛儿干不是汉人，究竟是哪一族人，他自己也说不清楚。他一见伯颜帖木儿就觉得特别亲切，愿意帮忙办事，但他脑子笨，口也拙，于是把喜宁引荐给伯颜帖木儿。

伯颜帖木儿绝不会让跛儿干做东的，他掏出锭银子，往桌上一拍，道："两位小兄弟莫争，这个东该我来做。"又命店家，"好酒好肉，凡你店里有的，一并送上来。"

"这怎么好意思，该我做东的嘛。"喜宁话虽说得客气，却一点儿也不客气地一屁股坐在主位上。

"小宁子，达官爷做东，该坐你的凳子。"跛儿干说。

"谁说他做东，我是这店的常客，分明是我做东。"喜宁道。

"可银子是人家的。"跛儿干说。

"银子在他怀里，是他的；放在这桌上，就是我的。我不但要做东，店家找回的碎银子，我还要拿走呢。"喜宁一脸无赖相。

"碎银不用拿，明日还是喜公公做东。"伯颜帖木儿掏出另一大锭银子，塞到喜宁手里，又拍拍脑门，说，"得罪，我该叫宁公公的。"

"无所谓，达官爷随便叫。"手里拿着银子，喜宁不再计较，他问跛儿干，"跛哥，你怎么称呼达官爷？"

"我就呼他达官爷呀。"跛儿干说，见喜宁摇头，他问，"有何不对？"

"没什么不对，只是人家叫你跛公公，叫我喜公公或宁公公，你我却只能叫他达官爷，有点儿不那个。"喜宁说。

"有点儿不哪个？"跛儿干一脑袋浆糊，根本点不透。

"跛公公别问，宁公公在怪我呢。"伯颜帖木儿止住他，对喜宁说，"是我不对，我该早早报上姓名的。宁公公，你们汉人有句话，叫作无名什么辈的？"

"无名鼠辈呀。"喜宁告诉他。

"我的名字叫无名狼辈。"伯颜帖木儿说。

"哎呀，好响亮的名字！"喜宁再想不到，竟会有人叫这样的名字，"不过，名字虽响亮，却不好叫，不如叫作狼辈吧。"

"叫不得。"跛儿干连连摆手，"汉人还有句话，叫狼狈为奸。"

"无所谓，随宁公公叫。"伯颜帖木儿道。

店家先送上酒，喜宁反客为主地劝饮："狼辈爷，这家店虽小，酒却不差。你先尝尝。”

伯颜帖木儿尝一口，道：“果然不差。宁公公，我在塞外就听人说御酿是好酒，这酒比御酿如何？”

“这酒虽不差，但和宫酿一个天上，一个地下，比不得。”喜宁说。

“宁公公得凭良心呀，你喝本店那么多酒，从来也没说喝的是地下的酒。”店家不服气地争一句。

“去，去，我等论酒，你插的什么嘴！”喜宁把他撵走，还在他背后嘱咐，“店家，你把那蹄髈蒸透了再送上来！”

“宁公公品过御酿吗？”伯颜帖木儿问。

“那是常事。”喜宁毫不迟疑地回答。

“既如此，有一事相求。”伯颜帖木儿说。

“你说，”喜宁道。

“请宁公公为我弄几瓶来。”伯颜帖木儿说。

喜宁先是一愣，随即问：“狼辈爷要几瓶？”

“多多益善，最好能装满一大桶。”伯颜帖木儿说。

“好说。”喜宁满不在乎地答应下来。他又喝一大口酒，指着伯颜帖木儿，对跛儿干说，“跛哥，狼辈爷的事，你给办一办。”

“你应允的事，怎么叫我办？”跛儿干大为恼火。

“是啊，宁公公应允的事，怎么叫跛公公办？你不是常品御酿吗？少品一两次，省下来岂不就够！”伯颜帖木儿也说。

“狼辈爷有所不知，宫酿我品是常品，可什么叫品呢？把酒倒在酒盅里，我喝下去，就是品。把宫酿整瓶整瓶地拿出来，我没那本事。”喜宁说着，一指跛儿干，“他有那本事。”

“我怎的有那本事？”跛儿干不想把这事揽过去。

“司礼监当家的视你为子，你讨几瓶酒，他还能不给？”喜宁道。

“你又不是不知道，当家的最讨厌我等喝酒。”跛儿干驳道，“小宁子，我知道你嫉妒我，非得让我挨几句骂，心里才痛快。”

“二位公公莫争。”伯颜帖木儿笑着，右手从怀里掏出个物件，握在掌心不露出来；左手又从怀里掏出个物件，握在掌心不露出来。等两只手都伸到胸前，才一起张开，原来两手的手心里各有一粒亮晶晶的珠子！他说：“原是说相求，自当重谢。”

喜宁、跛儿干从没见过这等宝物，眼睛都瞪圆。

“狼辈爷，你是说谁帮你弄到御酿，你就把珠子送给谁？”喜宁似乎还不相信。

他一直把御酿说成宫酿，是有缘故的。御酿和宫酿又同又不同。御酿肯定是宫中酿的酒，但宫中酿的酒，不一定都供给皇帝、皇后、皇太后享用，或由皇帝赏赐亲贵大臣。那些次一等的，可供太监们享用；再次一等的，可供次一等的宦官、女官等享用。喜宁把御酿说成宫酿，是想实在不行，拿些普通的宫酿搪塞。但见到宝珠，他自觉地把宫酿改回成御酿，而且决心，要给狼辈爷弄到真正的御酿。

“着啊，谁帮我得到御酿，我就把珠子送给谁。”伯颜帖木儿说。

“好，御酿之事，包在我身上。”喜宁把胸膛拍得咚咚响。

“你没那本事，还是我来吧。”跛儿干道。

“弄一瓶两瓶御酿，你有本事，可弄许多瓶御酿，你的本事就不够。”喜宁对跛儿干说着，忽然一扭脸，问伯颜帖木儿，“狼辈爷，你要的是许多瓶御酿，对吧？”

“是啊，无论谁帮我得到十瓶御酿，我就给一颗珠子；帮我得到十瓶以上御酿，哪怕只多一瓶，我就把两颗珠子都给他。”伯颜帖木儿说。

“跛哥，或许你能一下子弄到十瓶御酿？”喜宁得意地问。

跛儿干想了想，说：“弄不到。”

“或许你能让狼辈爷少要几瓶？”喜宁愈发得意。

跛儿干看伯颜帖木儿一眼，说：“我不能。”

“如何，还与我争吗？”喜宁喜盈盈的表情在说：幸而被我言中；但很快他的表情转变为：不幸被我言中。他对伯颜帖木儿说：“十瓶太多。狼辈爷，你听好，不是对我来说太多，是对你来说太多了。”

“怎么？”伯颜帖木儿问。

“我天朝定制，凡携御酿十瓶以上出宫者，剁其一手一足，凡携御酿十瓶以上出城者，剁其双手双足。”喜宁前面的话信口开河，后面的话悲天悯人，“我被剁去一手一足还不要紧，狼辈爷想想自己，要是被剁去双手双足，成什么样子！”

“若是少携几瓶，又如何？”伯颜帖木儿问。

“凡携御酿五瓶以上出宫者，仍剁去一手一足，凡携御酿五瓶以下出城者，却不追究。”喜宁为表示自己要担风险，顾不得是否合乎情理。

“怎有这样的规矩？”伯颜自然想不通。

“鬼才晓得！有人定这样的规矩，兵马司便照这规矩办事。”喜宁说着，提议道，“狼辈爷，咱们这样好不好，在五瓶以下交易，弄到三瓶御酿，一颗珠子归我，弄到五瓶御酿，两颗珠子归我。”

“也好，珠子既带来，我没想带回去。”伯颜帖木儿说。

“好，成交。”喜宁与他击掌，又问跛儿干，“你是帮我，还是毁我？”

“我自然帮你。”跛儿干道。

“你要帮我，就什么也不要做，特别是不要和当家的说什么。事成之后，自有你一份好处。”喜宁说。

王振出值房，见喜宁被几个在司礼监当差的小宦官围着。那几个小宦官大概要搜喜宁的身，喜宁左躲一下，右闪一下，还不住给众人作揖。他咳嗽一声，小宦官立即放开喜宁，退后站好。

“小宁子，你随我来。”王振吩咐一句，自己先往房里走。

喜宁跟在后面走两步，猛地退回去，在这个额上弹一指，在那个脸上拧一把，这才快步跟上王振。一进屋，他马上跪倒，口称：“小子几个月没来给你老人家叩头，今日全补上。”说罢，叩头不止。

王振忍住笑，等他磕过十个以上的头，才说：“罢了，起来吧。”

喜宁又磕两个头，站起来，一手揉着脑门。

“你也知道疼痛？”王振道。

“小子不敢疼痛。”喜宁说。

“为什么？”王振问。

“小子疼痛在皮肉，你老人家疼痛在心上。”喜宁说。

“好你个小子！”王振终于忍不住，咯咯笑起来，“我让你随老阮办差，想你变得稳重些，谁知你一张嘴变得更加油滑。”又问，“在外面，他等和你闹什么呢？”

“他等非说小子在外办事发财，一定要搜搜小子。”喜宁说。

“哼，他等也糊涂，跟随你阮叔办差，至多赚个辛苦。”王振说。

“你老人家说的是，小子在阮叔那里辛苦赚得够够的。不过，”喜宁左瞄一眼，右瞥一眼，神神秘秘地说，“小子从别人那里却得到个宝。”

“什么物件，在你眼里成宝？”王振问。

“你老人家请看。”喜宁从怀里取出珠子，双手高举过头，呈上。

王振两指拈起，在两只手掌间揉搓一会儿，说：“确是浑圆，质地也还好。除此之外，不过是一颗珠子。”

“是，小子没见识，拿个物件就当作宝。不过，”喜宁仍神神秘秘地说，“它也有个奇处，白日里看去，和别的珠子没什么区别；到夜间，忽而泛着白光，忽而闪出绿光，故而小子惊讶。”

“夜明珠？”王振也惊讶起来。

“小子不知是不是，请你老人家品鉴。要不是呢，小子就拿回去自己玩玩；要是呢，小子没那福缘，就进献给你老人家。”喜宁说。

“这好办，夜间一看，自有分晓。”王振道。

“是，此物就放在你老人家这里吧。”喜宁做出要告退的样子。

“等等，”王振叫住他，“这珠子你不是抢人家的吧？”

“你老人家太抬举小子，我这副骨头架子，抢得过谁？再者，这颗珠子真是宝物，就不会在寻常人手里，小子敢去抢吗？”喜宁一脸的委屈，一脸的无辜，“小子不敢隐瞒，这珠子是小子交换来的。”

“交换来的？”王振问，“你用多少银子交换？”

“不是用银子。”喜宁说。

“那是用何物？”王振问。

“御酿，”喜宁伸出五指，“那人要五瓶御酿。”

“若真是夜明珠，五瓶御酿倒也不多。”王振盘算着，“不过，小宁子，你手里大概一瓶也没有，又去哪里找五瓶呢？”

“所以，小子说自己没有福缘，”喜宁道，“小子想，若真是个宝，小子进献给你老人家，你老人家赏给小子五瓶御酿，小子再把五瓶御酿送给那人，就谁也不欠谁的。”

“可你并没有御酿给那人，那人却把珠子先给你。”王振的兴趣从珠子转到珠子的主人，“你说珠子不会在寻常人手里，看来那人真不是等闲之辈呀。小子，那是个什么人？”

“是个达官。”喜宁说。

“达官？是鞑靼，还是瓦剌？”王振问。

“小子分辨不出来。”喜宁懊悔当时没多问一句。

“他叫什么名字？”王振又问。

“这人名字怪得很，他说自己叫什么无名狼辈，小子嫌麻烦，叫他狼辈爷。”喜宁一一禀明。

“你倒真会捉弄人。”王振忍不住又笑，“你从我这里取五瓶御酿，立刻给他送去。”

“如果这不是夜明珠呢？”喜宁有些担心。

“不是夜明珠，这桩买卖也做。一个达官有此气魄，咱不能在气势上输给他。”王振说。

“是。小子曾在气势上输给他，心里惭愧得很。”喜宁迎合道，他又做出告退的样子，说，“你老人家没别的吩咐，小子就去拿御酿。”

王振点头。但在喜宁转身时，他忽问：“那个狼辈还与你说过什么？”

“他还问小子，瓦剌使者与大明皇帝相约共灭朵儿只伯，朝廷里有谁赞成，有谁反对，”喜宁说。

“你怎么告诉他的？”王振问。

“小子告诉他，无论谁赞成，谁反对，你老人家赞成，朝廷就赞成，你老人家反对，朝廷就反对。”喜宁说。

“胡说！你说话再不知深浅，我着人把你的嘴封住。”王振心里很舒服，却是一脸的不耐烦。喜宁走后，他想：这个叫作无名狼辈的达子一定是瓦剌人，而且是瓦剌部的重要人物，应该差人查明他的来头。他还想：对瓦剌脱欢共灭朵儿只伯的提议，皇上若问起来，他还真不能随便做出决定，得和大臣们好生计议。

查访无名狼辈的差事，他交给锦衣卫指挥马顺；内阁，他须亲自去。

司礼监先有人来通报，所以，王振到内阁时，三杨都在。

“三位都在呀。”王振和三阁臣相互行礼致意。

“司礼监来人说有要事，我等谁敢离开！”杨士奇回应一句，做手势请王振入阁。

“事情呢，确是要紧的事，”王振边走边说，“皇上召我去，问如何下复瓦剌使臣。我说得和大臣们议一议，皇上谕曰：那就先和内阁几位杨先生议吧。这不，我就来了。”

他每次来内阁，杨士奇都请他上坐，他总要推辞一番，然后坐过去。这次也不例外。等大家坐定，杨溥说：“王先生来得正好，我等方才议过此事。”

“是吗？老先生们意下如何？”王振问。

“弘济先生，你嘴太快，我等当先听听王公高见。”杨荣道。

“不，不，皇上和我都没成见，此事须得先生们定夺。”王振说着，目标对准杨荣，“东杨先生责备南杨先生嘴快，想来是有定见。”

“错，此事最有定见的不是我，是东翁。”杨荣说。

“果真是我错？”王振似乎不信。

“果真是王先生错，大半年前，东翁对此事就有定见。”杨溥道。

“那时脱欢还没上书皇上呢。”王振提醒说。

“对，那时脱欢还没上书皇上，也不可能上书皇上，因为朵儿只伯仍很猖獗。但东翁就征讨朵儿只伯而发的议论，与此事休戚相关。”杨溥说到这里，忽然把嘴捂上，放下手时，他说，“勉仁先生又要怪我嘴快，东翁，还是你自己来说吧。”

“都一样，我的见解，二位不也赞成吗？”杨士奇道。

“但东翁是首议者，还是由东翁来说好。”杨荣道。

“好，”杨士奇点点头，简而言之，“王先生，我等商议的结果，瓦剌脱欢的奏请，绝不可准。”

“为什么？”王振问。

“朵儿只伯不可信，脱欢亦不可信；朵儿只伯不可依赖，脱欢更不可依赖；朵儿只伯曾危及我边，脱欢将危及我边；朵儿只伯后继无力，脱欢后力无穷。”杨士奇做出几个对比。

“但借脱欢灭朵儿只伯，不也是以夷制夷？”王振持异议。

“以夷制夷，前一个夷一定要较弱，后一个夷一定是较强；以弱夷制强夷，我不会为其所制；以强夷制弱夷，就很难说是我以夷制夷，还是夷以我制夷。”杨士奇说到这里，结论自然而然地得出，“在朵儿只伯与脱欢之间，我宁愿暂时放过朵儿只伯，或与朵儿只伯相约，共灭脱欢。”

这是个很好的论点，让王振花工夫去琢磨。至少到目前为止，他的想法和杨士奇是不一样的；否则，他就不会把王骥打发到甘肃去。但他又不能有力地批驳这个论点，于是问：“照西杨先生这么说，朝廷不该把精力花费在朵儿只伯身上，尚德先生不该亲赴甘肃坐镇？”

“不，朝廷把精力花费在朵儿只伯身上，尚德先生亲赴甘肃坐镇，并没有错。”杨士奇说。

“怎讲？”王振问。

“朵儿只伯到底在扰我西陲，不予以重创，不足以警告他虏。我只求重创以后，朝廷能早日将精力用来对付瓦剌。”杨士奇说。

“东翁还说过，尚德先生不宜滞留西陲太久。”杨溥补充。

“大司马不还朝，朝廷仍可将精力用来对付瓦剌。”王振道。

“但大司马在甘肃，总表明朝廷论兵的重心何在。”杨士奇说。

“道理是不错。”王振觉得自己快要被说服，他问杨荣、杨溥，“东杨先生、南杨先生也都这么看吗？”

“是。”杨溥应道。

“大致如此。”杨荣说。

“那么，朝廷一定要拒绝脱欢所请。”王振道，“不过，朝廷的回复须婉转，脱欢的使臣尚在大同候命，须得给予赏赐。”

这不是大事。他无非想表明，在朝廷的最后决定中，包含着他的意见。杨士奇等都不反对。

十一月中，朝廷敕诫自辽东至大同一线的总兵官陈怀、谭广、李谦等严备瓦剌。

正统三年正月初五日，朝廷差官往大同赏赐瓦剌使臣。

第十二章

王骥再次把任礼、蒋贵、赵安及都指挥使、参将以下等官召集一堂，是在差不多八个月以后。他告诉自己：给予朵儿只伯致命一击的时机已到。当初分兵划地、各自防御的设想已经实现，整顿军纪已经收到效果，甘州、凉州等镇的老弱官兵淘汰了三分之一，从大帅到士卒都憋足一股劲头。此士堪用，此气当鼓。他还提醒自己：与内阁杨公们的一年之期快到。他知道，这个约定没有什么实际的意义，因为是否还朝，不是他自己能够决定的，也不是阁臣能够决定的。但如果杨公们看重这个约定，奏请他还朝整理部务，皇上照准，而他却空着两只手回去，别说他人会小看他，他自己也会小看自己。

朝廷正式降旨，以任礼为主将，蒋贵、赵安为副将，王骥督军，王贵监军，相机剿虏。王骥不再是简单地整饬边务，而是有了具体的督军职责。对他来说，这无疑是个推动。

据探报，朵儿只伯部正在向狼山迁移。狼山属阴山山脉西段，绵延数百里，南侧为断崖，北侧为缓坡，向西渐消失于沙漠。要是在狼山北侧布阵，迫朵儿只伯上山，向东向南都没有路，他只有蹿入沙漠。

王骥的这个方案，众人都赞成。

在商议谁为前锋时，王骥说："任帅，你是主将，不会抢做前锋吧？"

话是对任礼说的，他的眼睛却瞥向蒋贵。

"这个前锋，谁都不能抢。"蒋贵闷声闷气地说。

"为什么？逢山开路，遇水搭桥，赵将军也是把好手呀。"王骥说。

"大司马和任平羌如果以赵兄为前锋，我只求赵兄一事。"蒋贵说着，朝赵安一揖。

"不敢，"赵安忙还礼，问，"蒋帅有何事吩咐？"

"请赵兄将我收在军中做千户、百户，做一名马前卒亦可。"蒋贵说。

"蒋帅，打仗可不能赌气呀。"王骥说。

"对，打仗不能赌气，可也不能不赌气。不瞒大司马说，我心里一口气憋了这些日子，如果做不成前锋，有死而已。"蒋贵说。

“老蒋，说什么呢！依我看，你不能做前锋。”王贵道。

蒋贵不理会他，而对王骥说：“大司马曾对我言，怎样戴罪，如何立功，以后再说。眼下是‘以后’吧？”

“不错，眼下是‘以后’。”王骥说着，脸色变得严峻，“我还有另一句话，蒋帅也还记得吗？”

“记得，”蒋贵一字不差地重复，“再负朝廷重托，定将与前罪并罚。”

“你怎么说？”王骥问。

“做不成前锋，有死而已；战而不胜，有死而已。”蒋贵说。

“你敢与我立下誓约吗？”王骥问。

“正要与大司马立誓。”蒋贵道。

“好，取箭来！”王骥命道。

校尉取来一支簇新的翎箭。王骥起身接箭，蒋贵随之起身，肃立在他面前。王骥一手握住箭的前端，一手握住箭的尾端，就要用力。

“大司马，等等。”王贵在一旁阻止。

“王公公有什么话？”王骥问。

“蒋帅出言不吉，不宜为前锋。”王贵说。

“王公公看重的是他出言不吉，我看重的是他锐气可用。若用人不当，我自会向朝廷请罪。”王骥说着，两手用力，将箭折断。他把箭向地上一扔，朗声道：“出师不捷，无相见也！”

“出师不捷，无相见也！”蒋贵也念出誓词。

前锋才一确定，赵安走到蒋贵身边，朝他一揖。蒋贵以为他要道贺，正想回礼，不想他却说：“蒋帅，有一事相求。”

语气、神态，和蒋贵方才一模一样，惹得他不由得想笑。

“老赵不是要投在我帐下吧？我倒是想收留，只恐任帅不允，你投在我帐下，谁来给他断后！”蒋贵道。

“这我也知道，所以，我求的不是此事。”赵安说。

“那是何事？”蒋贵问。

“求蒋帅别将朵儿只伯斩尽杀绝，也留些功劳与我。”赵安说。

蒋贵还没答话，王骥却心里一动，杨士奇在他辞别时说的一番话又浮现在脑际。他很想再嘱咐蒋贵几句，但觉得不合时宜。

官军和朵儿只伯部在狼山北面的石城遭遇，朵儿只伯部一触即溃。

蒋贵踏进鞑靼人遗弃的营帐，角落里扔着几个革囊，他弯腰拾起一个，拔出木塞，闻了闻是酒。他不由大乐，把革囊一举，就要痛饮。

一亲兵上前叩道：“大帅且慢。”

“怎么？”蒋贵问。

“恐怕酒里下毒。”该亲兵说。

“酒里下毒？”不是没有这种可能，蒋贵又把鼻子贴近囊口去闻，心里有些犹豫，“可我实在想饮，怎么办？”

“小人先尝一口。”该亲兵道。

“若是有毒，你喝下去，一样要死的。”蒋贵说。

“小人草芥之躯，不如大帅金贵。”该亲兵道。

“胡扯！”蒋贵叱道，“告诉你，我这条命是拣来的，还不如你的命值钱呢。大家都不喝，也就罢了；既然要喝，我喝第一口。”说罢，一大口酒喝下肚去。见亲兵关切的神情，他顽心大发，一会儿按住肚子，一会儿脸色骤变。就在亲兵不知所措时，他大笑一声，把革囊扔给亲兵，道：“酒不好，但绝喝不死人。抱出去，对将士们说，是朵儿只伯犒劳的，每人一口，不许不喝，也不许多喝。”

“遵命，”该亲兵道，他把蒋贵扔给他的革囊轻轻放好，说，“这一囊，大帅留下自己喝吧。”

蒋贵挥挥手，道：“我才说，一人一口，不许多喝。我已足足喝一大口，怎能带头不遵守号令？一起拿走！”

趁着亲兵收拾革囊的工夫，蒋贵大步跨出营帐，和匆匆而来的李安撞上。李安是甘镇参将，被王骥、任礼选来做他的副手。

“蒋帅，我正要找你。”李安说。

“有事？”蒋贵问。

“蒋帅请随我来。”李安说着，在前面引路，绕过几个营帐，把蒋贵带到一处空旷的地方。

蒋贵见地上摆放着几具尸体，明白李安要他看的是什么。他数了数，是十二具，他不信这个数字，再数一遍，竟又少一具。他想，不能再数，再数，连十具都凑不够。

他略感欣慰的，是每具尸体都配有首级，虽然有的首级已经血肉模糊，有的首级已经和尸体分离。

“都在这里？”蒋贵问。

李安觉得没必要回答，连头都不点一下。

“是啊，即便还有，也不过零星一二具，不会数十成百。”蒋贵自言自语道，“怪不得他们说我军无一伤亡呢。”

“蒋帅，怎么禀报大司马？”这才是李安的实际问题。

“怎么禀报？有一说一，有二说二，如实禀报。”蒋贵道。

“这我知道，难道末将还敢虚报或瞒报不成？我是问蒋帅，该如何措辞。”李安说。

“你是军中的秀才，怎么倒问起我如何措辞！”蒋贵取笑道，“如何措辞随你，只有一个字，你断不能用。”

“哪个字不能用？”李安问。

“捷。”蒋贵很干脆，说一个字，只是一个字。

“我懂蒋帅的意思了。”李安道。第一个问题解决，他再问第二个问题：“蒋帅，今日就在石城安营吧？”

“安营不忙，先让儿郎们歇一歇，但人不得离队，马不得卸鞍。”蒋贵下达指令后，问李安，“李将军，你告诉我，朵儿只伯去往何处？”

“据探报，往镇夷城方向窜去。”李安说。

“镇夷城距此处有多远？”蒋贵问。

“约三百里。”李安道。

“我部到这里时，只有少数敌虏迎战，是否？”蒋贵又问。

“蒋帅说的是。”李安道。

“那么，朵儿只伯大部逃离此处约有多久？”蒋贵问。

“据探报，其大部在一日前已西窜。”李安道。

“一日夜赶路的话，当在二百里之外；晓行夜宿，也在百里之外。到镇夷城，我赶不上他，是吧？”蒋贵问。

“是。”李安道。

“那么，镇夷城再外是何处？”蒋贵又问。

“是荒漠，无水草，朵儿只伯部不可能留驻。”李安道。

“穿过荒漠呢？”蒋贵问。

“是兀鲁乃。”李安道。

“什么鬼名字！”蒋贵虽识不得几个字，但一听这几个字的发音，就断定不是汉人的地名。他问：“那个兀什么的鬼地方有多远？”

“距镇夷城六百余里，距此处近千里。”李安道。

“那我到那个兀什么的鬼地方，肯定赶得上朵儿只伯吧？”蒋贵问。

“蒋帅说的是。”虽然他是自己在判断，李安还是应道。

“好，咱们来个日夜赶路。”蒋贵做出判断，也就做出决定，“老李，我想这样：

今日在石城打扫战场耽搁一个时辰，虽不值得，但不必懊悔；接下来再耽搁一个时辰，开灶做饭，将士就食。这以后，日夜兼程，赶往镇夷城。若能在该城赶上朵儿只伯大部，便打他个天昏地暗。但如你我的计较，这不大可能。那么，在镇夷城稍加休整，我等再日夜兼程，穿越荒漠，赶往兀什么的鬼地方。你看如何？”

李安低头沉思，没有马上回答。

“你以为不妥？”蒋贵问。

“蒋帅说的第一步，日夜兼程赶往镇夷城，甚当；第二步，日夜兼程赶往兀鲁乃，甚难。”李安说。

“我知道你的顾虑，我已算计好。”蒋贵道，“所谓甚难，是我万余之众穿越荒漠甚难。那好，我就不要这么多人穿越荒漠。我在万余将士中挑选两千余名精壮，以万余将士之粮草、酒水，供应两千余精壮。这样，就不会甚难吧？”

“穿越荒漠，不甚难；与虏决战，仍然甚难。”李安说。

“你说说难在哪里。”蒋贵道。

“我以万余之众出征，朵儿只伯闻风鼠窜；我若以两千余人临战，朵儿只伯未必会轻易窜去。”李安说。

“那好啊，我要与他决战，并非要他鼠窜。”蒋贵道。

“这只是其一。”李安说。

“其二呢？”蒋贵问。

“蒋帅或许还不知道，鞑靼另一部阿台驻于兀鲁乃。”李安说。

“你是说，朵儿只伯是去依附阿台？”蒋贵问。

“不为依附，他还有别的路途西窜。”李安说。

“那就更好。”蒋贵道，“阿台若不接纳朵儿只伯，不必说它；他若接纳朵儿只伯，我连他一起灭掉。”

“蒋帅，不可轻敌。”李安还要劝说。

“我决心已下，你不必多言。”蒋贵道。

“可大司马与平羌将军命我跟随蒋帅，为的是参议军事。”李安说。

“我知道，要不我也不会婆婆妈妈和你说这么多话。”蒋贵道。

“蒋帅若一意孤行，我只好得罪。”这句话，李安在心里憋了很久，终于说出来。

“你待怎样？”蒋贵冷冷地问。

“蒋帅尽管去他部佥选精壮，我部军士，一个也不放。”李安说。

“这话当真？”蒋贵问时，声音阴森沉闷。

李安稍一犹豫，道：“当真。”

蒋贵一甩手，铁青着脸拔腿就走。

“蒋帅。”李安轻轻呼唤一声，跟在他后面。

“传我将令，指挥以上将官，于营帐前结队。”蒋贵头也不回地吩咐。

“开灶就食之令呢？”李安问。

“不变。”蒋贵道。

官军按照卫、所散布开来，大营举灶的号角一吹，各地炊烟相继升起；召集将官的号角一吹，各处将官不敢有片刻的耽搁，上马疾驰而来。蒋贵在营帐前踱几步，停下来，看看各处变幻着形状的炊烟；再踱几步，再停下来，看看四面渐驰渐近的骏马。

先到的将官在较远处下马，被李安聚集到一起；等该到的将官到齐，他指挥他们排列成行，然后带到蒋贵面前。

“蒋帅，将官都到。”李安禀告。

蒋贵一点头，对众将官说：“我只有几句话，说完，你等回营吃饭，限时进发。听明白没有？”

“禀大帅，听明白了！”众将官齐声应道。

“本镇把你等召来，要问三句话。第一句：本镇以贻误战机、纵寇玩寇得罪，你等知道吗？第二句：大司马初到边镇，传宣敕旨，责我以死罪，你等知道吗？第三句：出师前，大司马与本镇以出师不捷、无相见也立誓，你等知道吗？”蒋贵知道这个问题没人敢回答，他自己往下说。“你等不知，我一说，你等也就知道。我还要对你等说三句话。第一句：我以贻误战机、纵寇玩寇得罪过一次，不想得罪第二次。第二句：我以贻误战机、纵寇玩寇得罪，是为部下所误，我不会第二次为部下所误。第三句：我追剿虏寇的决心下定，有遇敌不前者，斩；有不从号令者，斩；有轻慢蛊惑者，斩！”

三个“斩”字如斩钉截铁。蒋贵从腰间抽出宝剑，道：“这虽不是尚方宝剑，却是大司马赠与我的。大司马准我遇事相机处置，先斩后禀。我是打算用它来杀敌的；但有违命之将，我也绝不留情。”

在他前方，数十将官一片陈寂。

“本镇的话，你等听明白没有？”蒋贵问。

“禀大帅，末将等听明白了！”众将官齐声应道。

“李将军，你呢？”蒋贵问李安。

“蒋帅的话，末将听明白了。”李安道。

“你待如何？”蒋贵问。

“末将愿随蒋帅直向兀鲁乃。”李安道。

蒋贵率两千五百精兵，疾驰三日夜，穿越荒漠，真的是人困马乏。但面前突然出现的一片一片的青草和大小不等的海子，令得军心振奋。更让官军感到振奋的，是游荡于牧草间无数的马匹。

“看得出是什么人吗？”蒋贵举起马鞭，指点着前面，问身旁的李安。

“看得出，这是鞑靼人在放牧战马；但不知马是属于朵儿只伯部，还是属于阿台部。”李安说。

“管他属于哪部，都是天赐良机。”蒋贵道，随即命身后的亲随，“传令突击，驱散马群。获马，与俘敌同功；逐马，与退敌同功。”

官军呐喊冲锋，牧者人数不多，根本无力抵挡，马群受惊，四散狂奔。官军将士夺马，每人至多勒住一二匹马的缰绳，而每一扬鞭，每一张弓，则十数匹马，乃至数十匹马飞蹄狂奔。因此，当鞑靼援军到时，已经找不到可以驾驭的马匹，只能步战，完全失去往日与官军作战时的优势。官军无论以骑兵战步兵，还是以步兵战步兵，都占得先机。

蒋贵亲率一队骑兵，冲杀一阵。一名叫毛哈阿的指挥，从正面闯入瓦剌战阵，如入无人之境。蒋贵趁势将官军分为两路，从左右两翼包抄敌军，而另遣百余骑伏于高地，击鼓扬尘，以为疑兵。

一场激战后，鞑靼军全面溃败。

鸣金收兵，打扫战场，和在石城打扫战场不同。鞑靼部的尸体，排成一列一列，俘虏，站成一队一队。官军的伤亡，也不在少数。蒋贵不耐烦亲自去数，嘱咐亲兵校尉去点算清楚，他自已则拉着李安，找了个安静的地方说话。

“老李，你说，这一仗可不可以用个捷字？”蒋贵问。

“不用捷字，却用哪个字？”李安反问。

“这一仗是否打得有些莽撞？”蒋贵又问。

“蒋帅所指何事？”李安反问。

“没有分辨朵儿只伯部、阿台部，一股脑给打了。”蒋贵不知是真的有些担心这一点，还是因为李安曾提出这一点，在嘲笑他。

“蒋帅不是说，阿台接纳朵儿只伯，将把他一起灭掉？”李安道。

“这个理由还说得过去吗？”蒋贵问。

“在蒋帅这里说得过去，在别处也说得过去。”李安道。

“但阿台是否接纳朵儿只伯，谁也不知道呀。”蒋贵又问深一层。

“这个嘛，只能说：依着蒋帅，稍觉莽撞；依着末将，太过迂腐。打起仗来，有时宁可莽撞些，也不可迂腐。蒋帅想啊，兀鲁乃原为阿台部驻牧地，朵儿只伯也到这里住下来，也在这里放牧，是否接纳，还用得着问吗？一定要把阿台和朵儿只伯分别开来，一定要问清是否接纳再决定只打一部，还是两部一起打，这仗打得了吗？真的摆开阵势再打，彼久驻为主，我远途而来为客，彼以一部或两部之全数，我以两千余人之偏师，这仗打得赢吗？”

“哈，还是你这个秀才说得透彻。”蒋贵开心地笑着，迈着大步走开，走不多远，又回过头说：“走吧，一块儿去看看有何缴获。”

所有的缴获都集中在一块很大的空地上。兵器放在一处，有官军若干，一边说笑，一边清点。马鞍放在一处，有官军若干，一边说笑，一边清点。唯独一处，以绸缎铺地，上边几件物品，周围站着几名指挥、校尉，只是说笑，并不清点。

“这是何物？”蒋贵问。

“回大帅话，是杂物。”一指挥说。

“清点否？”蒋贵问。

“已清点，共有若干件。”该指挥说。

“若干？”蒋贵又想发火，又觉好笑，“计不出个数来吗？”

“卑职等计过，该有笔若干支，书若干卷，墨若干块，佛珠若干颗，每数一次，就变一次，卑职无可奈何。”该指挥说。

“你就不会找个识数的人来数数？”蒋贵叱道。

“贵重之物，卑职不敢让他人接近。”该指挥说。

“不就笔墨、书卷、佛珠之类，有何贵重？”蒋贵问。

“有两枚印鉴，卑职看着非同寻常。”该指挥说。

“印鉴？拿来我看看。”蒋贵命道。

该指挥一手拿起一枚印鉴，呈与蒋贵。

印是长方状，蒋贵凑近去看，摸摸周边，摸摸印纽，抬起头问李安：“老李，你看是何质地？”

李安伸过手去摸了摸，说：“似是银鉴。”

“不错，是银的。”蒋贵说着，把印鉴翻转过来，看它的正面。他虽不识几个字，但分辨得出，上面镌刻的不是汉文。他把印鉴交给李安，说：“老李，看看这是什么鸟字？”

“似是前元文字。”李安也没太大把握。

蒋贵对它失去兴趣，命那个指挥：“取另一枚来。”

该指挥弯腰去拿另一枚印鉴。开始他也想用一只手，觉得较重，便用两只手抱起，呈与蒋贵。

“好重啊。”蒋贵道。有前一枚的经验，他这次先看印鉴的正面。上面镌刻的是方块字，上二下二，但他一个也不认识。

“这又是什么鸟字？”他拿着让李安看。

“蒋帅别骂咱老祖宗呀！这是汉字，是篆文。”李安一边辨认，一边用手指在空中画来画去，大概是想把篆文演变成现在流行的汉字。最终把四个字都认出来，他兴奋地说：“蒋帅，是和宁王印。”

那么，那枚大概是用前元文字镌刻的印鉴，也应该属于和宁王？蒋贵曾从太宗皇帝北征，知道和宁王是朝廷赐鞑靼知院阿鲁台的封号。阿鲁台几年前被脱欢所杀，人们都以为，他的遗物应在瓦剌人手里；没想到却在朵儿只伯或阿台的营地发现这两枚印鉴。

“和宁王印？老李，这可是个大缴获呀！”蒋贵道。

“是，是个大缴获。”李安附和。

蒋贵招招手，把那个指挥唤到近前，对他说：“你不让他人接近此处，有见识，我要给你记一件大功。”

“谢大帅。”该指挥叩道。

蒋贵拉着李安，又往别处走去。见一群人围着看热闹，他二人也凑过去。人群内，原来是指挥佥事毛哈阿当胸揪住一番僧在理论。

“毛哈阿，出了何事？”蒋贵问。

毛哈阿回头一看，连忙松手，禀道：“大帅，他羞辱卑职。”

蒋贵看看一脸粗黑的胡须、身材高大的毛哈阿，看看略显瘦小的番僧，难以置信地说：“他羞辱你？我看不像。他怎么羞辱你的？”

“他要卑职私下里放他走。”毛哈阿说。

“这是求你，算不得羞辱呀。”蒋贵道。

“他许给卑职若干金银。”毛哈阿说。

“今日怪得很，大家都学会说若干。”蒋贵回头对李安说。李安一笑。他又对毛哈阿说：“这算得羞辱，你打算如何处置？”

“卑职的意思，他许给一两黄金，卑职还他一拳，他许给一两白金，卑职还他一脚。”毛哈阿说。

“那他怕要后悔许给你的太多。”蒋贵说笑，又问，“英雄不杀无名者，你问过他姓名吗？”

“卑职问过。”毛哈阿说。

“他叫什么？”蒋贵问。

“名字古怪。卑职问过两次，记不住，没再问。”毛哈阿说。

“你的秉性倒与本镇相似。”蒋贵笑道。

“我是脱脱不花可汗帐下国师加失领真。”那番僧忽然开口说。

“当真？”不知是很看重他国师的身份，还是拿他这个国师开心，蒋贵对毛哈阿说，“这可是个大人物呀，放不得，也死不得，你看好。他日解上朝廷，即是一件大功。”

王骥、任礼、王贵等率大军，不是在蒋贵后面接应，而是取另一条路径，从梧桐林至黑泉，正好截住朵儿只伯、阿台的去路。朵儿只伯、阿台无心恋战，仗着二人马好，率数骑突围远遁。

王骥最关心的是俘获的人员，让人迅速整理出一个名单。二部被俘的大小首领竟有三十余人之多。王骥、任礼等一起查看、议论。

“什么枢密、知院的，我看都该加个字。”任礼说。

“任帅说说看，该加何字？”王贵道。

“伪。”任礼道。

“伪枢密、伪知院，叫起来倒是很别致。”王贵说。

“还有伪右丞、伪佥院等。”任礼补充。

“伪与不伪，要看怎么说。”王骥插话。

“大司马有何高见？”王贵问。

“若以为鞑靼、瓦剌等部所加职衔皆伪，那就是伪；若以为脱脱不花、阿鲁台等所加职衔不伪，唯朵儿只伯、阿台等所加职衔乃伪，那就不伪。何况，此处的枢密、佥院等，多是阿鲁台死后，投靠阿台或朵儿只伯的。”王骥说明他的想法。

“大司马说的是，上奏朝廷，还是不用伪字为好。”王贵说。

大家都不再说什么。这是件小事，本来也用不着议论。

“听说蒋帅在兀鲁乃抓到一个番僧，自称国师。我看，他那个国师前面，倒不妨加个伪字。”赵安说。

“这是为何？国师和枢密等有何不同？”王贵驳道。他在宫里时，即礼敬僧人。甘、凉是西域到中原的通道，乌斯藏和西域的番僧过往不绝，他由礼敬一般的僧人转而礼敬番僧。

“大为不同。”赵安道，“脱脱不花、阿鲁台等加封枢密、知院等，都会上表，奏明朝廷；朝廷呢，也要降敕旨认可，有时还会赐印。至于加封国师，几时上过奏表？究竟是不是国师，有谁说得清楚？”说罢，问王骥，“大司马，你说呢？”

“说不清楚，即难辨真伪。”王骥道。

“一言论定，伪字加不得！”王贵为王骥喝彩，实则为己所用。

“难辨真伪，真字也加不得。”赵安则说。

“一个难辨真伪，两家各持一词，还请大司马断之。”任礼说。

“这有何难，难辨真伪的是国师，番僧还辨不出真伪吗？”王骥道。

“大司马是说，只提番僧，不提国师？”任礼问。

“任帅看如何？”王骥反问。

“妙不可言。”任礼道。

“何不连枢密、知院等也不提，只提虏酋？”赵安问。

“那恐怕不好，连枢密、知院等名目都没有，怎见得此役战绩辉煌？”任礼道。

“不错，不错。提起枢密，大家都会想到虏酋；提起虏酋，未必会有人想到枢密。”王贵当然愿意在奏表中反映出辉煌。

“任帅和王公公说的也是。”赵安不得不这么说。他在“国师”和“番僧”的提法中打转，有他的考虑。枢密、知院等名目的虏酋，是任礼部俘获的；右丞、达鲁花赤等名目的虏酋，是他部俘获的；蒋贵部俘获的虏酋，以国师最为显赫。一下子变成普通番僧，似乎不太公平。

王骥似乎看出他的心思，笑了笑，说：“此人是番僧也罢，是国师也罢，此役蒋帅为前锋，居功第一。我会在奏表里写明白的。”

“蒋帅功劳不小，也在于大司马敢用他。”王贵道，“实不相瞒，大司马那日和蒋帅折箭立誓，我当真捏一把汗。”

“是为蒋帅捏一把汗，还是为我捏一把汗？”王骥问。

“首先是为蒋帅捏一把汗，他是在拿自家的性命相赌啊。”王贵说。

“王公公以为，我就不在拿自家性命相赌吗？此役大动干戈，靡费钱粮，若是一无所获，甚而败北，朝廷也会随时拿我这颗头颅祭奠亡灵的。”王骥的话多少有些夸张，但绝不是毫无根据地恐吓自己。

“大司马却仍然敢赌。”王贵道。

“兵者，危道也，有时就得赌一赌。”王骥说着，口气一转，“不过，赌在蒋帅身上，我还有几分把握。一者，打仗靠的是一股气，这股气他身上有；二者，打仗要有勇有谋，粗中有细，他看似粗疏，心却很细。”

“大司马这才叫运筹帷幄啊。”王贵赞道。

“我是运筹帷幄吗？我和各位一样，也是身先士卒嘛。”王骥说笑，“不过任帅呀，你等身先士卒，朝廷是不惜重金、显爵的；我身先士卒，不但得不到褒奖，闹不好，还有人会指责我忘记运筹帷幄。”

他估计的不错，朝廷对有功武臣大加赏赉，任礼封宁远伯，蒋贵封定西伯，赵安封会川伯。朝廷的第二道旨意是召王骥回部。他没受到指责，但他得到褒奖只是兼大理卿，在正二品俸外，多支一份正三品俸。

第十三章

《宣宗实录》成，参与修书的大臣均有赏赐。赏赐的规格五等：金百，币六，罗衣一袭，鞍马一副，为第一等；金四十，币三，罗衣一袭，为第二等；金三十，币三，罗衣一袭，为第三等；金二十，币二，罗衣一袭，为第四等；金二十，币一，罗衣一袭，为第五等。五等以外的赏赐，只有金、币，没有罗衣。

同是永乐二年的进士和庶吉士、现同任翰林院侍读学士的王直和李时勉，一排列在一等之尾，一排列在二等之首。

同时，参与修书的大臣多获升迁。王直晋升礼部侍郎，李时勉则升任本院掌院学士。侍郎正三品，翰林院学士正五品，其间的差距，比所获赏赐的差距更大。

说起来，这也在情理之中。一则，王直的学士是以詹事府少詹事兼的，少詹事正四品，李时勉是单纯的侍读学士，从五品；而且修实录，王直是总裁兼纂修官，李时勉只是纂修官。二则，当年中第，王直位于二甲第四名，李时勉位于三甲第三十四名，选庶吉士，王直位于第五名，李时勉位于第二十名。

王直怎么也没想到，同庆同贺的日子过没几天，李时勉竟疏乞致仕。他心直口快，忍不住责备李时勉："时勉兄，你不该是个如此计较名利的人呀！"

"我怎的计较名利？"李时勉问。

"百金之赏，未必重于四十金；侍郎之职，未必贵过学士。"王直说。

李时勉听懂他的意思，但故作不懂："百金自是重于四十金，侍郎自是贵过学士，行俭兄为何道未必重于、未必贵过？"

"受百金之赏而内心有愧，受四十金之赏而心地坦然，则百金未必重于四十金；获侍郎之迁而内心有愧，获学士之迁而心地坦然，则侍郎未必贵过学士。"王直一本正经地说。

"原来有此一说，承教。"李时勉一揖，也一本正经地问，"若受四十金之赏，获学士之迁，而内心有愧，行俭兄，又当如何？"

"时勉兄也觉得皇恩浩荡，难以承受？"王直有些意外。

"行俭兄尚且为百金之赏、侍郎之迁而内心有愧；不才如弟，当然要为四十金之赏、学士之迁而内心有愧。”李时勉说。

“不错，谦谦君子，这才是时勉兄的为人。”王直称赞的同时，已想好怎样说服李时勉改变主意，“不过，内心有愧，不妨时时自省，时时鞭策；时勉兄欲辞官而去，似非报答圣恩之道呀。”

“我欲辞官，非为计较名利，亦非为内心有愧。”李时勉道。

“非为内心有愧？”王直又惑。

“非为心内有愧。”李时勉加重语气重复一遍，“行俭兄所谓内心有愧，当时时自省，时时鞭策，那是公义；我欲辞官，则迫于私情。”

“迫于私情？”与其说“迫于私情”的提法让王直愈加迷惑，不如说李时勉毫不掩饰的态度让王直愈加迷惑。

“是啊。”李时勉则愈加直率，愈加坦然。

“时勉兄所谓私情，何所指呀？”王直问。

“我家中的情境，行俭兄是知道的。两三年来，弟之长子死于病，妻死于病，季子死于病；近日，弟之同胞兄长又死于病。”说到这里，李时勉神情黯然，他没流泪，不是因为想在王直面前掩饰自己的真情实感，而是因为一次又一次地遇到伤心事，眼泪已流尽，“一门之内，寡孤森森，弟于六七千里之外，伸颈南望，愁馁泣寒，吾得忍心而委置之乎？”

一席话，说得王直心里也酸酸的。他想不出劝慰的话来，只得喃喃地说：“时勉兄府上的不幸，知者无不同情。”

“这么说，弟之归心，行俭兄理会得？”李时勉问。

“理会得。”王直道。

“弟欲辞官，行俭兄也是赞成？”李时勉又问。

“这个，却不敢苟同。”王直道。

“是何缘故？”李时勉问。

“时勉兄说过，这是私情。”王直道。这话比较含蓄，一般人说到这一层，不会再多说；但他一定要把另外几句话说出来：“重亲亲之义，是太祖高皇帝的遗训。可见亲亲之义，甚为要紧。但除私情，还有公义。在我看来，公义更为要紧。”

“好，我也正要与行俭兄议一议公义。”李时勉说。

“请讲，弟洗耳恭听。”王直道。

“出自公义，不当辞官，无非有二说。其一，翰林乃天子亲臣，辞令所出，论思所职，弟方掌院事，不当骤然求去；其二，今上富于春秋，经筵进讲圣学，事体尤重，弟今兼经筵官，不当骤然求去。”李时勉说罢，问道，“行俭兄，然否？”

“然。”王直颔首。

“那我先来辩第一事。”李时勉摆出辩论的架势，“翰林清要，诚如行俭兄所言；但行俭兄可知，眼下翰林正贰官有几多？”

翰林正贰官指翰林院学士和侍读、侍讲学士。王直估摸着说：“大约有六七人吧。”

“行俭兄可再加上一个整数。”李时勉道。

“十六七人？”王直虽没仔细计算，但也不太相信这个数目。

“不足十六七人，也总有十四五人吧。”其实，李时勉自己也没仔细计算过，好在，他无须辩明究竟是十六七人还是十四五人，他相信，只要翰林学士和侍读、侍讲学士在十人以上，哪怕只有王直说的六七人，他的理由就能立得住。他说：“此等翰林正贰官，有在洪熙、宣德两朝选入的，如行俭兄，已官至侍郎，仍兼着读学；有在今上改元后选入的。无论何时选入，皆可谓慎简。行俭兄，你我置身翰林，都有三十年，我要是说，翰林之盛，无过今日，你不会有异议吧？”

“大家都看得清楚，我怎会有异议？”王直不与他辩。

“既如此，去一学士，又有何妨？”李时勉道。

“是啊，十余学士，去一学士又何妨。”王直附和道。

李时勉先是一愣：王直的憨直一直被人议论，褒贬不一，今日怎么变得随和起来？又接着说：“既无异议，我再来辩第二事。”

“第二事时勉兄用不着辩。”王直摆手。

“这是为何？”李时勉问。

“我已知之。”王直说。

“当真？行俭兄说说看。”李时勉道。

“知经筵官、同知经筵官，以及值讲官，加起来没有十六七人，也有十四五人。不才如在下，亦忝充其数。去一经筵官，又有何妨？”王直不但在议论的内容上模仿李时勉，连口气也在模仿李时勉。

“不错，融会贯通如行俭兄者，则屈指可数。”李时勉笑道。

“承奖，惭愧，告辞。”王直一下又变得十分吝啬，三个意思只用六个字。说罢一揖，便欲离去。

“行俭兄等等。”本来无心谈论此事的李时勉却不放他走。

“时勉兄又有何事？”听王直的口气，好像这一番谈论非他引起。

“我辩已辩过，行俭兄尚未置可否。”李时勉道。

王直点点头，说：“我听出来，时勉兄是要我赞成辞官。”

“行俭兄可赞成？”李时勉问。

“论私情，我无话可说；论公义，我仍不能苟同。”王直道。

“请行俭兄详辩之。”李时勉一揖。

“翰林有十余正贰官不假，但若人人都存有时勉兄的念头，则翰林将要一空；经筵官有十余人不假，但若人人都存有时勉兄的念头，则经筵再无讲官。”为加强效果，王直以一根手指在李时勉眼前晃了晃，说，“此其一也。”

“略显牵强，行俭兄再说其二吧。”李时勉道。

“翰林有十余正贰官不假，未必人人都有时勉兄这样的学识；经筵官有十余人不假，未必人人都写得出时勉兄这样的讲章。”王直伸出两指在李时勉眼前晃了晃，道，“此其二也，牵强不牵强？”不等李时勉回答，他又说，“以博采众议而言也好，以一枝独秀而言也好，只要出自公义，时勉兄都不当辞官呀。”

“谁说不是！”李时勉不由叹口气，“看来，弟之辞官，只能在私情里寻觅一二理由，无论如何也扯不到公义上去。不过，弟既体会行俭兄公义，还望行俭兄体谅弟之苦衷。”

“那只好各行其是。”王直也叹口气。

“各行其是”是句言不由衷的话，王直仍希望李时勉改变主意。眼看自己的劝说难起作用，他就想搬出一位更有分量的人物。想来想去，没有比杨士奇更合适的。一来，他和杨士奇同为泰和人，他请杨士奇出面，杨士奇不会拒绝；二来，杨士奇爱惜人才，永乐二年春闱，首选庶吉士，杨士奇对那科的庶吉士，尤其看重。

另一方面，他也有顾忌。同省同府同县，杨、王两家几乎是自然而然联姻的，而杨士奇又过于显贵，王直不愿和他走动太多；再者，杨士奇虽被称作贤相，其长子杨稷却横暴乡里，颇遭物议，王直自有他的看法，这也颇影响他与杨士奇的交往。

正在王直举棋不定时，刑部尚书魏源来找他叙话；并且，一开口就让他大吃一惊。

“行俭先生不想去看望东翁吗？”魏源问。

“大司寇怎知、怎知我想去看望东翁？”王直有些结巴。

“我是大司寇呀，什么事瞒得过我！”魏源道。

“好啊，文渊先生是不是把我当成寇！”王直板着面孔说。

魏源为人坦诚，两句笑话后，他说明来意：“我并不知行俭先生想去看望东翁，我是想劝行俭先生去看望东翁。既然行俭先生自己也想着去，那再好不过，我可以告辞。”

“等等，”王直拦住他，“文渊先生劝我去看望东翁，为的何事？”

“唉，还不是为他的大公子。”魏源说。

“又有官司？”见魏源点头，王直问，“这几年他的所作所为频传京师，从没见文渊先生着过急，今日怎么急起来？”

“以前是传闻，今日却是实实在在的官司。”魏源说。

“实实在在的官司？怎样的官司？”王直问。

“行俭先生先告诉我，东翁在家乡有没有一家杨姓邻舍？”魏源反问。

“东翁邻舍多姓杨，岂止一家。”王直说。

“这家姓杨的邻舍与其他邻舍不同，他家的坟冢与东翁家的田产是相接的。”魏源道。听他的口气，指出这一点，王直就该知道。

“不知。”王直却说。并问，“是这家邻舍与东翁打官司吗？”

“不是与东翁打官司，是与东翁的大公子打官司。”魏源道。

“不错，是与杨稷打官司。”王直也纠正自己的说法。“请问文渊先生，这家邻舍与杨稷打的是什么官司？”

“争地。”魏源说。

“争地？就是争与东翁家田产相接的坟地？”王直问。

“是。”魏源应道。

“坟地也好争吗？”王直似乎不信。

“人家可以说不是坟地嘛。”魏源道。

“杨稷说不是坟地？”王直问。

“可不。”魏源应道。

“这个案子有些难断。”王直说，“若该地确是坟地，则属于邻舍无疑；若该地确非坟地，则邻舍欺诈无疑。怕的是一方称是坟地，一方称非坟地，官府就难以决断。”

他虽然没有做过地方官，也没有任职法司，判断却是清晰的。魏源道：“谁说不是！所以，这个案子竟拖一年多，由泰安县打到吉安府，由吉安府打到江西按察司，谁也不愿做主，最后打到刑部来。”

当然，官府难以决断，不仅仅在于双方各执一词；更重要的原因，在于杨稷是杨士奇的儿子。这一点，王直心里有数，但魏源不点破，他也不点破。他只是问：“文渊先生何不向东翁讨个说法？”

“看行俭先生说的，我怎会不请教东翁！”魏源道。

“东翁如何回答？”王直忙问。

“东翁言道，他幼时即知江西人喜诉讼，不料至今习俗未改；又言道，官司牵涉到他家，他不好说东道西。”魏源复述道。

“看来，文渊先生是无功而返。”王直插入一句。

“也不尽然。”魏源道，“东翁指示，其乡邻在京者颇众，尽可询问。”

“询问其乡邻？东翁不是要文渊先生来问我吧？”王直问。

“我也在奇怪，与东翁论亲，论近，再没有超过行俭先生的。东翁为何不要我来询问行俭先生，却要我去询问他人。”魏源说。

“询问何人？”王直问。

“罗工侍。”魏源道。

“汝敬兄？”王直追问。

“对，就是他。”魏源道。

王直缓缓地摇着头，若有所思。

罗汝敬也是永乐二年的进士和庶吉士，也是吉安府人，乡贯是和泰和临近的吉水。王直记得，他在宣德二年就擢升工部侍郎，在他们那一科的庶吉士中，大概是第一个升至六部佐卿的。在那以后，差不多有十年的时间，他一直被外放：总督过两浙的漕粮，清理过陕西的屯田，还两次作为钦差出使安南。

由于身体多病，罗汝敬一再上疏请辞，今年终于获准。他本可以从西北直接南归，但特地绕道京师，和京中友人话别。他久离京师，这一回来，酬和甚多，两天前，在京的永乐二年进士举行公宴，王直也参加。没想到，在京数日，还让他碰到这样一件事。

“东翁要文渊先生询问汝敬兄，错！”王直自语。

“不，不，错的是行俭先生。”魏源却说。

“我怎错？”王直不解。

“行俭先生以为，东翁不让我询问你，却让我询问汝敬先生，是因为你刚直，而汝敬先生圆通，错矣。”魏源说。

“你是说，汝敬兄不圆通？”王直问。

“并非看上去那么圆通。”魏源稍稍修正他的说法。

“亦即汝敬兄所言非文渊先生所愿？”王直的话里带着几分嘲讽。

“不是非我所愿，应该说，或非东翁所愿。”魏源道。

“他是怎么说的？”王直问。

“吾不知其他，但少年时，每岁见其乡邻上冢。”魏源复述道。

“他不是在与文渊先生说笑？”王直问。

“汝敬先生正色而言。”魏源说。

“好，好。”王直连声赞道，“说来说去，错在文渊先生。”

“怎么？”魏源问。

“你说，东翁不让你询问我，却让你询问汝敬兄，是因为我刚直，而汝敬兄圆通，岂不是错！”王直道。

“是，是，汝敬先生外柔内刚，我已经领教。”魏源附和。

“文渊先生知不知道，这只是你的一个错处？”王直道。

“我还有什么错处？”魏源忙问。

“你说，东翁不让你询问我，却让你询问汝敬兄，是因为我刚直，而汝敬兄圆通，这又错。”王直重复自己的话。

“这个错处，行俭先生已然说过。”魏源提醒他。

“方才是说你想错汝敬兄，现在是说你想错东翁。”王直道。

“行俭先生的意思，东翁不是因为汝敬先生圆通？”魏源问。

“不错。”王直应道，“文渊先生不妨想一想，以东翁的见识，难道会看不出汝敬兄外柔内刚？所以，东翁不让你询问我，却让你询问汝敬兄，不是因为汝敬兄看似圆通，而是为避嫌。”

“是，是，这一层我早该想到。”魏源道。

“最后，文渊先生还有第三个错处。”王直说。

“那又是什么？”魏源问。

“文渊先生不妨猜一猜。”王直道。

魏源很快想到答案，但做出苦思苦想的样子，过一会才说：“仍是行俭先生方才那句话吧？”

“为什么？”王直问。

“我想错汝敬兄，想错东翁，唯独还没想错的，是行俭先生。”魏源道。

“哈，文渊先生真有大智慧呀！”王直笑着说，“文渊先生称我刚直，却不知，该圆通的时候，我也会圆通的。”

“这么说，行俭先生答应去看望东翁？”魏源甚是欣喜。“行俭先生不避嫌，慨然允诺，别说我有三个错处，就是有三百个错处，也值得。”

杨士奇坐在院中枣树下乘凉，见门子把王直领进来，大感意外。

“亲家，怎么是你？”他问。

“儿孙辈尚未成亲，东翁还是唤我名字吧。”王直好像有意要拉开二人间的距离。

“好。”杨士奇笑笑，嘴上应着。对许多人来说，应过之后，不得不犹豫。因为直唤对方名字，是公然以长辈自居，而后面加个“先生”，就真的把距离拉开。但这个小小的难题难不倒杨士奇，他站起来，说句“我与学士去屋里说话”，拉着王直向书房走去。

一名年轻的家仆自以为机灵，跟着进去，张罗着茶水。

“去，去，我自己来。”杨士奇把他推向一边，自己从书柜里取出一筒茶叶。他打开盖，手抖动一下，倒一点儿到铜壶里，要盖上茶叶筒时，想想，手又抖动一下，往壶里加上一点儿茶叶，这才把壶交给仆人。

仆人拎着铜壶，到后面小厨房去煮茶。不多时，他手捧托盘返回，托盘上一只瓷壶，两只杯盏，看得出，皆产自江西。

杨士奇提起瓷壶，忽上忽下，往盏内斟茶。一盏斟满，他放到王直面前，道声“请用”，然后往另一盏内斟茶。

王直举起茶盏，鼻子靠近嗅嗅，惊喜地说：“这是匡庐的新茶呀！”

“不错，是稷儿才着人捎来的。”杨士奇说。

王直像被烫着手，连忙把茶盏放下，并且向远处推推。

杨士奇看在眼里，没任何表示。他抿口茶，缓缓地说：“学士常年不到城西走动，今日怎么慷慨移步来看望老学士？”所谓老学士，自然指他自己。大约二十年前，他曾兼翰林院学士。

“有事相求，无奈，只得走一遭。”王直揖道。

“有事相求？”杨士奇一脸的疑惑，用手指指他，再指指自己。

“是啊，我有事向东翁告求。”王直声色不变地说。

“匪夷所思！这个求字出自学士之口，真乃匪夷所思。”杨士奇一边说，一边连连摇头。

“若为一己之私而告求，的确难以启齿；若为朝廷大局而告求，在我，与在他人一样，坦然得很。”王直说。

“原来如此，请讲吧。”杨士奇道。

“翰林院掌院李学士，乞归乡里，东翁不会不知吧？”王直问。

“举朝皆知，我岂能不知！”杨士奇道。王直才要往下说，被他拦住：“等等，学士是要我劝止李学士？”

“这正是在下来意。”王直又是一揖。

“学士为何欲李学士留任？”杨士奇问。

“李学士人品好、学问好，最适宜掌翰苑。”王直说。

“朝中人品好、学问好者不在少数，如学士自己也是，何必一定要李学士掌院？”杨士奇问，并说，“是不是学士已官至礼侍，不屑掌院？我告诉你，即便官至七卿，亦以掌院为荣。”

“这我知道，我并非不屑掌院，而是不敢掌院。”王直道，“东翁称我人品好，学问好。说句自大的话，论人品，我未必输与李学士；但论学问，我则难望其项背。”

“这是谦辞吗？”杨士奇问。

“不，是句实在的话。所以我说，他最适宜掌院。”王直道。

“既然如此，学士与李学士同年挚友，何不加以劝止？”杨士奇问。

“我劝过，但未能劝止。”王直说。

“学士怎知我能劝止？”杨士奇问。

“李学士对东翁敬若神明，东翁相劝，他一定会听。”王直说。

“这是谀辞吗？”杨士奇问。

“不，也是句实在的话。”王直道。

“此话当真？”杨士奇再问一句。

“东翁可曾见口出谀辞的王学士？”王直反诘道。

“好，老朽能否劝止李学士且不说，王学士告求之事，我应承下来。不过，”杨士奇口气一转，说，“王学士须得应承我一件事。”

“请东翁吩咐。”王直一揖。

“你要再说一句实在的话。”杨士奇道。

“这是何意？东翁觉得我方才的话还不实在吗？”王直有些不快。

“不，学士方才的话句句实在；我是要你再说句实在的话。”杨士奇解释说，顿了顿，他问，“学士今日驾临鄙舍，只是要我劝止李学士吗？”

其实，不必强调“再说一句实在的话”，王直也不会遮掩。他说：“在下拜谒东翁，除想请东翁出面挽留李学士，还有件事要禀明。”

“这就对了。”杨士奇点点头，又问，“学士今日驾临鄙舍，几成是要我劝止李学士，几成是为另一件事？”

“五成对五成。”王直想了想回答。

“恐怕不是吧。”杨士奇道。

“那就四成对六成吧。”王直怕这个答案不明确，特别加以说明，“四成为恳请东翁出面劝止李学士，六成为另一件事。”

“仍不实在，”杨士奇说，“在我看来，应是二成对八成。”

“八成为另一件事而来？”王直问。

“对。”杨士奇毫不含糊。

“那么，要东翁劝止李学士，岂不成幌子！”王直道。

“不能这么说。”杨士奇辩道，“学士要我劝止李学士，出于真心。而且，若无另一件事，在学士眼里，劝止李学士确是件大事；只因有另一件事，劝止李学士不那么要紧。”

“其实，”王直则从另一个角度加以解说，“并非在我眼里，而是在东翁眼里，与另一件事比起来，劝止李学士才不那么要紧。”说到这里，他问道，“东翁，可不可以这么说？”

杨士奇瞥他一眼，不立刻回答。他闭上眼睛，似乎很累，要养一养神。睁开眼睛再次开口时，不但语调改变，对王直的称呼也改变:“行俭要告稷儿的状，请讲吧。”

“不是告大世兄的状，是有事禀明。”王直道。

杨士奇又瞥他一眼，好像在询问：那有什么不同吗？

王直不加解释，而是用下面的话表明，他的确不是告状：“大世兄与邻里的官司，东翁命法司询问汝敬兄，法司询问过，汝敬兄也给个说法；法司不好意思当面回复东翁，在下于是自告奋勇，前来禀明。”

“若是为此，行俭大可不必有此行。”杨士奇道。

“怎么？”王直问。

“汝敬已对我陈述过，何劳行俭再禀明？”杨士奇道。

“汝敬兄已对东翁陈述过？”王直懊恼地连声叹息。“唉，以汝敬兄的为人，我应该想到，他对东翁会有个交代的。”他起身一揖，道，“既然东翁已知，自会处置，在下告辞。”

“行俭不忙走，再坐坐。”杨士奇挽留。

“是。”王直并不急着要走，复又坐下。

“行俭，你说我自会处置，话里有话呀！是不是？”杨士奇问。

“是。”王直坦然承认。

“那就讲出来吧。”杨士奇道。

“遵命。”王直应着，抬起屁股。

“行俭，我知道你要直陈。坐在我对面，一样可以不给我留面子的。”杨士奇笑道。

“有东翁这句话，我才坐得踏实。”王直笑着回应，“东翁说我话里有话，其实都是话外的话。大世兄与邻里的官司，打到朝廷法司，东翁绝不会置若罔闻，这是其一；东翁上为帝师，下为百官领袖，家里出事，家人被告，对朝廷，对天下都要有个交代，这是其二；东翁一向廉洁自奉，也绝不允许家人败坏门风，这是其三。这三层意思都可以说在明处，用不着藏掖起来，还望东翁鉴察。”

“行俭，我知道你此行是为我好，你说这些话是为我好；但你真的以为，这场官司稷儿理亏吗？”杨士奇问。

“在下真的不知道，大世兄是否侵占人家的坟茔。”王直说。

“行俭呀，你不知道，我又如何知道？”杨士奇接过他的话。

王直好像没听见他的辩白，接着自己的话说：“可我知道，东翁的乡里，任他再刁钻蛮横，也不敢把坟茔建在东翁家的田产之上。这个道理，我懂；我看，县里府里，以至朝廷法司，也都懂。”

“行俭是说，我反而不懂？”杨士奇的脸色变得有些难看，但没有发作，稍稍沉默，他叹口气，说，“行俭终归是以为稷儿理亏。”

王直不为所动，按照他的思路一层一层说下去：“我是否以为大世兄理亏，并不要紧；要紧的是，大世兄是否理亏。且为大世兄计，这场官司如何了断，并不要紧；为县里府里法司计，这场官司如何了断，也不要紧；要紧的是，为东翁计，这场官司一定要从公了断。说句不怕得罪的话，这场官司在县里府里没有定论，在法司没有定论，并非因为真的难以判明，而是碍着东翁的面子。再说句不怕得罪的话，此事若处置不当，有损东翁一世的清誉呀。”

杨士奇的脸色发生更大的变化，但抵触的情绪明显减少，感动的成分明显增多。他缓缓地问道：“行俭是如何为我计的呢？”

“有上、中、下三者。”王直道，“上者，宁信邻里，宁信汝敬兄，宁信有司，不信大世兄；中者，孰是孰非，亲自查询；下者，宁信大世兄，不信邻里，不信汝敬，不信有司。”

“上者、下者皆失之偏，我还是亲自查询一番吧。”杨士奇表态。

“东翁亲自查询，也有上、中、下三者。”王直道，“上者，暗自查访，以眼见为实；中者，将大世兄及邻里皆唤至京师，细细询问；下者不必动腿，不必动嘴，但以家书寄大世兄，查问究竟。”

“行俭所言上者最好，我不怕动腿，只怕朝廷不准。”杨士奇说。

“只要心诚，何患朝廷不准！”王直道。

“说的也是。”杨士奇点头应道，他把王直今日谈到的两件事联系起来，得出一个让他很不愉快甚至感觉凄凉的印象，“行俭呀，李学士去意甚坚，你千方百计地想把他留在朝廷；我并非不想回家乡看看，却怕上负先帝之托，下负众望，不敢贸然求去，你却促我此行。是不是在你眼里，对朝廷而言，我还不如李学士重要？”

“是东翁决心妥善处置，决心亲自查访，决心求其上者，怎么怪到我头上！”王直目的达到，难得地开句玩笑。

第十四章

屋里，黑灯瞎火，一男一女正气喘吁吁地行其好事。男的是太原左卫千户张某，女的是他同卫好友王某的妻子石氏。常言道，朋友妻，不可欺。但张某并非欺朋友之妻，因为王某已经病死好几个月。

石氏是太原城里出了名的俊女人，出嫁前是俊女儿。王某好福气，把她娶回家，让她成为俊媳妇；王某因福而折寿，又让她成为俊寡妇。这个“俊”字里，还有一层它本身或许不该有的含义，那就是“荡”。做媳妇时，她和王某的好友，特别是张某，还仅限于眉目传情。成为寡妇，不再有什么顾忌，她便公然招郎入室。张某也乐在其中。

对石氏的“荡”，张某有所耳闻。他是有家室的人，和石氏厮混属于偷情；石氏是否还和其他人偷情，用不着他管。

不承想，他不想管别人，别人却来管他。他正在快活之际，忽听有人说：“劲道不小，可惜使用不得体。”

是个男人的声音。张某受惊，一下子泄气。

“什么人？”他喝问，声音虽然严厉，但听得出他内心的恐惧。

身后的人不回答。

“什么人？”张某这次是问坐在他身上的石氏。

石氏也不答话，只感觉得到她在窃笑。

张某非但不愤怒，反而踏实。石氏窃笑，至少说明屋里没有鬼魅。

“掌灯。”他命道。

“火石在枕边放着，我摸不到。”石氏嗲声嗲气地说。

张某在枕边摸索，摸到火石，就要击打。

“乾坤颠倒，这可有碍观瞻呀。”来客却好像看得清炕上的情形。

张某一愣，手脚并用，把石氏从自己身上拉下来。

他又要击打火石，来客说：“堂堂丈夫，赤裸身躯，成何体统！”

张某忙在炕上摸索，摸到短裤，三下两下穿上。想了想，又在炕上摸到石氏的布裙，搭在她身上。

来客不再说三道四。张某蹲起身子，打亮火石，先举到齐眉高，模模糊糊看到离炕几步远的地方果然站着一名男子。他这才把炕角上的油灯点着，并把灯芯捻大。火光忽上忽下地跳几跳，然后变得明亮起来。

那男子中等身材，身着粗布僧衣，头上却戴方巾，显得不伦不类。

张某暗自比量，发觉他差不多比自己矮半个头，因此不把他放在眼里，说起话气更粗。

“那厮，如何进得屋来？”他问。

“阁下非匪非盗，何不换个口气说话？”来客道。

“粗声大气惯了，无法换。”张某说。

“换个称呼，总可以吧？”来客降低要求。

“你想我怎样称呼？”张某问。

“譬如，称呼师傅。”来客道。

“称呼师傅？”张某冷笑，“凭什么？”

来客摘去方巾，露出光秃秃的头顶。他一手指着头顶，一手合十，道：“凭这个，可以吗？”

“原来是——”张某并不吃惊。如果说他曾有过困惑，那是因为来客头上的方巾；现在摘去方巾，真相大白。他说：“凭这个，倒是该换个称呼。那厮，我叫你秃贼，可好？”

“小僧既入佛门，心如止水。施主如何称呼，我其实是不在乎的；只怕施主无礼，要遭报应。”和尚说。

“我吃的是皇粮，搏的是性命，会怕报应吗！”张某冷冷地说着，又回到最初的问题，“那秃贼，如何进得屋来？”

“门开着，我就进来了。”和尚说。

“门开着？”张某往回想，自己一进屋子，忙着搂抱妇人上炕，是不是把门关好，记不起来；再往回想，以前每次一进屋子，都是忙着搂抱妇人上炕，是不是把门关好，一概记不起来。但这无关紧要，他仍可以责怪和尚。他说：“即便门开着，夜深人静，你就可以闯入吗？”

“小僧乃赴约，并非闯入。”和尚说。

“赴约？赴谁人之约？”张某问。

“自然是主人之约。”和尚道。

“我何时约过你？”张某话一出口，猛然想到，自己不是主人。他问石氏，“你约的这秃贼吗？”

“是，我约的这师傅。”石氏并不隐瞒。

“你既约我，为何又约他？”张某质问。

“张爷曾说，今晚有事，不能来，怎么自己转眼就忘！”石氏道。

张某想起，今晚确实和几个朋友在一起喝酒，原本不准备来的。但酒喝到一半，他放心不下石氏，所以借故离席。石氏没说谎，但她毫不掩饰在与自己偷情的同时，还与别人约会，让张某很不舒服。

“这么说，我不能来，你才约的这秃贼？”他问。

“是啊。”石氏应道。

“我不来时，你常约他吗？”张某问。

“张爷不如问问自家，是不是常把奴家一人抛在家中。”石氏道。

张某想想，这几个月来，十天里他有八个夜晚留宿在此，秃贼即使在另外两个夜晚都来，也说不上是常约。

“我不来时，你约他来做甚？”他换个问题。

“请师傅来为奴家念诵经文。”石氏道。

“除念诵经文，还做他等之事吗？”张某问。

“也做些他等之事。”石氏回答。

“说与我听。”张某吩咐。

“无非是——”石氏一向不知羞耻，这会儿却忽然以手遮面，“奴家说不出口，你若要听，去问师傅。”

“那秃贼，你还与这妇人做甚？”张某问和尚。

“施主一定要知道？”和尚是一种可说可不说的态度。

“一定要知道！”张某却逼着他说。

“与其说与施主听，不如做与施主看。”和尚不但神色自若，而且眉飞色舞，“我说施主劲道使用不得体，施主也可边看边揣摩，是否在理。”

“你如何做与我看？”张某明知故问。

“先要请施主下炕。”和尚嬉皮笑脸地说。

“好，待我下炕。”张某跳下炕来，并顺手拿件衣物披上。

“我再上炕。”和尚说。

“好，由得秃贼上炕。”张某本想在和尚后面推一把，但想到句话，却在后面把他拉住，“秃贼且慢，方才有人说句心如止水，说的是谁？”

“就是小僧。”和尚说。

“既然心如止水，美色在前，不过是一堆腐臭之肉，你为何趋而不舍？”张某问。

“这正是我佛慈悲的地方。美色需超度，可趋之；腐臭之肉需超度，亦可趋之。”和尚说。

“原来是这样！秃贼，你上炕吧。”张某说。

“施主看好。”和尚说着，便要跃上炕去。张某从炕上跳下的动作煞是好看，他也想让张某看看他的身手。

张某不容他跃起，自己先跃起，把全身的劲道集中在双掌，向他天灵盖击去。他哼都没哼一声，横倒在炕下。

石氏惊呆，想跪下求饶，身子动不得；想大叫救命，嘴巴张不开。

张某没为难她；而且，天一亮，他自己去太原府衙，承认杀人。

命案发生在初冬，太原府以故意杀人论张某死罪。报到布、按二司，布、按二司无异议。上奏朝廷，刑部亦无异议。最后由大理寺复谳，已经到岁尾。

大理寺最早阅读该案卷宗的是评事王亮。他认为处置不当，没有一级一级向寺副陈述，向寺正陈述，向寺丞陈述，向少卿陈述，而是直接找到大理寺卿徐初，把该卷宗朝他面前一放。

徐初扫一眼卷宗封面，问：“怎么？”

“请复阳先生阅过再议。”王亮说。

徐初字复阳，浙江会稽人，举人出身。他埋头把卷宗读一遍，没发现什么不对；瞥王亮一眼，见他那副认真的样子，深怕自己过于草率，又埋头读一遍。

王亮误会，道：“复阳先生看出毛病？”

“没有啊。”徐初摇头。

“当真没有？”王亮颇感失望。

“光大究竟要说什么？杀人偿命，会有什么毛病！”徐初道。

王亮字光大，顺天府人，宣德八年进士。

“杀人偿命，也不能一概而论。”他说。

在徐初听来，这是奇谈怪论，他驳斥道：“不能一概而论？难道一桩命案，还要区别杀人的是谁，被杀的是谁吗？”

“杀人的是谁，用不着区别，王子犯法，与庶民同罪嘛；但被杀的是谁，却有区别。”王亮说。

这话不能说没道理。譬如，手刃敌将敌卒，不但无罪，还有功呢。不过，现在说的是治下之民，而不是两国交兵，两军对垒。

“被杀的是个僧人，这有什么区别吗？”徐初道。

“僧人被杀在寺里，或化缘途中，和普通人被杀，没什么区别；但被杀在民舍，就有区别。凶犯称，这个僧人进入民舍欲行奸事，从现场的勘查来看，他也是进入民舍欲行奸事。僧人行奸而被杀，和在寺里被杀或在化缘途中被杀不同，和民人行奸被杀也不同。”王亮说。

“前一个不同，不难理会；后一个不同，却是什么缘故？”徐初问。

“民人进入其他民舍欲行奸事，也犯律条，但罪不当诛；僧人进入民舍欲行奸事，死不足惜。”王亮说。

“光大这么说，是因为有所依据，还是因为憎恶僧人？”徐初问。

“凡属奸情，下官皆憎恶，并非特别憎恶僧人。不过，对僧人的奸情和一般人的奸情加以区别，下官是有所依据的。”王亮答道。

“光大依据的不会是律条吧？”徐初又问。

“复阳先生说的是，下官依据的不是律条，而是事例。”王亮答道。

“说说看。”徐初有了兴趣。

“洪武年间旧例，僧人有妻，诸人得殴辱之，并索取其钞五十锭，无钞殴死无论。”王亮叙述旧例后，发挥道，“太原的这桩命案中，石氏非僧人之妻，但二人既有奸情，可以有妻者类推。张某查知实情，对僧人加以殴辱。所谓殴辱，一则既要动口，又要动手；二则只可动手，不可使用器械。所以，他并无过错。且无论张某是否曾向僧人索取，他没有从僧人处得到五十锭钱钞，这也可以无钞殴死类推。”

他的类推中漏洞太多。譬如，僧人有妻和僧人有奸情，不能简单地等同。再譬如，僧人有妻，诸人得殴辱之，并不是说一定要殴辱之，更不是说一定要既动口，又动手。再譬如，无钞殴死无论，并不是说无钞一定要殴死。要知道，所谓事例，是对某个个别案例的处置，是当时的皇帝对该案例说过的话。今时断案，可以借鉴旧例；但不应该不分青红皂白地套用，特别是不能使用类推的方式。

更重要的是，不能把事例和律条对立起来，尤其不能以事例否定律条。杀人偿命，是明明白白写在大明律里的。

“光大所举的旧例，尚不足以证实杀人者可以不偿命。”徐初说。

大理寺复谳，未采纳王亮的主张。徐初没想到，杀人是否一定偿命的题目，在朝廷中引起很大风波。当然，风波不是由一低阶军官殴杀一僧人引起，而是由另一桩案子引起。

离正旦节还有十来天，官员间就开始互相走动。内阁三杨除阁臣的身份外，都不止一次地主持过会试，门生众多，故各自门庭若市。

杨溥和一干官员应酬几句，单独留下刑部右侍郎张凤叙话。

“子仪，早几日就该给你道贺。”他说。

张凤字子仪，真定安平人，宣德二年进士，原官刑部主事。十二月初的一场官司，几乎使得三法司的堂上官悉数下狱，也使得张凤在一夜间由正六品的主事超擢为正三品的佐卿。

官司的起因是：藩国在荆州的辽王行事乖张，被湖广巡抚吴政、巡按陈祚弹劾。弹劾亲藩是件大事，皇上命三法司勘问。弹劾亲藩总要冒一些风险，吴政、陈祚是朝廷差锦衣卫官校逮入京师的。这给人一种印象，似乎朝廷偏袒辽王。不知是受此影响，还是因为王府秘事一时难以查明，三法司在议奏时，对吴政、陈祚奏疏里的内容，肯定一部分，回避一部分。这引起科、道的不满，御史、给事中纷纷上疏论劾。被点到名的行在刑部尚书魏源、侍郎何文渊，行在都察院掌院右都御史陈智、右佥都御史王翱，行在大理寺左少卿程富、右少卿贺嗣贤等皆下狱。

为补空缺，廷推两名御史升佥都御史，署理行在都察院事，两名属官升侍郎，署理行在刑部事。张凤即两名属官之一。

杨溥向张凤道贺，便是为此。当然，其中还有另一层含义：杨溥是宣德二年春闱的主考官，和张凤有师弟之谊。

张凤起身，向杨溥一揖，道：“学生忽蒙超擢，战战兢兢，如履薄冰。老师道贺，学生更是当不起。”

“法司关系重大，一言而生人，一言而死人，可不慎乎？子仪知道战战兢兢，如履薄冰，那是朝廷的大幸，也是你自家的大幸。”杨溥说。

“老师的教诲，学生记住。”张凤应道。杨溥话里有话，他听得出来，便问：“辽府的纠纷，老师有什么要嘱咐的吗？”

杨溥摇摇头，说：“我不担心子仪在这件事上栽跟斗。”

“学生的前任们纷纷栽跟斗，老师却不担心学生栽跟斗，这是为何？”张凤好不奇怪。

“一个嘛，魏司寇等也不能说真栽跟斗，一定要说栽跟斗，也不过是小小的跟斗；二个嘛，子仪是个极聪明的人，既有前车之鉴，绝不会再蹈覆辙；三个嘛，辽府纠纷惊动朝野，这样的大案子，法司一定会慎重处置的。”杨溥说罢第一个理由，伸出拇指，说罢第二个理由，又伸出食指，说罢第三个理由，把拇指、食指、中指捏在一起，这使得原本很枯燥的谈论显得很生动。

张凤听得出来，这三个理由的落脚点是第三个理由。他问：“老师是不是对一些小案子反而不放心？”

“你说得对。”杨溥马上回应，“小案子往往被忽略，笔头轻而易举地落下去，使之成为错案。况且，所谓小案子，未必小到可以忽略。这一忽略，或就亵渎朝廷，亵渎我大明律。”

“有这等严重？”张凤闻之悚然。

“我并非危言耸听，就有这等严重。”杨溥道。

“老师可否举一事例？”张凤问。

“好。”杨溥正等这一问。“福建某员杖杀某驿丞一案，子仪，你看算得上大案吗？”

“算不上大案。”张凤当然顺着老师的口吻说。

杨溥说的福建某员，指福建按察司佥事廖谟，某驿丞，张凤则一时想不出他的姓名。该驿丞有劣迹，廖谟鞫讯时用刑过重，将其杖杀。死了人，还是一名官员，总要报至朝廷。

“那么，刑部议过这桩案子吗？”杨溥问。

“议过不止一天。”张凤回答。

“对该员都有哪些议论呢？”杨溥又问。

“或称其用刑过滥，致死人命，有罪当治；或称其用刑失当，有错当罚；或称其恪尽职守，无罪无错，不宜处分。”张凤说。

“子仪，你怎么看？”杨溥问。

张凤感觉得到，杨溥有明确的倾向性，而他并没有得出明确的结论。他想，与其陈述自己不成熟的想法，不如直接请教老师。

“学生对此案尚无定见，请老师赐教。”他说。

“谈不上赐教，谈不上赐教。”杨溥连连摆手，似乎这样一来，就不会把自己的见解强加于人，“恪尽职守之说，荒唐至极，连驳都不必驳。子仪，你告诉我，持有罪当治之说者，主张如何治罪？”

“学生听衙门里有人议道，宜罢职为民；有人议道，宜加杖刑；有人议道，宜加流刑。”张凤随意举例。

“最重的就是流刑？”杨溥问。

“或许还有重刑。”张凤答得仍然很随意。

“有没有人议过，该员当抵命？”杨溥问。

“抵命？”张凤一惊，险些从椅子上跌下。他不敢再随意，小心谨慎地问：“老师是说，该员某为该驿丞某抵命吗？”

“是啊。”杨溥应道。

“这个——”张凤愈发小心谨慎地问，“老师以为该抵命吗？”

“不错，我以为该抵命。”杨溥说。

张凤挠挠头说：“可该员是接获举报，才鞫讯该驿丞的；又因该驿丞甚是蛮横，不肯服罪，才命用刑的呀。”

“有人举报，难道就一定确有其事？不肯服罪，难道就不会是确实无罪？”杨溥质问道。

“老师的话有道理。”张凤附和道。

杨溥微微一笑，含有两层意思：一是表明，知道张凤并不赞成他的道理；二是表明，自己还有别的道理呢。

“况且，该驿丞有内疾，是用不得刑具的。”他说。

“有内疾？该员可知晓？”张凤问。

“邮传之事，归该员管辖；驿丞有如属下，他应该知道。”杨溥说。

“这倒也是。”张凤应道。

“该员既知晓该驿丞有内疾，不宜用刑，却使用重刑。子仪，你说该不该以故意伤人致死论治？”杨溥以为道理很充分。

“这个——”张凤没有随口附和，因为这次真的到了一言决人生死的地步。廖谟杖杀驿丞这件事，就像他们开始时说的那样，算不得大案子；甚至该不该作为一桩案子来审理，到现在还没有定论呢。那么，老师为什么一口断定，廖谟应该抵命呢？想来想去，张凤觉得，至少不该对老师的动机有什么怀疑；既然不该怀疑动机，那就没必要公然反驳。

“故意伤人致死，是要抵命的。”他说。

在前来拜谒的官员中，杨士奇也留住一人说话，他是右佥都御史张纯。张纯字志中，江西乐安人，永乐二十二年进士。在三法司堂官几乎悉数下狱之前，他属于资深御史；陈智等下狱后，需要有人暂时署理院事，他是两名被推举的御史之一。

别人以为，这是要叙乡情，其实不然。

“志中，福建那桩案子是怎么回子事，我不很清楚，你说与我听听。”宾主重新就座，杨士奇直入主题。

“东翁问的是文绪先生误杀驿丞的那桩案子吗？”张纯问。文绪是廖谟的别字。

“是那桩案子。”杨士奇应一声，随即问道，“志中，你是说文绪误杀驿丞？这已有定论？”

“误杀只是一些人的想法，并非定论。”张纯回答说。

“是志中自己的想法吧？”杨士奇似乎在估摸，又似乎很有把握。

“也是下官的想法。”张纯说。

“糊涂！”杨士奇连连摇头。

误杀的想法糊涂，可以指“误”字，也可以指“杀”字。张纯知道杨士奇对命案一向看得很重，估计是前者。他说：“亦有人主张，此案可以故意杀人论治。”

“此话怎讲？文绪不是鞫讯驿丞时用刑的吗？”杨士奇表示不理解。

“是。”张纯应道。

“那怎么成故意杀人？”杨士奇问。

“所以呀，下官才以为是误杀。”张纯所答非所问。

“志中，我是问故意杀人从何说起。”杨士奇责备道。

“是，是。”张纯应道，“持此议者说，驿丞重病在身，是打不得的。”

“驿丞患病，他等如何知晓？”杨士奇问。

“据下官所知，驿丞之子到京城喊冤，所以传布开来。”张纯说。

“荒唐！”杨士奇又摇起头。

“东翁的意思，不该让他到处喊冤？”张纯问。

“他要为他的父亲喊冤，这无可厚非；他一喊冤，法司居然就有人采信，这事太荒唐。”杨士奇说。

“驿丞患病，若直接出自其子之口，可能难以取信；但出自朝廷重臣之口，人人都会信三分。”张纯不是为自己辩解，而是为那些持故意杀人说的官员辩解。

“志中，你说的重臣是谁呀？”杨士奇问。

“这个——”张纯一脸难以启齿的表情。

“好，你不必说。”杨士奇不再为难他，“其实，即便驿丞重病在身，也不能论定为故意杀人，文绪或许并不知情。”

“驿丞之子喊冤时一口咬定，文绪先生是明知而故意施暴。”张纯说。

“他说明知而故意施暴，法司就有人相信是明知而故意施暴？”杨士奇诙谐地说，“对了，还有朝廷重臣也说文绪是明知而故意施暴，这就难怪法司有人相信文绪是明知而故意施暴。”

“东翁说的是。”张纯笑道。

“其实，文绪是否知晓驿丞患病，并不要紧；要紧的是，驿丞是不是有罪该鞫讯，是不是刁顽该杖责。”杨士奇说。

“所以呀，下官才以为是误杀。”张纯有几分得意。但只得意一刹那，他忽然想起，这话方才就说过，方才就被杨士奇责备为糊涂。他说：“东翁，下官是有些糊涂，福建这桩案子，是不是连误杀也算不得呀？”

杨士奇点了点头，说：“我是这么想的，如果非为职事而杖人致死，那是谋杀；如果为职事而杖人致死，那是因公。二者都与误杀沾不上边。所以，持误杀之说者，我称之为糊涂。再者，文绪因驿丞贪渎而鞫讯之，因其刁顽而杖责之。贪渎之罪实，则无论驿丞是否患病，都当鞫讯；刁顽之事实，则无论他是否患病，都当杖责之。今不论贪渎否，只论患病否，不论刁顽否，只论知情否，我不得不冠以荒唐二字。”

“东翁这一番议论鞭辟入里，令下官折服。”张纯道。

锦衣卫指挥使马顺因事下狱，被王振搭救。他对王振敬之若父，碰到任何事情，都是先禀司礼监，再奏朝廷。

进司礼监值房，马顺在笑，行叩拜礼在笑，爬起来还在笑。

“顺子，”王振叫着他的乳名，问道，“有何喜事？”

“也没什么喜事，只是好笑，太好笑！”马顺回答。

“何事好笑？”王振又问。

“三法司议事，秀才们一个个伶牙俐齿，吵成一锅粥，王公，你说好笑不好笑？”马顺道。

“为的哪桩案子？”王振随口问道，并没在意。

“还不是为福建那桩案子。”马顺说。想到福建的案子也不止一桩，他又补充说，“为某佥事杖杀某驿丞一案。”

王振读过该案卷宗，自言自语地说：“佥事好像姓廖吧？”

“是，佥事姓廖名谟。”马顺说。

“驿丞呢？”王振问。

“姓张，不对，是姓赵。”马顺根本不记得驿丞姓名，只能信口胡言，“不必管他。”王振不但对驿丞的姓名不关心，其实对佥事的姓名也不关心。“不就死个驿丞吗，有什么好争好吵的？顺子，我要你留意的不是这等小案子，而是与朝廷相关的大案子。”

“是，王公的叮嘱，卑职时时刻刻记在心里，不过，这桩案子虽小，有件事却怪得很。”马顺说。

“怎怪？”王振问。

“三法司的堂官们，才上堂不久，心存小心，把小案子看成大案子，还情有可原；但西杨先生、南杨先生皆历尽沧桑，怎么也会留意某佥事杖杀某驿丞这样一桩案子呢？”一直是王振在问马顺，现在马顺终于有机会提问题。

王振心一动，反问道："你是说。西杨先生、南杨先生留心此案？"

"是啊，至少卑职管着锦衣卫以来，从未见过西杨先生、南杨先生如此关注过一桩案子；而且，三法司争执不下，也是因为西杨先生偏向一方，南杨先生偏向一方。"马顺说。

"西杨先生、南杨先生还各自偏向一方？"王振问。

"是。"马顺应道。

"你说一说，他二人是怎样偏向的？"王振命道。

"西杨先生偏向某佥事，称他尽职尽责，称某驿丞死有余辜；南杨先生偏向某驿丞，称他死得冤枉，称某佥事须得抵命。"马顺述道。

"偏向二字，用得好啊！"王振自语。他明显地对这件事产生兴趣；而兴趣越大，他问得越细。他说："顺子是听西杨先生、南杨先生亲口说的吗？"

"那倒不是。"马顺答道。

"那么，你能够确定，此事非讹？"王振问。

"卑职能够确定。"马顺答道。

"好啊，我听听你的说法。"王振道。

"三法司的争执，卑职从头听到尾，其中有人偏向某佥事，有人偏向某驿丞。偏向某佥事者，则称西杨先生如何如何说的；偏向某驿丞者，则称南杨先生如何如何说的。"马顺述道。

"不会是他等打着阁老的旗号吓人吗？"王振问。

"不会。"马顺很有把握。

"理由呢？"王振一句一问，有些不耐烦。

"据卑职所知，偏向某佥事的堂官，最初也没有偏向到以为某佥事无罪无错；是和西杨先生谈过一阵话后，忽而转变。偏向某驿丞的堂官，最初也没有偏向到以为驿丞死有余辜；是和南杨先生谈过一阵话后，忽而转变。此外，在争执时，偏向某佥事最力的堂官，除引用西杨先生尽职无过错的话，再无其他议论；偏向某驿丞最力的堂官，除引用南杨先生故施暴虐的话，再无其他证据。所以，卑职断定，表面争执的是法司堂官，背后却有西杨先生、南杨先生。"马顺一气说道。

"够了，这已足以服人。"王振道。

"王公，卑职留意此事，对吗？"马顺无法确定，王振的话算不算是对他的称赞，所以还要问一句。

"岂止是对！你的心思这回用的是地方。"王振称赞他，"顺子，这次过年和前几年不同，有好戏看。"

“王公是说内阁不和？”马顺自以为看得很深。

“内阁不和，只是一端；至于另一端嘛——”王振说的“好戏”，还有更深一层的含义，但他不想马上告诉马顺，“顺子，你说，为何西杨先生偏向某佥事，而南杨先生偏向某驿丞？”

“这个，卑职没想过。”马顺如实回答。

“你回去再好好想一想，实在想不出来的话，再把卷宗看几遍，卷宗里一定会找到答案的。”王振说。

第十五章

王振躬身退下，出到殿外，转身而去。太皇太后心事重重地望着他的背影，直到他迈出宫门。

“此人不简单呀。”她喃喃自语道。

“太皇太后说的是谁？”站在她身旁的女官常氏问。

太皇太后需要有人开口说话，才能回过神来。她因常氏问一句无须问的话而瞥去一眼，但未深加责怪。

“阁臣有私，常官，你以为这话如何？”她问。

“奴婢半信半疑。”常氏回答。

“怎么讲？”太皇太后被这句话吸引住。

“西杨先生为廖佥事开脱，南杨先生为死去的驿丞叫屈，不但王公公这样说，奴婢还听其他许多人这样说，故而半信；廖佥事是江西泰和人，死去的驿丞是湖广石首人，王公公在这里说后，奴婢才知道，没有佐证，故而半疑。”常氏析。

“照你的说法，廖佥事不是泰和人，死去的驿丞不是石首人，就不能说阁臣有私？”太皇太后问。

“不，奴婢宁愿说，即便廖佥事是泰和人，死去的驿丞是石首人，也不可轻言阁臣有私。”常氏说。

“这是为什么呢？”太皇太后问。

“西杨先生为廖佥事开脱，未见得就因为他是泰和人；南杨先生为死去的驿丞叫屈，未见得就因为他是石首人。”常氏说。

“道理说得很透彻。不过，我想问你，王振说廖佥事是泰和人，死去的驿丞是石首人，你疑不疑呀？”太皇太后道。

“这个，奴婢不疑。”常氏答道。

“为什么？”太皇太后问。

“官员们的乡贯太容易查明，奴婢想，王公公即便与阁臣有隙，也不会用这样一个题目做文章的。”常氏说。

“不错，和我的想法一样。”太皇太后道，忽又问，“常官，你知道我说此人不简单，指的是谁吧？”

“奴婢知道。”常氏应道。

“也知道我为什么要这么说吧？”太皇太后问。

“也知道。”常氏应道。

“那你就不该半信半疑。”太皇太后说，“你看啊，西杨先生为廖佥事开脱，未见得就因为他是泰和人；但最容易让人联想到的是什么呢？无非开脱者被开脱者都是泰和人。南杨先生为死去的驿丞叫屈，未见得就因为他是石首人；但最容易让人联想到的是什么呢？无非屈死者叫屈者都是石首人。你呀，是信者多，疑者少。”

“是。一般而言，奴婢应当信者多，疑者少。”常氏道。

“这话埋有伏笔，是不是还有不一般而言呀？”太皇太后问。

“太皇太后圣明。”常氏道。

“那又怎说？”太皇太后问。

“太皇太后有言，内阁三杨历事四朝，乃先帝所遗，国家之宝。故阁臣有私之说，奴婢难以置信。”常氏说。

“唉。”太皇太后长叹一口气，“常官呀，我心中的疑虑，也就是对你说一说。我能对别人说吗？能对皇上说吗？不错，我一直以为，内阁集中三位杨先生，是皇上之福，是社稷之福。可古训有言，以小见大。在一件小事上，他等若有私心；在国家大事上，会不会也有私心呢？在你，是难以置信；在我，是不得不虑呀！”

这是肺腑之言，常氏听罢，又感动，又为难。她不能说太皇太后的疑虑不对，又不能说这也是自己的疑虑。亏得在外当值的内臣进来禀报，皇帝的车辇快到宫门，才使她摆脱窘境。

现在不是叩拜请安的时辰，皇帝此来，一定有事要请懿旨。常氏用眼神向太皇太后请旨，自己是回避，还是去外面接驾。太皇太后嘴朝殿外一努，示意她先去接驾。她匆匆出殿，向宫门方向走去。

出得宫门，见御辇只离几步远。她跪伏在地，口称：“奴婢奉太皇太后懿旨，恭迎圣驾。”

车辇停落。“平身吧。”皇帝的声音从车辇里传出，但皇帝没有马上下辇。常氏起身，走近车辇一侧。

“常官，太皇太后精神可好？”皇帝隔着辇幄问道。

“尚好。”常氏答话很有分寸。

“常官为何说尚好？”皇帝警觉地问。

“太皇太后在殿中坐久，问过许多话，奴婢想，太皇太后或许有些倦怠。”常氏回答。

“知道了，朕与太皇太后少说几句话吧。”皇帝说着，步下车辇，向宫里走去。走几步，又问：“常官，太皇太后是问你话吗？”

“太皇太后也问奴婢几句话。”常氏回奏。

“也问你几句？那还问过谁话？”皇帝问。

“太皇太后特地将司礼监王公公召入宫中问话。”常氏说。

“是王先生吗？”皇帝忙问。

常氏想起，皇帝是称呼王振“先生”的，遂改口：“是王先生。”

皇帝有点儿不明白：太皇太后一直对王振十分严厉，从不假以颜色，今天怎么特地把他叫来回话？皇帝猜不透，太皇太后会问王振些什么话；不过，他不会问常氏。太皇太后要是想让他知道，自己会告诉他的，要是不想让他知道，常氏也不敢说。

行过家礼，皇帝在太皇太后一旁坐下叙话。

“皇祖母昨晚没睡好吧？”皇帝问。

“睡得很好呀，皇上是不是看出什么？”太皇太后问。

“孙儿看出来，皇祖母面有倦意。”皇帝说。

“你恐怕不是看出来的，是听常官说出来的吧？”太皇太后笑着说一句，又问常氏，“你都对皇上都嚼些什么舌根？”

“奴婢只说太皇太后在殿里坐久，并未多嚼舌根。”常氏说。

“坐久，是我自家想坐；若倦，我自会去歇息。”太皇太后这么说，显然是不想和皇帝谈论方才问话的事儿，她问，“平日皇上这会儿还在读书、听奏章呢，今儿个怎么过来？”

“启禀皇祖母，孙儿在文华殿里也坐不住。”皇帝说。

“什么事让皇上坐不住？是关乎朝政的大事吗？”太皇太后问。

“孙儿说不好，或是吧。”皇帝模棱两可地说。

“我不是说过吗，关乎朝政的大事，皇上去问——”本来应该很顺畅说下来的话，太皇太后却顿了顿，“去问内阁杨先生即可，不必问我。”

“可这件事是关乎杨先生的。”皇帝说。

“关乎杨先生？哪位杨先生？”太皇太后问。

“西杨先生。”皇帝道。

“怎么，有人上疏弹劾他吗？”太皇太后问。

“不是有人弹劾，是西杨先生上一道奏本，恳乞致仕。”皇帝说。

“西杨先生恳乞致仕？”太皇太后略觉意外，但并不很吃惊，“他早晚会上这样一道奏本，却没想到在今日。”

“皇祖母知道西杨先生有心告退？”皇帝问。

“关于他的儿子，传言不少。我想，西杨先生老成持重，绝不会无动于衷的。”太皇太后说。

“是，是。”皇帝连连点头，“西杨先生自陈衰老，可给孙儿读疏的太监说，他是心里不安，想回去看个究竟。”

“皇上怎想？”太皇太后问。

“不准其奏。”皇帝回答。

“为何不准？”太皇太后问。

“皇祖母说过，内阁三位杨先生都是贤辅弼，不可让一人离开朝廷，离开孙儿身旁。”皇帝说。

“不错，这话我是说过；皇上还记得，我很高兴。不过，”太皇太口气一转，道，“皇上想过没有，西杨先生放心不下孩儿，也在情理之中呀？”

“皇祖母的意思，内阁缺少一位杨先生，亦无不可？”皇帝到底年幼，有些把握不住话的轻重。

“皇上，奴婢以为，太皇太后不是这个意思。”常氏插话。

“多嘴！”太皇太后嗔道，“皇上说的对，我就是这个意思。”

常氏纵有一肚子的话，也不敢再说。皇帝本想问她，自己错在哪里，听到太皇太后的斥责，自然不敢问。

太皇太后给皇帝讲解，当然，也是给常氏讲解：“皇上登极时，只有十岁，所以我对皇上说，内阁三杨，不可让一人离开。而今皇上十四岁。十岁和十四岁本来没太大差别，但皇上这四年君临天下，不但听翰林们讲读，还和大臣们议处国家政务。这等磨砺，四年比得上十年、二十年，皇上可以说已经是成年的人。再者，我记得皇上登极时，西杨先生七十一岁。按照我太祖高皇帝所定制度，大臣七十致仕。那时皇帝年幼，不得不勉为其难，偏劳西杨先生。今年他该七十五岁，就算仍康健，能再辅佐皇上三年五年，还能再辅佐皇上十年二十年吗？所以，内阁三杨，不可让一人离开，越是往后，越算不得数。”说到这里，太皇太后问道，“这一层意思，皇上懂不懂？”

“孙儿懂。”皇帝应道，“孙儿觉得，皇祖母的话里，有体恤朝廷重臣之意。西杨先生既然恳请致仕，孙儿照准就是。”

太皇太后却摇摇头，说：“皇上还是不要这样就把西杨先生放走。西杨先生对江西的家里放心不下，皇上不妨给他几个月的假，给他一个回乡展墓的名义。这样，既体恤大臣，又留住西杨先生。”

这一番话，表面上是说给皇帝听的；但太皇太后知道，皇帝未必能完全领会。所以，她更注意常氏的反应。她看到的是常氏心领神会、由衷敬佩的表情。心里有疑虑，又不想让自己的疑虑太深地影响皇帝，除这些话，不可能有更好的说法。

正统四年二月初十日，即杨士奇疏乞致仕的第二天，经筵讲读结束后，群臣默默地依序列而退。一般是在退出文华殿的宫门后，行班里才会有人开口，或说闲话，或针对今日的讲稿发几句议论。但今天刚下丹陛，就听到后面传来急切的脚步声，随即有人呼唤“杨先生”。于是，本来排列整齐的队伍有些乱，走在文臣班首的内阁三位阁臣同时停住脚步。他们听得出，在后呼唤的是司礼太监范弘。范弘来自安南，虽然在宫里当差几十年，但发出的声音仍然古怪，是不会听错的。经筵时，他在皇帝身后；现在追出来，一定是奉有圣谕。

“奉圣谕，着杨士奇进殿回话。”范弘喘着粗气传旨。

“臣杨士奇领旨。”杨士奇应道。

他和范弘并排往回走，其他官员则继续往前走。拉开一段距离后，不知是皇帝有过交代，还是为让杨士奇早些安心，范弘低声说道：“东翁，是为你请辞之事。”

杨士奇自己也料到是这件事，但还是很领情：“范公公，多谢。”

进殿后，他站好位置，欲行大礼，皇帝说：“经筵方罢，杨先生免礼。”

“臣谢恩。”杨士奇躬身应道，站在原处不动。

“杨先生近前说话。”皇帝命道。等杨士奇向前挪动两步，皇帝道：“杨先生，有几句话，不但是朕想对你说的，也是太皇太后想对你说的。”

“是。”杨士奇神情肃然，应道，“臣恭聆皇上和太皇太后圣谕。”

“杨先生历经四朝，皆在内阁，身份却不尽相同：在我太宗文皇帝朝，是顾问，在我皇祖、皇考朝，是襄赞，在今日，则是辅导。杨先生为顾问时，是良顾问；为襄赞时，是良襄赞；今日为辅导，一定也是良辅导。杨先生为顾问时，尽心竭力；为襄赞时，尽心竭力；今日为辅导，也一定会尽心竭力。”这一段话应该是太皇太后教给皇帝的，他虽然说得很流畅，但像是在背书。后面两句，应该是他的心里话：“可杨先生为何不勉力辅导，而求致仕？是朕不堪辅导吗？”

听了这话，杨士奇再也站不住。他双膝一屈，跪下去，道：“皇上这么说，臣有死而已。皇上圣明，天下谁不颂扬？”

“杨先生，起来说话。”皇帝一招手，两名近侍上前搀扶起杨士奇。皇帝缓缓言道："非因朕不堪辅导，即因杨先生欲求清闲？"

"臣受厚恩，倒也不敢一味偷懒；臣求致仕，实在是因为年老多疾，难以任事。"杨士奇用奏章里的话自辩。

"杨先生此言，恐有不实。"皇帝说。

"臣在皇上面前敢作诳语，天地不容。"杨士奇道。

"杨先生别误解。不是朕以为杨先生此言不实，是太皇太后以为杨先生此言不实。"皇帝说。

太皇太后并不在面前，杨士奇一时不知该如何申辩。

"太皇太后说，西杨先生年老是年老，病也有一些，但不至于难以任事；就算是每日上朝不方便，也还可以便宜处置嘛。皇上要用的，朝廷要用的，是他的智慧，并非他的体力。"皇帝复述的太皇太后的话里，字字体现出对杨士奇的信任和体贴。

杨士奇感激莫名，无言以对。

"太皇太后还有话呢，"皇帝接着复述，"杨先生求致仕，年老多疾也是有的，但更主要的是久未回乡，在思乡。"说到这里，皇帝道，"朕以为，太皇太后的话是对的。为的年老多疾，不过三成；为的思乡，倒有七成。杨先生说呢？"

"皇上圣明，太皇太后圣明。"杨士奇应道。

"太皇太后交代，杨先生思乡合乎情理，朝廷处置也不可不合乎情理。可准杨先生告假，归省展墓。"皇帝说着，补充一句，"准以假期，不准致仕，这也是朕的意思。"

"臣叩谢皇上、太皇太后隆恩。"杨士奇躬身道。

"太皇太后又交代，杨先生久未还乡，一旦还乡，定要有殊荣。朕想不出个更好的法子荣耀杨先生此行，就差遣身边一名太监护行吧。"皇帝不等杨士奇谢恩，呼道，"范弘！"

"奴才在。"范弘应声上前。

"朕要你护行，你知道朕的用意吗？"皇帝问。

"奴才知道，爷要奴才一路上服侍好西杨先生。"范弘回答。

"对。杨先生去的是江西，路程不近。这一来一回，身上若是缺点儿什么，或嘴里抱怨点儿什么，朕绝不轻饶你！"皇帝尽量使自己的话严厉，但听上去，仍显得稚嫩。

"是，奴才不敢有丝毫大意。"范弘应道。

"由他护行，杨先生之意如何？"皇帝又问杨士奇。

"范公公是司礼监得力内臣，由他陪伴还乡，确是殊荣。不过，"杨士奇口气一转，说，"臣知道，皇上身边也缺少不了他，为臣得殊荣，而使皇上不便，臣深感不安。"

“杨先生，你知道朕离不开范弘，可你知道朕选他护行的另一层意思吗？”皇帝问。

“臣知道，皇上要臣尽快还朝。”杨士奇答道。

“知道就好，杨先生早去早还，莫让朕翘首悬望不已。”皇帝说。

王振发话，要为范弘饯行，其他太监，以及文武官员，无论与范弘多么交好，也不好轻举妄动。和王振合伙举宴，想都不要想；要是自己贸然定个日子，恰好那一天王振要饯行，岂非自讨没趣？众人只得等王振饯行以后，再看有没有机会。

司礼监后面的小院是王振休憩之所，很少有人进去过。王振把饯行酒宴安排在小院的正房，让范弘感到受宠若惊。而主位和客位前都一排摆放着已经盛满酒的三只酒杯，更让范弘感动。

“王哥，你我都不年轻气盛，免去这规矩吧。”他说。

“什么规矩？”王振没听明白。

范弘指指桌面，说：“入席不动筷，先饮三杯酒，恐怕吃不消。”

“范哥说的它呀！”王振笑笑，解释道，“范哥误会，这三杯酒，不是要你入席就饮的，而是今晚我只请你饮三杯酒。”

“怎么？”范弘不明白。

“桌上三杯酒，心里三句话。”王振说着，指着第一杯酒，“这杯酒，是为范哥贺喜的。”又指着第二杯酒，“这杯酒，是为范哥道劳的。”最后，指着第三杯酒，“这杯酒，是为范哥压惊的。”

“压惊？”范弘酒尚未饮，先吃一惊。“王哥，这话怎讲？”

“咱们从头讲起。”王振手一抬，让道，“范哥，请入席。”

宾主各入其位，王振先举起第一杯酒，范弘随着举起一杯酒，但不是第一杯，而是第三杯。

王振用另一只手指指他手里的杯子，又指指桌面上的杯子，示意他拿错，并笑道：“范哥心里还在念叨‘压惊’二字吧？”

范弘换过杯子，接下他的话茬说：“王哥贺喜，我怎么担待得起！再说，不过是一趟服侍人的差事，何喜之有！”

“我懂范哥的意思。”王振道，“你我自幼小起，就在服侍人。年岁比你我大的，要服侍；地位比你我高的，要服侍；宫里的男人要服侍，女人要服侍；到后来，服侍上皇上；再到后来，除皇上，不必再服侍其他人。所以，服侍一回阁老，实在算不得喜事。”

“王哥真是把我的心思看透。”范弘说着，要把酒杯放下。

“慢！”王振伸手拦他。

“王哥还有话说？”范弘问。

王振点点头，说：“这杯酒还是要饮的。因为服侍人是服侍人，奉旨护行是奉旨护行，二者不可同日而语；况且，皇上这次差遣范哥，另有深意，并非一般的奉旨护行。”

“此话怎讲？”范弘忙问。

“皇上对西杨说，让你范哥护行，是为让西杨早日还朝。”王振把皇帝的话复述一遍，问道，“这话有吧？”

“有。”范弘应道。

“这岂不是告诉西杨，一路上见着你，就如同见到皇上？岂不是说，你是在代替皇上陪伴他吗！”王振道。

“爷的话里，有这一层意思？”范弘半信半疑。

“难道没有这一层意思？”王振显出他的霸道，“不管别人有没有从皇上的话里听出这一层意思，反正我是听出来。”

这一层意思即使对范弘不利，他也不会针锋相对地争论；对他有利，就更用不着争论。他说：“既然王哥听出来，一定是有。”

“那么，这酒——”王振看着自己手里的杯。

“喝！”范弘一举手，一扬头，把酒喝干。

王振只抿一小口，把酒杯放下，为范弘布菜。

“王哥，你不是诚心贺喜呀。”范弘借着酒劲，挑起毛病。

“是不是诚心，过一会儿才见分晓。”王振说着，举起第二杯酒。

范弘手伸出去，又缩回来，犹犹豫豫，最后还是举起酒杯。

“范哥，你担心什么？”王振问。

“和王哥比起来，怎敢言劳！”范弘道。

“你我既被皇上视为心腹，就当为皇上分忧。辛劳属于分内，不可有半句抱怨。不过，”王振身子向前一倾，带着几分神秘地说，“范哥的这趟差事，非同小可，别人辛劳一世也未必可比。”

“王哥，言过了吧？”范弘似信似疑。

“言过没言过，范哥不妨自己去琢磨。”王振说让他自己琢磨，但还是点拨他一下，“皇上是当着西杨的面，交代范哥护行，是吧？”

“是啊。”范弘应道，“事先爷不曾透露一个字，也看不出半点迹象，爷的话一出口，我当真吃惊。”

“皇上有没有特别交代什么？”王振问。

“爷交代，服侍得不好，绝不轻饶。”范弘道。

“我问的不是皇上向你交代什么，问的是皇上向西杨交代什么。”王振漫无边际地指着远处说。

“爷并未特别向西杨先生交代什么呀。”范弘说。

“真的没交代？”王振问。

范弘努力去想，还是想不出来，只得摇头。

“皇上没说，要给他殊荣吗？”王振问。

“对，这话是有的；可是——”范弘欲言又止。

“我知道范哥要说什么。”王振道，“皇上把殊荣给西杨，对他来说是殊荣，对范哥来说未必是殊荣；即便对范哥来说是殊荣，那也该归入贺喜，而不该归入道劳。”说罢，问道，“范哥，对不对？”

“王哥说的不错，我看不出，爷为给西杨先生殊荣而命我护行，怎的就非同小可。”范哥道。

“是啊，若是只在殊荣二字上打转转，自然看不出这趟辛劳有什么非同小可之处。”王振说。

“王哥是说，殊荣二字后面另有一层意思？”范弘问。

“好啊，范哥一定也看出另一层意思。”王振道。

“请教王哥，另一层意思是什么呢？”范弘问。

“这个嘛，范哥不妨自个儿去琢磨。”让范弘自己琢磨仍是虚的，王振点拨道，“西杨家老大胡作非为，横行乡里，范哥也听说过吧？”

“有所耳闻。”范弘应道。

“范哥怎么想？”王振问。

“诉之者说有，辩之者说无，已属难断的案子。”范弘说。

“哈，这话说得精彩！”王振击案叫好。又问，“朝中议论纷纷，范哥，你猜皇上是怎么想的？”

“爷难道也觉得难断？”范弘拿不准。

“看今后谁还敢说范哥不够聪明！”王振浅浅地一笑，认可他的话，“那么，皇上所言殊荣后面的另一层意思，范哥也能理会吧？”

这是让我随去暗访呀！范弘心里这么想，却不便说出来。因为皇帝并没明确地向他交代过。他问：“王哥是否奉有秘旨？”

“你说呢？”这句算不得回答的回答，可以理解为当然奉有秘旨，也可以理解为根本用不着奉有秘旨。王振再一次显示出他的霸道。

“王哥不用说下去，这酒是该饮的。”范弘道。

他把第二杯酒一饮而尽，王振仍然只抿一小口。不同的是，这一回范弘抢先把第三杯酒举起来。

“在范哥心里，还是对压惊看得重一些吧？”王振笑道。

“不是我看得重，是王哥说得重。王哥是个处变不惊的人，今日却说到压惊，可见非同——”范弘的话很得体，他本来要说“非同小可”，但想到这是王振说过的，便改为“非同一般”。

“我并非故出惊人之语，范哥这趟差事，前途多风险呀。”王振不理会他的小聪明，接过他的话说。

“王哥，请言其详。”范弘恨不得把耳朵竖起来听。

“好。”王振沉默片刻，好像是要让自己讲述得更有条理，但却突然问道，“范哥去过江西吗？”

“没去过。我自入宫以来，尚未派过远差。”范弘回答说。

“我也没去过。”王振道，“不过，朝中江西籍官员甚多，从他等嘴里可知，江西田少山多，故业农者少，读书者多，为盗者亦多。”他重复一遍，以示强调，“为盗者亦多，范哥呀，这算一个风险吧？”

“我问过西杨先生，他说，入江西境后，直到泰和，都有官道。官道上，不会有盗吧？”听口气，范弘不是很担心，但也不是很有把握。

“唯愿如此，”王振浅谈而止，并不举例说明，官道上可能也有强盗，“再者，那位杨大公子得罪的人多，祸害的人多，这就好比城门失火，要殃及池鱼呀。”

“王哥是说，有人不惜蹈险，欲不利于西杨先生？”范弘似乎想笑，又不敢笑，脸上的表情显得很古怪，“杨大公子一个白丁，没有功名，尚且无人敢对他动手；西杨先生当朝阁老，又有官军护卫，却有人欲对他动手，这不大合情理吧？”

“范哥这么想，也不是全无道理。不过，范哥的差事是护行，想要此老皮毛无损，就得方方面面都想到。对吧？”王振的话听似轻描淡写，其实暗含威慑：我说此，你非要争出个彼吗？

“王哥说的是。”范弘也很知趣。

“再者，范哥的差事，明里是护行，暗里是查访。这一层意思，范哥已想到，我已想到，其他人就不会想到吗？”王振又换个角度说。

“王哥是说，有人怕我查出实情，欲不利于我？”范弘愈发觉得可笑，“好啊，我倒要看看，是杨家有人算计我，还是别家有人算计我。”

“范哥忘我，我却不能不虑及范哥的安危。”王振不动声色地说。

“多谢。”范弘道。王振让他琢磨时，他无暇琢磨，也不想琢磨。现在他却琢磨开：一向强硬的王哥，怎么变得婆婆妈妈？

“范哥，这杯酒该不该饮？”王振催促地问。

“该饮，该饮。”范弘应道。

他把酒杯放下时注意到，自己面前并排摆着的三只酒杯皆空。也就是说，饯行酒宴就要结束；简单致谢后，就该告辞。但怎样致谢呢？谢他的精心准备吗？在三只空酒杯衬托下，一桌子的菜肴都变得黯然失色；谢他的几番说词吗？听过后细细去想，句句都是云山雾罩，不知所云。正在踌躇，忽瞥见对面摆着的三只酒杯，心中暗笑自己的愚蠢：那里三只酒杯，杯杯有酒，后面还应该有好戏吧？

果然，王振朝他面前的三只酒杯一一瞄去，好像在审视里面的余酒是否一般多少。审视的结果，还比较满意。他端起第一个酒杯，说：“范哥方才责备我贺喜不诚心，其实，我还有两句话要说。西杨还乡，皇上差范哥护行，说‘殊荣’二字。在我看来，非西杨得殊荣，而是范哥得殊荣。我愿与范哥荣辱与共。”说罢饮酒，饮罢问道，“范哥说说，我贺喜是不是诚心？”

“是诚心，是诚心。”范弘连声应道。

“至于范哥的辛劳，我不只要为范哥道之，还要为范哥分之。”王振说着，干第二杯酒。“至于前途的风险，我不只要为范哥道之，还要为范哥平之。”他干第三杯酒后，问道，“范哥说说，我道劳、压惊是不是诚心？”

“是诚心，是诚心。”范弘又连声应道。

“空口无凭，我要你见一人。”王振说着，拍几下巴掌，从内室走出一员锦衣卫官校。王振问：“范哥识得此人吗？”

“看似面熟，但不识得。”范弘回答说。

“他是锦衣卫千户周铨，非但武功高强，且有心计。我从千军万马中挑选出他，让他护卫西杨阁老，护卫范哥，如何？”王振不管范弘是否愿意，便命周铨，“来，见过我范哥。”

“范公公，卑职有礼。”周铨跪拜行礼。

“快快请起。”范弘起身，把他搀扶起来。王振那些似是而非的说法，现在找到答案，那就是要把一名亲信安插在自己身边。至于是因为不放心自己，还是不放心西杨先生，是为侦伺自己，还是为侦伺西杨先生，只有天知道。要是只听王振先前的那些话，还以为他变一个人；加上最后这个场面才知道，王振仍是王振，永远是他在算计你，你是算计不了他的。反正江西之行，这个人是一定要跟在身边的，范弘乐得待他更亲近些。他说：“周铨兄弟，我这条命虽然不值几个钱，却是在为爷办事。自今日起，我就把它交到你手里。”

“是。范公公为皇上办事，卑职敢不尽心尽力！”周铨应道。

第十六章

杨稷在泰和城里买个小院落，纳个唱曲的小女子，乳名香儿。杨稷和她调笑时，常常给她出道难题。

“香儿快吟诗来，若得佳句，定然有赏。”杨稷说。

“公子赏什么？”香儿问。

“你先吟诗。”杨稷说。

“不，你先说赏。”香儿不答应。

“原本好好一个姑娘，怎变得斤斤计较起来！”杨稷道。

“还不是原本大大方方一个公子，手攥得越来越紧。”香儿反唇相讥。

“好，好，我先说赏。”杨稷从上到下打量起香儿，本想看看她身上缺少什么；但目光转到她肚子上时，改变想法。他说：“不如这样，香儿今日若吟出好诗，本公子赏你个儿子。”

“公子好乖巧，自己先快活，还说是赏我！”香儿噘着嘴说。

“原本心似明镜般的一个姑娘，怎么变得懵懂！”杨稷又拿她打趣，“你不是一直想要个名分吗？只要有儿子，还怕没名分！”

香儿动心，把她的全部向往都写在脸上。

“公子当真会给我个名分？”她问。

“千真万确，只要你有我的儿子。”杨稷说。

“公子当真会给我个儿子？”香儿又问。

“那却要看天意。”杨稷说。

“好吧。”香儿宁愿多费气力去编凑自己不擅长的诗句，也不愿少费气力去抵挡杨稷的诱惑。她知道从自己的脑袋里搜刮不出现成的句子，便东张西望，想从眼睛见得到的物件中寻找灵感。一眼看到杨稷手里的折扇，她不由叫出声来：“有了！”

杨稷没想到她真要吟诗，冲着窗外叫道：“老四，你也进来听听，香儿要改行吟诗！”

他有四个亲信家丁，自称“杨府四郎”。外人也都大郎二郎地叫着，但心里把

“郎”字改成“狼”字。杨稷则只按排序呼叫他们。

四个人各有特点：老大手狠，老二腿快，老三心灵，老四嘴巧。杨稷在外寻乐，跟在身边的一定是老四。

老四人未进屋，悦耳的话音先传进屋里：“香儿姑娘吟出的诗句，一定是可以传世的。”

香儿一把从杨稷手里夺过折扇，以一个洒脱的动作打开扇面，轻摇两下，拿腔拿调地吟道：“公子赠我扇——”

“等等，”杨稷打断她，“这扇子分明是你从本公子手里抢去的，怎是我赠你的！理应改作：我夺公子扇。”

“就依公子。”香儿并不争辩，继续吟诵，“我夺公子扇，山水各一面。看山节节高，听水声声颤。山靠水空蒙，水靠山潋滟。若要山水别，山崩水流断。”吟罢，双手抱在胸前行礼，道，“请公子评点。”

平日俗艳的女子，吟起诗来，竟也多出几分儒雅。

杨稷瞠目结舌，当然有几分是装出来的。他侧过脸问：“老四，你听出香儿吟的是什么诗吗？”

“小人不懂得诗，听她每句五字，应是五言诗吧。”老四说。

“你数清共有几句吗？”杨稷问。

“小人数出八句，也不知对不对。八句的诗，应是律诗吧。”老四说。

“你可知，会家子吟诗，最怕吟的是什么诗吗？”杨稷问。

“记得公子说过，是五言律诗。”老四说。

“老四啊，从今往后，咱们得对香儿刮目相看。她并未学过诗，并未论过诗，可一吟诗，便吟出一首五言律诗；而且，如你所言，是可以传世的。”杨稷吹捧几句后，语气忽然一转，“不过，老四有没有觉得，诗里的句子有些熟啊？”

“公子说差，不是有些熟，而是太熟。香儿姑娘昨天在这间屋里唱段小曲，也是山啊水啊的。”老四说。

“有这事儿？你还记得那唱词吗？”杨稷问。

“小人略记得一二。”老四说。

“好，你唱与我听听。”杨稷命道。

老四运运气，尖声唱道：“情人送奴一把扇，一面是水，一面是山。画的山层层叠叠真好看，画的水曲曲弯弯流不断。山靠水来水靠山，要离别，除非山崩水流断。”他学着香儿一福，道，“请香儿姑娘评点。”

香儿瞥他一眼，不搭腔。

“唱得还不错，不过，香儿诗里有‘山靠水空蒙，水靠山潋滟’，怎么你唱的曲里没有呀？”杨稷问。

“她那两句诗，是从‘山靠水来水靠山’引申出来的，一句变成两句，不得不加些空蒙、潋滟之类的词。”老四说。

“照你的说法，这两句倒成败笔？这且放在一边，你如实招来：空蒙、潋滟之类的词句，你熟吗？”杨稷问。

“不熟。”老四回答。

“知其出处吗？”杨稷问。

“不知。”老四回答。

“那么，香儿的诗句是有些熟啊，还是太熟？说差的是你呀，还是本公子？”杨稷这才问到点子上。

“是小人说差；不过，归根到底，仍是公子说差。”老四道。

“怎么？”杨稷问。

“空蒙、潋滟之类的词句，小人虽不太熟，公子却是熟得不能再熟；公子熟得不能再熟，岂不是太熟？”老四分辩道。

“也有道理，香儿，你说哪个对？”杨稷让香儿裁判。

“哪个也不对。”香儿指着杨稷责备道，“公子曾有许诺，转眼忘光，只顾得调侃，对吗？”指着老四责备道，“你身为公子爪牙，却只懂得推波助澜，对吗？”

“不错，老四不对，我也不对，只有香儿是对的。”杨稷向老四挥挥手，“去，去，我今日要多下些功夫，看能不能送给香儿一个儿子。”

“小人是去到远处，还是留在近处，请公子示下，请香儿姑娘示下。”老四嬉笑着说。

“就在院里等着吧，我或有事唤你。”杨稷说。

“不，滚到院子外面去，他两只耳朵贼精，站在院里，还不把屋里的动静都听去。”香儿说。

“是，小人在屋里本来就是多余，在院子里也是多余。小人这就滚到远处去。”老四不仅话说得驯服，而且，轻轻地走出，轻轻地带上门，轻轻地向院外走去，几乎一点儿声息没有。

杨稷和香儿在床上搂作一团，便欲成其好事。

不料，老四去而复返，这回脚步声沉重，喘息声沉重，拍门声沉重，连呼唤“公子”的声音也显得沉重。

“老四，香儿的吩咐你也不听吗！”杨稷大为恼火。

“公子，不是小人。”老四在窗外叫屈。

“明明是你，怎说不是！”杨稷斥道。

“小人是说，有事的不是小人，是老二。小人原想把他拦在院子外面，但他说，事急，耽搁不得。小人只好随他进来。”老四说。

“老二在何处？”杨稷问。

“就在小人身后。”老四回答，并把老二拉到前面。

老二知道自己可以开口，直截了当地说：“公子，老爷回来了。”

“哪个老爷？”杨稷问。

“咱家的老爷。”老二说。

“咱家的老爷？我爹爹？”杨稷开始是没回过神，现在是不相信。

“是，小人在府城办事，听到老爷还乡展墓的消息，不敢有片刻耽搁，赶回来报与公子知道。”老二说。

“老爷好端端的在京城，怎么说回来就回来？”杨稷的兴头一下子被扫光，他把香儿推到一边，自己坐起来。

香儿被粗暴对待，不高兴地说：“公子不是吹嘘天不怕地不怕吗？怎么老爷回来就怕！要我说，老爷回来并非坏事，公子打算给我个名分，正好禀明老爷。”

“好没见识，若是我没名分，还能给你什么名分！”杨稷斥道。

“公子何出此言？”香儿惊问。

“老爷在京城不知听到些什么，三番五次寄来家书，询问我在乡里的作为，告诫我本分做人，谨慎治家。这次还乡，连个招呼也不打，你说蹊跷不蹊跷，该防不该防？”杨稷道，听到窗外又有脚步声，他问，“是老大，还是老三？”

“二人齐来。”外面应道。

“那就进来吧。”杨稷命道。

他身不离床，似把床当作成中军帐。四人进屋，一边二人站立床前。

“你二人来得好快呀。”他对站在左首的老大、老三说。

“若说快，还是老二腿脚快。他先找到我，又去找老三，结果，仍比我先到公子这里。”老大道。

“老三，你怎么看？”杨稷问。

“公子方才在屋里说的话，小人赶上听个尾巴，蹊跷二字，再恰当不过。”老三道。

“你看该如何处置？”杨稷问。

“那要看老爷而今身在何处。”老三道。

可不是嘛，要是老爷已到泰和，甚至已到家中，就只有赶过去叩头的份。不但杨稷在想，在场的各人无不在想，说起头脑清醒，还得属老三，一下抓住要害。

于是，杨稷盯住老二看，在场的各人均盯住老二看。

“小人一大早得到消息，老爷今日离开南昌。”老二说。

“那还来得及处置。”老三说。南昌离吉安府差不多六百里，怎么也得走个四五天，吉安离泰和也有一天的路程。所以，他又说：“不仅来得及处置，还可以从容处置。”

“好啊，就由你来处置。”杨稷说着，招招手，让老三坐在床沿。

老三坐下，一副老谋深算的样子。

“第一件事呢，是不能让老爷一路上听到什么不利于公子的话，”他说着，分派道，“老二，你迎上去，能迎多远迎多远，在官道边的茶肆酒铺，安排些自己的弟兄，让老爷能够见到的人不敢胡乱开口。我估计，南昌到吉安这一路，无须多虑，要紧的是吉安到泰和这一程。”

“只管官道边上吗？老爷若拐进岔路，如何是好？”老二问。

“老爷是坦荡君子，走的是正路，认的是直理，应不会走岔路；再者，老爷若真的走岔路，那就防不胜防。”老三说。

“老二不必多说，就依老三之言行事吧。”杨稷吩咐。

“是，我这就去。”老二一转身，出屋。

“第二件事呢，是不能让老爷在家里的日子听到什么不利于公子的话，”老三说着，又分派，“辣手威慑，老大，这是你的长处。左邻右舍中，记恨咱家公子的人虽不少，但敢于在老爷面前告状的，没有几个。只要把这几个镇住，即可相安无事。”

“好办，把这几家撵走就是了。”老大说。

“那不好，一下子好几家大锁把门，老爷也会起疑。”老三否定他的办法，“与其撵走全家，不如以一两个人为人质。心疼儿女的，你就把他儿女掌握在手里；孝顺父母的，你就把他父母掌握在手里。谅他有天大的胆子，也不敢说一句不该说的话。”

“这个法子好。老大，你也许给人家点儿好处，眼下他不为难我，日后我也不会为难他。”杨稷补充一点。

“公子爷许给的好处，傻子才信。”坐在他后边的香儿说。

“傻子才信，未必吧。”杨稷回手拧一下她的脸，又对老大说，“最大的一个好处，他欲娶二房，我为他物色。”

“是，小人这就去办事。”老大笑着出屋。

“老三安排我个什么差事呀？”老四问。

“咱们兄弟里，就属你命好，他们都要东奔西走，你只要寸步不离公子就行。”老三说。

“还得替公子应付老爷的发问吧？”老四道。

“这个嘛，真得筹划筹划。”老三说。

“看来，连本公子的差事都有？”杨稷问。

“当然，这么大一件事，公子不能置身于外。”老三说。

“那你自己呢？”老四问。

“我？”老三眨眨眼，说，“我等着公子给我安排差事呀。”

“他呀，差事最多。”杨稷一一数道，“万一老爷真的心血来潮，走去岔路，他得设法补救；万一老二的差事办得有纰漏，沿途有人告恶状，他得设法补救；万一老大的差事办得有纰漏，邻舍有人告状，他得设法补救；万一你我的差事办得有纰漏，在老爷面前露出马脚，他得设法补救。要不，你和他把差事对调一下？”

“他的差事我办不了，我还是跟在公子身边吧。”老四道。

天黑时分，杨士奇和范弘在馆驿外散步，周铨距离适当地跟在后面。

“范公公看这一方水土如何？”杨士奇问。

“好山好水，难怪养育出东翁这等人物。”范弘说。

“这里食物偏于辛辣，又不似江浙一带细腻，范公公吃得惯吗？”杨士奇又问。

“很好啊。”范弘道，“东翁，你知我在想什么？我在想，是不是可以从这里学几样菜，回去教给御厨房？”

“这不妥吧，宫里的食物，口味还是温和些好。”杨士奇说。

“也是。”范弘呵呵一笑，说，“那我嘴馋时，就去东翁府上叨扰吧。”

“好啊，随时恭候。”杨士奇说着，口气一转，“不过，我在京里住得久，家里能不能做出地道的赣菜，难说。”

“不难说，东翁府里做的不是地道的赣菜，也是温和的赣菜。”范弘借用杨士奇才用的两个字打趣，二人皆笑。

说过几句闲话，杨士奇忽然站下，朝着范弘一揖，慌得他连忙还礼。

“我奉旨服侍东翁，东翁有事，但请吩咐。”范弘说。

“一路上，承蒙关照，老朽享尽清福。今日已到泰和，有个不情之请：明日可否容我独自先走两个时辰，范公公率队再走？”杨士奇道。

“这是为何？”范弘问。

“这个嘛。”杨士奇早想好理由，“范公公率队护行，虽是殊荣；但老朽还乡是私事，实在不愿太张扬。老朽的心愿，是由一小童搀扶，到处走一走，听听乡音，体会体会乡情。越近乡里，这一心愿越是强烈，还望范公公成全。”说罢，又是一揖。

“东翁的思乡之情，连皇上都要成全，何况是我！不过，”范弘煞是为难地说，“皇上交给我的差事，是护行，而不是一般的陪同。我一路上大肆张扬，说好听些，是为维护东翁的殊荣；说难听些，是为打草惊蛇，借朝廷之威，借官府之威，吓退那些不轨之徒。东翁明日要独自行走，万一出差错，我没法向皇上交代呀。”

“太平盛世，会出什么差错？再者，我便服行走，在人眼里，不过一乡叟，不轨之徒看都不会看我一眼。再者，范公公把我护行至泰和，也算尽职尽责，日后我住在家里，这一干人马也驻扎我家不成？那我可是无力接待呀。再者，我今晚立一遗书，写明：若生意外，与公公无关。”杨士奇一连说出几个理由，最后概括一句，“夫子曰：不为已甚。望公公察之。”

“东翁还说不为已甚呢，连遗书都要写，岂不过分！”话虽这么说，范弘实在无法拒绝杨士奇的请求。他往后走几步，和周铨嘀咕几句；然后，回到杨士奇身边。他说：“东翁要独自行走，我且应承下来，但我也有几件事，要东翁应承。”

“你说。”杨士奇道。

“东翁只可走官道，不可走小路。”范弘说第一事。

“好，此事依你。”杨士奇答应下来。

“我可以不与东翁同行，周千户是朝廷专门差来护卫东翁的，他要与东翁同行。”范弘说第二事。

“怎么个同行法？”杨士奇问。

“不论在前在后，总在五十步以内。”范弘说。

“这还使得。”杨士奇也答应下来。

“最后一事：东翁可以比我早走，但不是早走两个时辰。”范弘说。

“那么，可早走多久？”杨士奇问。

“半个时辰。”范弘说。

“太短吧？一个时辰，如何？”杨士奇讲起数来。

“不成。”范弘一口回绝，“要不，我与东翁同行；要不，东翁先行，过半个时辰，我率队追赶。而且，相会后，东翁不能再单独行走。我要把东翁护送到家门内，方不负使命。二者，东翁择一吧。”

“范公公逼我签城下之盟呀。”杨士奇道。

“东翁可以不签呀。”范弘没有再让一步的意思。

“好，好。”杨士奇只得接受，“半个时辰就半个时辰，但这半个时辰，你可要给足我。”

“我与东翁是君子之约。我不负约，东翁也莫负约。”范弘说。

“老爷也真是的，”书童杨安边走边抱怨，“大队人马簇拥着，何等威风，老爷不要，非得自己走。自己走就自己走吧，轿子是现成的，不肯乘；马是现成的，不肯骑，非要用两条腿走。用两条腿走就用两条腿走吧，又紧赶慢赶，好像前面有天大的事在等着。紧赶慢赶就紧赶慢赶吧，老爷干吗又三步一回头，五步一回头，好像被后边的人牵着一般。”

“还有什么不对头，你接着说。”杨士奇道。

“这还不够吗？”杨安说累了，不想再说。

“那好，我不回头，你帮我回头看看那人。”杨士奇吩咐。

杨安回头仔细一看，不由惊叫起来：“老爷，那不是周千户吗？”

“就是他。”杨士奇道。

“他为何跟在老爷后面？”杨安问。

“你别管他为何跟在后面；且看看，他离我等有多远。”杨士奇道。

“大约四五十步吧。”杨安估摸着说。

“我老眼昏花，看不准，你可要看准。”杨士奇说。

杨安又回头看一眼，说：“不错，就在四五十步之间。”

“不会超出五十步吗？”杨士奇问。

“不会。”杨安不管有没有把握，理由是有的。“再说，他的个头高，我的个头矮；他的步子大，我的步子小。用我的步子量，是五十步；用他的步子量，或许连四十步都不到呢。”

听他的话，杨士奇一愣，随即叹息：“哎呀，我好糊涂！”

“老爷又怎么？”杨安忙问。

“我和范公公有个君子之约，千户应在我前后五十步之内。我原想，相距不足五十步，范公公就负约，谁知这个空子钻不得。”杨士奇说。

“老爷不把空子给人钻就是万幸，还想钻人家空子？”杨安奚落道。

走出三五里，路边有个小酒店，杨安问：“老爷，在这里歇脚吗？”

“且听他如何招呼。”杨士奇说。

于是，杨安向店里叫道：“店家，出来招呼客人。”

“来了，来了。”随着回应，店家迎出来。看他的模样忠厚老实，又不失精明。先见到杨安，他招呼声“小哥”；又见到杨士奇，他招呼声“老丈”。然后问：“客官用酒，还是用饭？”

杨安以目光请示杨士奇，杨士奇点点头。他说：“先烫一壶酒，炒两碟酒菜。酒要干净，菜要新鲜。告诉你，兑了水的酒，我们是不喝的；过了夜的菜，我们是不吃的。”

“不敢，本店虽是乡村小店，炒不出鲜美菜肴，但受杨大公子教化熏染，欺心的事不敢做，昧心的钱不敢赚。”店家边揩拭桌椅边说。

“你说的是哪个杨大公子呀？”杨士奇装出不经心的样子问道。

“老丈会不知道？”店家边问，边在身前比画一个大大的圆圈，“方圆百里之内，称公子的，大有人在；姓杨的，遍地皆是；可称大公子的，只有一人，那就是当朝辅臣杨老太爷的长公子。”

杨安大为兴奋，对杨士奇说：“老爷，他这是说——”

“多嘴！”杨士奇打断他的话，又问店家，“你方才说句什么话来着？受杨大公子教化熏染？”

“是我说的。”店家道。

“这话是有人教给你说的吧？”杨士奇问。

“是。”店家应道。

“谁教给你说的？”杨士奇问。

“胡老三。”店家说。

“胡老三做何营生？”杨士奇问。

“杀猪宰牛。”店家说。

杨士奇颇为失望，只想再问一句：“店家可知，谁教给胡老三说的？”

“当然知道，我教给的他。”店家说。

杨安一下子听出毛病，抢在杨士奇前质问：“又是他教给的你，又是你教给的他，究竟谁教给的谁？”

“是这样，我小时读过两年乡塾，因感念杨大公子的好处，想起读书时先生教的教化二字，于是教给胡老三。胡老三的熏染二字，却不知从哪里学来的，但一定也是感念杨大公子的好处，也教给我。故他教给我，是有的；我教给他，也是有的。”店家解说着。

“这倒也说得过去；不过，我可是听说，这位杨大公子祸害一方，名声不怎么好啊。”杨士奇随意地说。

“嘘！”店家大受惊吓，把手指放在嘴前，做个噤声的手势。他左看看，右看看，先确定店里再无其他客官；又推看店门，东张西望，确定店外没有人偷听。回到杨士奇面前时，他脸色才稍稍缓和下来，说：“老丈，这话是万万不可说的。”

“为何不可说？”杨士奇问。

“这个——”店家显然有许多答案，在犹豫之后，他选择其中一个答案，“方圆百里之内，人人对杨大公子敬若神明，爱若父兄。你说他的坏话，轻则遭人唾骂，重则被人殴打；就此送掉性命，也说不定。”

“可是这位被人敬若神明、爱若父兄的杨大公子指使？”杨士奇问。

“不是，不是！”店家连连摆手，“杨大公子教化熏染，是教人和气，教人为善，怎能草菅人命！故唾骂、殴打之事，大家都瞒着杨大公子，偶尔出了人命，就更得瞒着。”

“这倒也说得过去；不过，让人不敢在你面前做恶很好，若让人不敢在你面前说恶，那就太过分。”杨士奇说着，问店家，“你说呢？”

“老丈这话，倒不妨当着杨大公子的面说一说。”店家道。

杨士奇、杨安宾主二人酒没喝到一半，范弘率护行的队伍赶到。这给店家带来一笔大生意，他准备十个月卖出去的酒，顷刻售罄；而且，卖得极好的价钱。但有得也有失，得知和他说了半晌话的老丈就是杨大公子在朝作辅臣的爹爹，他惊得瘫在床上，几天爬不起来。

杨士奇计划在家里住半个月。前十四天，他和家里老老小小，其中也包括杨稷，闲谈过；把村里的老人，其中也包括住在四周的邻里，请来吃过饭。但就是不和杨稷单独谈话，也不和其他人谈论杨稷的事情。这使得杨稷忐忑不安，彻夜难眠。

要走的前一天，杨士奇才着人去唤杨稷。杨稷走进杨士奇的书房，垂手而立，眼皮都不敢抬。

“眼睛怎肿，是不是这些日子没睡好？”杨士奇问。

杨稷从父亲的问话里听出关切之意，忙说：“父亲还乡展墓，孩儿只想让父亲吃得好些，过得舒服些，没顾上自己的眼睛。”

“难得你这般孝顺，明天我又要离家，所以，我想和你在一起，饮几盅酒。”杨士奇说。

“就我陪父亲饮酒？”杨稷生怕自己听得不对。

“不错，谁也不叫，就我父子二人。”杨士奇说。

“那，我去厨房安排一下吧。”杨稷道。

“不忙，你先坐，我还有几句话要对你说。”杨士奇道。

他指指椅子，要杨稷坐下；他却不坐，在杨稷面前踱来踱去。杨稷低着头，看不见父亲的脸色是沉下来，还是很平静；看不见父亲的双臂是背在身后，还是随意地晃来晃去。他只看得到父亲移动的两条腿，心里则央告父亲快停下来，琢磨父亲要对自己说些什么。

杨士奇终于停了下来，终于说话。他的话比任何严厉的责备或谩骂都让杨稷吃惊。他说的是：“稷儿，我有错处。”

杨稷抬起头，瞪大眼睛看着父亲。他完全没想好，不，他根本不曾想过，该怎样回应这句话。他想的是，等父亲说出“教子不严”之类的话时，应该坚不认错，还是认一部分错；应该让父亲看到一张委屈、无辜的面孔，还是一张愧疚、悔恨的面孔。

但杨士奇说的并不是“教子不严”之类，而是另一番话。

“我与稷儿相隔如此之远，分别如此之久，有这个错处，也在情理之中。”杨士奇说着，问道，“稷儿还记得三人成市虎的典故吧。”

“是，孩儿记得。”杨稷嗫嚅地回答。

“一个人说市上有虎，闻者不信；两个人说市上有虎，闻者不信；到第三个人说市上有虎，闻者无不信也。”杨士奇似乎觉得，只说这个故事不够，还要说说这个故事背后的故事，“贤者如曾参，一人说他杀人，曾母不信；两人说他杀人，曾母不信；说他杀人的人多起来，曾母也会心生惧意。何况稷儿并无曾参的贤名，我也没有曾母的定性；又何况蜚语不只出于市井，且出于道德君子之口。”

杨稷已经坦然。他试探着问：“父亲所谓道德君子，指的何人？”

“这你不必知道。”杨士奇说，“蜚语归蜚语，道德君子仍是道德君子。道德君子不当信蜚语，传蜚语；但道德君子有时也难免糊涂。”

“父亲不说，孩儿也知所谓道德君子指谁。只怕他在父亲面前是道德君子，在父亲背后却是卑劣小人。”杨稷说。

“稷儿为何说这话？”杨士奇问。

“这个人和父亲同在朝中为官，是不是？”杨稷反问。

“你有证据说证据，别来问我。”杨士奇道。

“看上去，他有意疏远父亲，是不是？”杨稷仍问。

“是又怎样？”杨士奇道。

“他在朝中有意疏远父亲，他的家人却在乡里打着阁老姻亲的旗号，做尽坏事。孩儿看不过去，加以劝止，其家人怀恨在心，在乡里制造蜚语，他则在京师做起文章。”杨稷编造出一个天衣无缝的故事。

“有这事？”杨士奇半信半疑。但既然相信杨稷无辜，那么，必然相信诽谤杨稷的人都别有用心。

“父亲若不信，尽可在邻里间查访。”杨稷说。

“稷儿说的是。”杨士奇应道，“在京师听到许多关于稷儿的蜚语，我亲自查访之后，断定稷儿是被冤枉。此人究竟是道德君子，还是卑劣小人，我也要亲自查访一番，才辨得出真伪。”说到此，他中止这个话题，“为父今次忧心忡忡而来，在家中住上半个月，心里踏实很多。临别赠言，还是那两句话：本分做人，谨慎治家。好，现在让他们送上酒菜吧。”

第十七章

五月二十七日，周王有燉薨。议处王府事务，在礼部是件大事。丧事和其他事务不同，办理起来，得格外精心。例如谥号，一定要得体，要让皇帝满意，还要让内外官员都说不出话来。尚书胡濙和侍郎王直、王英等计议几个谥法后，不知谁脱口说出个“宪”字，大家觉得恰如其分。宪者，行善可纪、博闻多能之谓也。有燉的博学多能，在第二代亲藩中是屈指可数的。

而周府的丧事，和其他王府的丧事，又有所不同。有燉无子，不能像其他王府那样，老一代的王爷死后，由世子袭爵。当然，这也不是太为难的事，本朝还有兄终弟及的制度呢。上一代周王有十几个儿子。嫡长子即有燉，嫡次子封汝南王，因罪削爵除封；三子以下皆庶出，依长幼之序择立即可。庶三子死得早，没有子嗣，接下来该庶四子。庶四子名有爝，封祥符王。他尚称本分，承嗣周王位，应该不会引起争议。

让礼部堂官们困惑的，是另一件事。有燉在临终前曾上疏朝廷，这是许多人都知道的。据说，有燉在临终前已经知道来日无多，他的奏疏一定和身后事有关，这也是许多人猜测到的。但他在奏疏里究竟写些什么，就没有人知道；或知道，也没有透露出来。按照常规，亲藩奏议，或由皇帝亲自批复，或下礼部议之。现在已经过好几天，皇帝既没有做任何批复，也没把有燉的奏议批下礼部。因此，无论礼部安排得怎样井井有条，都不能认为周府的后事结束。

“这位殿下究竟议的何事呀？”王英忍不住问胡濙。

胡濙像一尊老佛一样坐在那里，不吭一声。

“源洁先生，你说——”王英还要追问。

“时彦兄无须问，源洁先生若知，会不告诉你我？”王直止住他。

“即便不知，也不妨猜测一二。”王英说。

“要猜测的话，也该你我在源洁先生面前猜测，怎可让源洁先生在你我面前猜测！”王直道。

“那好，就请行俭兄来猜测一二吧。”王英回敬道。

王直还没来得及表示自己是否会猜测，胡濙已开口说话：“我不猜测，二位也用不着猜测。礼部衙门不知周王殿下上疏的内容，有的衙门却知他上疏的内容。是不是？”又对王英说：“你与其让行俭先生在这里猜测一二，不如让他去那衙门探询一二。”

“不错，就请行俭兄去探询一二吧。”王英立即附和。

“去哪里探询？”王直明显的是故作不知。

“比礼部知道得更多，会是哪个衙门？”王英反问道。

“时彦兄是说内阁吗？”王直又故作恍悟。

“着啊，去内阁探询，行俭兄，是不是该当你去呀？”王英道。

“这我却不懂。谁都可以去的地方，为何该当我去？”王直两手伸在胸前，一副大惑不解的模样。

“你知，我知，源洁先生知，何必再说明白？”王英把他的胳膊扳回去，并往外推他，“行俭兄，你就快去吧。”

“等等，时彦兄的意思是说，我直接找到东翁，不但可以问出周王殿下奏疏的内容，还可以请教当如何处置，对吧？”王直问。

“是啊，我就是这层意思。”王英也不否认。

“那你可想错。我眼下去内阁，去见东翁，真有些不方便。”王直说。

“怎的不方便？”王英问。

“东翁还乡展墓，回来没几天。别说内阁未必真的知道周王殿下奏疏的内容；就算内阁真的知道，东翁也未必知道。”王直说。

“原来为此。”王英点着头，似乎被王直说服。不过，王直话虽然说得还算流畅，他那张脸却是不会骗人的。王英朝他的脸扫一眼，立刻看出他话里有诈。他说：“行俭兄，不对吧；你不愿去内阁，不愿去见东翁，是别有缘故吧？”

“时彦兄说别有缘故，就算别有缘故。”王直并不强辩。

“是何缘故？”王英问。

“时彦兄不知是何缘故，最好不问。”王直又不愿说。

“那怎么成！”王英不答应，“周王殿下奏疏的内容，我等不知道；行俭兄不愿去见东翁的缘故，源洁先生和我又不知道。礼部衙门里布下一团谜云，坐在这里，岂不烦闷！”

“时彦兄一定要知道？”王直问。

“一定要知道。”王英态度很坚决。

“好，我说就是。不过，时彦兄先要答应我一件事。”王直提出要求。

“你说。”王英道。

“我只说一句，时彦兄不可再多问。”王直说。

“行俭兄只要说清楚，我自然不会多问。”王英道。

“这不成，无论清楚不清楚，都不可再问。”王直强调。

“源洁先生看哪，行俭兄怎么变得如此不讲道理！”王英向胡濙求助。

“你可以不答应呀。”胡濙道。

“不答应，就一句也听不到。”王英说。

“你可以答应呀。”胡濙道。

“若答应，听不清楚，岂不更急。”王英说。

“时彦先生若是担心答应后不便再问，这却不妨。”胡濙道。

“源洁先生有何高见？”王英忙问。

“行俭先生并未要我不再问呀。”胡濙说。

“那又——”王英忽然明白这句话的意思，乐不可支。他催促道：“行俭兄，我不再多问就是，你快快说吧。”

“东翁还朝后，对我甚是冷淡，我不方便见他。”王直说。

“东翁一向礼敬行俭兄，怎么会——”王英发现自己在提第二个问题，忙闭上嘴，做手势让胡濙接着问。

不料，胡濙上看下看，左看右看，就是不看他。

“源洁先生。”王英不得不呼唤。

“何事？”胡濙这才看他。

“老尚书不想再——”王英用手势来表达下面的意思。

“不想。”胡濙道。

“不想？怎会不想？”王英问。

“行俭先生的话，我已听明白呀。”胡濙道。

“源洁先生耳聪心明，自然听得明白！好，行俭兄不方便，我去内阁，我去请教东翁，总可以吧！”王英不知和王直赌气，还是和胡濙赌气。

“我劝时彦先生也不要去。”胡濙道。

“这是为何？”王英问。

“你去内阁，还没探询周王殿下的奏疏，恐怕先要质问东翁为何冷淡行俭先生吧？”胡濙道。

王英捋捋胡须，默认这种情形有可能发生。

“这种事情是别人可以过问的吗？我想，行俭先生与你约定不可再问，也是表明不希望别人过问此事。”胡濙说。

王英承认他的话是对的，但又不甘心就此罢休，说：“与其让行俭兄在这里猜测一二，不如让他去那衙门探询一二，这是谁人的提议呀？”

“是我的提议。”胡濙平和地说，“我原本和时彦先生的想法一样，去内阁探询，该当行俭先生去。既然行俭先生不方便，也用不着勉强。此事等个两三天，再等个两三天，总要知会礼部吧。”

太皇太后安坐假寐，殿外传来脚步声，她也不睁眼。常氏附在她耳边轻声说道：“太皇太后，皇上来了。”

“让我再歇一刻。”太皇太后说，又吩咐，“告诉皇上，别行礼。在我身边放把椅子，请皇上坐下等等。”

皇帝见此状，欲退下。常氏摆手，引导他就座。静静地等了一会儿，太皇太后终于睁开眼睛，皇帝要起身行礼。

“罢了，这里没外人，咱娘儿两个用不着拘于礼数。”太皇太后说。

“是。”皇帝规规矩矩地坐着。

太皇太后揉揉眼睛，这才完全清醒过来。她拉住皇帝的手，又是怜惜又是欣慰地说：“皇上来得好快呀，身上出汗没有？”

“听说皇祖母要与孙儿说话，孙儿恨不得一步迈到皇祖母面前。孙儿身上出些汗，不是赶路赶的，是心里急的。要是知道皇祖母还在颐养精神，孙儿就晚一点儿来。”皇帝一口气说好几句话。

太皇太后笑了，道：“皇上越来越懂得讨我开心。我呢，方才真的想和皇上说话来着；可不知怎的，眼睛一下又睁不开。也许这两天想的事情多，有些累。”

“皇祖母若累，就好好歇着吧。孙儿迟些再过来。”皇帝说。

“不用。一见皇上，我又有精神。再说，那位千岁爷既然出道难题，咱娘儿两个总得有个交代呀。”太皇太后说。

“是，孙儿就等皇祖母做个决断。”皇帝应道。

“先别说我的决断，皇上，你是怎么想的？”太皇太后问。

“这个——”皇帝顿了顿，如实禀告，“自打皇祖母命孙儿将周王遗疏暂留中不发，并要孙儿仔细想想如何应对以来，孙儿就一直在想。可想这么些天，也不知该怎么去想。”

“是啊，皇上年纪太小，所以不知怎么去想。我呢，倒是知道怎么去想，却不知想的对不对。也好，咱娘儿两个，一个不知怎么去想，一个不知想的对不对，一起来说说这件事吧。”太皇太后说着，问道，“皇上，周王遗疏里有没有哪句话，让你读后心里一跳？”

“有。”皇帝应道。

“是哪句话？”太皇太后问。

“臣有燉与臣妃巩氏举案齐眉，情深意笃。臣死，在妃，则必不欲独生；在臣，则必不欲妃从葬。此情切切，唯乞陛下体恤臣之乌鸟私情。”皇帝背诵奏疏里的一段话。

“皇上为何心跳？”太皇太后问。

“周王的文章做得好。”皇帝说。

“那皇上可以准其奏请呀。”太皇太后道。

“可孙儿听宫里的老公公说过，妃嫔殉葬是旧制。”皇帝说，“太祖高皇帝宾天，有妃嫔殉葬；太宗文皇帝宾天，有妃嫔殉葬；我皇祖、皇考宾天，有妃嫔殉葬。故各亲藩效法，皆以王妃、夫人殉葬。孙儿若准周王之请，岂不是坏祖宗定下的制度？”

“我听着，皇上不是不知怎么去想；是和我一样，不知想的对不对呀。”太皇太后道。

“是，孙儿是不知想的对不对。”皇帝说。

“那你告诉我，究竟怎么想的。”太皇太后道。

“孙儿想，”皇帝有些犹豫，但仍继续说下去，“或许应该准其奏请。”

“为什么？”太皇太后问。

“周王说他必不欲王妃从葬，孙儿想，那是因为王妃阳寿未尽，他不忍心王妃跟随于地下。阴世间是什么样子，孙儿不知道；但孙儿想，无论如何，活在阳世间是件幸事，一个活生生的王妃，因王爷之薨而不得不舍命，孙儿有所不忍。”皇帝说。

“皇上原来是这么想的。”太皇太后沉吟着。

“孙儿想的不对，请皇祖母严加训示。”皇帝有些坐不住，说着就要站起来。

太皇太后微微摇头，示意他别动，然后，慢慢地说：“皇上想的对不对，我也说不准；不过，我比皇上想的要多一些，我愿说给皇上听听。”

她的确比皇帝想的要多，不但对周王的奏疏比皇帝想的要多，现在听了皇帝的话，也比皇帝想的要多。她要想自己的想法对不对，皇帝的想法对不对；还有，自己怎么讲，才能让皇帝听得明白。

她决定从周王和皇帝的关系讲起，亦即从周王和她自己的关系讲起。

“才过世的周王是太祖高皇帝的亲孙，是太宗文皇帝的亲侄，是仁宗昭皇帝的堂弟，是宣宗章皇帝的堂叔，是皇上的堂叔祖。”太皇太后把关系理清楚后问，“皇上知道我为什么要讲这些吗？”

“孙儿不知。”皇帝道。

“我想告诉皇上的是，周王确是宗室嫡传，但他不是昭皇帝的亲弟，不是皇上的亲叔祖，我也很难把他看作至亲。于是我想，如果周王是我的至亲，譬如，我亲生的儿子，也有几个被封作藩王；至于你皇祖留下的其他子嗣，我也一律视为己出。周王若是他们当中的一个，我会怎么想？”太皇太后把她的想法一层一层延伸，“我亲生的儿子若上疏朝廷，乞免王妃殉葬，我会怎么想？我会欣然赞同，还是会断然驳回？皇上，他等是你的亲叔，你会怎么想？”

“孙儿不知。”皇帝思绪更乱，想不出个答案。

“我告诉你吧，我的想法是，不能赞同。”太皇太后态度明确地说，“衢州越府送来口讯，说越王殿下病重。我说句不怕犯忌的话，他若在我前头薨，我一定要让越王妃从葬。襄王若有不测，你的那些亲皇叔若有不测，我也一定要让王妃们从葬。为什么？他等若在阳世间有情有义，不以王妃从葬，我的皇儿们会寂寞；他等若在阳世间无情无义，我的皇儿们既去，还留她等在阳世间做什么？我想，自太祖高皇帝以来，定下妃嫔殉葬的制度，也是为此吧。”

“孙儿知错：周王奏请有违祖制，不得准允。”皇帝听明白太皇太后这一番话的意思后，马上改口。

“皇上别急，我还有话呢。”太皇太后道，“这话得从我自身说起。我在宫里几十年，你皇祖登极前，我是太子妃，登极后，我是皇后；你皇考登极后，我是皇太后；你登极后，我是太皇太后。太子妃就不说它，皇上可知道，我戴上皇后、皇太后、太皇太后的桂冠，侥幸得很哪！”

“皇祖母的话，孙儿听不懂。”皇帝声音发颤，显然是受惊吓。

“皇上别怕。”太皇太后笑笑，目的在于安抚皇帝；她自己的心情，其实也很沉重。太皇太后道：“我说侥幸，不是皇上想的那层意思。皇后的身份也好，皇太后、太皇太后的身份也好，我既得，是不会失去的。”

“皇祖母说的是哪层意思？”皇帝问。

“还是我先问皇上吧！”太皇太后提的是一个最简单的问题，“皇上知道不知道，你皇祖仁宗昭皇帝在位多久？”

“孙儿听宫里的老公公讲，皇祖在位十个月。”皇帝回答。

“我说的侥幸，就是有这十个月。”太皇太后说，“若是没有这十个月，或者，换个大不敬的说法，你皇祖早宾天十个月，我的身份就只是太子妃，而不会成为皇后。不错，你皇考宣宗章皇帝登极，会尊我为皇太后。可我等得到他登极吗？”

“皇祖母为什么等不到父皇登极？”皇帝问。

“因为我是太子妃呀！”太皇太后道，“太子妃和一般的王妃有差别，和皇后也有差别。太子妃和皇后娘娘的差别，比和一般王妃娘娘的差别，要大得多。太子不在，太子妃是和其他王妃一样从葬呢，还是和皇后守护着太子一样守护着皇太孙呢？”

“孙儿想——”皇帝以为在问他。

“皇上别想，还是我来想吧。”太皇太后道，“咱大明朝自立国至今，只出过一个没有登极为帝的太子，那就是懿文太子。懿文太子有两位太子妃。一是常妃，她是太祖高皇帝亲自选定的，比懿文太子去世早；二是吕妃，她比懿文太子去世晚。太宗文皇帝登极后，有关懿文太子的许多文档都毁掉，所以，吕妃是否从葬，难以考证。不过，既然太子妃和皇后娘娘的差别，比和其他王妃娘娘的差别大得多，想来，太子妃也该从葬的吧。皇上，我为何说侥幸，你听没听懂？”

“孙儿听懂。”皇帝道。

“是啊，自古以来，没有皇后娘娘也要殉葬的制度。我当过十个月的皇后，所以就一直活到现在。”太皇太后继续说，“举案齐眉是古人的故事，我不知道我和你皇祖算不算举案齐眉；但情深意笃，我们两个应该算得上的。做了许多年的太子妃，我跟随你皇祖于九泉之下，也不会有怨言。但如果真的就这样撒手人寰，你皇考宣宗章皇帝在位十年是怎么走过的，你即皇帝位以来的四五年是怎么走过的，我都看不到。我一个妇道人家，不敢说有多少见识，有多大作为，但你父子两代皇帝建立的功业看不到，总是件憾事吧？”

“皇祖母辅导皇考做个好皇帝，辅导孙儿做个好皇帝，是有口皆碑的。孙儿不敢想象，没有皇祖母，孙儿这个皇帝该怎么来做。”皇帝说。“有口皆碑，那是谀辞。”太皇太后不以为然地摆着手说，“皇上记住，日后若有人说，这个老太婆经历三代皇帝，也算做过几件于国于民有利的事，我就不枉这个侥幸。”

“是，”皇帝应后，又犹豫地说，“孙儿可以再问皇祖母一件事吗？”

“你问。”太皇太后道。

“孙儿先前的想法是对的吗？”皇帝问。

“我说过，皇上的想法对不对，我说不准；连我自个儿的想法对不对，我也说不准。不过，我可以告诉皇上一句话，”太皇太后顿了顿，郑重地说，“皇上心存不忍，就是仁心。”

“皇祖母慈训，孙儿记住。”皇帝应道。

“好，我和皇上说这么多话，没有再多的话。周王的奏疏在宫里搁得太久，也该有个批复。”太皇太后道。

“是，孙儿这就把周王的奏疏发下礼部。”皇帝说。

太皇太后本不想过问具体的处置，但听皇帝的话后，又忍不住问：“皇上为何要发下礼部？”

“孙儿想，直接交与内阁拟旨，若老先生们写的意思与孙儿不合，难以驳回；不如交与礼部议复，尚可转圜。”皇帝禀道。

“这个想法嘛，不无道理；不过，”太皇太后启迪他，“礼部的议复若与皇上不合，驳回是容易些，但下一步怎么做，皇上想过没有？”

“孙儿想让廷臣集议。”皇帝说。

“这个想法却不高明。”太皇太后道，“要让内阁所拟旨意与皇上的意思相合，让礼部议复的内容和皇上的意思相合，对那些大臣们来说，得有多大的担待？与其让他等担待，皇上，不如你自己担待。皇上自己若担待不起，我可以与皇上一起担待。”

“皇祖母是说，孙儿直接拟旨？”皇帝问。

“不，圣旨还要由内阁来拟，这也是转圜。不然，皇上有什么想法，都直接传旨下去，会乱章法。”太皇太后说。

“皇祖母的意思是，不交礼部议复，也不让内阁拟旨？”皇帝又问。

“是啊，赐书亲藩，在祖宗朝是常有的事。”太皇太后道。

“孙儿懂了，孙儿回去后，就草拟书稿。”皇帝连连点头。

“有难处吗？”太皇太后问。

“有难处时，孙儿再来找皇祖母。”皇帝没把这事放在心上。

太皇太后摇摇头，说：“我也不知该怎么写才适度。有难处，皇上找别人去议吧，别来找我。”

“是。”皇帝回应后，忽然发现这件事并不简单。以往与太皇太后谈论政务，太皇太后不是让他请教内阁三位杨先生，就是让他请教礼卿胡先生。现在，太皇太后明摆着不想让三位杨先生介入此事，也不想让胡先生介入此事，他该向谁请教呢？

“皇祖母——”皇帝叫一声。

“皇上不必问我。”太皇太后看出他的心思，“皇上想与谁议，就与谁议；信得过谁，就与谁议。”

王振对手头的文字字斟句酌，无比专注，以至一点也没觉察马顺进屋。直到马顺走到书案旁，弯下腰来，他才猛然惊觉。他迅速地用衣袖遮盖住胸前那一块桌面，厉声问道："何人如此大胆！"

"王公，是卑职。"马顺忙把身子弯得更低。

"是你呀。"王振袖子一抖，收回来，"你向来明着来，明着去，今日怎么变得鬼鬼祟祟？"

"卑职叩门来着，听王公咳嗽一声，才敢进来。"马顺为自己辩解。

"我咳嗽过？"王振问。

"是轻咳一声。"马顺说。

在平日，这是准许别人进屋的信号，王振不好再就马顺进屋责怪他，但马顺仍然有可以责怪之处。

"那又为何偷窥我写的文字？"王振责问道。

"卑职再胆大妄为，在王公处也不敢偷窥。卑职在行礼。"马顺辩道。

王振看他一眼，见他果然在躬身行礼，而且尚未收式。

"好吧，你来我这里，何时这么拘谨过？"王振示意他平身，等马顺身子刚一舒展，他又问，"桌上的文字，你真没看到？"

"卑职真没看到。"马顺说。

"一个字也没看到？"王振又问。

"卑职一个字也没看到。"马顺说。

王振身子向后一仰，马顺以为他要放过这一节。不料，他却说："近在咫尺，却一个字也没看到，怎能取信于人？"

"卑职对王公忠心无二，从没对王公说过一句谎话呀。王公要是还有疑心，卑职愿把这两只眼睛挖出来。"马顺气急败坏，不知该怎样表白。

"那倒不必，想证实没看桌上的文字，你只需——"王振说着，看马顺一眼。

"请王公吩咐。"马顺忙应道。

"你只需把这篇文字看一遍。"王振说。

"王公是说——"马顺被他说糊涂。

"是啊，"王振道，"自我开始草拟这篇文字起，除你之外，没人进来过。一旦泄露出去，我呢，自然疑心你多嘴；你呢，自然大叫委屈。我让你把它读一遍，看你还叫不叫委屈！"

这一番解释很不合逻辑。马顺忽然发觉，这篇文字其实并不怕泄露出去，王振其实很想让他读一读。但他还是问："卑职可以读吗？"

"我让你读的，有什么不可以！"王振说着，把纸笺推过去。

马顺拿起纸笺，在阅读前又小心地看王振一眼，王振示意他快读。

纸笺上只有简短的两句话：周王在日，尝奏身后务从俭约，以省民力。妃、夫人以下不必从死，年少有父母者遣归。

“王公，这是——”马顺与其说对这篇文字感到困惑，不如说对王振今日的态度感到困惑。这实在算不得一篇了不得的文字。

“没读懂吗？”王振问。

“是，卑职有些读不懂。”马顺含糊地说。

“周王殿下临终前曾上疏朝廷，这事你知道吗？”王振问。

“卑职模模糊糊听过一些。”马顺说。

“这是皇上赐给周府祥符王有爝的手书。”王振说。

“是王公代圣上拟的？”马顺问。见王振点头，他好像有所醒悟。他说：“王妃等不必从葬，这可是惊世骇俗的大手笔，难怪王公格外用心。”

“这是皇上的意思，我用不着格外用心。”王振却摇着头说。

“是皇上的意思？那——”马顺欲问又止。

王振明白他想问什么，道：“你想啊，太皇太后要是说半个不字，皇上会让我拟此书吗？”

“王公说的是，既然太皇太后认可，就用不着担心。”马顺说，言外之意，也用不着格外用心。

“不成啊，这件事一定要格外用心去办。”王振道。

这话好像是对他自己说的，所以马顺没敢应声。

“顺子，又不懂吧？”王振问。

“是，卑职又有些不懂。”马顺说。

“想一想，这件事是谁交代我办的，你就会懂。”王振说。

“不是圣上交代王公办的吗？”马顺仍不懂。

“是皇上交代我办的。”王振点头，“皇上交代我办的事很多；但皇上从没对我说过，交代我办的事，是太皇太后准允的。”

“交代王公办这件事，是太皇太后准允的？”马顺的兴奋不亚于王振。他终于弄懂，王振为什么草拟这篇文字时那么专注，为什么对这篇并非了不得的文字看得那么重；他也终于弄懂，王振为什么很想让他读一读这篇文字。

“王公，这可是件大喜事呀，这可是值得渲染的呀。”马顺说。

“渲染？怎样渲染？”王振问。

“这件事，王公不用管，一切由卑职安排。”马顺说。

“好吧。”王振答应，并叮嘱道，“不过，可别渲染得太过分，让别人抓住把柄，咬我一口。”

“王公放心，卑职今日向王公学一招，用在这件事上，管保无懈可击。”

马顺在自得的同时，又吹捧了王振。

“向我学一招？那是什么？”王振问。

“欲盖而名章。”马顺说。

王振知道，马顺唯一爱读的书是《左传》；他也隐约记得，这句话出自《左传》。但不管它是否出自《左传》，用在这里都很恰当。话说到这一步，彼此心照不宣，用不着再嘱咐什么。

他想到，马顺是他着人唤来的，唤马顺来的目的并不因这件事，于是问：“周铨还耐得住寂寞吗？”

“王公料事如神，卑职见他真有些耐不住。”马顺回答。

“何以见得？”王振问

“他多次问卑职，王公命他办的事，他自觉办得不差；为何回来这些日子，王公也不叫他来回话？”马顺道。

“你怎么对他说的？”王振问。

“卑职要他少安毋躁，王公需要问时，自然会唤他来。”马顺说。

“说的不错；不过，你心里恐怕也在怪我吧？”王振道。

“怪王公的念头，卑职心里是万万不会生的，卑职只是不明所以：内阁有三座山挡在那里，眼看着有机会把第一座山搬掉，王公为什么还不动手呢？”马顺说出他的疑惑。

“有机会把第一座山搬掉？”王振一脸的失望表情，“周铨这么想，还有情可原；你若这么想，当真该面壁去。”

马顺不以为耻，反为之得意。他嬉笑着说：“王公内里乾坤，岂是我辈得窥一二的！请王公明示。”

“杨稷小儿在乡里种种劣迹，不必周铨实地核查，我也知十不离八九。我既让周铨走这一遭，为的是把这件事坐落得实实的。而今既已坐实，我为何反而不动他呢？原因嘛，有两个，”王振说着，伸出一指，“其一，杨稷小儿的劣迹坐实，西杨可搬去，这是乳臭未干之辈的想法。西杨居辅臣之首，本人并无大过失，皇上是绝不会放他走的，太皇太后更是绝不会放他走的。现在让皇上和太皇太后犯难的，不是放不放西杨走，而是处置不处置杨稷。那就让皇上和太皇太后犯难去吧，我何必为之犯难？不到时机成熟，我是不会把自己牵涉到杨稷之事里去的。至于搬掉西杨，除引起太皇太后警觉，不会有任何好处。太皇太后好不容易对我的看法有所改观，我干吗要招惹她老人家？”又伸出一指，“其二，我抓不住西杨的把柄，对他还有几分忌讳；而今朝廷对杨稷之事议论纷纷，他的一半精神要来应付此事。他的精神本来就大不如前，又不能全心全意为朝廷办事，我还怕他作甚！”

“王公控握全局的本事，我辈万不及一。”马顺对王振打心眼里敬佩。

第十八章

夏季最后一个月的后半月，京城及周围的涿州、通州、霸州、蓟州，远些的保定、河间，再远的河南开封、卫辉等地，大雨不止。

午后，皇帝本该在文华殿读书。因为文华殿地势较低，积水较深，伴读的内臣恐怕出什么意外，请皇帝移驾乾清宫。乾清宫地势比文华殿高不少，院落也大得多，即便如此，也要若干宦者手执长杆，在这个排水口捅捅，在那个排水口捅捅，以便积水顺畅排出。

皇帝哪有心思读书，每读一两行字，就歪过头去，向外张望。等回过头来，根本想不起读到哪里。有时，翻一页书，和自己的思路联系不上，不得不翻回两三页，重新读过。

“要不，爷出去看看雨吧。”伴读的大太监兴安在一旁说。

“使得吗？”皇帝问。

“奴才看使得。”兴安道，并说理由，“今晨遣官告灾于昊天上帝、后土地祇，爷不妨看看，雨是不是小一点儿。”

“好，朕去看看。”皇帝跳起来，向外就跑，跑两步，他招呼兴安，“大伴，你也随朕去。”

兴安当然要跟在皇帝身后。

雨仍下得很大，落地有声。不，应该说落在水面上有声。还好，没有风，雨水似一条条水柱，垂直落下。每一滴雨水落在水里，都好像要打破水面的平静；但水花尚未激起，又被压下去。

身在大殿之外，上有宽大的飞檐，下有高高的是石阶，感受不到雨水的威胁。皇帝很想走出飞檐的遮蔽，走下石阶，但又不知会有什么危险。在他迟疑不决时，兴安出面劝止。

“爷，淋雨要生病的。爷若病，太皇太后会焦虑。”他说。

“朕知道。”皇帝不再往外走，“朕只是想走过去看看，哪边的云层薄些，哪边的天亮些。”

“奴才已经交代过了，稍有变化，即刻报来。”兴安说。

“那好，朕就站在这里观雨吧。”皇帝默默地看一会儿天上能看得到的云，地下能看得到的水，以及天地之间能看得到的水柱。然后，他提个问题：“朕听说，每次灾异都有个说法，不知今次水潦是什么说法？”

兴安不知是以为皇帝在自语，还是不好说，没有回话。

“大伴，朕在问你呢。”皇帝道。

“奴才不知是什么说法。”兴安说。

“也没听人议论过吗？”皇帝问。

“是，奴才也没听人议论过。”兴安回奏。

皇帝看他一眼，缓缓言道：“大伴，你从不对朕隐瞒实情的。”

“奴才该死。”兴安甚是羞愧，马上改口，“奴才听到些议论。”

皇帝料到，不会是好听的话，所以并不敦促，让他自己说。

“有人说，有人说——”话到嘴边，兴安又想往回咽。

“是有人说，不是你说，朕不怪你。”皇帝给他打气。

“是。”兴安再没有不说的道理，“有人说，今次直隶、河南淫雨肆虐，是因为周府的事。”

“因为周府的事？”皇帝听不明白。

“因为周宪王丧葬之事。”兴安又说。

“因为周宪王丧葬之事？丧葬从简，朕是依宪王奏请呀。”皇帝说。

“不是因为丧葬从简。”兴安道，“有人说，王妃及夫人从葬，天经地义。今宪王薨，而不使妃等从葬，故以淫雨示警。”

“有这等事？”皇帝内心很是惶惑。透过厚厚的云层，透过密集的雨柱，透过深深的积水，他似乎看到面前跪着从来没有见过面的周王，口称：“臣好寂寞呀！”于是，他想到太皇太后对他说过的话：在阴世间，你的至亲感到寂寞，你会怎样？是不是赐书有燉这件事办错？

但他马上又想起太皇太后的话：这事你担待不起，我与你一起担待。有太皇太后担待，他还怕什么？于是，他似乎又听到那个跪着的周王在说：陛下俯从臣请，臣叩谢隆恩。

“不，”皇帝用力挥去所有让他感到困惑的想法，坚定地说，“皇祖母告诉朕，心存不忍，那就是仁心。上天不会因为朕有不忍之心，而惩治朕，惩治朕的臣民的。”

“爷说的是。”话已说开，兴安不必再吞吞吐吐，“所以，也有人说，今次淫雨肆虐，是因为周王妃等仍从葬。”

“对！”皇帝被这话提醒，“这些天的大雨把朕的头都下昏，竟忘问你等，朕与有爝的手书里写得明明白白，周王妃，还有那么多位夫人，怎么仍自经殉葬？”

“奴才初闻周府的变故，也很吃惊。后来听人说，或是祥符王及王妃等领会错圣意，奴才仔细想想，这话不无道理。”兴安道。

“领会错朕的意思？”皇帝不由得要问，“大伴，怎么回事？”

“赐书上有‘妃、夫人以下不必从死’这句话，有人说，这句话被周府的人领会错。”兴安道。

这句话也会领会错吗？皇帝开始不相信，但在心里把这句话默念两遍之后，他发现，该话的意思的确有些含糊不清。妃、夫人以下，可以是包括妃、夫人在内的以下，也可以是不包括妃、夫人在内的以下。有爝，王府官员，以及王妃、夫人等，显然理解成不包括妃、夫人在内的以下。所以，虽有皇帝手书，王妃巩氏，夫人施氏、欧氏、陈氏、张氏、韩氏、李氏等，皆自经死。

要是在妃、夫人后面加一个“及”字，结果也许就不同。

我不想让王妃等死的呀！皇帝在心里呼号。但他知道，现在说这个话不起任何用，谁让王先生草拟手书时没想到，自己在阅读书稿时也没想到，这个“及”字是少不了的呢！现在能做的，只有给死去的王妃、夫人等人头上，加上一个光环。

“王妃等尚未拟谥吧？”皇帝问。

“是。”兴安应道。

“让礼部拟以美谥。”皇帝吩咐。

雨渐小，渐停，但天还没放晴，积水还没排出。城里许多地方的积水，比宫里更深，有的地方甚至齐腰，亟待排出。

天还没亮，翰林侍讲刘球离开住处，赶去上朝。

他住在西城，离锦衣卫不远。每次经过锦衣卫衙门时，他都格外小心。那些进进出出的锦衣卫官校们，才不管道上有没有水，才不管道边有没有人，都是纵马而过。你不是百姓，而是官人，被马蹄扬起的污水溅一身，可以大声责骂。那又有什么用？你看不到马匹停下来，听不到致歉的话，说不定，留给你的是几句比你的责骂更难听的话。

该遭遇上的，躲也躲不过。刘球只顾到前头，没顾到身后，几匹马疾驰而过，不仅溅他一身污水，马头还险些撞到他后腰。出乎他意料的是，听到他的呼叫，领头一人竟勒住马缰，喝令马停下。而且，看到刘球后，他跳下马来，随手把缰绳扔给随从，自己则对道路上的积水不管不顾，迈着大步向刘球走来。

看清是锦衣卫使马顺，刘球心想，自认晦气吧。

更让他想不到的是，马顺朝着他一抱拳，赔礼道："刘先生出门好早啊，得罪，得罪！"

"好说，好说。"刘球不得不和他周旋，"马大人行色匆匆，别是有什么紧急差事吧？"

"谁说不是！"马顺道，"皇上命我查访淫雨过后，街头巷尾都有些什么议论。我想，天要亮未亮之时，人言无忌，正想到处去听听。"

"皇命在身，快请吧。"刘球揖了揖。

"不忙，不忙。"马顺反而不急着走。他把脸凑近刘球袍子的中部、下部，看了又看，道："哎呀，还是件新袍，这是怎么说的！刘先生，我让人拿布拿水来，给你擦擦？"

"不必，不必，别耽误马大人的差事。"刘球自己在袍子上轻轻一拂，好像这样一来，上面的污点全无。

"那我改日请刘先生饮酒。"马顺说句客气话。

"好，好。"刘球应着，心里一阵阵别扭，恨不得马上与马顺分手。

可是，在马顺转身要走时，又被他叫住。"马大人，稍等一等。"

"刘先生还有事？"马顺站定。

刘球点一下头，问道："你方才说，皇上命你查访淫雨过后，街头巷尾有些什么议论？"

"是啊。"马顺应道。

"是哪一类的议论？"刘球问。

"刘先生问得好笑。"马顺说着，当真干笑两声，"淫雨过后，自然是查访关乎淫雨的议论。"

"受教，受教。"刘球一揖，然后，做出很神秘的样子，招招手。等马顺又向他走近一步，他低声问："查访到什么议论吗？"

"有一些。"马顺以为他想打听，又忙退后一步，"皇上有密旨，不便说，刘先生休要怪罪。"

不想，刘球问的却是："马大人想不想再多得一个议论？"

"刘先生听到的吗？"马顺大喜。

刘球不置可否，但言："马大人只要告诉我，想不想多得。"

"皇上命查访，自然多多益善，"马顺说着，也一揖，"请先生赐告。"

刘球招招手，又把马顺唤到近前，俯在他耳边说："雨者，阴象也。淫雨肆虐，乃阴气太重。”

“刘先生是说阴气太重？”马顺不是不懂这句话，而是要证实。

“是啊。”刘球说，“你看，京城里的雨下得够大，我住的这个地方呢，下得更大。我就在想，为什么呢？后来我突然想明白：阴气越大，淫雨肆虐就越厉害。京城里阴气重，故淫雨不止；我住的地方阴气更重，故淫雨愈加肆虐。”

“据我所知，刘先生家中只有一主一仆两个男子，怎么会阴气特重呢？”马顺问。

“我也想不通我家中阴气为何特重，所以在附近寻找啊。”刘球说着一笑，笑得很含蓄。

马顺随着他笑了笑，笑得阴森吓人。借题发挥，含沙射影，别以为我不懂读书人的这些招数。“好啊，刘先生的这番议论，我会记住的。”他说。

一张纸，一支笔，一本书，一杯清茶，忙过一天，翰林们纷纷离去。

刘球这一天都特别舒畅，见谁都想多说几句话。话还没说够，已找不到交谈的对象。他带着几分怅惘准备离去，却看到角落的房间里，还点着烛火。

他走过去，边问句“谁还在衙门里用功”，边推门而入。见编修刘定之正在埋头书写，他又问句，“探花郎为何还不走？”

刘定之字主静，江西永新人，正统元年的会试第一名和殿试一甲第三名，所以刘球称他探花郎。

刘定之抬起头，反问一句：“三五公为何还不走？”

刘球字廷振，江西安福人，永乐十九年进士。按家族中的排序称呼，是江西人沿袭不知多少代的习俗。但刘定之称刘球三五公，并非因为他在堂兄堂弟中排在第三十五，而是因为他在永乐十九年的进士榜中排在二甲第三十五名。永新和安福均属吉安府，二人又都姓刘，相互之间觉得很亲切。不然，作为晚辈，刘定之是不会开这种玩笑的。

刘球像往常一样，对“三五公”的称呼报以一笑，然后选把离刘定之较近的椅子坐下，随即说：“主静，你倒会打算盘。”

“怎么？”刘定之问。

“借官家的烛火，做自家的文章呀。”刘球道。

“廷振先生怎知我在做自家的文章？”刘定之问。

“早已散衙，做的会不是自家的文章？”刘球道。

“听廷振先生这么说，真让人脸红。”刘定之说。

“好，好，知错就好。主静吹灭灯，和我一起走吧，脸红大可免。”刘球不但这么说，还要过去替刘定之吹熄烛火。

刘定之双臂环抱，遮住烛火。他说："廷振先生且慢，我不是为自家脸红，我是为廷振先生脸红呀。"

"为我脸红，却是为何？"刘球问。

"廷振先生肆无忌惮地冤枉我呀。"刘定之道。

"我冤枉你，且肆无忌惮？"刘球看刘定之一眼，确定他说的是实话，"这么说，主静做的是官家的文章？"

"是，晚生在写灾异陈言疏。"刘定之道。

"怪哉，怪哉！"刘球摇头晃脑，连声称怪。

刘定之不知怪在哪里，两眼盯着他看。

"连月淫雨，朝廷命群臣同加修省；上疏言事，掌院学士一早就交代过。是不是？"刘球问。

"是啊。"刘定之应道。

"主静，你第一个响应，第一个动笔，是不是？"刘球又问。

"是啊。"刘定之应道。

"后动笔的翰林们一个个都放下笔走人，主静还在关起门来做文章，此所谓怪者也。"刘球说。

"笨鸟先飞迟入林，说起来，这倒是我该脸红的。"刘定之道。

"此乃欺人之谈，谁不知探花郎思涌若潮，笔落如飞。"刘球驳一说法，创一说法，"先飞而迟入林者，非皆笨鸟，或为健鸟；其遨游天空，不欲栖落树梢也。先动笔而迟收笔者，非皆愚驽，或为智者；其纵横捭阖，不欲敷衍塞责也。"他的结论是："主静在作大文章呀！"

"惶恐，惶恐。"刘定之坐不住，站起身，深作一揖，"一介书生，无胆无识，作得出什么大文章！晚生不过拿起笔来，想的多些，议的杂些，故而耽搁。"

"你说议的杂些，共议几事？"刘球问。

"眼下在议第七事。"刘定之说。

"也就是说，主静还准备议下去，"刘球说着，站起来，"好，主静继续做大文章吧，我不耽误你。"

"话才说一半，廷振先生怎么就要走？"刘定之问。

"翰苑虽是公署，但在这间屋里，你是主，我是客。主人下逐客令，我还能不走吗？"刘球道。

"且不论主客之说是否恰当，我并未逐客呀。"刘定之说。

刘球指指他，道：“主静看看自己，这还不是逐客吗？”

刘定之发现自己站着，而且想不起是什么时候站起来的。他本无逐客的意思，亦无留客的意思，二人你一句我一句，说到这一步，他却不能不想办法留住客人。

“廷振先生，你先坐下，还是我先坐下？”他问。

“客随主便。”刘球说。

“好，我先坐下。”刘定之说着，坐下去。

刘球也坐下，并问：“起而复坐，为何缘故？”

“廷振先生听我说，”刘定之道，“这篇灾异陈言疏，晚生拉拉杂杂议了七件事，已想不出还有何事须议。不如请廷振先生审一审晚生的疏稿，看看有没有写得不妥的地方。”

“这使不得。”刘球连连摆手。

“为何使不得？”刘定之问。

“朝中我江西籍人居多，翰林中我江西籍人更多。这已让人侧目而视，主静的疏本再让我看过，岂不要被人议论？”刘球道。

“议论什么？”刘定之问。

“结党呀。”刘球道。

“廷振先生是在告诫晚生：君子不党？”刘定之问。

“是啊，身在宦海，这条古训须得记牢。”刘球说。

“那是廷振先生领会错。所谓君子不党，是因为君子同心，用不着再结党。譬如，廷振先生虽非江西籍，却为君子，我也一定要请教的；说句得罪的话，若廷振先生非为君子，即便是江西籍，我也不会与你议事。反之亦然，廷振先生以我为君子，不管是否同乡，也不会拒绝我的请教；以我为小人，不管是否同乡，也一定不加理会。”刘定之发一通议论，最后归结为一点，“此所谓君子不党也。”

“照主静这么说，这篇疏稿我不能不读。要不，非我即主静，要归为异类。”刘球道。

“廷振不读也可以，我读，廷振先生听。”刘定之说。

“不劳，不劳，还是我自己读吧。”刘球说着，把手伸过去。

刘定之把疏稿交到他手里。前面的一段绪论，大概没什么特别之处，刘球只看，不出声。看到第一段正文，他忍不住把起首的一句念出来：“雨水，阴之盛也。”

随之想起拂晓时分的那一幕，他不由得陷入沉思。看来，把淫雨和阴盛联系在一起的，不止他一人；看来，刘定之说君子同心，这话一点也不假。不过，他是把阴盛加于马顺之流的身上。当然，在马顺后面还有更能表明阴盛的人物。刘定之会把阴盛和什么人联系在一起呢？今天自己没有写疏；如果写的话，也不一定会写上阴盛的内容，因为这会引起人们太多的联想。刘定之又是怎么诠释的呢？

他的沉默，特别是他脸上时隐时现的微笑，让刘定之心神不定：难道一开始，自己就写得不妥吗？他才要提问，刘球指指疏稿，表示自己正要往下读。下面写的是：

> 臣闻扶阳抑阴，在进贤退不肖。皇上日月之明，臣子人品，罔不周知；然公卿侍从，有政事言责之寄者，尤宜时召，俾承清问，因以观其才能、心术。

所谓阴盛，可以应在许多事情上。譬如，女人势强而男人势弱；譬如，后宫势强而天子势弱；譬如，宦官势强而外朝势弱；当然，也包括小人势强而君子势弱。现在看来，前面那些比喻都不好说。后宫势强而天子势弱，直接影射太皇太后，这不但犯大忌，而且是臣子们所不愿意说的，因为太皇太后做的一切，不是要使天子弱，而是要使天子强。宦官势强而外朝势弱，大概是直接影射王振等，却间接影射太皇太后：以太皇太后的圣明，怎么会让宦官势强呢？只有小人势强而君子势弱，看似无所影射，实则把所有应该影射的情形都包括进去，甚至自己指着马顺说“阴气太盛”，也包括进去。

而且，他还顺势提出，皇上应该亲自观察、评定大臣的贤与不肖，这未必是眼下最要紧的事。但从长远来看，一个皇帝能不能成为圣明的君主，首先还不是看用的都是些什么样的大臣吗？

“主静，写得好。”刘球说着，随便在疏稿上一指。

刘定之不知他称赞自己哪一段写得好，只有说：“若有不妥，抑或不足，尚乞指正。”

“等我看下去再说。”刘球道。

刘定之所谓“阴气太盛”的又一事，应在外夷。他读道：“又阳为中国，阴为外夷。盛夏阳刚之月而阴雨不止，犹中国文明而夷狄未服。”

“廷振先生才读到此处吗？”刘定之问。这是他没有想到的，也是让他很受感动的。因为一定非常非常用心，才会进展这么缓慢。

“怎么，怕我读得慢，给你挑出毛病？”刘球说笑。

“不，不，廷振先生尽管慢慢读。”刘定之说。

“主静说的外夷，是泛指四夷呢，或还是特指某处夷狄？”刘球边读疏稿，边问。

“是泛指，亦是特指。”刘定之回答。

“特指残元？”刘球问。

“是。”刘定之应道。

“特指鞑靼呢，抑或瓦剌？”刘球又问。

“二者皆不可小觑，瓦剌尤为大患。”刘定之说。

“你的议论，倒与东翁相合。”刘球道。

“晚生以为，东翁所虑甚是。”刘定之说。

“那么，主静有何灼见？”刘球问。

他的口气，有些像府学、县学里的教授在考校生员。刘定之手指疏稿，道：“晚生的试卷在廷振先生手里。”

刘球笑着读疏稿：

> 窃见去年西戎犯顺，今年云南作寇。诚宜督兵将，修兵备。至于降胡，处之京畿，由来久远，多以千数万数而计。豺狼之性，潜为盗窃。不及今潜散其类，移至南方，则生聚愈多，他日之虑也。

“降胡于南方安置，主静这个主意倒是独特。”刘球说。

“其实前朝已施行过，我不过拾人牙慧。”刘定之说着，问道，“廷振先生是不是觉得这样处置不妥？”

“不。降胡于南方安置，假以时日，或易化为顺民。”刘球虽这么说，但眼睛仍盯在那一段文字上，似有疑问。

刘定之不会看不出来。他问：“廷振先生，是不是前一句写得不妥？”

刘球点点头，反问道：“主静请督兵将，修兵备，是针对西戎犯顺呀，还是针对云南作寇？”

“二者皆为大患，皆当讨伐。”刘定之道。

“南面也战，北面也战，只怕国力难以支撑。”刘球说。

“依廷振先生之见呢？”刘定之问。

“西夷为患，在转瞬之间，须得睁大眼睛盯紧，眨也眨不得一下；至于云南之乱，不妨缓一缓。”刘球说。

“一急一缓，此亦用兵之方略。”刘定之似乎被说服，道，“就请廷振先生用笔做个记号，一会儿我再斟酌斟酌。”

“不必，不必，我议我的，主静议主静的，不必苟同。”刘球用手指把这一段比画过去，指着下一段说，“京官与守令对调，主静，这个题目煞是有趣，我要仔细读读。”

刘定之写的是：

> 今京官不愿出为守令，而守令亦自谓不得入为京官，坐此不自爱惜。窃见唐宋以来，士夫多衔京秩任外事，牧守互兼，出入更代，以备公卿，通练有数矣。臣愿圣明略仿此制。

“这个制度我朝也有呀。”刘球道，“远者不论，宣德五年以赵新、赵伦等六人总督各地税粮，除周恂如先生外，其他五人都是京官。恂如先生时为越府长史，越王并未就藩，也可算作半个京官。”

“廷振先生说的诚是；不过，此事与我说的出入更代，至少有两处不同。”刘定之说，“一则，京官外差，时或有之，却并非制度；而且，二赵及恂如先生等六位前辈，都是骤然升迁而外差。京官与外官之轻重，由此可见。二则，六位前辈都是临时差派。临时者，尽管延续很久，至今几十载，但与出入更代的古制，不可同日而语。”

“我举一个例子，主静却有两个理由，看来，是主静占上风。”刘球说句笑话，然后赞道，“京官不欲出为守令，守令自谓不得入为京官，这话出自主静之口，甚是难得。因为你不仅为京官，而且为京官中的翘楚翰林官。”

“此议得廷振先生称赏，亦是难得。”刘定之回敬道。

“不，我与主静不同。”刘球摇着头说。

“有何不同？”刘定之问。

“主静列名一甲，是一定要入翰苑的；我嘛，三五公，按照资格，入不得翰林。我得为翰林，乃拜破除资格之赐。主静，你看我二人一样吗？”刘球道。他原官礼部主事，改官翰林的机会微乎其微，但在被推荐侍经筵和与修《宣宗实录》以后，改翰林侍讲就顺理成章。所以，他进入翰林院，主要因为学问受人推崇，而不是侥幸。

下面，刘定之又谈到保举、考察、守制、捐官等事，因时辰太晚，刘球无心细读，无心多想，无心再议。

“刘定之的奏疏说，扶阳抑阴，在进贤退不肖。所谓不肖，你道他指的谁人？”王振问马顺。

“指的是卑职吧。”马顺随口应道。

“你怎么想到的？”王振问。

“在翰林们的眼里，卑职忠心于职事，忠心于朝廷，忠心于王公，就是不肖。有人干脆指卑职为阴象呢。”马顺说。

“何人如此嚣张？”王振问。

“侍讲刘球。”马顺答道，并把那天拂晓与刘球不期而遇后的对话，择其要讲给王振听。

“刘球？”王振想起件事，“顺子，你上次对我讲，某翰林，堂弟任莆田县令，以葛布一块馈赠，被他退还，并寄书戒之，就是此人吧？”

“就是他。”马顺道。

“难怪他自恃清高，无所忌讳。”王振道。

因为听不出褒贬，马顺不敢轻易回应。我被骂，还不是叨你的光！这话当然只能心里想一想，绝不会说出口。

王振却叫一声“顺子”，替他说道：“他哪里是在骂你，他分明是在指桑骂槐！”

“这个，卑职也想过。”马顺马上接过话茬，“他骂卑职，卑职不往心里去；说句自轻自贱的话：他骂卑职，是抬举卑职。卑职区区锦衣使，上天犯得上降一场大雨吗？但他敢借卑职之身，影射尊公，不仅卑职愤愤不平，且天理不容。”

“那你怎么去讨回这个公道呀？”王振问。

“以妖言煽惑，将其下狱，王公看如何？”马顺道。

“好啊，”听王振的口气，不知几分当真，几分戏弄，“不过，你估摸着，能治他的罪吗？”

“王公要治他罪，就一定能治他罪。”马顺说。

“未必。”王振道，“朝廷颁旨，修省陈言。他私下里说句阴象重，刘定之在奏本里公然写上阴之盛，要治罪，还不都得治罪？那岂不要犯众怒？且不说皇上想不想治他罪，太皇太后也绝不会让治他罪的。”

“卑职倒有个法子，不知使得使不得。”马顺说。

“你是想把阴象的说法引到后宫吧？”王振问。

“王公怎么知道？”马顺惊道。

“我也想过，结论是不可行。”王振说，“今次淫雨，太皇太后自己不见得没往后宫里想；她想是想，却不说。皇上不见得不往后宫里想；他想是想，却不说。文武百官不见得不往后宫里想；他等想是想，却不说。这时候，谁要把话题引到后宫，谁就要触大霉头。”

马顺一想，可不是吗！他也就是脑海里闪过这么一个想法，真让他去做的话，他未必有胆量。但他仍有些不甘心，嘟囔着说：“治不了他罪，也要让他受些皮肉之苦。”

“他皮肉上受些苦，脸上却增光；你火虽消，却落个灰头土脸。那值得吗？”王振道。

“那么，王公的意思呢？”马顺问。

“后发制人，”王振说，“他私下里说，我也私下里了；他要是敢把阴象的说法引向我，我就把他的说法引向后宫。那时再看，皇上是信我，还是信他；太皇太后是信我，还是信他。”

“刘定之的本子呢？”马顺又问。

“且不必理会。”王振说，“阴盛之说，皇上忌讳，多半不会理会。皇上不理会，我等何必理会！”

果然，刘定之借淫雨议时政的奏疏，留中不发。

第十九章

一个小宦者扒在内阁值房门口，向里张望。杨溥看到，认得他是在司礼监当差的，招招手，把他唤进去。

“南杨先生，你老人家好啊，”小宦者乖巧地问候着，同时两眼仍向四面乱瞄。见坐在另一边的杨士奇，他又忙招呼：“西杨先生也在呀。”

杨士奇点点头，没说话。杨溥却问：“你是来看东杨先生在不在吧？”

“是。小的主人要小人来看看，东杨先生在不在。”小宦者说。

杨溥抬起胳膊，在屋里画个圈，说：“你这不是看到，他不在！”

“请问南杨先生，他几时可返回？”小宦者问。

“这要问他自家，我等不好说。”杨溥道。

小宦者呆呆地站在原地，没有离开的意思。显然，不问出个结果，他回去无法交差；可杨溥的话，又让他无法再问下去。

杨士奇有点儿看不过去。他说：“南杨先生与你说笑呢。东杨先生如厕，你家主人要来议事，我传个话给他，让他莫要外出。”

“如此，多谢西杨先生。”小宦者忙向杨士奇行礼，临出门前，他不忘和杨溥开个玩笑，“南杨先生若要如厕，须得几久，可要交代一声呀。”

杨溥要斥责他无礼，他做个鬼脸，一溜烟地跑了。杨溥只能冲着他后背说句：“可厌！”他觉得两字分量不够，又加两字，“可厌之至！”

“既知其可厌，又何必以言词挑逗？”杨士奇道。

这话含有责备的味道，但在杨溥听来，却很亲切。福建佥事杖责驿丞至死一案已过去太久。他二人心胸都比较豁达，当时发生矛盾也是间接的，并未面对面争执，因此，在内阁早已相安无事。不过，在内心深处，总还有些别扭。这主要表现在意见相左时，变得吞吞吐吐，不像以前那么坦荡。杨士奇开口责备，好像一下子消除他们心里的别扭。

“可厌二字，不是指他。”杨溥也可以不接受他的责备，“不但他的主人，还有司礼监的其他公公，来内阁前，都着人打探：东杨先生在否？东翁，你心里可舒服？”

司礼监和内阁之间，常有公事要议论，要协调。谁也说不清楚，从何时开始，因某事，某司礼太监来内阁前，先着人打探杨荣是否在阁中。不，这话不全对，从何时因某事，或许说不清楚；但肯定是王振开的先例，其他司礼太监才效仿的；而且，其他司礼太监的表现要含蓄些，不会直截了当地询问杨荣在否。

杨士奇笑笑，说："若道心里舒服，那是在诳弘济先生。"

"东翁何不直言心里不舒服？"杨溥道。

"若道心里不舒服，那也是在诳弘济先生。"杨士奇又说。

"此话怎讲？"杨溥的好奇地问。

"东杨先生不在，则司礼监不过内阁议事，视我等若无人，想一想，心里是有些不舒服。但要问一句：为何东杨不在，则不过内阁议事呢？未见得司礼监人人与东杨有私交吧？我看，无非是东杨不在，所议之事难以决断。那么，内阁有东杨，你我应该庆贺呀。为朝廷庆贺，为内阁庆贺。这么一想，心里也就没什么不舒服的。"杨士奇不紧不慢地说。

"君子坦荡荡，此东翁之谓也。"杨溥不由得大为感慨。另一方面，他对杨士奇的说法，也不能完全认同，所以又说:"不过，果如东翁所言，你我岂不成尸位素餐！"

"话不能这么说。"杨士奇摇头，"我所谓难以决断，是指权宜者。若司礼监要往西南走，内阁要往西北走，有人出面把司礼监朝北引引，把内阁朝南引引，就可走到一起。但若司礼监要往南走，内阁要往北走，那就很难引到一起。内阁究竟要往北走，还是往南走，须得集思广益，不能只有一家之言。"

"承教，承教。"杨溥揖道，"听东翁一席话，不必再忧虑内阁多我这个无用之人，只须为内阁若少勉仁兄而忧虑。"

随着他最后一句话出口，杨士奇心里一沉。年前，一御医私下里对他说，东杨先生病在肝腹，恐怕没有多少阳寿。他当时半信半疑：信呢，是因为那名御医的医术高明，他很信服；疑呢，是因为杨荣看上去身体、气色都好，总不会先自己而没吧？谁知今日杨溥提起内阁不可少杨荣，莫不是他也听到什么风声？

杨溥见他脸色不对，担心地问："东翁，怎么？"

"没什么，心里忽觉一堵，是老毛病。"杨士奇当然不能和人公开议论此事，他振作起精神，说，"弘济先生，有件事正要和你议一议。"

"请讲。"杨溥道。

"几位老翰林，筹划起一社，名称都想好，就用唐、宋诸老在洛阳建真率会的旧名，欲我内阁三人领衔。"杨士奇简单叙述过事由，问道，"不知意下如何？"

"此乃绝好之事呀。"杨溥喝彩。

“弘济先生是赞成此举？”杨士奇追问。

杨溥稍一犹豫，道：“东翁且说说，是哪几位老翰林。”

“第一个，翰林学士钱公习礼。”杨士奇说。

“此公得有今日，不能不念文皇帝的宽仁呀。”杨溥道。永乐年间，有人指控钱习礼是建文逆党练子宁的姻亲，太宗皇帝笑着说：使练子宁在，朕也会用他，何况是他的姻亲。杨溥或是想起自己在永乐朝的经历，或是怀念起这位雄才大略的皇祖，眼眶不禁有些湿润。他咳嗽一声，没话找话地说：“习礼先生好似与我同庚吧？”

不料，这正是杨士奇要谈论的话题。他问：“我记得，弘济先生是洪武壬子年出生的吧？”

“是啊。”杨溥应道。

“弘济先生今年六十有九，习礼先生差你一岁，是癸丑年生人。他说，若不是年齿不如内阁三杨，他非要抢这个领衔来做。”杨士奇前一句话是回答问题，后一句话大有以言辞相激之意。

“这倒像是习礼先生的为人。”杨溥笑道，又问，“倡议者还有何人？”

“才回朝的翰林学士李公时勉，以侍郎兼署学士的王公时彦、王公行俭。”杨士奇掰着手指又数出三个人来。

“这三位年齿又在习礼先生之下吧？”杨溥问。其实，这根本不是他在想的。他心里的念头是：这四位老翰林，不仅都是江西人，而且除王英，其他三人都是吉安人。与其办一个真率会，还不如办一个江右会，或者干脆办一个吉安会呢。当然，这只能念之于心，不能宣之于口，在这种情形下，方便谈论的还是年龄问题。

杨士奇告诉他：“李公差习礼先生一岁，六十有七；王公年长者六十有五，年幼者亦过一个甲子，六十有二。”

好，又是翰林学士的身份，又是六十岁以上的年龄，朝廷官员中再想多找出一个，都没有可能。杨溥实在不愿意凑这份热闹，但方才为之喝彩，现在又该怎样回绝呢？他脸上露出一丝苦笑。

“这几位倡议者有什么不妥吗？”杨士奇问。

“他等无甚不妥，东翁，怕是于你有些不妥。”杨溥说。

“于我有些不妥？这倒要听一听。”杨士奇道。

“真率二字的出处，我没认真考究过，只记得史籍曾以此二字喻陶公渊明，对吧？”杨溥问。

“不错，《南史》里用过这两个字。”杨士奇说。

“陶公以真率贯穿一生，尤以归隐为后世士人称道，对吧？唐、宋诸老建真率会，多少是取其归隐之意，对吧？”如果开始时杨溥还没想好，怎样把真率二字和杨士奇联系起来，现在则是越说越顺畅，“前者东翁请归，恐怕也是想归而隐之吧？那时已大伤皇上和太皇太后之心，大伤朝廷百官之心，大伤天下士人之心。此次建真率会，东翁就不怕上自朝廷，下至民间，会把真率和归隐联系起来？”

“弘济先生一定要联系亦可；不过，不妨与他事联系，用不着与归隐联系。”杨士奇好不容易插进句话。

“与何事联系？”杨溥问。

“我方才说过的，集思广益呀。”杨士奇道，“这几位老翰林，人品又好，学问又好，既有见识，又经历练，大家在一起聚聚，陶冶情操且不必说，对我等未见得就没有启迪吧？”

“人品又好，学问又好，既有见识，又经历练，东翁这几句评语，倒是恰如其分。”杨溥附和。

“那么，与他等共建一会，岂不没什么不妥？”杨士奇道。

“与这几位老翰林共建一会，当然没什么不妥；我是说，真率会这个名称，于东翁怕有不妥。”杨溥分辩。

“好啊，他等既约我内阁诸人领衔，名称当然该我等听着舒服才行，就请弘济先生另起一名吧。”杨士奇并不与他争论。

杨溥的确想改个名称。在他看来，身份的限制，年龄的限制，好像都和真率会的名称有关。但情急之下，平日在书里读过的那些可以作为会社名称的，十个里想不起一二；想到的，也不适宜。他苦笑一声，搪塞道：“不必，真率会其实是个绝佳的名称。”

“弘济先生的意思是——”杨士奇问。

“几位老翰林邀内阁诸人领衔，等和勉仁兄一起议吧。”杨溥说。

“也好。”杨士奇道。

他的声音略显古怪，使得杨溥一定要问：“东翁，有什么不妥吗？”

“没有，没有。”杨士奇嘴上说没有，却笑起来，笑得更觉古怪。

“有何不妥，东翁不妨直言。”杨溥道。

“我是想，方才和弘济先生谈论舒服不舒服；你看，这等事也无法决断，难怪司礼监来前要探问勉仁先生在不在。”杨士奇说。

“这有什么决断不了的！我既以为是好事，自然是赞成的。”杨溥道。他心里想的是：且看勉仁兄如何来揭穿这个江右会或吉安会吧。

不想，杨荣听了事由，二话没说，拿起笔草拟起章程。

王振到内阁时，三位阁老已把真率会章程修改得差不多。众人相见行礼，各在主、宾之位就座。

“东翁，”王振自然先和杨士奇打招呼，“内阁有什么喜事？”

“怎么？”杨士奇不解其意。

王振指指外面，说：“百步之外就听得老先生们谈笑风生。”

“竟闹出这么大的动静？不该，不该。”杨士奇说着，把章程草稿推给王振，“翰林们欲起一社，勉仁先生在拟章程呢。”

王振把草稿粗读一遍，道：“此乃绝好之事呀。”

杨士奇与杨溥相互看一眼。杨士奇目光中的含义是：有趣，竟是相同的语句；杨溥目光中的含义是：且听他下文。

“翰林起社，阁老拟文，岂非咄咄怪事？”王振话中带刺。

“说怪也不怪，翰林们起社，邀我等加入。”杨士奇解释。

“噢，”王振点点头，说，“恐怕不只加入，还要请东翁领衔吧？”

“不，是邀我等共同领衔。”杨士奇说。

王振又点点头，问：“是哪几位翰林呀？”

杨士奇把几位学士的名字又报一遍。

“都是老翰林嘛，难怪老先生们要给他等面子。”王振说着，瞥杨溥一眼，他意味深长地问，“弘济先生也欣然同意吧？”

“王公以为是绝好之事，我若不同意，岂不要得罪？”杨溥话里也带着刺。

“弘济先生不是怕得罪我吧？”王振冷冷地说，又问，“既然都是欣然同意，老先生们又在争论什么呢？”

“关于聚会之期，或以为当七日一聚，或以为当十日一聚，或以为当半月一聚。”杨士奇说。

“七日过频，半月过疏，不如十日为期。”王振随口说。

“好啊，司礼公替我等定下会期，我等不必再争吵。”杨荣附和道。

杨士奇、杨溥虽然没承认这是最好的选择，但他们的沉默至少说明，十日一聚是可以接受的。对王振来说，这已经足够。他微微一笑，说：“不过，有一件事，我得和老先生们争一争。”

“与某一人争，或与我等三人争？”杨士奇问。

“须得说出，才见分晓。”王振左手伸出三指，右手伸出四指，说，“内阁三位，老翰林四位，总计是七位，这不好看呀。”他左手又竖起一指，道，“何不再增多一人，凑个双数？”

“王公打算推荐一人？”杨士奇问。

“并无此意。”王振摇头。

“王公不会是毛遂自荐吧？”杨溥猜测。

“若有人相邀，我也会欣然同意。”王振道。见三位阁老脸上均有难色，他笑着说：“老先生们放心，内臣不得与外臣交结，是祖制，我不敢有违。”然后问杨荣，“我想争何事，东杨先生猜到否？”

“王公还是说说今日驾临阁中，要议何事吧。”杨荣或是没猜到，或是猜到也不想说破。

不料，王振却说：“知我者，东杨先生也。”他把左手的三指和右手的四指收回，只留下左手一指，在三人面前晃了晃，说，“今日要与老先生们议的是它，要与老先生们争的也是它。”

杨溥无法领会，右手学着伸出一指；想想不对，换左手伸出一指，在杨荣面前晃了晃。他问：“知王公者，勉仁兄也。勉仁兄，这是何意？”

杨荣笑笑，问他：“弘济兄为何要换一手？”

“王公用的是左手，我依样比画，只得换过来。”杨溥说。

“王公左手与右手有何不同？”杨荣又问。

“我怎知！”杨溥忽然想到，对此事并非一无所知，“王公右手拿出四指，左手原拿出三指，后又添上一指。”

“王公为何添上一指？”杨荣问。

“他欲真率会增加一人。”杨溥回答。

“王公为何要加在左手上？”杨荣问。

“是啊，为何要加在左手上？”杨溥总算明白过来，“勉仁兄是说——”

杨士奇一直在琢磨，王振今日要与他等计议何事，立真率会和他要议的事在哪一点上重合？杨荣和杨溥的对话，时有时无地飘进他的耳朵里。等找到那个重合点，他实在不想由杨溥说出来，抢在前面说：“王先生欲议何事，还乞明示。”

“好。”王振正正坐姿，表示要议论正事，“东翁提到那几位老翰林时，我就在想，三位老先生的年庚又在他等之上。要是我记得不错，东翁已过古稀之年吧？”

“七十有六。”杨士奇告诉他准确的年龄。

“东杨先生和南杨先生也年近古稀吧？”王振问。

“我六十有九，勉仁兄长我一岁。”杨溥抢着回答，并问，“王公为何对我等年齿如此关切？”

“不是我关切，是皇上关切。”王振说。

三人听这话，心头都是一震。

王振缓缓言道：“三位老先生是国家栋梁，朝廷事多有赖焉。不过，三位年事均高，主持朝政多年，难道就不觉得倦怠吗？”

“我等身居重位，不敢有丝毫倦怠。”杨士奇说。

“这话别人都说得，东翁啊，你却说不得。”王振道。

“你是说我曾多次以衰老乞休？”杨士奇自问自答，“但皇上既不准我休致，我只有尽心竭力，以报国恩。”

“东翁要报国恩，那是谁人也不能阻的。不过，”王振语气一转，道，“东翁是否想过，皇上为何关切老先生们的年庚？我再多说一句，不仅皇上关切老先生们的年庚，太皇太后也关切老先生们的年庚，这又是为何？以古稀之年，日理朝事，皇上心有不忍呀，太皇太后心有不忍呀。”

“照王先生的说法，我等身在内阁，尤其是老朽身在内阁，让皇上不安，让太皇太后不安？”杨士奇带着几分气恼地责问。

“我并无此意呀。”王振说。

“那么，王先生的话究竟是什么意思，王先生今日究竟要议何事？”杨士奇的气恼又增加几分。

“东翁当真不知？”王振问。

“若是知道，何必问你！”杨士奇道。

“我看，东翁是知道的，不然，为何动气？”王振让杨士奇自己去气恼，不再理会他，“勉仁先生，”他招呼杨荣，“你是个明白人，你看此事该如何计议？”

“东翁请王公明示来意，很是。但凭猜测，谁敢担保不闹出南辕北辙的笑话？”杨荣首先帮着杨士奇说话。

“勉仁先生会猜测错？我不信。”虽然这么说，王振还是正式说明他的来意，“老先生们年事已高，内阁该增加一二后生。”

“王公是奉旨而来吗？”杨溥问。

“我若奉旨，此事还用得着议吗？”王振道，“皇上对老先生们的年庚表示关切，已包含着这一层意思。我是想，先来和老先生们议出眉目，再上疏奏请，方为稳妥。”

“如此说来，我等还当谢一声王公的体恤。”杨溥冷冷地说。

“均为国事，谢字不敢当。”王振冷冷地回敬。

大家坐着不动，但已成剑拔弩张之势。

“二位听我一句，”杨荣咳嗽一声，又帮着王振说话，“在我看来，王公所虑甚是。”

“勉仁兄，你这话何意？”杨溥质问，“东翁方才说的尽心竭力，以报国恩，你难道没听清楚？”

“东翁的话，字字听得真切。”杨荣道。

“勉仁兄难道就不顾及东翁的忠忱？”杨溥质问。

“东翁之忠忱，亦弘济兄之忠忱，亦某之忠忱，怎能不顾及！我要说的是：我辈衰残，乃不争之事；处置朝政，颇感力不从心。为朝廷进几个后生，正是为报国恩。”杨荣说罢，问杨溥，“弘济兄，我这话不对吗？”杨溥哼一声，不作答。他又问杨士奇：“东翁，我这话不对吗？”杨士奇连哼都不哼一声。

王振哈哈大笑，道：“东翁等忠忱可嘉，东杨先生明晓事理，尤可嘉。东杨先生的话，比空泛的报国尽忠之词，更令人感动。”

“王公谬赞，不敢当。”杨荣显得很平静，既不以王振的称赞为耻，也不以王振的称赞为荣。他问：“王公是与我等一起议出几个人物来，还是我等议出几个人物来，再请王公参酌？”

他虽然说的是去留自便，但不欲王振留下参与议论的意思是很明白的。在杨士奇、杨溥，可以稍稍减轻对他的埋怨；在王振，心中略觉不快，但又不能发作。杨荣毕竟是内阁中唯一对他的议题做出回应的人。

“此事我不便插嘴，老先生们议吧。”王振说着，起身辞去。

内阁议事，应该由杨士奇张罗，他却低头整理自己的文稿，一言不发，好像在用这个行动向杨荣抗议：补选阁员之事，是你答应下来的，与我无关。杨荣也不着急，埋头写着什么，写得很慎重，一行只写两三个字，大概是在写人名。写几行，他把纸对折，撕开；再对折，再撕开。

“且慢！”百无聊赖的杨溥冲将过去，从他手里夺过纸来。他把纸对接好，看了看，问道：“好啊勉仁兄，你自己在选人！”

“写个名字而已，人选要议过才算数。”杨荣道。

“此事勉仁兄当真要议？”杨溥问。

“议与不议，非我所能确定。”杨荣道。

“那么，由东翁确定？”杨溥责备他说，“既然知道要由东翁确定，你为何一口就替他应承下来？”

杨荣看他一眼，不答，又铺开一张纸，准备接着写字。

杨溥从他手里夺过笔，重重地放在案上，道：“勉仁兄说清楚，再选人不迟！”

“写个名字而已。”杨荣更正道。

“好，”杨溥顺着他说，“勉仁兄说清楚，再写名字不迟。”

“那我就从弘济兄方才的话说起吧。”杨荣故意两眼盯住杨溥，而不看杨士奇，但保证每句话他都听得进去，“弘济兄说，此事议不议，由东翁确定；这话只说对一半。今日议不议，确是由东翁来确定；延至明日、复明日，议不议，东翁就未必确定得了。我替东翁应承下来，就是想在东翁尚得以确定时，把此事议一议。”

“又是确定得了，又是确定不了，我听不懂。”杨溥说着，回过头去问杨士奇，“东翁，你听得懂吗？”

“有趣，甚是有趣。”杨士奇从杨荣话里悟出的意思好像要多些。

“东翁说有趣，我就再多说几句。”杨荣朝着杨士奇坐的方向说一句，又回转来对杨溥说，“此公厌倦我等久矣——”

“我看，他对勉仁兄并不厌倦呀。”杨溥打断他。

“恐怕比厌倦弘济兄更甚。”杨荣回应之后，继续往下说，“此公厌倦我等久矣，仰仗皇上和太皇太后圣明，尚奈何不得我等。但皇上和太皇太后也看出我等衰老，难以独任国事，这却是句实话；皇上和太皇太后有心增补阁员，这却是句实话。等到宫中出片纸令某人入阁的那一天，我等欲议此事，恐怕也无法议。既如此，何不趁着尚得以议此事之机，进一二能与我辈同心协力之贤者，于国事或有裨益。”

杨溥恍然大悟，原来杨荣并不是帮着王振说话，而是在利用王振给他们的这个机会。他想对杨荣说一两句表示歉意或表示敬意的话，但二人太熟悉，很难说出口。于是，他又想帮着杨荣劝说杨士奇。他退后几步，踱到杨士奇座位前，开口道：“东翁，你看——”

杨士奇把他的话接过去：“我一直在想，勉仁先生是不会信口回应的。果然，他比你我都想得深刻。”说着，他伸出手去，“好吧，让我等看看，勉仁先生拟的是哪几个人。”

杨溥把纸片在他桌案上拼好，于是，三个人认真地议论开来。

太皇太后闭着眼睛听兴安禀奏，听他禀奏告一段后，她睁开眼睛，问道：“不便插嘴这话是他自己说的？”

“是，奴才一个字也不敢改。”兴安说。

“一共四个字，若随意改一个，你的胆子也忒大。”听口气，太皇太后的心情不错，她问身后的常氏，“常官，他在这件事里有差错吗？”

“没有。”常氏回答。

“是啊，我看也没有。”太皇太后说着，又问兴安，“此事是皇上交代他办的吗？”

“据奴才所知，皇上并未交代。”兴安回答。

“那么，是他自己想到去办的？”太皇太后看看常氏，看看兴安，若有所思。“兴安呀，这是他强过你的地方，也是我对他不放心的地方。”主要的想法说出来后，她极力摆脱掉王振，只考虑这件事本身，“兴安，你说内阁推举四位翰林？”

“是。”兴安应道。

“都有谁呀？”太皇太后问。

“一位是侍读学士苗衷，一位是侍讲学士陈循，一位是侍讲学士马愉，一位是侍讲曹鼐。”兴安回奏。

“详细道来。”太皇太后吩咐。

“是。”兴安知道太皇太后要听那些内容，一一择其要而言之，“苗学士，凤阳定远人，永乐七年进士，太宗文皇帝以来朝廷文翰，多出自其手。陈学士，江西泰和人，永乐十三年进士，太宗文皇帝巡幸北京，特命取他北上留侍；宣宗章皇帝巡幸，每以他随侍。马学士，山东临朐人，宣德二年的状元，宣宗皇帝选三十七人进学文渊阁，以马状元为首。曹翰林，直隶宁晋人，曾以乡举授官，后试科举，得宣德八年进士第一，因与修《宣宗实录》，皇上特赐他三品章服。”

“记得如此清晰，而且一两句话就说得明白，真正难为你。”太皇太后夸奖他一句。

“奴才怕皇上要问这几位翰林的情形，而且，奴才想，太皇太后或许会过问此事，故先查询记下。”兴安说。

“他居然想到我要过问此事！”太皇太后笑着对常氏说，又问兴安，“你为什么想到我会过问此事呀？”

“回太皇太后话，内阁三杨任事，十年不曾增人减人，今新补阁臣，事体重大，故奴才有了这么个念头。”兴安说。

“不错，这的确是件大事，你既然想到我会过问，我就过问过问吧。”太皇太后好似说笑，其实一点儿说笑的意思也没有，“还有一位学士，已升至侍郎，口碑很好，他为什么不在举荐之列呀？”

“太皇太后说的，是王直王侍郎吧？”兴安问。

“不错，就是他。”太皇太后道。

“奴才听说，内阁议论时，南杨先生曾举荐他。”兴安说。

"那为何被汰去？"太皇太后问。

"奴才听说，是因为西杨先生反对。"兴安道。

"西杨先生不是最爱惜人才吗，为何要反对？"太皇太后问。

"这个，奴才也说不明白。"兴安道。

太皇太后扫他一眼，问："是说不明白，还是不知从何说起？"

"太皇太后圣明，奴才也说不明白，也不知从何说起。"兴安道。

太皇太后还要追问，一回头，见常氏的嘴巴已经半张开。她说："那你就听听常官是怎么说的吧。"

"奴婢倒是想到个理由。"常氏说，"太皇太后大概记得西杨先生是江西泰和人，却不知道王侍郎也是江西泰和人。"

"是吗？"太皇太后是询问兴安，见他点头，自己也点点头，"西杨先生大约听人议论过他偏爱同乡之士，所以忍痛割爱，这个理由还说得过去。"但马上又发现问题，"不对呀，兴安，你方才说的四位翰林中，是不是也有一位是泰和人呀？"

"是，陈学士是泰和人。"兴安回奏。

"若是避讳，为何汰一乡人，又举一乡人？"太皇太后不是完全否定常氏的理由，而是提出疑问。

所以常氏还可以解释："王侍郎不仅是泰和人，还与西杨先生联姻。"

"是吗？"太皇太后仍是问兴安，见兴安点头，她发起感慨，"原来为此。内举不避亲，说起来容易，做起来却难。"随即又问，"兴安，你听人这么议论过王侍郎被汰一事吗？"

"奴才听过这种议论。"兴安回奏。

"这有什么说不明白的，倒叫我不明白！"太皇太后道。

"回太皇太后话，说不明白，是因为奴才还听过别种议论。"兴安道。

"那你把别种议论也说给我听听。"太皇太后吩咐。

"有人说，王侍郎曾提醒西杨先生，他的公子横行不法于乡里，故与西杨先生结怨。"兴安怕说不明白，其实三言两语就说明白。

"提醒他是爱他呀，西杨先生是通达之人，难道连这个道理也不懂？"太皇太后似乎很难相信。

"奴才听说，西杨先生对王侍郎的提醒倒也很上心，他回乡展墓，其实也是回乡查访。但他的那位公子不知做些什么手脚，使他坚信，王侍郎是在他父子间挑唆。"兴安叙说。

“热衷挑唆的人也是有的，不过，不应把王侍郎的提醒看作挑唆。一来，王侍郎口碑甚好，乃正人君子；二来，他为什么要在西杨先生父子间挑唆？这毫无道理嘛！”太皇太后判断着。

“太皇太后圣明。”兴安、常氏齐声颂道。

“我不过是旁观者，算不得圣明。”太皇太后说着，又问，“西杨先生和南杨先生意见相左，东杨先生做何表示？”

“东杨先生偏向西杨先生。”兴安回奏。

“有什么理由吗？”太皇太后问。

“东杨先生曾对司礼太监说，当荐几个后生。”兴安先说引子，再说正文，“他的意思，王侍郎哪一点都好，只是年纪大些。”

“有六十岁吗？”太皇太后问。

“已过。”兴安回奏。

“那是大些。”太皇太后思忖着，“内阁所以要增补阁员，由头是三位杨先生年事已高，故年龄不可不虑。”忽想到一件与此相关的事，她问，“王侍郎是哪一科的进士？”

“永乐二年。”兴安回奏。

“你方才说，苗学士是永乐七年进士，是吧？那他的年龄应该也不小吧？”太皇太后问。

“诚如慈谕，苗学士已届花甲之年。”兴安回奏。

“汰一花甲，举一花甲，这可又让我挑出毛病。”太皇太后说着，自己禁不住笑起来。

“这个毛病倒也好改正。”常氏插话。

“怎么个改正法？”太皇太后问。

“把苗学士汰去，不就没毛病？”常氏道。

“你好大的胆子！”太皇太后的斥责半是认真，半是说笑，“王振对内阁说句‘不便插嘴’，所以我也不好插嘴。你倒是无所忌讳呀。”

“奴婢多嘴，还乞恕罪。”常氏也半是说笑半是惶恐。

“好，咱们关起门来说的话，谁也别传出去。”太皇太后嘱咐，复问兴安，“东杨先生还有什么理由吗？”

“他还说，胡尚书年纪大，身体又不好，礼部一应事务都由王侍郎主持；若以王侍郎入阁，对礼部来说，无异于釜底抽薪。”兴安回奏。

“这个理由倒是无法批驳，”太皇太后不知是真挑不出毛病来，或是不想再挑毛病；但她还是对杨荣说的理由做些补充，“再者，自我太宗文皇帝设立内阁以来，还没有官至侍郎而入阁的先例呢。我原本有些为王侍郎抱不平，现在看来，大可不必。你二人说是不是？”

“太皇太后圣明。”兴安道。

“太皇太后是最讲道理的。”常氏道。

正统五年二月初二日，皇帝降旨，命马愉、曹鼐入阁办事。看来，太皇太后虽称关起门来说话，她的议论还是起了作用。

第二十章

魏源对何文渊和自己同堂议事，既觉得有趣又觉得尴尬。别的不说，相对而坐，彼此一揖，自己称一声巨川先生，对方总不能称一声文渊先生吧？好在何文渊很长时间以来，是以刑部侍郎衔派外差；他回朝后，说不定会改在别的衙门任职。皇上，或者吏部，显然都没考虑到他们的尴尬，何文渊回朝后，仍是刑部侍郎。不过，好在职位不同，他可以不称魏源文渊先生，而称大司寇。开始虽有些别扭，时间一久，也就习惯。而且时间一久，魏源宁愿与何文渊议事。这不仅因为二人均江西籍，亦曾同窗，不是学校里的同窗，而是因刑部的失误或并非失误而入狱，同对牢窗；更因为二人对许多事情的看法一致，得出的结论自然一致。

何文渊字巨川，江西广昌人，永乐十六年进士。

“有件事，虽不算大，亦不算小，恐怕要和行在都察院、行在大理寺的堂官们议一议。”魏源对何文渊说。

“大司寇要派我差吗？”何文渊问。

“派差？派什么差？”魏源被他问糊涂。

“去请两个衙门的堂官呀。”何文渊说。

魏源被逗笑。他说：“此事不劳巨川先生。拿着佐卿的薪俸，欲办衙役的差事，你也说得出口！”

“那么，大司寇是何用意？”何文渊问。

“我欲先与巨川先生议一议。”魏源说。

“这倒是佐卿的正经差事。”何文渊说句笑话，然后问道，“大司寇要议的，是不是贪赃枉法官员充军之罚呀？”

“咿，你怎晓得？”魏源好不奇怪。

“近一两月来，连着有几桩犯赃罪该罚北边充军的案子，都扣在衙门里未加处置。我想，大司寇恐怕要做这个文章。”何文渊说。

“那么，巨川先生也发现其中的弊病？”魏源问。

“发现是发现，但不知和大司寇是不是想到一起。”何文渊说。

“怎么，其中还有多项弊病？”这是魏源没想到的。

“不见得是多项弊病，但也可能不止一端。”何文渊说，“譬如，贪赃枉法至百二十贯，初律定的是绞刑；后改为免绞，发北边充军。若以为仍当论以绞刑，充军的处罚不就变轻吗？”

“律是祖宗定的，也是祖宗改的，巨川先生慎言之。”魏源告诫道。

“那就换一个角度。”何文渊从容地说，“贪赃，未必皆钱，或为物。今昨物价不同，折钱不等，仍以百二十贯为准，轻耶重耶？”

“哈，我就知道巨川先生料得到我的想法。”魏源指点着他说。

“这么说，想到了一起？”何文渊问。

“是。”魏源应过，马上问道，“在巨川先生看来，百二十贯为准，是轻，还是重？”

“那要看怎么说。”何文渊道，“犯赃罪，哪怕一文钱，也该惩治；但贪赃一文钱而发北边充军，法过严，不可取。此所谓水至清则无鱼也。一文充军不可取，百二十贯又如何？国初以百二十贯为准，因彼时钞贵物贱，百二十贯即一笔大数目。今时百二十贯也不可以说不是个数目，贪赃百二十贯也不可以说罪轻。但今时钞贱物贵，百二十贯可易之物，非国初时可比。若彼时贪赃百二十贯论绞，今时贪赃百二十贯亦论绞，则法有失公允；彼时贪赃百二十贯免绞，发北边充军；今时贪赃百二十贯亦免绞，发北边充军，则法有失公允。”

“论得精辟！”魏源拍案叫好，并问，“在巨川先生看来，今时当以若干贯为准，法方公允？”

“我未算计过；大司寇既想许多日子，想必算计过。”何文渊道。

“不错，我是算计出个数目，但拿捏不定。”魏源说。

“说来听听。”何文渊道。

“八百贯，是不是多？”魏源问。

“我看不多。”何文渊不但表明自己的意见，还认真提出建议，“大司寇若约孟机先生等计议此事，不妨就抛出它去；孟机先生若也以为不多，大司寇可再与户部诸公商榷。天下粟、帛折钱之数，他等总比你我估算得精确。”

“巨川先生说的是，正当依此步骤计议。”魏源欣然接受。

三法司的会议散后，右佥都御史卢睿匆匆离去。后面有人招呼他两三声，他都没听到；或者听到，却没反应过来是在招呼他。招呼他的人不得不紧追慢赶，赶上他时，再叫一声，才把他叫住。回头一看，行在大理寺卿王文跑得脸上出汗，深一口浅一口地喘着气。他不由惊问：“出何事，千之兄急行若此？”

“出何事，仲思兄急行若此？”王文反问他。

王文字千之，直隶束鹿人。卢睿字仲思，浙江东阳人。二人都是永乐十九年进士。

“我行得急吗？没有呀。”卢睿道。

“仲思兄行得不急，我何至于如此狼狈。”王文说着，夸张地以衣袖擦拭去脸上的汗。

“千之兄在追赶我吗？弟不知，得罪得罪。”卢睿说着，深作一揖，“千之兄有所不知，弟出巡宣、大时，一年里有半年风大，因而出门时不得不快步行走；两三年下来，已成习惯。”

“这有些怪，兄出巡宣、大两三年养成快行的习惯，我出巡宁夏两三年却愈发习惯于慢步了。”王文说。

“河套水草肥沃，岂是宣、大可比。”卢睿道。

“怎么，在仲思兄眼里，出巡宁夏倒成美差？”王文问。

“虽非美差，亦不甚辛苦。”卢睿说。

“好，仲思兄这句话，说得我心里踏实下来。”王文道。

“这话好不可笑！在我眼里，出巡宁夏是美差抑或恶差，与千之兄有何干系？”卢睿忽然觉得，王文的话不一定那么可笑，他改口说，“千之兄的话里，还有别的意思呀。”

“我的意思是，因风大而快行，这个理由说不通；宣、大风大沙扬，宁夏一样也是风大沙扬。”王文应付道。

“那或因我是南人，千之兄是北人；我惧风沙，而千之兄安之若素。”卢睿找另外一个理由。

“这个理由嘛，勉强说得过去。”王文道，又说，“仲思兄可否放慢步伐，我先把仲思兄送去衙门，再回大理寺。”

“可以呀。”卢睿没理由拒绝，两个人并排走几步，他说，“我为何急行若此，向千之兄交代明白；千之兄为何急行若此，也该向我交代明白吧？千之兄急行若此，不会真的是为追赶我吧？”

“我就是为追赶仲思兄。”王文随口应道。

“追赶我又问的何事？”卢睿问。

“是——”王文的确有事要和他说，但一时又难说出口，便又随口问道，“共坐半日，仲思兄为何不出一言？”

“但愿天下无一赃吏，其他非所欲闻，非所欲言。”卢睿答非所问。

“但天下赃吏一日多过一日，仲思兄总不能视而不见。”王文说。

“所以，须得以教化为先，让天下读书人皆知廉耻。”卢睿说。

“你这是在重复德温兄的言论呀！单凭教化，恐怕不足以止贪。”王文道。他说的德温兄，姓薛名瑄，和他二人是同科进士。

“今日三法司议以八百贯为准取代以百二十贯为准，不是主张从宽，而是为求公允。”王文又说。

“这我知道；所以，我并不反对。”卢睿说。

一人一句，简直说不到一起去。好在二人各想各的心思，谁也没细心去品味对方的话，否则一定想不明白，是怎么把对方的话接过来的。

到行在都察院衙门前，卢睿揖了揖，道：“多谢千之兄伴行，既然到此，是不是进去坐坐？”

“不坐了，就此辞过。”王文还一揖，转过身，往大理寺走去。走几步，觉得身边有人，一看，卢睿一步一步，按照自己的步调在走。他不由惊问：“仲思兄怎么又走回来？”

“千之兄说呢？”卢睿反问。

“不会是为送我吧？”王文道。

“就是为送送千之兄。请吧。”卢睿道，走几步，他又说，“顺便也问问千之兄：我把出巡宁夏看作美差，千之兄心里就踏实，这是何意？”

“好吧，早晚要说的，不如就趁着现在这个机会说。”王文道，“仲思兄，你的正堂昨日找我议了件事。”

“不是今日所议的事吗？”卢睿问。

“不是。”王文道，“孟机先生说我出巡宁夏两年，被召还朝廷，宗翰先生接替我出巡宁夏又两年，是不是也该召还？”

宗翰是金濂的字，他正以右副都御史巡抚宁夏。

“就是这事？”卢睿觉得奇怪，“这没有什么不好说的呀，千之兄为何欲言又止？”

“因为我对孟机先生说，是该召还。”王文道。

“那又怎样？”卢睿问。

“那又怎样，仲思兄想不到吗？”在王文看来，这是一想就能想出来的。他奇怪卢睿怎么还能问得坦然。

“今都察院里，除孟机先生和我，再无第三个堂官，召还宗翰先生是件再好不过的事。”卢睿说着，仍问，“那又怎样？”

“召还宗翰先生，须得再差一人接替他。”王文说。

“这是自然，每召还一人，不都得再差一人！”卢睿道。

“宁夏地处鞑靼、瓦剌进出我边的要冲，东翁与许多有识之士都惕然于瓦剌之强悍。召还宗翰先生，不是随便差派一人就可以的。”王文说。

“这是自然，今凡差往边镇者，都是有些阅历的。”卢睿道。

“差往宁夏者，最好有过出巡边镇的阅历。”王文说。

“这是自然。”卢睿一连说三个“这是自然”后，才觉出王文每一句话里，都有他不曾领会到的意思，“千之兄不是说，孟机先生要和我斟酌接替宗翰先生的人选吧？”

“孟机先生和仲思兄同堂，他要和仲思先生斟酌人选，还用得着我这个局外人传话吗？”王文道。

“千之兄不会说，孟机先生和千之兄一起斟酌过人选吧？”卢睿又问。

“这事我倒是要向仲思兄禀告的。”王文说。

“千之兄不会说，向孟机先生推举我，孟机先生也以为卢仲思不失为一个恰当的人选吧？”卢睿道。

“仲思兄不这么以为吗？”王文以问作答。

“千之兄，我想不明白！”卢睿显得伤感，甚至欲扼腕叹息。

“仲思兄，是我不对。”看王文的模样，确有几分沉重，“出巡宁夏是个美差也罢，是个恶差也罢，归根结底，是个苦差。我不该把这个苦差揽到仲思兄身上。”

“千之兄这是什么话！”卢睿的情绪由伤感变为慷慨，“出巡宁夏是个美差也罢，是个恶差也罢，归根结底，是个力差。千之兄肯推举我，是看重我，是为我争一份荣耀。千之兄却难以启齿，让我好不伤心。”

“仲思兄真的这么想？”王文喜出望外，他拉卢睿转过身去，连声说，“走，走，我再送仲思兄回衙门。”

“罢了，此处正在中央。我看，我二人还是各走各的吧。”卢睿道。

杨士奇把何文渊让进书房，亲手为他斟上一杯煮好的茶水。

何文渊忙接过去。他顾不上品尝，急问：“东翁唤我来，为的何事？”

“是请你来，”杨士奇说着，做个手势，让何文渊坐下。他带头啜口茶，何文渊知道急不得，也啜了口茶。他这才问道：“巨川，你自两淮还朝，有一年吧？”

何文渊以刑部右侍郎派的外差，是往督两淮盐课。他不知杨士奇为何问起此事，照实说道：“不止一年。”

“有两年吗？”杨士奇又问。

“还不到吧，”何文渊说，并补充，“东翁要问我一年过多久，或两年还差多久，我却记不清。我只记得，回朝后没过几日，因辽府那桩事，与魏司寇、陈都堂等一起下狱。”

“随便问问，我不要知道那个‘多久’。”杨士奇笑道，又说，“那次糊里糊涂地锒铛入狱，巨川真有些冤枉。”

“既被科、道参劾，三法司堂上官被下狱，没有一个敢称冤枉的。说句实话，我若独在狱外，更要糊里糊涂，”何文渊说着，忍不住又问，“东翁唤我来，”为了不被岔开，他改口问，“东翁请我来，为的何事？”

“请巨川来，看个东西。”杨士奇说着，把一张写着字的纸递给他。

何文渊一眼瞥去，见不是杨士奇的笔迹，开始琢磨：东翁提到两淮，是不是自己在两淮督盐时，办过什么错事，现在有人要追究？东翁还一再追问自己回朝多久，是不是处置刑部事务时，出过什么差错，被人举告？但看第一句后，他可以断定是一首诗，而且是与自己不相干的诗。诗的标题抄在下端，是《蚕妇吟》，他读出声来：

采叶者谁妇？蓬首面不洗。
年年丝作人嫁衣，短布裙穿不掩体。
绮罗不是养蚕人，三复斯言情不已。

“东翁，这是——”何文渊问。

“巨川看得出，是谁人的诗作吗？”杨士奇问。

“看不出。”何文渊虽然看不出来，但有一点很有把握，他说，“反正不会是东翁之作，格调不同。”

“不仅在于格调，”杨士奇却另有一番心得，“想我这等没有做过父母官的人，是写不出这么深切的感受的。”

“这要看怎么说。在下虽然做过几年知府，却未必写得出这样的诗句。”何文渊稍加反驳，既是自谦，也是不赞成杨士奇的自谦。当然，杨士奇称赏的诗，他也不会说写得不好。他摇着手里的纸，问道：“东翁，此诗出自谁人笔下？”

“你恐怕想不到，是薛夫子写的。”杨士奇说。

“是薛德温吗？”薛瑄提督山东学政，不仅照搬白鹿洞学规，且亲自讲授，因而得个“薛夫子”的绰号，朝中无人不知。所以，何文渊没必要再问；他前面一问，也不需要回答。何文渊说：“我还以为，此君不食人间烟火，没想到，他也会关注百姓疾苦。”说着说着，又产生疑惑，“薛夫子责在督学呀，怎么会为蚕妇鸣不平？”

“去年山东灾，布、按二司各官分往各府、州、县查巡灾情，我听说，此诗是他在查巡各地学校时写的。”杨士奇告诉他。

“东翁乃听说，那么，此诗不是得自薛夫子？”何文渊听出名堂。

杨士奇点点头，问：“巨川认得出这是谁的字体吗？”

“七歪八扭，似刻意掩饰，我怎认得出来！”何文渊道。

“不是刻意掩饰，是勉仁先生费很大气力抄录的。”杨士奇说。

“东杨先生抄录的？”何文渊又仔细看抄录的比画，好像看出些痕迹，“东翁一说，我倒认出几分。听说薛夫子去探视过东杨先生，他从来不登公卿门第，第一次登门，想来是拿着诗文去做敲门之物。只是不知，东杨先生抄录此诗与东翁，用意何在？”

“他倒是曾对我说。”杨士奇道。

“噢？”何文渊问，“东杨先生是怎么说的？”

“他说，我当初言及备荒之政，一直不曾具体实施；现在朝廷该派员到各地去认真查巡。”杨士奇说。

“等等！”何文渊觉得他的话怎么听起来都别扭，“东翁说的这个‘我’，是指东翁，还是指东杨先生？”

“指的是我。”杨士奇说。

“这就对了。我记得，东翁曾议过备荒之政嘛。”同时，何文渊也料到杨士奇把他唤来为的何事，“怪不得东翁一再问我回朝有多久，原来差员外出巡查，又在打我的主意。”

杨士奇并不否认。他说：“吏部拟个外差官员的名帖，以你领衔——”

“东翁且慢！”何文渊实在难以理解，不得不打断，“差员查巡，就是差人查巡，怎么还出来个领衔？”

“这是我的意思，”杨士奇解释说，“各地情形不同，但备荒之政应有相通之处。查巡一处备荒之政，而可以引导他处备荒。这不是人人都能做到的。我希望至少有一人能做到，此人即为领衔。巨川如果觉得这个名称不顺耳，尽管换个说法。”

“名称顺耳不顺耳，还在其次；关键是：朝廷不是已拟定合行事宜？”何文渊问。

“此事巨川也知道？看来你是有备而来呀！”杨士奇对此事略加说明，“那是虚拟的，实际操作如何，恐怕人自不同。所以，合行事宜最后称：遇有兴利除害之事难以处置者，具奏来闻。”同时又表示，还有转圜的余地，“我知巨川在京里才安顿下来，所以特地把你请来商议。如有为难之处，我可转请时用先生另举一人。”

“另举一人？东翁在说笑吧！东翁和时用先生如此抬爱，在下就是有天大的难处，也不能推辞。”何文渊说着，问到具体事项，“朝廷欲差派我去哪处查巡，东翁可否透露一二？”

“巨川可自行选择去处。”杨士奇说。

“我可自行选择去处？”何文渊一想，这样安排不无道理，“查巡一处备荒之政，而可以引导他处备荒，不是查巡任何一处都可以做到的。譬如云、贵风情，与腹里相去甚远，适用于云、贵备荒的条文，拿到腹里各布政司遵行，未必收得到实效。”

“巨川这么说，算是理解吏部和我的良苦用心。”杨士奇道，犹豫一下，他说，“不过，吏部的意思，有两个去处，最好不在巨川的选择之内。”

“哪两个去处？”何文渊问。

“一是江南，一是晋、豫。”杨士奇说。

“理当如此。”何文渊道，“江南有周公恂如，晋、豫有于公廷益，由他二位查巡当地，朝廷再放心不过，何必画蛇添足，另行差员！”

“道理虽是如此，但也是可以商议的。”杨士奇说。

“不必商议，不必商议。”何文渊连连摆手，并说，“在下究竟去哪一处合适，就请东翁为我挑选吧。”

“巨川重任在肩，还是自家选择的好。”杨士奇说。

“挑选一处，以便参酌，有何不可？”何文渊道。

“我怕妨碍巨川的取舍。”杨士奇仍不肯。

“这样吧。”何文渊从书案取两支笔，一支交给杨士奇，一支留给自己，“我的选择写在手心，东翁的挑选也写在手心。若是相同，自不必说；若是不同，也不必说明理由，以我的选择为准。如何？”

杨士奇答应下来。二人写好对掌，上面写的都是“畿内”二字。

内阁的院子里，两个差役在杨士奇、杨溥的指点下，把三张桌子由北到南排成一列。东面西向，摆三把椅子；西面东向，摆四把椅子。内阁在禁城内，和在外的衙门不同，南向是不能设座位的。所以，无论谁在内阁办事，谁来内阁议事，都是东西向坐。桌子中央摆放两壶酒，四个果盘。每个座位前摆放一只酒盅，一支笔，一方砚。只有东面北头的座位前，多摆放一大张纸。

等几位老翰林到，相互揖礼就座。杨士奇坐在东面北头，杨溥坐在东面南头，中间的位置空着。西面由北到南依此坐的是：钱习礼、李时勉、王英、王直。杨士奇取一壶酒，给自己面前的酒盅倒满，然后欠身把酒壶递给杨溥。钱习礼也取一壶酒，给自己斟上，然后递给李时勉。大家都在默默地斟酒，谁也不说话，谁也不弄出大的动静。

杨士奇眼看着王直最后一个把酒盅斟满后，站起来，举起酒盅。众人随着站起来，举起酒盅。他弯下腰，把酒洒向地面。众人也随着弯下腰，把酒洒向地面。然后，他做个手势，众人一起坐下。

“勉仁先生仙逝，这个真率会，我看也该寿终正寝。”杨士奇说着，一眼扫过众人，见无人要打断他的话，他继续说下去，“真率会非由我发起，按说我也没资格宣告它结束。不过呢，我以为真率会应该结束，有两个理由想说给大家听听。其一，这几个月来，相聚虽无定日，但每次都是七人到会，若一人不便，则延以时日。而今勉仁先生不在，我等六人坐在此处，难免会思念勉仁先生，难免会心中悲戚。不知诸位怎样，如我这等年纪，难以承受得起。其二，马、曹二位后生自入阁办事以来，对我等甚是关照。我等早聚，他二位则早离阁中；我等晚聚，他二位则晚离阁中。有时手里有事要办，也挪去他处。这总不是长久之计；而且，内阁的位子，迟早要移交给后生们的。”说罢，他又扫众人一眼，“真率会的宗旨是集思广益、畅所欲言，诸位意下如何，都请说一说吧。”

接下来杨溥肯定有几句话要说，所以，众人都看着他。

“真率会结束一事，东翁和我议过。”杨溥开个头，停了好一会儿，手里不住把玩着酒盅。然后，他述说自己的感受：“说句实话，真率会结束，我心里难过；若是不结束，大家仍择日相聚，诚如东翁所言，会思念勉仁兄，心里更难过。只好二者相权择其轻。至于第二件事，东翁说得很好，不是后生们嫌弃我等，而是我等理应给予他等方便。”

“东翁说得够清楚，弘济先生为何不说些别的？”李时勉觉得这事有些滑稽，但别人都笑不出来，他自然也笑不出来。他说：“其实，我等均知该结束，东翁只要差人分别告知一声即可，用不着多此一聚呀。”

“不，今日该当一聚。”杨士奇说。

李时勉还想争几句，坐在他下方的王英朝他使个眼色，手向杨士奇面前的桌子上指指，他就不再多说。

“不错，”杨士奇注意到他们的微小动作，说，“今日我等一聚，共写挽词，权作送勉仁先生一程吧。”

众人都不会反对。王英说：“请东翁起句吧。”

“好。”杨士奇拿起笔，写道：吾侪举觞。

杨溥续写：悼我东杨。

钱习礼续写：上以雨哭。

李时勉续写：下而心伤。

他写完，把纸移到王英面前。王英看着纸上的几行字发愣，不知是没有斟酌好自己的句子，还是有别的什么想法。

坐在他下首的王直轻声提醒他："时彦兄，轮到你写。"

"噢，"王英回过神来，说，"在下有一议，请诸公参酌。"

杨士奇未必每次聚会时都主持，但今天无疑应该由他主持。他点点头，道："好，时彦先生请讲。"

"前面的四句俱佳，不过，这一层意思到此也该煞住。我意，每起一层新的意思，都由东翁起句，全篇或可浑然一体。"王英说罢，朝着众人一揖，"在下妄议，不知使得否？"

他的提议不错；而且，以杨士奇顶尖的文字功夫，也绝不会被难住。因此，众人纷纷赞同。

杨士奇并不推辞，只是加上一条附议："诸位觉得四句讲够一层意思，便四句起一新意；若觉得一层意思有更多的话要说，便多句起一新意。不管怎样，我只写起首的一句，排序到我时，我不再写。如何？"

众人亦无异议。于是，与前四句隔一行，杨士奇写道：公寿七旬。

纸被传递给杨溥，杨溥又传递给坐在对面的王英。

王英没有更多的话，提笔写道：半在朝堂。

王直续写：辅佐四圣。

他写罢，想起身亲自把纸送到杨士奇面前。但身子还没动，杨溥把手伸过来。他想：惭愧，倒让我先拣个便宜，遂把纸推向对面。

杨溥续写：振我家邦。

他把纸推给杨士奇，杨士奇看看钱习礼，似问：这一层意思你还要写吗？钱习礼摇头。于是，他隔行写道：公之德性。

纸转到对面的钱习礼面前，他续写：高而辉煌。

李时勉续写：前追尹、尚。

王英续写：后比宋、唐。

他希望王直就这层意思再写几句，但王直两手在胸前摆动，回绝了。他不好三传两递把纸传回给杨士奇，起身送过去。而且，站立在杨士奇身后，等待他写完。

杨士奇隔行写道：公之识见。

王英把纸取回，王直伸手索要，他不肯给，走过去把纸放在王直面前。

王直一揖，表示感谢，续写道：远而堂皇。

王英又把纸送到杨溥面前。

杨溥续写：一言民富。

钱习礼续写：再言国强。

他把纸推给李时勉，李时勉躬身送到对面，表示这层意思可以了。

杨士奇隔行写道：公之机敏。

他正想着，方才王英把纸送到自己面前，现在该怎样传到王英手里。一抬头，发现王英身边少一人。再回头，看到王直站在自己身后。

“行俭先生，尚未轮到你呀。”他说。

“时彦兄帮我一次忙，我也帮他一次忙。”王直说。

“你是怕我老胳膊老腿，动弹不得吧？”杨士奇道。

不仅王直担心杨士奇会起身，非要自己把纸送到王英面前，那他就无法下台；其他人也都在担心会出现这一情形。好在杨士奇只是说说，还是把纸交给王直。

王英续写：迅而周详。

王直续写：宜弛则弛。

杨溥续写：宜张则张。

这次杨士奇不仅观察钱习礼的表情，而且依此观察每一个人的表情。他传递出一个信息：悼念东杨先生的挽词，临近结束语。

没人表示，还要对这层意思再多写几句；也没人表示，还有其他的不容忽视的内容尚未提及。

杨士奇最后向杨溥看去，杨溥对他做个不会误解的手势。

他多隔一行写道：呜呼哀哉。

然后手持纸张，拿不定主意该给杨溥，还是该给钱习礼。

杨溥以为他记不清楚排序，提醒道：“轮到习礼先生。”

“不，”钱习礼看出在写结语，说，“弘济先生与东杨先生情谊不同一般，最后一定要写上一句。”

“那岂不破坏规矩？”杨溥还在犹豫。

“若是按照排序，到我这里就结束，也不妥当。不如最后一段改为六句，正好转上一周。”王英提议。

不管别人怎样想，杨士奇显然接受。他把纸递给杨溥。

杨溥续写：两界茫茫。

钱习礼续写：行程未远。

李时勉续写：功业弥彰。

王英续写：吾公表率。

王直续写：思之彷徨。

一共二十六句，杨士奇从头到尾读一遍，没有语病，也没有意病。他在纸的下端写上自己的名字，杨溥以下皆署名。这张写满字的纸最后传回到杨士奇手里，他写上“共挽”两个大字。

第二十一章

南宁府在广西布政司所在的桂林西南约一千二百里处，它所辖的横州又在南宁东南约二百四十里处。地处偏远，若有个人讲起广西官话，会成件大事。夏、秋之际，忽来一行僧人，讲的都是当地人听不懂的言语，在城里一下子引起轰动。这行人一进城，后面就有人相随；每往前走一段，相随的人都在增多。他们指点着走在当中的老僧，猜测着他的年龄；他们数着跟随在老僧身旁的年纪稍微小一点儿的僧人或中年的僧人，共有十二名。这些僧人如扇形分布在老僧身旁：身后四人，两人在左，两人在右，各靠后四五步；四人平行，两人在左，两人在右，各距老僧四五步；前方四人，两人在左，两人在右，各靠前四五步。从他们的恭敬态度来看，无疑是老僧的弟子；但从他们的队形来看，又更像是老僧的护卫。

当然，并非绝对无人听得懂他们的言语，有人听过老僧和其他僧人交谈的只言片语后，告诉其他人，他们要去佛寿寺。这引起当地人们更大的兴趣。佛寿寺不知建于何时，也不知何时得名，让人觉得不可思议的是，近几十年来，寺院的方丈都不得寿，一连几任都在做十年方丈后圆寂。有人说，佛寿谁当得起，该改一改寺名，但佛寿寺的名称一直都没有改。

老僧身材魁梧，红颜白发，声音浑厚，倒像是得寿的样子。莫不是与佛寿寺有缘？当地人们相互询问他的来处，没人知道。有人追究他说的是哪里的话，听得懂他等言语的人也只是说，官话。他们听得出不是广西官话，那么，应该是大明朝官话？这让他们兴奋不已。

一行僧人在佛寿寺门前停下，老僧一直没有表情的脸上露出微笑，他挥挥手，一弟子上前，以广西官话与门前接引的僧人对答。

“吾师欲见方丈，烦请通报。”该弟子说。

“尊师从何处来？”佛寿寺的僧人问。

“从滇南来。”该弟子说。

“路途遥远，怪不得风尘仆仆。”寺僧似乎想表达对他们的同情。

“他说得太近！”老僧在远处说，“我自天下而来。天下，你可丈量得出有多遥远？”

寺僧大惊。他们说话的声音都不高，老僧怎会有这么好的听力？他有意把声音压得更低，问道：“请教尊师法号？”

老僧仍听得一清二楚。他说：“来自天下，要什么法号。”

“吾师无名讳，无法号。”该弟子顺着他的意思说。

“若无法号，叫我如何向师傅通报？”寺僧为难地说。

“这有何难，你对他说，无名老僧自天下而来，即可。”老僧道。

寺僧一来不愿与人争执，二来被老僧的气势所震慑，冒着被责备无用的风险，入内向方丈通报。方丈正与众僧讲经，听他的禀报后，并不嗔怪，只说声“有请”。这真让他喜出望外；但老僧稳立门前，不肯移步，又让他大惑不解。

“大师不是来见方丈的吗？”他问。

“我来见他，他就不该迎我？”老僧道。

“大师是要我方丈出外迎接？”寺僧问。

“说得对，”在老僧前面与寺僧交涉的弟子说，“你不成，其他执事也不成，须得本寺方丈出迎方可。”

寺僧想笑又不便笑。他说：“好教师兄知道，别说云游的同辈，即便府、州官来进香，本寺方丈也是从不出迎的。”

“你是说，本寺方丈不迎府、州官？”老僧也不管寺僧如何回答，对着众弟子说，“你等听听，他竟然对我说，府、州官来进香，本寺方丈也不出迎！”说罢，朗声大笑。

众弟子也像听到什么奇谈怪论，一起讪笑起来。

寺僧不知错在哪里，呆呆地看着他们。

老僧咳嗽一声，笑声戛然而止。他指着佛寿寺的匾额，对寺僧说：“去告诉你们方丈，我是为这三个字而来。”

寺僧不再搭话，转身又入寺内。这次他想到，方丈一定会亲自出迎。果然，方丈听他的禀报后，沉默片刻，说声“走吧”，带头往外走去。众僧在后相随。他没想到的是，方丈出迎，老僧仍有话说。

“敝寺上下恭迎自天下而来的大法师。”方丈合十道。

老僧合十还礼，并说：“方丈不妨从中间去掉几个字。”

“从中间去掉几个字？”方丈一愣。要去掉哪几个字，他心里有数；但这样称呼，合适吗？

“既然皈依我佛，何必在意来去？”老僧道。

“是，”方丈顿觉豁然，重新致辞，“敝寺上下恭迎天下大法师。”

“有劳方丈。”老僧客气一句。

“大师，请。”方丈向里让道。

“方丈要迎我去何处？”老僧问。

“且去客堂奉茶。”方丈说。

“客堂我不去。”老僧道。

“依着大师，要去何处？”方丈问。

“我有些话，须得在方丈禅室方好说。”老僧道。

“依先师遗命，本寺方丈的禅室，等闲人不得入内。”方丈说。

“但这些话我只能在方丈禅室，对方丈一人说。”老僧道。

“好吧，大师请。”方丈同意，再次肃让。

老僧与方丈并肩往寺内走去。他的十二名弟子仍如前排列簇拥，倒把方丈和本寺的其他僧人隔开。

跟随老僧一行从城里走过的本城居民，只能看到佛寿寺门前的这一幕，老僧入寺以后的情形，不得而知。

老僧比方丈先到禅室门前一步。他回头看去，佛寿寺众僧人遵从寺规，在离禅室还有十步远的地方站立不前。他不动声色地看弟子们一眼。他们向前走几步，在门外约五步远的地方也站住。

方丈推开禅室的门。老僧不等他让，一步迈进。方丈跟随在后，立即把门带上。方丈禅室最大的特点是洁净，几乎达到一尘不染。老僧扫一眼，满意地说：“方丈整治的好地方呀。”

“小僧受命的第一天起，禅室便是如此。遵照先方丈遗命，这里每日都是小僧亲自洒扫擦拭。”方丈说。

“你不错，你的前任方丈不错，再前任方丈不错。”听老僧的口气，好像对连续几任方丈都很熟悉。他边说，边在禅室里踱步，走到方丈打坐的蒲团前，准备坐下去。

方丈正要询问他有什么话对自己说，见状，忙阻拦：“坐不得！”

“方丈才坐得吗？”老僧问。

“小僧亦坐不得。据先方丈告诉小僧，他以及他之前的几任方丈，都不曾在此蒲团坐过。”方丈说着，从角落里搬出一个旧一点儿小一点儿的蒲团，“大师看好，我等打坐，都在这里。”

“这是为何？”老僧问。

“先方丈说，等有人坐得此蒲团，自会讲与小僧听。”方丈说。

“那么，你也不坐，我也不坐，谁来讲与你听？”老僧说着，腿一盘，坐在蒲团上。

方丈把手里旧一点儿小一点儿的蒲团放在老僧对面，但没坐上去，而是跪在蒲团旁，口称：“乞大师指点迷津。”

“别人拜我，我是不受的，受你一拜却不妨。”老僧说着，指指蒲团，“你不是想问我此寺来历吗？何不坐下听我慢慢道来。”

方丈依言，与他相对而坐。

“此寺乃西南一间古刹，你若要问它建于何时，我亦不知；但你若要问它得名于何时，或者说，佛寿寺之名得于何时，我可以告诉你：它几与大明朝同龄。佛寿二字，乃一智者所命，但与我有些渊源。智者名谁？无须告你。我想告诉你的是：他是东南人而非西南人；我还想告诉你的是：他若活到今天，正好一百三十岁。所惜者，天不佑智者；所幸者，智者亦不求寿。我今日赶来这里，为的悼念一番这位故人。”老僧说着，问道，“我说的这些，你懂吗？”

“小僧不懂。”方丈不打诳语。

“不懂即懂。”老僧并不见得满意他的回答，而是明确表示这个话题用不着多问；多问，他也不再解答。他问：“方丈几时为僧？”

“小僧自幼皈依佛门。”方丈说。

“入佛门后一直在佛寿寺吗？”老僧问。

“是，小僧是先方丈挑选剃度的。”方丈说。

“这么说，他挑选你时，即挑选继任方丈？”老僧问。不等方丈回答，他又问，“方丈住持此寺几年？”

“八年。”方丈说。

“前一任方丈呢？”

“十年。”方丈好像猜到他还要往更前面问，又说，“再前一任方丈，再再前一任方丈，也是住持十年。”

“你是说，你的前三位方丈都住持十年，对吧？”老僧顿了顿，问道，“那么，你呢？”

方丈稍稍犹豫一会儿，说：“小僧自当效法先方丈。”

老僧看出他的犹豫，道：“方丈心有怨懑吧？”

“小僧心如止水，无怨无悔。”方丈说。

“但并不心甘情愿，对不对？”老僧问。

“怎么说呢？”方丈换个说法，“小僧只是不懂，为何要如此。”

“为何要如此，我会告诉你；在告诉你之前，我还要再问件事。”老僧道，“你的前三位方丈都住持了十年，再前面的一位呢？”

“小僧未曾听先方丈说起。”方丈道。

“我若对你说，那位方丈住持了二十八年，而在三十八年前方才圆寂，方丈，你会怎么想？”老僧问。

“小僧想，三十八年前一定发生一件天大的事。”方丈回答。

“难怪前方丈挑选你，果然有智慧。”老僧称赞一句，紧接着又问，“那么，方丈说得出是什么样的大事吗？”

“或许和大师所言智者相关。”方丈回答。

“方丈何不直言，与某相干？”老僧道。

“天大的事，小僧不敢妄言。”方丈说。

“三十八年前，智者早不在人世；天大的事，实与某相干。那时，我发个宏愿：要让千秋万代的人，都知道有我这么一个人，遇到天大的这么一件事。佛寿寺是智者定名，与我有些渊源。佛寿寺方丈住持十年圆寂，是为让世人记住我这么一个人，记住天大这么一件事。”老僧极其平静地述说着，他也许真正做到心如止水。他最后作偈四句，完全进入了自我的心境：“十年圆寂，荒唐至极；无即是有，何赖人为。”

“多谢大师告以渊源。”方丈合十道。

“我来不仅是告诉你这段渊源，还要了断这段渊源。”老僧说。

“大师的意思，我懂；不过，小僧在先方丈面前立过誓。”方丈道。

“你要遵守誓约，我不阻拦；但切莫再挑选立誓之人。寺名我也为你改过，就将佛寿二字颠倒。”老僧说着，问道，“方丈知其寓意吗？”

“寿佛隐身，佛寿人不寿；寿佛现身，人佛皆得寿。”方丈说。

“后一句改作：既佛何求寿，就更恰当。”老僧道。

“多谢大师慈悲。”方丈再度合十。

“好，该说的话我都说了，你去吧。”老僧反客为主地说。

“是。”方丈边起身边说，“小僧斗胆，请大师为僧众讲经说法。”

“是时是地，我也正要讲我佛慈悲。自明日起，就请方丈大开寺门，无论僧众俗众，都可来听。”老僧说。

横州儒生乐善广，听过几次老僧说法，大为折服，一定要剃发为僧，拜在老僧座下。老僧说他尘缘未尽，只收他做俗家弟子，不肯为他剃度。乐善广写得一手好字，老僧要他为寿佛禅寺写新的匾额。他把这当作眼下最重大的事情，也许当作一生中最重大的事情。他关起门写一天，每写一帧，左看右看都不满意，不是觉得一横有些虚，就是觉得一捺不够力度。天黑时，他命家人烫壶酒，随便整几样菜，摆在草稿遍地的书房里，请来塾师胡先生，一起喝两盅。

胡先生是腹里某地的生员，不知为何流落到西南边陲。乐善广曾就学于州学，谈论之下，觉得他和自己的学问相差不多；但他见多识广，对本朝典故知之甚悉，这是自己万万比不上的。乐善广本人连秀才也没考取，早断入仕的念头。儿子乐章能否进取，也不放在心上，只想让他多懂得些本朝人情世故，因此把胡先生请到家里。

胡先生见书房里的情形，弯腰去拾稿纸。乐善广在一旁说："不去管它，且来饮酒。"他只作没听见，仍然一张一张去拾。乐善广不好意思，也弯腰去拾，并解释说："平日写字，皆得心应手；今日也不知怎的，只此三字，写来写去不能如意。"

"那是东家太苛求。在我看来，每一帧都是上乘之作。东家既无从选起，我来替你选一帧吧。"胡先生说。

"如此，有劳。"乐善广道。看看收拾得差不多了，他又让道，"来，我与胡先生小酌两盅。"

二人相对而坐，一边喝酒吃菜，一边说着闲话。

"东家当真已拜师？"胡先生问。

"头都磕过，还会有假！"乐善广觉得对方问得古怪，反问道，"胡先生，这有什么不妥吗？"

"是否妥当，尚难断言；但此老僧来得蹊跷，我有把握。"胡先生说。

"有何蹊跷？"乐善广问。

"我与东家略说几事，"胡先生饮口酒，道，"佛寿寺——"

"已改作寿佛寺。"乐善广打断他。

"不错，是寿佛寺。"这没有什么好争执的，胡先生接着说，"寿佛寺方丈何等清傲，却把禅室让与老僧，这是第一件蹊跷事。"

"正可见我师傅道行在方丈之上。"乐善广道。

"佛寿寺名称，却不是方丈起的吧？不知哪一代师祖起的名字，有人要改，方丈居然就让他改。"胡先生又说。

"正可见我师傅道行在几代方丈之上。"乐善广道。

胡先生觉得东家根本没听懂他话里的意思；而且，只说这些的话，恐怕他永远也不会听懂。于是问："东家，你那师傅喜爱写诗吧？"

"是，师傅心静时，喜爱吟诗自娱。"乐善广说。

"他近日吟一诗，不知东家听过没有？"胡先生问。

"你且吟来。"乐善广道。

胡先生吟道："阅罢楞严磬懒敲，笑看黄屋寄云标。南来瘴岭千层迥，北望天门万里遥。款段久忘飞凤辇，袈裟新换衮龙袍。百官此日知何处？唯有群鸟早晚朝。"吟罢，说道，"此诗已传到我耳中，东家不会不知。"

"我师吟过此诗，又怎么？"乐善广问。

"这便是蹊跷呀。"胡先生道。

"几句诗而已，怎么蹊跷？"乐善广不知真的没听出来，还是执意要为自己的师傅分辩。

"诗言志呀！一个遁入空门的老僧，却在诗里写'飞凤辇''衮龙袍'等物，不耐人寻味吗？"胡先生道。

"我师乃北人，偶一念及天子脚下的情形，不足为怪。"乐善广说。

"那么，'唯有群鸟早晚朝'，也是天子脚下的情形吗？"胡先生问。

乐善广无言以辩，变得不讲道理。他说："照胡先生对此诗的体会，不是可以断言些什么吗？"

"仍有一事不明。"胡先生说。

"何事不明？"乐善广问。

"老僧座下有十二弟子，是不是？"胡先生反问。

"是啊。"乐善广应道。

"首座弟子号清建，次席弟子号清文，是不是？"胡先生问。

"是啊。"乐善广应道。

"其他弟子的僧号，多不知晓；否则，真可以断言。"胡先生说。

"只需要知道众师兄的法号吗？"乐善广追问一句。

"在下以为，知道众弟子僧号，就足够。"胡先生说。

"好，我倒要看看，胡先生能断言什么。"乐善广道，"我大师兄法号清建，二师兄法号清文，胡先生知道；再记住我三师兄法号：清难。"

"果如我所料，"胡先生点点头，道，"东家可把这三位师兄僧号的第二个字连在一起，是'建文难'，对吧？"

"那又怎样？"乐善广道。

"待知晓十二位师兄的僧号，再告诉东家我的判断。"胡先生说。

“四师兄清越，五师兄清江，六师兄清南。”乐善广说。

“东家再把这三位的僧号连在一起读读。”胡先生道。

“越江南。”乐善广自己开始琢磨，“看来，我师念念不忘的是江南。”

“东家能想到这一层，很好。”胡先生道。

“七师兄清成，八师兄清败，九师兄清笑。”这次，不等胡先生提醒，乐善广就连起句子，“成败笑，这是何意？”

“与后三字对应，方容易懂得。”胡先生说。

“十师兄清进，十一师兄清退，十二师兄清安。”乐善广没念叨出来，只在心里把三人的僧号连成句子：进退安。

“建文难，越江南，成败笑，进退安。”胡先生把十二个字连成四句话，问道，“东家懂没懂？”

“仍是不懂，”乐善广胡乱琢磨，“我师或因喜爱吟诗，故为弟子们所命法号，也用上三字经文。”

“东家可知，这十二个字述说的是本朝第一大变故吗？”胡先生问。

他的神态，庄重中带着诡秘，使得主人不敢等闲视之。乐善广问道：“本朝第一大变故？是何变故？”

“国初史迹，东家知道多少？”胡先生不忙着回答。

“略知一二。”乐善广道。

“本朝开国的是哪位皇帝？”胡先生考起他来。

“太祖皇帝。”乐善广回答。

“年号呢？”胡先生问。

“洪武。”乐善广回答。

“太祖皇帝之后是哪位皇帝？”胡先生又问。

“太宗皇帝。”乐善广回答。

“年号呢？”胡先生问。

“永乐。”乐善广回答。

“东家可知太祖皇帝在位多少年？”胡先生换个问题。

“三十年左右吧。”乐善广只能说个大概。

“太祖皇帝崩于洪武三十一年闰五月乙酉日。”胡先生说。

“这我却不知，多谢赐教。”乐善广道。

“还有一事，东家大概也不知道。”胡先生压低声音，说，“国史中曾见洪武三十二年、三十三年等记述，最多至三十五年。”

“洪武三十五年吗？”乐善广问。

“不错。”胡先生点头，见东家想问却又不知该怎样问的样子，他说，“不可思议吧？其实很简单，在太祖皇帝和太宗皇帝之间，另有一帝。”

“另有一帝？”在乐善广，这是闻所未闻的。

“对，此帝为太祖皇帝嫡长孙、太宗皇帝亲侄。太宗皇帝起兵‘靖难’，就是针对他的。”胡先生说。

“你是说，太宗皇帝的帝位是夺来的？”乐善广问。

“正是。”胡先生道。

“‘靖难’二字，我倒是听过，却不知为夺帝位。”乐善广说。

“不为夺帝位，却为何事！”胡先生道。

乐善广一想，可不是嘛！假若太宗皇帝原本就据有帝位，他的那个侄子阴谋夺位，就该用征讨或讨伐。不用这些现成的字句，而用“靖难”二字，他想起胡先生说的两个字：此事才是蹊跷呢！

“此帝可有年号？”不知为什么，问起这事，他竟战战兢兢。

“他在帝位非一日两日，而是四年，自然有年号。”胡先生说。

“胡先生知其年号否？”乐善广问。

“建文。”胡先生一字一字说得清清楚楚。

“建文难”三个字有着落，“越江南”三个字也不难理解。乐善广喃喃自语：“这是太宗皇帝迁都以前的事，国都应在南京吧？”

“东家所言不差，那时没有二都，只有一个南京。”胡先生说。

乐善广喝两口闷酒，道：“胡先生是断言，我师与此帝多有瓜葛？”

胡先生摇摇头，也喝口闷酒。

“我说嘛。”乐善广一下子变得轻松，“我师乃旷世高僧，云游于天地间，怎会与朝廷之事有瓜葛！”

“不是多有瓜葛，他或即为建文。”胡先生说。

“胡先生说什么？”乐善广手里的酒盅跌落在地，碎成数片。他弯腰去捡碎片，手指却被划破，流出血来。

“东家当心！”胡先生忙从身上掏出手帕，为他把伤口裹紧。

乐善广手甩几下，显得很疼痛。他低声问：“有何凭证？”

“‘飞凤辇’‘衮龙袍’等诗句，是第一个凭证；“‘建文难’‘越江南’等名称，是第二个凭证。”胡先生说。

“这也算凭证吗？”乐善广嘴上虽这样说，心里却不得不承认，这是非常过硬的凭证。他想斟酒，想起酒盅摔碎，干脆拿起酒壶，灌一大口。他狂笑一声，说：“这么说，我还是天子徒儿。”

“这等天子徒儿，还是不做的好。以章哥儿的聪慧，不难借科举进阶，做个名正言顺的天子门生。”胡先生说。

“胡先生的意思，是向官府举报？”乐善广问。

“我是想东家向官府举报。”胡先生说得更加明确。

这是乐善广难以接受的，他说：“我是拜过师的呀。”

“东家别忙着做出决定。”胡先生并不难为他，“东家需要思考一天，可思考一天；需要思考两天，可思考两天；需要思考三天，可思考三天。但不能超过三天。三天之后，东家仍不去官府举报，我就要去举报。我与东家相处两三年，彼此交心。为东家计，也为章哥儿计，我去举报，绝不把东家牵涉进去，东家尽可放心。”

广西总兵官、安远侯柳溥，在衙门里与众将佐、谋士闲话。亲兵指挥来报，思恩土知府岑瑛在外求见。思恩原为土州，一度划归云南广西府，后归还广西，直隶布政司，去年由土州升为土府。

“这厮来做甚？”柳溥没具体目标地问道。

众将佐、谋士无人知道，纷纷摇头。

“他带几多人来？”柳溥转问亲兵指挥。

“约五百人。”亲兵指挥禀报。

“多少？”柳溥方才还不在意，听到这个数字，一下警觉，“有人说本镇对土府、州管束不严，致使他等各拥兵自重。看来，这事还真不能小看。岑瑛才做几天土知府，就敢带五百人来桂林。别是来寻衅的吧？”

“据卑职看，不像来寻衅。”亲兵指挥说。

“为什么？”柳溥问。

“他拘押着十几名僧人，自称给大帅送来钦犯。”亲兵指挥说。

“钦犯？我不曾交代他捉拿钦犯呀，朝廷也不曾交代他捉拿钦犯呀。”柳溥说罢，问众将佐、谋士，“本镇向他交代过吗？”

众将佐、谋士纷纷说不曾交代。

“他说的钦犯，就是那些僧人？”柳溥问亲兵指挥。

“据卑职看，就是那些僧人。”亲兵指挥回答。

“你没问问，僧人们犯的哪些天条？”柳溥问。

“卑职问了。岑知府说，事关重大，只能对大帅讲。”亲兵指挥道。

“哼，几个和尚，会有什么重大之事，虚张声势吧！”柳溥哂道，“好吧，他既敢称押解钦犯，就着他进来。”同时嘱咐，“但他那士兵，并拘押的僧人，一个也不要放入衙来。”

岑瑛一身戎装，只是在进入大堂前，把腰刀摘下，交给总兵衙门里的亲兵。见柳溥，他行叩拜礼，口称：“下官见过爵爷。”

“起来，起来，”柳溥抬抬手，道，“老岑，你闹的什么玄虚？我并未传檄与你，调你思恩的士兵征战呀。”

“是。下官重兵戎装而来，并非奉爵爷羽檄，而是押解要犯，担心路上出什么差错。”岑瑛说。

“不是钦犯吗，怎么转眼成要犯？”柳溥道。

“下官以为是钦犯，究竟是不是钦犯，要爵爷来定。”岑瑛说。

“几个什么样和尚，说来听听吧。”柳溥不再追究字眼。

“是。”岑瑛应着，但两眼左转转右转转，不肯往下说。

柳溥明白他的意思，道：“怎么着，他等也听不得？”

“或许下官多虑，但此事知道的人越少越好。”岑瑛没有被他吓住。

“听到没有？”柳溥问众将佐、谋士，“老岑开恩，放你等假；你等如何回报？是不是今晚该做东呀？”

“大帅做东，我等做陪。”众将佐、谋士齐声说。

“他又没放我的假，我为何做东？”柳溥嘟囔着，挥挥手，“去吧，去吧！晚上都带上臭肚囊来，陪老岑喝个通宵。”等众人都退出，他变化腔调，“老岑，你要是说不出个子丑寅卯，可就把这里的人得罪到家。”

“这个，下官心里有数。”岑瑛应道。

“好，说说你那些和尚吧。”柳溥命道。

“是。”岑瑛这次答应后，滔滔不绝地说起来，“下官共押解来十三人，一人为师，十二人为弟子。师者口气甚大，自号天下大法师。弟子均清字辈，其中一人号清进。他到下官衙门，和下官到了爵爷衙门一样，请下官摒去左右，然后才对下官说话。他说，当年靖难之役，燕兵，不，应该说天兵，进入南京，宫中火起，人人都说建文帝毙命于火中。其实，建文帝并没死。我太宗皇帝也知道建文帝没死，才命今胡尚书四处暗访。暗访的名目是张邋遢，着实好笑。一个邋遢道人，有什么好暗访的？太宗皇帝要暗访的，实为建文帝。建文帝逃离南京，云游天下。当时龙虎山上的张天师说他有四十年苦难。眼看四十年将到，建文帝正准备回到他离开已久的地方去。”

柳溥一直呆呆地看着他，听他讲到这里，突然插话：“那个僧人叫清进，是吧？他不会说，他的师傅是建文帝吧？”

“他就是这么说的。”岑瑛道。

“老岑，是你昏了头，还是我昏了头？”柳溥的父亲柳升是随着靖难之役的进程，一步一步从下层军官升至显赫地位的，他对这段故事，根本不相信，“建文死于宫火，那是、那是有无数人证的。”

“下官的话，句句是讯问出来的；爵爷不信，可以再问。”岑瑛说。

“不问！”柳溥一口回绝，“老岑呀，你给我出道难题。你把他等押解到我这里来，是因为无法处置，对不对？你无法处置，让我怎生处置？”

“下官以为，爵爷当押解他等赴京师。”岑瑛一本正经地说。

“这还用你来教我吗！”柳溥觉得又可气又可笑。

“爵爷若令押解将士一路细心照料，断不会出事。”岑瑛又说。

柳溥心想：提醒得对，这趟差事一定要挑选个干练的人。

第二十二章

曹吉祥在司礼监外撞上喜宁，把他拉到一旁，塞给他几件女人用的精巧饰品，说："小宁子，听说已有相好的，这权作贺礼。"

这些日子，喜宁不知哪一句话说得好，或哪一件事办得好，王振竟让他到司礼监来听差。仗着在王振面前说得上话，他腰杆子硬起来，对资格深过他许多、地位高过他许多的太监，也敢于说三道四；人家送他东西，也敢于挑肥拣瘦。他把玩几下手里的饰品，故作不懂地问："曹叔送我这些，有什么用途？"

"这是插在头上的，这是别在衣上的。"曹吉祥随便讲解一两件，发觉不对，他说，"你小子猴精猴精，会不知道它等用途？别是眼界日高，看不起你曹叔送的这些物件吧？"

"小子怎敢！曹叔就是送句空话，譬如说'权作贺礼'之类的，还不是疼爱有加，小子也消受不起呀！"喜宁分辩两句，又说，"小子就是想知道，曹叔这些物件是送给谁的。"

"咱爷儿们的交情，当然是送给你的。"曹吉祥道。

"可这些物件没一样小子用得上呀。"喜宁说。

"那就当是送给侄媳的吧。"曹吉祥道。

"她虽用得上，却全是让别人看的。"喜宁说。

"若是这般说法，那就不好办。"曹吉祥挠挠头，道，"小宁子，你到底想要何等物件，不如明着说吧。"

没想到嬉皮笑脸惯的喜宁脸会一红，说："小的想要缺少的物件。"

"我怎知你缺少何等物件！"曹吉祥道。

"曹叔是个明白人，小子说得明白，你怎么听不明白？"喜宁急得直要跺脚，"我想要的，是身上缺少的物件。"

"那有什么不好意思说的！"曹吉祥不由笑出声，"小宁子，你老实告诉我，是不是她向你要那物件？"

"曹叔要送贺礼，就别管是谁要的吧。"喜宁说。

“好，好，我不管。”曹吉祥仍然笑着，就像一个自以为深谙夫妇之道的成年人在笑一个初解风情的毛头小子。他问：“我辈所用器具，有骨质的，有木质的，小宁子，你要哪一种？”

“小子听说，女人们最喜欢象牙的，曹叔帮我弄三五个来。”喜宁说。

“好大的口气！象牙阳具，我也只是见过一两次而已。你一开口，就要三五个！”曹吉祥叱道，“你又不是不知道，宫里的规矩，一一对食，不兴妻妾成群的，你要那么多做什么用？”

“小子就是那么一说，你老别放在心上。”喜宁嬉笑着说，“曹叔手里没有，我不会强要；曹叔手里若有，总得匀出一个给我。”

“那是自然。”曹吉祥满口答应。

“绝不反悔？”喜宁问。

“绝不反悔。”曹吉祥只当是和小孩子立誓。

“即刻兑现？”喜宁又问。

“即刻兑现。”曹吉祥话一出口，发现上当，“小宁子，你拿话套我，我手里并无其物，如何即刻兑现？”

“我是说，等曹叔手里一有，即刻兑现。”喜宁道。

“这何须说！”曹吉祥又答应下来，他觉得喜宁总在这里绕来绕去，里面一定有名堂，“小宁子，你是不是有事要告诉我？”

“没有，没有，”喜宁指指司礼监衙内，说，“有事要告诉你的，是王叔。曹叔快进去吧，王叔说不定等得着急。”

“马上要过年，吉祥怎么空着手来见我？”王振问道。

曹吉祥一愣，如实言道：“前两次来见王公，在下倒没空着手，却被王公说几句，所以不敢进献方物。”

“前几次你手里拿的，非金即银，非我所爱；今日嘛，我有一件大礼要送你，故盼你有所回赠。”王振说。

“王公送我大礼？哎呀，那如何消受得起！”曹吉祥连连作揖。

“吉祥先别这么说，或者，我送的大礼，你不想要呢。”王振道。

“不会，不会。”曹吉祥两手频频摇摆，犹嫌不足，“王公即便赠送——”他忽然想起，这是喜宁说话的方式。不过，喜宁可以对他说“送句空话”，他却不能照搬过来。他说：“王公即便赠送一言，也是关爱。”

“既曰大礼，总不至于只是一言。”王振说。见曹吉祥被自己的“大礼”二字说得满腹心事，站也站不稳，坐也坐不住，他微微一笑。“吉祥是不是惦记上我说的大礼？它就在这里，跑也跑不掉，你急什么。”他用手画个圈，好像要把“大礼”锁定在圈里。

“在下不急。”曹吉祥盯住那个圈说。

“今日找你来，送件大礼还在其次；首先是朝廷的一些事务，我想听听你怎么说。”王振言归正题。

对曹吉祥来说，听到这话，比收到任何大礼都要高兴。他的气也变粗，话也不连贯：“王公这是在考较在下，但愿考题不是太难。”

“会者不难。对吉祥来说，应该不太难。”王振并不否认，这就是考较，“吉祥，去年上半年，刘翰林上一疏，这事你还记得吧？”

“王公说的，是应诏陈言那件事吧。”曹吉祥说着，反问一句，“但不知是哪个刘翰林？”

“刘主静。”王振说。

“在下以为，其疏皆泛泛而论，故未曾特别关注。”曹吉祥说。

“有泛泛而论则然，皆泛泛而论则未必；未曾特别关注则可，未加丝毫关注则差矣。”王振在太监们面前，喜欢咬文嚼字。

“是，王公看得深刻，非我辈所及。”曹吉祥道。

“窃见去年西戎犯顺，今年云南作寇。”王振背诵两句刘定之奏疏里的话，然后问，“吉祥，此事你怎么看？”

“此乃非泛泛而论、宜加关注者。”曹吉祥自作聪明地回答。

“我问的不是这个。”王振道。

“王公是问——”曹吉祥第一回考较显然没通过。

“刘主静下面有一句：宜督兵将，修兵备，你以为如何？”王振问。

“此乃泛泛而又泛泛之论。”曹吉祥回答。

“我问的也不是这个。”王振道，并把自己的问题说得更明确些，不再难为他，“吉祥，你说西戎和云南麓川这两件事，哪件更要紧？”

麓川设置土司，全称是麓川平缅宣慰使司，长官为宣慰使，世袭。今时麓川宣慰使叫思任发。近年来，他屡次发兵攻打周围的土司，引起该地的混乱和恐慌，各土司纷纷奏言其事。南甸土知府的奏表称，麓川夺其所辖二百七十八村。但云南土司距离布政司所在的昆明遥远，往往不能以“里”计，而是以“程”计。麓川距昆明六十六程，差不多是路程最遥远的土司。对麓川的扩张，朝廷一直想制止，却又很难下决心采取大的行动。正统三年，已经调集各处官兵及土兵，准备征讨，因镇守云南的黔国公沐晟暴卒，停下来。不战不和的局面持续这么久，是大举用兵，还是罢麓川之役，的确该做出决定。

“他们都说，云南是肌肤之患，西戎是腹心之患。”曹吉祥说。

“他们是谁呀？”王振问。

“为数不少，如另一位刘翰林。”曹吉祥说。

“刘廷振吗？”王振问。

“是他，在下曾听他议论过。”曹吉祥说。

王振停顿一会儿，似乎在回忆与刘球有关的往事。在说句“书生之见，不足为训”后，他继续问道：“还有呢？”

“如内阁西杨先生。”曹吉祥说。

“那么，你自己怎看？”王振问。

曹吉祥才要说，京师近北边，按常理说，鞑靼、瓦剌等部的威胁更大一些；忽然想到，王振这样提问，一定不要他按常理说。于是，他小心地回答：“书生辈或将轻重颠倒。”

“此话怎讲？”王振饶有兴趣地问。

“西戎虽近京师，却在北边之外。其友善，我亦友善，则为友国；其不善，我亦不善，则为敌国。或友或敌，听彼选择。麓川之事则不然，虽远在西南边陲，却仍在我大明疆域之内。若听之任之，云南各土司皆效仿，四川、湖广、贵州、广西等地土司又效仿，则半个天下都要乱起来。由此看来，西戎或为肌肤之患，云南麓川才是腹心之患。”曹吉祥在讲述的过程里，觉得有些地方很难衔接上，但王振并没打断他，并听他说出最后的结论。这让他大松一口气。

“吉祥，你的见识不俗呀。”王振称赞道。

“在下信口雌黄，乞王公教正。”曹吉祥即使得意，也不敢太得意。

“肌肤之患与腹心之患，辨析得很好，很得体。不过，有一点一定要记好：书生们的偏差，不在于把西戎之患看重，而是把云南之患看轻。若不是他等把云南之患看轻，我未必会下决心。”王振说。

“王公决心大举征讨？”曹吉祥问。

“是。”王振应道，他看方才用手画圈的地方一眼，笑着说，“吉祥，现在可以把我的大礼亮出来给你看。你不是一直有意典兵吗？此次大举征讨，我要让你如愿。”

“王公是说，我去监军？”曹吉祥还有些不敢相信。与其说这件“大礼”让他吃惊不小，不如说喜宁刚才的话让他联想很多。看来，喜宁比他先知道王振的决定，所以在打象牙器具的主意。但不知是王振偶尔向他透露一两句，还是他劝说王振在棋盘上走出自己这个棋子。如果是后者，那就不是一两件象牙器具可以打发的。

“是啊，但不知你的胆气还在不在。”王振说。

“还在，还在。”曹吉祥忙应道，“在下不但胆气还在，忠诚也在。”

“好，这就是我向你要的回馈。”王振说。

刘球、刘定之又在同一间小屋里议论起来。

“探花郎，还记得我在这里对你说过的话吗？”刘球问。

“记得。”刘定之说。虽然相隔很久，那次交谈给他留下的印象很深，以至他现在还能背诵原话：“西夷为患，在转瞬之间；云南之乱，不妨缓一缓。廷振先生是这么说的吧？”

刘球点点头，道：“但众人以为是者，有人就是要以为非；众人以为非者，有人就是要以为是。你说气人不气人！”

刘定之觉得他的话不完全符合实际，提醒他说：“廷振先生，朝廷之上，赞成大举征讨者并不比反对征讨者少呀。”

“那好，我再改个说法。”刘球道，“直臣以为是者，有人就是要以为非；直臣以为非者，有人就是要以为是。”

这话不那么好听，也不那么容易接。你要是提出疑问：朝廷之上那么多人赞成大举征讨，不会都是奸佞之徒吧？那么，在他的眼里，你是不是也站到奸佞之徒那一边？

“主静，我真后悔。”刘球没头没脑地说一句。

“后悔什么？”刘定之不解其意。

“主静当初要修改疏稿，我后悔没拦住你。”刘球道。

“若为此事，廷振先生倒不必后悔。”刘定之却说。

“这是为何？”刘球也不解其意。

“当初晚生的确赞成廷振先生的说法：西戎事重而西南事轻；但这一年多来，麓川乱局愈演愈烈，我又在想：当初若是大举征讨，今日西南或已平静。”刘定之说。多一年做官的经历，则多一分见识，和去年相比，他少了一些唯长者之言是听的谦恭，更加敢于说出自己的看法。

“原来如此。”刘球大失所望，质问道，“那西夷之患呢？”

“西夷之患亦不可小视。”刘定之说。

“两面用兵，国家如何承受！”刘球道。

“西夷之患不是还没到大举用兵的地步嘛。”刘定之说。

“主静的意思，等到对西夷须用兵时，就不对云南用兵？”刘球问。

“是啊。”刘定之不觉得这有什么不对，“不如此，又当如何？”

“有一句话，道是帝王之驭四裔，必宥其小而防其大，主静没听过吗？”刘球问。

“晚生学识浅薄，读书不多，廷振先生说的这句话，晚生没听过。”刘定之老老实实地承认，并问，“廷振先生，此言出自何典？”

“出自何典且不去说，主静只说有无道理。”刘球道。

“道理自然是有的。”刘定之说。

“知其有道理就好。”刘球说着，做个怪样，“主静不知道，也不必妄自菲薄。我引的那句话，出自刘廷振其人之口。”

刘定之先是一怔，随即会心地一笑。他知道刘球在说笑，又有勇气争辩：“麓川其地，洪武朝反复用兵，旋叛旋征，才有几十年太平。这段故事，廷振先生应该比我清楚。”

“对，我是清楚。”刘球道，“不过，主静的一句话，我要改一改：与其说旋叛旋征，不如说旋征旋叛。”

这一改，意思完全不同。旋叛旋征，强调的是：在天朝武力之下，叛乱终于被平息；旋征旋叛强调的是：虽用武力征服，但没结果。

“廷振先生——”刘定之还有话说。

“主静不必再说。”刘球却不想听，“众人皆走，主静也走吧。”

“廷振先生真的不要我留下？”刘定之问。

“只当我求你，如何？”刘球道。

“好，廷振先生自己留在这里整理整理思绪吧。”刘定之说。他很清楚，像这一类的见解，有时根本无法达到一致。

刘球要写的奏疏，其实早已打好腹稿。刘定之一走，他凝聚精神，重新梳理自己的思路。

不错，他方才以开玩笑的方式对刘定之说的那句话，正是他议论的中心。何谓宥其小，他有两个事例：一是周伐崇不克，退修德教以待其降；二是汉征南越不利，即罢兵通好。何谓防其大，他也有两个事例：一是周于玁狁，则命南仲城朔方以备之；二是汉于匈奴，虽已和亲，犹募民徙居塞下，入粟实边，复命魏尚守云中拒之。

麓川残寇于我天朝，实乃小者，正如崇、越之于周、汉。因为它素本羁属。因为它为诛为舍，无系轻重。今朝廷欲屯十二万众于云南，以趣其降，不降则攻之，至少从四个方面来说是失策：一者王师不可轻出，二者蛮性不可骤驯，三者地险不可用众，四者客兵不可久淹。

至于瓦剌，才是大患，正如玁狁、匈奴之于周、汉，宜慎防遏。今朝廷欲移甘肃守将以事南征，卒然有警，何以为御！

他为朝廷设计了应对西南动荡的八字方针，即：乘间进攻，因便抚谕；为朝廷设计了应付北边形势的八字方针，即：浚筑沟垣，增缮城堡。

虽然是应时之作，不可能写成长篇巨著，但刘球对周、汉两个事例的选择很满意。世代不同，道理却是一个：彼时有取有舍，今时也当有取有舍。而且，周、汉两朝，一是盛世，一是强国，均为榜样。

何文渊来一趟兵部不容易，王骥不在，他也不肯回身就走。让他高兴的是，兵部衙门的门役居然是江西老乡，年纪也和他相仿。门役告诉他，大司马被召入宫中。他马上想到，皇上是为何事召入王骥。因此，他更要在这里等王骥回来。他并判断出，王骥不可能马上回来，但也不会在宫里待很久。因此，他和门役坐在大门外的凳子上，天南地北、从京师到江西又从江西到京师地聊起来。

王骥回来，竟没有注意到衙门外坐着一个身穿正三品朝服的官员，径直往里走去。门役叫声“大人”，他也没听见。门役一个箭步窜出，赶到他前边，又叫声“大人”，倒把他吓一跳。

“何事失仪？”王骥问。

门役手指门外的凳子，没有说话。

王骥回头一看，见何文渊慢慢起身，慢慢朝他走过来，招呼道：“巨川先生，是来找我的吗？”

“不找大司马，难道被罚到兵部看门不成！”何文渊道。

“哎呀，得罪，得罪；不巧，不巧。”王骥揖道。

“得罪不必说，何事不巧？”何文渊问。

“我口渴得很，回衙喝口水，又要外出。”王骥说。

“不碍事，我只一句话，正好在尚德先生喝水时说。”何文渊道。

“我要去内阁，东翁等着呢。”王骥说。言外之意，耽搁不得。

“尚德先生是奉旨去内阁吗？”何文渊问。

“不，是东翁约的我。”王骥说。

“那更不碍事。说不定，尚德先生听我第一句话，还要我再说第二句呢。”何文渊很是自信。

“好，就请巨川先生边走边说。”王骥道。

“皇上召尚德先生入宫，是为出兵麓川的事吧？”何文渊问罢，立刻加以说明，

"这是我问尚德先生的话，不是我要向尚德先生说的话。"

"是。"王骥用一个字回答两层意思：一层意思，皇帝召他入宫，是为出兵麓川；再一层意思，何文渊是在问他话，而不是在对他说话。

"圣意如何，我不问，也不该问；尚德先生持意如何，我不问，也不该问。"说到这里，何文渊忽然停顿，叹口气。

王骥明白他为何叹息，因为这时已步入大堂。

"我知道，这也不是巨川先生要说的话。"王骥说，听不出是在讽刺何文渊，还是在为他打圆场。

"我要对尚德先生说的是，麓川不可征伐，也不必征伐。"何文渊说。

王骥端起自己的杯子，里面有半杯一早剩下的茶水，早已冰凉。

"我让他等给巨川先生倒杯热茶吧。"他说。

"不必。尚德先生口渴，我不口渴。"何文渊说罢，立刻说明，"这是答尚德先生的话，不是我要对尚德先生说的第二句话。我要说的第二句话，尚德先生让我说，我才说呢。"

"巨川先生的心思，我怎会不知？我呢，也不是对巨川先生客气，我是自己想喝口热水。无奈巨川先生不让我喝热水，只好将就着喝口冷水。"王骥说着，要喝杯子里的剩水。

"等等。"何文渊懂得他的意思，夺过他手里的杯子，把水往地下一泼。"大司马别说在自己的衙门里，就是在我刑部牢里，想喝口热水，谁还能拦着不成？"说罢喝道，"来人！"

两名差役应声而入，他们只听堂上有无人招呼，不管谁在招呼。

"送两杯热茶来。"何文渊吩咐。

两名差役紧紧盯住王骥，不动。

"怎么，只尚书能指使你等，侍郎就指使不得？"何文渊叱道。

一差役低头偷笑。一差役说："本衙门规矩，尚书、侍郎都在的时候，只由尚书开口吩咐。"

"你说我不懂规矩？你笑我不懂规矩？"何文渊指点着二差役说，"好，大司马，把这二人都给我吧，我让他等看看刑部的规矩。"

"这倒像是刑部的规矩。"方才偷笑的差役说。

"什么规矩，我怎看不出来？"方才回话的差役问。

"各打五十大板呀。"偷笑的差役说。

话一出口，连何文渊也忍不住笑出声来。王骥挥挥手，道："去吧，按何大人的吩咐办。”二差役这才退下。

“我看这两个人呆头呆脑，不见得很快把茶送来。送来，茶水太烫，尚德先生不见得马上就能喝。这样一来，我可以说许多句话。”何文渊好像占到一个很大的便宜。

“巨川先生要说尽管说，不过，可不是我要巨川先生说的。”王骥道。他好像更多的是把这看成一场睹戏。他并没赌输。

“无所谓，无所谓，大司马肯听就行。”何文渊不在乎地说。

“巨川先生说的第一句话，其实已是两句。第一句：麓川不可征伐；第二句：麓川不必征伐。”王骥把何文渊的话拆解后，道，“巨川先生可不可以先解说一下第一句话？”

“好。”何文渊点点头，先提出问题，“麓川在西南边陲，尚德先生可知，它距京师多远？”

“云南布政司距京师一万又六百四十五里，麓川距云南布政司六十六程。”王骥回答说。

“自京师达麓川，要走几日？”何文渊问。

“快的话，半年；慢的话，十月。”王骥回答。

“大军一出，消耗几何，尚德先生计算过吗？”何文渊问。

“日以万金计。”王骥答罢，觉得需要说明一点，“不过，征伐麓川，不会动用京营；官军调自南京，另以湖广、川、贵土兵呼应。”

“那么，云南布政司距南京有多远？”何文渊问。

“应比京师近三分之一吧。”王骥估摸着。

“对，我看过舆图，是七千二百里。”何文渊说，“按照尚德先生的计算，从南京到麓川，快的话，要四五个月；慢的话，要七八个月吧？”

“对。”王骥应道，并说，“这层意思我懂，说的是朝廷的耗费。请巨川先生再往下讲。”

“好，”何文渊接着提问，“尚德先生可知，麓川之地有多大？”

“不足千里。”王骥回答。

“数百里而已，哪里说得上千里！”何文渊道，又问，“尚德先生可知，这数百里土地上居人若干？”

“万人左右。”王骥回答。

“即便多过万人，也多的有限。”何文渊道，“弹丸之地，万余之众，朝廷以十数万大兵征伐，可一举成功吧？”

“这我有把握，无论路途上要用多少日子，到麓川，只需十天半月，定可平息叛乱。”王骥说。

“不必大司马出征，在下若得一军，只要粮饷不断，只要到得麓川，也可在十天半月内平息叛乱。”何文渊只为陈述自己的想法，并没有讥笑王骥的意思，因此也不怕引起他的不满。“不过，”他口风一转，问道，“尚德先生想过没有：数百里土地，得到有什么用处？是可以垦荒呀，还是可以移民？万余人众，战胜有什么好处，是使其臣服呀，还是使其征战？弹丸之地不可居，万余之众不可使；而路程以万里计，复以程计，耗费日以万金计。所以我说，麓川不可征伐。”

王骥点头，仅表示听懂，并不表示是否接受。他不动声色地说：“请巨川先生再说说为何麓川不必征伐吧。”

两名差役正好送茶水进来，在王骥面前放一杯，在何文渊面前放一杯。王骥端起杯子要喝，何文渊说：“本来是一句话，硬被尚德先生拆成两句。两句就两句，其中应以不可征伐为主，不必征伐为次。为主者，一层一层剖析过；为次者，不说也罢。”

几句话大出王骥所料，但看到何文渊对面前的杯子碰也不碰，马上明白他的意思，于是，也把杯子放下，说：“茶水很热，我不忙着喝。巨川先生不妨再一层一层剖析。”

“当真？”何文渊才不管是不是当真，给他机会阐述自己的看法，他一定不会放过，“自古以来，天朝待四夷，兵威与德化并行，而以德化为先，此所谓虞舜敷德、有苗格心也。我朝四夷以百数计，而居于西南者最众。我太祖皇帝、太宗皇帝，大发神威，一一征服；其后，施以教化，许以羁縻。时至今日，为何不能宽容一个麓川？”

“非我天朝不能宽容，实思姓夷酋不遵教化，不是南北寻衅，就是东西侵扰。”王骥驳道。

“不妨再耐心一些。”何文渊说。

“延挨数载，还不够耐心吗？”王骥道，“巨川先生仅以宽容、耐心为词，得出不必征伐之论，是无法使我心服的。”

“这我知道，所以我愿为尚德先生再献一良策。”何文渊说。

“请讲。”王骥道。

“云南有没有官兵呢？有。云南土兵可不可用呢？可用。”何文渊自问自答。“以云南之官军及土兵，剿麓川之地或不足，防麓川之患则有余。要在守住要害。阻截麓川的要害在哪里呢？”何文渊把手指伸进自己的杯子里涮了涮，在桌上靠近自己的地方画个大大的圆圈，说，“这是昆明。”又在靠近王骥的地方画个小小的圆圈，说，“这是麓川。”在两个圆圈之间比比画画，选择一个适当的地方，画个不大不小的圆圈，说，“这是金齿。”

何文渊细说：“尚德先生请看，麓川那么小个圆圈，吞并得了昆明这么大个圆圈吗，威胁得到昆明这么大个圆圈吗？吞并不了，威胁不到。朝廷所以对麓川之事议论纷纷，是因为在小圆圈和大圆圈之间，还有许多更小的圆圈，它吞并得了，威胁得到。若听任它吞并、威胁，则尚德先生那边的小圆圈会增大，而我这边的大圆圈会缩小。但我这边的大圆圈离尚德先生那边的小圆圈太远，离散布二者之间的更小的圆圈太远，即所谓鞭长莫及也。不要紧，这里还有个距尚德先生那边的小圆圈不那么远的不大不小的圆圈，足以制衡。尚德先生难道不觉得，我太祖高皇帝在金齿设军民指挥使司，别有深意吗？难道不觉得，云南布政司将官军屯驻于金齿一线，且耕且守，足以控制麓川及其他不服教化的夷酋吗？”

王骥看着这几个圆圈渐渐褪去。他说：“金齿为要害，此言甚是；云南官军足以扼守金齿，此言甚是。”

“那么，岂不是不必征伐？”何文渊道。

“不，这是两回事。”王骥不同意他的说法。

“那么，不必征伐之说，尚德先生并不赞同？”何文渊问。

“不，也不尽然。”王骥道。

“尚德先生究是何意？”何文渊被他左个“不”右个“不”弄糊涂。

“我的意思很简单：不必征伐之说，我不赞同；不可征伐之说，我亦不赞同。”王骥说，“本来是一句话，被我硬拆成两句，巨川先生责备得很是。不可征伐与不必征伐原是分不开的：若是不可征伐，纵然必须征伐，也只好望洋兴叹；若是不必征伐，纵然可以轻而易举获得成功，也是师出无名。但巨川先生不要过分责备我把一句话拆开。我把一句话拆开，是为让巨川先生把高见充分说出来。现在巨川先生已经充分说出来，可以请回，我也可以喝口水。”说着，他端起面前的杯子，喝一大口，喝的仍是放冷的茶水。

这是在下逐客令。何文渊想起二人方才的约定，不能再坐下去。但他又不甘心自己的游说一无成效，于是边起身边问：“尚德先生为何以为麓川可以征伐且必须征伐？”

“这话也不全对。我并非想对巨川先生说，麓川可以征伐且必须征伐。”王骥更正一句，“我想说的是：巨川先生以为麓川不可征伐且不必征伐的理由不能说服我。我还想说的是：朝廷若决计大举征伐，我身为大司马，筹划其事，责无旁贷；朝廷若命我出征，我有把握扫荡贼巢。”

话说到这种程度，真没必要再问什么或再说什么。

刘球的奏疏和何文渊在兵部衙门的议论都没能改变朝廷的大计方针。正旦节过后不久，征伐的圣旨一下，上上下下地忙碌起来。先是总督军务的王骥和平虏将军、总兵官蒋贵，赴云南筹措军饷。紧接着，左副总兵官李安、左参将宫聚赴川、贵，右副总兵官刘聚、右参将冉保赴南京、湖广，征调官军和土兵。

第二十三章

事情太离奇，也太重大，皇帝不知所措，命兴安去太皇太后宫里请懿旨。太皇太后几年没有和皇帝同殿议事，也因事情太离奇、太重大，而把种种顾虑抛开，再次和皇帝同殿议事。当然，参与议事的只有司礼监资深年长的太监兴安、金英、范弘等人，另外，也把王振叫了来。

“王振，皇上说讯问之事一直是你在主持，对吧？”太皇太后问。

“奴才只是奉旨过问。”王振把主持改为过问，以减轻自己的责任。

“是啊，这等事体，不能交刑部、大理寺等衙门勘问，只好让锦衣卫、东厂勘问；不能让内阁过问，只好让你来过问。”太皇太后说。

话里并没有责怪的意思，王振放心了，皇帝也放心了。

“王振，你和别人说起此事，譬如，向锦衣卫的官员、东厂的太监询问，或向皇上禀奏，怎么唤他？”太皇太后又问。

“这是第一件为难的事，奴才不知该怎样唤他，向锦衣卫官员、东厂太监询问时，只得唤‘他’，向皇上禀奏时，也只得唤‘他’。”王振回奏时，不厌其烦地重复着太皇太后的原话。

“那不很麻烦吗？”太皇太后道。

“是，奴才曾请旨，奉圣谕：请太皇太后懿旨吧。”王振回奏。

“别把这事都推到我身上，你等也想一想。”太皇太后对众太监说。

但皇帝说过请懿旨，谁还敢多嘴！太皇太后也清楚这一点，所以很快拿出个主意。她问：“是广西镇将把他解来京师的，对吧？”

“虽由广西镇将解来京师，但柳溥的奏本里讲，他是从云南去到广西的。”皇帝说。

“既如此，就唤他云南老僧吧。你等看如何？”太皇太后道。

“太皇太后圣明。”皇帝和众太监称颂。

“这云南老僧现在何处，是在锦衣卫的狱里，还是在东厂的狱里？”太皇太后带头使用这个新的称呼。

“都不是。遵皇上旨意，奴才让锦衣卫、东厂另辟一处所，安置云南老僧一行，并以专人看管。”王振回奏。

太皇太后点点头，以示称赞。然后问：“问出什么眉目没有？”

“还没有。”王振回奏，“锦衣卫官员、东厂太监都很慎重，只简单地追问云南老僧的姓名、法号、籍贯等。云南老僧自称是天下大法师，其他都不肯说。他的弟子们也一样。”

“这么简单的事项问不出来，一定没有用刑吧？”太皇太后问。

“是，未得太皇太后懿旨、皇上圣旨，他等不敢用刑。”王振回奏，并说，“这是第二件为难的事，皇上亦命请太皇太后懿旨。”

“这不忙，他早晚是要说的。”太皇太后道，接着又问，“锦衣卫官员、东厂太监有没问问，他在朝廷和宫里有没有什么熟人？”

“有问。”王振回奏。

“是谁呀？”太皇太后问。

“他说的第一个人，是内阁大学士杨士奇。”王振回奏。

“西杨先生？”太皇太后其实早也料到，“是啊，西杨先生乃本朝第一名臣，天下大概无人不知。”并问，“你等说呢？”

“太皇太后圣明。”众太监颂道。

“不过，奴才以为，不妨让西杨先生去见见他。”金英又说。

“为什么？”太皇太后问。

“西杨先生那时见过其人，辨认一下，或可知真伪。”金英回奏。

“你等说呢？”太皇太后问其他太监。

“这恐怕不妥。”王振反对。

“有何不妥？”太皇太后问。

“一则，这是三十多年以前的事，西杨先生即使认得那时的云南老僧，却未必认得今时的云南老僧；二则，西杨先生即使能看出昔日的痕迹，他该如何回复？这不是让他为难吗？皇上闻得此事，当即定下不使刑部、大理寺勘问、不使内阁过问的宗旨，正是为的不让像西杨先生这样的老臣为难。”王振回奏。

“皇上知道体恤老臣，很好；你能体会皇上的心思，也很好。”这么会儿工夫，太皇太后这是第二次称赞王振，“此事宗旨既定，不得更改。今日在宫中所议之事，谁也不要到宫外传播，且等有眉目再说。”

“奴才等谨遵懿旨。”众太监应道。

“云南老僧还提到什么熟人吗？”太皇太后问。

“提到几名旧时的宦者。”王振回奏。

“旧时宦者？”太皇太后觉得这个提法很聪明，她指点着众太监说，“你等恐怕没一个包括在里面吧？”

“是。”众太监争着应道。

“他说的旧时宦者有谁呀？”太皇太后问王振，在王振说出几个名字后，她又问众太监，“你等知道这些人吗？”

众太监议论起来。有人说，听过这一宦者的名字；有人说，曾见过那一宦者；更有人说，某一宦者两年前病死，葬于西山某处。

“别说那么多，眼下有没有还在的？”太皇太后问。

众太监面面相觑，回答不上来。

“他等骤闻此事，说不出个所以来，情有可原。王振，你过问此事有些日子，也说不出来吗？”太皇太后责问。

“回太皇太后，奴才找到一个尚在的旧时宦者。”王振回奏。

“叫什么名字？”太皇太后问。

“吴亮。”王振回奏。

太皇太后不记得他方才提到的旧时宦者里有这个人，但又不很确定。她问兴安：“云南老僧曾提到这个人吗？”

“奴才不记得有他。”兴安回奏。

太皇太后又用目光询问金英、范弘。金英摇头，范弘点头，但二人的意思相同：一个是说，云南老僧没提到吴亮；一个是说，兴安的话不错。

“这是为何？”太皇太后这才问王振。

“据奴才想，吴亮那时不过在南京打杂，云南老僧即便是那个人，也未必记得起他。”王振回奏。

太皇太后只需要一种解释，并不关心这一解释有几分可信。她说：“好吧，既然他是旧时宦者，就让他去见见云南老僧。”话一出口，发觉不妥，此事应当由皇帝决定，因此又问，“皇上说呢？”

“皇祖母说的是，既然吴亮是旧时宦者，就让他去辨认辨认吧。”皇帝当然不会反对；而且，还补充一点：“你等中须得一人随吴亮去见云南老僧。王振去不合适，兴安，你去吧。”

“是，奴才遵旨。”兴安应道。

虽是小事，但看到皇帝对事情有自己的判断，并能果断处置，太皇太后由衷高兴。她接着皇帝的话说：“皇上比咱们想得都要周全。兴安，你知道皇上要你随去为的什么吗？”

兴安本来想说，为的是别让云南老僧欺骗皇上和太皇太后，也别让吴亮欺骗皇上和太皇太后。又一想，皇上和太皇太后圣明，欺骗得了吗？他改说："奴才想，是不让云南老僧欺骗奴才们，也别让吴亮欺骗奴才们。"

"既然知道，你可得用心把这件事办好。别让众人上当，和你一起受到惩罚。"太皇太后嘱咐。

"是，奴才绝不敢不用心。"兴安应道。

"皇上知道不知道，除这几个名字之外，在云南老僧身上还查到些别的什么吗？"太皇太后这次没有直接问王振。

"王振本来要对孙儿说的，孙儿让他等皇祖母驾至再说。"皇帝道。

"那好。王振，你说吧。"太皇太后命道。

"是，"王振应道，"在云南老僧身上，还真搜出些不可思议之物。"

太皇太后向皇帝示意，皇帝问："是何物？"

"纸。"王振回奏。

"纸？那有什么不可思议的？"皇帝问。

太皇太后却相信，既然王振说不可思议，恐怕真有些不可思议。她问："王振，你可把纸带来？"

"奴才带来。"王振回奏。他退到殿外，从司礼监小宦者捧着的盘子里取出几张黄纸，再回到殿里，一一呈上，并解说道："这是云南老僧写书与思恩土知府岑瑛用的，这是从云南老僧身上搜出的。"

皇帝把纸接过，递给太皇太后。

"这不是宫中用纸吗，他身上怎么会有？"太皇太后惊道。

按说，宫中用纸传到宫外，并不是特别不可思议的。譬如，皇帝有时会赏赐给亲信大臣；再譬如，有地位的太监赠送给亲朋好友。但王振有言在先，太皇太后吃惊在后，其他人也只好把它当作不可思议。

"是，孙儿对此也好生不解，"皇帝说着，问王振，"宫中用纸怎的到他手里？"

"这个，奴才也说不清楚。"王振回奏。

"锦衣卫官员、东厂太监没勘问吗？"太皇太后问。

"勘问了。"王振回奏，"云南老僧说句自有来处，他等不好再问。"

不好再问，意思很明确，就是不知会牵涉到什么人。问这么多，听这么多，太皇太后总的感觉是，上自王振和面前的这些司礼太监，下至具体勘问的锦衣卫官员、东厂太监，都有些投鼠忌器。连皇帝的情绪也受到影响。她知道，要想打破大家的顾虑，只有她出面说句话。但她真要挺身而出时，又发现并不那么容易。

只有一步一步来，急不得，她告诫自己。

她从黄纸中拿出一张，看了看，说："这是他向岑瑛自首的书信。连自首的书信都用黄纸，他也太不知轻重！"

"孙儿想，他用的若不是宫中用的黄纸，岑瑛还不知怎样待他呢。"皇帝插句话，言外之意是，岑瑛大概在思恩就会杀他。

"不错，要不是这张黄纸，他也许根本就不用到京师。"太皇太后很给皇帝面子，为他把这件事说圆。她又翻看其他的黄纸，看几张后，道："这些都是诗嘛，云南老僧写的？"

"是，云南老僧对勘问者说，他只爱吟诗，别无所好。"王振回奏。

"你们几个，算是宫里的秀才，不妨评一评他的诗。"太皇太后说着，念其中一首，"是日乘舆看晚晴，葱葱佳气蒲金陵。礼乐再兴龙虎地，衣冠重整凤凰城。"读罢，觉得很难评论，她说，"此诗短，再读首长的。"又念一诗，"牢落西南四十秋，萧萧华发已盈头。乾坤有恨家何在，江汉无情水自流。长乐宫中云气散，朝元阁上雨声收。新蒲细柳年年绿，野老声吞哭未休。"边读边品味：诗里不脱"宫"呀、"阁"呀等字，而且，"四十秋"是很确定的年头，大致数一数，大概正是靖难之役开始或结束的年头，让人怎么评论？

"算了。"太皇太后无心再读其他的诗。"无非是疯汉涂鸦，不值得品评。一切等吴亮见过云南老僧再说吧。"

"是。"王振等应道。

"这件事确是让人烦心；不过，皇上也别太放在心上。"太皇太后又对皇帝说，"皇上还记得我的话吧？皇上承担不住的事情，我与皇上一起承担。无论这云南老僧来历如何，都无法改变我大明朝的正统。"

"有皇祖母做主，孙儿并不烦心。"皇帝道。

吴亮辈分很高，连兴安都应该叫他一声"叔"；不过，他的职位却不高，连是否升至太监都没人记得。他自己也懵懵懂懂，或是根本不在意。所以，兴安与他相见的时候，只唤他"老吴"。

"老吴，今天身子还好吧？"兴安问。

"还好。"吴亮回答。

"既然还好，那就办差去吧。"兴安道。

"兴哥，办什么差？"吴亮问。

兴安心想：兴哥也是你叫的吗？但懒得与他计较，只说："办哪件差？仍是昨日说的那件差事呀。”

“好。”吴亮应虽应，但磨磨蹭蹭，要走不走。“要不，明日再去吧。”

“你又怎的？”兴安问。

“我肚子疼。”吴亮说。

“昨日我看你好好的，你说肚子疼；今日我看你好好的，你又说肚子疼。是不是一有差事，你就肚子疼呀？”兴安恼道。

“不瞒兴哥，有别的差事，我不会肚子疼；一说办这件差事，我的肚子就会疼起来。”吴亮说。

“这是为何？”兴安不由好奇。

“当年那位爷曾赐我一脔，我食过后，肚子疼起来。打那以后，一想起这事，肚子就疼。”吴亮解释说。

“哪位爷呀，你还真把他当爷！”兴安道。

“不是叫我去辨认吗？既然辨认，那就有可能是。”吴亮说。

“既然辨认，也有可能不是呀。我还告诉你，既然叫你去辨认，多半就不会是，懂吗？”兴安教训他两句，心想：这是个糊涂虫，怪不得那位爷当年挺喜欢他的，却不重用他；永乐爷知道那位爷挺喜欢他的，也没要他的命。这等人，道理说多没用，还是说些实际的吧：“老吴啊，你一想起办这件差事就肚子疼，那是因为你还没辨认，就把他当作那位爷。你不妨想想，辨认之后，他不是那位爷，又会如何？”

吴亮闭上眼睛想想，然后睁开眼睛揉揉肚子，欣喜异常。

“兴哥高明，我的肚子已不疼。”他说。

二人出西华门，各骑一匹马，往北行至宫城角上，再往西行。快到西安门时，兴安下马，吴亮随着下马。兴安指着路南的一处小院子问道：“老吴，还记得这是什么地方吗？”

“宣德爷拘禁逆藩的逍遥城，我怎不记得！”吴亮道。

他说的逆藩，是仁宗皇帝的亲弟、宣宗皇帝的亲叔汉王高煦。宣德年间，高煦谋反失败，向官军投降。宣德皇帝在这里建座院落，戏称逍遥城。高煦被处死前，一直关押在这里。十几年过去，逍遥城的称号不再使用，该院落却未拆除，成一座无名院落。

“你要去辨认的人，就在里面。”兴安说。

“这么说，万岁爷和太皇太后也把他视为逆藩？”吴亮不知在问兴安，还是在自语。他的肚子又隐隐作痛。

“好生办你的差事。休得胡言！”兴安沉下脸叱道。

无名院落戒备森严，院门外有四名军士守卫，进第一道门，第二道门外有八名军士守卫，还有一队军士在院落外巡逻。

马顺知道兴安、吴亮要来，带着几个人，早早地就站在门外。见二人牵马踱来，他忙吩咐手下接过缰绳，自己则对着兴安深作一揖，道："王公告知兴叔和另一老公公要来，卑职在此恭候多时。"

"马将军太客气。"兴安草草还礼，指着吴亮说，"马将军还不认识他吧？他就是王哥说的另一老公公。"

"是，晚辈有礼。"马顺对吴亮一揖。王振不告诉他此太监姓名，兴安不告诉他此太监姓名，他也不敢多问。

"衣物有没有准备好？"兴安问。

"已准备好。"马顺说着，领二人走进第一层院子的一间小屋。出来时，兴安换上民间衣物，吴亮则是逻卒的装束。

"有破绽吗？"兴安问马顺。

"看不出来，只是这位老公公年龄忒大。"马顺说。

"有什么法子！他命苦，偌大一把年纪，还得充役。"兴安笑道。

马顺和附近几名军士陪着他笑一会儿。

"东厂的人呢？"兴安又问。

"在里面。"马顺答道。

"把他们都叫出来。"兴安吩咐，"我和这位老公公在里面与那人说话，谁也不得偷听！这是爷和太皇太后严旨，想必王哥也交代过。"

"是。兴叔放心，除兴叔，此处只有聋子。"马顺说。

兴安拉着吴亮往里走。院落里套着小院，每个小院里关押几名僧人。二人对他们不管不顾，径直走进后院，兴安把门带上闩好。

北屋里，老僧垂首闭目，面壁诵经，对进进出出的人全不留意。兴安在屋门外咳嗽一声，以引起他的注意。老僧抬头看他一眼，说句"换身装束，我就不认得你吗"，又低下头，闭上眼。

"你认得我是谁？"兴安惊诧地问。

"我不认得你是谁，但我知道你是宫里的人。"老僧说。

"你怎知道，有人告诉过你吗？"兴安问。

"当年我身边都是你同一类人。我只要看一眼神态，听一声咳嗽，就分辨得出来，用不着人告诉。"老僧说。

"这般年纪，难得还耳聪目明。"兴安说着，把吴亮拉到远处，低声问道，"老吴，人就在这里，你辨认得出来吗？”

“当年那爷眉清目秀，额头哪有这多纹路！”吴亮低声回答。他也知道，不能让老僧听到他二人的话。

“四十年过去，仍和当年一样，那不成怪物！我是问你，还能看得出一点儿迹象吗？”兴安道。

“那爷顶颅稍偏，我看此僧顶颅也稍偏，倒是相似。”吴亮说。

“很似吗？”兴安问。

“相似而已，难说很似。”吴亮道。

“你既辨认不出来，且让他辨认你。”兴安说着，拉起吴亮又走过去。

吴亮咳嗽一声。在老僧抬头看他时，兴安问：“你看他是何人？”

“和你装束不一样，身份却一样，又何必问？”老僧道。

他正要低头，忽然发现了什么，睁大两眼，怔怔地盯住吴亮。吴亮被他看得害怕，先把头垂下去。

老僧很快恢复常态，平和地说：“你是吴亮。”

“我——”吴亮大惊，头垂得更低。兴安忙捅他一下，朝他摆摆手。他哆哆嗦嗦地说：“我，我不是吴亮。”

“你说不是吴亮不要紧，总不会连自家姓吴都不承认吧？”老僧道。

“我姓吴不假，但不叫吴亮，我叫吴诚。”吴亮一下又说得顺溜。

“吴诚这个人也是有的，但不是你。”老僧道。并有根有据地说，“吴诚颊下光溜溜的，吴亮颊下才有两粒黑痣。”老僧说。

吴亮找不出理由反驳。兴安道：“颊下长痣不足为凭。你说我二人是宫里的人，算你说对。可宫里的人成千上万，颊下长痣的不下百人，你怎能断定他就是吴亮？”

“而今宫里的人有成千上万吗？那真是昔日不可比的。”老僧好像只对这句话感兴趣，对后面的问题不屑回答。

“我且称你一声大师。”兴安不知为什么从自己嘴里会冒出这么一句，然后再问一遍，“你怎能断定他就是吴亮？”

“你怎样才能相信我的话呢？”老僧反问。

“除非你讲得出吴亮当年的故事。”兴安说。

“我给你讲件琐事吧：一日，我在某殿用膳，吴亮一旁侍候。我夹起一块肉，对他说：今日肉烧得不错，吴亮，你也尝尝。他当时两手都拿着东西，无法去接，我于是把肉扔在地下。他匍匐在地，用嘴叼起，吃进。”老僧讲述过后，问吴亮，“有这事吧？”

兴安听着他的讲述，想着吴亮所说的肚子作痛的原因，无论如何也不能相信，这是串通好演给他看的一场戏。再看吴亮时，只见他两手捂着肚子，表情极为痛苦。

“兴哥，我，我肚子疼！”他说罢，狂奔而去。

跛儿干约喜宁去西直门外那家不大的酒店喝酒，喜宁好不容易才抽出身来。被王振打发在外管窑厂时，他尽想着设法回到王振身边；一旦到王振身边，他又留恋起在外无拘无束的日子。

物是人非，小酒店已换主人。

店家亲自拭去桌上、椅上的浮尘，送上两壶酒，几碟菜。喜宁一直冷眼看着，等端起酒盅时，他忽然说：“店家，我看着你眼生呀。”

“公公看着我眼生不碍事，有人公公看着眼熟。”店家说。

“你这荒郊野外的，还会有本公公的熟人？”喜宁不相信。

“公公稍等，熟人不久就来。”店家说着，走去门外。

喜宁看着他的背影，问跛儿干：“跛哥，你说这店家是天生爱说大话呢，还是在和你我套近乎？”

“他为什么要和你我套近乎？”跛儿干问。

“他听我说眼生，怕失去我这么好一个主顾，所以才说有我眼熟的人要来。”喜宁尽情发挥着他的想象。

“你会是好主顾？鬼才信呢。”跛儿干道。“你呀，自打到当家的身边办事，越来越眼拙。店家就是个熟人，你看不出来吗？”

“跛哥又在哄我，他若是熟人，我把眼珠子挖出来给你。”喜宁说。

“这话当真吗？”跛儿干激他。

“只要跛哥不怕当家的问起。”喜宁道，“我说把眼珠子挖出来送给跛哥，于是乎他要跛哥也把眼珠子挖出来，我怕什么！”

“两位公公的眼珠子都值钱得很呀，除我之外，不知还有谁能买得起！”随着话音，一人闪身而入，两步走到酒桌前。

跛儿干还坐得住，喜宁却被吓得几乎要跳起；但认出那人后，他不再惊慌。那人在喜宁、跛儿干之间打横坐下。

“宁公公别来无恙呀。”来人说。

“原来是狼辈爷，好说。”喜宁不卑不亢地回应一句话。

那人果真是伯颜帖木儿。他说：“宁公公还记得贱名，荣幸之至。”

“狼辈爷只问候我，我懊恼之至。”喜宁接下来有一大通话，“今日跛哥约我出来，在这里却与狼辈爷见面，显见是狼辈爷先见到跛哥，然后把我约来，这不是他胜我一筹吗？方才店家在面前，我说眼生，跛哥偏说眼熟。现在想想，那人果然有些眼熟，他是那年随狼辈爷来的，狼辈爷与我二人在屋里饮酒，他就在外面照料马匹。不知为的什么，他把这酒店的东家撵跑，自己做起东家来。我虽然认出他来，但又输与跛哥一筹。”不管说得通说不通，喜宁张口就说。

“我想宁公公，宁公公为何反倒责备我？再者，原来的店东是宁公公的朋友吗？他是生意不好，自愿将酒店让出，我的手下并没撵跑他。”本来是无稽之谈，伯颜帖木儿却正经答辩。

“那是我错怪他。”喜宁丝毫也没歉意，继续自话自说，“狼辈爷是不是还要找我换取宫中御酿？实不相瞒，我今时取得宫酿，比起前些年来更加容易。不过，上次交易，我吃老大的亏；再要交易，狼辈爷出手得更大方才行。”

“好说。”伯颜帖木儿笑道，他从怀里掏出两双纯银铸的筷子，往桌子上一放，“宁公公且看看这物件值不值几个钱。”

喜宁拿起一支，放在嘴里咬一口，咯得牙疼。“好东西，”他说，又问，“狼辈爷想拿他换取几多宫酿？”

“一盅不取。”伯颜帖木儿说。

“不想换？”喜宁忙说，“京里的规矩，拿出来的物件，不兴收回。”

“我不收回，它已是宁公公的。”伯颜帖木儿说，并打趣，“宁公公上次交易吃大亏，今次不无小补。”

喜宁手痒痒的，恨不能马上把银筷收进自己怀里。但他虽有些无赖，也不是全无羞耻心，伯颜帖木儿的话让他伸不出手。他的手一会儿放在腿上，一会儿挠挠后背。实在忍耐不住，他说：“狼辈爷，我如实告诉你行情：一支筷子换取一瓶宫酿，我吃些亏，一双筷子换取一瓶宫酿，你吃些亏。咱要不这样，两双筷子，三瓶宫酿，谁也不吃亏，如何？”

“我才说，一盅不取，宁公公把这物件收起吧。”伯颜帖木儿伸手让道。眼看着喜宁扭扭捏捏，把两双银筷取去，他说：“有一件小事，我向宁公公打听打听。这可和那物件无关，宁公公方便说就说；不方便说，只当我没问。咱们喝够酒，各走各的。”

“狼辈爷，你尽管问，有什么不方便说的！”喜宁明明拿人家的嘴软，偏要装出豪爽的样子。

“京里传说，从南边解来一老僧，自称是当年坐龙廷的建文老皇爷。是否确有此事？”伯颜帖木儿问。

“这事呀。”喜宁看跛儿干一眼，灵机一动。“我跛哥就知道呀，狼辈爷问过他没有？”

“问过。”伯颜帖木儿说。

“他一定以为确有其事吧？”喜宁问。

“不错。”伯颜帖木儿说。

“他有证据吗？”喜宁问。

伯颜帖木儿点点头，道：“跛公公讲述一件事：该僧现在大内，被当作太上皇一样奉养。若不是建文老皇爷，怎会如此？”

跛儿干敢于对外人谈论宫闱秘事，喜宁更无忌惮。关于云南老僧的情形，京师有截然不同的两种说法：其一，如跛儿干所言，他被迎入大内某佛堂奉养，宫里上上下下都尊称他天下大法师；其二，他的身份已被揭露，现关押在锦衣卫的一处密狱。喜宁在问伯颜帖木儿的时候已经想好，跛儿干若采取第一种说法，他就采取第二种说法；跛儿干若采取第二种说法，他就采取第一种说法。反正不能相同。否则拿人家那么贵重的物件，心里有愧。

“跛哥上当，狼辈爷上当。”喜宁以不容置疑的口吻说。

“小宁子，云南老僧被迎入大内奉养，是你告诉我的，今日怎么又说我错！”跛儿干气急败坏地指责道。

“我只说跛哥上当，并没说跛哥错呀。”喜宁辩道，“我对跛哥说，云南老僧被迎入大内奉养时，有许多事情还不知道。那也只是我上当，并非我的错。今日我知道另一些事情，就不能再这样说。”

跛儿干还要争吵，被伯颜帖木儿拦住：“跛公公，且听宁公公说。宁公公知道那些事情，不再上当；我等知道，不是一样不再上当？”

“狼辈爷果然懂得事理。”喜宁得意地说，“初时风闻云南老僧被迎入大内。咳，其实哪里是大内！西安门内，对着西苑，有一处院落，云南老僧是被迎入那里。该院落是当年宣德爷拘禁汉王之处，说它是锦衣卫的密狱亦可，说它是咱东厂的密狱亦可。总之，绝非迎入大内奉养。”说罢，问伯颜帖木儿，“狼辈爷，此事有趣吗？”

“有趣。”伯颜帖木儿回答。

“那我再说一事。”喜宁道，“初时都以为云南老僧绝无出处，现在查到他的出处：他是河南钧州白沙里人。”说罢，问伯颜帖木儿，“狼辈爷，此事有趣吗？”

“有趣。”伯颜帖木儿回答。

“第三件事：初时都以为云南老僧的年纪在七旬左右，那和建文帝还挨得上边。现有黄册为证，他的实际年龄是九十岁。”说罢，问伯颜帖木儿，“狼辈爷，此事有趣吗？”

伯颜帖木儿刚要回答，跛儿干不耐烦地说：“小宁子，还有多少件事，你一口气说出来好吗？”

“好。”喜宁道，“第四件事，初时以为云南老僧真无姓名，现有黄册为证，他姓杨名应祥。第五件事，初时以为，无法得知云南老僧哪年剃度，现已查实，他在洪武十七年剃发为僧。”

“可是——”跛儿干觉得自己并未被说服，但又无法找出漏洞。

喜宁想：要是这些事情是你讲的，我早就一一驳倒。他对伯颜帖木儿说：“狼辈爷送我两双筷，我给你讲五件事，又吃大亏。”

“承情，承情。”伯颜帖木儿笑道。三人开始畅饮。

第二十四章

都察院狱的一间牢室里，以行在兵部左侍郎巡抚山西、河南的于谦，坐在一个角落里遐想。本来，不是极重的案子，不会被单独囚禁。不知是有人特别关照他，还是有人有意突出他的案情，竟把他单独关在一室。没有入过狱的人，或许以为独囚一室至少可以图个清静；却不知独囚一室的那种寂寞难耐，是外人体会不到的。他每日里最大的乐趣是吟诗，不是吟古人或今人的诗，也不是吟自己的旧诗，而是吟自己的新诗。他不知道要几张纸，牢头或来巡视的都察院官会不会给，但不愿意张这个口；因此，每打好一首诗的腹稿后，他就吟诵出来。第二天又吟诵一遍，第三天又吟诵一遍，确定记牢，再打下一首诗的腹稿。

这天正在作新诗，牢室被打开，有人进来。他以为又是都察院官巡视，不加理会，仍然作自己的诗。直到进来的人唤声“廷益先生”，他觉得声音很熟，才抬头看去。这一看，不由得心潮起伏。

“原之先生，怎么是你？”他问道。

进入牢室的王来，现官山西布政司左参政。他在和于谦相对的角落里坐下，说：“来和廷益先生做个伴呀。”

“哎。”于谦叹口气。“看来，原之先生是受我拖累。”

他被下狱，是因为推举王来和山西布政司右参政孙原贞接替自己，被科、道官弹劾无人臣礼。在他看来，他推举王来等下狱，现在王来又下狱，那一定是因为他推举的缘故。

“或许是我拖累的廷益先生呢。”王来道。

“怎会？”于谦不解。

“廷益先生推举我，我却不争气，被言路弹劾征粮中过于严酷，朝廷因而命锦衣卫官校逮治。我非良吏，廷益先生推举不当，这不是我拖累你吗！”王来道。

“有这等事？”他的话乍一听有道理，多想一想，还是不对。于谦说：“言路弹劾原之先生严酷是我入狱以后的事吧？原之先生在我入狱整整两个月之后入狱，拖累不到我。”

“整整两个月？廷益先生记得那么清楚？”王来问。

“我心里有数，不会错的。”于谦道。

“是吗？可我知道，自己不是在廷益先生入狱两个月之后入狱的。”王来听起来是在反驳于谦，其实是在自己找乐子。

“原之先生怎么知道的？”于谦问。

“你告诉我的呀。”王来笑道，“你说我在你入狱整整两个月之后入狱，是以为我今日才入狱的吧？实则我已在锦衣卫狱关押十天。”

言者无意，闻者惊心。于谦问：“原之先生入过诏狱？”

“是啊。”王来应道。“言路弹劾我过于严酷后，还有一句‘逼人至死’。牵涉人命，自然要下诏狱。”

“真的是命案吗？”于谦问。

“人是死一个，但和我并无牵连，和征粮并无牵连。”王来说。

“已经查实否？”于谦问。

“想必已查实；不然，也不会把我从诏狱移至此。”王来说。

“那就好。”于谦摸着额头，竟冒出汗来。也许不是为王来担心，而是因为到三伏天，在没有一丝风的牢室里，说句话也会出汗。

“廷益先生还要说，我是受你拖累吗？”王来问。

“只好说各有一本账，相互不牵连。”于谦像吟出两句诗。

王来没有那么达观。他说：“要说我非受廷益先生拖累，这我心里明明白白；可要说廷益先生非受我拖累，那我就百思不得其解。廷益先生推举我，就算我不才，不能胜任，不用就是，怎么变成无人臣礼，怎么就要下狱？这明明是句托词嘛！”王来说到这里，把声音压低，“我听说，廷益先生下狱是司礼监有人作祟：因为廷益先生入京无私谒，故有人要给你个下马威。此事是否属实？”

“原之先生问我，我去问谁！”于谦笑道。

“廷益先生不是不知道，是不愿意说吧？”王来言语间，颇有责怪于谦不该息事宁人之意。

于谦自然听得出来。他问：“换了原之先生，愿意说吗？”

王来一愣。他觉得于谦不是在问自己，而是在提醒自己。他在提醒什么呢？是不是说，牢狱之中，说话、行事要处处小心？不，根据王来的了解，于谦并不是一个谨小慎微的人，即使有这层意思，也不应该是主要的。是不是说，既然被劾，就当深自发省，勿论他人？不，根据王来的了解，于谦不是个不分是非的人，即使有这层意思，也不应该是主要的。对，他现在的心境，大概只能用“君子坦荡荡”这五个字来概括。王来想，且不论才干，比起修养，比起精神，自己和他也差得太远。既在狱中，那就安之若素吧，不值得想的事不想，没必要说的话不说。否则，就会变成“小人常戚戚”。

他于是暂时忘却自己的冤枉，忘却于谦的冤枉，而把注意力转移到其他方面。他向四壁张望，似乎在寻找着什么。大概是没有找到，他又站起来，在牢室里走来走去地观察。

“原之先生在看什么？”于谦问。

“廷益先生说，自入狱到今日，整整两个月。我想，这个数字不会信口说出，但这屋里没有任何记号呀。”王来说。

“原之先生在诏狱是如何计日的？”于谦问。

“第一天我没想着计日，第二天我没想着计日，到第三天，我忽然想，”王来诉说着，“要是就此一命呜呼了，是不是得知道究竟死在哪一天呀？要是久不得释，是不是得知道究竟被关多少天呀？是不是得知道哪一天是圣旦日，哪一天是正旦日，哪一天是冬至日呀？我见墙壁上多有一道一道刻痕，心想，这大概是以前被关在里面的人留下的，我何不照此办理呢？于是，我一下就在墙壁上刻上三道。”

“原之先生倒好，夏至还没到，就想着冬至。”于谦笑着说，“原来原之先生在找我刻的痕迹，我却不是用这种法子计日的。”

“那么，廷益先生用哪种法子计日？”王来问。

“吟诗。”于谦说。

“吟诗？”王来想不明白，“吟诗也能计日吗？”

“能。”于谦应道，“自入狱第一日起，我限定自己三日必作一诗，第一日初稿，第二日修改，第三日定稿。无论外面刮风下雨，无论室内蝇鼠成灾，无论我自家头疼肚痛，都不曾中断。”

“可诗有长短呀。”王来道。

“也无论诗之长短，只以一诗计。”于谦又补充。

“吟一长篇，与吟一绝句，岂不是劳作不均？”王来道。

“此言差矣。吟一绝句，特别是五言，看似轻快，却字字要呕心沥血的。所以，我轻易不吟绝句。”于谦说。

“想不到廷益先生于诗作也别有一番见解。”王来道，并计算，“廷益先生自入狱到今日整整两个月，就该吟有二十首诗。”

“不错，我所以敢说整整两个月，就因为今日正要吟一新诗，才得两句，就被原之先生打断。”于谦说。

“三日一诗，称得上精雕细琢。我与廷益先生曾同省为官，又同囚一室，称得上有缘。廷益先生大作，可否借我一阅？”王来道。

“歉甚，原之先生读不到。”于谦说。

“却是为何？廷益先生悭于示人吗？”王来问。

“不，”于谦拍着自己的肚子说，“因为它们都存在这里。”

“廷益先生是说，并没写出来？”王来惊问。

“我倒是想写出来，却哪里去拿笔拿纸？”于谦道。

“恐怕不只是拿不到笔拿不到纸，廷益先生也不愿向人索要吧。”王来说，“这样一来，气节是有的；但若有遗忘，岂不可惜！”

“我第一个三天的第三天，只吟诵一首诗，第二个三天的第三天，要吟诵两首诗，依此推算，昨天我吟诵的是二十首诗。说来侥幸，二十首诗竟没有忘掉一个字。”于谦说。

“廷益先生大才，真是无处不见呀。”王来由衷赞叹。

“消遣而已，哪里说得上大才。”于谦连连摆手。

“无缘先睹，可否先闻？”王来又提出要求。

“好啊，”对此，于谦不推辞，“原之先生要听我吟诵哪一首？”

“第五首吧。”王来随便点一诗。

于谦想了想，说：“原之先生真会挑选，那是首长诗。”

“我从未拜读过廷益先生长诗，今日何其幸哉！请吧。”王来让道。

“此诗名曰《静夜思》，献丑。”于谦说着，踱步吟诵：

静夜思，何时休，终宵展转听更筹。
人生由来不满百，安得朝夕事隐忧。
功名富贵傥来物，目前渺渺春云浮。
甲第歌钟万户侯，五花骏马千金裘。
春风秋月不相待，倏忽朱颜变白头。
豪华一去难再得，壮气消沉土一丘。
但令名节不堕地，身外区区安用求。
静夜思，谁与谋，劝君高枕且熟睡，穷达由天不用愁。

吟诵声罢，脚步也停下来。于谦就地一揖：“请原之先生指正。”

“分明是廷益先生教我在狱中怎样才睡得着觉，怎么却要我指正！”王来明显的还有其他想法，但不急着说。他向于谦请求道，“廷益先生再为我吟诵一诗，如何？”

“遵命，还由原之先生挑选。”于谦说。

“第十首吧！”王来说。

“也是首长诗，名曰《节妇吟》。”于谦说罢，吟诵道：

凄凉复凄凉，世间好事难久长。
月月无奈阴云蔽，花发愁看风雨狂。
良人恩爱中道绝，秋月春花空断肠。
心不移，玉洁冰清天自知。
翁姑老病儿娇痴，萧然四壁无遗赀。
辛勤纺绩事家业，暮暮朝朝颦黛眉。
但愿翁姑无恙儿成立，独抱穷愁甘受饥。
泪成血，九原无路见良人，纵有哀情向谁说。

“心不移，玉洁冰清天自知。”王来牢牢地记住了诗里的一句，称赞道，“廷益先生，写得好呀！我一再地想，天大的委屈，廷益先生怎么会没一句怨言？原来廷益先生把心里的话都写在诗里。”

王文倒背双手，踱入行在刑部大堂，不用主人相让，拣把椅子，随意坐下去。因为堂上魏源不在，只有何文渊一人，不妨放肆一下。

“巨川兄，大司寇的足疾仍没好吗？”他问。

魏源转过年来，一直受足疾困扰。他疏请休致，皇帝不想让他离开刑部，特准他一月里只在朔日、望日朝拜，其他日子不必上朝。开始，他还勉为其难地到衙门里坐坐，后来干脆连衙门也不来。所以，何文渊告诉王文四个字：“更趋严重。”

“那我只好和巨川兄来审京师诸狱。”王文说。

“要不然，千之兄可以等大司寇足疾好转再来。”何文渊道。

“有旨审狱，谁敢耽搁！圣上即便不催促，我也不愿耽搁。”王文说。

“要不然，我陪千之兄去大司寇府上计议？”何文渊还有话等着他。

“大司寇肯吗？”王文问。

“不肯。”何文渊道，“大司寇有言：我朝无此规矩。若是我等追到他府上，他就只好——”他故意拖了个长音。

“只好怎样？”王文问。

“只好躲去乡下老家。”何文渊说。

“哼，把大司寇逼回江西，巨川兄忍心吗！”王文知道，何文渊的提议，并非真的提议；他的责备，也不是真的责备。

“要不然——”何文渊想着还有什么可以刁难王文的话，他想出一句，“复谳原本就是大理寺的事，要不然，千之兄回去和大理诸公计议？”

“好啊。”王文应也爽快，驳也犀利。“何为复谳？刑部判定的案子，大理寺核查，此谓之复谳。巨川兄快快把这案子审定吧，好让我和大理寺诸公从容复谳。”

“这也不成，那也不成，”何文渊两手一摊，道，“千之兄说怎办？”

“别无他法，只有你，”王文指指何文渊，又指指自己，“和我，把京师各狱的案子理一理。”

“大司寇不在，我看千之兄也只好不得已而求其次，和我这个少司寇审狱。”何文渊道。他并不在意王文一来就问魏源，纯粹因为二人关系较为亲密，才奚落两句。奚落过后，他马上进入议事的状态：“千之兄驾临刑部，如何审狱，全听千之兄吩咐。”

“既在刑部，须得巨川兄主张。”王文虽说让何文渊做主，但定个方向，“巨川兄权衡一下，我二人是先难后易，还是先易后难。”

“先难后易，先看哪桩案子？”何文渊问。

“廷益兄的案子。”王文回答。

“可有说法？”何文渊又问。

“有啊。”王文道，“科、道气盛，随随便便给廷益兄加个‘无人臣礼’的罪状。无人臣礼，该议何刑？死罪呀，遇赦不免呀！要处死正三品大员，巨川兄看难议不难议？”

“且住！千之兄这话说得我心惊肉跳。”何文渊做出要去堵住王文嘴的动作，当然不会真去堵，“科、道气盛，随随便便加以罪名，还在其次，怎么不问青红皂白就把他下狱呢？”

“廷益兄在都察院狱，这事得问孟机先生。”王文好像要回避这个问题，但转眼间又把这个问题说得更明确，“当然，也不是孟机先生和廷益兄过意不去，非得将他网罗下狱不可。据我所知，廷益兄是因为得罪某权贵，传出中旨，才被下狱的。”

“那么，无人臣礼，是某权贵欲置廷益兄于死地，授意科、道，刻意罗织的，而并非随随便便加与廷益兄的；那么，无人臣礼，是不实之词，法司应当驳回。”何文渊引申出他的结论。

“所谓无人臣礼，肯定是不实之词。”王文附和道。

“我二人审狱，我二人都以为是不实之词，千之兄，此案难在哪里呢？”何文渊自己也知道，于谦的案子绝不像他说的这么轻松。

“至少有二。”王文道。“其一，科、道弹劾廷益兄无人臣礼，是人人都见得到的；权贵授意科、道，或科、道阿谀权贵，以无人臣礼弹劾廷益兄，却有谁曾见到？总不能以不实对不实吧！”

“法司驳科、道，而不驳权贵，岂不更方便？”何文渊从一个角度说。

“欲置廷益兄于死地者，科、道乎，权贵乎？”王文从另一个角度问。

“明里是科、道，暗里是权贵。”何文渊说。

“所以，法司明里驳的是科、道，暗里驳的是权贵；明里驳起来方便，暗里驳起来也方便吗？”王文问。

“这倒是个难处。”何文渊回应着，并问，“其二呢？”

“巨川兄还记得辽府那桩案子吧？科、道弹劾，怎么不实都不要紧，法司断狱稍有不实，自家将下狱治罪，”王文说。看来，他的顾虑还不在这里，所以又说：“其实，实与不实，还在其次，要在得罪不得罪权贵。得罪权贵，那就难逃一劫。”

“为保自身，依附权贵，我所不取。”何文渊严正地表明立场。

“我亦不为。”王文响应之后，口气马上一转，“不过，巨川兄想过没有，你不依附权贵，我不依附权贵，却有人依附权贵？你得罪权贵下狱或去官，我得罪权贵下狱或去官，终将轮到依附权贵者坐掌刑部，坐掌大理寺？到那时，议都不用议，便可将无人臣礼几个字坐实。”

“照这么说，我等去不得官、下不得狱。”何文渊解析他的话。

“轻易去不得官、下不得狱。”王文略加修正。

“去不得官，下不得狱，只好不得罪权贵。”何文渊自顾自地说。

“轻易不得罪权贵。”王文又加以修正。

“不得罪权贵，只好明里不驳科、道，暗里不驳权贵。”何文渊道。

“不可草率批驳。”王文第三次加以修正。

“明里不驳科、道，暗里不驳权贵，只好含混定罪。”何文渊道。

“不好过于含混。”王文第四次加以改动。

“为国家执法，却含混定罪，我不为也。”何文渊道。

“彼不为，此亦不为，将若之何？”王文问。

“果然是棘手的案子。”何文渊认同王文的说法，然后问，“千之兄，先易后难，先看哪桩案子？”

“廷益兄的案子。”王文说。

“又是廷益兄的案子？他可只有一桩案子呀！”何文渊彻底糊涂。

“对，我说的就是无人臣礼这桩案子。”王文道。

“同一桩案子，怎么会难也是它，易也是它？”何文渊请教。

“议于法司之内，难之又难；推至法司之外，易如反掌。”王文道。

“奉旨审狱，怎能推至法司之外？”何文渊不解。

“我等奉旨审狱，审的不是这一桩案子。廷益兄是由中旨下狱，就不能由中旨出狱吗？”王文说句成语，“解铃还须系铃人呀。”

“千之兄是说，要让权贵不想杀他？”何文渊终于听懂。

“或者不能杀他。”王文补充。

“那得有人对权贵晓之以理呀。”何文渊说。

“或者动之以情。”王文补充。

“千之兄，这件事我可办不了。”何文渊说，“我虽有理，未必入得其耳；我虽有情，未必动得其心。”

“我也办不了。”王文道。

“廷益兄在都察院狱。我看，孟机先生若肯出面的话，也不一定能让权贵改变初衷。”何文渊说。

“大司寇颇为权贵看重。即便他不顾足疾，愿意出面，也不一定能说得权贵回心转意。”王文说。

二人你一句，我一句，说得很投机，但都没有结果。何文渊叹口气，道：“千之兄虽有良策，惜无其人呀！”

“谁说无人！有一个人的话，此公是听得进的；有一个人的心，也悬在廷益兄的案子上。”王文道。

“千之兄是说东翁？”何文渊问。

“不错。”王文点点头，郑重地说，“巨川兄无力回权贵的天，总有力劝动东翁的驾吧？”

杨荣去世以后，王振感慨再无可以议事之人。有事须议，他多差人传话，很少亲自到内阁。在杨士奇，这可以免除与王振当面议事的不自在，也是求之不得。于谦的案子，杨士奇让来内阁传话的宦者带给王振几句话；宦者下次来传话时，又带给杨士奇几句话。一来二去，不得要领，杨士奇觉得，再这样拖下去不成。

早朝后，众官散去，皇帝留下王振，问一些话。杨士奇耐心地在殿外等候，王振出来，他迎上去。

“东翁，怎么还不回阁？”王振问。

“在等你呀。”杨士奇回答。

“等我？有事？”王振问。

“是。”杨士奇道。“有几句话，想当面和司礼公说说。”

王振绝没理由提出去司礼监说话；同样，也不能以皇帝派有急差为名，回绝杨士奇的约请。他于是指着跟随在后的宦者，客气一句：“要不，东翁请先回阁。我向他等交代一声，便去聆听指教？”

“不必劳动大驾，就在这里随便找个地方吧。”杨士奇说。

“恭敬不如从命，东翁要在哪里说，我奉陪就是。”王振道。

跟随的宦者忙献殷勤，就近找间内臣办事的处所，把屋里的人都撵出去，挑选出两把最好的椅子，摆放在一起。他们还要准备茶水，王振挥挥手，杨士奇摇摇头，都示意不必。

等宦者都退出后，二人相互一让，各自就座。

“东翁还要对我说案子的事吧？”王振问。

“是。”杨士奇点头。

“此事东翁已说几次，还有更多的话吗？”王振问。

“有。”杨士奇又点头。

“那好，东翁请讲，在下恭听。”王振一揖。

杨士奇静了静心，道：“案子的事，我虽说过几次，但都是对司礼公所差之人说的；有些话呢，是不便对他等说的，只可对司礼公说。再者，我对他等说的话，也不知他等是否悉数传达给司礼公。”

“东翁的话，他等是一个字也不敢遗漏，一个字也不敢窜改的。至于只可对我说的话，倒要当面领教。”王振说。

“司礼公，于廷益杀不得。”杨士奇平和地说。

“这话嘛，东翁不说，我也料到；东翁为何要说于廷益杀不得，我心里也有数。”王振说。

“那好，司礼公说说看。”杨士奇也一揖。

“于廷益是东翁鼎力推举的，东翁自然也要鼎力救护他。”王振带着几分嘲弄，问道，“是不是这样呀，东翁？”

“我鼎力推举于廷益，人人皆知，无须讳言；我鼎力推举他，全是为国家，于心无愧。不过，司礼监说我鼎力救护他，是因为曾鼎力推举他，所言不实，我不得不辩一辩。”杨士奇说。

“所言不实吗？”王振冷笑一声。

“是，所言不实。”杨士奇加重语气说。

“那就请东翁说说实情吧。”王振一揖。

“我鼎力推举于廷益，也只是说他堪大用。宣德五年，于廷益以兵部右侍郎督粮山西、河南，却不是我推举的。”杨士奇说。

“东翁是不是怕担举主连坐的责任呀？”王振嘲弄道，“不是东翁推举，却是谁人推举的？”

“我不是怕担责任，是不敢贪天之功。”杨士奇说。

王振一下警觉，问道：“此言何意？”

“于廷益督粮山西、河南，是以先帝手书。”杨士奇的语气愈发平和。

“东翁怎说？”王振的表情很奇怪，说明并不是没听清楚。

杨士奇从他的表情看出自己这句话的效果：当年差往各地督粮兼巡视的官员是廷议挑选的，他以为于谦也是廷议挑选的。但杨士奇知道，于谦是宣德皇帝手书增补的。谁也无法回避这样一个事实：大臣推举的官员和皇帝亲自选用的官员，在人们的心目中有所区别。当然，选用于谦的是先帝，这和当今皇帝选用略有不同。但千万别忘，太皇太后还在，她若得知先帝选用的大员被杀，会有什么感受？

凭一句话占得先机，杨士奇用同样的声调、同样的速度把这句话又说一遍：“于廷益督粮山西、河南，是以先帝的手书。”

王振站起来，踱着慢步。房间不大，他却尽量背对杨士奇，以免让他看出自己的心情。于谦下狱差不多两个半月，王振不急着定罪。就好比一个是猫，一个是鼠，猫的肚子是饱的，干吗急着咬死鼠？让他惧怕而死，不是很有趣？况且，在惧怕下，他还有可能甘为爪牙。况且，通过该狱案让更多的人惧怕，让更多的人甘为爪牙，不是很实惠？刑部和大理寺审理京师诸狱，避开于谦的案子，让他有理由相信，无人敢为于谦开脱。杨士奇几次让人带话，让他有理由相信，此公没有力量为于谦开脱，其他人就更不必说。

他没想到，杨士奇留这么一手。早知如此，不如催着了断此案。

踱着踱着，他忽然萌生一个想法。现在还很难预料结果会怎样，但不妨按照这个思路与杨士奇周旋。

他往杨士奇面前一站，问道：“东翁说的是少司马于廷益？”

“是啊。”杨士奇想不到他会有此一问。

“也就是浙江人于谦？”王振又问。

“是啊。”杨士奇应道。

“他既稳重，又练达，皇上是知道的呀，我也是知道的呀。”王振说。

“司礼公能为朝廷留下此人，再好不过。”杨士奇顺着他的话说。

“哎呀，我说怎么听着听着就不对。”王振边说边摇头，他回到自己的座位，稳稳地坐下，“东翁，没人要杀他呀。”

“司礼公怎说？”杨士奇惊诧不已。

即便没有重新占据主动，也可以缓一缓。王振用同样的声调、同样的速度把自己的话重复一遍：“没人要杀他呀。”

“没人要杀他？没人以无人臣礼之罪状将他下狱？”杨士奇问。

“以无人臣礼被弹劾者有之，被下狱者有之，被论以死罪者有之，但那是监察御史于廷益，并非少司马于廷益呀。”王振说。

“监察御史中也有一于廷益？”杨士奇简直无法相信。

“是啊，东翁不知吗？”王振一本正经地说，“于廷益这桩案子，是锦衣卫马大人讲给我听的，我不信他敢骗我。”说着，喝道，“来人！”

一宦者应声而入，垂手听令。

“锦衣卫马大人走没走？”王振问。

“回禀王公，马大人已走多时。”宦者说。

“即刻去把他追回来。”王振命道。

“是！”宦者应道，又战战兢兢地说，“追回马大人，让他去何处候命，乞王公示下。”

“什么去何处候命，没看见东翁和我都等他吗！”王振手往下一指，斩钉截铁地说，“哪里也不用去，就让他到这里来！”

“是。”宦者应一声，仍不离开。

“你还有什么话？”王振问。

“回禀王公，锦衣卫衙门距大内甚远，小的估摸着，得到锦衣卫衙门才追赶得上马大人，再把他请回来，怎么也得到午后。”宦者说。

“这我不管，让他在一个时辰内赶来；不，在半个时辰内赶来！不然，将他也下狱。”王振蛮横地说。

在杨士奇眼里，这不过是小儿的把戏，但他不得不为之转圜。他不能和王振在这间小室里坐到午后，不能让王振当着自己的面向马顺追问一个叫作于廷益的监察御史，不能让王振当着自己的面装模作样地把马顺下狱。他相信自己玩起小儿的把戏，不会比王振差。所以，他采用一个最简便的法子来转圜。

“司礼公不必把卫使请来。”他对王振说。

“怎么？”王振问。

"我记起，监察御史里，或许真有个于廷益。"杨士奇说。

"是吧，我说马大人不致骗我嘛。"王振要的就是这样一个台阶。他关切地问，"东翁方才提到少司马于廷益，是怎么回事？"

"他也下狱。"杨士奇道。

"当真？"王振瞪大眼睛。

"他也被劾以无人臣礼。"杨士奇问。

"当真？"王振眼睛瞪得更大。

"原来司礼公一无所知。"杨士奇话里嘲弄的成分远多过怀疑。"那么，算我多事，把这件事讲与司礼公听。请司礼公看看，当如何处置？"

"这事我本不该管，既然东翁问到我，不如这样，"王振煞有介事地说，"若关押在狱里的果真是少司马于廷益，而不是监察御史于廷益，那是阴错阳差。但我知道，于廷益被弹劾一事是有的。既被弹劾，总得量加处分。东翁和我一起干预，降一二秩就是。"

"若得如此处分，司礼公可是为朝廷做件好事。"杨士奇道。

五月末，于谦被释，降行在大理寺左少卿。八月，仍以于谦巡抚山西、河南。

第二十五章

时至深秋，黄昏之际，两个人在午门上，从门楼东部走到门楼西部，从门楼背面走到门楼前面。走在前面的，是营造太监阮安；跟在后面的，是京匠头目蒯祥。午门城楼刚刚粉刷完毕，他二人在检查，墙壁抹得有没有裂痕，门柱刷得是不是均匀。

一切都令人满意。二人下楼前，不约而同地都想在门楼上多站一会儿。因为，以后他们或许再没有机会登上这座门楼。可以说，这是最让他们兴奋的时刻。他们看不到宫城的全景，但可以感受到被整治一新的四面宫墙和各宫门。他们看不出三殿两宫的全貌，但可以感受到巍峨耸立的各大建筑。宫城的地址、规制是在永乐朝确定的，但在三殿两宫建成后不久，发生一场严重的火灾。这大约是二十年前的事，二十年来，一直在筹备修建新的奉天殿、谨身殿、华盖殿，修建新的乾清宫、坤宁宫。现在，整治一新的四面宫墙和各宫门，新建的三殿两宫，就在眼前，让你去观赏，让你去感受，那该是怎样的一种心情呀！

“老蒯呀。”阮安招呼一声。

“阮叔。”蒯祥应道。

“我记得，咱们两个第一次站在这里规划宫殿的修造，是去年夏天的事情吧？”阮安问。

“十八个月前，应是春夏之交。”蒯祥说。

“到底是小伙子，记得清楚。”阮安笑着说。

“阮叔总责备我呆头呆脑，今天怎么舍得夸奖？”蒯祥也笑着说。

阮安五十多岁，蒯祥四十多岁，可以算是同辈之人，也可以算是隔辈之人。只不过第一次见面时，阮安叫声“小伙子”，蒯祥回声“阮叔”，彼此的称呼就这样固定下来。

“我责备的不对吗！”阮安道。“一件事，我要讲三遍，你才听得懂，让你说，是不是呆头呆脑？”

“那怪得我吗？”蒯祥回敬道，“阮叔若不是把鸟兽语彻底改掉，到今天，一件事还是得讲三遍。”

二人笑得更欢畅。蒯祥是苏州吴县人，永乐爷决计国都北迁，大修北京城池宫殿，从江南征调来不少匠人，他就是那时到北京的。和灵巧的江南人不一样，他办事过于认真，有时显得木讷，所以阮安说他呆头呆脑。阮安虽是交阯人，但早年入宫，根本不会遗留多少岭南口音。蒯祥说他操鸟兽语，明显是在为自己辩解。一人一句的戏谑之言，表明二人之间的亲昵关系。

“大功告成，老蒯，有什么心愿？”阮安问。

“大的心愿，还是小的心愿？”蒯祥反问。

“咱先来听听你大的心愿吧。”阮安说。

“但愿宫中永不再走水。”蒯祥说。走水即失火，宫中讳言火字，因此把失火称作走水。

“这个心愿太大，难以满足，再听听你小的心愿吧。”阮安道。

“但愿大工完成，我得以如愿以偿。”蒯祥说。

“这等于没有说嘛，重新再说过。”阮安道。

“我的心愿，阮叔难道不知？”蒯祥问。

“我怎会不知！但要你说出来，我才好设法满足你。”阮安道。

“但愿万岁爷恩准我南归。”蒯祥说。

“是此心愿？”这有些出乎阮安的意料，“我还以为，老蒯想升职。”

“别说我没有升职的愿望，就算心存升职的愿望，那可不能算是小的心愿。”蒯祥说。他现在行在工部营缮司营缮所任所正，正七品。一般人都以为，一个工匠出身的人，走到这一步，就算到头。所正之上为主事，那可是要十年寒窗，金榜题名，才能得到的位置。蒯祥自己当然也不会有分外之想。

“老蒯以为，升职的心愿比南归的心愿大吗？”阮安问。

“那是自然。”蒯祥点点头，粗俗、生动地举例，“譬如，有人帮着我在万岁爷面前说一句：老蒯思乡，意欲南归。万岁爷或会问：哪个老蒯呀？帮我说话的人回奏：是匠人老蒯。万岁爷一定会说：那就让他南归吧。要是有人帮着我在万岁爷面前说一句：老蒯有功，意欲升职。万岁爷还是会问：哪个老蒯呀？帮我说话的人回奏：是行在工部所正老蒯。万岁爷难道会说‘那就给他升职’吗？”

“我听出来，老蒯别的心愿都是虚的，真正的心愿是让我在万岁爷面前帮你说话呀。”阮安道。

“我不过打个比方，可不敢有这个想法。”蒯祥说。

“老蒯呀，这两句话我都可以在万岁爷面前帮你说。不过，我敢肯定，万岁爷说的和你想的一定不一样。”阮安道。

“万岁爷会怎么说呢？”蒯祥问。

“你且听来。”阮安按照蒯祥举例的方式叙述，“譬如，我帮着你在万岁爷面前说一句：老蒯有功，意欲升职。万岁爷或许会问：哪个老蒯呀？我回奏：是行在工部所正老蒯。万岁爷或许会说：他着实有功，那就给他升职吧。要是我在万岁爷面前帮你说一句：老蒯思乡，意欲南归。万岁爷还是会问：哪个老蒯呀？我回奏：是匠人老蒯。万岁爷一定会说：工程缺不了他，回乡省亲可以，不准南归！”

“区区匠者，有什么缺不了的！阮叔这是拿我开心。”蒯祥不相信真的会有这样的对话，但内心还是感到一丝的欣慰。

“老蒯若是不信，可拭目以待。”阮安像是在给他一个承诺。

蒯祥不知该合十，还是该作揖。让他感动的，不是承诺，而是体贴。

“阮叔，大功告成，你又有什么心愿？”他问。

“老蒯是不是也想帮帮我呀？”阮安笑道。

“罢了，罢了。”蒯祥两手还没有停下，又动起来，“我能帮阮叔的，就是叮嘱匠人们把活儿干得精致些。在其他人面前，哪怕他是个乞儿，我也说不上话。阮叔的心愿，不愿说不说就是，何必取笑！”

“这可不是取笑。”阮安正正经经地说，“要不是老蒯尽心尽力，大内的工程不可能做得这么干净利落。再者，老蒯的心愿既对我说，我的心愿为何不愿对老蒯说？”说到这里，他又换成轻松的语调。“我的心愿与老蒯的不同，只有最大和次大之分，没有大和小之分，老蒯先听哪一个？”

“阮叔最大的心愿定会吓坏我，还是先说次大的吧。”蒯祥道。

“但愿三殿两宫永不再走水。”阮安说。

蒯祥眨眨眼，颇感困惑：“这不是和我的心愿一样吗？”

“只能说差不多，不能说一样。”阮安道，“宫中走水，恐怕永远是避免不了的。如御膳房、御药房，走一两次水还不要紧；但三殿两宫，千万不要再走水。”

“阮叔为何偏爱三殿两宫？”蒯祥问。

“不是我有所偏爱，实在三殿两宫建造起来太吃力。”看阮安的样子，简直不像在说他的心愿，而像在说他的忧虑。

“阮叔觉得吃力吗？偌大的工程，我看阮叔指挥若定，并不显得艰难呀。”蒯祥的感受却和阮安不同。

“你知什么缘故吗？”阮安问。

“不知。”蒯祥道。

“这是因为砖、瓦、石、木，一应物料，筹备齐全。”阮安告诉他，并说，“可老蒯你不知道，筹备这些物料是何等艰难。从南方采的大木，从西山采的大石，每一件都要动用万人呀！永乐爷时建造一次三殿两宫，今日又建造一次三殿两宫，三十多年里两次兴大工，我看出来，国家是动了筋骨，可不能再建造一次。”

“阮叔的心愿是忧国家，我的心愿也是忧国家；但我的心愿，却不如阮叔的心愿来得实在。”蒯祥感慨。

“但是忧自家呢？”阮安道，“得以南归，不过是老蒯小的心愿；得以归葬，却是我最大的心愿。但我能归葬何处呢？而今交阯布政司都撤，就是真有可能归葬，我难道情愿吗？”说到这里，他的心情变得低沉，“看来，我死后只好在北京的西山做个孤魂野鬼。”

“阮叔别这么说，”蒯祥安慰他，“阮叔不想着归葬，我也不想着南归，我和你在北京的西山结个伴吧。”

阮安、蒯祥走到奉天殿丹墀，遇见一队逻卒。领头的宦者和阮安熟悉，恭恭敬敬、又不失亲热地打着招呼：“天这晚，阮叔还没歇着。”

“我在这里转一转就回去。我看，你今日却歇不成。”阮安道。

“可不是，明日奉天殿第一次朝会，王公吩咐我等，今日通宵巡查，眼睛也不准眨一眨。”宦者说，因为熟悉，他敢于在阮安面前稍微发几句牢骚，“通宵巡查，这是应该的；可眼睛不眨一眨，阮叔，你说谁办得到！”

“去问你王公呀。”阮安和他开玩笑。

“那我可不敢。”宦者道。“我若是问王公，他会用两根草秸，把我的上下眼皮支起来。”他边说，边做着上下眼皮间被支一根草秸的怪样。

“你以为我不会吗！”阮安则做威胁状。

“阮叔慈眉善目，不会的。”宦者说。

“你王公呢？你以为我不会把你的话告诉他吗？”阮安道。

“阮叔最体恤下人，不会的。”宦者说。他忽然发现，话有点儿多。不就是通宵巡查吧，怎么多出这么多的话，难道不知道语多必失！他忙向阮安告辞：“阮叔忙着，我得去那边看一看。”

“等等！”阮安却不让他走，手向蒯祥一指，道，“你不是巡查吗，盘问过我，怎么不盘问盘问他？”

“我陪着阮叔说几句话，怎么成盘问？”宦者甚是委屈，“再者，老蒯成日在宫里走动，我还能不认识吗？”

“既然认识，何不招呼？”阮安道。

“我未招呼这位公公，错在我。”蒯祥忙说。

“他的错，你别替他担着。”阮安说。看来，他还真要追究追究。“还老蒯、老蒯地叫着，老蒯是他该叫的吗？”

“阮叔，不叫他老蒯，却叫什么？”宦者问。

“称一声大人，不应该吗？”阮安道。

“别，别。”蒯祥连连摆手，“还是叫老蒯吧，我听着受用。”

宦者对他的谦和不加理会，却把阮安拉到一边，低声道：“他七品，我六品，阮叔为何命我叫他大人？”

“你不服气吗？”他声音越低，阮安的声音偏偏越高，“我来问你，你在宫里混上一辈子，最高能到几品？”

“四品。”宦者道，并表示自己有自知之明。“不过，小的从不敢妄想。”

“他呢？”阮安指着蒯祥问。

“这个，小的不知。”宦者道。

“你记好，他前程无量，或位至公卿。”阮安说。

“当真？阮叔是在开玩笑吧。”宦者道。

“你看我像开玩笑吗？”阮安指着自己的鼻子问，又说，“你再记好，你今日叫他一声蒯大人，他客客气气，当你是个朋友；日后才想起叫蒯大人，他是不是还理你，难说。”

“哎呀，那我可得快巴结巴结。”宦者说着，从阮安另一侧绕到蒯祥面前，尖着嗓子叫道，“蒯大人，日后别忘小人。”

“阮叔折杀我，公公折杀我！”蒯祥连忙还礼，“公公若肯再叫一声老蒯，就是在下天大的造化。”

宦者还要说几句讨好的话，阮安手向远处一指，道：“是我眼花吗？那边怎么一下闪过一个影子？”

“是吗？那我得去看看。”宦者说着，招呼手下的逻卒，“快去，快去，别碍着阮叔的事。”他显然很清楚，阮安在哄骗他。

眼看着逻卒走远，蒯祥责怪道：“阮叔这么说，日后怎与他相见！”

“老蒯用不着担心。今日你与我同来，他没有刁难你；以后你自己来，他也不会刁难你。”阮安说着，往前走几步，边走边问，“老蒯可知，我今日是陪着你来这里的？”

“陪着我来这里，”蒯祥不解，“阮叔，这是何意？”

“找找老蒯的位置呀。”阮安手指向四周比画着。

殿前三层丹墀，是大朝时百官排班的地方。蒯祥懂得阮安的意思，苦笑着说，

“我这个所正，和不入流者差不多，朝会时根本不排班的。”

“我不是找你明日的位置，是找你以后的位置。”阮安说。

“我以后的位置？在何处呢？”蒯祥问。

“这是部属官员排班之处。”阮安指着较远的地方说，“我估摸，你站到那里应该不会很难，不用等很久。”

“不很久，那是多久？”蒯祥打趣地问。

“三五年不成，七八年总成。”阮安还真说得出年头。

“为等到那一天，我还得去烧几炷香吧？”蒯祥继续打趣。

“是烧一炷香，烧几炷香，抑或不烧香，等以后再说。”阮安道，又指着位置最高距大殿最近的地方说，“老蒯，你看那里，左手是勋戚、武职班首之处，右手是文职班首之处，我估摸，你此生无望站到那里。”

“多谢阮叔，总算说句实话。”蒯祥一揖。

“别忙，我其实要你看的是文职班首的下方。大冢宰以至大司空，还有掌院都宪，在那里依序而站。”阮安说。

“这我想得出来。”蒯祥道。

“老蒯排列在那里，不是无望，但也没把握。”阮安说。

“不妨也等以后再说。”蒯祥道。

“老蒯如此通达，是个有福之人呀。”阮安以调侃对调侃，但立刻又改换成正经的语调，“老蒯，我现在要对你说出要点：大七卿的下方，是各部佐卿排班的地方，无论如何，那里会有你一个位置。”

蒯祥开怀大笑，但只笑一声，就用手把嘴捂住。这个时辰，这个地点，这等讪笑，未免太放肆。见阮安没有责备的意思，他把手放下，道：“阮叔的话说完没有？咱们该回去了吧？”

“还有一句，”阮安说，“老蒯问是否得烧香，我看，明日大朝反正没有你的位置，不如先对着万岁爷的龙椅磕几个头吧。”

“这是应该的。”蒯祥当真跪下，规规矩矩磕几个头。

逢初一、十五，是举行常朝的日子。九月初一日，在新落成的奉天殿举行常朝仪式。朝毕，殿外一阵骚乱。

“何事？”皇帝问近侍。

侍臣回奏，原来是纠劾官参劾赞礼官赞拜误呼，大失瞻望。常朝时，御史选二人，任纠仪官，负责监察百官有无失仪；内赞礼官一名，在殿内，外赞礼官一人，在殿外，由鸿胪寺官担任，负责朝仪的进程。

“怎的误呼？”皇帝问。

“本该呼三拜，他却呼为五拜。”近侍奏道。

“三拜改五拜，让朕拣个便宜，朕倒不曾留意。”皇帝笑道，又问，“赞礼官如何分辩？”

“他称，奉天殿金碧辉煌，他一时眩晕，故误呼。”近侍奏道。

“传朕的话。”皇帝命道，“今日是个好日子，若是少拜一拜，朕倒没什么；只怕上苍看在眼里，不佑卿等。今既误在多拜，不必追究。”

圣谕一传，出了差错的赞礼官拜倒谢恩。挑选鸿胪寺官最重要的条件是声音洪亮，洪亮的声音里夹杂着啜泣，听起来别有一番滋味。

皇帝早已移驾奉天殿后的便殿暂歇。

“爷今日起个大早，要不要先在这里小憩？”范弘请旨。

“朕睡不着。”皇帝说，“老范，你知道朕在想什么？”问过话后，没有回应。皇帝看范弘，眼睛倒是睁着，但没有神。原来，他今日也起个大早，虽勉力支撑着，脑子却有些发木。皇帝童心大发，溜下御座，一两步窜到范弘身后，用手指在他腰间杵一下。

范弘一惊，发现皇帝不见，忙叫道：“爷，你在哪儿呢？”

皇帝咳嗽一声，说：“朕在这里。”

范弘回转身去，见皇帝倒背双手，就站在自己后面，相距只有一步，不由得要问：“爷在做什么呢？”

“朕没问你在做什么，你却问起朕在做什么！”皇帝嗔道。

“奴才在听圣谕。”范弘说。

“那你说说，朕方才问你什么。”皇帝道。

“奴才该死，奴才走神。”范弘请罪。

“算了，朕不怪你。”皇帝说着，返回御座，并招呼范弘，“朕今日颇有些感触，老范，你走近些，朕说与你听。”

范弘遵旨，往前走两步。

皇帝道：“别说赞礼官会眩于奉天殿金碧辉煌，朕坐在里面接受群臣朝拜，和坐在其他殿里接受群臣朝拜，心情也不一样。朕想，祖宗没有享受的福分，都让朕享受。王先生曾对朕讲过前人栽树，后人受阴，大概就是这个道理吧。”

“爷说的是，祖宗栽下的这棵树太大太大。”范弘应道。

“你说，朕该如何报答祖宗？”皇帝问。

“奴才想，爷若是能常浇浇水、松松土，让这棵大树生长得更茂盛，就是报答祖宗。”范弘说。

“你说的不错。这个道理，王先生也给朕讲过。不过，”皇帝伸出右手，用拇指和食指比画一下，说，“还差那么一点点。”

“是，乞爷示下。”范弘道。

“既是大树，就有根呀，朕要照看好这个根。”皇帝说。

“爷的意思是——”范弘没听明白。

“朕的年纪一年大过一年，合该谒陵。”皇帝说。

“此事爷不说，奴才也不敢说。”范弘道，“先帝改元那年要办的第一件事，就是谒陵。爷登极之初，年纪太小，奉太皇太后懿旨，不宜外出。今日爷自己想到这件事，实乃至孝天成。不过——”

“朕知道。”皇帝接过他的话头，“此事得和大臣们合计合计。谒陵乃庄重之事，仓促不得，今年恐怕来不及。朕的心愿，明年开春能够成行。老范，你帮朕记着这事。”

“奴才遵旨。”范弘应道。

“好，歇也歇够，咱们回宫吧。”皇帝命道。

“是。”范弘应过，命备车辇。

行在礼部尚书胡濙以年老乞休，皇帝不准，但命左侍郎王直摄理部务，行在礼部一应具体事务，都交给他办。有什么事情要与其他衙门协调，也都由王直出面。和其他衙门议事还好说，和内阁议事，仍是王直最头疼的。杨士奇和他之间的紧张关系，这两年来有所缓和；但面对他说话时，还是不太自然。所以，他在进入内阁前，总得深吸几口气。

看到杨士奇不在，马愉、曹鼐谈笑风生，他的心情马上松弛下来。

“二位的兴致好高呀。”他说。

“万锺先生才从翰林院听首打油诗回来，甚是有趣。”马愉总得交代过自己为何事而嬉笑不止，才能作为主人招呼，“行俭先生请稍坐，东翁说话间就回来。”

“好。”王直随便拣把椅子坐下，先向曹鼐示意，然后对马愉说，“翰林院里也作起打油诗来？性和先生，你的话未免不实吧。”

马愉字性和，山东临朐人，宣德二年进士。

“行俭先生不信，问问万锺先生。”马愉道。

“性和先生所言不差，行俭先生质疑也有道理。”曹鼐说。

“万锺先生倒是两不得罪呀，”马愉不满意他的说法，“从翰林院听来的诗，不是你说的吗？”

“这话就不对。”曹鼐凡事认真，有时显得迂腐，“我若是说性和先生言之差矣，难道就得罪性和先生？我若是说行俭先生的质疑毫无道理，难道就得罪行俭先生？”

“行俭先生也有道理，我也不差，究竟怎么一回事？”马愉问。

“我确是从翰林院听回的打油诗，所以，性和先生不差呀；我只说从翰林院听回打油诗，打油诗或并非翰林们所作，所以，行俭先生也有道理呀。”曹鼐说着，又理论起“得罪”二字，“性和先生不差，行俭先生有道理，均是据实而言。若因此得罪，可不是我的差错。”

“好，好。”马愉语气间稍显示出不耐烦，“是我不该说得罪二字，故得罪万锺先生，得罪行俭先生，这总成吧？”

“行俭先生看，我还是把性和先生得罪。”曹鼐显示的则是无奈。

王直知道，他二人都看出杨士奇和自己不协调的关系，因此每当他到内阁，都说些轻松的话题，当着杨士奇的面是这样，杨士奇不在时也是这样。对他们的好意，他一直是心领的；况且，二人方才的对话也着实有趣，于是，他笑着说：“二位状元要相互得罪，轮不到我管，但眼看着就要得罪我，我可是不依的。”

“我等是如何得罪行俭先生的？”马愉、曹鼐齐问。

“打油诗不管是从翰林院听来的也好，是翰林们作的也好，二位都笑够。若不让我也笑一笑，是不是得罪我？”王直道。

“言之有理，性和先生，你把打油诗背给行俭先生听听。”曹鼐说。

“你听来的打油诗，为何要我背？”马愉不肯。

“行俭先生说你笑够，他才非要听不可。”曹鼐有他的理由。

“你难道没笑够？”马愉也有他的理由。

“我是在翰林院里笑够的，行俭先生根本没见到；你却是在这里笑够的，被行俭先生看个正着。”曹鼐道。

“行俭先生是放在一起说的，并未分彼此。”马愉道。

“二位且住。”王直做个手势，示意二人不要再争吵，“既然二位都不愿意背，不如我背。”

“行俭先生背什么？”马愉、曹鼐齐问。

“打油诗呀。”王直说。

“行俭先生也听过打油诗？”马愉、曹鼐又问。

“打油诗自然是听过的，但不知是不是二位说的那一首。”王直说着，背诵道，“传制声无敌，宣章字有讹。后边头发少，前面口须多。”背诵完，问道，“万锺先生从翰林院听来的，是这首打油诗吗？”

“一字不差。”曹鼐好不奇怪，“行俭先生也是从翰林院听来的吗？”

“那倒不是，”王直说，“我离开衙门前，司礼监有一位公公去，他对我背诵过这首打油诗。既然同是一诗，我倒可以告诉万锺先生，此诗的确不是翰林官们作的。”

“那是谁作的呢？”曹鼐问。

“司礼监的公公对我说，打油诗是监里几位公公在一起饮酒时，范太监随口念叨出来的。”王直道。

“司礼监里也作起打油诗吗？这我可没想到，”话是阁外的人说的，话音才落，杨士奇漫步走进来。

阁内三人一起迎上去，道：“东翁回来了。”

杨士奇点点头，单独对王直说：“行俭先生来得好快呀。”

“东翁召唤，不敢延挨。”王直说。

“客气，”杨士奇淡淡地回应一句，然后问众人，“诸位谈兴甚高，是不是在谈论范公公的打油诗啊？”

“是啊。”曹鼐代表三人回答，“我一直以为，司礼监老范不苟言笑，不想，他作起打油诗来也惟妙惟肖。”

“东翁出去不大工夫，也听到这首打油诗？”马愉问。

“不但听到，还听人把四句诗总结为四绝。”杨士奇掰着手指说道，“声音响亮，此一绝也；时有白字，此二绝也；须多蔽口，此三绝也；发稀露顶，此四绝也。”

曹鼐想笑，但马愉在后扯扯他官袍，他一看，杨士奇的脸色已沉下来。他暗自吐吐舌头，没笑出来，也不接话。

“我看，是另有四句。”杨士奇仍掰着手指说道，“万锺先生听后讪笑，此一绝也；性和先生听后讪笑，此二绝也；行俭先生听后讪笑，此三绝也；杨某士奇听后讪笑，此四绝也。”

三人不知他的火气因何而生，一时想不出该说什么。沉默一会儿，曹鼐讪讪地说：“我等的确讪笑过，东翁并未讪笑，就不必列在四绝里吧。”

“谁说我未讪笑！”杨士奇道，“初闻此打油诗，我也是讪笑。但笑着笑着，觉得不对，我恨不得哭几声。”

“东翁，有什么不妥吗？”马愉问。

“鸿胪寺该少卿，进士出身也，却被人嘲笑时有白字，学问太差；他是被选为鸿胪寺官的，却被嘲笑须多发少，仪容太差。大家的面子都被丢尽，性和先生，你还问有什么不妥！有人说，若是文臣作的打油诗，尚可理论理论；内臣作的，也就罢了。我要说的是：文臣作的打油诗，也就罢了；内臣作的，我辈更该引以为耻。性和先生，你还要问有什么不妥吗？”杨士奇点的是马愉的名字，问的却是三个人。

“东翁责备的是，我等讪笑，实则自取其辱。”马愉说。

“选人不当，吏部有责任；我等职在辅导，责任更大。”杨士奇又说。

“东翁此言差矣。”王直忙说，“鸿胪寺听于礼部，鸿胪寺官出差错，我礼部堂官更该反省。”

“行俭先生，我请你来，并非要追究此事。”杨士奇说。

“不须东翁追究，我等自当追究。”王直道，他再也坐不住，说，“我这就回去，和本部同僚议一议鸿胪寺的事吧。”

“行俭先生没听清楚我的话吗？”杨士奇又重复方才的话，“我请行俭先生来，并非要追究此事。”又问马愉、曹鼐，“我与二位说过的事，二位没和行俭先生议一议吗？”

马愉、曹鼐你看我，我看你，不解其意。

“我不是对二位说过京师的事要议一议吗？”杨士奇提醒道。

“这话东翁是说过的，但京师的事多得很，东翁并没说要议什么事呀。所以，”马愉看了王直一眼，“我等也不知该与行俭先生议什么。”

“没说过吗？那是我的疏忽。正好行俭先生来，这事还真要有他才说得清楚。”杨士奇说着，问道，“行俭先生是永乐二年的进士吧？还记得那一年北京各衙门称什么吗？”

“和今时一样，称行在。”王直回答。

“说和今时一样，有语病。”杨士奇道，“太宗文皇帝时，一度罢称行在，行俭先生还记得吗？”

“对，那是在永乐十九年正月。”王直说。

“行俭先生知道，太宗文皇帝为何在那时罢称行在？”杨士奇问。

“因为确定以北京为京师，不能再称行在。”王直说。

“那么，为何那时确定以北京为京师呢？”杨士奇问。

“我想，主要因为北京的三殿两宫建成吧。”王直说。

杨士奇本想议论几句，但想了想，决定先不议论。他问：“然后呢？”

“禁城大火，烧三殿两宫。洪熙元年，北京衙门复称行在。”王直说。

“我想和诸位议的，正是‘行在’二字。”杨士奇说着，率先议论道，“北京宫殿建成，太宗皇帝确定以北京为京师，罢称行在。因为宫殿灾，因为宫殿没有重新建造起来，因为存在着京师南迁的可能，北京复称行在，是有道理的。现在北京的宫殿建造完成，仍称行在，还有道理吗？”

“东翁的意思，今日北京各衙门应罢称行在？”王直问。

“诸位意下如何？”杨士奇知道不会有人反对，但还是问一句。

十一月初一，有旨：北京衙门罢称行在，南京衙门前冠南京二字。

第二十六章

皇帝来问安行礼时，太皇太后总要说很多话，即使累了、病了，也不例外。不离左右的女官常氏真希望皇帝少来，甚至不来。当然，这话她既不敢对太皇太后讲，也不敢对皇帝讲，她只能在太皇太后感觉很疲倦时，旁敲侧击地劝一句："皇上坐一天朝，处分一天国家大事，太皇太后不心疼呀？"有时，太皇太后会笑笑，接受她的好意，让皇帝回去；有时，根本不理会，反而让皇帝比平日多留一会儿。常氏摸准太皇太后的脾气，轻易不会再旁敲侧击地劝说。

这一天，太皇太后命给皇帝设座以后，先对常氏说好几句话。

"常官，今儿个是什么日子？"太皇太后问。

"二十八。"常氏道。

"是几月呀？"太皇太后问。

"二月。"常氏道。

"是哪一年呀？"太皇太后问。

"正统七年。"常氏道。

"皇上登极那年九岁，对吧？一转眼，已十六岁。有些事情，是该做了。"太皇太后感慨道，并问，"皇上哪一天动身呀？"

"定的是明日。"皇帝回答。

"那么，皇上是来向我辞行？"太皇太后问。

"是，"皇帝应道，"孙儿第一次谒陵，特来聆听皇祖母叮嘱。"

"嘱咐的话呢，并非没有，但迟些说不妨；倒是有几句愧疚的话，我要说与皇上。"太皇太后道。

如此言重，皇帝不敢轻怠，原就正襟危坐，这会儿更把身子挺直。

"为什么说愧疚呢？"太皇太后自己加以解释，"我曾让你皇考陪着一同谒陵，那是在宣德五年的清明节。皇上虽说成年，但在我眼里，仍然是个孩童。皇上第一次谒陵，我是很想一同去的。但碍于礼法，又不能同去。其中的道理，皇上懂得吧？"

"孙儿懂得。"皇帝道，"皇考时，天寿山只有二陵，现在却有三陵。"

二陵，即太宗皇帝的长陵、仁宗皇帝的献陵。三陵，在这二陵之外，又加上宣宗皇帝的景陵。为什么二陵时太皇太后可以去，三陵时却不能去呢？这倒不是怕多一陵，多一分劳累，而是因为谒陵，是皇帝拜谒先皇帝的陵寝，以及臣子拜谒皇帝的陵寝。天寿山多个景陵，宣宗皇帝是太皇太后亲子。她再去天寿山，就不能说谒陵吧？但不说谒陵，又说什么呢？这就是她说的“碍于礼法，不能同去”。

太皇太后点点头，说道：“皇上登极时年幼，我对皇上一直有两个心愿，也不知能不能在我有生之年实现。其中一个，就是谒陵。孝是人之根本，也是我大明立国的根本。你看，我太祖高皇帝的陵寝，称作孝陵；还有，我太祖高皇后和太宗文皇后的尊谥里，都有个孝字。今日皇帝终于可以去谒陵，我为皇上高兴，为祖宗社稷高兴。皇上去谒陵，一定要心诚意诚，切不可视作儿戏。”

这些话可以理解为叮嘱，也可以理解为深藏于肺腑之言。皇帝首先理解为叮嘱，他说：“皇祖母的叮嘱，孙儿牢记在心。”

“这些话不是要你记住的，是要你体会的。”太皇太后却说。

“是。”皇帝应道。

“还有件事，”太皇太后又说，“皇上登极之初，相继放教坊司乐工三千八百人，罢山陵工役一万八千人，普天之下，莫不以为盛德。但也有人说，景陵工程缓慢，至今不能竣工，是因为山陵工役减少。皇上见不到景陵仍未完工，对此议论或不在意。就是到得天寿山，见到景陵仍未完工，也切莫心急，切莫以为行德政有什么不对。”说罢，又加以说明，“这件事是皇上既要记住，又要体会的。”

“是。”皇帝应道。

“再有件事呢，皇上只要记住就可以。”太皇太后说着，忽问常氏，“常官，今年以干支纪是何年？”

“是壬戌年。”常氏道。

“皇上记住吗？”太皇太后问皇帝。

“孙儿记住。”皇帝虽然应着，却实在不知道皇祖母的用意。

常氏看得着急，低声嘟囔：“丑、辰、未、戌是大比之年。”

“皇上还能不记得，要你多嘴！”太皇太后嗔道。

“是，奴婢不该多嘴。乞太皇太后、皇上恕罪。”常氏道。

“不怪常官。”皇帝不仅为她开脱，还投去一个感激的目光，“不是她提醒，孙儿真没想到，皇祖母要孙儿记住壬戌年，是要记住春闱。”

“谒陵是件大事，科举也是件大事，这事皇上当真忘不得。”太皇太后说，“我记得你皇考那年陪我谒陵，连去带回，正好是半个月。回来后我就有些后悔，因为那年也是会试之年，我生怕耽误这件大事。皇上，你这次谒陵，并无后宫跟随，你快去快回吧。”

“是，孙儿记住。”皇帝应道。

“好，”太皇太后点点头总结，“我今日对皇上说三件事：一件，皇上只要体会；一件，皇上既要记住，又要体会；一件，皇上只要记住。我呢，说得嘴累。皇上呢，听得耳累。还有一个人呢，”说着，指了指常氏，“正在累心。皇上，咱们今日心疼心疼她，好不好？”

“是，孙儿也该回去，皇祖母好好歇着吧。等孙儿回宫，再向皇祖母禀奏谒陵之行。”皇上说。

太皇太后点点头，吩咐常氏：“尔等恭送皇上吧。”

皇帝在常氏陪伴下，走出殿外。但还没等常氏等跪送，他又急匆匆走回殿内，叫声“皇祖母”。

其实不用叫，正准备闭目养神的太皇太后，一听脚步声，就知道皇帝又回来。她睁开眼睛，冲着皇帝摆摆手，笑着说：“难怪皇上要回来，谁让我说句不明不白的话呢。”

“皇祖母知道我回来为的何事？”皇帝问。

“我说对皇上有两个心愿，可说来说去，只说了一个，还欠着一个，皇上可不要来讨债。”太皇太后开玩笑地说，又说，“我的另一个心愿，常官是晓得的，你可以问她，不用转回来的。”

常氏抿着嘴笑。她说：“太皇太后天大的一个心愿，奴婢岂敢妄言。”

“孙儿不听她说，要听皇祖母说。”皇帝道。

“好，我告诉你，不过，”太皇太后提出要求，“你不能急。”

“皇祖母要告诉孙儿了，孙儿还急什么。”皇帝道。

“我是说，皇上对我告诉你的事不能急。”太皇太后说着，对常氏眨眨眼，“我对皇上的另一个心愿，我不知在有生之年能不能看到的另一件事，就是皇上的大婚。”

“是这事呀。”皇帝不是着急，而是害羞。他低下头说：“孙儿年纪还小，这事急什么。”

“脸都红了，不是急的吗？”太皇太后取笑道，“选皇后，都是司礼监差人去办，我不大信得过他们。皇上，我让常官和司礼监官一起去，帮你选一个又贤惠又漂亮的皇后，好不好？”

“全凭皇祖母做主。”皇帝道。

二月二十九日，舆驾发自京师，当日驻跸昌平州。次日，至天寿山。三月初一日，皇帝祭长陵、献陵、景陵。三月初二日，皇帝返回大内。这一天，各地举子陆续进入会试的考场。

三月十五日，中第举子在奉天殿举行殿试。

午门外张榜唱名，有人欢喜，有人伤心。

河南新郑举子邵进，说不上应该欢喜，应该伤心。本科共取士一百四十九人，除一甲三人外，计二甲五十名，三甲九十六名。他的名字在三甲第九十六名，亦即本科所取士的第一百四十九名。

他一会儿宽慰自己：每科都有最后一名，排在最后一名又怎么了？不照样是甲科出身吗？做了知县，不也是正七品吗；做了主事，不也是正六品吗；做到尚书，不也是正二品吗？一会儿又叹息：要是自己排名在三甲第九十五名，或者今科取士恰一百五十人，也多少有些面子呀。

忽然一童子送来一柬，使他暂时摆脱了应该欢喜或应该伤心的困扰。看罢信柬，他心里只剩下激动了。信柬是同科举子刘俨写的，内容是邀请他参加今日某时在某处若干同年的小酌。要知道，刘俨可是本科的一甲第一名，是本科的状元呀！

他提前离开借住的处所，向刘柬中标明的某处走去。他在会试开场前一个多月就到了京城，但还从未悠闲自在地在京城的街巷散步。今天，他要好好享受一下这种心情。走不多远，与一举子迎面相遇。

“恭喜邵兄高中。”该举子说。

面孔有些熟，可以肯定是应试的举子。但邵进叫不出名字；听其口音，也分辨不出是陕西人还是山西人。幸亏如此，不然，邵进可能会甩手就走，甚至圆睁二目詈骂。“高中”两个字，即使在他心情好的时候，听起来也很刺耳。

“兄台是——”邵进冷冰冰地问。

“邵兄不记得我是谁了？如此甚好！”没想到，对该举子来说，这更是件幸运的事，“落第学子，无颜以姓名示人。”

原来是个落第的举子。在他面前，邵进具有傲视的本钱，不过，本钱有限，二人间可能只相距一步。所以，邵进对他的同情还要多些。

“中与不中，只在机会到了没到，不足为羞。”邵进说了句很豁达的话，然后问，“兄台做何盘算？”

“回去再苦读，三年后卷土重来。”落第举子说。

“以兄台大才，来届一定高中。”邵进以自己不愿听的二字回赠。

信口之言，在失意之人听来，大有遭遇知己的感觉。落第举子拉着邵进的手说：

“小弟与邵兄一见如故，走，走，我请邵兄饮酒去。”

“今日不成，已有约了，兄台恕罪。”邵进说。

落第举子松开手，不快地说：“邵兄不屑与我同饮吗？”

“真的有约了，兄台请看，来柬我还带在身上呢。”邵进说着，从怀里拿出刘俨的便柬，递给落第举子。

落第举子未读完便柬，脸上已现出冷笑。

“兄台不会以为这是假的吧？”邵进道。

“不是假的，不是假的，状元公的字迹，我是见过的。”落第举子的冷笑变成诡谲的哂笑，“状元公相约，当然要优先了。”

“不是这么说。”邵进觉得自己的处置并没有错，“他约在前，兄台约在后，我已先答应了他，不好反悔。”

“是，是。”落第举子连声应道，但随即又意味深长地说，“我只怕邵兄此时不反悔，事后却要懊恼。”

“兄台，此话怎讲？”邵进问。

“相约饮酒，总要心情痛快，才能饮得痛快。人家若是拿邵兄取笑，邵兄还能饮得痛快吗？”落第举子道。

“兄台是说，状元公非诚心约我饮酒？”邵进问。

“是否诚心，一看即知。”罗第举子说着，手指便柬的落款处问道，“邵兄看，这两个字是什么意思呀？”

原来刘俨在自己的名字前加了“年末”二字。后面还附了一句：是否临席，捎回口信即可，弟专候。

“或是自谦之词吧。”邵进道。

“邵兄这样理解，未尝不可，不过，”落第举子摇着头说，“人心叵测，人家未必如邵兄善良呀。”

“那么，状元公是什么意思？”邵进问。

“在我看来，就是最平常的意思：年末，殿尾耳。”落第举子说。

“你是说，他在讥刺我？”邵进再读便柬，也发现这两个字的可疑。同年之间致柬，用什么谦称不成，非得用这两个字呢？若是排名相邻或相近，用这两个字，还说得过去，现在是一甲第一名致柬三甲最后一名，却自称年末，怎么想也是不怀好意的。

“状元公约的或不止邵兄一人，他若在致柬别人时，也用了这两个字，则是我错了。”落第举子说。

“他若只致柬我一人呢？”邵进问。

“我想，他致柬邵兄仅为此二字。”落第举子说。

“言之有理，言之有理！”落第举子有进有退，邵进再不能怀疑。他气得连连跺脚，说：“不在学问上下功夫，只在折辱人上下功夫，这等状元，朝廷要他何用，国家要他何用！我不以年末为耻，却以名列刘俨榜为耻。兄台脱离此榜，让我好生羡慕。”

“邵兄说了，中与不中，只在机会到了没有。邵兄机会到了，躲是躲不过去的。”落第举子安慰起人来，也很豁达。他问：“状元公欲羞辱邵兄，用心昭然，邵兄还赴他之约吗？”

“赴，为何不赴！”邵进道。

“自取其辱，我为邵兄不取。”落第举子仍劝。

“我就是要看看，是他羞辱得了我，还是我羞辱得了他。”邵进道。

在酒家，刘俨正和几个同年进士说闲话，吕原匆匆而到，他和其他人打过招呼后，对刘俨招了招手：“宣化兄，借一步说话。”

刘俨字宣化，江西吉水人。他笑着说：“迟到了，就迟到；该罚酒，就罚酒。逢原兄向我求情也没有用。”

吕原字逢原，浙江秀水人，去年浙江乡试第一，今年殿试榜眼。他喘着粗气说：“宣化兄好自在，还不知谁要被罚呢！”

刘俨看他不像故作紧张，忙站起来，一边随他向没人的地方走去，一边问：“逢原兄，出了何事？”

“你且看看，约请的同年是否都到了。”吕原低声说。

“还差一两位。”不用看，刘俨心里也有数。

“新郑邵兄，宣化兄是不是约了？”吕原问。

“约了，我看他名次在后，郁懑不乐，特意约了他。”刘俨说。

“这么说，宣化兄是一片好意？”吕原说。

“不是好意，还是恶意不成？”刘俨道。

“宣化兄不知吗，在有些人眼里，好意也会被看成恶意；在有些人嘴里，好意也会被说成恶意？”吕原说着，问道，“宣化兄约邵新郑，是否差人送去一柬？”

“是啊，我生怕差去的人讲不清楚，故草书一柬。”刘俨说。

“宣化兄怎么落的款？”吕原问。

“自然写的是年末刘俨，难道还能写状元刘俨吗？”刘俨道。

“你要真写状元刘俨，反倒好了。”吕原说着，讲起缘由，“我见邵兄沿路谩骂，每一句骂的是宣化兄。听了几句，渐渐明白，他以为宣化兄署名年末，是有意羞辱他，正要来和宣化兄理论呢。我怕二兄当众争执起来，对谁都不好，所以走小路赶来。”

“有这事？”刘俨想，这可真是始料不及呀。

“宣化兄快想想法子吧。”吕原催促道。

“逢原兄看，有什么好法子？”刘俨问。

“能否化解，谁都没有把握，不如暂避。”吕原的法子倒也干脆。

“逢原兄是要我暂避？”看来，刘俨不会接受，“他是我约的，此间诸兄也是我约的，我却避开，于情于理，都说不过去呀。再者，邵兄若授以京职，我和他以后就不相见了？”

最后一名进士授以京职的机会微乎其微，但吕原不能这么断言。否则，传出去了，又是得罪。他说：“既不可避，我就想不出法子了。”

“这样吧。”刘俨命店家取来文房用品，显然是有了主意。他对吕原说：“逢原兄的避字诀，也只好用一用。但我只暂避一刻。我现在写下几句话，麻烦逢原兄在邵兄到时送给他看。他看过笑了，自不必说。他读后仍怒，我也只好出面，任他詈责。逢原兄看可使得？”

“宣化兄写些什么？”吕原问。

“天机不可泄露，逢原兄要答应我先不看。”刘俨说。

“好，不看就不看。”吕原答应了。

邵进呼着“刘状元”，踏着重重的步履而来。刘俨不知暂避到哪里去了，吕原闻声，出酒店迎候。

“兄台来了。”他先招呼道。

“我要与状元说话，不与榜眼说话。”邵进道。

“知道，知道，刘状元留下一柬，请邵兄先读柬，再见人。”吕原说。

“又是一柬？写的什么？”邵进问。

“状元交代，榜眼不得先读。”吕原说着，埋怨道，“兄台不与我说话，状元不许我读柬，我这个榜眼，做得好无趣也。”

邵进也觉出，方才的话太生硬，歉道：“逢原兄是忠厚实在的人，弟甚是敬慕。刘状元含沙射影，有失风范，所以我要找他。”

“邵兄读过柬，再找他不迟。”邵进说着，把刘俨的字柬递过去。

邵进先看落款处有没有“年末”二字，没有，才读正文。读到一半，他不觉皱起眉头；全部读完，他的眉头解开，忍不住笑出声来。

“刘状元写的什么？”吕原问。

“榜眼自家看吧。”邵进把纸递还给他。

吕原看罢，脸上也微微带笑。刘俨写的是四句诗：

状元本是龙头选，龙尾分明属邵卿。
龙尾棹时天必雨，龙头未必敢相轻。

“好啊，龙头龙尾可以一见了。”吕原道。

东长安门外，玉河桥以西，銮驾库以东，有一处独立的院落，原是前元的鸿胪寺衙门，现翻整一新，作为翰林院新署。

翰林院官，自掌院学士钱习礼以下，无不欢天喜地。人人都以为翰林院是个清要衙门，清要是不假，可衙门在哪里呢？这不，就在长安门外，就在玉河桥畔，紧临大内。这才体现出清要衙门的身份呢。

堂上设立座次，掌院学士、侍读学士、侍讲学士在上首。其次是侍读、侍讲，再其次是修撰，再其次是编修，再其次是检讨。

按照制度，状元直接授修撰，榜眼、探花直接授编修。本科春闱未选庶吉士，所以，新的翰林官只有刘俨、吕原和探花黄谏三人。刘俨位置稍前，但他宁愿和吕原、黄谏坐在一起，无论旧的修撰如何招呼，旧的编修如何推让，就是不肯挪动。

“宣化今天要坐哪里就坐哪里吧，从明天以后，可得按部就班。”钱习礼对新进翰林官的要求不那么严格。

“好啊，今日可以随意，习之先生，我到你那里坐上一坐，可否？”坐在刘俨前面的杨鼎起哄，他是上一科的榜眼。

“这位子，你的座主来了，未必敢坐，你就敢坐？”钱习之道。

话一出口，满堂欢笑。上一科会试的两名主考官，一人是王直，另一人恰好就是钱习礼。钱习礼想说，王直来了也不敢坐，却忘了自己也是主考官之一。等他想到这一点，想不笑都不成。

更好笑的是，为他解围的，竟是他才说到的王直。

王直是和李时勉一起来的。他们二人都是老翰林官，王直现在还兼有翰林院职衔。所以，他们二人这时来翰林院，既有向翰林们道贺的意思，也有回旧日衙门来看一看的意思。

一见王直，众翰林笑得更厉害了。李时勉以为在笑他，向王直抱怨：“我说我不可来，你看，遭人取笑了吧。”

“时勉兄没看见，他们的眼睛都盯着我？他们在取笑我呢。”王直说。

“哪里，哪里。”钱习礼边为众翰林掩饰，边示意他等不要再笑了，然后他招呼王直，“行俭先生，来，来，请过来坐。”

“我？”王直指指自己。

“是啊，行俭先生过来坐。”钱行礼催道。

“为何不招呼时勉先生？”王直问。

“招呼过了行俭先生，再招呼时勉先生，”钱习礼说。等王直犹犹豫豫走了过来，他指着自己的座位，让道：“行俭先生请坐。”

“且慢，”王直看了看堂上座位的安排，马上看出这把椅子的分量，道，“掌院学士的位子，岂是我可以坐的！”

钱习礼笑得前仰后合，像个顽童。他呼着杨鼎的字，大声叫道：“宗器，你看如何？”

“神奇，神奇，佩服，佩服。”杨鼎在远处应道。

“宗器，什么事，又是神奇，又是佩服的？”王直问。

“老师，长官在上，学生不敢妄言。”杨鼎回答。

堂内正在喧闹，衙役来报，内阁大学士们道贺来了。众翰林马上安静下来，钱习礼拉着王直、李时勉迎了出去，众翰林跟随在后。

阁臣们漫步而来，杨士奇、杨溥走在当中，马愉、曹鼐一边一个。

“东翁、弘济先生都来了，不敢当。”钱习礼招呼着两位杨先生，对马愉、曹鼐两个后辈只点了点头。

“我们几个都曾是翰林官，翰林院有乔迁之喜，不能不来看一看。”杨士奇回应一句，又对王直、李时勉说，“我料到二位也要来，但没想到凑到一起了。习礼先生，座椅不够了吧？”

“是啊，”钱习礼顺着他的话说，“我才把我的椅子让给行俭先生，他不肯坐；我才要让一让时勉先生，东翁等就来了。”

“习礼先生不须费心了，行俭先生不肯坐，我会坐吗？”李时勉道。

“他等不是不肯坐，是不屑于坐。”钱习礼开玩笑地说。

“他等不屑于坐，我坐一坐，可以吗？”杨士奇道。

钱习礼没想到会引出这么句回应。他低头想了想，说：“不可以。”

杨士奇更没想到会碰壁，他愣了愣神，问：“这是为何？”

“翰林院就是翰林院，从不设公卿之座。”钱习礼回答。

“习礼先生，东翁等不时要到翰苑议事呀。”马愉提醒道。不止杨士奇，也不止杨溥，内阁大学士们都是经常要到翰林院议事的。

“性和先生，制度如此，我也无奈。”钱习礼说着，又招呼杨士奇，“东翁，请到客房暂歇，容我等奉茶。”

“茶就不喝了，我等在翰苑新署转一转，不碍事吧？”杨士奇说着，向里走去。他心中明显不满，但关于座位的事，他没有再多说什么。

转瞬之间，气氛两变：先是由喧闹变为平静，紧接着由平静变为沉闷。来宾和翰林院官都不出声，钱习礼陪伴杨士奇等，默默地走在最前面，王直、李时勉默默地走在后面，众翰林默默地跟在后面。

走在最后的刘俨、吕原窃窃私语。

“宣化兄，你善于排解怨愤，今日何不试着排解一二？”吕原道。

“这不是怨愤。”刘俨说。

“不是怨愤，却是什么？”吕原问。

“二人说的都是制度，学士说的不设公卿之座是制度，阁老说的须到翰苑议事也是制度，所以，此事逢原兄排解不了，我排解不了，任谁也排解不了，只一位除外。”刘俨道。

“那是何人？”吕原问。

“圣上呀。”刘俨道。

兴安按照宫中近侍的指点，到御花园里来见皇帝，本来以为一进御花园就可以见到，没想到只看见几个近侍，皇帝不知在哪里。当然，近侍在这里，皇帝也不会去远。他用目光向近侍们询问，近侍们的反应都是一样的：时而抬头看天，时而低头看地，就是没有人看他。

这难不倒兴安。他一边“爷、爷”地呼唤着，一边嘴里念叨着“太皇太后等着奴才回话呢，见不着爷，如何是好”，一边向御花园角落上石、土堆砌成的假山靠近。那几乎是御花园里唯一可以藏身的地方。他断定皇帝就藏在里面，不住地呼唤，不住地念叨，是为满足皇帝的玩心。

在他就要钻进假山时，皇帝忽然探出头来，喝道：“兴大伴不准过来，朕在小解。”

“奴才不过去，奴才在这里候着。”兴安应道。

过了一会儿，皇帝大摇大摆地走了出来。兴安无意中一瞥，见一年少宫女偷偷摸摸从另一个方向溜去。他知道太皇太后不久前对皇帝提及，要给他选皇后了，心想：皇上大概迫不及待地想知道选个皇后来做什么。按说，女官们也该给皇上讲解讲解了，但不知他们究竟讲解没有，也不知道皇上听了她们的讲解能不能理解。

“你说，皇祖母在等着你回话？”皇帝问。

“是。”兴安应着，把年少宫女的影子从脑海里驱除。

“皇祖母要你来问朕何事？”皇帝问。

“是翰林院的事。”兴安回奏。

“翰林院的事？翰林院不是迁入新署了吗？”皇帝道。

“是，太皇太后问的是，阁臣在翰林院里设座的事。”兴安回奏。

“是这事呀。”皇帝明白了，“皇祖母心疼西杨先生了，是不是？”

“爷怎么知道的？”兴安故作惊诧。

“我还知道，你最喜欢多嘴，把翰林院发生的故事说给皇祖母听了，是不是？”皇帝进一步问。

“奴才不敢多嘴。”兴安连忙分辩，“太皇太后不知从何处知道了钱学士让西杨先生下不来台，向奴才问起，奴才不敢不如实禀奏。”

“好了，朕又没说不让你禀奏。”皇帝不想听他啰唆，直截了当地问，“皇祖母有什么懿旨吗？”

“没有。”兴安先予以否定，然后说，“太皇太后只是说，西杨先生操劳国事几十载，可不能再让他伤心了。”

“这不就是懿旨吗，你还说没有！”皇帝道。

“太皇太后特别嘱咐，她不平而已，并非懿旨。”兴安不敢假传懿旨，当然，也不敢隐瞒懿旨。一定有了太皇太后这话，他才敢称没有懿旨。

“翰林院的事，皇祖母原本就知道，你又如实禀奏了，皇祖母还要你来问什么？”皇帝问。

“太皇太后让奴才来问一问，爷对此事如何处置。”兴安说。

“兴大伴，皇祖母想如何处置？”皇帝问。

“爷，太皇太后真的没有懿旨。”兴安态度极为真诚。

“那好吧。”皇帝说着，在御花园里绕起大圈子。他在想着心思。当太皇太后第一次对他谈到内阁三杨时，他能明显地感觉到太皇太后对他们的信赖和敬重。皇帝记不准，从什么时候开始，太皇太后对他们的态度发生了微妙的变化；他记得真切的是，在一些事情上，他们让她失望了。太皇太后仍然信赖他们，敬重他们，只不过在信赖和敬重里，掺杂着些许疑虑和困惑，而她的疑虑和困惑不断地有所加重。近来，皇帝同样记不准，是从什么时候开始，太皇太后对西杨先生和南杨先生的态度又发生了微妙的变化；他记得真切的是，对他们的信赖和敬重里，疑虑和困惑的成分又减少了。还不能说是最初的纯粹的信赖和敬重，但应该说，相去不远了。听她今天是怎么说的：不能让西杨先生再伤心了。她的话里是不是还有这么一层意思：让他伤心了，我也会伤心的?

兴安一步不落地在后面跟着，唯恐皇帝忽然说一句话，被错过。至于皇帝的一个又一个的想法，他是无法体会的。

“这个钱学士，”皇帝终于说话了，“太过迂腐，但学问却好。罢免了他，未免可惜，西杨先生心里或许也会不安。朕想，翰林院以前没有一个正经衙署，内阁大学士也没有位至公卿者，所以，翰林院例不设公卿席。现在情形不同了，传旨在翰林院设阁臣席位就是。”说罢，吩咐兴安，“兴大伴，你就拿朕的这些话回复皇祖母吧。”

“是，奴才遵旨。”兴安应道。

第二十七章

夏夜苦短，好不容易盼到天全黑，一眨眼好像又会天亮。包德怀白天忙一天，和小妾刘氏又翻滚一番，上下眼皮直往一处黏合，刘氏却缠着不让他睡。

“老爷可知，我今日听人家议论什么？”刘氏问。

“你听人家议论什么？”包德怀心不在焉地应付着。

“一人说：我只道这里住着个主事、评事之类的芝麻大小的官，不想却是堂堂包府！另一人说：你不知道，包大人为官清廉，乍入京城，能置这么个宅第，已很难得。”刘氏活灵活现地学着舌。

包德怀原官河南按察使，去年九月，召任刑部左侍郎。他今年买下这个小院子，把刘氏接过来服侍自己。说起来，也就两三个月。

“你在哪里听到这些议论的？”包德怀问。

“街上。”刘氏说。

“你去街上作甚？”包德怀问。

刘氏心想：要糟！光顾说着高兴，忘记老爷的训条。但话既出口，追是追不回来的，她只得如实说道:“老爷不是说对面那家裁缝不错吗，我去他那里做两件衣服。”

“你要做衣服，和我说一声，我自会把他叫过来。你是命妇，怎可动不动就抛头露面！”包德怀训斥道。

“我算什么命妇，包府的命妇还在河南呢。”刘氏轻声嘟囔。

“你说什么？”包德怀不在乎她的公然顶撞，最讨厌她的小声嘟囔，一听她嘟囔，就火冒三丈，“既知自家身份，更要遵守妇道！”

“哎呀我的老爷，你要把一家人都吵醒呀？”刘氏陪着不是，“以后我听老爷的，院门不再出一步，总成吧？”

她要是不再多嘴，这一晚二人都能睡个安稳觉。但刘氏是个心里藏不住事的人，静静地躺一会儿，忍不住还要说话。

“老爷。”她唤道。

“又有何事？”包德怀闭着眼睛问。

“老爷没听人家说吗，咱家这院子，只配主事住。”刘氏道。

“那又怎样？”包德怀仍不睁眼。

“不如换个大些的院子。”刘氏道。

“拿什么换？”包德怀问。

“钱呀。”刘氏道。

“拿谁的钱？”包德怀问。

“老爷的钱呀。”刘氏道。

“老爷没钱。你没听人说吗，包大人为官清廉。”包德怀说。他本来面朝着刘氏，说完这句话，把身子转过去。

刘氏也把身子转过去，嘴里嘟囔着：“我知道，老爷没有钱，老爷为官清廉。可老爷与周王殿下交好呀，老爷与周王殿下互有馈赠呀。周王殿下送给老爷的几件礼物，随便一件兑成钱，也够买个大院子呀。何必为那点儿面子，挤在这个小院子里受罪！”

包德怀两眼猛然睁开。不仅睁开，而且睁大。他转过身去，不仅自己转过身去，而且生硬地把刘氏扳过来。看得出，他不仅火冒三丈，而且火冒三十丈、三百丈。

刘氏被吓坏，拼命向后挣扎。

“你怎知我与周王殿下交好？”包德怀厉声问。

“偶、偶尔听到的。”刘氏颤抖着说。

“你怎知我与周王殿下互有馈赠？”包德怀问。

“偶、偶尔看到的。”刘氏说。

“你怎知随便一件馈赠也够买个大院子？”包德怀问。

“胡、胡乱估摸的。”刘氏说。

“你听到得好呀，你看到得好呀，你估摸得好呀！”包德怀咬牙切齿地说，“你大概不知道吧，你听到的让别人听到，你看到的让别人看到，你估摸的让别人估摸到，足以让我丢官掉头，把你入官做婊子！到那时，看你还嫌弃不嫌弃这个院子！”

“老爷，我再不敢乱听乱看乱说，再不敢乱估摸，再不敢嫌弃这个院子。”刘氏哭腔哭调地说。

“再也不敢？”包德怀放手，并用力一推，想把刘氏推下床去，但没推动。他又用脚狠命一踹，把她踹落到地。他自己也下床，揪起刘氏，把她推出睡房，推到后院一间堆放杂物的小屋里，凶狠地说：“你没有‘再’了，我要把你在这屋里禁闭三日，然后把你送走。至于送回我的老家，还是你的老家，要看我那时的心情如何。”

“老爷，饶了我吧。”刘氏绝望地叫着。

回到睡房，还没睡熟，包德怀被交织在一起的叫声、哭声、敲门声惊醒。又哭又叫的是使女，一声接一声叫着“老爷”的是男仆，两个人同时敲着门和窗。包德怀跳下床，打开门，喝问：“出了何事？”

“二奶奶她、她——”使女说不下去。

“老爷快去看看吧。”男仆接着说。

包德怀心知不好，顾不上更衣穿鞋，光着两只脚向后院跑去。男仆、使女一前一后地紧紧跟随。推开屋门，包德怀呆住。刘氏吊在屋梁上，舌头吐出一大截。不用说，已经死得很彻底。

“老爷，先把二奶奶放下来吧，或许还有救。”男仆说。

“你跟随我这么多年，死人活人还分辨不出来吗？”包德怀道。

身为刑部佐卿，他知道一定要保护好命案的现场，否则，会带来想象不到的麻烦，于是吩咐一句：“报官吧。”

法司讯问包德怀及其家人，查实刘氏是在包德怀的威逼下才自缢的，以削籍论之。锦衣卫更查获包德怀与周王交结、相互馈赠的件件事例，皇帝命将他发戍威远卫充军。

王文出都察院，见大理寺左少卿薛瑄迎面走过来，故意一动不动地站在那里，等着薛瑄和他打招呼。不料，薛瑄非但不招呼，反而一头撞过来。相撞之后，薛瑄还是不抬头，不清不楚地说句抱歉之类的话后，打算绕过他，继续往前走。

“德温兄。”王文不得不主动招呼。

薛瑄是山西河津人，和王文是永乐十九年的同年进士。他抬起头，看到是王文，甚觉奇怪：“怎么是千之兄？”

“怎么不能是千之兄？”王文更觉奇怪。

“千之兄跑到大理寺来撞我，这不合情理呀。”薛瑄说。

“原来如此。”王文哭笑不得，他朝着四面指指，道，“其一，德温兄先看一看，你我是在大理寺吗？”

薛瑄顺着他的手指朝着四面看了看，又特别朝自己身后看了看，自语道：“不知不觉，怎走出大理寺？”

“其二，”王文指指薛瑄，指指自己，“德温兄想一想，究竟是德温兄撞我，还是我撞德温兄。”

“是我撞的德温兄吗？那倒不碍。”薛瑄道。

“那倒不碍，却是何意？”王文问。

“那倒不碍，亦即我不计较。”薛瑄说。

“我真不懂，是德温兄撞的我，怎么反倒该你计较？”王文问。

“千之兄想啊，若是你跑到大理寺来撞我，错不在我，我却致歉，那是一定要追究的；既在大理寺外我撞千之兄，我又致歉，难道你还要计较不成？”薛瑄道。

“亦不得计较。”王文嘴上这么说，心里却在想：谁不知你说话做事一丝不苟，和你计较，那不是和你过不去，是和自家过不去！不敢计较，好奇心却不减，他问：“德温兄，你方才心想何事？”

“只是行路，并未想事。”薛瑄一口否认。

“不对吧？从未见人行走头低到胸前，从未见人步出衙门却以为仍在衙门里，从未见人撞过别人，看也不看一眼。总之，德温兄应该有不小的心事。”王文不依不饶地说。

“好吧，千之兄一定要说我有心事，就算我有心事吧。不过，仅是一件小心事，并非大心事，亦非不小的心事。”薛瑄道。

“好啊。”王文既逼得他承认，更加不依不饶，“德温兄大的心事我要听，不小的心事我要听，小的心事我也要听。”

“千之兄听后，一定大失所望。”薛瑄实在不想讲。

“大失所望，我也要听。”王文说。

“没想到千之兄如此锲而不舍。”薛瑄无奈，当然，另一方面，他也很想与人交流，于是问道，“千之兄家里养猫吗？”

“京师鼠多，猫是一定要养的。”王文道。

“京师鼠多，我以前感触不深。这次被召入，我才发觉，家里没有只猫，将吃不安稳，睡不安稳。”薛瑄说。

“德温兄若为无猫而发愁，大可解颐，我稍后就差人送去。”王文道。

“不必，我前几日已得一猫。”薛瑄说。

“猫既已得，京居就不愁。”王文说着，问道，“德温兄得到的是不是只病猫、弱猫，无济于事呀？”

“其形壮而魁然，其爪大而有力，其牙铦而尖锐。”薛瑄一连用三个排比句来形容。

“果如所言，足以威震一方，德温兄是在为别的事发愁。”王文道。

“不，就是此猫令我发愁不已。”薛瑄说。

“怎么会呢？”王文不信。

“千之兄有所不知，该猫是只生猫。”薛瑄说。

“这不是了不得的大事。猫不同于犬，喂养几日即与你熟悉。再得猫时，德温兄只要先以绳索维系之，就不必发愁它逃逸。”王文说。

“好主意，可为何要等再得一猫时维系？”薛瑄问。

“这么说，该猫以绳索维系，并未逃逸？”王文反问。

“它若逃逸，我还发什么愁！”薛瑄道。

“原来是为此发愁。”王文说，“系以绳索，捕不到鼠，鼠害依旧，是不是？德温兄，我告诉你，这也不是了不得的大事。你再纵容几日，等生猫变熟，解开绳索，你再看是什么情形。猫屡扑鼠而屡不得，性情暴烈，一旦释之，势不可挡。我保证，鼠儿一只也跑不掉。”

“这倒不用千之兄保证，即便系以绳索，该猫一吼，群鼠闻其声而见其形，恐其噬己，无不深避穴中，或合族远遁。”薛瑄说。

“既如此，德温兄发的岂不是杞人之愁？”王文道。

“是否杞人之愁，听我说说，千之兄再作评论。”薛瑄说着，问道，“在千之兄看来，生猫变熟猫，须得几日？”

“多则半月，少则十日。”王文说。

“我以绳索维系月余，够不够？”薛瑄问。

“怎么，月余仍离家而去，莫不是只野猫？”王文以为总算知道薛瑄在发什么愁，“德温兄，我告诉你，不能驯服的猫也是有的，德温兄任它去吧，再讨一只就是。”

“差了差了，我不怕该猫离去，怕的是该猫变成一只熟猫。”薛瑄道。

“这话怎讲？”王文问。

“千之兄，我告诉你，”薛瑄学着他的口吻说，“我把绳索解开，该猫已把我家当作己家，绝无离去之意。”

“恋汝之家，为你驱鼠，不是很好吗？”王文道。

“但他不甘于室中寂寞呀。”薛瑄说。

“那又怎样？”王文道。

“它要到院子里游荡。”薛瑄说。

“那又怎样？”王文道。

“舍下养着一只母鸡。母鸡下蛋，鸡雏正从蛋壳中探出头来，啾啾而鸣。千之兄不妨想一想，该猫见此景，当作何动作？”薛瑄问。

“不用想亦知，它扑将上去，捕而食之。”王文道。

“家人薛二见状，亦扑将上去，捕到该猫。但是晚矣，该猫已将鸡雏咽下肚去。”薛瑄述道。

“你家薛二最爱鸡雏，定要重殴之。”王文说。

"唉。"薛瑄深叹口气，"若是真让薛二殴它一番，也算不错的结局。"

"怎么？他由鸡雏移情于壮猫，下不去手吗？"王文问。

"非也。"薛瑄摇头道。

"那是被德温兄制止？"王文又问。

"然也。"薛瑄点头道，"我不但拦住他，还对他发一通议论。"

"好啊，让我也听听德温兄高论。"王文不怀好意地笑着，显然已断定他的议论不会是什么高论。

薛瑄并不在意。他说："我对薛二说，有能力者，必有毛病。噬鸡虽是其病，捕鼠难道不是其能吗？"

"德温兄的议论的确高明呀。"王文改变自己的想法，"只要他肯捕鼠，吞噬一两只鸡雏，倒也不必太在意。"

"唉，"薛瑄又深叹口气，"它若真能捕鼠，更是不错的结局。"

"捕食鼠儿，乃猫之天性，它难道不是？"王文问。

"自从噬鸡雏而未被责打，该猫就伈伈涀涀。饿时，等人来喂；饱时，蜷缩在角落里独自嬉戏，终日无所作为。"薛瑄说。

"家中无鼠，也怪不得它无所作为。"王文道。

"千之兄的话不错。群鼠初不见该猫，以为它藏匿起来，伺机捕己，故伏于穴中，不敢贸然外出。鼠既不出，在我也就可以相安无事。"薛瑄先认同王文的话，然后反驳，"但群鼠今日窥视，不见猫动，明日窥视，不见猫动，遂相互告曰：此懒猫耳，无所作为矣。接下来的情景如何，千之兄不妨猜猜看。"

"那还用猜吗，自然是鼠类相携而出，为患如故。"王文道。

"捕食鼠儿，乃猫之天性，我也是这么想的。我正在苦苦思索，此猫为何对来往如穿梭的鼠儿视若不见呢？就在此时，千之兄，你知我又看到什么情景？"薛瑄问。

"不会是猫儿、鼠儿握手言欢吧？"王文的想象力比薛瑄还要丰富，说完，他又笑着更正，"差矣，应是握爪言欢。"

"那倒没有，就在我苦苦思索时，又一只鸡雏蹦蹦跳跳从该猫眼皮之下经过。"薛瑄说。

"危矣！"王文忍不住叫起来。

"千之兄也想到？"薛瑄接着讲，"该猫一反饿哺饱嬉之常态，在一瞬间扑将上去，按住鸡雏，并叼往其栖息之所。"

"德温兄快叫薛二。"王文道。

"为何叫他？"薛瑄问。

“叫他捕猫呀。”王文道。

“那怎来得及！我不顾拙笨，赶过去，妄图从猫吻下救鸡，可我从猫嘴里掏出来的，只有半扇鸡胯。”薛瑄说。

“手持鸡胯，德温兄一定感慨万千吧？”王文问。

“感慨万千说不上，我只不过又发一通小小的议论。”薛瑄道，“我让薛二将该猫执至面前，数之曰：上苍所生，才具不一；有能力者，或有毛病。舍其病，犹可用其能。猫啊猫，今汝无捕鼠之能，唯有噬鸡之病，真乃天下之弃物也。然后，命薛二笞而放之。”

“薛二行刑，还不痛下杀手呀？”王文说句笑话，“德温兄讲的这个故事，称得上是一篇独具匠心的《猫说》。”

“千之兄说的是真心话？”薛瑄习惯于被王文嘲笑，不得不问。

“对德温兄，我用得着虚与委蛇吗？”王文道，又说，“不过，也有一事令我不解：鸡雏也被捕食，猫儿也被薛儿笞责，也被德温兄放掉，德温兄应该心无芥蒂才对呀。怎么看上去，仍不能释怀？”

“我在反省呀。”薛瑄说。

“反省？反省何事？”王文问。

“我在想，前者惜其才，后者恶其病，孰者是孰者非？”薛瑄道。

“我懂了。”王文点点头，“德温兄明达事理，怎么连此事也不能开解？在我看来，此事无是无非呀。”

“无是无非？”薛瑄仍不能开解。

“是啊。”王文道，“前者惜其才，是因为其病尚未彰著，惜其才难道不对吗？后者恶其病，是因为其才荡然无存，恶其病难道不对吗？惜才恶病，看似不同，其道则一。”

“千之兄一席话，尤其‘其道则一’四个字，令某茅塞顿开。”薛瑄说着，深作一揖，道，“多谢。”

吏部验封司员外郎李贤听薛瑄讲述过他和王文的长篇对话，笑道：“千之先生最后点睛之句虽精彩，却没有点到德温先生感慨的由来。”

“在我们那一科里，千之兄最精明；原德先生自以为比他还要精明吗？”薛瑄的话里，颇有责备的意思。

李贤字原德，河南邓县人，宣德八年进士。他和薛瑄既非同年，又非同乡，年岁上差别也很大，但不知为什么，就是相处甚欢。

"岂敢！"李贤向着远处一揖，好像不是向薛瑄赔不是，而是向不在场的王文赔不是，"我只是以为，千之先生没在这事上用什么心思，故议猫而不议人。"

"本来就在议猫，怎么牵扯到议人？"薛瑄觉得他离题太远，"照你的说法，我也没在这件事上用什么心思。"

"别人不议人，德温先生自然也不好议人。"李贤自有他的理由。

"原德先生是说，我原本是要借猫议人的？"薛瑄问。

"这毋庸置疑。"李贤有十足的把握。

对其自信，薛瑄实在想笑，但忍住。他问："我欲议谁人？"

"自然是包侍郎。"李贤说，"德温先生不仅以猫喻人，且以家喻国。朝廷前者将他召入，是爱惜其才；后者重治其罪，是厌恶其病。"

薛瑄张着嘴，说不出话来。

"我知德温先生要问什么。"李贤道。

"我要问什么？"薛瑄问。

"德温先生要问：无缘无故，为何要议包侍郎？"李贤道。

"那你说呢？"薛瑄并不否认。

"德温先生与他同年同月同日被召，他被治罪，德温先生自然感慨良多。"听李贤的口气，好像真的是这么一回事。

"这太牵强吧？"薛瑄驳道，"和我同年同月同日登榜者以百计，难道每一个人出事，我都会感慨良多吗？"

"那可不同。"李贤轻飘飘地说。

"有何不同？"薛瑄急切地问。

李贤的目的就是要引薛瑄发急，薛瑄一急，他更加稳得住。

"和德温先生同年同月同日登榜者以百计，一人出事，有谁会联想到德温先生？和德温先生同年同月同日被召者，只有包侍郎一人，包侍郎出事，难免有人会想：哎呀，薛德温先生是和他同时被召的呀。德温先生呢，难免会感到不自在。"他说得愈发顺口。

"我欲插一言，可否？"薛瑄真是要笑笑不出，要气气不得。

"德温先生请。"李贤道。

"因包侍郎获罪而不自在，此所谓小人长戚戚也。"薛瑄说。

"不然，此君子偶一戚戚也。"李贤一本正经地纠正，"再者，我只是担心德温先生戚戚，并非以为德温先生一定戚戚。"

“那我就正告原德先生：其一，我不说我是以猫喻人，以家喻国；也不说我不是以猫喻人，以家喻国。是耶否耶，只能是各人的体会。其二，虽则同年同月同日被召，包侍郎是包侍郎，薛少卿是薛少卿，我并无戚戚之心。”薛瑄说。

“那就好。”李贤点着头，不经意地说，“其实，朝廷上下多有议论，德温先生被召和包侍郎被召，还真的不能等而视之。”

“朝廷上下都有议论？”薛瑄很意外。

“不是都有议论，是多有议论。”李贤特意把重音落在“多”字上。

“多怎样议论？”薛瑄也把重音放在“多”字上。

“五花八门，不尽相同，但有一点很突出。”李贤说，“包侍郎原为河南按察使。按察使为一方最高宪职，其升迁之路无非有二：一是召升三品京堂，如侍郎、副都御史、大理寺卿等；一是加侍郎、副都御史等衔，巡视地方。故包侍郎自河南而入京，乃顺理成章。德温先生原为山东按察佥事，若要升迁，尚有副使、按察使等，未必一定会召升京堂。德温先生自山东而入京，是个异数。”

“不如说，不顺理成章。”薛瑄道。

“倒没人这么说。议者之意，不过觉得德温先生入朝，更属不易。说到不易，”李贤忽问，“千之先生因推举仲思先生出巡宁夏，而对他再三致歉，这事德温先生知道吗？”

“不知。”薛瑄道，又说，“若有此事，千之兄也完全用不着致歉。他推举仲思兄出巡，有什么不对吗？”

“道理是这么个道理，但千之先生致歉，也是人情之常。”李贤说，“外差容易入朝难，凡外差者都有体会。千之先生也是由外差召还的，自然会觉得对不住仲思先生。其实，外差和外官的区别还很大，外差都知道召入不易，更不要说外官。”

这一段故事插入的虽然比较勉强，但说来说去，总不离“不易”二字。薛瑄不由得要问:“原德先生左一个不易，右一个不易，是不是我被召授京堂，有什么名堂呀？”

“没有没有！议者之意，不过觉得以德温兄的品德、才识，理应被召入朝廷；其他之事，是用不着多议的。”李贤道。

“其他之事，大约就是名堂吧？”薛瑄却不肯放过，“他人可以不议，原德先生不可以不议；原德先生可以不对他人议，不可以不对我议。”

“德温先生一定要我说？”李贤问。

“原德先生本来就要说，何必我要你说！”薛瑄再实在，再不开窍，也不难看出他的心思。

李贤一笑，指着薛瑄说："原以为德温先生知道此事；即使知之不详，也略知一二。看来，德温先生真的一无所知。"做个铺垫，他告以实情，"德温先生所以被宣召入朝，皆拜王司礼所赐。"

"怎讲？"薛瑄惊诧是有的，但没有惊诧到说不出话来，可见事先并非一无所知。

"王司礼曾问内阁杨先生们，他家乡可有贤者，堪任京卿。杨先生们以德温先生对。"李贤说。

"原德先生如何得知？"薛瑄问。

"东翁亲口对我说的。"李贤道。

"那么，不会是谬传。"薛瑄思忖着，做出判断。

"德温兄对此亦有所闻，是不是？"李贤也做着判断。

"是。"薛瑄应道。

"德温先生爱惜名誉，怎的从不见询问？"李贤不理解。

"一则，京师人多嘴杂，你也分辨不清哪句是真，哪句是伪；二则，岂不闻夫子言，非礼勿听？"薛瑄道。

"今日怎么又向我询问？"李贤同样不理解。

"原德先生和他人不同。"薛瑄道。

言外之意，他和李贤可以交心而谈，这让李贤颇为感动。

"实不相瞒，今日不揣冒昧，和德温先生谈论此事，在下也是受东翁之托。"李贤和盘托出。

"东翁是想让我也知道实情？"薛瑄问。

"不仅如此，还有更深一层意思。"李贤说。

"却是何意？"薛瑄问。

"这个。"李贤不好直接说，便绕个圈子，"东翁托我把另一层意思转告德温先生。我踌躇再三，对东翁说，恐怕到时难以启齿。东翁说，不必明言，德温先生想一想，自己就会明白的。"

"东翁倒是没有把我当作痴儿。"薛瑄笑着说。

"德温先生已想明白？"李贤问。

"已想明白。杨先生们是想让我去拜谢王司礼。"薛瑄说着，连连摇头，道，"可笑，实在可笑。"

"东翁有这层意思，并不可笑啊。"李贤不以为然。

"可他却把这层意思说与你听。"薛瑄道。

“这也没什么可笑呀，”李贤说。

“不可笑吗？”薛瑄摇着头说，“原德先生初中第时，东翁喜爱你才华，着人传话，想让你到他家里见个面，你竟不肯去！这事东翁忘记不足为怪，难道原德先生自家也忘记？”

“原来为此。”李贤笑几声，大概也觉得有几分可笑，但马上又收起笑容，严肃地说，“德温先生把这两件事混为一谈，大错特错。”

“错在哪里？”薛瑄问。

“把东翁与其他人混为一谈，难道不错吗？”李贤道。

“把东翁与其他人混为一谈确实错，但硬要把东翁与其他人混为一谈的，并不是我呀！”薛瑄说。

“不是德温先生，却是哪个？”李贤问。

“是东翁自家，”薛瑄解释，“是他要我去拜谢的嘛。”

“德温先生这么说，未免太牵强。”李贤评论一句，然后问，“德温先生还记得还京有多少日子吗？”

薛瑄不知他为何要这样问，但还是告诉他：“七八个月。”

“德温先生想过没有，东翁为何七八个月前不要你去拜谢王司礼，现在却要你去拜谢王司礼？”李贤问。

“这却不曾想过。”薛瑄老老实实地回答。

“原因有二。”李贤伸出二指说，“其一，七八个月前，并无包侍郎获罪一事。包侍郎获罪，本来丝毫也牵扯不到德温先生，但有人定要把包侍郎获罪和包侍郎被召入联系在一起，因而也就把包侍郎被召入和德温先生被召入联系在一起。这样一来，要在德温先生身上做文章就太容易。我说不能把东翁和其他人混为一谈，是指东翁爱惜人才是真心的，有人爱惜人才却未必出于真心。我当初未拜谒东翁，东翁并没把我怎么样；德温先生今日不去拜谢，有人心里可是很不痛快呀。”

“其一说得很清楚，其二呢？”薛瑄问。

“我当日不肯拜谒东翁，后来却多次做客东翁府上，德温先生知道是为什么吗？”李贤自问自答，“中第之初，既有东翁之约，我若拜谒，无论承认不承认，总有拜在他门下的意思。时过境迁，以后再拜谒，就没有这一层意思。七八个月前，东翁若请德温先生拜谒王司礼，德温先生若拜谒，无论承认不承认，总有拜在王司礼门下的意思。今日再拜谒，就没有这一层意思。东翁也是怕德温先生为难呀。”

“想不到东翁用心如此良苦；不过，”薛瑄并没给杨士奇面子，当然也没给李贤面子，“今日我仍不能登王司礼之堂。”

“这是为何？”李贤问。

“原德先生当日不肯拜谒东翁，若是日后又有人来传话，要原德先生去拜谒，原德先生会去吗？”薛瑄也自问自答，“我料定仍不会去。因为既有人传话，便仍有拜在其门下的意思。拜在内阁门下不可，拜在司礼门下又当如何？总而言之，授官公朝，谢恩私室，这种事情我是不会做的。这话原德先生若不好回复，我可当面去对东翁说个清楚。”

“如实回复，有什么难的。”李贤道。这个结果一点儿也没有让他意外。

第二十八章

太皇太后当真没有气力坐起来和皇帝说话，她躺在卧榻上，看着躬身站在榻前的皇帝，既欣慰又伤感地说："皇上真的长大了，可以告慰你皇祖考和皇考。"然后招呼道，"皇上坐过来。"

皇帝坐在卧榻边。太皇太后向他伸出一只手，他也忙递过一只手去。太皇太后握住他的手，从表情上看，还用力捏一下。但她剩余的气力实在微不足道，皇帝只能从内心感受到太皇太后的这个表示亲切的动作。皇帝还能感受到，太皇太后无神的两眼，正盯住他身后的某处在看。他下意识地回头看一眼，身后是空荡荡的大幄。女官、宦者、宫女，还有太医们，知道太皇太后要单独和皇帝说几句话，都集中在外殿。

皇帝这才明白，太皇太后是在合计着什么，而不是具体在看着什么。

太皇太后终于合计出来。她问："我向皇帝提到大婚，是在九个月前；皇上册封皇后，是在五个月前。是吧？"

"皇祖母说的是。"皇帝应道。

"皇上大婚，在我朝可是头一遭呀！这件事办得妥当，我也就心安。"太皇太后说。本朝自太祖皇帝立国以来，有过四位皇帝，如果把建文帝算上，就是五位皇帝。他们都在登极前完婚，登极后只需举行册立皇后的仪式，而不必举行大婚的仪式，所以太皇太后这么说。她又说："不过，妥当不妥当，由不得我说。哪一天皇后犯错，或皇上看着她不顺眼，一道圣旨，就会废她。"

皇帝知道，太皇太后的话有所指。皇考宣宗皇帝，初立胡皇后，后命胡皇后上表辞位，改立孙皇后。太皇太后对这件事有看法，常把胡氏召入自己居住的清宁宫。内廷举宴，只要二人都在，太皇太后就命胡氏位居孙皇后之上。

"皇祖母亲自选中的皇后，自然贤惠，不会犯错。"皇帝说。

"是吗？"太皇太后不置可否，却问，"皇上也不会看她不顺眼吗？"

"她很能顺着孙儿。"皇帝回答。

"那就好。"太皇太后点点头，又说，"我见过的人不少，不，应该说，我见过的女人不少。我想告诉皇上的是，带着富贵相却不为富贵所累的不多，这是第一；能与夫君安享富贵又能与夫君一起吃苦的不多，这是第二。我看，咱们这个钱皇后身上，这两条都具备，所以，皇上也该敬着她才是。”

皇后姓钱，海州人。她的祖父跟随太宗皇帝起兵，大概未立战功，故未得显升。皇帝应道：“皇祖母慈训，孙儿记住。”

“皇上的私事，我早不该管，今天又念叨几句，就到这儿吧。”太皇太后说着，露出倦态。皇帝以为她马上要打发自己走，不料，她却说：“皇上，我最后再帮着你办一件事，好不好？”

“不好。”皇帝这样回答，不但太皇太后听后吃惊不小，他自己也吃惊不小。因为这些年来，他从未反对过太皇太后的话。

“为何不好？”太皇太后问。

“孙儿不愿皇祖母累着。”皇帝说。

“皇上呀，你就是想让我多累几次，我也不能答应你。但今天，让我再帮你一次，好不好？”太皇太后道。

“好。”皇帝应道。

“我已让人去请西杨先生、南杨先生。”太皇太后告诉皇帝，“我要问问他二人，而今天下还有什么大事未办。皇上和我一起好好听听，好好想想，看他们提到的是不是大事；若是大事，该如何处置。”

“孙儿一定好好地听，好好地想。”皇帝应着，又说，“杨先生们提出的大事该如何处置，尚乞皇祖母定夺。”

“说得的，我自然会说；说不得的，皇上须自家拿主意。”太皇太后道，皇帝还要说什么，太皇太后已把话岔开，“那年我将襄府金符取来宫中，内外纷纷攘攘，皇上还记得此事吗？”

“孙儿还有一点儿印象。”皇帝说。

“恐怕不是一点儿印象吧？”太皇太后无力地笑笑，“不过，屈指一数，皇上登继大位八年，任谁也不会有非分之想，任谁也改变不了什么。故当年的那些议论，不值一哂。皇上，你说是不是？”

“皇祖母说的是。”皇帝应道。

“不过，有一件事，我还得嘱咐皇上。”太皇太后说。

皇帝以为她又要嘱咐自己励精图治，做个无愧于祖先的好皇帝。虽然这些话太皇太后不知说过多少遍，自己不知听过多少遍，但太皇太后这会儿再说，似乎又另有一番含义。他打起精神，恭聆慈训。

不想，太皇太后说的却是："襄府金符我早已命兴安交还宗人府，这件事皇上一定要记住。"

皇帝的困惑，不仅充分地表现在他的表情上，而且，以前不管太皇太后说什么自己总先应一声，连这个习惯他似乎都不记得。

太皇太后不理会他的困惑，不经意地说："不然，皇上有一天想召襄王入朝，却寻不到金符，岂不误事！"

皇帝顿时开窍，道："孙儿今日就想降旨，让襄王来京。"

"为什么？"太皇太后问。

"孙儿想念五叔。"皇帝说。

这话显然是在讨太皇太后开心，太皇太后也果然开心。

"好，好，好皇上，好孙儿。"太皇太后念叨两句，说，"不过，这个干系，还是由我自家来担着吧。上一次，若不是因为有国赖长君的议论，襄王或许就被召入京师。皇上想啊，大行皇帝是我亲生的儿子，襄王也是我亲生的儿子，亲弟弟来为亲哥哥送行，有什么不当吗？但事关社稷，事关统绪，为平息猜疑，我不得不克制私情。作为皇太后、太皇太后，未召襄王入京，我心安理得；然则作为亲娘，我一直甚觉愧疚。我亲生三子，眼下只剩下襄王一人。若不能与他见上一面，我是难以瞑目的。皇上，你这样去对大臣们说，想必他等也肯通融。"

"皇祖母一番话感人肺腑，大臣们皆非草木，孰能无情！"皇帝道。

"再者，郑、荆、淮等王，虽非我亲生，我亦视为己出。"太皇太后又说，"我和他等也是多年不曾相见，皇上可将你这几位叔父一并召来京师，他人就不好责怪我偏心。"

"是，孙儿谨遵懿旨。"皇帝应道。

太皇太后闭一会儿眼睛，听到外殿传来虽然很轻但显得杂乱的脚步声，她睁开眼问："来的是不是杨先生们？"

兴安躬身而前，回奏："奴才把西杨先生、南杨先生接来，他二人在外面给太皇太后叩头请安呢。"

"平身，设座，请杨先生们坐下说话。"太皇太后吩咐。

杨士奇、杨溥谢恩，就座。兴安入内殿复旨。

"杨先生们从内阁赶过来，路可不近；你呢，肯定还一路催促。杨先生们年事已高，怎经受得住！"太皇太后唠叨几句，问，"赐茶否？"

"奴才该死，太皇太后吩咐办的事，奴才总是丢三落四。"兴安说。

“我几时吩咐你为杨先生们备茶？你不是在请罪，是在糊弄我呀。”太皇太后道，“这会儿我既吩咐，还不快去！”

“是，奴才领懿旨。”兴安应道。

“别忘对杨先生们说一声，不必谢恩。”太皇太后吩咐完兴安，又埋怨近旁的常氏，“你等两只眼睛只盯在我身上，不是要我喝这个，就是要我喝那个。皇上来许久，却不奉上一口茶水。”

“是奴婢疏忽，奴婢去办。”常氏应道。

内殿皇帝饮上茶水，外殿杨士奇、杨荣饮上茶水，太皇太后这才对兴安说起正事：“你去对杨先生们说，皇上也在。外面呢，就他二人；里面呢，就皇上和我二人，朝廷上还有什么大事未办，今儿个咱们就议个仔细，论个透彻。”

杨士奇、杨溥听兴安传过太皇太后懿旨，相互看一眼。对这一刻，他们不是完全没有准备；但事到临头，又有些慌乱。在皇帝和太皇太后面前，是不能交头接耳的，他们只能交换着眼神。杨士奇的眼神在说：我先回奏，言之未尽，请弘济先生再来补充。杨溥的眼神在说：议过的，没议过的，东翁就畅所欲言吧。

杨士奇起身，躬身朝向内殿，道：“臣杨士奇奏上皇上、太皇太后：臣以为天下未办之大事有三。”他稍稍停顿，依此奏上各事，“第一，建庶人虽亡，但居君位者四载，当修实录。”

亲耳听到此话的杨溥、兴安均是一惊。

杨溥想的是：好个西杨先生，的确有常人不可及的魄力。自“靖难之役”后，太宗皇帝传仁宗皇帝，再传宣宗皇帝，再传今上，正所谓一脉相承。至于太宗皇帝怎么得到天下，几十年来讳莫如深。虽然不少人觉得，回避建文帝曾君临天下，把建文纪年改附在洪武纪年之后，不符合史笔；杨荣在日，曾隐隐约约接触到这个问题，但都是很含糊，浅谈辄止。杨溥近日和杨士奇谈论天下大事，也曾隐隐约约接触到这个问题，同样是很含糊，浅谈辄止。杨溥绝没想到，杨士奇会选择这个时机，在皇帝和太皇太后面前，把这个问题提出来。

该提不该提，提出的结果会怎样，杨溥根本想象不出来。

兴安常侍于太皇太后和皇帝身边，云南老僧给太皇太后和皇帝带来的震撼，他体会最深。他知道，这是一件谈论不得的事。所以，不管别人怎样谈论云南老僧的结局，他把握住一条：不听不传不议。杨士奇提出修建文实录，他首先想到的是，西杨先生是不是受云南老僧事件的影响？是对云南老僧的真实身份有所怀疑，还是希望通过修建文实录再一次确定，建文帝死于南京宫中大火？

当然，兴安知道，自己没有权力否定杨士奇提出的问题，在今天的场合也不适宜追问杨士奇的用意。他可以做的只是重复一遍："西杨先生是说，当修建庶人实录？"

"兴公公听得不错。"杨士奇道。

"西杨先生稍等。"兴安说，"奉太皇太后懿旨，杨先生们所议之事，我得一条一条回奏。"

他进入内殿，重复杨士奇的奏言："臣杨士奇奏道：第一件未办大事，是修建庶人实录。"他想得到太皇太后和皇帝会是怎样强烈的反应，所以，毫不停顿地加上一句，"奴才问西杨先生，是不是当修建庶人实录，西杨先生答复说，奴才没听错。"

太皇太后和皇帝的反应并不如他想的那么强烈，或是他的补充起缓冲的作用，使得太皇太后和皇帝的反应没那么强烈。

皇帝只是说："你有没有问西杨先生，实录是为何等人修的？"

"奴才没问。"兴安看一眼皇帝，看一样太皇太后，请旨，"要不，奴才再去问问西杨先生？"

"算了。"太皇太后对皇帝说，"让兴安去问西杨先生，是皇上自家不知道呀，还是怀疑西杨先生不知道？其实，他问西杨先生说的是不是当修建庶人实录，都属多余。耳朵对着嘴巴，会听不清楚？问他何意呀？"

"是，奴才问得多余。"兴安这么应一声，等于把太皇太后说皇帝的那句话也应下来。应过后，他站在原处候旨。

太皇太后不理会他，却问皇帝："皇上乍一听西杨先生之议，心里一定不舒服吧？"

"是。"皇帝应道。

"却是为何？"太皇太后又问。

皇帝原以为很容易答出个所以然来，话到嘴边，却发现没有答案；而且，越是想得多，越是找不出答案。他只得说："孙儿也没想清楚。"

"修建庶人实录，关键不在于实录是为何等人修的；而在于修建庶人实录，必用建文年号。"太皇太后说着，问道，"皇上还记得你皇曾祖太宗皇帝是在哪一年登极的吗？"

"孙儿自幼就听师傅们讲，是在洪武三十五年。"皇帝说。

"要是有人突然告诉皇上，或突然读到太宗皇帝登极于建文四年，又将如何？"太皇太后问。

"心里一定不舒服。"皇帝回答。

"人同此心，皇上心里不舒服，文武臣僚及天下黎庶，心里也会不舒服！"太皇太后想到的，还不止于此，她说，"而且，洪武三十五年历，是朝廷颁给的，今朝廷修史，突然改为建文四年，百姓万邦将如何看待我天朝？皇上想，是不是这个道理？"

皇帝边听边点头，听到太皇太后问他，回答说："孙儿恭聆皇祖母慈训，心里豁然开朗。"

"皇上和我的话，你可听得清楚？"太皇太后这才问兴安。

"奴才听得清楚。"兴安回奏。

"那你再去听听西杨先生怎么说吧。"太皇太后命道。

兴安步履轻盈而出，回来时却显得步履沉重。

"西杨先生有无答复？"太皇太后问。

"不仅西杨先生有答复，南杨先生也议论几句。"兴安道。

"先说西杨先生怎样答复的。"太皇太后命道。

"西杨先生说：历行于一时，万世信史岂可假洪武年号以乱真！"兴安一字不差地重复杨士奇的话。

太皇太后被这话噎住，好像吃进一根鱼刺，卡在喉咙里。等缓过劲来，她自语道："是啊，世事岂可以假乱真。"又问兴安，"那么，南杨先生又说几句什么呢？"

"南杨先生说：古人云，国可灭，史不可灭。太祖定天下，即命儒臣撰《元史》。太宗靖内难，其后，史官于建文君事讳而不书，致使一朝政事，与忠于所事者，皆缺略无传。及今犹可补缉，若复延以时日，欲补缉而恐无迹可寻矣。"兴安重复杨溥的话。

太皇太后对"国可灭，史不可灭"的说法也是认同的。她虽然没有读很多的书，新朝为旧朝修史的传统，却是知道的。一抬头，与皇帝充满期待的目光相对。显然，皇帝希望她再多说几句，哪怕只是多发一句感慨。但太皇太后这回是真的不想影响皇帝的决断；所以，对杨溥更深一层的议论，没发表一个字的评论。

见兴安站着不动，她问："西杨先生只有一件大事要议吗？"

"不，西杨先生说，天下未办之大事有三。"兴安回奏。

"那你还不速去听第二事！"太皇太后道。

"是。"兴安虽应着，却仍不退下。

"还有何事？"太皇太后问。

"奴才斗胆，恭请皇上和太皇太后圣训。"兴安说。

"皇祖母不是要你速去听第二事吗？这就是圣训，你还要什么圣训！"皇帝觉得兴安今日糊涂透顶，很有些气恼。

"不是对奴才的，是对两位杨先生的。"兴安解释。

"兴安，"太皇太后也觉得兴安今日糊涂透顶，指点着自己的额头说，"今天你这里，有毛病。"她还要教训几句，但实在没有气力。

皇帝似乎懂得太皇太后的心思，接过她的话说："你是想让朕准其议，还是想让朕接着驳其议呀？这么大一件事，你就不容朕与皇祖母仔细斟酌、思忖两天吗？抑或你欲准其议，或驳其议？"

"奴才不敢，奴才该死！"兴安请罪后，迅速退到外殿。

杨士奇也有几分不安，但不像兴安那么糊涂。因而兴安传旨命他议第二事后，他从容议道："昔日太宗文皇帝降诏，有收藏方孝孺诸臣遗书者，论死。今距颁下该诏书整整四十年，臣以为宜弛其禁。"

在杨溥听来，由议论修建庶人实录到议论放宽建文朝死难诸臣文字之禁，是很自然的发展。就拿方孝孺来说，他不仅是建文朝的忠臣，而且是太祖高皇帝选拔和器重的文学之臣。他早死，作为一代大儒，何必让他的一切文字都湮灭呢？要知道，方孝孺留下的文字，建文朝其他死难臣子留下的文字，是修建庶人实录最原始的材料。

而在兴安，议论修建庶人实录，有可能发展到议论放宽建文朝死难诸臣文字之禁，这是他不希望的。但杨士奇既然议论到这件事，而且，太皇太后责备他上一次问得多余，所以，这一次他没有做出任何回应，而是立即进入内殿，向皇帝和太皇太后禀奏。

"何谓弛禁？"皇帝问。

"奴才没问西杨先生。"兴安道。

"依你之见呢？"皇帝问。

"奴才琢磨着，西杨先生提出的弛禁，或谓方孝孺诸臣遗书仍当禁，但收之者不再论重典；或谓方孝孺诸臣遗书不再禁之。"兴安说。

"不错，这两种情形皆可谓弛禁。"皇帝肯定他的回答，又问回到杨士奇，"西杨先生是哪一种意思呢？"

"要不，奴才出去问问西杨先生？"兴安请旨。

皇帝内心，十分想知道杨士奇对弛禁的具体想法。但太皇太后处置这一类事情的沉着稳重，给皇帝做出表率。

"算了，"皇帝说，"西杨先生把他的想法说清楚，又当怎样？难道不再禁之朕不能接受，不论重典朕就可以接受？朕倒是想，这些个人，群臣、百姓差不多都要忘记，有必要再记起来吗？"

"爷圣明。"兴安应道，并问，"这一层意思，要传谕西杨先生吗？"

皇帝嘴角向太皇太后的方向一努，示意兴安去请懿旨。兴安在与皇帝对答时，时不时地偷瞥太皇太后一眼，观察她会不会插话，有没有说话的表示，好随时把话停住。因为今天的主角肯定是太皇太后，而不是皇帝。他感到奇怪的是，太皇太后一直没有插话，也没有任何要说话的表示。有皇帝的示意，他可以不必遮掩地朝太皇太后望过去。仅第一眼，他就发现情形不对：太皇太后平躺在卧榻上，两眼仰视上方，这使人看不出她的神情，只能感受到她的从容，她的安详。不，应该说是过于从容，过于安详，这种从容和安详，使人恐惧，使人窒息。

“爷！”兴安惊叫一声。

“怎么？”皇帝感觉到不妙，自然转过身去，面对太皇太后。太皇太后与他相握的那只手，不知什么时候已经松开，沿着卧榻的边缘下垂。皇帝第一次主动地抓起太皇太后的手，但很快又放开。他似乎感觉得出，太皇太后体内的余温正在从那只手向外泄露殆尽。

“皇祖母！”皇帝轻轻地唤一声。

太皇太后没有回答，没有向他望一眼。

“皇祖母！”皇帝放开嗓门唤一声，仍无回应。他几乎是跳起来，手足无措，两眼怔怔地盯在太皇太后身上。

常氏忙命人召唤太医，她自己和兴安上前，一左一右，架起皇帝，站到离卧榻远一些的地方。

这一天是十月十八日，太皇太后崩于清宁宫中。

离开清宁宫，杨溥勉强还能独自行走，杨士奇则完全靠着宦者们的扶掖，才得以一步一步走下去。他从听到内殿传出第一声哭号起，泪水就流淌出来。一路上，泪水没有止住；回到内阁，泪水仍没有止住。和他一同流泪的杨溥，以及在他们之后得知噩耗的马愉、曹鼐，开始只顾自己流泪，后来不由得担心起他来。

杨溥取出为太皇太后草拟的遗诏原稿，让曹鼐拿给杨士奇看。

“这是东翁亲拟的呀。”曹鼐轻声说。

“再给他看一看。”杨溥也尽量把声音压低。

曹鼐依其言，把遗诏原稿放在杨士奇面前。杨士奇泪眼模糊地看着他，似乎在问：现在还会有什么要紧的文牍吗？

“是太皇太后遗诏，请东翁过目。”曹鼐说。

杨士奇“噢”一声，用手背拭去挂在眼角的泪水，专注地读起遗诏：

吾自洪武中配仁宗皇帝三十余年，为未亡人十八年，今命止此。得全归以从先帝于地下，足矣。唯国家重事，存没在念。皇帝聪明孝敬，尔内外文武群臣，宜尽诚辅导，庶几克济。吾素无德，身没之后，丧服悉遵仁宗皇帝遗诏。

皇帝成服三日后即听政。

读到最后，杨士奇才想起，这份遗诏是本月初太皇太后患病后，兴安来内阁口述懿旨，自己遵照太皇太后的意思草拟的。他又看着曹鼐，不懂他为什么要把这份原稿拿给自己看。

“太皇太后宾天之际，东翁和弘济先生就在近旁，不知是否曾议及遗诏？”曹鼐想出个理由。

“不曾议及。”杨士奇似无十分把握，又问杨溥，“是吧，弘济先生？”

“是，不曾议及。”杨溥说。

他二人忽然都感觉有少许遗憾，要是今日在太皇太后宫里把三件大事议毕，要是太皇太后有明确的肯定的答复，那就可以加在遗诏里。

“那就照此颁发？”曹鼐没话找话地问。

“好。”杨士奇应着，泪水不由自主地又涌出来。

“东翁，”杨溥忙提出另一件事来吸引他的注意，“礼部正在草拟太皇太后丧礼仪注，源洁先生差人来问，我等有没什么要嘱咐的。”

“仪注有程式，礼部照拟就是。”杨士奇说。

“我也是这么说的。不过，太皇太后尊谥里的用字，东翁也没什么特别的想法吗？”杨溥问。

这句话提醒杨士奇。他说：“本朝事例，太祖高皇后用的是十四字谥，太宗文皇后用的是十二字谥，太皇太后宜从后例，用十二字谥。”

“这不会有疑义。”杨溥说，他问的不是此事，胡濙差人来也不是为的此事，“源洁先生想知道，十二字谥里，有没有一定要用的字。”

那是有的。仁宗皇帝谥昭皇帝，因此，太皇太后一定谥昭皇后。再者，高皇后尊谥的前两个字是孝慈，文皇后尊谥的前两个字是仁孝，因此，在太皇太后尊谥里，孝字是一定要有的。但杨士奇知道，杨溥和胡濙关心的一定要用的字，绝不是共同要用的，而是独特的、最能为太皇太后盖棺论定的字。他很快找到这个字。

“高皇后尊谥的后两个字是顺圣，文皇后尊谥的后两个字是齐圣，太皇太后用启圣二字，如何？”杨士奇问。

太皇太后曾教导宣宗皇帝，使之成为明君；又教导当今皇上，必将使之成为明君。这个“启”字用得再恰当不过，杨溥等都赞成。首尾都有，其他的字就可以由礼卿去议。最后议定的是：诚孝恭肃明德弘仁顺天启圣昭皇后。

王振对太皇太后的去世，怀着一种矛盾的心情。一方面，他感到终于可以松一口气。掌司礼监八年，不能说做的事情没有一件出于私心；但可以说，做每一件事情都有所顾忌，都斟酌再三。太皇太后命宫女以刀剑加于颈项的那一幕，他永远也忘不掉。另一方面，他对太皇太后怀着由衷的敬意，并因此而对太皇太后的去世感到由衷的哀伤。太皇太后遗诏中提到"为未亡人十八年"，在这十八年里，她的存在的意义，王振可能比其他任何人的体会都要准确，都要深刻。几天来，他都是在这种矛盾的心情下度过的。

马顺和往常一样，唤声"王公"，推门而入，又随手把门掩上。

"何事？"王振问。

"有两份抄件，请王公一阅。"马顺道。

"不甚要紧的，我不看。"王振有些倦怠地说。

"虽不甚紧要，却是王公关切的。"马顺道。

"是吗？"王振半信半疑地接过两份抄件，不甚用心地阅读。

在他阅读时，马顺讲述道："王公正读的这一件，是一个泰和人写的状纸。此人在京城逛来逛去，我锦衣卫校尉觉其可疑，把他带回衙门。据他自己交代，怀里揣着状纸来京城告状，却不知哪个衙门可以受理。因为他要告的，是本邑人杨稷。"

"等等！"这个名字立刻引起王振的注意，"江西泰和人杨稷，他是咱们那位西杨先生的长公子吧？"

"正是。"马顺应道。

"他三年前就该治罪，那时太皇太后为维护西杨先生，放过他。看来，这几年里他并未悔改，仍怙恶不悛。这有负太皇太后的仁慈呀！"王振读着泰和人写的状纸，感慨地说。

"这次不能再放过他吧？"马顺问。

"你说呢？"王振反问。

"卑职的意思是不能再放过他，故来请命。"马顺说。

"你是说，由锦衣卫差人逮拿杨稷？"王振问。

"王公若不放心，卑职愿亲去泰和拿人。"马顺说。他以为，王振所以这么问，是嫌他对此事重视不够。

"不，"王振完全是相反的意思，"锦衣卫不要牵扯进此事，你让那个泰和人去别的衙门递进状纸。"

"是，卑职懂了。"马顺心领神会地应道。

王振把第一份抄件放到一边，开始阅读第二份抄件，边阅读边问："这又是从哪里抄来的？”马顺故意不答。王振把抄件往桌案上一拍，气恼地命道：“我不看，顺子，你来读给我听！”

“是。”马顺举起抄件，读道：

吾近得泄疾，昼夜五十行，危甚，幸不死，然亦极衰惫，不复可支持矣。

读到这里，他偷瞥王振，看他有什么反应。

“西杨先生写的？”王振问。

“是。”马顺应道，并问，“王公料得出是写给谁的吗？”

“不用说，是写给诸子的；不然，他不会写得这么随意。而且，八成是写给杨稷的；不然，你不会读得这么得意。”王振说。

“我拿这等显而易见的事考校王公，不是自讨没趣吗？罢了，我还是继续读给王公听吧。”马顺说着，又要念。

“拿过来，我自家读。”王振伸手向他要抄件。后面写的是：

所望吾儿者，只有一事。但痛绝小人之交，吾儿即可为君子矣。吾平生所不足汝者，亦只此事，常垒块于吾心胸间。汝体吾爱子之心，勉之勉之。即吾旦夕死，不相见，亦只有此事奉嘱也，勉之勉之。

王振又把抄件往桌案上一拍，感慨道：“他本人就是小人中之魁首，你让他怎么绝小人之交！既是小人中之魁首，难道还成得了君子！”他随即又问，“顺子，对此你有何评论？”

“寡廉鲜耻。”马顺怎么难听怎么说。

“言重，言重！你这么说，有失厚道。”王振责备道。

“那就是对牛弹琴。”马顺换句成语。

“这太不切题，杨稷是豺是狼，怎会是牛！”王振道。

两句成语说过，马顺肚子掏空，文字游戏再也做不下去。他摸摸胡须，揪揪耳朵，反过来问：“王公，你怎么看此事？”

“可怜天下父母心呀。”王振道。

马顺品咂着这句话的含义，问：“王公是可怜西杨先生？”

“养子如鼠，仍寄厚望，不应当可怜吗？”王振道。

“王公想放过杨稷？”马顺又问。

"不,"王振摇摇头，说，"国家的法度须得维系。可怜西杨先生，却不能放过杨稷。泰和乡人的状纸一旦递进，杨稷一定要逮拿，一定要治罪。不过，顺子，你在方便的时候不妨和西杨先生打个招呼，只要他健在，我保证杨稷不死。"

"王公这话卑职一定传给他。"马顺应道。他心想：把杨稷关押在牢里，把他的案子挂在法司，就等于控制住杨士奇的命脉。太皇太后不在，内阁三杨中，最能干的死去，最有威望的瘫软，王公从此再无敌手。

第二十九章

因为太皇太后的去世，正统八年的正旦节是在肃穆、平静中度过的，外朝的朝贺及宫中的节庆皆免。但弥漫在宫中和京师的肃穆气氛及人们平静的心情没有维持多久，就被一桩大事骤然打破。

过去，遇到大事，皇帝常说的一句话是：去问问王先生如何处置；这次，他却吩咐："请王先生来见朕。"

侍驾的司礼太监范弘先是一愣，随即领悟。太皇太后在日，皇帝也好，王振也好，心有忌惮，尽量避免面对面地议事；现在太皇太后已去，再也用不着让人来回传话。范弘不敢也无力阻止这一改变。

"御史孙毓纠劾吏部郭尚书贪鄙，王先生怎么看？"皇帝问。

"事实确凿，不如罢免。"王振回答。

对吏部尚书郭琎的弹劾，是由南直隶六安知州游璧的案子牵连出来的。游璧急于迁转，而且期望大到直接迁转布政使或参政。为达目的，他大肆活动，外而勾结吏部郎中苏镒、员外郎夏瑜，内而通过郭琎子郭亮，向郭琎行贿。游璧差来京师的家人，被锦衣卫官校缉拿，事情败露。监察御史孙毓也是据此而上弹章，所以王振说事实确凿。

"罢免是不必说的，朕想问你的是：罢免郭琎，由谁来掌吏部？"皇帝道。他的心里，还有另外一个想法：自太宗皇帝登极，直至自己登极，三十多年来，一直以蹇义掌吏部，蹇尚书的声望足以与内阁三杨抗衡。宣德朝吏部设二尚书，除蹇义外，又增选郭琎。皇考的用意，大概是想为蹇义培养一个继任者。但事实证明，这个继任者没选好，蹇义死后，他所掌的吏部，几乎成内阁的应声虫。皇考若是在世，一定也会对他失望的。皇帝早就觉得，吏部该更换尚书。

王振懂得皇帝的心思，也想好更换的人选，但他不急于说出来。

"按照我朝制度，皇上一旦罢免郭琎，将廷推数人，由皇上佥选新的吏部尚书。"王振说。

"王先生看，大臣们会推举何人？"皇帝问。

“无非吏侍、南京吏书及他部正卿。”王振回答。

“今吏侍有几人？”皇帝问。

“仅左侍魏骥一人。”王振道。

“王先生看他如何？”皇帝问。

王振稍觉犹豫。魏骥和他并无冲突，从内心来说，他对魏骥也很看重，但此人性情太过刚直，他任吏部尚书，吏部恐怕不好控制。

“王先生以为他有可取之处？”皇帝揣摩着他的心思。

“陛下明鉴。”王振应付一句，然后说，“不过，蹇尚书是进士出身，郭尚书是国子生出身。郭尚书望轻，未必全为此；但吏书长六卿，非甲榜出身，名义上总差一截。”

“你是说，魏骥亦非甲榜出身？”皇帝问。

“魏侍郎是乙榜出身。”王振回答。

“如此，果然不妥。”皇帝说。他也听人称赞过魏骥，故多问两句；但听说他不是进士，没等王振表态，他先放弃。按照王振叙述的次序，下面该轮到南京吏部尚书。因为南京六部常有空缺，皇帝先问：“王先生，眼下南京吏部有无正卿？”

“有，故行在吏侍黄宗载，现掌南京吏部。”王振回答。

“故吏侍？他比魏骥早任吏部佐卿吗？”皇帝问。

“要早十余载。”王振回答。

“那可是老佐卿。”皇帝觉得资历无疑是够了，又问，“这位老佐卿，可是进士出身？”

“是，黄宗载是洪武三十年进士。”王振回答。

“又是老佐卿，又是进士出身，召他入朝如何？”皇帝动心，但不等王振回答，他又有顾虑，“好是好，可比魏骥早十余载为佐卿，黄宗载一定很老吧？”

“皇上圣明，黄宗明仅比西杨先生年少一岁。”王振说。

“那就不必召入，还是让他在南京将养吧。”皇帝道，“王先生，看来只有选他部尚书入主吏部。”

“诚如圣谕。吏侍晋升，南吏书召入，均有不妥，只有选他部尚书。”王振有意强调，这是皇帝自己的意思。

“那么，用谁妥当呢？”皇帝问。他没有点明在问王振；王振知道，这件事皇帝自己也得思考，所以不忙着回答。果然，皇帝思考片刻，没有结果，又点明问道：“王先生，你看用谁妥当？”

“不如用礼卿。”王振说。

“你是说礼部胡尚书？”皇帝对胡濙还是有所了解的，他说，“胡尚书不是老佐卿，而是老尚书。论年岁，恐怕不会小于黄尚书吧？”

“胡尚书比黄尚书仅迟一科，年岁却小个八九岁。”王振说。胡濙是建文二年进士，王振知道，杨士奇曾向皇帝和太皇太后提及修建文实录，这可以理解为恢复建文年号。但太皇太后临终前，没有给予肯定或否定的答复，因此，建文二字，仍不便提及。王振道：“不过，以礼卿改掌吏部，也不一定非正卿不可。”

“你是说，从礼部侍郎里选一人？”皇帝问。

“我意如此，还请皇上圣裁。”王振道。

“说到礼侍，朕倒想起一人。皇祖母曾不止一次地对朕说过，此人将为一代名臣，宜重用。”皇帝说着，问道，“王先生说的是他吗？”

“我说的是王直，不知太皇太后说的是谁？”王振明知故问。在皇帝面前推举王直，当然不只是因为太皇太后曾经称赞过他。王直以杨士奇的同乡兼姻亲，却能保持距离，并批评杨士奇纵子为凶，在昔日曾受三杨制约的情形下，王振是很看重这一点的。

“好极了，”皇帝拍着手，笑道，“皇祖母说的恰好也是他。看来，以王直掌吏部，是众望所归。”旧的困惑消除，又有新的困惑，“不过，王先生力举王卿，朕亦想用王卿，若廷推无此人，奈何？”

“皇上放心，只要皇上属意，廷推一定有他。”王振有十分把握。

正旦日至上元日的半个月里，各衙门官员三三两两，相约拜师，翰林们也不例外。今年一切从简，拜师多是走个形式，投刺而回。

翰林院编修徐珵是宣德八年进士，并选庶吉士。而王直是该科主考官之一，[illegible]为庶吉士教习。所以，年节期间，徐珵是一定要去给王直贺岁的。他习惯于上元节过后一两天才去拜谒老师，这么做，是为显示与同僚们不同；还是有什么其他原因，只有他自己心里有数。即使如此，他仍遵照从简的规矩，在王直家门前投上名刺，就往回走。

但走不多远，却被王直家人追上。

“徐先生请留步。”王仆喘着气招呼。

徐珵认得他，停下来问：“何事？”

“我家老爷有话对徐先生说。”王仆道。

这让徐珵颇感意外，要知道，当吏部尚书有话要对你说时，那感觉和礼部侍郎有话要对你说，是不一样的。他心里设想着各种可能，随王仆走回王宅，走进王直的书房。

"元玉。"不想，王直呼着他的字，只问句无关痛痒的话，"我记得你是姑苏人吧？"

"老师说的是，我是吴县人。"徐理一边说得更准确些，一边在想：自己是苏州人，难道和王直升为大冢宰有什么关系吗？

"有件不幸的事，元玉或许尚未得知。"王直没头没脑地说。

徐理一惊，忙问："老师，是何不幸的事？"

"你姑苏太守病逝。"王直告诉他。

"况太守病逝？"徐理惊问。他前一惊，是以为不知道不幸的事和自己有什么关系；后一惊，是因为知道不幸的事和自己有什么关系。

"是，我也才得此讯。"王直道，"我想，他是你的父母官，该早些让你知道，你或有所表示。"

"多谢老师告知此事。"徐理揖道，"撇开伯律先生在姑苏的政绩不说，他也是晚生的恩师。伯律先生骤逝，晚生理当有所表示。"

况钟宣德五年出任苏州知府时，不管徐理正好在府、县学，或已离开府、县学，说他是自己的恩师，都无大错。但徐理这么说，主要还是表达对王直的感激之情。

"我倒是想听元玉说说况太守的政绩。"王直道，"人皆称伯律先生是能吏，元玉，你看他能在哪里？"

"晚生以为，伯律先生为政，可归纳为十六个字。"徐理说。

"原来元玉已做归纳？不知是哪十六个字？"王直问。

"宽严相济，恩威并用，劝善惩恶，兴利除害。"徐理一字一顿地说。

"可有事例？"王直问。

"有。"徐理应道。

"那就先为我说说宽字。"王直道。

"是。"徐理应道，"清军御史某暴虐，胡乱勾军，伯律先生奏免所勾不当者百六十人，役终于本身者千二百余人；他还与恂如先生通力合作，奏免苏、松重赋七十余万石。凡此种种，都称得上宽吧？"

"不错，称得上。"王直点头，又道，"那么，严字呢？"

"伯律先生立三簿，吾师闻否？"徐理问。

"不曾闻，是哪三簿？"王直问。

"一曰通关勘合簿，防的是出纳奸伪；二曰纲运簿，防的是运夫侵盗；三曰馆夫簿，防的是各方无理索求。"徐理说。

"有此三簿，可谓纤细周密。"王直赞道。

"晚生是不是该讲恩字？"徐理问。

“恩字可不大好讲。”王直说，“乍一听，适才元玉所述宽者，皆可谓恩，但二字终归是有差别的。宽者指政宽，此公也；恩者指市恩，此私也。二者断不可混淆。”

“这一层意思，理会得。老师且听伯律先生是如何市恩的。”徐理道，“我姑苏有寒士邹亮者，曾献诗于伯律先生，伯律先生欲荐之于朝。或投匿名书，列出邹亮种种劣迹。伯律先生不为所动，对人言道：是欲我速成邹亮名耳。遂奏之于朝，邹亮被召为吏部司务。”

“他不怕匿名书所言是实吗？”王直问。

“伯律先生自有说法。”徐理道，“邹亮若为豪门，人畏惧之，或不敢直言其过；他不过一寒门书生，面斥其过，有什么难处？可以断言，此匿名书之投，非为公义，实出于嫉妒。”

“这个说法不无道理；不过，”王直又从另一个角度置疑，“伯律先生身为郡侯，就不担心施惠于人，反被人所用吗？”

“这也有个事例。”徐理道，“伯律先生初于吏部为吏，吏部司务平思忠亦以吏出身，对他甚是关照。平司务乃吴江人，后去职还乡。伯律先生主政姑苏后，常趁着吴江公干的机会，去看望平司务。他还让自己的两个儿子，去服侍这位昔日恩人。他对平司务说：非无仆隶可差遣，欲借此以报答吾公。而这位平司务也很难得。伯律先生来看望，由得他看望，况公子来服侍，由得他服侍，自己却从不开口索求。”

“平司务大概家境殷实，用不着索求。”王直猜测。

“不然，平司务家境贫寒，仅得布衣素食。”徐理说。

“是吗？”王直不由感慨，“一则不忘旧谊，一则不恃旧恩，世当两贤之。”随即转换话题，“况太守立威，我听人讲过不少，元玉再讲一件。”

“好。”徐理应道，“闻得伯律先生初视事，遇事左右顾问，吏言行则行，吏言止则止。奸胥滑吏皆喜，以为太守易欺。三日后，伯律先生升堂，招胥吏责之曰：前某事宜行，尔等劝我止之；前某事宜止，尔等强我行之。尔等在衙日久，文案悉知，此非偶尔过失，实乃作奸犯科，论罪当死。言罢，当即捶杀大奸数人，其余贪者、虐者、庸者、懦者，一概斥去。于是，一府大震，府衙及姑苏所属各州衙、县衙，胥吏皆奉法而行。”

“此事我听别人讲过，但不如元玉讲得生动。”王直说。

“老师谬奖。”徐理揖道，“伯律先生初至姑苏，惩治奸猾，晚生尚在家乡，故讲述起来，历历在目。后来晚生到京师，伯律先生的政绩，却只是耳闻。如三簿之外，伯律先生又置善、恶二簿，以行劝惩。所谓‘劝善惩恶’，便是指此。至于兴利除害，也是听家乡来人，一件一件讲述他为政之事，归纳起来，大约不出这四个字。

此等并非亲眼所见，即便老师逼迫，我也无法讲得生动。”

“有耐心听乡人一件一件讲述况太守的政绩，又归纳出十六个字来，可见平日在这上面肯用心思。”王直说着，话锋一转，“元玉留心政事是好的，但千万莫要看轻翰林的差事。”

徐理觉出语气不对，忙问：“老师是不是听到什么议论？”

“有人说，徐元玉人在翰苑，心却不在翰苑。不是以部卿自居，对各衙门事务高谈阔论；就是以方伯自居，对地方事务高谈阔论。”这些议论攻讦的成分居多，王直重复后，问道，“元玉，有此事吗？”

“绝无此事！”徐理脸涨得通红，摩拳擦掌，似要与人理论。但想到坐在面前的是自己座主，又是新任的吏部尚书，他把心中的火气压下，平静地说：“喜爱议论，晚生是有的；但以部卿、方伯自居，纯属无稽之谈。一定要说以何等人物自居，晚生不过是以翰林编修自居而已。”

“如此甚好。人在翰苑，便多思量文翰；人在朝廷各衙，便多思量朝廷庶务；人在地方各衙，便多思量地方庶务。如此方能尽才、尽力、尽职、尽责。”王直这一番话，听得出是以大冢宰身份而说的。

“老师的教诲，晚生牢记，”徐理低下头说。他低头不是为表示接受，而是为了不让王直看出他的真实感受。师生间的一场本应是推心置腹的谈话，结果不欢而散。

翰林院掌院学士陈循见徐理手捧一卷书，在院子里边踱步边读，从怡然自得的神情来看，读得颇有心得。他咳嗽一声，走过去。

“德遵先生，”徐理把书放下，呼着他的字，问道，“是找我吗？”

“碰巧撞上，并非特意找你。”陈循应了一句。

“既是撞上，德遵先生接着行路，在下接着读书。”徐理说着，又要把书举起。

“既是撞上，随便说几句闲话，又有何妨？”陈循却说。

“德遵先生要说的，恐怕并非闲话。”徐理道。

“怎么，元玉料到我要说什么？”陈循问。

徐理点了点头，道：“德遵先生要问我：为何离群而索读？”

他把“离群而索居”的成语改成“离群而索读”，倒也有趣。陈循一笑，道：“好吧，就算我要这般问你，你却怎么说？”

“春光融融，不亦乐乎？”徐理道。

“元玉说春光融融，我看却是春寒料峭。这个借口不好。”陈循说。

“那我就说个好些的借口。”徐理把手里书摇一摇，说，“在下所读之书，不容于众，不得不避人耳目。”

“什么书不容于众，元玉却一定要读？”陈循问。

徐理不屑回答，把书递交过去。

陈循看一眼书名，把书还给徐理，道：“原来是卷天文志。元玉，我朝有私习天文之禁，你私下里读它，恐怕不只是不容于众。”

“德遵先生还要治我的罪不成？”徐理冷笑。

“怎么是我要治你的罪！”陈循抱屈道，“翰林院只论文翰，不论律条，元玉倒是不必顾忌。我担心的是此事传出去，科、道官抓住不放。”

“德遵先生也不必顾忌。”徐理满不在乎地说，“此书藏于翰苑，我身为翰林官，在馆内读翰苑所藏之书，不违律条吧？”

“不违，不违。”陈循应道。他向四周看看，忽然靠近徐理，低声问道：“元玉，史馆外之职营求得如何？”

“谁在营求史馆外之职？”徐理没听懂。

陈循不答，但用手向他一指。

“我？”徐理的手也指向自己。几天里，已经有两个人在问他是不是想离开翰林院，而且，是对他而言非常重要的两个人在问，这使他意识到事情的严重。他把书投掷在地，恨恨地说：“读一两本闲书，竟会惹出这多闲话，我不读它就是！”

陈循把书拾起，吹拂去上面的尘土，心平气和地说：“翰苑所藏之书有什么罪过，元玉莫错怪它。”

“蜚语不由它而起，却由何而起？”徐理问。

“元玉所为，俾人口实。”陈循说。

“由我所为？”徐理愈发不解，“德遵先生，我所为何事？”

“有二事。”陈循道。并问，“年前，元玉是不是赶着上过一道奏章？”

“可是治兵五事那道奏章？”徐理问。

“不错，就是它。”陈循道。

“荒唐，着实是荒唐！”徐理不由摇晃起脑袋。他个子矮小，摇头晃脑的幅度却特别大，给人的印象，不是可笑，就是可怖。

“元玉是说我荒唐吗？”陈循似在责备他不敬长官，不敬前辈。

“不敢，晚生说的是，有人因我上一道治兵的奏章，就指我欲谋史馆外之职，此事荒唐。”徐理说。

“元玉这话是可以引申的。我因你上一道治兵的奏章，就信你欲谋馆外之职，亦属荒唐。是不是？”陈循不留给徐珵插话的空隙，紧接着说，“人家言之凿凿，不容人不信呀。”

与其说他不容徐珵分辩，不如说他担心徐珵根本不加分辩，而是默认自己的话，那就太没面子。

徐珵果然没有分辩的意思。他问：“德遵先生知我陈言治兵五事，可知我陈言的是哪五事？”

“这却不知。”陈循道。

“第一，京营分兵巡边；第二，边镇集民丁立营；第三，边将以功升职；第四，京营、边兵皆汰老弱补壮丁；第五，复唐、宋军谋、武举之选。”徐珵概述自己奏疏的内容后，问道，“有哪一事我写错吗？”

“没有。”陈循摇头。

“有哪一事是不该写的吗？”徐珵问。

“也没有。”陈循又摇头。

“既如此，何谓言之凿凿？”徐珵问。

“元玉，你是个极聪明的人，今日却糊涂。”陈循道。

“我糊涂？”徐珵不解。

“是啊。”陈循道，“你想想，人家因你上一道治兵的奏疏，就指你欲谋史馆外之职，难道会因为你写错吗？难道会因为你写了不该写的吗？正因为写得不错，写的该写，人家才以为你有所谋取嘛。”

翰林论政事，论治兵，因为说到要害，而被人猜疑有所谋取；难道翰林论政事，论治兵，就该含糊其词，就该不着边际？这实在是可笑之极。但细细想来，陈循的话也不错，翰林论政事、论治兵太认真、太投入，难免会引起翰林院同僚们的猜疑，引起各治事衙门官员们的猜疑。听似可笑，徐珵倒难以辩驳。

“况且，元玉又是赶在年前上疏。”陈循补充一句。

“治兵之事，晚生琢磨了许久，并非赶写的急就章。”徐珵好不容易有一个分辩的理由。

“是吗？”陈循一愣，但没有被难倒，“那不正可见用心之深？”

徐珵无法再辩，他揖了揖，道：“德遵先生称有二事，第一事的确怪我不合时宜，第二事又是什么？”

“前几日，元玉是不是去过行俭先生府上？”陈循求证。

“去过。”徐理应道。

“元玉是不是与行俭先生议了许多地方政事？准确地说，是议了许多况太守在姑苏为政之道？”陈循继续求证。

“议了。”徐理应道。

“人家说，元玉此行，为的就是谋取史馆外之职。”陈循道。

徐理听多，心里反而不气。他想到“荒唐”二字引起许多口舌，又换两个字，摇头晃脑地说：“可笑，着实是可笑！”

“是此说可笑吗？”陈循问。

徐理不答，却引申一层：“是不是人家还说我欲谋姑苏太守一职？”

“姑苏太守是美职，有人这么想，也不足为怪。”陈循说。

“但这个人家却忘记，晚生是吴县人！”徐理道。本朝有回避制度，吴县人任苏州知府，是根本不可能的。

“姑苏去不成，还有其他美郡可去。”陈循认准他谋的是知府一职。

“德遵先生小觑晚生！”徐理道，“一则，入行俭先生府内，是应行俭先生之邀，谈论伯律先生在姑苏为政之道，是遵行俭先生之命；二则，晚生虽不才，若有所觊觎，也不会仅限于太守。”

“元玉当真没离开翰苑之意？那就好！”陈循作为掌翰苑者，有责任教导他几句，“文翰看似轻飘，实则为国家根脉所在；翰林看似品秩低下，却人人是国家栋梁。进入翰苑，是无数士人欲谋取的。元玉入翰苑近十载，前程无量，须善自珍重。”

“德遵先生的教诲，晚生牢记。”徐理面无表情地说。

徐理趁曹鼐到翰林院的机会，把他拉到没人的角落，以至曹鼐奇怪地问：“何等之事要躲到这里来说？”

“两篇拙文，请万锺兄教正。”徐理说着，递过去两篇手稿。

“元玉兄以‘语不惊人死不休’为座右铭，故大作从不避人。今日怎么改弦更张？”曹鼐还是觉得奇怪。

“且读过拙文再议。”徐理道。

曹鼐在站立时，而且对面还站立一人，很难静下心来阅读文章。他先看看标题，两篇文章的标题相同，曰《文武论》，不同的是，一篇的标题下写个较小的“前”字，一篇的标题下写个较小的“后”字。

他先读前篇起首的一段：

世常以文、武为二事，予甚病之。非予之病之，为天下病之也。为天下病之者何？文、武为二事，则天下无全才。天下无全才，则吾道之用阙，而天下之事不治。夫文、武皆吾道之用，固儒者之事也；为儒而不备文、武者，不足以为儒。

然后，略过前篇后面的部分和后篇前面的部分，读后篇的结尾：

呜呼，天下之不治，文、武之不得其人。究其所自，盖儒者之事失而然也。苟欲振之者，必儒之复事其事也欤？曰：然则世俗之所称谓俱非乎？曰：彼所谓文，吾不知其为文也；彼所谓武，吾不知其为武也。彼所谓儒，吾乌知其为儒哉！吾之所谓儒者，盖其真儒也。腐儒非儒，又乌足道耶！故曰：欲得天下之全才，必得真儒而后可。

一头一尾，都很吸引人，曹鼐很想把两篇文章读全。但他知道，徐理是个性急的人，未必让他再从头读起。再者，此文的立论虽说不上惊世骇俗，却发今人所未发之议。读过一头一尾，说不出有什么感触；那么，读过全文，就说得出感触吗？说不定那时更难说出。

于是，他翻到前篇文章，用手随便指点着一处，问道："元玉兄，这是何意呀？"

徐理凑上去看他手指的地方，道："这是全才呀。万锺兄昔日抡魁天下，不会连全才二字都不解吧。"

"非也。"曹鼐不知此兄是真没听懂自己的意思，还是故意和自己兜起圈子。不经意间，又翻到后篇，他仍然用手随便指点着一处，道："我是问元玉兄，这是何意？"

徐理又凑上去看他手指的地方，道："这是真儒呀。以愚弟之见，全才方是真儒，万锺兄是不是有什么异议？"

"有无异议且不去说，"曹鼐干脆哪里也不指，道，"我是问元玉兄，为何要写这么一篇文章？"

"有感而发。"徐理道。

"为何要拿给我看？"曹鼐问。

"请万锺兄教正呀。"徐理道。

“这却难。”曹鼐摇着头说。

“这有什么难处？”徐理随便指着说，“全篇我没有用一个生僻的字，无非是之乎者也之类；没有用一个艰涩的典故，一读可懂。”

“那好，请元玉兄为我说说，何谓文、武。”曹鼐主动发问。

“这里写着呢。”徐理在后篇中找到一处，念道，“夫和顺刚健之德存乎中，英华果锐之气发乎外，则所以为仁义勇智，所以为礼乐征伐，于是乎在乃所谓文、武也。”

“在元玉兄看来，自古以来，有谁称得上文、武兼资？”曹鼐问。

“这里写着呢。”徐理在前篇中找到一处，念道，“若黄帝、尧、舜、禹、汤、文、武，及风后、力牧、皋陶、伯益、伊尹、尚父、周公旦，或为君，或为臣，或治治，或治乱，其所为万有不同，而其所成则一。”

“元玉兄举的，都是远古圣贤呀。”曹鼐道。

“那又如何？”徐理问。

“又能如何？不过难以评说而已。”曹鼐道。

“万锺兄的意思，古有圣贤，今无圣贤，故难以评说？”徐理问。

“元玉兄不如换个说法。”曹鼐说。

“换个怎样的说法？”徐理问。

“并非古有圣贤，今无圣贤，而是古有全才，今难有全才。”曹鼐说。

“何不换作古有真儒，今难有真儒？”徐理道。

“我只评说全才，元玉兄定要评说圣贤、真儒，恕不奉陪。”曹鼐说。

“好，那我就问问万锺兄，为何今难有全才。”徐理道。

“唐儒韩愈曰：术业有专攻。术业愈多，全才愈难成就。”曹鼐说。

“万锺兄说的是才干之才，非全才之才；万锺兄撇开圣贤、真儒等名目，只能评说才干之才，而的确难以评说全才之才。”徐理说。

“愿闻其详。”曹鼐一揖。

“万锺兄说我举的都是远古圣贤，其实，我还举孔夫子呢。”徐理道，并侃侃而谈，“夫子定诗书，正礼乐，赞周易，作春秋，其文灿然而著于万世。及夫为鲁相，诛少正卯，会夹谷，戮莱人，则其武又赫然以威于天下。如夫子者，乃真儒也。远古圣贤是全才，夫子真儒亦是全才。我知道，万锺兄要说，夫子距今也一千八百年。但万锺兄想过没有，大禹距夫子也有千余年，黄帝距夫子数千年？若论树业，今之业不能与夫子时比，犹如夫子时之业不能与大禹时比、与黄帝时比。但黄帝时有全才，大禹时有全才，夫子时仍有全才。那么，今时为何不能有全才呢？故万锺兄以

‘术业有专攻’为由，析说今难有全才，恕我不能苟同。我信奉‘其所成则一’。不仅古之圣贤与古之圣贤‘其所成则一’，古之真儒与古之真儒‘其所成则一’；且古之圣贤与今之圣贤，‘其所成则一’，古之真儒与今之真儒，‘其所成则一’。”

“元玉兄古今之论，可谓精辟。不过，我仍然只想论全才。”曹鼐说。

“就依万锺兄。”徐珵遂问，“我且问一句：万锺兄是全才吗？”

“不是。”曹鼐毫不犹豫地回答。

“我呢？”徐珵又问。

曹鼐迟疑片刻，说：“或许是吧。”

“那好，我终归会让万锺兄看到，今亦有全才。”徐珵道。

第三十章

刘球到翰林院修撰钟复家，向来不叩击门环，而是推开院门，昂然而入。守门的小厮也向来不加阻拦，高兴时，唤一声“刘老爷”；心绪不佳时，连招呼也不打。但这天，他却在刘球前一站，嬉笑着问：“刘老爷，你这是来找我家老爷？”

刘球觉得有些不对头，但也没多想。他毫不费力地推开小厮，大步穿过门廊，走进院内。

小厮人矮腿短，刘球走两步，他得走三步。估摸着不容易赶到前面，而且，赶到前面，也未见得能拦住刘球；他于是紧随在后，又问一句：“刘老爷是找我家老爷吧？”

“不来找他，还来找你不成！”刘球说话不碍行走，步子仍迈得很大。

“可我家老爷并未在家呀。”小厮说。

“一派胡言！”刘球斥道。

“此是实情，小的不敢胡言。”小厮说。

“那我问你：不在家，这是何意？”刘球问。

“不在家，即出门。”小厮说。

“我还不知是出门吗！”刘球道。“我是问你，他出门为的何事？”

“这个，小的不知。”小厮说。

“你不知，我却知，他是去沽酒。”刘球道。

“刘老爷怎知我家老爷去沽酒？”小厮问。

“他知我来，自然要沽酒以待。”刘球道，“钟兄也是，我对他说一杯清茶足矣，他却偏要置酒。”

“原来刘老爷与我家老爷是约好的。”听小厮的口气，接下来该说“难怪我家老爷出门沽酒”，但他说的却是，“不过，酒一向是小的去沽的，我家老爷恐怕连到哪里去沽酒都不晓得。”

“你说这话何意？”刘球问。

“小的是说，我家老爷绝非出门沽酒。”小厮说。

“那便怎的？”刘球脚步自然而然放慢，他说，“总之，你家老爷与我相约，定会在家中等候；若有非出门不可之事，他也会速速赶回。”

“但愿如刘老爷所言。”小厮道。

说话间，已到后院正房。小厮赶在刘球前面，高声唤声“奶奶”。

“何事？”钟妻在屋里问。

“刘老爷来访我家老爷。”小厮应答。

“你没说，老爷才出门吗？”钟妻在屋里问。

“小的告诉刘老爷，可刘老爷说小的一派胡言。”小厮道。

“总是你不会说话！不然，刘老爷是个斯文人，怎么连‘一派胡言’这样粗鲁的字眼也用上？刘老爷，我家老爷确是出门，你总不至于以为我也是一派胡言吧？”钟妻在屋里说。

“不敢。”刘球在外应道，“禀上嫂夫人，在下并非贸然来访，而是与彦章兄有约在先。”

“敢问刘老爷，与我家老爷是何约会？”钟妻在屋里问。

“同去通政司。”刘球在外回答。

“去通政司何事？”钟妻又问。

“自然是送封章。”刘球回答。

“敢问是何章奏？”钟妻问。

“议时政。”刘球回答。

“刘老爷与我家老爷均在翰林，为何要议时政？”钟妻问。

“日前雷震奉天殿，我等应诏进言。”刘球回答。他说的日前是五月下旬，距今刚好十天。

“敢问章奏中有无得罪权贵之言？”钟妻问。

奏疏里的内容，刘球是绝不想对钟复家人说的。但钟妻既然这样问，一定是钟复对她讲过，所以，刘球也无须隐瞒。他说：“有。”

“得罪权贵之疏，你自上之，何苦连累他人！”钟妻说一句很刺耳的话后，屋里再无声息。

刘球恍然大悟，钟复不是为他去沽酒，而是有意避开。他在门外呆立许久，叹道：“此等大事，彦章兄却谋及妇人！”

他与钟复友善，不仅因为同乡，而且因为意气相投。二人总想共上一疏，纵论朝政。这次有了机会，钟复却在妻子的劝阻下躲开。

钦天监正彭德清见到刘球奏疏的抄件，如获至宝。他离开衙署，行走如飞，不一刻，到得司礼监。

“王公，赏口水喝。”他进屋就说。这种亲昵随便的打招呼方式，在别人是想也不敢想的。

“自己去取。”正在阅读的王振听出他的声音，边说，边抬头看他一眼。这一看，不由得停止阅读。

“老彭，怎么弄得大汗淋漓？”他问。

“天热嘛。”彭德清说。时值酷暑，这个理由完全可以遮掩过去。

但王振不是那么好应付的。他哼一声，道：“不对吧？我记得老彭曾向我吹嘘，自家练就一身冷不战栗、热不出汗的功夫。”

“既是吹嘘，王公不如不信，”彭德清说着，擦拭去脸上的汗水，“实不相瞒，我从钦天监一路跑过来，不是这副模样，才怪呢。”

“有何事，你如此急迫？”王振问。

“人皆道事不关己不急，我却事不关王公不急。”彭德清说。

“关我之事，用得着你急吗？”王振虽则这么说，仍问道，“老彭，究竟为的何事？”

“还不是为我那位不甘寂寞的同乡。”彭德清道。

“你的同乡？”王振忽有所悟，但仍不能断定，“你是吉安人吧？在朝中，你的同乡比比皆是，你指的是哪一位呀？”

“刘翰林，刘廷振，王公知道此人的。”彭德清说。

“他怎了？”王振问。

“王公找一份他奏章的抄件来，一读即知。”彭德清说。

“是他所上应诏陈言疏？”王振往桌案上一指，道，“他奏章的正本在此，何必去找抄件！”

“王公正在阅读？”彭德清长吁一声，好像在表示不急，“那好，王公既已阅疏，其人恶毒，则无须下官赘言。”

“皇上已将其疏发下廷议，除一事宜从，别的都被驳回。这等奏章，还值得阅读吗？”王振道。

“王公真以为其疏不值得阅读？不会吧。”彭德清摇头，“真不值得阅读，何必把奏疏的正本放在身边？我看，是王公不值得把心里的话说与我听吧？既如此，下官告退。”说着，就要揖退。

“老彭，你别急着抽身而去。”王振叫住他，“刘廷振此疏，我尚未琢磨透；他究竟怎么恶毒，还真想听你说说。”

“用得着说吗，此疏是冲着王公来的呀！”彭德清一言以蔽之。

“他对我有成见，我岂能不知！”王振道，“前年用兵麓川，我是极力主张的，他是极力反对的。他那时大谈什么‘宥其小而防其大’，大谈什么‘罢大举之议’，今次又大谈什么‘麓川连年用兵，死者十七八’，都是冲着我来的。我若计较，早与他计较。”

“这次他可不是只在麓川之役上对王公有成见！他议论十事，事事针对王公下笔，要不我怎么说他恶毒呢。”彭德清说。

“有这等事？”王振扫一眼桌案上的疏稿。此疏他才读一遍，并不觉得刘球所言，事事针对自己。最惹他不痛快的，还是那段关于麓川之役的文字。因为这段文字比起前一道奏疏来，又尖刻许多。

“王公太宽厚，太仁慈！人家的暗箭都射到身上，居然毫不动心。”彭德清以言语相激。

“宽厚仁慈，老彭，你可是第一个拿这四字来奉承我的。”王振说着，微微一笑，他身子往后一仰，道，“你既看出，就讲讲这些暗箭吧。”

“好。”彭德清也不客套，自己搬过把椅子，坐在王振对面，并把桌案上的奏疏挪到自己面前，“先看他议的第一事：勤圣学以正心。王公，这是射向你的第一支箭。”

“怎么讲？皇上自幼由我辅导，我一直敦促皇上勤学。其他事不论，在这件事上，我是于心无愧的。”王振拍着胸膛说。

“王公这么想，皇上这么想，下官敢说，太皇太后在世时也这么想；可偏偏有人不这么想。”彭德清说。

“别说有人，你直说刘廷振吧。”王振道。

“是，偏偏刘廷振不这么想。”彭德清说。

“何以见得？”王振问。

“王公请看此处，”彭德清念其中一句，“臣愿皇上以古圣贤之心为心，视政之暇，御经筵之日多，居宫苑之时少。”念罢，道，“‘御经筵之日多’这话有毛病。经筵有制度，皇上按制度御经筵，怎可增多？‘居宫苑之时少’这话毛病更大。视政之暇，皇上不居于宫苑，却居于何处？故卑职以为，刘廷振说的‘御经筵之日多，居宫苑之时少’，究其本意，却不在于‘御经筵之日多，居宫苑之时少’。”

“那在于何事？”王振问。

“在于：见儒臣之时多，见内使之时少。”彭德清稍稍停顿，补充说，“见内使之时少，即见王公之时少。这不是针对王公吗？”

王振心里一动。毫无疑问，彭德清的分析有些牵强，但你也不能说一点儿道理没有。在“御经筵之日多”后面，本来可以用许多别的句子，但刘球偏偏用的是“居宫苑之时少”。为什么？把内臣陪伴皇上的时间减到最少，把内臣对皇上的影响降到最低，这是比较合乎逻辑的解释。

“老彭呀，你真是用心。”王振给个不含褒贬的评价；或者说，是褒是贬，全凭听者去揣摩。

“事关王公，不敢不用心。”彭德清说。

“那么，刘廷振所议十事，都是这等恶毒？”王振问。

彭德清听出，王振对他的一番分析将信将疑，兴趣并不太大。他说：“此小巫也，后面的议论，或恶毒十倍。”

“当真？”王振不能不继续听下去，“老彭试举一例。”

“刘廷振议的第二事是亲政务以揽权纲，王公听听他是怎么议的。”彭德清觉得这段是要害，所以不厌其烦地全文照念——

> 夫政自己出，则权不下移。故太祖、太宗每早朝罢，及晚、午二朝，必进大臣于顺门或便殿，与裁决庶政。或事有疑，则召机务之臣商榷之，而自折其衷，所以权归于上。皇上临御九年，事体日熟，愿守二圣之成规，复亲决之故事，庶几权纲有归，而政唯一。

王振原来只觉得读着不舒服并不觉得太刺耳的话，被他加强语气一读，变得非常刺耳。一百来字的一段文章，把标题的意思竟重复三次：先是“政自己出，则权不下移”；接着是“自折其衷”“权归于上”；最后是“权纲有归，而政唯一”。这不是公然在说，今日朝政不是皇上亲决，皇上被人操纵？这个操纵皇上的人，除自己又能是谁呢！

看出王振动心，彭德清更不肯就此罢休。

“也难怪王公厌恶他谈论麓川之役，你看他写的。”他隔过其他事项，念起该段——

> 今又遣蒋贵远征缅甸，责献思任发。果擒以归，不过枭诸通衢而已。缅将挟以为功，必求与木邦共分其地。不与则致怒，与之则两蛮坐大，是灭一麓川而生二麓川也。设有蹉跎，兵事无已。臣见皇上每录重囚，多有令从军，仁心若此。今欲生得一失地之穷寇，而驱数万无罪之众以就死地，岂不有乖于好生

之仁哉！

念罢，又加以评论："缅甸尚未献思任发，缅将尚无功，他却说必如何如何，好似他倒成缅将的谋主。再者，重囚从军与官军征伐，本是毫无关联的两件事，他却生拉硬拽到一起，正可见其恶毒之尤。"

"好了，老彭不必多说。这些话再险恶，也不如在我和皇上之间挑唆，来得险恶。"王振道，"老彭，实不相瞒，方才读到这段文字，我就在想，将士在前方以性命相搏，他却在身后泄气，若不重惩，恐难以孚众。现在为'权不下移'的挑唆，就更不能放过他。不过——"下面的话，他不知怎么说才好。

"王公须找个治他罪的理由吧？"彭德清见王振默认，说，"下官倒有个理由，不知使得使不得。"

"你说。"王振命道。

"王公方才说，廷议刘廷振奏章，除一事宜从，指的是选择太常吧？下官以为，此事大有文章可做。"彭德清说。

"此事有文章可做吗？"王振问。刘球议的是：今之太常，即古之秩宗，必得清慎习礼之臣，然后可交神明。今卿贰皆缺，宜选择儒臣，使令其职。在王振看来，这恰恰是最无关紧要的一事。

"有，"彭德清应道，"翰林院有名修撰，叫董璘，上疏乞改官太常，奉享祀事。王公知道吧？"

"知道呀！董某上疏，正是响应刘廷振之议。但刘疏请选择儒臣任太常卿贰，董某随即乞改官太常，有什么不对吗？"王振问。

"王公是先读刘廷振的奏章，再读董某奏章，故觉得其事自然，难以挑剔；我却先知董某乞改官太常，然后才读刘廷振奏章，于是乎，觉得其事并非自然，有文章可做。"彭德清说。

"老彭的意思，"王振一点即通，"刘、董二人合谋取太常卿贰之职？不错，要治他罪，这倒是个说得过去的理由。"

"顺子，你觉得老彭这个人怎样？"王振问马顺。

"卑职有些怕他。"马顺说。

"为何怕他？"王振问。

"老彭虽在文职衙门，但其阴毒，在我锦衣卫里，或东厂内，恐怕没人能匹敌。"马顺说。

“你也有惧怕之人，而且因为其阴毒而惧怕，这倒是我不曾想到的。”王振笑着说，“不过，你称他阴毒，我却是领教过的。你来之前，他才和我议论过翰林侍讲刘某，大有置之死地而后快之势。”

“是刘廷振吗？这不足为怪。”马顺道。

“为什么？”王振问。

“老彭官职不高，但巴结他的人不少，其中缘故嘛，王公是知道的。老彭被人巴结惯了，突然打算去巴结别人，”马顺讲到这里，问道，“王公想，他打算巴结的会是谁人？”

“是刘廷振吧。”王振道。

“对，就是他。”马顺说，“老彭也曾等着刘廷振来巴结自己。在他想来，刘廷振是同乡，又是翰林，若肯来巴结，是件很有面子的事。但刘廷振不来，而且面对面相遇时，不是低头而过，就是转身而去。他于是想，你不来巴结我不要紧，我可以去巴结你呀。万万没有想到的是，刘廷振连让他巴结的面子也不给：他送礼，退回；他过访，不见。王公请想，这口气他忍得下吗？他早就想把刘廷振送到卑职那里去！”

“顺子，你说起他的心思来，真可谓活灵活现呀，”王振道，“这次，我却是下决心，要把刘廷振送到你那里去。不过，不是为他，而是为你。”在马顺诚惶诚恐时，他又说，“也是为我。”

“是，为王公，卑职就可以放开手脚。”马顺应道。

“顺子，你怎么放开手脚？”王振问。

“卑职大张旗鼓地将他下狱。”马顺说。

“怎么个大张旗鼓？”王振继续问。

“卑职亲率校尉，闯入刘家，将他逮拿下狱；甚或闯入翰林院，将他逮拿下狱。”马顺说。

“不。”王振思忖着说，“这不好。”

“王公的意思是，”马顺也思忖着问，“偃旗息鼓？”

“大张旗鼓是不错的，但仅仅闯入其家，或闯入翰林院，仍然不够。”王振说着，眯起双眼，似乎看到一个让他极为振奋的场面，“顺子，我要你在朝班中将他拿下！”

“在朝班中拿下？”马顺大吃一惊，“王公，这样动静太大。”

“我就是要大的动静，而且动静越大越好。”王振想起一个不管恰当不恰当但很合他心思的比方，“既然杀鸡为的是儆诫群猴，那就要在群猴最想不到的时辰、最想不到的地方，把刀举起来。”

“卑职懂了。”马顺说起具体的困难，“不过，在朝班中把刘廷振拿下，那是要特旨的。”

“特旨之事我办，你只管拿人。”王振道。

“有王公这话，卑职还担心什么！”马顺揉搓着两手说。

“记住，朝班拿人，这是我要你做的第一件事。”王振说。

“王公要卑职做的第二件事呢？”马顺问。

“狱中索命！”王振阴狠地说。

刘球心地坦然，在牢室里也睡得酣畅。半夜里，他梦见一怪物，耳、嘴、鼻皆无，只露出两眼，和自己脸贴着脸。他伸手去抓那脸，那脸则向后退缩；他把手收回，那脸又贴过来。他不惧怕鬼怪，只想把鬼怪看清楚，于是，他睁大眼睛。一睁眼，果然有一张脸，正自上而下地俯视着他。那张脸的下部被衣袖遮住，两眼露着凶光。他不露声色地与那双眼睛对视着，等头脑清醒，再仔细看去。原来一人弯着腰，正在看他，那人的另一只手伸在他鼻孔下，大概在查看他还有无气息。

那人的身材他是熟悉的，服饰他是熟悉的。其实，用不着看这么多，只要看看那双眼睛就足够。那双眼睛，他再熟悉不过。

“马大人，还有气呢。”刘球冷冷地说。

“那就好。”马顺说着，直起身子。

刘球这才看到，在马顺身后，几步开外，直挺挺站立着两名锦衣卫校尉。他有一种不祥的预感。但不愿在气势上输给马顺，他毫不在意地说：“夜深矣，马大人不歇着，也不让人安睡。”

“刘大人是不是忘记，这里是诏狱，不是你府上？”马顺说。

“我倒真的忘记，诏狱是马大人的家，是想来就来的。”刘球说着，问道，“马大人是巡夜至此，还是另有所图？”

“你说呢？”马顺狞笑着。

“看来，是另有所图。”刘球说。

“看出就好。”马顺道，“刘大人若是听话，我不让你多吃苦头。你只要闭上眼睛，顷刻之间，就可以魂游天下。”

“好，我听话。”刘球闭上眼睛，旋即睁开，“等等，我要问问马大人，是谁让你来取我命？”

“奉旨行事。”马顺道。

“圣旨何在？”刘球质问。

“我奉的是圣上口谕。”马顺支吾道。

“马顺，我本来不想与你理论，但你残杀忠良不算，还要把罪过加于圣上，我就算做鬼，也放不过你！”刘球说着说着，猛然跳起来，向马顺扑将过去。

马顺是习武之人，身手灵活，身子一侧，闪开。他身后的两名校尉上前，一把将刘球按住，逼他跪倒。按说，这两个人都是锦衣卫里选出来的壮士，力道甚大，但刘球也不知从哪里来的一股真气，无论二人怎样使力，就是不肯跪下去。

二校尉你看看我，我看看你，然后一起看向马顺。

“刘大人有话说，让他说。”马顺道。

二校尉手上一松，刘球的头抬起来。

“太祖高皇帝，太宗文皇帝！”刘球呼道，“臣效忠社稷，死而无憾。但奸蠹把持朝纲，欺瞒皇上，祸国殃民，残害忠良，太祖高皇帝，你可看在眼里！太宗文皇帝，你可看在眼里！臣乞二圣显灵，重惩奸蠹，扶匡我主，挽救社稷呀！”

呼叫之声、号啕之声，撕心裂肺，在牢室里回荡。

马顺脸色大变，对二校尉喝道：“尔等还不动手！”

二校尉手上加力，一人揪住刘球头发，往后猛的一扯，一人顺势举起刀来，向刘球颈上挥去。呼叫声顿止，号啕声顿止，牢室里一片沉寂，沉寂得让人发狂。

揪住刘球头发的那只手松开，刘球的头颅向他身体后方垂下。看得出，喉管被割断，骨肉被切开，只有一层皮还连接着头颅和脖腔。

“走！等天亮，再着人来收拾。”马顺说着，带头往外走。

两名校尉跟着往外走。走在前面的马顺走到门口，推开牢门，一条腿已迈出，但又退回来。走在后面的二校尉，则不约而同地停下来。他们相互瞥一眼，似乎都在问对方：是你先放的手，还是我先放的手？马顺半晌没有回过头来，看不到二校尉的表情；二校尉也看不到他的表情。但他们相互在问同一件事：刘球已死定，但在他倒下时，为什么没有发出一点儿声音？

马顺终于回过头去，二校尉也随着回过头去。他们的困惑有了答案：没发出一点儿声音，是因为刘球并没倒下。他们的困惑变成惊悚：刘球的头颅仍垂在身后，无头的尸体立得笔直。

“大人！”二校尉惊呼着，闭上眼睛。

马顺也闭上眼睛，但没有叫出声来。他深吸一口气，深呼一口气，等呼吸平稳，再睁开眼睛。他没有看错，刘球的尸体的确站立着。他击站在他左后方的校尉一掌，推站在他右后方的校尉一把，强迫他们睁开眼，强迫他们去看刘球的尸体。

“他两腿完好无损，自然站得住，去砍断他的腿！”马顺命道。

二校尉克制内心的恐惧，并肩向刘球的立尸走去。相距还有一段，二人同时把刀举过头顶。一人尖叫一声，上前两步，挥刀向刘球右腿砍去。看似凶猛，却恰应色厉内荏那句话，刀落在刘球的腿上，并没多少力量，该校尉却被震得手臂酸痛。第一刀砍过去，不见异常，他第二刀又砍过去。这一刀，把刘球的右腿砍断。

三个人都以为刘球该倒下。但刘球仍不倒下，只是躯体向右倾斜。

另一校尉去砍刘球的左腿，也是砍两刀，才砍断。

刘球的躯体摇晃着倒下。先落到地面的，不是躯体，而是胳膊。他的两只胳膊奇怪地把他的躯体支撑在地面之上。

“砍断他的臂膀！”马顺声嘶力竭地吼道。

刘球的躯体被肢解。

天蒙蒙亮，一个叫王二的狱卒，走过关押刘球的牢室，不经意地向里面看一眼。饶他见识过许多恐怖场面，也不由倒吸口凉气，拔腿而去，越走越快。他以为走了很久，走出很远，其实，不过才走过关押刘球的牢室，走到与之相邻的另一座牢室外。他忽然觉得，一条裤腿被牢牢揪住，怎么用力也挣不开。

“刘先生饶命，我并没加害你呀。”王二恨不得跪下叩头，但想到跪下更跑不掉，所以只是两手抱在身前，连连打拱。

“王二哥，是我。”一个声音在他身后说。

王二听到有人说话，而且确定不是刘球的声音，才敢低下头观看。他看到，从牢室的木栏间伸出一只手，抓住他的裤腿不放。

“是董先生呀，你要吓死我！”王二嗔道。

关押在这间牢室的，正是与刘球同案下狱的董璘。他松开手，指指隔壁的牢室，问道：“王二哥才从那里走过？”

“可不是嘛。”王二道。

“见到里面的情形？”董璘问。

“可不是嘛。”王二道。

“刘大人已死？”董璘问。

“可不是嘛。”王二第三次说过这句话，觉得有些不对头，“董先生怎么知道的，莫非你也见到里面的情形？”

“王二哥讲笑。”董璘指指自己，指指牢门，意思是牢门加锁，他又没有穿墙越壁的本事，“不过，我虽不曾见到，却曾听到。昨夜，那间牢室里喧闹半夜，我一夜没合眼。”

王二注意到，董璘两眼肿胀，一脸憔悴，看来，一夜没合眼是真的。他同情地问：“怎么，董先生被吓着？”

“吓倒没吓着，但有太多悔恨。”董璘说。

“太多悔恨，都有哪些呀？”王二问。

“悔不该贸然上疏，奏乞改官。”董璘说，“要不是这道奏疏，我不会有牢狱之灾，刘先生也不会有牢狱之灾，并惨死在狱中。”

“对，我听人说过，是董先生把刘先生害苦；但也有人说，是刘先生把董先生害苦。你二人究竟谁害苦谁呀？”王二问。

“是是非非，一言难尽。”董璘道。

“那就不必说。此外董先生还有什么悔恨？”王二问。

“我与刘先生隔墙而坐、而卧，几天来，竟未交一言。”董璘道。

“是啊，远亲不如近邻，你二人在外面是一个衙门的，在里面近到只隔一堵墙，为何不交一语？”王二问。

“还不是有所避讳。”董璘道，“我二人为同一案获罪，再被人告发在狱中串供，岂不是罪加一等？唉，若是早知刘先生这么快就有灭顶之灾，我又何必在意罪加一等！”

“人有旦夕祸福，谁想得到！董先生也不必为此悔恨。”王二宽慰道。

“再者，昨夜刘先生大呼太祖高皇帝、太宗文皇帝，我不知是为何；后猜想到隔壁发生何事，却再无声息。”董璘又说。

“董先生若早知隔壁发生何事，会怎的？”王二问。

“或与之呼应。”董璘道。

“也大呼太祖高皇帝、太宗文皇帝？”王二问。

“是啊。”董璘道。

“董先生以为，你这边一呼，来人受惊，会缩手？”王二问。

董璘的确是这么想的。他自己也知道，这个想法太不切实际，说出来徒被人耻笑，所以不吱声。

“亏得你早不知道隔壁发生何事，不然的话——”王二不愿多说。

董璘也不敢多想。他若跟着刘球大声呼叫，后果是可想而知的。昨夜对刘球用私刑的人并没有刻意避人耳目，显然有恃无恐。他们既然能对一个人用私刑，为什么不能对第二个人用私刑？

而且，他的话已经太多。他可以断定，王二是个厚道人，但谁能担保隔墙无耳呢。

“王二哥，在下有一事重托。”董璘说。

“你说。”王二道。

“不多时，有人会来收拾刘先生遗体，不知抛去何处。刘先生忠心为国，却得这么一个下场，令人扼腕叹息。我想趁人未到之际，请王二哥为我入内取一遗物，做个念想。”董璘说着，郑重地作一揖，“董某若同刘先生一样做鬼，没什么好说；若得释出，定当重谢。”

“重谢请可免；我答应你做这件事，不但是为你的念想，也是为我自己心安。”王二说。

王二溜进隔壁的牢室，吃力地从刘球身上脱下官袍里被血水染红的衬裙，交给董璘。董璘不久获释，把衬裙送到刘球家中。刘球的儿子刘钺来京城办理后事，不知通过什么手段，从谁人那里求得刘球一臂，遂以血裙裹之，入棺而葬。这是后话。

第三十一章

国子监彝伦堂东间，正面的座位坐北朝南，是祭酒的公座；侧面的座位坐东朝西，是司业的公座。祭酒李时勉和司业赵琬各自坐在自己的座位上，批阅着监生们的试卷，并不时把自己以为上佳的试卷或劣等的试卷交给对方再看一遍，以查验是否有偏见。二人都是很认真的人，对批阅监生试卷之事，尤其一丝不苟。

忽然，外面一阵骚乱，打断二人的思路。

李时勉把笔重重地放下，心里的不快溢于言表："说了几年，监内不准喧闹，叔瑛先生，你看，仍是禁止不住。"

赵琬字叔瑛，常州府武进人，永乐年间举于明经科。他说："监生以年轻学子为多，难免浮躁，但还不至于喧闹至此，恐怕有别的缘故。"

话音才落，他的估计就被证实。两名锦衣卫官校率一队军士，闯进彝伦堂。数以千百计的国子监生跟在后面，把堂前的露台挤满。

赵琬没经过大事，惊得站起身来。

李时勉在仁宗朝获罪，几乎被打死在殿上，又几乎被宣宗皇帝处死，当然不会被几名锦衣卫官校吓住。但他也知道，锦衣卫官校敢于闯入国子监，而且敢于闯入彝伦堂，来者不善，须得沉住气应付。他一面稳坐不动，一面斟酌着用词。

"二位有何公干？"他选择的是最直接最简洁的问话。

"拿人。"一官校说。

"二位有些唐突，"李时勉手往右边一指，道，"本堂正室，二位可知是做何用途的？皇上巡幸国学时，宝座就设在那里。我等走进走出，不敢迈大步；坐在室内，不敢出大声。"

"李大人用不着大话唬人，我等也是奉旨拿人。"另一官校说。

"不知二位要拿何人？"李时勉问。

"国子监有个掌馔，叫金鉴吧？"一官校问。

掌馔掌监生伙食，是未入流官。李时勉不记得官校说出的这个名字，向赵琬看去。赵琬低声说："时勉先生前几日不是要我找个人打理堂前吗？我找的就是他。"

“是掌馔？”李时勉问。

“是。”赵琬应道。

“掌馔金鉴是有的，但不知他犯何事，钦使要拿他？”李时勉问。

“擅伐官树。”一官校说。

“不会吧，掌馔要应付上千人就食，忙得不亦乐乎，根本无闲暇出监呀。”李时勉说。

“李大人糊涂，国子监内就没有官树吗？”一官校道。

“钦使是说堂前的那株大树？”李时勉醒悟。

“不错。”一官校点点头，说，“有人举告金鉴擅伐彝伦堂前古树，我等奉旨拿他治罪。”

“同谋之人，一并治罪。”另一官校补充道。

赵琬心头一震，想开口说话。但他忍住，且看李时勉怎么对付。

“金掌馔并未擅伐堂前古树。”李时勉说。

“手执利斧，斫去古树枝叉，李先生却说他未伐树！”一官校道。

“那是古树蔓枝，妨碍监生列班，故被斫去。”李时勉说。

“这么说，此事李先生是知道的？”一官校不怀好意地问。

“堂堂国学祭酒，国子监里发生的事，彝伦堂前发生的事，我焉得不知！”李时勉说。

“我才说，同谋之人，要一并治罪的。”该官校道。

“我不是同谋之人。”李时勉一口否定。

不但两名官校，包括赵琬在内的所有知情者，都是一愣。锦衣卫官校显然是有备而来，举监上下皆知的事，怎么瞒得过去？

“李先生知情，却非同谋？”一官校问。

“对，我知情，但非同谋。”李时勉说。

“这不合情理吧？”该官校道。

“有什么不合情理！我非同谋，却是主谋。那簇蔓枝妨碍监生们列班，是我让金鉴斫去。若要治罪，拿我治罪即可！”李时勉说。

一席话掷地有声，露台上的监生，堂内的赵琬，以及锦衣卫官校和军士，无不肃然起敬。

“李先生，其实你也被举告。自己肯承担，再好不过。”一官校说。

“不，时勉先生不是主谋，我是主谋，我找的金鉴，我还帮着他一起斫树。钦使找到金鉴，一问即知。”赵琬想把责任揽到自己身上。

“叔瑛先生，你是司业，我是祭酒。国子监出事，是祭酒的责任大，还是司业的责任大？我看，主谋的身份你就不要争吧。”李时勉说。

露台上的监生，听了这话，哄然而笑，有的甚至叫起好来。

“李先生，你也有些唐突。”一官校把“唐突”二字奉还，“这株古树是前代大儒许衡手植，你怎么不想想就命人斫去？”

“钦使责备的是，此事我有欠考虑。”李时勉应着，问锦衣卫官校，“二位奉旨拿人，如何治罪？”

“戴枷示众。”一官校说。

“在何处示众？”李时勉问。

“就在国子监前。”一官校说。

“既犯过失，理当治罪，戴枷示众也不算重罚。不过，”李时勉语气一转，说，“有件事与二位计议：自古就有主谋重惩、胁从免治的条文，我为主谋，断无疑义，其他人是不是可以从宽？”

“李大人，我等奉的是‘同谋之人，一并治罪’的圣旨，谁敢擅改？李先生不必多说。”一官校道。

“叔瑛先生，既然钦使把话放在这里，我等也只好不计较主谋不主谋，一并领罪。”李时勉说。

“一并领罪，好得很。”赵琬已不像开始那么惊慌。

不多时，一军士来报，金鉴已经解至国子监外。锦衣卫官校喝声“枷具伺候”，军士亮出木枷，李时勉、赵琬把手伸在胸前，准备戴上刑具。就在这时，露台上一阵大乱。

“祭酒乃天下学子师表，士不可辱，祭酒更不可辱，朝廷怎能如此行事！”一监生说。

“兄台说朝廷如此行事，我却不信。”另一监生说。

“不是朝廷如此行事，难道是这官校假称奉旨不成？”前一监生道。

“这官校未必假称奉旨，但未必无人假传圣旨。”后一监生道。

“你说是谁假传圣旨？”前一监生问。

“赵钱孙李，周吴郑王，这里总有一个吧。”后一监生道。

“好，二位仁兄别再说这些无用的话。”第三个监生说。他大概在监生中素有威信，一开口，前两个监生都不作声。他号召道：“李公乃难得的好祭酒，他受辱，即我等受辱。我等拦住出路，不准锦衣卫官校把他带走，不准给他戴枷，更不准让他戴枷示众。”

"对，不准，不准！"众多监生挥臂响应，声音在院内回荡。

堂内，李时勉、赵琬伸出的手臂没有收回，锦衣卫军士举起的枷具没有放落，也没有加于二人身上。二官校看着李时勉、赵琬伸出的手臂，看着军士举起的枷具，拿不定主意。

"二位钦使，迟些戴枷，可否？"李时勉首先打破僵局。

二官校交换一下目光，点头同意。他们趾高气扬地闯入国子监时，没想到会聚集起这么多的人，会招惹来这么大的麻烦。

李时勉迈步出堂，挥动双臂，两手在空中握在一起，向众监生致意。监生们见他和随他而出的赵琬并未戴枷，齐声欢呼。

"我方才和赵司业批阅试卷，现在正好向你等做个交代。"李时勉说着，向一名监生招招手。等那监生走出人群，他说："周生，你这次应试的文章大有长进，赵司业和我都以为，以这等文章赴春闱，应在二甲前二十名之列。望你好自为之。"

"多谢时勉先生鼓励，多谢叔瑛先生鼓励。"姓周的监生道。

"王生。"李时勉招呼另一名监生，"你的文章，赵司业和我都以为介于甲等、乙等之间，赵先生欲置于甲等，我则以为，不如置于乙等。你的长处是起句，可列诸生之首；但结尾太过平淡，虎头而蛇尾，此文章之大忌。你一定要设法改善。"

"是，弟子记住。"姓王的监生道。

"石生。"李时勉招呼第三名监生，"我今日只想问你几句话，不想评说你的文章。"

"先生请问。"姓石的监生道。

"今次试题，规定须写字若干？"李时勉问。

"六百。"姓石的监生回答。

"你写字若干？"李时勉问。

"三百。"姓石的监生道。

"这是为何？"李时勉问。

"学生写到三百字，再无话可写。"姓石的监生说。

"无话可写，是因为你没把题目拓展；题目拓展不开，是因为你读书太少。人进府学、州学、县学，是要读书的；进国学，更要读书。"说到这里，李时勉把话岔开，"石生名大用，是吧？"

"是。"姓石的监生应道。

"不肯读书，怎得大用！"李时勉又把话题拉回来。

姓石的监生十分窘迫，要不是李时勉眼下的处境，或会争辩两句。

露台上的气氛趋于平和，两名锦衣卫官校感到心里踏实了。但一篇文章一篇文章地评下去，几时才能了结？这又使得二人心情焦躁。一官校咳嗽一声，打算干预；另一官校拉拉他的衣袖，示意他再忍一忍。

李时勉自然懂得他们的心思，他对监生们说："诸生试卷，暂评到此。有一事，本官告求：请诸生让开一条路，容我和赵司业出去，可好？诸生爱我，称士不可辱，祭酒不可辱，本官心感。但我还要补充说：国家不可辱，朝廷不可辱，圣上不可辱。我和赵司业有过错，朝廷要处罚，要加刑，那是应该的，那是督促我等改正过错。朝廷准许我等改正过错，诸生难道反而不准我等改正过错吗？"

"请了，请了。"赵琬在一旁也连连揖求。

监生们向两边退让，让开一条路。锦衣卫官校及军士拥着李时勉、赵琬迅速穿行，走出国子监。李、赵二人从容披戴枷具，站立于大门之外，各自反省。见此情景，监生们又是一阵骚动。

号召监生们阻拦李时勉、赵琬受刑的监生叫李贵，在李时勉、赵琬主动受刑后，他又号召监生们伏阙叩乞，宽免对他们的惩处。所谓伏阙，就是在午门外跪拜。李贵一呼百应，数百监生拥出国子监，结队北行，沿途又有监外的国子生加入，到得午门外，已是千余人。

国子监内空荡荡的，助教李继从前院走到后院，竟没遇到一个人。听到博士厅里有动静，他快步走过去。向厅里张望，也是空荡荡的，只有一人，右手执笔书写，左手击打着桌面。他认得，这人是石大用。

李继步入厅中，道："众人都去为李祭酒请命，石生为何不去？"

石大用瞥他一眼，头也没抬，回敬一句："怎是独我不去，小李先生不是也没去吗？"

李继被称为小李先生是相对李时勉而言。国子监官员当然不止他二人姓李，但一来他二人都要为监生们授课，二来二人年纪相差甚大，一称老李先生，一称小李先生，倒也恰当。

"偌大一个国子监，总得有人当值，你却不该不去。"李继说。

"众人皆去，我去，不多我一个，我不去，不少我一个，有什么该与不该！"石大用道。

"话不是这般说，"李继反驳他，"李祭酒才在大庭广众之下，指你不读书；你不去，恐怕要招致非议。"

"是非议我心怀忌恨，小肚鸡肠，还是非议我幸灾乐祸，辜负师恩？老李先生说我文章做得不好，我多做文章，总没错吧！"石大用道。

“那要看你做什么样的文章。”李继说着，向石大用靠过去，意在看他在写什么文章。但稿纸被石大用的胳膊压住，一个字也看不到。他颇有深意地说：“文章写得不好，还不打紧；题目若选得不好，说不定会被非议为落井下石。”

“小李先生是说，我趁着老李先生获罪，上疏论劾之？”石大用狂笑两声，道，“是不是还有人说，举告老李先生及叔瑛先生的也是我呀？”

“有无人这么说，我没听到；但我不敢担保，无人这么想。”李继说。

“好一个不敢担保！”石大用抬起胳膊，边把自己写的文章掉转过来，正对着李继，边说，“小李先生是不是这么想，我不知道；但我敢担保，小李先生一定会为我辩白。”

他的文章还没做完，但只要读前两句话，文章的立意即可了然。

“石生欲奏以身代？”李继问。

“君有过，臣子代受其罚；师有过，弟子代受其罚。不应该吗？”石大用道，“诸生言，士不可辱，祭酒不可辱；先生言，朝廷不可辱，圣主不可辱。我自请代先生受罚，庶几两不受辱。”

“原来如此，是我错怪你。”李继把稿纸推还给石大用，“石生这篇文章，三百字也就够，请用心完成吧。”

“好。”石大用又拿起笔来，准备继续写奏本。但在李继转身要走时，他忽然唤一声：“小李先生！”

“怎么，石生还有话说？”李继回过头来。

“小李先生担心学生被人非议，此乃善意；虽则留监当值是个正当理由，我却担心小李先生被非议。”石大用说。

“此话怎讲？”李继问。

“小李先生为师，我为生，有些话，为生者是不便说的。”石大用道。

“我知道你的意思。”李继点点头，说，“石生在做文章，我也要做文章；石生做的是笔墨文章，我要做的是口头文章。二者均不可缺。”

会昌伯孙忠是本朝皇太后孙氏的父亲，皇后的父亲俗称国丈，他现在就该称太国丈。太皇太后去世，使得皇太后的地位骤然提升许多，因此，会昌伯过生日也就成件大事。在正日子三天以前，不断有人来送礼，来道贺。应酬太多，可见可不见的人他只好不见。

“有个自称小同乡的官员，老爷见不见？”家人请示。

孙忠是山东邹平人，邹平属济南府，自称小同乡，不是邹平人，也是济南人。

出自邹平或济南的京官有几个，但不太多。孙忠问：“可投名刺？”

“未投。”家人道。

“为何不投？”孙忠问。

“他说，一投名刺，老爷或许不见他，他却定要见老爷。”家人说。

“可笑之极，他投名刺，我或许不见；他不投名刺，我就一定要见？”孙忠冷笑着说。

“还有可笑的呢，他不但未投刺，也未备礼。”家人说。

此举异乎寻常，引起孙忠的注意。他问：“来者有没报出姓名？”

“报出，他自称李继。”家人道。

“可是国子监的小李先生？”孙忠问。

“对，就是他。”家人道。

“你说小李先生来访就是，何必说这多废话！”孙忠嗔道。

“小李先生吩咐小的这般回老爷的话，小的若不遵从，老爷又该责怪小的不懂敬客之道。”家人委屈地说。

“好，好。”孙忠挥挥手，道，“你去请他进来吧。”

李继入室，行揖礼，道：“下官李继拜谒爵爷，恭贺爵爷寿辰之喜。”

“揖礼我不敢受，贺礼却不妨收下。”孙忠说着，伸出手去，“小李先生的贺礼在何处呀？”

“爵爷是怪我空手而来？”李继问。

“我是怪你装神弄鬼！”孙忠道，“你往年祝贺贱辰，都在正日子来，今年为何提前一天？你往年祝贺贱辰，笔呀字呀，总有些小贺礼，今年怎么空着手就来？你往年祝贺贱辰，来就来，今年为何出言相戏？”

“哎呀，原来爵爷还不止责怪下官空手而来。”李继笑道。

“但空手而来总是小李先生装神弄鬼之一着吧？”孙忠道。

“爵爷说得对，下官虽然空手而来，却没有空口而来呀。”李继说。

“你这话是什么意思？”孙忠问。

“下官今年的贺仪，不拿在手上，却含在口里。”李继说。

“口衔贺仪，这倒是自古未有。”孙忠道。

“不多而已，不见得未有。”李继说。

“好啊，”孙忠催促，“那就说说你的贺仪吧。”

“看来，爵爷对下官这件贺仪略感兴趣。”李继不慌不忙，好像他真的带来罕见的礼物。

“那是自然，未有也罢，不多也罢，我都感兴趣。”孙忠说。

“请爵爷出面搭救李祭酒。”李继道。

孙忠等他下文，见他低头不语，问道：“没别的话？”

“唯此一言，再无其他。”李继道。

“这就是小李先生口衔的贺仪？”孙忠问。

“爵爷以为如何？”李继反问。

“口衔不假，至于贺仪，不知从何说起。”孙忠道。

“当然从贺仪之轻重说起。”李继道。

“小李先生是说，此礼贵重？”孙忠问。

“对，”李继点点头，道，“我敢说，爵爷今年寿礼，无重过此者。”

“我如在云里雾里，小李先生为我析之。”孙忠说。

“我先问爵爷，何谓贵重？”李继道。

“稀有者为贵重，罕见者为贵重。”孙忠说。

“爵爷看！”李继道，“爵爷席间美馔佳酿不稀有，不罕见；出门骏马高车不稀有，不罕见；赏玩字画宝器不稀有，不罕见。爵爷自忖，稀有、罕见的是什么呢？”

“小李先生是指名声？”孙忠把前言后语联系起来，不难猜出。

“这话除爵爷自己，有谁敢说！”李继道。

“小李先生的话不错，名声在我，确胜过美馔佳酿，胜过骏马高车，胜过字画宝器。”孙忠思忖着说。

李继马上接过话去：“爵爷认可，下官甚是欣慰。”

孙忠摆摆手，道：“不过，我还想问个明白：小李先生要我出面搭救时勉先生，不只是为给我赚个名声吧？”

“说的是，请爵爷出面，也是为给朝廷赚个好名声，给皇太后赚个好名声。”李继说。

以二人的私交，前面那些话还含有玩笑的成分，这句话断然是不能乱说的。孙忠神情凝重地问：“此话怎讲？”

“先得从李祭酒为何遭刑罚说起。”李继道，并反问一句，“爵爷可知，李祭酒遭刑罚，端的为了何事？”

“听说是斫官树，入私宅。”孙忠说。

“那不过是无稽之谈，实情是：某权贵至国子监，欲李祭酒迎以盛仪，被李祭酒断然拒绝。故其怀恨在心，以小过而重责之。”李继述道。

“小李先生所谓权贵是指——”孙忠问。

“爵爷还要我说出他的名字来吗？”李继反问。

“不必，不必。”孙忠不再问，“小李先生讲述之事，我亦有所耳闻。我也在琢磨，李祭酒奉公守法，严于律己，怎么会触犯刑律？看来确有隐情。”事情的原委弄清楚了，但李继前面的话还是没有解释清楚。孙忠说：“国学千余监生在午门外呼号，可见人心所向。我出面搭救时勉先生，应该可以赚得个好名声。小李先生怎又说为朝廷赚个好名声？”

“李祭酒戴枷示众，是请旨的，爵爷如何才得搭救？”李继问。

“须得请旨宽赦。”孙忠说。

“圣上顺应人心，岂不给朝廷赚个好名声？”李继道。

“有道理。”孙忠应着，又问，“怎又说为太后赚个好名声？”

“爵爷想想，自己方便径向皇上请旨吗？”李继点拨他。

“对，对，小李先生为我想得太周到。”孙忠高兴地说。不管有什么内幕，处罚李时勉的圣旨不会是凭空捏造的。皇帝一则碍着自己的面子，二则也一定会顾着该权贵的面子，凭他孙忠一句话，事态多半扭转不过来。但是，只要皇太后肯说一句话，就大为不同。孙忠不但决心做这件事，而且知道该怎么做。

“此事做得？”李继问。

“做得。”孙忠应道。

“爵爷肯做？”李继问。

“肯做。”孙忠应道。

“爵爷一诺千金，下官回监，敬候佳音。”李继告辞。

“小李先生就要走？”孙忠有挽留之意。

“爵爷还有事吗？”李继问道。

“方才小李先生一直在关照我，也容我关照关照小李先生。”孙忠道，“我听说，小李先生率性，不受约束，包括不时到舍下小酌，时勉先生颇有微言，甚而当众严加规劝。有这事吗？”

“有。”李继应道。

“李祭酒不讲情面，小李先生不抱怨吗？”孙忠问。

“或有抱怨。”李继道。

“或有抱怨，却不遗余力搭救，令人费解。”孙忠说。

“觉得费解的不止爵爷一人。”李继说。他想到，石大用欲言又止，大概也是为的这事，于是慷慨言道：“下官虽然一身毛病，尚识得大体。李祭酒受辱，天下读书人脸上无光，我自然要为搭救李祭酒出一份力。”

“好一个识得大体。”孙忠赞道。并相邀，“等此事有结果，小李先生再来舍下饮一回酒，如何？”

虽然宫中关于皇帝的身世隐隐约约有传言，但皇帝一直以皇太后为生母。只不过他登极之后，感觉到太皇太后疏远皇太后，所以，对皇太后不是太亲近。现在太皇太后不在，皇帝对太皇太后的依恋逐渐转移到皇太后身上，给皇太后请安变勤，对皇太后的喜怒哀乐也更加关注。

见皇太后面有愁容，他问：“是否孩儿有何过错，令母后愀然不乐？”

“昨晚睡不安稳，不关皇上的事。”皇太后说。

“让太医给母后配剂安神的药吧，孩儿用过，甚是灵验。”皇帝说。

“皇上也有睡不安稳的时候？”皇太后问。

“间或有之。”皇帝道。

“那是思虑过多，皇上尚在发育，不宜思虑过多。”皇太后爱惜地说。

“是。”皇帝应道，并顺着皇太后的话问，“母后昨晚睡不安稳，是不是也缘于思虑过多？”

“天下事有皇上，宫内事有皇后，我有什么可思虑的！只是有件小事，让我颇为发愁。”皇太后说。

“何事让母后发愁，告诉孩儿，孩儿为母后去办。”皇帝说。

“那自然好！”皇太后等的就是皇帝这句话，她说，“明日是会昌侯的生辰，皇上还记得吧？”

“奴才们对孩儿说过，母后是不是为寿礼的事发愁？”皇帝问。

“皇上恩赐，本宫馈赠，都是有制度的。再者，礼不在多少轻重，心意到，会昌侯就会高兴。我不为寿礼的事发愁。”皇太后说。

“那是为的何事？”皇帝问。

“皆因会昌侯恳请一事，我做不了主，故而发愁。”皇太后说。

“母后应允就是，何须发愁。”皇帝道。话虽痛快，但他想到，让皇太后发愁的恳请，说不定也会让自己发愁，他又留有余地：“如母后所言，会昌侯是贤侯，恳请之事不会过分，是不是？”

“在我看来，的确算不得过分。”皇太后说。

皇帝心里有了底，道：“究竟何事，孩儿准他就是。”

“会昌侯别无所请，唯愿今岁皇上所赐寿宴之上，仍得一官员为座上客。”皇太后说。

“谁呀？”皇帝问。

“国学李祭酒。”皇太后说。

皇帝本来担心孙忠要请的人会比较麻烦。譬如像杨士奇这样的元老，如果他不愿意参加孙忠的寿宴，那是不好勉强的；再如一位致仕还乡、卧病在床的官员，难道能在一天内把他搬至京师，抬到寿宴上去吗？听说是在职的国子祭酒，他顿感轻松，随口说道：“那就让他去呀？”

“为难的是，他去不得。”皇太后说。

“为何去不得？”皇帝问。

“李祭酒戴枷，正在国子监前示众。”皇太后说。

“李祭酒戴枷示众？”皇帝觉得奇怪，“这是几时的事？”

“已经两天。”皇太后也觉得奇怪，问道，“怎么，皇上不知？”

皇帝的脑筋急速地转动着。国子监祭酒，虽非品秩很高的官员，但也不是一般的官员。戴枷示众，而且在国子监前，不是奉有明旨，谁敢擅自做主？自己下过这道旨意吗？对了，王先生前些日子好似讲过，国子监祭酒李时勉犯有过错，自己当时听罢甚是震怒，是不是命将他戴枷示众？记不太实，但重加惩处的话一定是说过的。他犯的是什么过错呢？皇帝猛然记起，是为他砍斫官树一事。王先生似乎是说：李时勉以当代大儒自居，沽名钓誉，却不爱惜前代大儒手植古树，斫入私宅。

“噢，孩儿想起，因李时勉私伐官树，故被处罚。”皇帝说。

“一棵什么官树，这般要紧？”皇太后问。

“母后别小看这株官树，它是前代大儒许衡所植。”皇帝说。

“皇上说的是前代，是哪个朝代？”皇太后问。

“前元，许先生曾为前元祭酒。”皇帝回答。

“那并不很久远嘛。”皇太后说，“皇上，我不如你皇祖母有见识，有作为，但对此事也有个想法。皇上愿听我说一说吗？”

“母后请讲。”皇帝道。

“许衡是前代大儒，我不知；我只听说，李祭酒是本朝大儒。皇上礼敬前代大儒，这是好的。但为前代大儒所植之树，而命本朝大儒戴枷服罪，恐非遵儒敬贤之举。”皇太后说。

“依着母后呢？”皇帝问。

“他枷已戴过，罪已服过，难道让他一直站立国子监前示众不成？不如早加宽赦，也让天下皆知圣心仁慈。”皇太后说。

“母后说的是宽赦？”皇帝问。是宽赦，而不是纠正，对皇帝来说，无疑是一个很好的台阶。

“他有过错，自然是宽赦。”皇太后说。

“好，孩儿这就着人去办。”皇帝说着，喝问，“谁在外面？”

“奴才在。”司礼太监金英应声而入。

“你去宣旨，即刻宽释国子祭酒李时勉，着他回监办事。”皇帝命道。

“奴才领旨。”金英应道。

“等等。”皇帝又宣口谕，“你对李时勉说，明日会昌侯的寿宴，他务必前往。否则，朕还要给他戴枷。”

皇太后觉得皇帝的话有些可笑，但想到父亲的殷勤叮嘱，她并不阻拦金英去宣示这番可笑的口谕。

王振挥挥手，让马顺和喜宁退下。马顺是从午门赶来的，喜宁是从国子监赶来的，他们分别向他禀报两处的情形。午门前聚集的监生已散，国子监前聚集的监生已散。

李时勉被释，监生们不会再闹事，这是王振料到的。但监生们对处分李时勉一事，反响如此之大，是他始料不及的。据说，在午门前叩请宽赦李时勉的监生，有千余人，在国子监大门前围拢李时勉的监生，又有千余人，看来并不太大的国子监，到底能容下多少生员！据说，午门前的监生和国子监前的监生还彼此轮换，李时勉和赵琬竟轮流对监生们讲起课来。他们对读书人来说，怎么会有这么大的吸引力！

石大用乞代李时勉受罚的奏疏，王振读过。看来，这是个质朴、不尚浮华的书生，一篇二百余字的奏疏，找不出一个可以删节的字来，他对李时勉深厚的情谊，深藏在这二百余字里。据说，李时勉并不喜欢他，考试时常常判给他很低的等次。要知道，监生每次考试的等次，都会影响他们的前程。前程不被看好，他为什么还对李时勉怀有如此深的敬意和如此重的情感呢？

皇帝突然降旨，王振很快就知道缘故：皇帝降旨，是因为皇太后的劝告；皇太后干预此事，是因为会昌侯的请嘱；会昌侯请嘱，是因为国子监助教李继的游说。别说这些活动都是在半公开的情形下进行的，就是在完全秘密的情形下进行，也瞒不过王振。据说，李继是个浪荡子，与整个国子监的气氛格格不入，李时勉曾不止一次地警告过他。人品不被看好，他为什么还要上蹿下跳地谋划呢？

按说，王振应该嫉恨李继。因为他谋划处罚李时勉，而李继的谋划是结束处罚。但现在对李继恨不起来，反而有些感激他。毕竟他的游说在结束对李时勉处罚的同时，也结束一场结果难以预料的危机。唯一让他不满的是，李继没向他游说，而是向会昌侯游说。如果李继向他陈敷利害，他难道会置之不理吗？不，这与其说是不满，不如说是遗憾。

处罚李时勉引起的变故，让王振感到，欲使满朝的儒臣屈服，欲使天下的读书人屈服，不是件容易的事；同时让王振感到惭愧：以人格的力量令人折服，他没有做到，李时勉却做到了。

当然，处罚李时勉也不是一点儿作用没有，它一定让许多儒臣、让许多读书人感受到切实存在的威慑。想抗拒朝廷吗，想抗拒皇上吗，想抗拒他王振吗，就是李时勉这个下场！

这还在其次，更让王振快慰的是，皇帝没有因为这件事而责怪他；也就是说，处罚李时勉，皇帝事先虽无明旨，事后却是认可的。既有这个先例，以后还有谁他不能处罚！

无论如何，未受阻止地处罚李时勉是件快事，未受责难地宽赦李时勉是件快事。王振很是满足。

第三十二章

忠勇前卫百户杨安病故，遗孀岳氏立刻遇到麻烦。不是她自己的麻烦，而是小妾陈氏的麻烦。陈氏貌美，杨安在日，对她垂涎的人就不少，明里暗里打她主意的人就不少，其中包括忠勇前卫的长官，也包括在京其他各卫的长官。当然，区区百户，家有一妻一妾，足见家境比较宽裕。但垂涎陈氏的人、打陈氏主意的人没得手，并非杨安有什么特别的本事，而是因为另有一人得手，其他人只好退避三舍。

岳氏知道，这个人叫王山。至于王山何许人也，居何官职，杨安不说，她也不敢问；杨安为何听任王山与陈氏私通，为何王山与陈氏私通，再也没人来家里惹事，杨安不说，她更加不敢问。

王山差人提亲，要把陈氏娶回去，岳氏想，这下可以问出他的来历。

"公子爷，太急吧。"她对差来的人说。

"你唤我什么？"差来的人问。

"公子爷呀，有错吗？"岳氏道。

差来的人点一下头，摇一下头，说声"没错"，说声"有错"。

"究竟有错，还是没错，公子爷给个准话。"岳氏说。

"公子爷太急，这话你没说错；唤我公子爷，你却有错。"差来的人解释，"错在哪里，我不告诉你，你不会知道。我家公子爷姓王，我也姓王。我家公子爷单名一个山字，我呢，原来单名一个河字。若是我仍名一个河字，与我家公子爷的山字匹配，你唤我公子爷，就不会有错。不过，我家公子爷名山、我名河时，我家公子爷还不是公子爷呢。等我家公子爷真正成为公子爷，我寻摸着，我那个河字，一定再不能叫。不然，人家一口气唤我二人山河，是什么意思呀？于是，我对公子爷说，我的名字须得改一改。公子爷问：你怎么改呀？我说：不必大改，把我的河字去掉半边即可。公子说：王可，这个名字不错呀。自打改名字以后，就不能称我公子爷。"

话虽啰唆，意思还是明确的。岳氏道："不能称公子爷，称王大爷，可以吧？"她又说一遍，"王大爷，公子爷是不是太急？"

"这话不用你说，公子爷若不是太急，会让我今日就来吗？谁不知道，杨大哥的棺柩还停在当院呢。”王可说着，又把话扯远，“不过，我得告诉你，公子爷急，并非贪图小娘子姿色，而是为的快快成家立业，好对老爷、太太有个交代，对叔老爷有个交代。我再告诉你，我家公子爷急，老爷、太太急，还不打紧；我家叔老爷急，那可是天大的事。”

“公子爷的叔老爷是谁呀？”岳氏问。

王可瞪大两眼看她一会儿，问：“你不知道？”

“奴家不知。”岳氏说。

“你会不知道？”王可追问一句。

“奴家当真不知。”岳氏说。

“这就难怪。”王可点着头，像是想通一件刚才无论如何想不通的事，“我说嘛，杨大哥既死，大娘子怎不赶忙着把小娘子给我家公子送过去！”

“听王大爷的意思，妾身若是知道你家叔老爷是谁，就会赶忙着把小娘子给公子爷送过去？”岳氏问。

“是啊。”王可两眼盯着岳氏，不怀好意地奸笑着。“说不定，知道我家叔老爷是谁，大娘子赶忙着把自己也送过去。”

“大娘子却送给哪个？”岳氏一肚子气，强自忍住。

“送给我呀。”王可指着自己的鼻子，赖皮赖脸地说，“小娘子配与大爷家的公子爷，大娘子配与公子爷家的大爷，岂不各得其所？公子爷嫌你姿色平平，我却是不嫌的。”

说着说着，手脚开始不老实。

“王大爷，我家杨爷的棺柩还停在院子里呢，我这一身丧服还穿在身上呢。”岳氏不卑不亢地说。

“是，咱们说事不做事，动口不动手。”王可又变得规矩起来。

“淡扯这多，王大爷家的叔老爷究竟是谁呀？”岳氏问。

“说起我家叔老爷，他在一人之下，在万人之上。”王可不正面回答。

“京城里拿话唬人的太多，王大爷别拿话唬我。”岳氏说。

“我怎是唬你！你可知，管着天下万民百姓的是谁？”王可问。

“知府老爷、知州老爷、知县老爷都管得。”岳氏道。

“管着天下知府、知州、知县的却是谁？”王可又问。

“是吏部尚书。”岳氏道。

“管着吏部尚书的又是谁？”王可接着问。

“我听说，而今的吏部只听从阁老的。”岳氏道。

“管着阁老的呢？”王可问到最高一层。

“那就是皇上。”岳氏道。

“皇上若是懒得管呢？”王可问。

“那就找个身边的人替他管着呗。”岳氏道。

“娘子真是聪慧可人呀。”王可竖起大拇指说，“不错，皇上懒得管，就找个身边的人替他管着。我家叔老爷就是皇上找的那个人，你说是不是在一人之下，在万人之上呀！”

“如此说来，王大爷家的叔老爷是王——”岳氏终于知道真相。

“莫说，莫说！”王可做个捂住嘴的动作，“娘子一说出口，把小娘子送给我家公子爷，把自己送给我王大爷，就成巴结。”

“哼，你以为我真要巴结吗！”岳氏冷笑不止，隐忍不发的心中怒火一下子发泄出来。本来，对杨妾再嫁之事，她是不想干涉的，但王可的那些话，特别是那句把杨妾配给公子，把自己配给家人，还说是“各得其所”的话，深深刺伤她，她一定不能让王山、杨妾轻易如愿。她说：“你家公子爷要迎娶小贱人，小贱人要嫁与你家公子，我都不管。但杨爷尸骨未寒，小贱人既为人妇，须尽本分。即便守不到七七，也要守个三七、四七。不然，我绝不放她出杨家门一步！”

“娘子若说头七、二七，我尽可替我家公子爷应承下来；三七、四七，我家公子爷怎耐得住！”王可说。

“三七、四七不守，你家公子爷娶回去的就不是女子。”岳氏道。

“那是何物？”王可问。

“母羊雌犬！”岳氏道。

“你好无用，去这半日，就带回这么四个字来！”王山恼羞成怒。

“公子爷息怒，小人还带回小娘子一条妙计。”王可道。

“怎么，你见过小娘子？”王山问。

“是。”王可应道。

“小娘子听此四字，发怒没有？”王山问。

“没有，小娘子只是说句：且看谁成母羊雌犬。”王可道。

“说得好！我若不将此贱人变作母羊雌犬，对不起小娘子。”王山说。

“公子爷若把她变作母羊雌犬，就对不起小人了。”王可说。

“二妇人口舌之争，与你何干？”王山弄不懂。

“小人有个心愿，公子爷把小娘子迎娶回来，小人就把大娘子迎娶回去。她若变作母羊雌犬，小人怎好迎娶？”王可解释。

“你想娶杨某家大妇？”王山再也不会想到，跟随自己多年的仆从会说出这话，“你的心愿，可曾对她说？”

“已对她说。”王可道。

“她可曾答应你？”王山问。

“她没答应小人。”王可道。

“你看，她就是再嫁，未必会嫁与你。”王山说。

“也未必不会答应小人；她没答应小人，却也没拒绝小人。”王可说。

“好，好！变作母羊雌犬，说说而已，难道真的能变吗？”王山不耐烦地说，“她若肯嫁，我准你娶她。”

“小人见过小娘子后，却再也娶不成。”王可哭丧着脸说。

“你二人的事，与小娘子何干？”王山忽然想起王可开始说的话，“对，你说带回小娘子一条妙计，是何妙计？”

“小娘子只写两个字，小人不识。”王可说。

“字呢？”王山问。

“在小人手掌上，”王可说着，伸出右掌。

他的手掌上果然写着两个字，大得几乎占满整个手掌。

“蛊惑？”王山读出这两个字，一头雾水，“这是何意？”

“小人说过，不识这两个字。”王可道。

“妙计呢？”王山问。

“小娘子说：只要咬定杨大哥不是死于痨病，而是死于这两个字，大妇就难以自保，更顾不上她的事。”王可说。

“好一条妙计，好一条毒计！”王山道。陈氏也许没想过，状告岳氏蛊死杨安，足以置岳氏于死地；但设计这样一条计，是需要足够的蛇蝎心肠的。王山不会因为陈氏的狠毒而责怪她，他只是有点儿可怜王可。王山道：“难怪你说，见过小娘子后，娶不成大妇。”

王可懂得这句话的意思，回答说：“还不止于此呢。”

王山却没有懂得他这话的意思，也不想追究他这话的意思，只是按照自己的思路分析这条妙计的可行程度。

“大妇如何蛊死亲夫，小娘子可有说法？”王山问。

“有。”王可应道。“小娘子说，是将咒符焚于汤中，骗亲夫饮下。”

“咒符虽见效，却非随处可得。”王山说。

“是术士沈荣写与她的。”王可道。

“果有沈荣其人？”王山问。

“有，他在临街摆个卦摊。”王可道。

“大妇识得他吗？”王山问。

“不识。”王可道。

“那有些难办。”王山说。

“小娘子说：隔墙郭家媳妇郝氏识得他。”王可道。

“没用的，郝氏是郝氏，岳氏是岳氏。”王山说。

“郝氏与岳氏以姐妹相称。”王可道。

“是吗？”王山把这三个人串联起来，不由得大加赞赏，“一石三鸟，小娘子真是出手不凡呀。”赞赏之余，又提出个新的问题。“不过，大妇不会平白无故蛊死亲夫呀。”

“小娘子也说，大妇蛊死亲夫，得有个理由。”王可道。

“有吗？”王山问。

“有。”王可一脸苦相地说，“小娘子说，大妇是为姘头蛊死亲夫的。我为何见过小娘子后娶不成大妇，公子爷这下知道了吧！”

“原来你人未娶到，绿帽子却戴上。”王山取笑道，又问，“给你戴上绿帽子的是谁呀？”

“幸亏这绿帽子是戴给杨大哥的，不是戴给我的。给杨大哥戴绿帽子的不是别人，恰是他的女婿。”王可说。

“老杨的女婿，不也是大妇的女婿吗？”王山道。

“是啊，杨大哥的女婿，也是大妇的女婿，小娘子为何偏偏要说是杨大哥的女婿呢？杨大哥的女婿，若非大妇的女婿，那就该是小娘子女儿的夫婿呀。莫非小娘子不惜把自己的女儿扯进去？”王可越说越糊涂。

“胡说！”王山叱道。“小娘子的女儿才咿呀学语，哪儿来的夫婿！再者，小娘子的女儿，难道就是老杨的女儿吗！”

“是，是，小人失言。小娘子的女儿该当是公子的女儿。”王可道。

“好，不管谁的女婿吧，为姘头蛊死亲夫，这个理由是好的。不过，把大妇的姘头定为女婿，难以取信官府，给她找个户外的姘头不成吗？”王山斟酌其中的利害。

“小娘子说，自打公子爷登门之后，少有外人出入。找个户外的姘头，闹不好，顺藤摸瓜，就摸到公子爷头上。”王可道。

王山摸着自己的头，怎么也不相信，它竟成瓜。但小心无大错，最好连藤也别给官府留下。反正公公和媳妇不清不楚的事是有的，女婿和丈母娘不清不楚的事也是有的。

大理寺左少卿薛瑄署理寺务，对刑部、都察院送来的死罪案卷看得格外仔细，不敢有丁点马虎。左丞仰瞻进来时，他已经对着一份死罪案卷反反复复不知读过了多少遍。

“宗泰先生，你因此案有可疑之处，才嘱咐我仔细读吧？”薛瑄问。

仰瞻字宗泰，苏州府长洲人，永乐年间已经入仕，因为是非进士出身，故升迁迟缓。他应道：“不错。”

“宗泰先生觉出有哪些可疑之处？”薛瑄问。

“比比皆是。”仰瞻道。

“譬如？”薛瑄又问。

“岳氏前后供词不一。”仰瞻道，“前者，岳氏称，其夫杨安患泻痢半载，不治而亡。杨安死后，因家舍不宁，经邻人郝氏引介，召术士沈荣至家作法。其中，并无焚咒符，诳骗杨安饮下等情节。后者，岳氏称，召术士沈容是在杨安死后；但郝氏引介沈荣，并写咒符，是在杨安死前。杨安确饮焚后汤水，不久身亡。”

“前后供词不一，宗泰先生怎么看？”薛瑄问。

“各种可能都有。”仰瞻说。

“何不试举其一。”薛瑄道。

“前者所供为实，后受刑不过，诬服。”仰瞻说。

“会不会是反转过来？”薛瑄问。

“我说过，各种可能都有。但若岳氏前者所供不实，后经刑讯，乃如实招供，那又有另一可疑之处。”仰瞻说。

“宗泰先生说说看，是哪一处？”薛瑄问。

“沈荣前后供词不一。”仰瞻道，“前者，沈荣称，他在杨安死前即与岳氏相识，并为她写过咒符，虽然他并不知道岳氏拿他写的咒符做何用途；后者，沈荣称，杨安死前，他与岳氏绝不相识，也没为她写过任何咒符，仅在杨安死后，他为岳氏写过祛邪的符籙。”

“他的供词前后不一，也有各种可能吗？”薛瑄问。

“是。”仰瞻应道，并说，“德温先生若要我试举其一，或是：前者有人对沈荣说过，只要他承认写咒符，罪过归于岳氏一人，与他无关；后来他知道，只要承认写咒符，便难脱干系。”

“如果反转过来，又会引出另一可疑之处吗？”薛瑄问。

“两个供词不一，相互印证，何须再引出其他可疑之处！”仰瞻道。

“也是。”薛瑄同意他的判断，又问，“除供词前后不一，宗泰先生还举得出其他的可疑之处吗？”

“邱永入赘杨家。”仰瞻道，“我给德温先生讲讲杨家的居处吧：杨家住一进小院，正房三间，岳氏住在东间，杨安之妾住在西间。邱永与杨安之女住东厢房，西厢房是灶间及堆放杂物之所。”

“宗泰先生的意思是：邱永与岳氏行苟且之事，是避不开任何人的耳目的？”薛瑄问。

“对，我再给德温先生讲讲杨家各人的年岁吧。”仰瞻道，“杨安已死，不必说他。岳氏四十有一，邱永二十有九，陈氏二十有六，杨安之女二十有四。”

“宗泰先生的意思是：放着青春年华的妻子不去温存，却与徐娘半老的岳氏偷情，不合情理；且存心偷情，同是青春年华的陈氏岂不比半老徐娘的岳氏更值得冒险！”薛瑄问。

“德温先生以为然否？”仰瞻反问。

“是啊，宗泰先生的质疑不无道理。但也有另一种可能：精壮的邱永就是喜欢半老徐娘。”薛瑄提出反论。

“这种可能当然是存在的，所以我只说是可疑之处，并未说刑部把案子断错。”仰瞻道。

“是啊，可疑之处，比比皆是；却又仅仅是可疑之处，无法证实真伪。大理驳谳当真为难。”薛瑄感叹道。

“德温先生先莫说为难，且说在下所指可疑之处，是否事事可疑。”仰瞻道。

“纵然可疑，那又如何？”薛瑄问。

“可援前例：宣德年间旧例，狱有可疑不决者，请旨定夺。”仰瞻说。

“好主意！”薛瑄立即赞成，“请旨定夺，正可见大理寺不敢草菅人命。皇上断然也不会草菅人命，必命有司重新审理。到那时，此案或可水落石出。”

锦衣卫密室里，马顺提着一条马鞭，走来走去。见到不顺眼之物，他东抽一鞭，西抽一鞭。每抽一下，跪在室内的两名校尉便心头一颤，他们知道，鞭子早晚得抽到他们身上。

马顺终于在一名校尉前站住，两手玩弄着马鞭，阴沉地问：“此事不得有失，我叮嘱过你吗？”

“大人叮嘱过。”该校尉应道。

“怎么还是办出毛病来？”马顺说着，一鞭抽过去。

该校尉不敢躲闪，也不敢回答，只是偷瞥另一名校尉一眼。

“你想说，办出毛病的不是你，而是他，对吗？”马顺又一鞭抽过去，并说，“放心，我会问他的。”说着，一步跨到另一校尉面前，同样阴沉地问，“此事不得有失，我叮嘱过你吗？”

“大人叮嘱过。”该校尉应道。

“为何不用心办？”马顺说着，一鞭抽过去。

“小的不敢不用心办。”该校尉说。

“那是他没用心办？”马顺又抽去一鞭。

该校尉没办法回答，只好偷瞥另一校尉一眼。

“你想说，你是用心办的，他没用心办，你却和他挨一样多的鞭子，对吗？放心，不用心办事的人，肯定要挨更多鞭子。”马顺边说，边转回前一校尉面前，高高举起马鞭。

“小的也用心办事。”该校尉忙说。

“你说你用心办事；你也听到，他说他用心办事。两个人都用心办事，怎么会出这么大漏洞，让本官在皇上面前丢尽脸，在王公面前丢尽脸！”马顺责问道。

“小的把一切都打理好，才把一干人犯送去刑部的。刑部推问，原本顺顺当当，谁知大理寺会请旨定夺呀。”该校尉说。

“又谁知皇上命都察院推一老成御史查访，都察院却推出老憨御史潘洪，将刑部的供词都翻转过来。”另一校尉补充说。

马顺知道，岳氏的案子出现反复，责任不在他的属下。只是由于案子的反复，使得前期审理该案的锦衣卫大丢面子。他又气又急，生怕在王振那里无法交差。抽打两人一顿鞭子，气消去一大半。他往椅子上一坐，把马鞭一扔，命道:“都起来吧。”

两名校尉忙爬起身来，听候吩咐。

“潘洪奏事不实，这事确实吗？”马顺问。

“千真万确。”两名校尉抢着说。

“光嘴上说他奏事不实不成，还得追查他为岳氏、沈荣等人开脱，是徇私，还是受贿。”马顺派差。

“是，此事着落在小的们身上，万无一失。”两名校尉道。

“万无一失的话我再不会信，我只看你等事情办得如何。”马顺说着，脑子里忽然冒出个想法，他问，“这个岳氏是哪里人？”

“是京师人呀。”一校尉说。

“居住京师，就是京师人吗？我问的是她祖籍。”马顺道。

“回大人话，岳氏世代为顺天府人。”另一校尉说。

“那么，邱永也是顺天府人？”马顺问。

“大人判断的是。”一校尉回话。

“沈荣呢？”马顺又问。

“他是常熟人，游历四方，近年定居于京师。”一校尉说。

“潘洪呢？不会也是苏州人吧？”马顺带着一线希望。

“奴才曾查问过，他是四川人。”一校尉说。

“那就离得有点儿远。”马顺思忖道。

答话的校尉不理解离得远是什么意思，另一校尉猜测到马顺的用意，禀道：“潘洪虽不是苏州人，大理寺丞仰瞻却是长洲人。”

“大人问的苏州，你提长洲作甚！”蒙在鼓里的校尉责备道。

“常熟属苏州，长洲亦属苏州，你不知吗？”另一校尉道，“据小人所知，大理寺苏州籍的官员为数甚众，如少卿顾唯敬，寺丞周观、张柷等，皆是。”

“好，好，仰瞻是苏州人，更强过潘洪是苏州人。”马顺自言自语。

“大人，大理寺苏州人多有什么好？”一校尉壮起胆子问。

“你等不知吗？”马顺反问一句。

“小的们不知。”两名校尉齐声应道。

“不知也好，免得在外面胡言乱语。”马顺留给他二人一个悬念。

三法司及多衙门官员，在午门外会讯岳氏蛊死亲夫一案。圣旨中有“打着问”的句子，各样刑具都派上用场。岳氏、邱永、郝氏、沈荣等都是普通小民，哪见过这样的阵势，哪经过这样的拷打，一个个都吓破胆。先是岳氏承认与邱永有私情，请郝氏联络沈荣写咒符，蛊死杨安。其他几人也都承认摊在自家名下的罪状。

接下来，审理处置此案不当的官员。薛瑄、潘洪、仰瞻等，先已下狱，此时，一个个被提上来鞫讯。

刑部尚书王质，是今年三月原尚书魏源致仕后接任的。当时，吏部推四人：一是户部右侍郎王质，一是兵部左侍郎邝埜，一是刑部员外郎刘广衡，一是监察御史张骥。后二人地位、资历都相差太远，邝埜则因为兵部事务繁杂，难以调出，故王质成当然人选。对于岳氏的案子，他只当作一个普通的案子，没过问太多，不承想，它却成举朝关注的大案，把许多官员牵连进去。他对这个案子多少有些疑问，内心也多少有些不安，但既然奉旨鞫讯，就顾不得这些。

提问薛瑄时，他想缓和一下气氛，半认真半开玩笑地对坐在身边的王文说："千之先生，我等奉旨鞫讯，不可再顾私情。"

"这正是我要对孟瑾先生说的。"王文冷冷地答复。

王质字孟瑾，江西泰和人，乡举出身。他和薛瑄有什么私情，无人知道，王文自然也不知道。至于王文和薛瑄为同年进士，那是人人皆知的。如果说这里面包含着私情的话，王文会不会因此而对薛瑄网开一面，则知道的人不多；而在午门会讯之前，曾有司礼监的人造访都察院，与王文密谈过，知道的人就更少。

薛瑄被锦衣卫校尉押到，王文当头喝问："下方站立何人？"

态度之严厉，不但出乎坐在上面的官员们的预料，也出乎薛瑄的预料。他愣了愣，尽量保持心境的平和。

"罪臣薛瑄。"他回答。

"这么说，你服罪？"王文问。

薛瑄静下心来，反问："这是正式鞫讯吗？"

"是又怎样！"王文道。

"千之兄，你不能鞫讯我。"薛瑄居然还称他"千之兄"，可见已完全平静下来。

这话出乎坐在上面的所有官员的预料，更出乎王文的预料。他愣了愣，喝问："本官身为掌院都宪，为何讯不得你！"

"就因千之兄是掌院都宪呀。"薛瑄说。

"这算得什么理由！"王文嗤之以鼻。

"这理由就是：都察院曾审理过岳氏一案，而都察院的审理被大理寺驳回。"薛瑄说。

"照你的说法，刑部也审理过岳氏一案，也被大理寺驳回。孟瑾先生和刑部其他堂官岂不也讯不得你？"王文冷笑着，毫不怀疑这一反讦可以彻底驳倒薛瑄提出的理由。

"那么，还有次一个理由：圣上命再审理岳氏一案，并无谋害等情是御史潘洪得出的结论。现驳回潘洪之结论，千之先生既为都察院之长，理应回避。"薛瑄说。

"你——"王文没想到，这位不谙世事的同年，也能头头是道地谈论回避制度。尽管这一理由仍然荒唐，但再争论下去，对自己也是个讽刺。他手指薛瑄，怒道："午门会讯，还敢信口雌黄，羞辱朝廷命官，成何体统！来人，与我用刑！"

这又是一声出乎所有人预料的喝叫，以至一时无人响应。

"怎么，还要本堂亲自动手吗！"王文道。

坐在侧面的马顺对站立一旁的校尉使个眼色。该校尉会意，持鞭上前，一鞭一鞭地抽打着。

“且住！千之先生，还是问话吧。”王质劝道。

会讯结果，岳氏、邱永，凌迟处死；郝氏、沈荣，施以绞刑。潘洪、仰瞻，大同威远卫充军；顾唯敬、张枧等，官降三级；官员中，薛瑄获罪最重，判秋后处决。

王振回到住处，服侍的小宦者知道他的习惯，预先备下一杯极品清茶。在他享用清茶、等候开饭时，听到屋后有人在哭，啜泣声忽高忽低，使他的心里也一松一紧。

“是谁在哭？”王振问。

“是老丈。”小宦者说。

老丈是王振家的一名老仆，大家只知道他是王振从老家带来的，谁也不知道他叫什么名字，和王振是什么关系。因为王振唤他老丈，包含着某种敬意，大家也都唤他老丈。

“他为何事伤心？”王振问。

“不知，”小宦者道，“老丈已哭半日，我等劝解不开。好不容易方才不哭，叔看，不到一盏茶的工夫，又哭起来。”

“把他唤来，我问问他。”王振命道。

不多时，一后背稍驼的老者，缓步走进来。

“老丈，为何涕哭？”王振问。

“为乡人。”老丈答话，得简则简。

“为乡人？”王振心想，老丈的乡人，不就是自己的乡人吗？他问，“难道我乡人遭遇不幸？”

“是。”老丈应道。

“是何不幸，老丈速速说与我听。”王振道。

“久不闻我乡有贤者出，今出个薛夫子，却不日将刑。”老丈说。

王振默然。老丈见主人不再说话，也不再询问，叹口气，艰难地转过身子，准备离开。叹息声虽不甚响，却扣人心弦。王振不由得唤声“老丈”，把他叫住。

“此事你如何得知？”王振问。

“全城人都在议论，公身边的人，非聋非哑。”老丈道。

“有件事你却未必知道。”王振说，“薛某有三子，今上疏，乞一人代死，二人充军，以赎父罪。”

“此亦可见薛夫子之贤。”老丈道。

王振又默默地坐了一会儿，然后挥挥手，道：“你去吧。”等老丈走到门口，他在后面说，“老丈切莫再涕哭，哭坏身子，就见不到薛夫子获释的那一天。”很难有人相信，薛瑄因此得以不死。

第三十三章

正统九年三月初一日，皇帝巡幸国子监，谒先师孔子。祭祀先师，一般祀以菜，皇帝特命祀以太牢，使得祀典极为隆重。谒礼后，皇帝御彝伦堂，听儒臣讲论经典，由祭酒李时勉主讲《尚书》。李时勉的演讲流畅清朗，皇帝大加赞赏，赐予有加。恭送圣驾后，李时勉心潮澎湃，不与人畅谈内心的感受，不能抑制。考虑再三，他决定去看望杨士奇。

杨士奇病重，已向朝廷告假多日。其实，自打太皇太后病逝，他的身体一日差过一日，隔上一段日子，就要在家休养几天，以至许多人都在猜测，他到底还能熬多久。终于在上个月初，他完全病倒。他的病情引起皇帝和朝廷上下的关注，皇帝差遣内使探视慰劳，并亲写手谕：卿子有违家训，干于国纪，以祖宗之法拘系之。卿其勉进药食，有负众望。获悉皇帝手谕内容及稍悉杨士奇心思的人都在想：这纸手谕不知是皇帝自已想起来写的，还是别人怂恿皇帝写的；皇帝写此手谕不知是真心宽慰杨士奇，还是别有用意？谁不知道，杨士奇的病，一半是因为哀悼太皇太后，一半是因为忧虑自已系狱的儿子。皇帝真要宽慰，何不暂且将杨稷释还！

因为有这一层的顾虑，或许还有别的顾虑，前往探视杨士奇的大臣稍坐即辞，嘴上说是为让东翁好生歇息，其实是心存顾虑。有人怕无意中会谈到这个题目上，干脆不去探视。

李时勉去看望杨士奇，有许多话题可谈，不必担心。

杨士奇今日的谈兴也很浓。他让人把藤椅搬到院子里，茶几上一盘果品，两杯清茶，两个人对面而坐。

“时勉先生今日的讲论，精彩绝伦呀。”杨士奇先表示祝贺。

“东翁并未在场，由何得知？”李时勉问。

“我虽未去，却命家里所有略通文墨的人都去听，他们回来，这个一句，那个一句，争着为我学说。我边听边想，时勉先生的确讲到《尚书》的精髓。”杨士奇道。

因为国学今日的讲学是半开放式的，彝伦堂外，及国子监外挤满人，真可以万计。李时勉语音洪亮，加上院墙回声，挤到院内的人可以听个大概；即使在外之人，也能听到只言片语。

“东翁谬奖，道听途说，算不得数的。”李时勉说着，恭请道，“我看东翁精神尚佳，明日将讲稿整理出来，请东翁斧正。”

“时勉先生别在我身上费心思，来日无多，我心里有数。其实，时勉先生的讲稿用不着别人审阅，便可传世。若一定要人看看，才放得下心，不妨送去南杨先生那里。”杨士奇说。

“有东翁这话，我当真不敢来烦劳。不过，”李时勉语气一转，严肃地说，“来日无多，这话不该出于东翁之口呀。”

“时勉先生知道，我已在床上躺二十天，未出家门一步，谁到这个地步，都会想到来日无多的。”杨士奇说。

“别人可以这样想，东翁不可以这样想。”李时勉道。

“这是为何？”杨士奇问。

“三杨受先帝和太皇太后重托，辅佐今上。东杨先生已先去，太皇太后又撒手人寰，东翁岂得遽去！”李时勉道。

他不提宣宗皇帝和太皇太后还好，一提宣宗皇帝和太皇太后，杨士奇的眼圈立刻湿润。李时勉说的是他不得遽去，他想的却是无颜面对先帝和太皇太后。肩负辅弼之责，和太皇太后勉力维持这么些年；太皇太后宾天没多久，却成眼下的局面：廷臣被任意侮辱，任意威胁，任意处分，自己则有口难言。见到先帝和太皇太后，对他们说什么呢？

“再者，东翁乃儒臣之领袖。圣上崇儒重道，今文学之盛，宠眷之隆，斯文际遇，古所未有，东翁舍得离去吗？”李时勉道。

“时勉先生，你这一‘盛’一‘隆’，用错地方。”杨士奇说。

“怎用错地方？”李时勉问。

“今文学之盛应改成今太学之盛。”杨士奇道，“今太学之盛，宠眷之隆，斯文际遇，古所未有。这几句话用在今日圣上巡幸国子监之举，再恰当不过。”

“东翁改得好。”李时勉虽称他改得好，仍有所异同，“今日盛举，为文纪之，我想到的也是这四句话。但广而言之，儒臣之得宠眷，文学之得昌盛，我以为，用这四句话言之，同样再恰当不过。”

杨士奇笑笑，不再说什么。如果仔细观察，会发现他笑得有些苦涩。照理说，国运昌，文运昌，李时勉称赞今日文学的昌盛，并将杨士奇誉为儒臣之领袖，都是发自内心的称赞，但杨士奇还是从中听出些许贬义。靠着文学来治国，是不成的，从来都是不成的。称赞文学之昌盛，被誉为儒臣之领袖，在他听来，像是说他没有足够的才力，没有把国家治理好。出现眼下的局面，他是有责任的。

李时勉没有仔细观察，也没有揣摩透杨士奇的心思。他说："有此二者，故东翁不得有来日无多的想法。"

"时勉先生是要我苦撑呀。"杨士奇不无伤感地说，"其实，老朽一直在苦撑着；而且，还要苦撑下去。原因嘛，固然有不得遽去，不忍离去；但除时勉先生说的，还有别的原因。"

"可否赐告？"李时勉问。

"无非是——"杨士奇看似要说，但忽然又摇摇头，"时勉先生今日讲的《尚书》，劳心之至，想不想轻松轻松？"

"如何轻松？"李时勉问。

"我二人谈论谈论诗赋。"杨士奇颇有兴致地说。

"好啊。"李时勉也想到，杨士奇欲言又止，是心中的隐秘，不足为外人道。既如此，何必勉强？他说："自真率会散去，再没与东翁论诗，也没与其他几位论诗，东翁今日有雅兴，再好不过。"

"前些日子，躺在床上翻读旧作，居然被我翻出几首不曾示人者。虽然真率会诸人，相互间无所保留，时勉先生，你大概也不曾读过。今日倒要拿出来，请你斧正。"杨士奇说。

在李时勉记忆里，杨士奇每有所作，一定要拿出来给人欣赏的。这是他的风格，也是他的乐趣。什么样的诗作，被他遗忘在故纸堆里？或者，是他不愿拿出示人？

"东翁速着人取来，让我先吟为快。"他说。

老仆将旧稿取来，李时勉看卷首，题的是：归田趣四时满江红词四首，断开应是：满江红·归田趣·四时。他说："东翁此作，不但我读过，许多人都读过。我还记得，卷首是沈则民学士所书，序与词是蒋廷晖先生所书。沈学士题写本诗卷首后不久就病故，还有人说这是他的绝笔呢。东翁怎说不曾示人？"

沈学士名度，蒋先生名晖，二人都是永乐朝以来的书法大家。太宗皇帝对沈氏的字尤其喜爱，称他是本朝王羲之。

"着啊，时勉先生说读过，读的是沈、蒋二位的手迹，我这一手拙劣之字，想必是没读过吧？"杨士奇道，"时勉先生不妨再读读，此一篇与彼一篇有何不同。"

"十年前所读，未必字字记得住，"李时勉说着，从头读起。满江红第一首曰：

霜鬓萧萧，皇恩重，赐归田里。郊郭外草亭四面，青山绿水。好鸟好花春似昔，同时同辈人无几。一布袍棕帽任逍遥，东风里。芳草岸，平如砥；垂杨径，清如洗。散牧处冉冉晴霞飞绮。江色比于怀抱净，都无一点闲尘滓。更小儿牛背有熟声，清人耳。

“东翁，似乎并无改动呀。”他说。

“你再看看，不必拘于词句。”杨士奇道。

这一提醒，李时勉看出差别：“彼篇有序，有题目，此篇则无。”

“对，时勉先生还记得第一首的题目吗？”杨士奇问。

这是记得住的，李时勉道：“是《春牧》吧？‘更小儿牛背有熟声，清人耳’，末句点题，再恰当不过。”

杨士奇笑笑，说：“时勉先生要寻点题之句，请往下再读。”

李时勉读第二首：

诏归田里，长散诞，天恩深厚。寻早岁钓游之处，风烟依旧。万物方当嘉会日，一年最是清和候。畅幽怀缓缓步东皋，观耘耨。竹色净，槐阴茂；荷铺翠，葵舒绣。农忙际儿子大家趋走。频有莺声迎杖屦，浑无尘影沾襟袖。望水南云似玉光浮，笼岩岫。

“这首词的点题之句却在上阕末句。”李时勉说。

“畅幽怀缓缓步东皋，观耘耨。”杨士奇把那句吟出。

“对，”李时勉道，“所以，第二首曰《夏耘》。”

第三首满江红词曰：

七十归来，西江上，堪游堪钓。秋水共长天一色，也堪吟啸。稳坐木兰渔艇子，大儿能网中儿棹。小儿自理会热香炉，烹茶灶。苹花渚，云争耀；枫叶岸，霞相照。山无数清比方壶圆峤。放浪不知天地外，萧闲底用玄真号。听数声长笛白鸥前，江南调。

“时勉先生，这回点题之句不是信手便可拈来吧？”杨士奇问。

“东翁以为把它放在词首，就难得倒学士吗？”李时勉道。

二人皆笑。杨士奇问：“那么，是秋游还是秋钓？”

“全篇钓为主游为辅，自然是秋钓。”李时勉道。

“哈，”杨士奇愈发笑得开心，“时勉先生怎用这么一个俗字？”

“我记起来，原题为《秋渔》。”李时勉有两三分不满，却做出有七八分不满的样子，“东翁啊，你哪里是和我谈论诗赋，你明明是设个圈套，让我钻进去出乖露丑呀。”

不用说，最后一首咏冬景。词曰：

> 白首闲居，冬风冷，偏欺衰老。晨光动弥漫院落，六花飞绕。坐暖茅柴煨芋栗，老妻孙子围炉好。更尔曹腰斧斫枯薪，归来早。　　阶前璐，池边缟；都总出，天工巧。石山峰亭下尽成琼岛。况是太平丰稔瑞，教儿爱护休轻扫。看园林一鹤意萧萧，寻瑶草。

“东翁不用看我，词间虽咏闲居之乐，却着落在一个‘樵’字上，题目一定是‘冬樵’，”李时勉说着，把四个题目重复一遍，“春牧、夏耘、秋渔、冬樵，东翁看，我记得对与不对？”

“难得呀。”杨士奇点点头，把词稿推给李时勉，“这几首词时勉先生先读到，又还记得几个题目，我把它赠与你吧。”

“赠与我？”李时勉不懂他的用意。

“是啊。”杨士奇颇有深意地说，“时勉先生莫看这一篇拙劣之字，与沈学士、蒋先生的极品之字不能相提并论，也切莫指望它能传世；但读此篇的意境和读彼篇的意境，却是不尽相同的。”

李时勉心一动，道：“东翁可否略述其间不同？”

“简而言之，一是虚幻，一是真实。”杨士奇说。

“一是虚幻，一是真实？”李时勉连连摇头，“东翁此话过简，我听后愈发懵懂。”

“我边问边说吧。”杨士奇道，他的第一个问题就让人难以作答，“时勉先生且说，归田趣写得真实吗？”

“东翁是问春、夏、秋、冬四景，还是牧、农、渔、樵四事？”李时勉想为自己赢得一些思考的时间。

“我问的是春牧、夏耘、秋渔、冬樵。”杨士奇机智地回答。

“我以为并无不实呀。”李时勉说，“我想，以归田趣命题，若能写出东翁的情致和意境，即是登峰造极。”

“人人以为归田趣不过如此，那就是不真实。”杨士奇道，“我们把三个字分开吧，时勉先生以为‘归’字真实吗？”

“归即是归，还有什么讲究不成？”李时勉问。

“时勉先生明知有讲头，但不好意思说出来，对吧？”杨士奇道，“陶渊明《归去来辞》的那个归，乃归隐之‘归’；我的《归田趣》的归，乃归省之‘归’。时勉先生说，同字同义吗？”

“也就是说，东翁因是归省，并非归隐，归字就不真实？”李时勉对此并不赞同，“以此推究，世上恐怕没几件真实的事。”

“但归隐之归，与归省之归，终归有别，是不是？时勉先生说，归田者，是归隐能得其趣，抑或归省能得其趣？”杨士奇问。

“我看，不能一概而论。”李时勉说。

“但在我看来，归隐方能得其趣。”杨士奇道，“一则，归隐者了无牵挂，归省者心不在焉；二则，归隐者在田日久，归省者在田日短。”

“东翁的话，虽然不能令我信服，但不无道理。我也不能说，东翁这个归字用得真实。”李时勉见他说得认真，不得不退一步，“既如此，先把归字放在一边，如何？”

“好，我们来说田字。”杨士奇旧话重提，“时勉先生方才说，以归田趣命题，能写出老杇的情致和意境，即是登峰造极？”

“对。东翁也说，人人以为归田趣不过如此，就不真实。”李时勉也用他的话回敬。

“不错。”杨士奇道，“我邑泰和，时勉先生邑安福，同府而不同县。我写的是泰和的春牧、夏耘、秋渔、冬樵；时勉先生以为，安福的春牧、夏耘、秋渔、冬樵亦如此。究竟两地的归田之趣一般无二，还是我写的并非泰和一地的归田趣呢？”

“东翁，泰和、安福相距不过百里。”李时勉插话。

“时勉先生提醒得好！”杨士奇道，“但时勉先生是否知道，同布政司而不同府者，也有人对我说，我写的春牧、夏耘、秋渔、冬樵，与其乡的春牧、夏耘、秋渔、冬樵，甚似；甚至同为江南而不同布政司者，如世居江、浙者，也有人对我说，我写的春牧、夏耘、秋渔、冬樵，与其乡春牧、夏耘、秋渔、冬樵，甚似。时勉先生，你说这是称赞我归田趣写得好，还是贬抑我归田趣写得不真实？”

“幸而东翁没问我是否阿谀。”李时勉笑着说。

“存心阿谀者也不见得没有。”杨士奇道。

“东翁不会以为我存心阿谀吧？”李时勉问。

“时勉先生不是这样的人。”杨士奇道，“我说春牧、夏耘、秋渔、冬樵写得不真实，时勉先生难以接受；我说对家乡牧者、耘者、渔者、樵者的生活，其实已经不熟悉，时勉先生以为如何？”

李时勉明知两种说法的意思相差不多，但还是说："东翁几十年来居于两京，而以在北京的年头为久；回乡的次数不过三五次，每次回乡不过两三月。日渐生疏，应属自然。"

"并不熟悉的生活，如何写得真实？"杨士奇问。

"东翁一定要说田字不真实，那就不真实吧。"李时勉不是没有辩驳之词，而是实在不愿再予辩驳，"只剩下一个趣字，东翁已述归非真归，田非真田，现在难道又要说趣非真趣吗？"

"是否真趣，正要与时勉先生辨析。"杨士奇说着，问道，"以时勉先生的感受，哪一处写出真趣？"

"一布袍棕帽任逍遥，东风里。这不是真趣吗？"李时勉选出一句。

"若真归，任你逍遥；既非真归，布袍穿得几日，棕帽戴得几日？能说它是真趣吗？"杨士奇道。

李时勉不得不承认此言有理，他选出另一句："寻早岁钓游之处，风烟依旧。难道也不是真趣？"

"时勉先生，你大概忽略要证实何事吧？谁不知道，物是人非，是最令人伤感的。"杨士奇道。

李时勉原本不过随意挑几个句子，被杨士奇批驳两次，反而激起他辩论的兴致。他手指词稿，念道："稳重木兰渔艇子，大儿能网中儿棹，小儿自理会热香炉，烹茶灶。东翁能说，天伦之乐也不是真趣吗？"

话一出口，他暗自叫苦。挑选出这几句来说事，本来就很不妥；又归结为天伦之乐，岂不更要刺伤东翁！他想把话岔开，已经来不及，只能干咳几声，来掩饰心中的不安。

"谈论文学，无须讳言。"杨士奇似乎并不太在意，他说，"时勉先生选出这么几句，可谓独具慧眼。前者所选，是否为趣，尚在两可，遑论真趣！这几句嘛，确实不一样。父子四人同船，大儿站立船头，谈笑间撒开渔网；二儿站立船尾，慌乱间拨弄撑蒿；小儿守着炉灶，烧火煮茶，忙个不亦乐乎。这等景象，你能说没有情趣吗？你能说不是真趣吗？但有一事，时勉先生，你可能不曾想到：我家大儿是不懂得捕鱼的，二儿是不懂得行船的，三儿也从未烧过火、煮过茶。那么，对他等而言，你能说是真趣吗？他们这么做，完全是为娱悦老父。而我因为他等的孝心，也的确从中得到娱悦。但我内心深处，并不是要他们怡然自得于农家子的生活，渔家子的生活。该管家的，我仍希望他管好一个大家；该读书应科举的，我仍希望他读书应科举。那么，对我而言，你能说是真趣吗？"

“既言得到娱悦，又言并非真趣，东翁，你这不是一手持矛，一手持盾吗？”李时勉道。

“你不正好以某之矛，攻某之盾？”杨士奇笑道，“我若坚持此趣非真趣，时勉先生一定要反对的。那我换个说法，此趣并非得之于春牧、夏耘、秋渔、冬樵，时勉先生以为如何？”

“几位世兄若不撒网、不弄舟、不煮茶，而是陪在东翁身边，说几句家常，东翁一样会得到娱悦的。”李时勉说。

“好，证讫。”杨士奇道。

“东翁说什么？”李时勉的脑筋一时没转过来。

“前者归田趣为虚幻，我已一个字一个字阐明呀。”杨士奇道。

“是，是。”李时勉忙应着，并问，“今者真实，当作何解？”

“时勉先生，你也是为父者，为祖父者。我的这番感受，想来你是体会得到的，还用得着阐明吗？”杨士奇道。

“是，用不着阐明，”李时勉一边应着，一边暗自把杨士奇的思路整理一番。杨士奇今天把旧作翻出来诵读也让自己诵读，绝无炫耀之意；虽然，这几首满江红词在杨士奇的诗词中或可称为佳作。对家乡牧人、农夫、渔者、樵者的生活，他不见得还熟悉，更不见得真心向往。在他笔下，春牧、夏耘、秋渔、冬樵的乐趣，都带有诗人的夸张，诗人的梦幻，那是不真实的。他看到三个儿子怡然自得于农家子的生活、渔家子的生活，因而得到娱悦，也不是他当时真实的心态。只是到现在，所有这些夸张的梦幻的乐趣，才变成他实实在在的追求，他才实实在在地感觉到，三个儿子如果能过上农家子、渔家子的普通生活，真好。

李时勉还感受得到，杨士奇在述说天伦之乐时，虽然把三个儿子放在一起，但有许多话是单独针对大儿的。他并不是希望三个儿子都过农家子、渔家子的普通生活，但希望大儿能过上农家子、渔家子的普通生活。杨稷被拿下狱，对他的打击太大。更让他伤心的，或是竟然无人肯出面为杨稷说情。看来，此子恶行昭彰，他几十年的劳绩，也换不来一纸赦免状。大家都在传言，朝廷不审理杨稷的案子，是因为对他的指控件件确凿；不定刑罪，是顾全杨士奇的面子。一旦杨士奇不在，杨稷难逃一死。这应该不是传言，而是不争的事实。大家心里有数，杨士奇心里也有数。说句对他不恭敬的话，他体弱到不能再弱，病重到不能再重，还留得一口气在，正是为此；勉力支撑，正是为此。

李时勉想就此对杨士奇说几句话，但说什么呢？说说公而忘私的道理？或者说些安慰的话？东翁并没正面接触这个话题呀；况且，宽慰别人也非自己所长。萦绕在他脑际的问题是：东翁为什么要把几首旧词赠送给自己？是因为真率会的一段交情吗？不像。真率会无论对于东翁还是对于自己，都没那么重要。是想让自己为杨稷乞求一条生路吗？不会。他不会糊涂到所求非事、所求非人的程度。

李时勉忽然觉得，杨士奇把几首词赠与他，可能没有自己想得那么复杂。他只是觉得自己能够理解他，或希望自己能够理解他，理解他离开朝廷、离开一切是非的心愿，理解他渴望离去而又无法离去的痛苦；并且似乎在暗示：我想离去而不能离去，你却是可以离去的。

于是，李时勉找到一个结束这次探访、结束这次长谈的法子。

"东翁尚未失悔吧？"他问。

"何事失悔？"杨士奇摸不着头脑。

"东翁才说，手稿赠与我。"李时勉道。

"时勉先生说的是这事呀！"杨士奇的情绪又回到开始的状态，"来日无多，原该给同好者留些纪念。"

他显得有些失望。或许他真的想听李时勉说几句安慰的话，哪怕是简单的公而忘私的道理。

书童把窗户纸捅个孔，从外向里窥视，见杨士奇斜靠在床上，碗放在几上，里面的粥吃去一大半。他这才三两步走到门前，推门而入。

"老爷，我回来了。"他招呼道。

不肯躺下，就是为等他回来。听到他的声音，杨士奇忙睁开眼，问道："可见到稷儿？"

"见到，我见到大公子。"书童回答。

"有没有人为难你？"杨士奇问。

"没有。老爷命我带的两个银锞都没用，就放我进去。"书童为证明自己的话不假，伸手去怀里掏银锞。

"是吗？"杨士奇摆摆手，示意他不要拿出来，留待下次再用。自书童出门后，他的一颗心就随之而去，外面发生的再小的事，再无聊的话，他都想知道。他问："你是怎么对人家说的？"

"我说，今日是大公子的生日，乞予方便。"书童道。

"你这么一说，人家就答应？"杨士奇难以置信，"刑部狱肯通融，我是知道的，想不到锦衣卫狱也有通融的时候。"

"锦衣卫狱又怎的！锦衣卫狱也不能不给老爷面子。"书童说。

“这话你可不要到外面去说。不信你看看，这话传开，人家还给不给你面子！”杨士奇叮嘱道。

“老爷省点儿心吧，我又不傻，会把这话拿到外面去说！”书童道。

老人的心是不可能省的，不叮嘱这事，就要追问那事。

“今日稷儿生日，你送去什么吃食？”杨士奇问。

“我走前，老爷一一看过的；并说，这些都是大公子喜爱的吃食，一样也不要缺。怎么这会儿又问起来！”书童道。

“我说过吗？是，我说过的。”杨士奇说着，设法转圜，“我是问你，要带壶酒给稷儿，你没忘吧？”

“老爷从昨晚就说，今早又说，我即便想忘，能忘得了？”书童道。

“那就好。”杨士奇脸上露出欣慰之色，好像对一切都放心。但只安静一会儿，他又问：“送去的吃食，稷儿可吃？”

“吃了。”书童回答。

“可吃净？”杨士奇问。

“只剩下一堆骨、刺。”书童回答。

“送去的酒，稷儿可喝？”杨士奇问。

“喝了。”书童回答。

“可喝净？”杨士奇问。

“一滴不剩。”书童道，他终于有些不耐烦，说，“老爷再不放心，下次亲自去，看着大公子用食用酒。”

“我若走得动，你以为我不会去吗！”其实杨士奇知道，走得动，自己也不会去的；因此，不该惹代替他去探视稷儿的书童不高兴。他说：“再多的不问，只问一事，可否？”

“老爷要问就问吧，问多少都不要紧。”书童又同情他。

“稷儿对你说什么？”杨士奇问。

“他问老爷身子如何。”书童道。

“你怎么说的？”杨士奇问。

“我对公子说，老爷仍在服药，似有好转。”书童道。

“他又怎说？”杨士奇问。

“公子说：谢天谢地。”书童道。

杨士奇等了等，没听到下文。他问：“没其他话吗？”

“没其他话。”杨稷没其他话，书童的话却很多，“听大公子这么说，我心里很不服气：你休谢天也休谢地，该谢的是老爷。除老爷，谁还记得你的生日？谁还记得你喜爱吃什么？谁会张罗着准备好你喜爱的吃食，给你送去？谁会惦记你是不是吃到你喜爱的吃食。老爷别怪我话多，我真想对大公子说一声：你多念念老爷的好吧！”

“童儿，你的话着实有点儿多。”杨士奇说。

“那我斗胆再多说一句：老爷病成这样，何不舍上老脸皮，写一道奏本，乞皇上宽赦大公子！”书童道。

“你的胆子着实有点儿大，连写奏本的事，也敢干预！”杨士奇道。

“情急而已，干预却是不敢的。”书童道。

“那你说说，即使我写奏本，朝廷会准吗？”杨士奇问。

“谅朝廷不会驳老爷的面子。”书童道。

用个谅字，语气显得很不一般，像是在和朝廷赌气。杨士奇也和他赌气：“那么，你谅我会写吗？”

“老爷怎么问这话！”书童听得别扭，却不知别扭出在哪里，“老爷最心疼大公子，自然会写。”

“那我为何至今不写？”杨士奇问。

“是啊，这正是让人费解的。今日还写得字，老爷不写；难道真要等写不了字时再后悔吗？”书童道。

话很明白，老爷今日不救大公子，等老爷不在，谁还会救大公子！

“你呀！”杨士奇叹口气，“你只知我最心疼的人是谁，却不知我最痛恨的人是谁！”

“老爷最痛恨的人，自然是我。”书童道。

杨士奇一愣，问：“怎么是你？”

“我话又多，胆子又大，自然讨老爷痛恨。”书童说。

“你也学会戏弄我。”杨士奇一笑，笑得有些凄凉，“让我痛恨，也是几世修来的，你的修为尚浅。”

“让老爷痛恨，也要修来？老爷又在哄我。”书童道。

“你以为我在哄你吗？一世清介，几十年功名，转眼见化为乌有，让我在羞辱中煎熬。你能让我做到吗？向被视为朝廷柱石，群臣领袖，却落得唯唯诺诺，权柄旁落。你能让我做到吗？”杨士奇接连质问，并说，“我不写奏疏还好，若写奏疏，你道我会怎写？”

“老爷会怎写？”书童问。

“请朝廷早正刑典！”杨士奇咬着牙说。说罢，似乎浑身的气力都用尽，他颤声问道，“你说，写这奏疏我下得了笔吗？”

“这奏疏还是不写的好。”书童忙说。“我懂了，老爷这是爱恨交加；但说到底，总归是爱要多一些。”

“是啊，我也以为自己爱恨交加，总归是爱要多一些。但苦挨到今天，我也说不清楚，究竟是爱多一些，还是恨多一些。”杨士奇道。

“老爷说到苦挨，我再说句不知轻重的话：望老爷多苦挨几年，我也好多给大公子送几次酒食。”书童说。

三月十四日，在皇帝慰以手谕三十八天之后，皇帝巡幸太学十四天之后，杨士奇卒于家中。他应得的荣耀，朝廷一样也没少给：赠左柱国、太师，比起杨荣仅得太师的赠赐，又高一等；谥文贞，排在美谥之首（杨荣谥文敏）；其他如赐祭葬、后人荫官等，也都按照规制颁给。同时，法司开始正式审理杨稷的案子，论以死罪。

第三十四章

云南有司遣人将莕盖等十三人械入京师，消息同时报到宫中和司礼监。王振知道皇帝一定有话要问，得知皇帝还在文华殿，他匆匆赶去。

“他们说，莕盖是思机发之子？”皇帝似有所疑。

“总督云南军务尚书、臣王骥，云南总兵官、臣沐斌，总督云南粮饷侍郎、臣侯琎等，所上奏表一致，应不会有差错。”王振说。

“朕不懂，思任发有子，叫思机发，思机发有子，却叫莕盖。”皇帝说着，问道，“王先生，你懂吗？”

“臣也不懂，但据臣想来，无非有两个缘故。”王振道。

“王先生先说第一个缘故。”皇帝命道。

“大臣们拟奏表时，把姓氏省略。”王振说。

“为俭省一字，让朕和王先生猜测，未免太无道理。”皇帝不满。

“皇上不妨颁诏，加以禁止。不过，”王振话题一转，说，“臣以为大约并非如此，而是另有缘故。”

“亦即王先生说的第二个缘故？”皇帝问。

“是。”王振应道，“臣想，或是夷人起名字的习惯，与我华夏不同。大妇之子或嫡长子，继承族姓，其他子或随母族之姓。如思任发子叫思机发，莕盖若姓思，也应叫思某发，而不应叫思莕盖。皇上还记得吧，前者思机发使其弟入贡，边臣奏表，也只写作招赛，并不称思招赛。”

“言之有理，既是夷人习惯，不必追究。”皇帝把王振的后一种推测当作实情，并问，“王先生提到的招赛，没留在京里吧？”

“皇上说的是，廷臣议处，将他遣还云南安置。”王振说。

“对，朕记得兵部有人议道，此人留在京里无益，不如遣还云南，或可牵制思机发。”皇帝的联想越来越多。

“牵制之说，纯系无稽之谈，招赛虽称思机发弟，但连思姓都得不到，能牵制什么？再者，夷人亲兄弟间兵戎相见的事例很多，思机发怎会为一异姓之弟而弃戈臣服。”王振道。

“那么，菡盖也不必遣还云南。”皇帝说。

“皇上圣明。”王振称颂。

“王先生，”皇帝立刻开始考虑，如何安置菡盖这个有点特殊但不见得有多少利用价值的夷人，“你看，把菡盖置于哪一狱好？”

“依臣之见，不必把他羁押在狱。”王振说。

“怎么？”皇帝问。

“把他放在御马监，拨给一份口粮，即不用担心他逃窜，又落得优抚远夷的名声，可谓一举两得。”王振说。

“解来十数人都如此吗？”皇帝问。

“不，菡盖安置御马监，其他夷人可戍边。”王振说。

“好，就依王先生。”皇帝的思绪很快从安置菡盖等十余人，转向麓川的局面，“自正统六年用兵麓川，几经反复。思任发窜至缅甸，缅人挟为奇货，向朝廷求其地。其后又出来个思机发，复据麓川，官军退则侵扰，官军进则求降。有人称师老无功。王先生，你以为如何？”

“师老还说得过去，无功则未免以偏概全。”王振说着，屈指而数，“皇上说思任发窜至缅甸，不是功吗？缅甸应承，得地则献人，不是功吗？思机发承其父衣钵，早晚是个祸害。今乘大军在彼，及早发动，一并除之，于朝廷有利，不是功吗？总之，自朝廷兴麓川之役，便有人心怀不满，百般挑剔，动辄奏请班师。他等却不想一想，大军进至西南边陲，殊非易事，不将麓川之患彻底消弭，使之喘息作大，伺机而起，那时再议用兵，岂不更加劳民伤财！”

“王先生说的是，然彻底消弭，以何事为准？”皇帝问。

“一则得思任发其人，二则逐思机发出麓川。”王振道。

“好，朕即发严旨，以二事责成王骥、蒋贵等。”皇帝本来在麓川的事务上有些犹疑，现在拿定主意。

“除发严旨，尚乞皇上赏其功。”王振道。

“赏功？王骥已经封伯，蒋贵则已进侯。”皇帝说。

“那是两年前的事，为的是击败思任发，平定麓川；今再度用兵，宜另加赏，以激发其斗志。”王振说。

“王骥也进侯吗？”皇帝问。

“那倒不用。”王振道。“文臣封爵，已是多年未加的恩典。依臣之见，赏赍即可。”王振说。

“好，此事王先生代朕处置吧。”皇帝说。

曹吉祥带两名达官护卫，一路快马加鞭，天黑时赶到东直门。城门已关闭，他高呼把守城门太监和将佐的名字，并报上自己的名字。守城太监挂衔御马监，与他熟识，借着月光，认出果然是他，忙命开城门，把三人放进去。曹吉祥让二达官回营歇息，自己径去司礼监衙门。恰好王振在收拾文档，还没离开。

王振见他，惊问：“吉祥，你应在喜峰口，怎么回京？”

麓川之役，以曹吉祥监军，王振觉得他差事办得不错，每有用兵之事，首先想到用他。这次，他是随成国公朱勇、恭顺侯吴可忠等，率军出喜峰口，追剿兀良哈部。近年以来，兀良哈依附鞑靼、瓦剌，不时侵扰边地。今年开春，朝廷采取大规模军事行动，以朱勇、吴可忠出喜峰口，兴安伯徐亨等出界岭，都督马亮等出刘家口，都督陈怀等出古北口，各率数万人，并以太监曹吉祥、刘永诚等随军。

离军返京，可不是一件小事。

“王公放心，属下奉公事入京，并非擅行。”曹吉祥说。

“何等公事？”王振问。

“献俘阙下。”曹吉祥说。

“所俘者呢？”王振问。

“在路上呢。”曹吉祥用手胡乱一指，“属下猜想，整整一营官军，这会儿呢，不是在怀柔给县衙的老爷们找麻烦，就是在昌平给州衙的老爷们找麻烦。”

“你好大胆，这么要紧的差事，你也敢离营而去，就不怕生出意外！”王振对他的行为稍加责备。

“京畿之内，会出什么意外！”曹吉祥满不在乎地说，“再者，离京数月，我不是惦念着王公嘛。”

“惦念着我？算了吧！你急着找我，连一日都等不得，一定是要给我找麻烦。”王振说着，命道，“究竟何事，说吧！”

“听说朝廷又赏赍我那些伙伴，王公，可有此事？”曹吉祥问。

“你那些伙伴，是谁呀？”王振反问。

“靖远伯、定西侯，那不都是属下的伙伴。”曹吉祥回答。

“人家都有爵位，你这是高攀。”王振道。

“绝非高攀！”曹吉祥一本正经地说，“属下是王公的人，他等谁不愿成王公的人？我这是提携他等。”

“休得胡言！”王振虽然受用，也不会喜形于色。“吉祥耳根倒灵，赏赍靖远伯、定西侯等的圣旨才颁，就被你探听到。”

“听说是重赏？”曹吉祥问。

“这要看怎么说，朝廷所赐，一根草也是重的。”王振说。

“可这次所赐并非一草。”曹吉祥道。

“不错。”王振点着头，一一告诉他，“总兵官、定西侯蒋贵，加禄五百石；总督尚书、靖远伯王骥，加禄三百石。二人各赐金百两，币十双，钞万贯。总兵官、右都督沐昂，为左都督；都督同知冉保，为右都督；都督佥事毛福寿，为都督同知。三人各赐金八十，币八双，钞五千贯。说起来，也算得上重赏。”

“不是还有老萧吗？”曹吉祥道。

“对了，你不提，我倒忘了他：左少监萧保，为太监，所赐，与沐昂等同，”王振说到这里，忍不住想笑。“原来老萧得厚赐，吉祥眼红，赶回来对我兴师问罪。”

“兴师问罪，那是万万不敢的；不过，”曹吉祥怎么也无法掩盖住心头的委屈，“大家都是辛苦一遭，有人又升秩又获赏赐，有人却一无所得，未免让人想起来辛酸。”

“吉祥辛酸吗？”王振问。

“属下倒想得开，只怕有人会辛酸。”曹吉祥支吾道。

“有人为你辛酸？”王振又问。

“是。”曹吉祥明知不合情理，也胡乱应道。

“吉祥委屈，却引得旁人辛酸，这算不算咄咄怪事呀？”王振笑道，“吉祥，我告诉你，一般辛苦，收获不一，这也是常有的事。前一次记功，王尚书封伯，定西伯进侯，赏的是爵位，这一次赏的是金币钱钞。赏的是金币钱钞，自然不会少吉祥你那一份；赏的是爵位，则无可奈何。难道吉祥想着自己也得个爵位吗？”

曹吉祥吓得舌头都吐出来。他说：“王公就是打死属下，属下也不会生出这等荒唐的念头。”

“哼！”王振冷笑，“我是不会打死你的；但你记住，一旦有这等荒唐的念头，说不定有人会打死你。”

“是，属下牢记。”曹吉祥应道。他见王振，确是想讨个“公道”。因为公干在身，明日押解俘虏进城，要与有关衙门交割，交割完毕，须得立刻离京回军，恐怕不会有机会单独与王振相见，所以他星夜闯入京城。城是闯进来，王振也见到，牢骚也发过，不想却被王振数落几句。他脸上很挂不住，心想：若不寻个托词，日后在王振面前恐怕不好开口说话。好在托词并不难找，他的差事本身就是。想到这里，他说：“王公教诲，够属下消受一生。不过，属下仍觉得委屈。”

“说来我听。”王振道。

“属下赶来谒见王公，虽有些私心，却不是为自家。”曹吉祥说。

“也不会为老萧吧？”王振道。

“王公讲笑。”曹吉祥说，“老萧虽得赏赐，却不是最重的；得赏赐最重的，是靖远伯、定西侯呀。”

“莫非你是为靖远伯、定西侯而来？”王振骤然紧张，“你是听到于他二人不利的言论，还是相处时见他二人有不妥之处？”

“都不是，都不是。”曹吉祥忙说。他明知王振有意扶植这两个人，特别是扶植王骥，怎敢说他们坏话！他说：“属下的意思，靖远伯、定西侯在西南建功，朝廷是该赏赐；成国公等在东北建功，也该赏赐。”

“我懂了。”王振知道不是他二人有何不妥，心情马上放松，“否则，也有人会觉着辛酸，是不是呀？”

“王公说的是。”曹吉祥干笑着应道。

“那么，你是为成国公、恭顺侯回来讨赏赐的？”王振问。

“虽不全是，但不妨这么说。”曹吉祥道。

“是他二人托付的吗？”王振又问。

曹吉祥察言观色，觉得撒个小谎是可以的，但也不要撒得离谱。他说：“两位爵爷嘴上没说，心里却是想的。不然，属下好歹也出于王公之门，押解扰边者的苦差事，好意思交给我办吗？”

王振断定，此言不实。不管朱勇、吴可忠有没有要曹吉祥回京报功邀赏的念头，是绝不会主动提出来让曹吉祥办差的。不过，他的心思更多是放在别的地方，对这个小小的谎言不太在意。

“吉祥，你让我刮目相看呀。”他说。

“王公仍不信吗？你老是知道我的，能帮忙处且帮忙。”曹吉祥有几分得意地说，“昔日与靖远伯、定西侯搭伙，我没少说他们的好话；今日与成国公、恭顺侯搭伙，也将就着为他们说些好话吧。”

“好一个能帮忙处且帮忙！好一个糊涂的曹太监！”王振提高声调，手指几乎碰到他的鼻子。

“王公，我又糊涂吗？”曹吉祥不敢把鼻子躲开；要在别的时候，说不定会把鼻子凑上去。但这次他没敢。

“此时你为成国公等请赏，不是糊涂又是什么！前者，他等加官进秩，你又不是不知！”王振道。他指的是两个月前，成国公加太保衔，中军左都督陈怀封平乡伯，右军左都督马亮封招远伯。

"属下自然记得。不过，靖远伯等也是加官进秩后又得赏赐的，属下为成国公等讨个赏赐，不能算大错呀。"曹吉祥分辩。

"吉祥休得胡搅蛮缠，王骥等加官进秩，是在几时？"王振问。

"这个，属下记不得。"曹吉祥生怕说记得，更被指责为胡搅蛮缠。

"那我告诉你，靖远伯等加官进秩，是在两年之前。"王振道，"两年之前，与两月之前，可同日而语吗？"

"不但不可同日而语，且不可同月而语，同年而语。"曹吉祥说。

把一句简单的成语引申得如此巧妙，王振想不笑都不成。他一笑，曹吉祥也随着傻笑几声，气氛顿时改变。

王振收起笑声，接着说："再者，成国公等加官进秩之时，即遭户部弹劾，这事吉祥不会不知吧？"

"王公说的是大军迂回一事吧？属下知道。"曹吉祥答道。

"我正想问你，那究竟是怎么回事？"王振道。

"小事一桩，向导把路领错。"曹吉祥不在意地说。

"小事一桩？吉祥，你是不当家不知柴米贵呀。"王振道。

"属下知道，因迂回，多支些粮饷。"曹吉祥忙说。

"可知你说的'些'是多少？"王振问。

"这个，属下不甚了然。"曹吉祥知道也不会说。

"我来告诉你，因这一迂回，多支粮一万六千余石，多支菽八千石，多支草八万束。"王振说。

"有这么多？不会吧？"曹吉祥的惊愕，七成是做出来的。

"户部皆有记录，吉祥，你还以为是小事一桩吗？"王振质问。

"耗费若此，绝非小事。"曹吉祥说。

"户部奏请责成国公等赔偿，朝廷示恩，未予追究。"王振说着，回到为成国公等请赏的话题上，"吉祥却为他等请赏，还不是不糊涂吗？"

"糊涂，属下着实糊涂。"曹吉祥嘴上应着，却有一肚子心思。

"吉祥，我知你在想什么。"王振说。

"王公知我在想什么？"曹吉祥问。

"你在想，王骥等加官进秩后，不也被纠劾过吗？朝廷还不是给予他等赏赐。"王振说罢，两眼盯着他问，"对不对？"

曹吉祥心慌意乱，不敢与王振对视。早知王振看他心思看得这么准，他就该把话岔开，而不该傻里傻气地问一句。

“吉祥，看着我。”王振道。

“是。”曹吉祥虽然应，两眼仍转来转去。

“吉祥，我让你看着我！”王振变得严厉起来。

曹吉祥眼珠不转，却失去往日的光泽。

“你告诉我，我说的可是？”王振问。

“王公说的是。”曹吉祥低声应道。

“这就对。”王振满意地说，“吉祥，记住我一句话：你可以不奉迎我，但不要欺瞒我。若不奉迎我，我可能还会着你办事；若是欺瞒我，我绝不会再着你办事。”

“是，属下记住。”曹吉祥应道。

“好，我再来问你，”王振道，“为何靖远伯等被纠劾，仍给以赏赐；成国公等被纠劾，则不能给以赏赐，你想明白没有？”

“王公说，靖远伯等加官进秩后两年，才得赏赐；成国公等加官进秩只有两月。”曹吉祥应付道。不管这个理由是否充分，反正是王振自己说的，总不会错。

“这还在其次。”王振道。

“属下想到，一定还有更主要的缘故。但属下无力参透，还请王公示下。”这两句话，曹吉祥就说得很得体。

“一个缘故，成国公爵位袭自前朝，靖远伯爵位得自本朝。你说，他二人比较，哪个更具才干？”王振问。

“自然是靖远伯。”曹吉祥毫不犹豫地回答。

“哪个对本朝更多感激之情？”王振又问。

“仍是靖远伯。”曹吉祥道。对本朝更多感激之情，也就是对你王公更多感激之情。他脑海里同时闪过这样一个念头。

“另一个缘故，用兵西南边陲，与出兵口外，你说，此二役比较，哪个尤其紧要？”王振问。

“自然是西南边陲的紧要。”曹吉祥回答。

“这是为何？”王振又问。

“这个——”曹吉祥不是找不到答案，而是不知道方便不方便说。

“但说不妨。”王振看出他的心思。

“出兵口外，是廷议的；西南边陲用兵，是王公决断的。”曹吉祥说。

“理由呢？”王振问。

“这就是理由呀。”曹吉祥说。

“我决断的比廷议的要紧，总要有个理由吧？”王振道。

“王公的见识，非他人可比。”曹吉祥说出个理由。

“话虽俗，但有见于此，就不糊涂。”王振觉得可以打住，“吉祥，再记住我一句话：在我面前，你可以装装糊涂，切不可真糊涂。若小有私心，我可能还会着你办事；若真糊涂，我绝不会再着你办事。”

“是。”曹吉祥庆幸谎没撒得离谱，“属下为成国公等请赏，说到底，还是有私。成国公等若得赏赐，属下随行办差，万岁爷赏些金、币之物，在各衙门也可以炫耀一番。”

官军出腾冲，分五路进发，王骥在孟养军民宣慰使司和缅甸军民宣慰使司之间的大金沙江畔扎下营寨，静候各路的消息。王骥封爵后，实际的地位反而降低，因为他已解除兵部尚书的职衔。按照爵位比较，他在蒋贵之后；而沐昂虽无封爵，却是代他的侄子、黔国公沐斌镇守云南的。只因王骥奉旨总督云南军务，所以仍是最高统帅。

缅甸军民宣慰使司那边江面上浓烟滚滚，显然是蒋贵得手。但先赶来与王骥会合的，却是沐昂。他兴冲冲地说：“尚德先生命蒋爷袭焚缅人舟师之计果然收效，缅军已溃散。”

“沐爷确信吗？”王骥没他那么兴奋。

沐昂不由一愣：“尚德先生此处也看得到呀！”

“不错，我看得到烟气。”王骥说。

“可不知是否蒋爷在烧缅舟？”沐昂问，并说，“尚德先生大可放心，我差出的几起探马皆报，江面无缅舟来往穿行，江畔不见缅军踪影。”

“我亦差出探马。”王骥说。

“他等所报不同？”沐昂问。

“他等亦报，江面无缅舟来往穿行，江畔不见缅军踪影。”王骥说。

“既如此，尚疑何事？”沐昂问。

“缅军是否溃散。”王骥道。

“尚德先生这是什么意思？”沐昂不明白。

“沐爷三世镇守云南，我正要请教，滇人，包括缅人，是以舟师及舟战见长吗？”王骥问。沐昂和沐春、沐晟都是沐英的儿子，是沐氏第二代，到沐斌，则是第三代。

“那倒不是。”沐昂答道。

“所以，对缅人而言，江面上的舟船，不过是其耳目而已。其首脑则在司城，其躯体则在江头城、太公城、马来城、安正国城、蒲甘缅王城。”王骥说。江头等城合称“缅中五城”，在宣慰司城以北。王骥接着说：“焚其耳目，使其不知我军所向，这是件好事；但其首脑尚不知何以进入，其躯体尚不知何以摧毁。言其溃散，为时过早。”

“尚德先生说的是，那就从速发兵进剿吧。”沐昂道。

“是啊，兵贵神速，本该乘胜进军，但我心里有顾虑。”王骥说。

“尚德先生顾虑何事？”沐昂问。

王骥没即可回答。停了停，他反问：“沐爷久居滇省，可知缅部虚实？”

“知之不详。”沐昂答道。

“这是为何？”王骥问。

“自洪武年间置缅中宣慰使司以来，彼此从未交战。”沐昂答道。缅中宣慰使司是洪武二十七年设置的，不久即废，可见鞭长莫及，深浅难测。后永乐年间复置，更今名。这是因为缅甸酋长遣使入贡，表示愿意臣服。但其国情究竟如何，仍不得而知。

“古云：知己知彼，百战不殆；今不知缅部虚实，贸然发兵，沐爷有必胜的把握吗？”王骥问。

“这个——”沐昂不好正面回答，使个小花招，“尚德先生统领战事，若有必胜的把握，各部皆有必胜的把握。”

“我恰无把握。”王骥不理会他的小花招，率直言道。

“那本部也无把握。”沐昂说。

“这就是我的顾虑呀。”王骥道，“远在边陲，大军深入，粮草易断，后援不济。万一兵败，则辱及国家，谁人担当得起！”

“但朝廷有并征缅甸之旨，奈何？”沐昂为难。

“是啊，这也是我的顾虑。”王骥道。

“尚德先生这话怎么讲？”沐昂有这一问是必然的。既奉朝命，则当凛遵，不管你边臣将帅有无顾虑！

“你看，此役被朝廷上下称作麓川之役，为思氏作乱而兴。今麓川兵虽败，思任发、思机发父子尚未擒获，却又有并征缅部之命。是麓川尚未彻底平定，又多一麓川耳。与缅人之战，胜负先不说，即便胜，恐怕也很难是全胜吧！”王骥道。

“尚德先生是担心再生他变？”沐昂问。

“沐爷不担心吗？”王骥反问道。

“尚德先生征云南，我守云南；尚德先生担心，我岂能不担心？不过，我担心他变，更担心圣命难违。”沐昂说。

“朝廷命并征缅甸，是因为缅酋不肯献出思任发；一旦献出思任发，朝廷绝无意踏平缅甸。”王骥相信自己更能领会朝廷的意图。

“尚德先生想继续劝说缅酋？”木昂问。

“对。”王骥应道。

“有把握吗？”沐昂问。

“与缅军战，无获胜把握；游说缅酋，亦无把握。”王骥道。

“那不还要筹备进兵！”沐昂又说回来。

“且等与蒋爷会合，再做计议。届时或有转机。”王骥也颇为无奈。

蒋贵没带来确实的转机，但带来缅酋的使者。使者自报姓名：“属邦下使以速剌，参见天朝督帅王大人尚德公。”

“以速剌？”王骥听到过并记住这个名字，“足下大名鼎鼎，名气不在缅酋马哈省以下，可不是一般的使者呀。”

“不是一般的使者，在下才自称下使。”以速剌说。

“马酋差足下来，甚是明智；若是差个凡事做不得主的人来谈，还不如不谈。”王骥说。

“王大人这是抬举下使。”以速剌道，“下使奉差而来，有的谈得，有的谈不得。如王大人奉天子旨意而来，有的事行得，有的事行不得。”

“那么，你这次来，何事谈得？”王骥问。

“先要请教王大人，属邦何罪，劳天朝兴师。”以速剌说。

“这么说，你是来问罪于本督的？”王骥道。

“不敢，请教而已。”以速剌说。

“好吧，我就当你是来请教的。”王骥道，“去岁，马酋差使与我约定，冬至之前，在贡章交付思任发。我即差指挥使李仪等早早抵达贡章恭候，等到正旦前夕才返。他却没带回思任发。我再差人前去催问，一次杳无音信，两次杳无音信。彼时使者虽是他人，足下对此事不会不知吧？”

“在下知道。”以速剌答道。

“一晃之间，今年夏至已过，还要我等到几时？”王骥说着，脸上带出一丝冷笑，“今大兵压境，马酋才又差使来会，正应一句俗语。”

“可是敬酒不吃吃罚酒？”蒋贵搭腔。

“我本想说‘亡羊补牢’；但爵爷这句话似乎更通俗，更贴切。”王骥说着，问以速剌，“足下以为如何？”

“亡羊补牢吗？在下记得下半句是：未为晚也。”以速剌说。

“不，我问的是蒋爷那句话。”王骥道。

“那我要说，天朝并无敬酒与我。”以速剌说。

“我天朝三番两次差人晓谕利害，要你交出思任发，以求太平。这难道不是敬酒！”沐昂责问。

“这不是向我敬酒，是向我索酒。”以速剌说。

沐昂还要责问，被王骥拦住。他问：“在足下看来，什么才算敬酒？”

“天使曾传宣圣谕，擒获思任发者，以麓川之地赐之。天朝若肯践诺，才是真正的敬酒。”以速剌说。

“你要的不是一杯敬酒，而是一桌盛宴。”王骥道，“你说过，有的事我行得，有的事我行不得。把一方土地给予你，权柄在朝廷，而不在我。不错，我可以代你向朝廷奏请，但我要对你说：挟朝廷钦犯，向天子索求，绝非属邦所当为，其罪不下于兴兵作乱的夷部。朝廷兴师征讨，即为此。”

“这也就是王大人说的罚酒？”以速剌问。

“不错。”王骥应着，转问蒋贵，“爵爷一把火，计烧缅部多少舟船？”

“百余艘，”蒋贵回答。

“有这多？”王骥好似有怀疑。

“百艘之内，我是一艘一艘亲自统计的；百艘之外，我是差专人统计的。因而，余是虚的，百则实实在在。”蒋贵说。

“好啊，咱们接下来，再把余也变得实实在在。”王骥说着，问以速剌，“足下看，蒋爷会不会是虚报战果？”

“不会。”以速剌说，“缅部舟船焚之一空，肯定在百艘之外。”

“这么说，罚酒甚苦呀。”王骥道。

“酒好，一定是苦的。罚酒苦，敬酒亦苦。”以速剌说。

“足下的话，很有哲理呀。”王骥称赞一句，又问，“天朝为何兴师，是你要谈的第一事，我已给答案。你还有别的事可谈吗？”

“有。”以速剌道。

“请讲，看我能不能也给你个答案。”王骥说。

“请天朝息兵。”以速剌道。

“就此一句？”王骥问。

“暂且就此一句。”以速剌道。

“那答案亦简单：本督奉旨并征你部，战之事我行得，息兵却不是我行得之事。”

王骥说着，把话题一转，“有如你奉使来谈息兵，我却要你谈交付思任发之事，你谈得吗？”

“这个，下使却谈得。”以速剌道。

“你谈得？”王骥大感意外。

“是，下使参见王大人，一个使命即是，向王大人陈述暂且不得交付思任发的苦衷。”以速剌说。

“不肯交付思任发，不就是因为没得到麓川之地吗？你缅部难道还有其他的苦衷？”王骥问。

“有，属邦苦衷，还望朝廷及王大人体谅。”以速剌说。

“好，你说来听听。”王骥道。

“麓川跋扈，劫掠四方，缅部亦深受其苦。天朝兴师问罪，四方属邦无不欢庆。今麓川被重创，思任发幸而落网，为我缅部所擒。但思机发仍窃据麓川，令属邦心有余悸。”以速剌说。

“你是担心交付思任发与朝廷，与思氏结仇？”王骥问。

“首领有此担心。”以速剌说。

“但思机发早向本督乞降，马酋难道不知？”王骥问。

“思机发不是第一次乞降。”以速剌说。

“这次他是差其部亲信头目刀龙肘偕其子，叩军门乞降。”王骥道。

“前次他是差其弟赴朝谢罪。”以速剌言辞尖锐地说。

“要怎样，马酋才不担心？”王骥问。

“除非王师擒获思机发。”以速剌说。

“欲我撤缅部之围，转剿麓川，这是缓兵之计。”蒋贵一针见血地说。

“在我是缓兵之计，在各位则是可行之事。”以速剌说。

“哼，”沐昂叱道，“可行不可行，不是你说的。”

“不过，也不妨听他说一说。”王骥道。

“王大人和各位大人奉旨并征缅甸，而非独征缅甸，可见天朝仍以征讨麓川为主。征缅甸，即便大获全胜，并获思任发，仍不能弥麓川之患；而征剿思机发，则缅甸无须再征。权衡利弊，在下以为，天朝大军转剿思机发，是为得计。”以速剌说得头头是道。

“足下的话，不无道理。弃缅部而攻思机发，在我确是行得。不过，我也要问你一句：我擒获思机发，你交付思任发，你谈得吗？”王骥道。

“下使以为，无论谈得谈不得，以不谈为好。”以速剌说。

“这是为何？”王骥问。

“这事须得首领与朝廷计议。”以速剌说。

“怎么讲？”王骥问。

“朝廷允诺，擒获思任发者赐以其地，则我缅部首领请地交人；若要改变，岂不是须首领与朝廷再计议吗？”以速剌道。

“在我是可行，在你是不可谈，便宜都被你占。”沐昂讥道。

“朝廷也并未吃亏呀。”以速剌说，“下使想，王师擒获思机发，一则我首领不再担心，二则我族人看到王师之强盛，没理由不交付思任发。再者，若王师擒得思机发，我首领仍不交付思任发，王师挟全胜之威，再向缅部用兵，为时也不晚呀。”

“好，我便应允足下，并你部首领：先转剿思机发部。到擒得思机发时，不怕你等又有何推诿之词。”

哨马探得，思机发藏匿于者蓝。官军转进者蓝，捣毁思机发巢穴，擒获其妻、子等人，思机发率部众逃至孟养，不肯降服。朝廷命于麓川设陇川宣慰司，官军回师。

第三十五章

锦衣卫狱也不全是龌龊不堪之室，狱卒也不全是凶神恶煞之徒。驸马都尉石璟就被关押在一间干干净净的牢室里，狱卒王永就是个规矩厚道之人。他与其说在看管石璟，不如说在服侍石璟。石璟心情不好、脾气发作时，他还得低声下气地劝解。

“麻子王。”因王永脸上有十几粒麻子，石璟毫不客气地给他起个不雅的绰号，“昨日吩咐你的事，还记得吗？”

“驸马爷一天里要吩咐小人十几件事，不知指的哪件事？”王永问。

“让你们马大人来见我呀。”石璟道。

“这事小人记得。”王永道。

“那他为何还不来？”石璟责问。

“是小人尚未禀白马爷，等明日吧。”王永道。

“前日说等昨日，昨日说等今日，今日又说等明日，你是不愿禀白呀，还是不敢禀白？”石璟甚是恼火。

“回句实话：小人既不敢禀白，也不愿禀白。”王永说。

“何谓不敢？”石璟闷得慌，能与王永多说几句话，也是好的。

“小人禀白马爷，驸马爷要见他，他一定责怪小人没服侍好驸马爷，轻则骂几句，重则一顿打，故小人不敢。”王永说。

“何谓不愿？”石璟问。

“马爷近来家宅不宁，故小人不愿。”王永说。

“你们马大人保着朝廷的安宁，京城的安宁，竟连自家的安宁也保不住？”石璟觉得王永的话太离奇，问道，“他家宅怎的不宁？”

“妄言马爷私宅事，小人又不敢。”王永说。

“你敢不说？”石璟责问。

“小的不敢说。”王永道。

“那就不要说，你只把你们马大人唤来，我当面问他近日家宅怎么不宁。”石璟威胁道。

“驸马爷，你这不是难为小人吗？”王永见他绝无体恤之意，叹口气，问道，“小人若讲述马爷家宅不宁之事，驸马爷能不对马爷提及吗？”

“我既然知道，当然用不着再问他。”石璟说。

“驸马爷不再要小人唤马爷来？”王永又问。

“那时再看你服侍的如何。”石璟说。

王永对自己的服侍是放心的，于是讲述起来：“马爷有位公子，自打出娘胎，就落下病根。马爷爱子心切，不知用多少心思，花多少银子，请多少名医，抓多少药材，但都不见效，只见公子一天天病重，一天天衰弱，终于不治而亡。”

“此事但言家门不幸可矣，怎说是家宅不宁？”石璟问。

“是，年长者送年幼者，但言家门不幸可矣；驸马爷却不知，年幼者病亡之前，把年长者大大捉弄一番。”王永道。

“怎么回事？”锦衣卫马大人被捉弄，而且是被濒临死亡的儿子捉弄，这个消息太让人兴奋，石璟不可能不追问下去。

“我们马爷这位公子，以往只是身子衰弱，神智还是清醒的；谁知病亡前，他的神智也不清醒。马爷去看他，坐在床前问他病情，他却一把揪住马爷头发，拳以击之，脚以蹴之，嘴里还念念有词。”王永述道。

“他嘴里念叨的是什么？”石璟问。

“小人不是说，他病亡前神智不清醒吗？念叨几句什么，谁能分辨得清楚！”王永道。

“是吗？”石璟颇觉失望。但一看王永的表情，他立刻断定，对方有所隐瞒。他问：“麻子王，你看你们马大人的公子可以捉弄马大人，你便以为你也可以捉弄我，是不是呀？”

“小人绝无此意。”王永叫屈。

“那你说说看，病亡前他嘴里念念有词都知道，却不知道他嘴里念叨什么，这话有人会信吗？”石璟斥道。

“驸马爷实在不信，小人也无法子可想。”王永委屈地说。

“你实在不知的话，我却有法子呀。”石璟道，“你不敢说你们马大人家的私事，他自己却敢说呀。我可以去问他呀。”

“十成话小人已说九成，驸马爷行行好吧。”王永连连作揖。

“其实，那九成你根本用不着说，只说一成就足够。”石璟说着，头一扭，把耳朵递过去，问道，“马公子念叨的是什么？”

王永无奈，只得含糊不清地说句话，而开始两个字，结尾两个字尤其含糊，以至石璟听到的话是：记得当初如何作践我吗！我，也。

“还有什么？”石璟问。

“小人听到的，都讲与驸马爷听，再无遗漏。”王永说。

“前面两个字是什么？”石璟追问。

“是记得呀。”王永说。

“不对，记得前面还有二字。”石璟道。

“噢，那是公子在呼唤马爷。”王永说。

“他是怎么呼唤你们马大人的？”石璟问。

“老贼，他居然呼唤马爷老贼！”王永不得不说。

“这才对嘛。”石璟道，“其实，他已经是神智不清醒的人，是将要死的人，他怎样呼唤其父，谁还会计较！你说是不是呀？”

“是，驸马爷的话合情合理。估摸着我们马爷也是这么想的。”王永想的是，他虽然把前面两个字逼问出来，只要不再逼问，就值得庆幸。

石璟却紧接着说：“那就把后面的两个字也告诉我吧。”

“后面还有两个字？”王永简直要哭出来。

“是啊。”石璟道，“我，也，即便神智不清醒的人，也不会这么说话吧？他一定说过一个人的名字，两个字的名字，是谁呀？”

“刘球。”王永用极小的声音说。

“刘球？刘翰林？那么，这句话说全，应该是：老贼，记得当初怎么作践我吗？我，刘球也。”石璟边重复，边点头，“早听说刘翰林在锦衣卫狱惨遭杀害。还有人说，杀他者，卫使也。看来这是真的。如此业报，我当真没听说过。”

“驸马爷今日听说，听全，还要呼唤我们马爷来吗？”王永问。

“断然不会！我怕呼唤他来，将对我下毒手。”石璟说。

“那倒不会，驸马爷是当今圣上亲姐夫，谁敢加害！”王永道。石璟尚宣宗皇帝长女顺德公主，所以他这么说。

“难说，难说！”石璟连连摆手，“况且，我入牢室，有如虎落平川，还不是谁想欺负，就可以欺负？麻子王，本驸马一连三日，吵嚷着要见你家马大人一事，切莫向他透露一个字。”

“驸马爷唤我什么？”王永发觉，二人的角色竟然互换。不是他不愿或不敢把马顺请来，而是驸马爷不愿或不敢见马顺。他不由得意起来。

“麻子哥。”石璟改个称呼。

“驸马爷要我别去打扰我们马爷，是吧？”王永拿腔拿调地问。

“小王哥，”石璟又换了称呼，并应道，“正是。”

“驸马爷吩咐，小人自当凛遵。不过，”王永指指自己的嘴，说，“小人这里长得不好，不该说的话不知怎么就溜出来。”

“本驸马设法帮小王哥把嘴封上，如何？”石璟道。

“还有，”王永又指指自己的胸口，说，“小人的胆子最小，若是我们马爷问起来，小人是不敢不说的。”

“本驸马设法壮壮小王哥的胆子，如何？”石璟道。

“驸马爷要用这个，”王永做吃喝状，“封小人的嘴；用这个，”做持金状，“壮小人胆，是吧？”他说着，摇摇头，“其实，都用不着。”

“小王哥想要什么？”石璟问。

“小人浑身上下，属这个。”王永指指自己的耳朵，“长得好。一边一只，这边的话也听得到，那边的话也听得到。”

“小王哥这会儿想听什么？”石璟问。

“驸马爷怎么会被送到这里来的？”王永道。

“你不知道？”石璟没想到他问的是这事。

“小人不知。”王永说。

“这可奇哉怪也！小王哥这边的话也听得到，那边的话听得到，本驸马下狱的原委，人人都听到，你怎会没听到？”石璟讥道。

“小人一时耳背，确是没听到。”王永说。

“你们马大人也没对你说？”石璟问。

“马爷只吩咐小人服侍好驸马爷，并无多余言语。”王永说。

“那只得我来告诉你。”石璟道，“我家有一阉宦，姓吕名宝，甚是不好使唤。我不合骂他几句，就被下狱。”

“驸马爷骂阉宦，如同公主骂阉宦一般，天下哪有主子骂奴才却要下狱的道理！”王永说。

“你有所不知，我家公主也是不敢骂这个吕宝的。”石璟道。

“有这等事？”话出驸马爷之口，王永不得不信；但事与理悖，他又碍难相信。他说：“这个吕宝有什么来头吗？”

“有啊！公主下嫁石某，皇上、太皇太后、皇太后，皆有赏赐。皇上赏赐之一，就是吕宝。”石璟道。

“即便皇上赏赐，终归也是奴才呀！”王永说。

“奴才与奴才不同，吕宝这个奴才是司礼监选送的。据说，他们大当家的对他很是另眼看待。”石璟道。

“原来如此，难怪驸马爷要被下狱，难怪驸马爷担心在狱里被人下毒手！我只听说驸马爷得罪司礼监大当家的，故被下狱；原来驸马爷得罪的是大当家喜爱的奴才，还不是大当家本人。”王永念念叨叨。

“麻子哥，主子要看奴才脸色，你说此事可恼不可恼？”石璟既满足王永的心愿，不再那么客气。

“可恼之极。”王永应着。

“麻子王，奴才却当主子家，你说此事可虑不可虑？”石璟问。

“可虑之极。”王永应道，又说，“驸马爷休恼休虑，踏踏实实在这里住些日子，小人好歹要为驸马爷讨个公道回来。”

“你？”石璟先是一怔，随即大笑，“麻子王，麻子哥，小王哥，只要你踏踏实实地服侍着，我就可以踏踏实实地住下去。”

监察御史李俨办事极为认真，监收光禄寺祭器时，一件一件查验，登记造册，然后方得入库。光禄寺官唯愿他不要查出什么毛病来，对他很是配合，他要查验什么，小件的就搬过来让他查验，大件的就陪他走过去查验；他要亲自执笔登记，录事等低级僚属就捧着砚台，恭立其身边，让他稍一抬手就可以蘸到墨。

监收过半，李俨又去蘸墨时，却扑个空，他以为手捧砚台的录事懈怠，正要责备几句，抬头一看，陪同查验的光禄寺官，从少卿、寺丞，到八九品的录事、大使、监事等，在自己面前跪倒一大片。

“诸位，这是作甚？”李俨惊问。他一手拿册，一手执笔，没办法去搀扶他们；况且，他的第一个反应是，光禄寺有什么弊端马上要被查验出来，不应该给他们好脸色看。

跪倒的光禄寺官员没一个人回答他的问题；大概众人对他过于严正甚是反感，甚至没一个人给他使个眼色，示意些什么。

“诸位，有话起来再说好不好？都跪着不动，如何查验！”李俨道。

众人好似没听到他的话，谁也不动。

“诸位不动，我亦无可奈何，只好明日接着查验。诸位行此大礼，我是不会还回去的。”李俨说。

“何方大员，当得起此大礼吗？”忽然，身后有人说话。

李俨直觉得寒气从脊梁骨里冒出，分而为二：一股向上窜，直到脑门；一股向下行，直到脚后跟。他这才知道，光禄寺的官员们跪拜的不是他，而是他身后的人；

他们不是因为怕被他查验出弊端而跪拜，而是因为对他身后的人怀着极深的惧意而跪拜。

他行动迟缓地转过身去，见王振在喜宁、跛儿干等一干年轻宦者的簇拥下，站在离他只有三五步远的地方。王振的目光里，半是责怪，半是询问。责怪的是：众人分明是拜我，你怎么敢半道上抢去？询问的是：事已至此，且看你如何处置吧？在喜宁、跛儿干等宦者的目光里，则全是幸灾乐祸。

李俨的脑子里也在考虑同一个问题：事已至此，当如何处置？他很快拿定主意，向王振深作一揖，口称："下官李俨参见王公。"

"李俨。"王振在琢磨对他有没有印象，不觉叫出来。

"下官在。"李俨忙应。

"现官御史之职？"王振从他官袍和官帽分辨出他的官职。

"是。"李俨应道。

"你在这里有何公干呀？"王振问。

"下官奉旨监收光禄寺祭器。"李俨回禀。

"奉旨监收，就可以折辱群僚吗？"王振质问。

"下官不敢。"李俨躬身道。

王振向他身后一指，说："你自己看看，还说不敢！"

李俨回头一看，发觉自己的位置不对。光禄寺官员们还跪在那里，他站在他们和王振之间；他们究竟在跪拜王振，还是跪拜自己，让他有口难辩。他忙退到一侧，道："下官无礼，乞王公恕罪。"

中间不隔他人，跪拜的众人称道："光禄寺群僚参见王公。"

有这一句参拜之词，王振好像才算正式领受光禄寺官员们的跪拜，他把手向上一抬，说道："起来吧。"

因为跪得比较久，光禄寺官员们相互搀扶着起身，有人讨好地搬来把椅子，请王振就座。

王振坐下后，叫声："李俨！"

"下官在。"李俨跨前一步应道。他心里有数，今日之事绝不会就这样了结，因此身子躬得似在领罪。

"你方才的话是啥意思呀？"王振问。

"王公问的是哪一句话？"李俨试探道。

"这还不知吗？"喜宁在一旁怪里怪气地重复李俨的话，"诸位行此大礼，我是不会还回去的。"

李俨偷偷向王振瞥去一眼，似在求证。

“是啊，这句话难道不该解释解释？”王振道。

“那不过是句玩笑话。”李俨说。

“玩笑话？他居然说是玩笑话！”王振问光禄寺官员们，“你等信吗？”光禄寺官员们都做出绝非玩笑话的表情，他问身后的宦者，“你等信吗？”宦者们都做出绝非玩笑话的表情。他最后问跛儿干：“你信吗？”

“小的不信。”只有跛儿干觉得这个问题需要回答。

“你说，这是句什么话？”王振问。

“是句无礼的话。”跛儿干答道。

“你听听！”王振对他的用语很满意，转过去对李俨说，“跛儿干是个最粗鲁的宦者，连他都知道这是句无礼的话，你还有什么好辩的！”

“是，下官不辩。”李俨道。

“不辩可以，总得有个交代吧。”王振说。

“下官宁愿把大礼奉还各人。”李俨说着，面向光禄寺官员们，认真地行起跪拜大礼。

“李大人，该拜王公呀。”光禄寺官员中有人悄声说。

“是啊，李先生，快转过身去。”另一人说。

李俨却不知从哪里来的勇气，就是不肯回过身去跪拜王振。即使方才对他不满的官员，此刻也不得不佩服他的倔强。

王振的目光里，询问的成分越来越少，怪罪的成分越来越多，最后完全变成怪罪。他低声吩咐跛儿干：“唤马顺来，将此人解去锦衣卫狱，听候发落。”

李俨在锦衣卫狱关押一段日子后，发戍辽东铁岭卫。

今冬特别寒冷，把守各宫门的校尉知道白日不会发生什么大事，都把头缩在领子里，把手缩在袖子里，把身子蜷缩在避风的地方。

在长安右门当值的两名校尉，抵墙而立，大做白日梦。

“老哥，天下事物任你去选，你此时会选何物？”一校尉问。

“一杯老酒，喝下去浑身发热。”另一校尉选许多人都会选择之物。

“老酒有什么好，若要我选，就选新人。”前一校尉说。

“何为新人？”后一校尉问。

“新人就是佳人，就是美貌娘子呀。”前一校尉说。

“你让我选天下事物，怎么自己选起人来？”后一校尉道。

“天下事物，人自然也在其中。”前一校尉说。

“不对，事物只是事物，人不在其中；要不，为何又有人物一说？”后一校尉很是较真。

“那好，天下事物和人物，让你重新选过。”前一校尉大度地说。

后一校尉认真地想想，说：“我仍选老酒。”

“要不说你不解风情，一杯老酒，一个新人，你却会选老酒！”听前一校尉的话，好像面前真有一杯老酒，一位佳丽。

“不是不解风情，是识得时务。常言道，识时务者为俊杰，你虽解风情，却并非俊杰。”听后一校尉的话，好像他已经是俊杰。

“选老酒怎就识时务？”前一校尉问。

“你想啊，我等在此当值，天寒地冻，滴水成冰，放一个新人在你面前，早冻得僵硬。摸她下面，两条冰；摸她上面，两块冰。你选她有何用处？不如选老酒，喝下去，身子暖暖的。”后一校尉说。

“这你就不懂，只要新人在面前一站，就会让你如沐春风，浑身酥软，暖不胜收。”前一校尉说。

“胡说！你把天下新人都放在此，看能否化解严寒！”后一校尉道。

不管选择老酒，还是选择新人，说着说着，两个人都暂时忘记严寒，而沉浸在各自的幻觉中。但他们的幻觉很快被现实打破，因为有一男子正疾行而来，边走边手舞之，足蹈之，时而狂笑，时而狂哭。他穿一身破烂衣裳，上身裸露出胸膛，下身没遮过大腿，让人一看就浑身颤抖，手脚发凉，如同掉进冰窟。

此人似有疯症。两名校尉都在想，是不是该叫几个人来，把他送去顺天府处置。谁知该男子径向他二人走来，傻笑两声，说：“王涣稽手。”

二校尉看他一眼，不知所措，只是应着：“好说，好说。”

“他们都说，由此可入宫中。”这个叫王涣的男子说。

“他们说得不错。”一校尉道。

“那我进去了。”王涣说着，就要往里闯。

“且慢！”一校尉喝道，顺手去抓王涣的衣服。衣服腐烂不堪，一抓撕下一块，王涣的后背也露出半截。他又去抓王涣的手腕，王涣不知多久没洗过手，手腕污浊滑溜。他手上加力，勉强抓住。另一校尉聪明，上前抓住他胳膊，隔着一层赃布，不至于太恶心。

“赖汉，你要进去吗？”一校尉喝问。

“是啊，他们说由此可入宫中。”王涣重复一遍方才的话，又说，“不过，你二人听错，我不叫赖汉，我叫王涣。”

“好吧，我先问你，你从何处来？”一校尉道。

“山西。”王涣说。

“山西？如何到得京城？”该校尉问。

“我有两条腿呀。”王涣拍拍大部分裸露在外的腿，不无得意地说。

“你身上不会有银两吧，一路上吃什么？”该校尉问。

“地上，树上，所拾者，皆可食。”王涣说。

“喝什么？”该校尉问。

“遇冰化冰，遇雪化雪。”王涣说。

另一校尉听得不耐烦，指责同伴说：“没鞫讯过，还没见过鞫讯的吗？几时有这般问话的！”然后问王涣，“你欲入宫，去见何人？”

“王公。”王涣说。

“哪个王公？”该校尉问。

“有许多王公吗？”王涣眨眨眼，反问。

“数不胜数。”该校尉道，“不瞒你说，京城就属姓王的多。一半以上，我二人见，要称一声‘王公’；至于你嘛，除自己以外，我看每遇到一个，都得称一声‘王公’。”

“这可不对！”王涣非常自信地反驳他，“他们说，满京城里只有一个王公，满皇宫里只有一个王公。”

只有一个王公，这话让该校尉略感不安。他问话的措辞也分外小心：“你老兄要见的王公，上讳下讳？”

“你酸不酸呀！”前边问话的校尉插话，“上讳下讳，他听得懂吗？”

“我懂。”王涣却说，“上讳，就是名字中前一个字，下讳，就是名字中后一个字。不过，这话白问。我要见的王公，单名，叫王振。”

两名校尉倒吸口凉气。看王涣的模样，绝不相信他是来找王振的；但把他前后的话连起来想，他还就是来找王振的。前一个问话的校尉瞪了后一个问话的校尉一眼，心说：你倒是会问话，一问，把姓王的老祖宗给问出来！

“你老兄要见的王公，是司礼监的王公吧？”他更加小心地问。

“我也不知是不是司礼监的王公；他们只是说，天下没那玩意的男人，都由他掌管。”王涣口无遮拦地说。

“你老兄与王公是乡人？”换个校尉问。

“我是山西人，他也是山西人，你说呢？”王涣道。

“或许还是远亲？”又是前一校尉问。

“他要认宗，让他认去；我不会认他。”王涣道。

“你老兄做何营生？”一校尉问。

“砍柴拾柴，同村人皆称我王樵子。”王涣道。

“你老兄缘何不在村里砍柴，却跑来京城？”一校尉问。

“村里的柴已砍不得。”王涣摆着手说。

“为何砍不得？”一校尉问。

“你呀，一口一个老兄地叫着，怎么像我的弟侄辈一样不懂事！”王涣不但这么说，还用手指刮着脸羞辱他，“我问你，柴用来做何用？”

“煮饭呀。”一校尉说。

“没谷没粟，却煮什么饭！”王涣道。

“怎么会没谷没粟？”一校尉问。

“夏日大旱，秋日大水，你想田里长得出谷长得出粟吗？”王涣道。

“原来如此。今年山西闹饥荒，你砍柴火，也换不到谷米，所以跑到京城找王公，要求赈济。对不对？”一校尉问。

“也对也不对。”王涣道。

“怎么讲？”一校尉问。

“找王公求赈济是对的；但我不是为自家一人求赈济，我是为以千计以万计的父老求赈济。”王涣说。

“你老兄心气甚高，令人敬佩。不过，”一校尉告诉他，“乡里闹饥荒，向官府求赈济即可，用不着跑到京城来，更用不着找王公。”

“你又糊弄我！”王涣道，“我们乡里都说，找官府无用，要找，就进京来找王公。既然由此入宫没错，既然入宫可找到王公没错，既然你不为我通报，我自己进去找他吧。”

说罢，他又往长安右门里闯，二校尉不得不强行把他扣下。事情一级一级报上去，最后报到王振处。他听说家乡有一樵夫，风餐露宿，赶来京师报灾，很有几分感动。但听说此人疯疯癫癫，语无伦次，又怕他闹出事来，于是下令将他关押在锦衣卫狱，观察几天再说。

接近年关时，东厂逻卒在左顺门外拾得一份匿名帖子，不敢拆阅，直接呈递与提督太监。提督太监拆封，看个开头，不敢看下去，马上又封好，呈递与王振。王振阅罢，沉吟片刻，命把锦衣卫使马顺找来。

马顺才从极度惊吓和丧子之痛中摆脱出来，在王振面前，他打起精神，力图恢复以往的精干。

“王公唤卑职来，有何吩咐？”他问。

“顺子，你锦衣卫输与东厂一招。”王振说。

“怎么？”马顺问。

“你看看这个再说。”王振把匿名帖子放在他面前。

马顺一边读帖子，额上一边冒出汗来。匿名帖子上写的都是王振作威作福、违纪违法之事，语句也颇为辛辣、激愤。不等读完，他把匿名帖往桌上一拍，道：“世上真有这等不怕死的狂徒，敢在王公头顶上兴风作浪！”并问，“王公，此狂徒捉拿归案否？”

“唤你来，正为计议此事。”王振说，他使用激将法，“顺子，我说你输与东厂一招，不知你是否甘心一输到底。你若不在乎，我把这件事交给东厂办；你若有心与东厂一比高低，我把这件事交给你办。”

“锦衣卫从不曾输与东厂，乞王公将这件事交给我办。”马顺请命。

“好，你要办，我指一条路与你。”王振道。

“是，请王公示下。”马顺俯首恭听。

“匿名帖子上写了三件事，你先把三件事联系起来。”王振提示说。

“一件言驸马，一件言御史，一件言樵夫，这三个人身份绝无共同之处，看不出有任何关联呀。”马顺说。

“你再想想，驸马是什么驸马？”王振继续点拨。

“石驸马呀。”马顺答道。

“对！驸马是石驸马，御史是李御史，樵夫是王樵夫。顺子，你真是会想事呀。”王振说。

马顺听出是反话，忙问：“卑职想得不对吗？”

“我是问你，这个石驸马与别的驸马有什么不同。”王振说。

不同之处太多，马顺却脱口而出：“他下过狱。”

“所下何狱？”王振接着问。

“锦衣卫狱。”马顺答道。

“李御史与别的御史有什么不同？”王振问。

“亦下过狱。”马顺答道。

“所下何狱？”王振问。

“也是锦衣卫狱。”马顺答道。

“王樵夫与别的樵夫有什么不同？”王振问。

“下过狱。”马顺答道。

“所下何狱？”王振问。

“锦衣卫狱。”马顺答道。

“一名驸马，一名御史，一名樵夫，在相差不久的日子同下过锦衣卫狱，顺子，你不觉得此事很有趣吗？”王振点拨道。

“王公的意思是——”马顺其实已悟出他的意思。

“三人在狱中的情形都写得有根有据；再者，帖子中的话，如‘主子看奴才脸色’‘奴才当主子的家’，也不像秀才们的行文。我敢断定，写匿名帖子的人，一定出自锦衣卫或锦衣卫狱。”王振说。

“是，”马顺应道，“卑职就在锦衣卫内先清理一番。”

王永是锦衣卫军士，因锦衣卫狱缺少人手，被调去当几个月差，因此，不难查到他身上。他也敢作敢当，不等用刑，痛痛快快地承认，散匿名帖子是自己所为。王振对写匿名帖子暴露己短的行为深恶痛绝，请皇帝颁下诏书：王永磔于西市，不须复奏。

第三十六章

正统十年是大计之年，王直任吏部尚书两年，第一次感受到事务的繁忙和责任的重大。所有入觐官员的访单，他都要亲自过目；吏部写的考语，他都要字字斟酌；凡有疑虑的，他都要和本部左侍郎李敎、右侍郎曹义仔细切磋；事关重大的，他都要在吏部、都察院这两个主管衙门的堂官会商时提出来。

“身为高官，淫乱若此，闻之令人且惊且哀。”他深为感慨地说。

“惊嘛，无人不惊；却不知行俭先生为谁而哀？”王文问。他正统六年掌都察院，这不是第一次主持大计；更重要的是，他曾巡抚在外，对地方吏治接触较多，所以不像王直那么大惊小怪。

“我看，千之先生也并未大惊嘛。”曹义在二人间插话。

“我并没质问行俭先生呀，子宜先生怎么就为本部正卿打抱不平，质问起我来？”王文笑道。

曹义字子宜，南直隶句容人，永乐十三年进士。他比王文资格老，又是翰林出身，又有些看不起王文的人品，说起话来，难免带刺。

“并未大惊，那是识大世面，或有大城府。我是自愧不如呀，千之先生怎么听成质问。”他说。

王直本来觉得为谁而哀，问得很没礼貌；但在吏部议事，他不愿发生口角。于是息事宁人地说：“子宜先生没质问，千之先生也没质问，我等还是就事论事吧。”

“说到就事论事，我倒要驳一驳子宜先生，”王文道，“福建一地，布政使也淫乱，按察使也淫乱，子宜先生说我并未大惊，不是实情。路上我还在和程都堂议论：二人如此行事，岂不是置福建于化外！”

都察院右副都御史程富，字好礼，徽州歙县人，乡荐出身。他说：“路上议论不必说，千之先生昨见二人访单，亦拍案大骂其畜生不如。”

“原来当真错怪千之先生，某在此谢罪。”曹义一揖。

“不敢，都要尽职，何言得罪！”王文道。

“对了，”王直有些不放心地问，“二人访单是巡按福建御史开出的，不会有不实之处吧？”

“朝廷因传言甚多，才命福建巡按查访二人行径。行俭先生想，会有什么不实之处吗？”话虽平和，但听得出王文内心的不快。

“千之先生切莫误解。”王直说，“我的意思是，访单中所言之事，是不是每一件均有证人、证物？”

“怎么没有？”王文大概觉得自己来讲解有失体面，转对右副都御史程富说，“好礼先生，你一一核实过，麻烦你讲给行俭先生听。”

程富为人厚道，不懂王文的心思，也不屑揣摩别人的心思，但言道：“二人中，左布政使方正事稍简，按察使谢庄事则繁。我先讲方氏之事，公等意下如何？”

“好礼先生请随意。”王直道。

“方某诱娶福建中卫指挥单刚妻马氏为妾一事，是查访当事之人，综核各方之言，而确定为诱娶的。”程富的叙述十分严谨。

“方某自家怎说？”曹义问。

“他自然不会承认是诱娶。”王文说。

“但也没脸说明媒正娶吧？”曹义问。

“子宜先生说的是，他但言经人说合而娶马氏。”程富说。

“经人说合？”曹义冷笑，“凡事皆可用经人说合，如打斗詈骂，如货物贸易，如田土过户；独婚嫁之事，未听人以经人说合言之。”

“子宜先生疾恶如仇，加之非礼勿听，所以不知婚嫁之事也可以经人说合言之；不过，马氏乃军官单某之妻，尚未被休，方某使人去说合，难辞其咎。”王文说。

“即便马氏被休，方某娶她，也有悖伦理。”曹义说。

“纲常伦理，今日且不必议；千之先生指出尚未被休，这很要紧。仅此一项，方某就不能说明媒正娶。”王直说。

“行俭先生的意思，仅此一项，已可用诱娶？”程富问。

“我并无此意。不是明媒正娶，也可能是强娶。”王直说。

“按照单某的说法，有强娶之意。”程富道。

“他怎么说？”王直说。

“他说：夫妻本两情相悦，他被迫无奈而休妻。”程富道。

“是谁逼迫的他？”王直问。

“行俭先生还用问吗，必是方某无疑。”曹义说。

“他倒没直指方某。据他所言，逼迫他的人有二：一是马氏之父，再一个嘛，方某不是说经人说合吗？便是那个说合者。”程富道。

"马氏之父，何许人也？"曹义问。

"商贾。"程富说。

"有无功名？"曹义问。

"三世之内，皆为布衣。"程富说。

"一布衣商人，没有靠山，怎敢逼迫指挥？"曹义道。毫无疑问，他说的靠山，是左布政使方正。

"子宜先生，现在说的是单某，尚未言及马父。"程富提醒他。

"好吧，就先说单某。"曹义道，"说合之人，不会与布政司有染吧？"

"子宜先生言中，正是布政司衙门的人。"程富说。

"他未免太猖獗，竟不知避一避嫌疑。"曹义道。

"一来嘛，他没想到这件事会惊动朝廷；二来嘛，布政司的人皆其属下，自然乐于效力；三来嘛，布政司的人出面说合，自然比随便一个人出面说合有力。要不，单某也不会说被迫无奈。"程富一番话属于推测，但应该说很符合实际情形。

"那么，马家又是怎么说的？"王直问。

"马父虽狡诈，但怕官，从他嘴里不难套出实情。"程富道，"问他：马氏初为单某妻，怎又做方某妾？他先说，一个愿休，一个愿娶，一个愿嫁，三下里情愿；又说，单某开始并不情愿，被他劝说后方才情愿。但不管怎么说，方某愿娶，马氏愿嫁，两厢情愿是不错的。问他本人为何情愿。他说，不为别的，只为方某一个许诺。问他是何许诺。他说，是对马氏之弟的许诺：三年之内，许入学。"

"他不是空言许诺吧？"王直问。

"访查之际，马氏之弟已送到福州附近的福清县学。"程富说。

"以一省方伯而言，这个许诺未免太轻。"曹义挑剔地说。

"不止于此，还有呢：又三年，许秀才，又三年，许送监。"程富说。

"何不连会试一甲也许给他！"王直愤愤地说。

"我看，这回该送另一监。"曹义则嘲笑。

方正向马家许诺的送监，是送入国子监就学，各府、州、县都有名额；曹义说的送监，却是送入牢狱。

"访单使用'诱娶'二字，可谓煞费苦心呀！对此二字，方某有些不情愿，单某有些不甘心，但最终都不得不承认；至于马父，简直是直言。"王直说。他认可访单的内容，也就是认可对方正的考核。

"方某之事如此，我再说说谢某吧？"程富见无人反对，讲起谢庄的访单，"谢某劣迹有二：其一，诱娶福州左卫指挥张敏女为妾；其二，在百户陈亮家挟娼饮酒。"

“又是个诱娶！也如同方某的访查，三方对证过吧？”曹义问罢，发觉不对，“张敏之女，非为人妻，哪里来的三方！”

“三方对证是子宜先生自家说的，却去问谁？”王文取笑道。

“子宜先生并不错，这次仍是三方对证。”程富说。

“仍是三方？”曹义掰着手指数道，“谢某一方，张敏一方，还有一方却去哪里寻找？”

程富也掰起手指：“谢某一方，张敏一方，张女一方，不仍是三方？”

“着啊，张敏一方，张女一方，是该都问一问的。但方才方某之事，为何只问马父，不问马女呢？”曹义找出漏洞。

“不问马女，是有道理的。”程富说，“单某讲，他与马氏两情相悦；马父讲，马氏愿嫁；此女又要维护前夫的脸面，又要维护兄弟的前程，估计什么都不会讲的。不问也罢。”

“巡按御史是这么说的？”曹义问。

“不，是我替他想的。”程富道。

“这才是心有灵犀一点通呢。”曹义取笑道，并问王直，“行俭先生，你说是也不是？”

“是不是心有灵犀一点通，那得看好礼先生怎么解说访单。”王直敏锐地觉察到，此事与前事有所不同，“马氏为人妻，欲娶她，须得使用诱骗手段。张氏为女，谢某欲娶她，明媒正娶即可，何须诱骗？”

“谁道行俭先生书卷气太重！着眼于如此细微处，我都察院资深御史中也找不出一两个。”王文大加称赞。

“千之先生之意，行俭先生只堪在都察院任一御史？”曹义在他的话里挑刺，并不忘加上一句，“当然，是资深御史。”

“子宜先生这么想，是小觑资深御史四字。就断狱而言，我等署院堂官，谁比得上一名资深御史！”王文道。

“这话并非自谦。”程富附和。他和王文都是御史起家，知道一名资深御史的价值。

“那么，千之先生是说我的书卷气太重？”曹义又找别的毛病。

“那就更不敢。”王文不甘心被诘问，转守为攻，“子宜先生不屑着眼于细微处而已，其实，早已看出谢某访单里的‘诱娶’二字不如方某访单里的‘诱娶’二字用得贴切。是不是？”

“这是千之先生说的，不是我说的。”曹义道。

“子宜先生打算怎说？”王文问。

“巡按御史在此单中用‘诱娶’，自有用‘诱娶’的道理。”曹义道。

“子宜先生所言不差，谢某‘诱娶’并非随笔写上。”程富应道。

“怎说？”这回是王直在问。

“谢某称明媒正娶，张氏父女却称，虽有明媒，并未正娶。”程富说。

“我怎么越听越糊涂？”王直问曹义，“子宜先生，你呢？”

“善于细微处着眼的行俭先生尚且听不明白，我更听不明白。”曹义说。他不是讽刺王直，而是针对王文。

王文微微一笑，道：“好礼先生在卖关子，怎么也算到我头上？”

“我没卖关子呀。”程富认真地说，“虽有明媒，并未正娶，确是张氏父女的原话。何谓明媒？堂堂按察司佥事某，携手札聘礼，登门求婚，这还不是明媒吗？又怎说不是正娶？谢某曾对张敏言道：其妻病入膏肓，将不久于人世；又曾向其女许诺：其妻不贤，不日将休。总之是先以妾的身份娶回，不日立为正妻。实则谢妻既无病，谢某也无意休妻，他对张氏父女撒个弥天大谎。”

“谎是个大谎，但称之曰弥天大谎，似乎过矣。”王直评论道。

“还有，谢某虽对张敏谎称其妻不久于人世，对张女谎称将立她为正室，但娶她时就是小妾的名义。名之曰妾，娶之曰妾，不能说不是‘正娶’呀！”曹义也有疑义。

程富不善与人辩论，所以只听他们的议论，不予辩驳。

王文却是一定要辩驳的，他的辩驳也很简单：“不能说不是‘正娶’，也不能说不是‘诱娶’吧？”

“千之先生这话，耐人寻味呀。”王直道。

“照千之先生的说法，谢某的访单无懈可击？”曹义问。

“有缺憾，但不在‘诱娶’二字。”王文说。

“那在何字？”曹义问。

“‘诱娶’之罪已经很重，又列上一条与百户招娼饮酒，实在是蛇足。”王文说着，反问一句，“子宜先生意下如何？”

“甚是。”曹义难得地表示赞同。“我看，处置时，方、谢二人宜同罚。”说着，问王直，“行俭先生，你说呢？”

“同罚未必公正。”王直的想法不同，“招娼饮酒一款也不应忽略。单就‘诱娶’一事而言，方某确实比谢某恶劣得多，但‘诱娶’就是‘诱娶’，二人既然皆以‘诱娶’议处，自当同罚。谢某再加上一款招娼饮酒，处罚自然应该更重。”

“诚是，如此才称得上公正。”程富附议，并问，“招娼饮酒一事的证词如何，是不是也要给行俭先生、子宜先生讲一讲？”

曹义知道，王直若开口，一定又是“好礼先生请随意”。他实在不想再听这些翻来覆去的话，抢着说：“一定是谢某、百户陈亮、娼某三方对证，不说也罢。”

虽然王直觉得招娼饮酒一款不应忽略，但也觉得有关证词可说可不说，因而对曹义的表态不置一词。

程富受王文委托，讲述方正、谢庄二人的访单。既然众人都不要他再讲下去，他觉得对这件事的议论可以告一段落。唯一没得到答案的，是王文开始对王直的发问。不管王文发问的意图是什么，程富自己现在很有兴趣知道答案。他问：“行俭先生仍以为不曾被质问吗？”

“此言何意？”王直早忘个干净。

“千之先生曾问，行俭先生为谁而哀。”程富道。

“好礼先生问的是这件事呀，”王直笑笑，说，“千之先生并非质问，只是明知故问而已。布政使执一省之政，按察使执一省之宪，二者皆淫乱，你问问他，当为谁而哀？”

“我知道，是为闽人而哀。”王文道，“行俭先生说我明知故问，我就再明知故问一句：行俭先生就不为方、谢二人而哀吗？”

“二人皆为官二十余载，辛劳总是有的。因品行不端、不知检点而自毁前程，确是件悲哀的事情。”王直说。

“仅此而已吗？”王文问。

“难道还有别的？”王直不解。

“南杨先生与方某同乡，此老最喜欢袒护乡人。”王文说。

“千之先生还嫌事不够多，非要添加点儿麻烦不成？南杨先生过问此事，是对他有好处，对我等有好处，还是对方某有好处！”曹义责道。

王文笑笑，没有答话。

“千之先生的意思，我似懂得。”王直却说，“南杨先生袒护乡人，确有其事。以往湖广籍的官员出事，他不见得人人袒护，但总要多问一句。东杨先生、西杨先生先后过世，内阁先增补马性和、曹万锺，复以陈德遵入阁。南杨先生虽仍居内阁之首，但身边都是后辈之人，难免感觉寂寞，感觉孤独，感觉力不从心，感觉物是人非。这一年来，内阁几无建树，南杨先生几无建言。换言之，三杨之世不复，内阁非昔日内阁，南杨先生非昔日南杨先生。他连乡人获罪都无意过问，也就难怪。”说着，问王文，“千之先生，你所言悲哀，可是此意？”

“我只是想南杨先生或会过问，岂料行俭先生浮想联翩！”王文道。

本年考察，罢黜四百五十三人，其中包括，方正削籍，谢庄戍威远卫。同时，考绩最佳的官员有十人，他们是：浙江都转运盐使丁鎡、巩昌知府韩福、南昌知府胡本惠、宁国知府袁旭、松江知府赵豫、凤阳知府杨瓒、海丰知县王懋、霸州知州张雷、吴县知县叶锡、庆云典史赵亮。本年考察，一方面对贪渎官员的处罚较重，一方面对考最官员的奖励也较重，包括人赐金织衣一袭、钞五百贯，吏部录姓名擢用，于礼部赐宴。

礼部赐宴刚好在正月十五日。传统的节日，加上特别的盛典，热闹非常。以英国公张辅为首的勋臣，以杨溥为首的阁臣，以王直为首的七卿，皆来陪宴。司礼监除王振外，兴安、范弘也都来。因为是赐宴，他们代天子来敬酒，是半个主人的身份。

赐宴在礼部衙门举行，而不在宫殿举行，规模要小得多；好处是不拘束，人人可以走动，可以相互敬酒。

赵豫、袁旭二人手举酒盅，双双来向杨溥敬酒。

“不成不成，已不胜酒力。”杨溥婉拒。

“这盅酒，南杨公是一定要饮的。”袁旭说。

“人人劝酒，都道一定要饮，廷辅是什么理由呀？”杨溥问。

袁旭字廷辅，江西乐安人，永乐十三年进士。

“我与定素先生小设赌局，要请南杨公做个见证。”袁旭说。

“二位郡侯各守一郡，虽说相距不甚远，也有数百里。平日里难得见上一面，今日在朝廷相聚，却要赌什么？”杨溥问。

“我与定素先生赌，是他在松江知府任上久，还是我在宁国知府任上久。”袁旭说。

杨溥听了直摇头，道：“怪事，这也可做赌注吗？”

“他日不可以此做赌注，今日却正好以此做赌注。”袁旭说。

“是何缘故？”杨溥问。

“我二人获取殊荣于斯，当殚精竭虑于斯。”袁旭说。

“二位郡侯赌得标新立异，说得慷慨感人；不过，我先要知道，是哪个倡议的。”杨溥说着，问赵豫，“定素，是你吗？”

“弘济先生知道，我在松江是禁赌的。”赵豫笑着说。

“那么，是廷辅？”杨溥又问袁旭。

“晚生在宁国亦禁赌。”袁旭答道。

“于当地禁赌，不会到朝廷来倡赌呀。是否有人挑唆？”杨溥问。

“南杨公说得对，确有人在挑唆。”袁旭道。

“是谁如此用心险恶？”杨溥问。

袁旭向不远处一指，道：“叶玄圭。”

叶锡字玄圭，浙江永嘉人，宣德五年进士。他正在和另一位内阁大学士陈循说话，袁旭一指，好像触到他，他随之回头。

“玄圭，你来。”杨溥顺势招呼。

叶锡指指这一边，好像在请示。陈循点点头，大概示意他过来。

“我记得，德遵先生是他的座主。生生把人家师弟拆开，不该呀。”杨溥自言自语。还记得陈循是宣德五年的主考官，可见脑筋一点儿也不糊涂。他招呼道：“德遵先生，可否过来坐坐？”

“弘济先生有命，岂敢不遵！”陈循说着，和叶锡一起走来。

“德遵兄。”袁旭和陈循是同年进士，迎上去。

“廷辅兄，”陈循拉着他的手，寒暄道，“你等和弘济先生在说什么，好热闹呀！多时不见他老人家这么开心。”

“与德遵兄无关，叶县令可得当心。”袁旭低声说。

“怎么？”叶锡惊问。

“南杨公要向你兴师问罪。”袁旭说。

“在下何时得罪南杨公？”叶锡似乎迈不动腿。

“到时就知，到时就知。”袁旭拉他过去。

两伙人凑成一伙，你劝我，我劝你，喝一圈。

陈循唤声“弘济先生”，杨溥正好也唤“德遵先生”。

“弘济先生，你说。”陈循谦让。

“你有话，你说。”杨溥道。

“玄圭考最，令天下县令欢欣，但不知何事得罪——”陈循问。

“我也正要说说玄圭。”杨溥不等他说完，便插进话来，这在他是很少有的，“玄圭去看过我，与我长谈。他什么都好，就是不该挑唆。”

“南杨公说晚生挑唆？”叶锡大惑不解。

“弘济先生错怪玄圭了吧？玄圭非圣人，别的错或许会犯；但挑唆，我担保他是不会的。”陈循也说。

“是吗？你问问他二人。”杨溥把问题留给袁旭、赵豫去答。

赵豫不忍心阁老难堪，要道出真情。袁旭拉拉他衣袖，不让他说。

杨溥见此情形，只好自己说：“玄圭，你不知廷辅难缠吗？在他面前挑唆，也该有好的题目，怎么挑唆他设赌局？”

“我挑唆廷辅先生设赌局？这从何说起呀！”叶锡道。

谁都看得出，他绝非做假。杨溥责备袁旭：“廷辅呀，你不仅学会设赌，还学会栽赃。”

“我并未栽赃，是玄圭挑唆的呀。”袁旭也是一脸的真诚。在杨溥的目光又转向叶锡而叶锡的目光转向他之际，他从容地问：“玄圭，你昨日对我二人说过一句要紧的话，还记得吗？”

“昨日我对两位太守说过话吗？”叶锡记不得。

“昨日东华门外偶遇，玄圭的嘴就没停过，现在想抵赖？”袁旭道。

“对，对，昨日是在东华门外与二公偶遇，说上一阵话。”叶锡记起来，“不过，只是闲谈，并没讲过要紧的话，更用不着抵赖。”

“定素先生，你提醒他。”袁旭对赵豫说。

“玄圭说：他其实是代况太守来的。”赵豫道。

“对，这话我说过。”叶锡并不否认。

“南杨公看，他已承认。”袁旭颇有几分得意。

“玄圭的话并非不要紧，但充其量可说是自谦，可说是感念；但绝无挑唆之意呀。”杨溥说。

“南杨公别看他这句话没有挑唆之意，他还有下句话呢。”袁旭道。

“玄圭，你还说什么？”杨溥问。

“我说，伯律先生若在，考最者是他，轮不到我。”叶锡没把这些当成要紧的话；但既然袁旭以为要紧，他就顺着往下说。

“还有！”袁旭道。

“我说，我学会做亲民官，皆伯律先生耳提面命。”叶锡又想起一句。

“还有！”袁旭道。

“伯律先生病重时，我去探望。他对我说：得逝于苏州知府任上，一生足矣。”这是叶锡能想起来的最要紧的一句话。

“就是这句！”袁旭道，“况太守是太守，定素先生和我也是太守；况太守以逝于太守任上而知足，我二人也愿死于太守任上。南杨公，我说这赌局是玄圭挑唆的，没错吧？”

没等杨溥回答，陈循早耐不住。他在一旁说：“况太守的话着实令人感慨，却不知廷辅兄与定素先生赌的什么。”

袁旭指指杨溥，让陈循问他。

“他二人赌谁的太守任得久。”杨溥说。

“此事做赌注，太荒唐吧？”陈循道。

“是啊，我也觉得匪夷所思。但人家说，今日正好以此做赌注；人家说，获取殊荣于斯，当殚精竭虑于斯。”杨溥复述袁旭的话。

“如此说来，倒是标新立异的一赌。”陈循既不表示支持，也不表示反对，但问袁旭，“廷辅兄与定素先生怎么个赌法？”

“南杨公说得明白，比久任。”袁旭说。

“说句不吉利的话，若遇生老病死呢？”陈循问。

“此乃天意，自然是输。”袁旭说。

“再说句不吉利的话，若遇丁忧呢？”陈循问。

丁忧即父母去世，辞官守制。袁旭说：“守制再起，若复原任，可再比起；若不得再起，或不得复原任，也是输。”

“说句吉利的话，若遇升迁呢？”陈循问。

“百姓上表乞留，或诣阙乞留，那是有政绩；百姓听任其去，并无挽留之意，又是输。”袁旭说。

“再说句吉利的话，若遇朝廷不准呢？”陈询问。

“当自陈乞留，若恩准，可见发自真情，感动朝廷；若仍不准，足见语无惊人之处，又是输。”袁旭说。

“面面俱到，廷辅兄想得很周全呀。”陈循没话可问。

“是我和定素先生在一起想的。天下扬名的二知府，规划个章程，不在话下。”袁旭说。

“廷辅兄先不要得意。方才问的，是些小章程；有个大章程，不知廷辅兄想过没有？”陈循道。

“什么大章程？”袁旭问。

“所谓久任，是自到任之日算起，还是自今日算起？”陈循问。

袁旭愣住，看来是没想过。回过神来，他反问：“自到任之日算起怎样，自今日算起又怎样？”

“自今日算起，廷辅兄占个大便宜。”陈循说。

“我怎占个大便宜？”袁旭问。

“你想啊，定素先生任松江知府，有多少年？”陈循道。

“一十五载。”袁旭回答。

“你任宁国知府，有多少年？”陈循问。

“一十一载。”袁旭回答。

“定素先生早你四载任知府。自今日算起，以前都不算数，岂不是让你占个大便宜？”陈循道。

“德遵兄这话说得不对。”袁旭连连摇头。

“怎么不对？”陈循问。

“德遵兄说说看，任一处知府在十年以上的多不多？”袁旭道。

“不多。”陈循回答。

“既如此，任一处知府在十年以上，十五载也好，十一载也好，应该说没什么差别。”袁旭伸出一指，在陈循眼前晃了晃，道，“这是其一。”

“其二呢？”陈循问。

“岂不知任知府越久，越知久任之道。说起来，定素先生还占个大便宜呢。”袁旭说。

“占便宜又卖乖，没见过这等无耻之人吧？”陈循道。

众人皆笑，独赵豫不笑。

“我在为赵太守说话呢，赵太守怎么一无表示？”陈循问。

“廷辅先生不是无耻，是无算。”赵豫说。

“我怎么无算？”袁旭不服气。

“人称‘松江太守明日来’，廷辅先生知府无论任到哪一日，我都会任到明日，所以，廷辅先生输定。”赵豫道。

众人又是一阵欢笑。

“对了，”陈循转向杨溥说，“他二人方才在和弘济先生谈论，由我问来问去，岂不喧宾夺主！还是弘济先生来问吧。”

“该问的，德遵先生都问过，我没什么再问的。”杨溥说。

“那么，南杨公应允做这个见证？”袁旭问。

“这个见证，我恐怕做不得。”杨溥摇着头说，“廷辅想呀，你二人比的是久，我年至古稀，熬得过你等吗？德遵先生来得正好，你二人的这个赌局，可请他来见证。”

“南杨先生不做见证也罢，这盅酒总要饮的吧？”袁旭道。

“好，我与你二人饮一口吧。”杨溥举起酒盅，邀叶锡，“玄圭，你这个知县一任也是十五载，尤其不易，一起饮吧。”

“是，晚生也来凑个数。”叶锡应道。

他和袁旭、赵豫一起举起酒盅，听杨溥饮酒前的祝词。

不料杨溥一下把话扯远：“廷辅说，自今日算起，定素占便宜，这是狡辩之词。不过，要是自到任之日算起，廷辅还真被定素占到便宜。”

“南杨公，这话怎讲？”袁旭问。

“那些年里，朝廷注重下情，百姓有所奏请，则许之。定素，还有伯律等，所以久任，得益于此。日后之事，却难说。”杨溥道。

袁旭等听得出来，他的话里暗含着许多没有说出来的意思。那些年注重下情，以后可能不会那么注重下情，这是最简单的引申；进一步引申就是：那些年政治清明，今日以及日后不会有这样政治清明的局面。此公现在的话不多，但对时局仍有他的想法。

“盛典难逢，但愿下次大计，会聚的仍是四方贤才。”杨溥说。

众人饮酒，气氛一下子变得有些沉闷。

第三十七章

文华殿里，王振、兴安等侍驾，阅读当日的两道奏章。皇帝读罢，问道："朕记得，祥符属开封府，是吧？"

皇帝面向兴安，兴安回奏："爷说的是。"

"该县离府城远吗？"皇帝问。

"祥符与开封同城。"兴安回答。

"这么说，是河南的心腹之地？"皇帝道。

"诚如圣谕。"兴安应道。

"咸阳、渭南、富平三县呢？"皇帝问。

"属西安府。"兴安答道。

"不会都属西安府吧？"皇帝道。

"回爷的话，三县都属西安府，渭南在府东，咸阳在府西北，富平在府东北。"兴安回奏。

"那不是，"皇帝做个半边围拢的手段，"把西安围起半边？"

"爷说的是。"兴安应道。

"西安是陕西的心腹之地，如同开封是河南的心腹之地。一布政司心腹之地灾民汇聚，一布政司被灾民围起半边，这可是大事呀。"皇帝说。

"诚如圣谕。"兴安应道。

"除陕西、河南两布政司，山西亦有灾情。"王振插话。

"对。"皇帝转向王振，"朕听说，陕西、山西、河南三处灾情皆重，怎么只有马恭一疏，言陕西三县灾民之情，于谦一疏，言河南祥符等地灾民之情，却没有奏疏言及山西灾民之情？"

"于谦巡抚山西、河南两地，去冬已奏报过山西之灾，并言山西灾民蜂拥河南。故年尾年初之际，他赶往河南安抚。于谦所言河南灾民，有许多来自山西，还有些来自陕西。"王振把来龙去脉叙述得很清楚。

"王先生这么一说，朕就明白了。"皇帝道，并问，"山、陕之民，流亡在外，终不是事。要不要降旨，命有司遣返回乡？”

“遣返不如就地安置。”王振答道。

“这是为何？”皇帝问。

“山、陕两地，仓储有限，且须应付边镇，遣返流民，当地难以安置。不如留在河南，该赈济的赈济，该安置的安置。”王振说。

“不错，于谦奏章里亦言及，开怀庆仓发粟平籴。据他所言，怀庆仓存储之量甚大，有，有——”皇帝记不清楚具体数字，但没询问，王振、兴安都不便开口。皇帝问兴安：“兴大伴，你记得吗？”

“老奴记得，是八十一万石。”兴安回奏。

“对，于谦请发怀庆仓粟八十一万石平籴，王先生，照你的说法，可准其奏？”皇帝问。

“可准其奏。”王振应道，“怀庆仓盈满；且位于豫西北，近山、陕。由其地发粟平籴，对赈济饥民、缓解灾情，最为有利。”

“那好，朕即降诏，命发怀庆仓粟。”皇帝说。

“此诏一颁，食粟者无不感念皇恩浩荡。”王振回应道，又说，“然发粟仅是赈灾之一事，皇上宜另颁一道敕书与于谦。”

“朕也想颁道敕书；不过，如何起句，使得于谦理会朕对此事的关切，有些拿捏不住。”皇帝说。

“敕书多由兴大伴草拟，皇上可问问他。”王振把事推与兴安。

“爷是从马恭、于谦的奏章议起的，奴才以为，不妨就以此开篇。”兴安提议之后，马上准备笔、墨、御笺。

“你是说，提一句二人的奏章？”皇帝觉得可行，试着口述，“近御史马恭奏，陕西远近居民，求食日二千余人，饥死甚众。咸阳、渭南、富平等县闭户塞门，逃窜趁食。及尔于谦奏，祥符饥民，屯聚男妇千余。”

“爷，于谦奏章还提到原武。”兴安提醒道。

“是吗？”皇帝再读于谦的奏章，里面果然有一句关于原武的话，便问，“原武也属开封府吗？”

“是，原武在府城西北。”兴安回奏。

“及尔于谦奏，祥符饥民，屯聚男妇千余，”皇帝重复这句后，又加上一句，“原武亦如之。”然后问王振，“王先生，如此开篇可以吗？”

“马、于二人奏章，皇上概述无遗，很好。”王振称赞道。

“接下来写什么呢？”皇帝问。

“皇上想的什么，就写什么。”王振说。除他之外，没有人敢这么回皇帝的话；当然，除他之外，皇帝也不会这么问。

“朕在想，去年灾情是否很重？”皇帝问。

对这个问题，不能不给出确定的答复。王振说：“某州某县，灾情或较重，但就山、陕、豫三布政司整体而言，与以往的大灾荒比较起来，不能算是很重。”

“这又是为何？”皇帝问。

“陕西九十五县，马恭提到的仅三县，河南九十六县，于谦提到的仅二县，以往的大灾荒，府、州、县相连，不可胜计。”王振说。

“既非特重之灾，为何流民甚众？”皇帝问。

“马恭说日二千人，于谦说屯聚男妇千余，并不算甚众。以往的大灾荒，饥民以万计。”兴安按照王振的口气说。

“不。”王振却反驳他，“以百县计，饥民上万，平均每县百人，今陕西三县，饥民二千，平均每县六七百；河南二县，饥民千余，每县五百。皇上问非特重之灾，为何流民甚重，问得好！”

“王先生，你为朕说说其中缘故。”皇帝道。

“总因有司无灾时侵夺，有灾时不用心。”王振说。

“那你看这样写成不成？”皇帝述道，“今岁歉未甚，流散若此，岂非有司侵暴之耶？”

“前面最好再加一句：朕即位以来，轻徭宽赋，诏书屡矣。”王振说。

“不仅有司，风宪官也多有失职者。”兴安补充。

“干脆把军官害军也写一笔。”王振又说。

皇帝把二人提出的这几条串通起来：“朕即位以来，轻徭宽赋，诏书屡矣。今岁歉未甚，流散若此，非有司侵暴之耶？又闻卫、所官亦往往剥害诸军士，方面风宪与同流污。疾苦不在心，是皆不可原。”

这几句话不仅包罗性强，而且朗朗上口，皇帝很有几分自得。看着兴安停笔，他说：“既不可原，就该处分。”

“这一处分，可是一大批官员呀。”兴安说。

“那又怎样？”皇帝问。

“天下朝觐官考察方告结束，马上处置一大批官员，恐怕——”兴安适可而止，后面的意思让皇帝自己去琢磨。

“兴大伴所虑甚是，转折一下吧。”王振先琢磨出他话里的味道。

“如何转折？”皇帝问。

“可以‘今姑予自新’一言带过，接下来，再表示对于谦等倚重之意。”王振搭个框架。

“倚重于谦，第一件要他悉心办好的事，就是发粟平籴。”皇帝说。

“皇上说的是。”王振应道。

受到鼓励，皇帝更为自信。他说：“朕记得，以往有灾，朝廷除开仓赈济外，还命有司劝赈，今亦可行之。”

“皇上留心前朝事例，效仿祖宗成法，实社稷之福。”王振称颂道，又说，“仅以发粟、劝赈，表示倚重，分量似乎不够。”

“那么，再委以何事呢？”皇帝问。

“地方政务，若有弊端，可令其奏请改正。”兴安提议。

“这里应有两层意思：其一，不急之务，径行停止；其二，不便之政，奏请改正。”王振说得更细致。

“接下来，该说一说安置流亡之事。”皇帝说着，述道：“今姑予自新。其各饬令正佐能干官员，分巡所属，量发粟，或劝富家赈贷。不急之务，遂为停止；有所不便，具实以闻；逃移至境者，设法安插之。尔等为国重臣，宜尽心区划。”

皇帝把敕书从头到尾读一遍，觉得可以结尾。他问王振：“朕想再和前面的‘是皆不可原’相呼应，王先生，你看这样结尾如何？”

“作文章就要前后呼应，皇帝想得很是。”王振道。

皇帝本想自己再琢磨出几句话来，但看兴安一眼，改变主意。他命道：“兴大伴，你来写完它吧。”

兴安写道：查有司贪暴遢冗者，起送赴京；军官具奏处置。

敕书正本，即日差专人送往河南，颁与于谦。同时，写副本多件，分别颁与陕西、河南、山西三布政司及北直隶保定、大名、真定、河间、顺德、广平等府。

于谦率一书童，离开怀庆府城，骑马北行一段，到沁河岸边，转乘小舟东行。沁河发源于山西沁源县，山西灾民多沿沁河涌入河南境内，因此这一段不太安宁。书童时而祈祷：快到武陟吧，到了武陟，沁河流入黄河，老爷和我都安全；时而责怪老爷：明知世道不太平，为什么不带一队军士护行，让自己提心吊胆。

于谦只顾看两岸庄稼的长势，一点儿也不关心书童在想些什么。

书童向船工借一只碗，从坛子里倒出半碗酒，送到于谦面前。

“老爷一直在翘首以望，累不累？”书童勾引于谦说话。

“倒不觉得累，只是有些口渴。”于谦说。

“老爷请。”书童把碗递过去。

于谦本要做牛饮，但碗举刚到嘴边，觉得不对。

“不是水？”他问。

“是酒。”书童说。

“哪儿来的？”于谦问。

“老爷带在身边的呀。”书童说。

“我带在身边的？那不是犒赏放粮官的吗？”于谦道。

“犒赏过放粮官，还剩下半坛，老爷就喝一口吧。”书童说。

“不成！剩下的半坛，一滴也不能喝，我有用场。”于谦把碗交给书童，命道，“倒回去，换碗水来。”

书童知道犟不过老爷，只得去换水来。

船泊在人烟稀少的岸边，两名船工要大解，怕熏着大人，走出百十步远；书童贪睡，倒在舱里睡熟。于谦坐久，在岸边随意走走。走着走着，诗兴忽发，一边踱着步，一边确定题目，打起腹稿。

题目尚未确定，一声呼哨和一阵嘈杂的脚步声打乱他的思路。抬头看时，一伙衣衫破烂、面目凶恶的汉子，约有十来人，把他围住。

“我说今日有大买卖，你等看如何！”说话的是他们的头目。

“大哥料事，如有神助，自不会错。”众汉迎合道。

“这是条官船，岸上站个官老爷，先从官老爷身上搜出银两，再去船上搜出器物。”被唤作大哥的头目吩咐。

于是上来四人，二人扶持于谦手臂，二人在他身上搜摸。于谦不加反抗，任他们搜身。

“大哥，官老爷身上没有银两。”一汉子说。

“虽无银两，腰带却似值钱。”另一汉子说。

“腰带值钱，应是个大官。”头目说。

“大哥，要不要把腰带取下？”一汉子问。

“不急，人在此，还怕腰带飞了不成？”头目道。他挥挥手，另几个汉子冲进船仓，去搜寻器物。

不多时，汉子把睡得迷迷糊糊的书童提将出来。又不多时，一汉子抱着个酒坛子出来。最后出来的汉子，手里只拿着几块干粮。

“大哥，都在这里。”一汉子说。

“坛子里是元宝吗？”头目问。

“不是，是酒。”那汉子说。

“也好，天气燥热，正口渴。”失望之余，头目宽解自己。

那汉子忙把酒坛抱过去，心里估摸着，头目喝过后，大家轮着喝，每人都能喝到一两口。

头目接过坛子，往坛口闻闻，取笑道：“官家的酒，也未见高明。”

众汉子哂笑。头目才举起酒坛，就听于谦冷冷地说：“此酒饮不得。”

“我等饮不得，留给你饮吗？”头目道。

“我也饮不得。”于谦说。

“为何饮不得，里面有毒吗？”头目问。

“实不相瞒，未曾下毒。”于谦说。

“那却为何饮不得？”头目问。

“听各位口音，是从山西来的吧？”于谦反问一句。

“是又怎样？”一汉子道。

“听大哥的，你多什么嘴！”旁边一汉子嘘他。

“哼！”头目冷笑，“休想使奸，诈出我等来处！”

“我并不想诈出你等来处，我只想告诉你等，你山西自古以来出好酒，却没有如此坛酒昂贵者。”于谦说。

“官老爷的话，最不可信。半坛村醪，值得几个钱！”头目道。

“我家老爷的话不错，这酒的确昂贵之极。”书童抢着说。

“没规矩，我和你家老爷说话，你多什么嘴！”头目凶巴巴地斥责，又吩咐抓住书童的汉子，“把他嘴堵上。”

“好。”那汉子狞笑着，从自己破衫上撕下一块，要塞到书童嘴里。

书童看那布脏得不能再脏，生怕真的塞进自己嘴里。他央告：“莫塞，莫塞，我不多嘴就是。”

头目向那汉子示意，先别堵上书童的嘴，还有话要问他。

“你怎知这酒昂贵之极？”头目问道。

书童指指自己的嘴，用力地摇着手。

“不会说话？嘴不会说话，要它何用！不如塞上。”头目说。

书童不等抓住他的汉子动作，已叫起来：“会说话，会说话！莫塞，莫塞！方才我家老爷口渴，我倒半碗酒给他解渴。他说：这酒一滴也不能喝，他有用场。一滴也不能喝，你道昂贵不昂贵！”

“好，知道了。”头目说着，看书童一眼。

书童把嘴闭紧，又用力地摇起手来。

头目被逗笑。他摇晃着酒坛，道："我倒真想尝尝这一滴也不能喝的酒。不过，还是先问清价钱吧，他日弟兄们赚得大钱，也好给还。"

众汉子大笑，连于谦也忍不住手拈胡须，微微笑着。

"说实在话，这酒值多少钱？"头目问。

于谦伸出三指。头目问："三钱银子？"

"估得太低。"于谦摇头道。

"三两银子？"头目无法相信。

"我虽是个穷官，三两银子一坛的酒还可以请你喝。"于谦道。

"难道值三十两银子不成！"头目完全失去耐心。

"你不要胡乱估价，我告诉你吧，它值三千石粟。"于谦说。

"你等可知，三千石是多少？"头目为众汉子。

"大哥不知，我等更不知。"一汉子说。

"大哥不是不知，是不愿对官老爷说。"另一汉子想掩盖头目的无知。

"不知就是不知，那又有什么！咱们听官老爷说。"头目倒很直率。

"我给各位举个例子吧。"于谦说着，问道，"各府、州、县均有粥厂，赈灾时以大锅煮粥，各位见过吧？"

"那是都见过的。"一汉子说。

"岂止见过，那粥也吃过。"另一汉子说。

"一石粟，煮成粥，一日可赈三百余人。"于谦一步一步往下计算，"三石粟，一日可赈千人。三十石粟，一日可赈万人。三千石粟，可赈万人百日。大灾之年，它可救万人性命。"

"官老爷的意思，"头目摇晃着酒坛，道，"它能救一万条性命？"

"差不多就是这意思吧。"于谦说。

"怎叫差不多就是这意思？"头目问。

"是这样。"于谦不慌不忙地述说着，"开封有一老汉，姓赵，叫赵守质，家室殷实。你山西，还有陕西、河南等地发生饥荒，天子降诏，各地劝赈。这赵守质拿出家中存粮三千石帮助官府赈济灾民。这半坛子酒，是我个人敬他的，也是代表朝廷奖掖他的。你等别小觑这半坛酒的作用，说不定能引导更多的赵守质出私粮赈济。多捐出三千石粮，即多救万人性命。你等想想，是不是这个道理？"

"对官老爷来说，三千石也不算小数目吧？"头目似对于谦挑衅。

"那是自然，"于谦点点头，"再举个例子，我而今月俸二十四石，一年二百八十八石，而且并非全数支米。即便全数支米，三千石也是我十年的俸禄。”

听他这话，头目一手抱住酒坛；腾出一只手来，挠着脑袋。

“大哥小心，这酒昂贵，别摔了。”一汉子壮起胆子提醒他。

“我敢摔吗？一万条性命呀！官老爷十年的俸禄呀！”头目招呼把酒坛抱出来的汉子，“坛子是你请出来的，还由你送回去，这酒不能喝。”

那汉子抱酒坛出来时随随便便，往回抱时战战兢兢。头目盯着他的后背，众汉子盯着他的后背，直到他平安走进船舱。

“官老爷，你要救一万条性命，我不敢坏你大事。”头目对于谦说。

“多谢。”于谦朝他揖了揖。

“但官老爷也不能让我等空手而回吧。”头目道。

“你待要怎的？”于谦问。

“官老爷的细软，总得留给我等一些吧，”头目说。

“大哥，我等搜过，这官老爷一文不名。”方才在于谦身上搜寻的汉子说，这个带有蔑视含义的很书面化的词句不知他从哪里学来的。

“谁说我一文不名！”于谦不愿被人蔑视。

“这么说，你有银子？”头目问。

“有，不过不在我身上。”于谦说。

“不在你身上，却在哪里？”头目问过后，注意到书童在那边想跳又跳不起来，想说又不敢说，只是一遍又一遍地指着自己的嘴。他点点头，示意书童说。

“老爷的银子，在我身上。”书童说。

“在你身上，是你自己拿出来，还是让他等去搜？”头目与他商量。

书童看于谦一眼，见他满不在乎的样子，便说：“我自己拿出来吧。不过我知道，我自己拿出来，他等还是要搜的。”

说着，从怀里掏出几块碎银子，交给抓住他的汉子。那汉子挪动两步，把碎银子交到头目手里，回身又把书童抓住。头目掂掂，加起来不过几钱重。他冷笑道：“娃儿，你的话不错，是要搜一搜你。”

抓住书童的汉子粗鲁地在他身上摸索。书童怕痒，左闪右闪，把那汉子忙个不迭。又上来两个汉子，把书童按住，三人一起在书童身上摸索。结果，三个汉子一起抬起头，向头目做着怪样。

“没有？”头目从于谦面前走到书童面前，又从书童面前走回于谦面前，似乎在下一个难下的决心。决心终于下定，他面露凶相，对于谦说：“官老爷，我一直好生待你等，你若再不把藏起的银子拿出来，我就，”一指书童，“杀了他！”

“这话你不该对我说。”于谦仍然平心静气。

“不该对你说，该对谁说？”头目问。

于谦也指向书童：“该对他说。”

“为何要对他说？”头目问。

“一则，银子藏起来没有，他知，我不知；二则，今日阵势，说句得罪的话，吓不住我，吓他尚可。”于谦说。

“老爷休要小觑我，我随老爷两年，何等阵势没见过！他要吓，尽管来吓！”书童叫道。

“那孩儿，不是吓你，你若不把藏起的银子拿出来，我先杀你家老爷，再来杀你。”头目说。

“我不是被你吓住，只想告诉你，你这个人好蠢呀。”书童道。

“我怎么蠢？”童言无忌，头目倒也不生他的气。

“老爷的行囊就在船上，有无细软，一翻不就知道？”书童道。

一汉子从船舱找到行囊，抱出来，当着众人面打开寻找。众汉子看到，他举起几本书，放下；举起笔、砚，放下；举起一件旧衣，放下；举起两块旧帕，放下。终于听到他欢呼：“有了，有了！”欢呼声未落，他手里举起几枚铜钱。

“几枚散钱也大呼小叫，真没见过世面。再找！”头目命道。

“大哥，已见底。”那汉子说。

“已见底？你是说，再没什么？”头目难以置信。

“大哥自家来看吧。”那汉子说。

头目出于好奇，真想过去看看。但这一过去，就显得对弟兄不信任。他挠着头，自言自语：“身上细软，仅几块碎银；行囊细软，仅几枚散钱。几块碎银，几枚散钱，心里却想着救万人性命，这是什么官老爷呀？既无私藏，我杀不杀他呢？”

“我家老爷杀不得。”书童说。他有意模仿于谦说“此酒饮不得”的气概，倒也有几分神似。

“为何杀不得？”头目问，

“我家老爷是河南的青天大老爷，是山西的青天大老爷，你杀我家老爷，河南千百万人，山西千百万人，怎能与你善罢甘休！”书童道。

“你家老爷管着河南？”头目问。

“河南一切皆管。”书童说。

“又管着山西？”头目问。

“山西一切皆管。”书童说。

“你家老爷姓什么？”头目问。

“姓于。”书童说。

“可是以兵部侍郎巡抚山西、河南两地的于谦于大人？”头目惊问。

“而今是以大理寺左少卿巡抚山西、河南两地。”于谦纠正道。

“哎呀，我的天！”头目惊呼一声，连连后退。众汉子聚到他身后，随着后退。抓住书童的汉子希望头目发话，告诉他行止。但没人顾得上他，他自己拿主意，放开书童，过去和众汉子站在一起。

头目跪倒，众汉子也跪倒。头目磕头，众汉子也磕头。众人齐声道：“罪民等拜见青天大老爷！”

不等于谦有所表示，头目一个呼哨，众汉子爬起来，狂奔而去。于谦往着他们远去的背影，叹道：“都是些善良百姓，只是为饥饿所迫呀。”

书童双臂被抓得生疼，正在自己给自己揉捏。听这话，他噘起嘴说：“一路上就指着那点碎银使用，也被抢去，老爷还说是善良百姓！”

话音才落，一汉子匆匆返回，隔着老远，就把手伸出来，道：“罪民该死，去得匆忙，忘把大老爷的银子留下。”

“教你句话，这叫完璧归赵。”书童说着，要过去取银子。

于谦一把拉着他，对那汉子说：“捎话给你大哥：你等皆非心狠手辣之辈，做不得强人。我指条路给你等：沿此河西行，快则一日，慢则两日，可抵怀庆，那里正在放粮。你等愿就地谋生，官府会安置；愿还乡，官府会资助。这几块碎银，好歹可以买些干粮，留在路上做盘缠吧。”

“谢大老爷，我等一定照大老爷指的路走。”那汉子说着，磕两个头，起身而去，转眼间又不见。

于谦见书童沉着脸，有意哄他：“没银子不要紧，你快去看看，咱们那两块大元宝还在不在吧。”

“老爷的家底我还不知，几时有过元宝！”书童说。

“怎么没有，那两个船工不是吗？”于谦道，“这船我弄不动它，你也弄不动它。没有那两个元宝，我等如何赶路？”

书童被逗笑，往远处寻找船工。原来两名船工出恭时，见一伙强人劫船，吓得发蒙，不敢动弹，腿都蹲麻。要不是书童过去拉一把，谁知二人还站不站得起来。

祥符民赵守质听说本里里老到，只说句“让他进来吧”，没有迎出去。因为里老是他的晚辈，在他想来，用不着出迎。不料，随里老而进的，不仅有本县知县老爷，还有一位比知县老爷官品高得多的老爷。知县老爷他识得，经知县老爷引见，他才知道，比知县老爷官品高得多的老爷就是巡抚河南的朝廷大臣于谦。和于谦站在一起的先生，知县没引见，或是知县也不知此人来历；但看得出，于谦对他却很敬重。赵守质想，脚下这一懒，真是不成体统。

没有出迎，叩拜礼总是要行的。赵守质口称“小民赵守质叩见于大人”，就要拜下。于谦扶住他，说：“我等是来道贺的，不必行此大礼。”

赵守质恭请于谦上座，于谦坐下。接下来请知县坐，知县指指随于谦来的先生说：“先安置贵客。”

先生在次席坐下。赵守质再安置知县，知县说：“下官好不容易得以服侍廷益先生一回，不坐。”

知县不坐，里老更不能坐，赵守质也不敢坐。

于谦道：“老丈，他等不坐，由得他等；你须得坐下，方好说话。”

赵守质告罪，就座。

“逢此灾岁，老丈慷慨解囊，解救流民，实属可敬。朝廷旌表，本官特来道贺。”于谦说明来意。

“这是小民分内的事，受不起大人之贺。”赵守质躬身道。

“把贺礼摆上来。”于谦命道。

书坛抱着酒坛上来，放在众人面前。

“有人说它是村醪，实则它是地道的京中佳酿。”于谦道，并叙述其由来，“前几年我进京朝觐，西杨先生送两坛好酒，我一直没舍得饮用。今朝廷命开怀庆仓放粮，我寻思，放粮是件辛苦的事，且是件容易出差错的事，于是携带这两坛酒到怀庆，请诸放粮官饮一回，意在劝惩。剩下半坛酒，我特意留下，赠与老丈的。”

“不敢当，敬谢。”赵守质连连作揖，“闻得大人是从不收礼的，今却送礼与我，这可是珍贵得很呀。”

“虎口里夺下来的，可不是珍贵得很！”书童在一旁说。

赵守质一愣，忙问：“大人，怎么一回事？”

“一桩小事，别听他小孩子胡说。”于谦把途中经历简单叙述一番，众人又是称幸，又是嗟叹。于谦说：“虽是穷途亡命之徒，亦敬重老丈，可见老丈此举，合乎人心呀。”

“小民何德之有，是朝廷劝善，大人劝善，令天下感动。”赵守质说。

“好，此事且打住，我还有一事要问问老丈。”于谦说。

“大人但有所问，小民无不据实禀报。”赵守质道。

“老丈赈粟三千石，是罄其所有，不知衣食有忧乎？”于谦问。

赵守质不明白于谦为什么要问这件事，但才把粮食捐出去，不能就在大人面前哭穷。他说：“尚可维持，不劳大人挂念。”

“那就好。”于谦甚是欣慰，又问，“若再添加一二人呢？”

“大人的意思是——”赵守质更加不明白。

“据我所知，老丈尚无子嗣。”于谦说。

“是。”赵守质应道，“小民为此烦恼几十年。今年已七旬，懂得听天由命，倒也不再烦恼。”

“老丈当真不想得子？”于谦问。

“大人，你有什么吩咐，就请直说吧。”赵守质说着，看一眼坐在于谦旁边的先生，总觉得他和这件事有关。

“他是我特意请来的。”于谦注意到，正式引见说，“他与老丈同姓，是开封城里的名医。”

“久仰，”赵守质冲着赵先生一抱拳，有点儿不好意思地说，“老汉自幼体壮如牛，基本不吃药，从未瞧过病。说是久仰，其实一无所知。”

“二爷爷，这话怎么也好说出口！”里老深怕他得罪贵客，出言责备。

“不妨，老丈直率，正是他的长处。”于谦说着，开起玩笑，“我拉个姓赵的先生来，又试问添口之事，老丈不会以为要过继到你门下吧？”

“大人取笑，我哪有这等福气。”赵守质道。

“实言相告，能为老丈添口的，不是我，而是这位赵先生。朝廷传旨与我，”于谦说到这里，率先起身，坐在两旁的赵先生和赵守质也马上站起来，和原本就站着的知县、里老等人一起，肃然聆听，“命我督里老于本里择一贫女，嫁与老丈为妾。”

赵守质跪倒，口称：“朝廷洪恩，小民承受不起呀。”

“老丈请起。”于谦做个手势，书童上来把赵守质扶起。于谦说：“圣上得知，老丈尚无子嗣，深悯之，故有此命。本官想，朝廷命为老丈择妾，是望该贫女由此而得以生存，也是望老丈由此而得以有后。我是没有本事，能把此事办得如朝廷所愿。里老，你呢？”

“小人若有本事，早为二爷爷娶几个小奶奶回家。”里老说。

“若办得随意，里老一选，我一看，便由老丈迎娶，难免有负圣恩。所以，我把赵先生请来，在贫女中为老丈择一宜子者。”于谦说。

“说到本事，本家爷定能得子的本事，我也是没有的。不过，”赵先生口风一转，道，“今日与本家爷见过面，我得说，托朝廷洪福，赖于大人煞费苦心，此事有望。”

“当真？”于谦大喜，问，“有几成把握？”

“三成。”赵先生说。

“三成有些少。”于谦又觉失望。

“大人别急。”赵先生先安抚于谦，然后对赵守质说，“本家爷，我为你把把脉。”把过脉后，他说，“又有三成把握。”

谁都知道，说七旬老汉还有一半以上的把握生子，要冒很大风险。

“果真如此，赵先生，我要敬你为医仙。”于谦说。

“若有相宜女子，再加三成把握。”赵先生说。

众人瞠目结舌，不知该向赵守质道贺，还是该向赵先生质疑。

“好，朝廷洪恩，小民愧领。于大人苦心，小民愧领。于大人赐予的这坛酒，我留在这里。果如医仙所言，小民老来得子，我把各位请来，共品来自京师的美酒。”赵守质说。

众人意想不到的是，两月后，赵守质娶回的新妾果然有孕，足月生下一子。这是后话。

第三十八章

瓦剌贡使皮儿马黑麻在西直门外的小酒店里连等三天，终于把喜宁等来。趁着店家上酒菜时，皮儿马黑麻掏出锭银子，放在桌上。他说：“银子在我怀里，是我的；在桌上，是宁公公的。今日是宁公公做东。”

“达官爷颇知典故呀。”喜宁讥道，“不过，今日宁公公非昔日宁公公，今日达官爷非昔日达官爷，今日店家也非昔日店家。我猜想，达官爷进这家门喝酒，是不用花银子的。”

“今日宁公公非昔日宁公公，是不是说，昔日宁公公一请即到，今日宁公公却不那么容易请？”皮儿马黑麻问。

“达官爷是怪我来迟吧？”喜宁带着几分得意地说，“这怪我不得，在王公面前当差，可不是说溜出来就能溜出来的。”说罢还问一句，“王公是谁，达官爷知道吗？”

“司礼监王公，谁不知道！”皮儿马黑麻道，“在下不敢怪宁公公来晚，倒是怕宁公公不肯来。”

“那不会。你是在礼仪之邦，你请，我绝无不来的道理。”喜宁说，又问，“你既知那段典故，和狼辈爷一定很熟吧？”

“是，我和他亲如兄弟。”皮儿马黑麻说。

“阁下怎么称呼？”喜宁问。

“他是无名狼辈，我是无名犬辈。”皮儿马黑麻说。

“原来是犬辈爷。”喜宁一抱拳，道，“失敬，失敬！”

“好说，好说！”皮儿马黑麻也抱抱拳。

“犬辈爷召唤我来，有何见教？”喜宁问。

“请宁公公饮酒。”皮儿马黑麻说。

“那就喝吧。”喜宁先举起酒盅，“我喝酒有个规矩，既言请我饮酒，不喝痛快，别的事都免谈。犬辈爷，你若要改口，还来得及。”

“妙得很，我也有个规矩。”皮儿马黑麻说着，也举起酒盅，“请朋友喝酒，朋友不喝痛快，我没脸谈别的事。”

二人你劝我一盅，我劝你一盅，你把炖烂的猪蹄膀划开，夹一块给我，我把烧透的鱼划开，夹一块给你。皮儿马黑麻重诺守信，喜宁不说“痛快”二字，他就什么事也不说。

“公公喝痛快没有？”店家忍不住问一句。

“我与达官爷喝酒，轮得到你问吗？”喜宁斥责道。

“事关小的买卖，小的不能不问。”店家说。

“着哇！我和达官爷喝酒，是照顾你的生意；我等喝得越多，你赚的银子越多。你送酒来就是，何必多问！”喜宁道。

“话不是这么说，公公不喝痛快，小的不敢招揽其他客官。”店家道。

“这是为何？”喜宁问。

“小的怕公公不说声‘痛快’，小店的酒已喝光。”店家说。

“我知道你想让我说声‘痛快’，达官爷好与我议事。我偏偏不说。”喜宁说着，摇摇酒壶，“又空，送壶满的来，饮了再说。”

他终于在不能再多喝一口之前，管住自己不喝。他抹抹嘴，说：“犬辈爷果然和狼辈爷亲如兄弟，都是爽快人。好，犬辈爷有什么吩咐，这会儿可以说与我听。”

“别无他事，我只想送一桩富贵与宁公公。”皮儿马黑麻说。

“送富贵与我？”喜宁忍住笑，问道，“是富呀还是贵呀？”

“先富后贵。”皮儿麻黑麻说。

喜宁把富、贵二字分开，意在取笑。不料，皮儿马黑麻也把二字分开，可见他谈的是正经事，不是信口开河。

“达官爷先说说，怎么个富法。”喜宁道。

“我愿与宁公公合伙做一桩生意。”皮儿马黑麻说。

“做生意我愿意。不过，”喜宁随意指点着说，“像这样一间小店，我宁愿有空过来喝几盅酒，却不愿做半个东家。”

“若是这样一间小店，我宁愿请宁公公过来喝几盅，也不好意思说与宁公公合伙做生意。”皮儿马黑麻道。

“那么，达官爷要做什么生意？”喜宁问。

“皮毛生意。”皮儿马黑麻说。

“达官爷有眼光。”喜宁竖起拇指，道，“好生意！”

“宁公公可是应允？”皮儿马黑麻问。

“我欲应允，却无银。”喜宁说。

“宁公公不须出银。”皮儿马黑麻道。

“亦无货。”喜宁又说。

“宁公公也不须出货。”皮儿马黑麻道。

“气力我倒是有，但随时要在王公那里点卯。”喜宁说。

“宁公公更不须出力。”皮儿马黑麻道。

“一不须出银，二不须出货，三不须出力，”喜宁屈指数着，问道，“达官爷，那要我做什么？”

“要宁公公说句话。”皮儿马黑麻道。

“要得好！我最擅长的就是说话，十句话，百句话，不在话下。”喜宁像说段绕口令。

“不要那么多，一句话就够。”皮儿马黑麻说。

“达官爷要我对谁说？”喜宁问。

“随宁公公意。”皮儿马黑麻说。

“更好办，我对达官爷说，如何？”喜宁道。

“对我说亦可，但无用。宁公公须找对人，说了才有用。若随便对一人说即可，这生意也不敢烦劳宁公公。”皮儿马黑麻也像在说绕口令。

“这也不难；不过，达官爷须得先告诉我是什么话，我再给你去找有用的人。”喜宁说。

“好。”皮儿马黑麻应道，并问，“我们瓦剌有个贡使，叫皮儿马黑麻，宁公公知道这个人吗？”

“知道，”喜宁瞥过去一眼，看出名堂，心想：就你这等蠢人，也敢戏弄本公公？他信口说道：“听说，他在瓦剌是个大大的人物。”

“不错。”皮儿马黑麻点头。

“还听说他是个大大的无赖。”喜宁说。

“无赖？”皮儿马黑麻不懂这个词，“宁公公，何谓无赖？”

“无赖嘛，一句两句话给你讲不明白。”喜宁说着，竖起拇指，“这么说吧，被称作无赖，比称作犬辈，更是这个。”

“那是过誉，他在我们瓦剌，”皮儿马黑麻伸出食指，“也就是这个。”想想不对，又换成无名指，“或是这个。”

“无论如何，”喜宁伸出小指，“不是这个。”

“对，不是这个。”皮儿马黑麻说。

“这个皮儿马黑麻，”喜宁换成无名指，问道，“与生意有何牵连？”

“是这样，”皮儿马黑麻说，“皮儿马黑麻贡马，顺便贡些皮毛。天朝皇帝只收下其中一部分，余下的尚无旨意。皮儿马黑麻打算托我在京城里将其贩卖。这得有朝廷旨意才成。”

“我懂了，”喜宁指着皮儿马黑麻说，“你贡些皮毛，”又改口，指着自己的无名指说，“他贡些皮毛，朝廷只收下一部分，余下的，尚不知如何处置。你想，不，他想，或是你二人都想，皮毛乃远途运来，再远途运回，岂不亏本？于是想在京城贩卖。卖得银子，再买些有用的东西带回去，也不白跑这一趟。达官爷，是这个意思吧？”

“宁公公真是伶俐人，比我说的还要明白。”皮儿马黑麻道。

“这个生意倒是可以做；不过，值不值得做，咱们得推敲推敲。”喜宁指着自己的无名指，说，“达官爷适才说他贡些皮毛，有几个字，可得一字一字对我说清楚。”

“理应推敲，宁公公问吧。”皮儿马黑麻道。

“先说皮毛，他贡的都是些什么货色？”喜宁问。

“有青鼠皮，有银鼠皮，有貂鼠皮。”皮儿马黑麻回答。

“还可以。”喜宁点点头，又问，“达官爷说的‘些’究竟是多少？”

“青鼠皮十三万件，银鼠皮一万六千件，貂鼠皮二百件。”皮儿马黑麻答罢，又主动说，“宁公公还要知道朝廷收下的数目吧？朝廷收下青鼠皮、银鼠皮各一万件，貂鼠皮悉数收下。”

“可惜！”喜宁失口呼道。

“什么可惜？”皮儿马黑麻问。

“貂鼠皮卖得好价，却一件未留下，可知朝廷也是识货的。”喜宁道。

“但还有青鼠皮、银鼠皮呀。”皮儿马黑麻说。

“银鼠皮可卖次好的价钱，剩的也不多。”喜宁说。

“青鼠皮呢？”皮儿马黑麻问。

“一张貂鼠皮抵十张银鼠皮，一张银鼠皮又抵十张青鼠皮，相差甚远。”喜宁说。

“宁公公的意思，这生意做不得？”皮儿马黑麻大失所望。

“不是做不得，我是先提个醒。这笔生意做下来赚不了几个钱，免得生意做完，犬辈爷埋怨我。”喜宁说。

“不埋怨。你我合伙，有什么好埋怨的！”皮儿马黑麻道。

“你不埋怨，不见得无赖爷不埋怨呀。”喜宁说。

“无赖爷？”皮儿马黑麻一拍额头，想起来，“你说皮儿马黑麻爷？宁公公放心，我不埋怨，无赖爷也不埋怨。”

“这就好，”喜宁伸出手掌，道，“犬辈爷，来吧。”

“作甚？”皮儿马黑麻问。

“击掌呀，”喜宁道，“这一击掌，你我就算合伙。”

皮儿马黑麻依样，伸出手掌，喜宁的手掌击过来，他的手掌迎上去。就在两个手掌要击在一起时，一个手掌缩回去。

“且慢！”把手掌缩回去的是喜宁，他说，“汉人有句话，叫作先小人，后君子。犬辈爷，这个生意是你想做的，你得告诉我，一张青鼠皮卖得几个钱，一张银鼠皮卖得几个钱。”

“宁公公不是知道吗，怎么又来问我？”皮儿马黑麻道。

“我知道什么？”喜宁问。

“你不是说，一张银鼠皮抵十张青鼠皮吗？”皮儿马黑麻道。

“我那不过随口一说，当不得真。”喜宁说。

“宁公公随口一说，八九不离十，真是个做生意的好手。”皮儿马黑麻竖起拇指。

“过誉，过誉，我最多是这个。”喜宁伸出无名指，再伸出拇指，“犬辈爷知道我的话八九不离十，才是这个。”

皮儿马黑麻被奉承，心里很舒坦。他言归正传：“我问过正阳门外的皮货商人，据他们说，一张上好的银鼠皮可卖得二两银子。我手里的银鼠皮是贡品，自然是上好的货色，我们就按照一张银鼠皮二两银子说事，宁公公看使得使不得？”

“好，犬辈爷说说看，二两银子，怎么个分法。”喜宁道。

“我出银出货出力，一两；宁公公说句话，一两。”皮儿马黑麻已经非常爽快，还想做出更爽快的样子，“宁公公看着不合适，还可商议。”

“确实不合适。”喜宁说。

“那宁公公说个分法。”皮儿马黑麻道。

“我得二钱。”喜宁说。

“二钱？二钱是多少？”皮儿马黑麻问。

“一两是十钱。”喜宁告诉他。

“宁公公得二钱，那么，还剩，还剩——”皮儿马黑麻计算起来很是吃力，“一两又八钱。我和宁公公合伙做生意，宁公公得二钱，我得一两八钱。”他竭力表现出自己的仗义，“差得太远，不妥，不妥！”

“我得二钱，犬辈爷当然也不能得一两八钱。”喜宁说。

“我得几多？”皮儿马黑麻问。

“也得二钱。”喜宁平静地说。

“你二钱，我二钱，合计四钱，可一张银鼠皮卖二两呀。”皮儿马黑麻与其说不满意得的银子少，不如说不明白为什么得的这么少。

“犬辈爷说过，我记着呢。”喜宁愈发平静。

“余下的——”皮儿马黑麻又很吃力地计算，“余下的一两六钱呢？”

“我正要说。”喜宁道，“入贡之事由礼部管着，达官爷是知道的。”

“那便怎样？”皮儿马黑麻问。

“达官爷想做这笔买卖，得由礼部奏请。”喜宁道。

“那便怎样？”皮儿马黑麻问。

“礼部不得好处，会为你奏请？”喜宁道。

“宁公公说的也是。”皮儿马黑麻明白了他的意思，问道，“礼部须得几多好处，才肯奏请？”

“因人而异。”喜宁道，“达官爷去活动，怎么也得要个整数；我和礼部正卿、佐卿都熟，他等不好意思多要。当然，我也要酌情而给。礼卿是大大的人物，在你们瓦剌那里，可以称太师的，总不能比我得的少吧？但我也不能让他得的比你我二人得的还多。卖一张银鼠皮，向礼部交纳三钱银子，较为合理。”

“三钱，不多。”皮儿马黑麻说。

“再有，”喜宁又说，“你做起买卖，工部要抽分。你卖二两，它少则抽你八钱一两，多则抽你一两八钱。”

“这不一样吗？”皮儿马黑麻听糊涂。

“前者是八钱或一两，后者是一两又八钱，怎会一样？总之，不把你抽干，它是不会罢休的。”喜宁说。

“工部也是宁公公去活动？”皮儿马黑麻问。

“我去活动，抽分可以少些。”喜宁说。

“也是三钱？”皮儿马黑麻问。

“犬辈爷可教也。”喜宁伸出无名指道，“或是官家抽二钱私人得一钱，或是官家抽一钱私人得二钱，反正三钱可以应付下来。”

“礼部、工部各三钱，你我各二钱，均不分厚薄。总计是十钱，亦即一两。另外还有一两，如何分派？”皮儿马黑麻问。

“那一两，犬辈爷没想头。”喜宁说。

“怎么呢？”皮儿马黑麻问。

“分派礼部、工部银两，为的是生意好做；但生意做得做不得，却不在礼部、工部，而在司礼监。”喜宁说。

“在王公？”皮儿马黑麻问。

“对。”喜宁应道，“分派给王公的，你也要争吗？”

“不争，不争。”皮儿马黑麻忙说。

“那就说定。”喜宁重复分配比例，“银鼠皮卖得二两，你得二钱，我得二钱；青鼠皮卖得二钱，你得二分，我得二分。若卖得多，或卖得少，皆依此例。犬辈爷尚有疑义否？”

“并无疑义。”皮儿马黑麻道。

“那就——”喜宁再度伸出手掌。

“击掌！”皮儿马黑麻也伸出手掌。

喜宁二十多岁，已过蹦蹦跳跳的年纪。但每次到司礼监王振那间屋时，仍是了声“我来了”，便蹦蹦跳跳而进。

王振满腹狐疑地看着他，好像在问：我唤你来的吗？

喜宁懂得他的问话，答道：“王叔没召唤，我自个儿来的。”

“有事？”王振问。

“一来给叔请安，二来方才见到胡尚书，特来向叔禀报。”喜宁说。

“哪个胡尚书？”王振随即意识到，问得多余：朝廷现职的尚书也好，挂衔的尚书也好，只有一个姓胡的。他自己说道：“是礼部老尚书？”

“就是他。”喜宁说。

“你又在信口胡言，胡尚书久不坐衙，你怎见得到他！”王振道。

“我不是在衙门里见到他的，是路经他家门前见到他的。”喜宁说。

“见到胡尚书，有什么好禀报的！”王振无心与他闲扯。

“两人相见，打个招呼，本来没什么好禀报的；但老尚书拉着我说了好一阵话，若不禀报，小的生怕有隐瞒之罪。”喜宁说。

“他拉着你说了好一阵话？”王振难以置信。

“是啊。”喜宁道。

“他说一些什么？”王振问。

“他说，礼部遇到一桩颇感为难的事。”喜宁答道。

“那是何事？”王振问。

“他说，瓦剌贡使叫作什么皮儿的——”喜宁早把那个名字记熟，但故意只说前两个字，以试探王振的态度。

“皮儿马黑麻。”王振一接话茬，表明他对此事留意。

“对，对，是叫皮儿马黑麻。”喜宁应罢，接着说，“这皮儿马黑麻所贡皮毛甚多，爷侈之，命酌收一小部，其余退还。”

“他以为是皇上侈之吗？实则是我侈之。”王振插进一句话。

“叔侈之，爷一定也侈之。”喜宁迎合道。

“这于礼部有什么为难之处呢？”王振问。

“老尚书说，这个皮儿马黑麻纠缠不清，向礼部追问余下的皮毛如何处置，使得他不厌其烦。”喜宁说。

“瓦剌贡使居然找到礼部衙门，可真是无奇不有啊。”王振道。

“也不是直接找的礼部。”喜宁听出他起疑，设法转圜，“瓦剌贡使找的是提督四夷馆的太常寺少卿。少卿不敢做主，禀于正卿；正卿不敢做主，遂禀于礼部。”

“你说不敢做主，那是已有主张？”王振问。

“是啊，余下皮毛，皮儿马黑麻请于京城自售。”喜宁说。

“老尚书怎么说？”王振问。

“老尚书说，贡使所携物品，准在京城自售，事例是有的；但并非常例，所以为难。”喜宁答道。

“亦即，有事例，可准；非常例，可不准。”王振说。

“对，他就是这个意思。”喜宁道。

王振冷笑着上下打量喜宁，看得他心里发毛。

“小宁子！”王振呼道。

“小的在。”喜宁应道。

“老尚书与你说了好一阵话，此事或有之。不过，一定是你拉着老尚书，不是老尚书拉着你，是不是？”王振问。

“叔怎么知道？”喜宁惊愕的表情一大半是装出来的。

“老尚书知道自重，怎会拉着你说话！”王振道。

“他或是想让小的给叔传个话呢。”喜宁说。

“这话他想让我知道，自己找我就是，何必要你传话！”王振道。

“唉，”喜宁叹口气，“真是什么事都瞒不过王叔。”

“说不定，你还有事瞒着我呢。”王振道，“你或许也没有拉住老尚书说了好一阵话，而是拉着礼部随便哪一个官员，询问历朝处置贡品之事，然后来我这里胡扯一通。”

“老天在上，我向来是对叔忠心不二的！”喜宁一脸的无辜。

“别起誓，这事很好查。”王振警告他，“你若自己承认在胡扯，我不追究；若是我查出你在胡扯，你想想后果吧。”

“叔就不能给小宁子留个悔过的机会吗？”喜宁泄气的表情也大半是装出来的，“叔这么一说，好像人家是被迫承认的。”

“我不管你是否被迫，承认就好。”王振道。

“叔的话一点儿不错，我的确没见过老尚书，的确只拉着礼部随便哪一个官员询问处置贡品之事，然后就来叔这里。”喜宁说。

“来我这里胡扯一通。”王振逼他承认。

“是，来叔这里胡扯一通。”喜宁无奈地承认。

“你有何事，不能好好地说，定要胡扯！”王振责备道。

“小宁子财迷心窍。”喜宁垂头丧气地说。

“怎么回事，说与我听！”王振命道。

“京城有个达官，找到我，要与我合伙来做这笔皮毛的生意；我一听有利可图，爽快答应他。”喜宁说着，复又振作，“不过，天地良心，小宁子不是为自家贪财！”

“那是为谁贪财？”王振问。

“为王叔。”喜宁说。

“为我？你贪财，是为我？”王振怒道。

“叔且息雷霆之怒。”喜宁其实根本不在乎王振震怒，“叔听的略差，我不是说贪财为叔，我是说为叔贪财。”

“这又有什么差别？”王振道。

“差别甚大。”喜宁自有一番解说，“贪财为叔的意思，是我自家贪财，却打着叔的招牌；为叔贪财的意思，是我自家有利可图，叔更有利可图。”

“什么叫你有利可图，我更有利可图？说仔细！”王振命道。

“打个比方吧。”喜宁说着，往上凑凑。

“你以为靠得近，我就信你？”王振哂道。

“离得远，叔也是信我的。”喜宁讪笑着，退回原处，“那个达官说，一张青鼠皮卖得一钱，他得一分，我得一分，余下的八分，是叔的。我得利一分，这是有利可图；叔得利八分，这是更有利可图。”

“哼，你以为我和你一样，也贪心于财物吗！”王振斥道。

“小宁子知道，叔是个做大事业的人，好名而不好财，于财物从不贪心。但财物于叔也不是可有可无呀！”喜宁说。

“财物于我有何用处？”王振问。

“拿好名来说，叔要在家乡置上百亩良田，上千亩良田，筑起三重大院，五重大院，是件扬名的事吧？”喜宁问。

“就算是吧。”王振道。

“巴结叔的人多，叔不使一两银子，也有人把田送到叔名下，把屋舍送到叔名下；但人把人把地使着银子，把良田买来，把屋舍盖起来，心情可是大不相同呀。”喜宁说得眉飞色舞。

回应的只有三个字：“还有吗？”

“再拿做大事来说。”喜宁道，“小宁子听过一句话，道是做大事者治人，做小事者治于人。”

“是劳心者治人，劳力者治于人。”王振纠正说。

“一样的，做大事的人劳心，做小事的人劳力。”喜宁生拉硬扯，“叔要做大事，就得有许多做小事的人为叔效力。小宁子还听过一句话，道是人为财死，鸟为食亡。叔要他等效力，总要给些好处。得叔一句褒奖，是天大的好处；但叔今日褒奖这个，明日褒奖那个，不也累得很吗？有时不如赏赐些财物，让他等心甘情愿地效力。”

王振暗自思忖：别看这个喜宁俗不可耐，他的话倒是很实在。自己平时对亲信们确是使用多，奖励少；奖励也是口头多，财物少。长此下去，他们心里难免会有怨言。当然，不宜公开向喜宁承认这一点。他半开玩笑地说：“原来小宁子平日为我做事，都是不心甘情愿的。”

“我和他等不同。”喜宁否认道。

“有何不同？”王振问。

“小宁子的毛病是贪财，长处也是贪财。”喜宁解释道，“小宁子贪财，则想方设法求财，而不空盼王叔的赏赐。”

这又是句很实在的话。王振道：“是一说一，是二说二，小宁子，须得如此，方可取信于人。”

“那么，小宁子的这笔生意——”喜宁问。

“我仍想不通，”王振道，“鼠皮是他的，十之一归于他，十之九归于别人，这种生意，也有人会做吗？”

“叔有所不知。”喜宁分辩道，“鼠皮是他的不假，但叔不准他自售，他不是一分也得不到吗？不错，他可以把余下的鼠皮带回去，但不辞辛苦地带来，又不辞辛苦地带去，说起来，岂不是大蚀血本？”

“这个道理，倒是被你琢磨透。”对此，王振不再怀疑，他又找其他毛病，“小宁子，你贪得无厌，无孔不入，我是知道的，这一分的蝇头小利，你也会费心钻营？”

“我不帮他，同样一分也得不到呀。”喜宁道，“再说，这也不是蝇头小利。卖一张青鼠皮，我得一分，他手里有十二万张青鼠皮，我可得，”他飞快地计算出来，“一千二百两银子。再说，他手里还有六千张银鼠皮。一张银鼠皮卖得一两银子，我得一钱，又是六百两银子的进账。两笔银子加在一起，是一千八百两。这一千八百两银子，在叔的眼里，值不得什么；在我眼里，可是一大笔财富呀！”喜宁嘿嘿一笑，又说，“再说，叔得的银子八倍于我，是可以买下不少良田、盖起不少屋舍、办成不少事情的！再说，一笔生意可得这么多银两，贡使年年都有，贡品年年都有自售，那要得多少银两，买下多少良田，盖起多少屋舍，办成多少事情呀！”

“好吧，这笔生意我让你做。”王振被他的话打动。

“谢叔给小宁子一个孝敬的机会。”喜宁拜倒，叩头。

“这话又不实在。”王振道。

“小宁子的话还没完呢，谢叔给小宁子一个图利的机会。”喜宁又拜。

“图利可以，切不可把心也卖给瓦剌人。”王振叮嘱。

“叔大可放心，只有小宁子把瓦剌人的心买来，绝不会小宁子把心卖给瓦剌人。”喜宁保证说。

“还有，这笔生意你可以做，宫里的差事也别耽误。”王振又叮嘱。

“不会。小宁子精力旺盛，同时做十笔生意，也不会耽误宫里的差事。”喜宁太高兴，太得意，以至口无遮拦。

“得一望十，得陇望蜀，不耽误差事，才怪呢！”王振嗔道。

“小宁子自今以后，得一望一，得陇望陇，不再贪心。”喜宁马上说。

“果真如此，是你的福气。”王振道，他费太多口舌，只想尽快把喜宁打发走，“好，你去吧。”

“是。”喜宁应道。

他出去转一圈，又蹦蹦跳跳地返回。王振但做自己的事，懒得多问。

“还有一事，请叔示下。”喜宁讪讪地说。

“说吧！”王振道。

“工部若命宣课司抽分，如何是好？”喜宁问。

“胡尚书没告诉你吗？”王振讥道。

“礼部那个官员倒是对我说过，朝廷特准自售，不应抽分。”喜宁说。

“那你还担心什么？”王振道。

“我担心工部并不知道。”喜宁说。

“工部若不知道，那是失察。我会处分，你无须担心。”王振道。

“是，这笔生意一定要王叔过问，才做得成。”喜宁说着好听的话，“叔没别的吩咐，我就去办事。”

王振一点头，他蹦蹦跳跳而去。王振习惯他在自己面前蹦蹦跳跳，习惯他会说一些让你在不知不觉当中高兴的话，这会儿又见他在为他的小利益和自己的大利益奔忙，有些感动，不由得叫声：“小宁子！”

“叔有何吩咐？”喜宁回过头问。

“此事办成，你可升太监。”王振鬼使神差地许愿。

“谢王叔恩典。”喜宁不等身子完全转过来，便匍匐在地。他也有些感动，很想对王振说，青鼠皮不是卖得一钱，而是卖得二钱，银鼠皮不是卖得一两，而是卖得二两。卖一张青鼠皮，王振得八分，他可以得一钱；卖一张银鼠皮，王振得八钱，他可以得一两。他的利益其实比王振还要大。但他知道不能说；一说，一切都完。他恨不得青鼠皮只卖一钱，银鼠皮只卖一两。

第三十九章

正统十一年的正旦节和上元节，宦官们是在欢声笑语中度过的。司礼监掌印太监王振，以及另外几个衙门的掌印太监钱僧保、高让、曹吉祥、蔡忠等，得到超乎寻常的赏赉，除白金、宝楮、彩币之赏外，王振侄王林为锦衣卫指挥佥事，钱僧保侄钱亮、高让侄高玉、曹吉祥弟曹正、蔡忠侄蔡英，为锦衣卫副千户，皆世袭。此外，王振还得到皇帝敕书一帧，极具褒奖之词。

上元节过后，皇帝把范弘唤来说话。

“老范，听说你昨日喝闷酒？”皇帝问。

“并无此事。”范弘答道。

“并未喝酒？”皇帝问。

“酒是喝了，但喝的不是闷酒。”范弘道，并说，“奴才每日有许多事情要处分，哪有工夫喝闷酒！”

“听你这话，即便未喝闷酒，心里也是郁闷。”皇帝说。

“爷，奴才为何郁闷？”范弘问。

“你心里郁闷，怎么倒问起我来！”皇帝认准“郁闷”二字，好像范弘自己不说出来，绝不罢休。

“可是因为奴才的同辈皆受赏赉，奴才独无？”范弘不得不问。

“是啊。”皇帝尽量掩饰内心的高兴，板着脸应道。他高兴，是因为范弘这么一问，就离承认心里郁闷不远。皇帝道：“老范，你的话不对。同辈皆受赏赉，你独无，是这样吗？”

“是，奴才说的不对。”范弘道，“不是奴才的同辈皆受赏赉，而是奴才同辈中若干衙门的掌印，皆受赏赉。”话一纠正，他不难有反驳皇帝的理由。“奴才不是掌印，未受赏赉，不该郁闷呀。”

“你这话嘛，只说对一半。”皇帝道。

“不知爷指的是哪一半？”范弘问。

“未受赏赉，不该郁闷。”皇帝道。

“奴才的话哪一半不对？”范弘又问。

“你不是掌印，故未受赏赉。”皇帝道，“实话对你说，你其他同辈未受赏赉，或因为不是掌印；你和兴大伴等未受赏赉，却因你等既无兄弟，亦无侄甥。朕不能让其他人弟侄封袭，却只赏赉你二人白金、宝楮、彩币。在朕心目中，你二人并不在他等之下呀。”

“爷之殊宠，奴才何以克当！”范弘感激涕零。

“那么，你不再郁闷？”皇帝问。

“是。”应声一出，范弘想：坏了，不该应的！这一应，就等于说自己曾郁闷过，可才否认过郁闷。前后不一，这是欺君呀！好在他很快想好应对之词。他说：“赏赉一事，奴才确不曾郁闷，唯惊惧而已。”

“老范为何惊惧？”皇帝问。

“此次赏赉颇招致非议。”范弘说。

“是不是赏赉王先生尤其招致非议呀？”皇帝问。

“爷说的是。”范弘应道。

“老范，你怎么看？”皇帝问。

“奴才惊惧呀。”范弘说。

“朕是问你，对此等非议怎么看？”皇帝道。

“奴才以为，或许，或许有些道理。”范弘犹豫不决地说。

“说说看。”皇帝命道。

“内臣弟侄封世袭武职，似不合规矩。”范弘用词很慎重。

“还有呢？”皇帝问。

“别的掌印且不说，前者王先生侄王山封世袭指挥，今者侄王林又封世袭指挥佥事，似乎过繁。”范弘道。

“是不是此次王先生所受赏赉与别的掌印相同，譬如，王林封世袭副千户，或干脆不封，非议会少些？”皇帝问。

“或许吧。”范弘道。

“但朕对王先生的赏赉，不能和别的掌印相同呀。”皇帝的语气甚是恳切，像把范弘当作非议者，“因内臣弟侄封世袭武职不合规矩而非议，朕不想多说。今之事与国初之事不同，又岂止这一件！因对王先生赏赉过繁过隆而非议，朕就不能不说说。老范，你和王先生同在司礼监办事十余年，别人对他有偏见情有可原，你不该对他有偏见呀。”

“是，奴才就事论事而已，对王哥并无偏见。”范弘道。

“听到别人非议，你还当与之分辩。”皇帝说。

“奴才当如何分辩，乞爷示下。”范弘道。

“咱们来议议这样一件事。”皇帝说着，问道，“世人无不对皇考与皇祖考之世倍加赞誉，是吧？”

“爷说的是，世人誉之为‘洪、宣致治’。”范弘应道。

“老范，你那时是不是已在司礼监办事？”皇帝问。

“是，奴才宣德朝入的司礼监。”范弘答道。

“朕听说，宣德年间常差内臣往各地取花、木、鸟、兽及其他珍异之物，可有此事？”皇帝问。

“这个——”如实回答皇帝的问题，不是非议今帝和今时之政，而是非议先帝和先朝之政，范弘当然不敢说。

“老范，你据实而言，朕不怪罪你。”皇帝说。

“是，奴才遵旨。”范弘还是不敢宣之于口，只点了点头。

“那么，此事是有的？”皇帝又问。

“爷说的是。”范弘应道。

“那时掌司礼监的内臣进谏否？”皇帝问。

“未曾进谏。”范弘道。

“你进谏否？”皇帝问。

“奴才那时只是司礼监一员普通太监。”范弘说。

“亦即，你可以对此事不闻不问？”皇帝话里颇有责备的意味。

“不，不，奴才不是这个意思。奴才是见识不到。”范弘说。

“内阁有进谏者否？三杨先生曾进谏否？”皇帝又问。

“这个，奴才不甚了然。”范弘说。

“即便进谏，亦不能止，是不是？”皇帝也想到另一种可能。

“想来是如此。”范弘附和道。

“老范，朕即位以来，可有花、木、鸟、兽之征？”皇帝转问。

问得突然，范弘须仔细回想。不错，不差内臣往各地征进花、木、鸟、兽，有些年头。奇怪的是，他竟不曾留意，这个变化是从什么时候开始的；也不曾听人议论过，这个变化是从什么时候开始的。现在回想起来，应该是皇帝登极以后吧。

“据奴才所知，没有。”他答道。

“为什么不征呢？”皇帝问。

“爷无此好。”范弘给的是一个简单的不含褒贬的答案。停止花、木、鸟、兽之征，无疑是项德政；但如果大加颂扬，会在无意中贬低先帝。这是范弘不能不顾忌的。

“皇考有此好，朕岂能无此好？”皇帝看出他的心思，道，“朕知道，你想的不止于此，但说不妨。”

“是。”范弘应道。他尽量说得轻描淡写，而且只谈内臣，不涉及朝廷的差遣：“内臣之出，道路骚扰，军民不安，爷有所不忍。”

“不错，就是这话。”皇帝道，并问，“你可知，当初是谁对朕说过这些话，使朕决意停征花、木、鸟、兽？”

其实，把皇帝前后的话联系起来，很容易想到是谁说的。但范弘宁愿绕个圈子：“爷登极之初，重大朝政外谘于内阁大臣，内决于太皇太后。奴才想，不是太皇太后的慈训，就是内阁大臣的奏议。”

皇帝摇摇头，说：“皇祖母乃一代圣人，三杨先生皆正人君子，假以时日，他等或许也会对朕说这些话。但朕即位之初，他等并没将此事当作重大朝政，劝止朕停征的不是他等。”

“那么，是王先生？”范弘问。

“朕早知道，你心里有数。”皇帝笑着说，“王先生不仅对朕讲述内使之害，还反复对朕讲述玩物丧志的道理。朕那时也喜爱虫鸟，喜爱怪石。但没办法，王先生的话，朕一直是听从的，只好放弃。”

“王哥这桩功德事，若不是爷亲口说出，谁会晓得！”范弘不由感叹。

“所以，朕要你与人分辩。”皇帝道，“有人说朕有偏心，对王先生的赏赉比别人重，封王先生侄辈比别人高，却不知正是他等有偏见。他等说王先生这不对，那不好，但朕知道，王先生一直是为朕好的。他自督促朕读书，到辅导朕治国，做的利国利民的事，要比那些人多得多。”说到这里，皇帝问道，“老范，朕的这些话，你能懂得吗？”

“奴才能懂得。”范弘答道。

“你还惊惧吗？”皇帝问。

“奴才不再惊惧。”范弘答道。

“你愿为王先生分辩吗？”皇帝问。

“奴才愿为王先生分辩。”范弘答道。

“好，朕的话没白说。”皇帝甚是欣慰。

有用的话，没用的话，竟说大半个时辰。范弘正想着，皇帝该歇一歇，近侍来报，兴安在外候旨。皇帝一面命近侍宣他进殿，一面对范弘说：“又来个惊惧者。”

兴安上殿，口称：“皇上，奴才复旨。”

今日早朝毕，英国公张辅率公、侯、伯等勋臣二十余人奏道：臣等皆武夫，不谙经典，乞赐假一日，于国子监听讲。退朝后，皇帝命兴安去内阁与阁臣计议，去司礼监与王振计议。

“两处都去过？”皇帝问。

“都去过。”兴安回奏，“遵照圣谕，奴才先去的内阁。”

“阁臣们是如何议的？”皇帝问。

“阁臣们都道：勋臣求学上进，是件好事。”兴安回奏。

“好事自然是好事，无须多言；朕不是要你与阁臣们计议，宜于哪一日听讲为好吗？”皇帝道。

“这却没有议出结果。”兴安道。

“为什么？”皇帝问。

“南杨先生告病假，其他几位先生皆有推诿之意，谁也不肯说个具体日子出来。”兴安道。

“定个日子，也一定要南杨先生做主？”皇帝大为不满。

“要不，奴才去一趟南杨先生家里？”兴安请旨。

“算了，”皇帝摆摆手，又问，“王先生怎么说？”

“王先生说，正统九年三月，新国子监落成，皇上亲临巡视。今英国公等奏请于国子监听讲，正是以皇上为师，以皇上为表率。”兴安道。

“日子呢？”皇帝问。

“王先生说，宜于三月初三日。”兴安道。

“为何宜于该日？”皇帝问。

“王先生说，新国子监落成于三月，皇上巡视于三月，故英国公等听讲宜于三月；皇上于三月初一日巡视，英国公等听讲，宜避开此日，可在三日。”兴安道。

“朝廷的事，到底有人肯做主呀。”皇帝这话是对范弘说的，好像在和他继续方才的谈话。对范弘说完，见兴安呆立不动，皇帝唤道：“兴大伴，还不去宣旨。”

“是，奴才这就去。”兴安应着，却不动。

“还有何事？”皇帝问。

“有两个字，奴才琢磨不定，恳请皇上赐教。”兴安道。

“一直是你教朕字，现在却要向朕学字？”皇帝取笑他一句，然后问范弘，“老范，你猜他问的哪两个字？”

“一个宜字，一个可字。”范弘从兴安复述的王振的话里挑出两个字。

“为何要问这两个字？”皇帝问。

“宜于三月初三日，或可于三月初三日，兴哥拿不准。”范弘说。

“不会，这两个字他代朕宣旨成天里挂在嘴边，还会拿不准？王先生议上，自然用宜；朕宣旨，自然用可。”皇帝说。

“那奴才就猜不着他要问哪两个字。”范弘道。

“他要问的，是你说过的两个字：惊惧；他不明白，朕为何称他为惊惧者。”皇帝也不管说的对不对，吩咐兴安，“这两个字你可问老范，朕也是才从他那里学来的。”

三月初三日，英国公张辅等勋臣，在距国子监大门百步之外，或下马，或落轿。当日奏请时有二十余人，因皇帝降旨并未限定人员，此日聚集一百余人。其中，有年轻的爵爷，有精壮的爵爷，还有老年爵爷的后人。他们按照等次排列成行，向国子监步行过去。

李时勉率国子监大小官员，在大门外迎候。张辅快步上前，揖道：“我等奉旨来国子监听讲，不敢劳先生出迎。”

“爵爷等奉旨来国子监听讲，下官不敢不出迎。”李时勉说着，向院内肃让，“爵爷请。”

“先生请。”张辅揖让。

“爵爷位尊，宜先。”李时勉道。

“先生为师，宜先。”张辅道。

让来让去，二人并排向院里走去，其他人在后依序而行。

接近彝伦堂时，李时勉问：“爵爷，要不要先进去坐坐？”

“里面恐怕挤不下吧？”张辅道。

“是，只能请几位上爵进去。”李时勉说。

“都是来听讲的，有什么上下之分！不如径入讲堂。”张辅道。

“也好。”李时勉应着，领众人转过前堂，来到后院东讲堂前。他转过身，对张辅和众勋臣说：“讲堂简陋，爵爷们只得将就。”

“时勉先生言重，我等是来听讲的，岂敢挑剔！”张辅道。

“我的话还没说完。”李时勉把东讲堂的门推开，只见里面端坐着五位先生。“讲堂简陋，讲官却是第一流的。这五位先生是从国子监的博士和助教中挑选出来的，分治诗、书、礼、易、春秋。今日请他等各从五经中选一章为诸爵爷讲解，也请爵爷们评论评论国学大家的造诣。”

“时勉先生不讲吗？”张辅问。

“我讲亦可。”李时勉不厌其烦地做着比较，“我讲诗经，比大张、王、赵、程四先生略强，但远不如小张先生；讲尚书，比王、赵、程、小张四先生略强，但远不如大张先生；讲礼记，比赵、程、小张、大张四先生略强，但远不如王先生；讲易经，比程、小张、大张、王四先生略强，但远不如赵先生；讲春秋，比小张、大张、王、赵四先生略强，但远不如程先生。众位爵爷是愿意听小张先生讲最好的诗经，听大张先生讲最好的尚书，听王先生讲最好的礼记，听赵先生讲最好的易经，听程先生讲最好的春秋，还是听我讲半吊子的五经？”

国子监众官员和众勋臣哄然而笑。国子监官员们笑，或是因为赞成他的评价，或是欣赏他的自谦；勋臣们笑，是因为被他的诙谐和轻松情绪所感染。唯独治五经各有千秋的五位先生不笑，仍端坐不动。张辅也不笑，因为他和李时勉面对面地站着。

“时勉先生虽是自谦，亦是对国学诸先生的长处了如指掌。”张辅说。

“今日开讲，就按诗一章、书一章、礼一章、易一章、春秋一章的顺序，爵爷看如何？”李时勉征求张辅的意见。

“弟子们听讲，自然依从先生的安排。”张辅说。

“讲解中，小歇两次：诗、书讲罢一次，礼、易讲罢一次；爵爷们坐不住，可出来走动走动；如厕者，速去速回。”李时勉说着规则。

“若是出恭呢？”一年轻勋臣调皮地问。

“那要看你。”李时勉也对他加以调侃，“你若不想听，不必和先生打招呼；你若不想落下，一定要和先生打招呼，先生自会等你。”

众人哄笑。另一勋臣取笑道：“他不是不想听，就怕肚子不争气。”

“你所言差矣，就因怕出恭，我从昨晚开始再未进食。”年轻勋臣说。

“出恭也不怕，国子监虽人多，茅厕甚是洁净。”一国子监官员说。

“就是厕纸较为粗糙。”另一国子监官员说。

几乎每一句话都会引起一片笑声。张辅等众人笑得差不多，说道：“弟子们求学心切，中间不用小歇吧。”

“我倒不在乎，这几位先生也不在乎。但五人讲下来，少说也要两个时辰，爵爷们坐得住吗？”李时勉将一军。

“那恐怕要把屁股坐出茧子，还是歇歇好。”有勋臣私下议论。

“不学武夫，言语鲁莽，让先生见笑。”张辅说。

“哪里，质朴无华，亦是长处。”李时勉道。

“听讲时有什么规矩，请时勉先生示下。”张辅说着，一揖。

“我这个人就是爱定规矩，爵爷算是摸着我的脾气。”李时勉笑道，“不过，爵爷们是第一次来国子监听讲，我只定一个规矩：听讲时，假寐可以，但不得喧哗。”

“好，先生的规矩好！”有勋臣喝彩。

“我也向先生恳请：弟子们不专心，打板子可以，切莫掌嘴。否则，不好参见天子。”张辅说。

喝彩的勋臣们吐吐舌头，不敢再出声。

勋臣们进入讲堂，和监生们听讲时一样，一排排坐定。讲授的官员从小张先生开始，一个个登上讲台。不管听得懂听不懂他们讲授的内容，奉旨听讲，有一种庄重感。而先生们讲授时顿挫有致的韵味，以及间或插入的有趣的小故事，对听讲的勋臣们也有相当的吸引力，由始至终，居然没一人打瞌睡。

姓程的助教讲完一节《春秋》后，无论讲授者，还是听讲者，都不由自主地长出一口气，感觉轻松许多。

张辅向李时勉和讲授的五位先生环作一揖，道：“先生们辛苦。弟子等听讲经典，颇有心得，谨致谢忱，并请告退。”

“不忙走，我陪爵爷们去西讲堂。”李时勉说。

“时勉先生，五经不是讲完吗？”张辅问。

“国学的规矩，是不是在东讲堂讲授五经，在西讲堂讲授其他课程呀？”问这话的勋臣实在有些坐怕。

“今日课程至此完毕，你就是想再听，我一时也找不到人来讲。”李时勉说着，向众勋臣解释，“爵爷们都是国家重臣，齐聚国学，乃朝廷一大盛事，亦本监上下之荣耀。下官特使厨下略备酒馔，招待各位爵爷，以表敬重之意及欢欣雀跃之情。”

“哎呀，这怎么敢当。”张辅连连作揖，“自古至今，求学要献束脩。我等空手而来，已觉不安，怎好再行叨扰！”

“我等学官，吃的是皇粮，哪个敢收束脩！今日请爵爷们吃的，也是皇粮，权当大家聚一聚吧。”李时勉说得很朴实，很诚恳。

“各位看呢？”张辅不好再谢绝，转问其他勋臣。

“此乃受教之地，我等诚惶诚恐，不敢与先生们对饮。”有的勋臣说。

“国学皇粮，按人头发给，我等不在编制，不得享用。”有的勋臣说。

“理当弟子们请先生，英国公府开阔，不如大家一起做东，在英国公府公请李祭酒。”更有的勋臣说。

“爵爷们少安毋躁，听我一言。”李时勉道，“世人送给秀才两个字：穷酸，你等知道吧？在下就是个穷酸秀才，本监司业以下也都是穷酸秀才。我要对诸位爵爷说一句：秀才家饭，措置不易，请爵爷们无论如何去席上坐坐。”随即专门邀张辅，“太师，带个头吧。”

张辅在永乐末年加封太师，在勋戚中也是绝无仅有的。唤他一声“太师”，那是极为隆重。

“祭酒有命，我等冒牌监生亦不敢违。”张辅应过，对众勋臣说，“众人都去，有不终席者，我在皇上面前参他。”

“祭酒发话，大家都去尝尝国学的酒馔呀。”一勋臣呼道。

“你只敬贵，不敬师。我看是太师发话，你才肯去的。”另一勋臣说。

众人簇拥着李时勉和张辅，从东讲堂走进西讲堂。

“请三公上座。”李时勉让道。

另一位三公是正统九年加封太保的成国公朱勇。他退让说：“上座主位非祭酒莫属，我等公推英国公下首作陪。”

众人都道这方合礼数，于是，李时勉、张辅坐第一席，司业赵琬与朱勇坐第二席，其他人依此入座。国子监两员掌馔率众杂役上酒上菜，如穿梭一般，不多时，将桌面摆满。李时勉作为主人，先敬众勋臣酒，张辅代表众勋臣，接着敬李时勉及众先生酒。然后，同桌者、相邻而坐者，相互敬酒，着实热闹一番。

几盅酒后，张辅问：“国学监生以千计，今日却不见一人，时勉先生把他等藏到何处去了？”

“多数在各室读书。”李时勉说。

“当真？上千人竟无一点儿声息！”坐在另一桌的朱勇惊讶不已。

“国子监常年安静，今日算是热闹一回。”李时勉说。

“下次再来，我等非收心养性不可。”朱勇道。

“若有下次，爵爷们和监生，我将一视同仁。”李时勉说。

“时勉先生说多数在各室读书，还有少数呢？”张辅问。

李时勉微笑不答。

“我懂了。”张辅从他的微笑中品出些味道，拍着脑门，苦思苦想。“有个典故，是怎么说的？”

“爵爷想说‘鹊巢鸠占’吧？”赵琬问。

“对，对，就是这句话。”张辅道，“我等把讲堂占据，时勉先生只好把一部分监生放逐。”

“少数监生不在读书，确与爵爷们有关；但不是被放逐。”李时勉说着，不知对谁说声，“让他等开始吧。”

也不知谁应一声，很快，另一间讲堂里传出奏乐声。

“时勉先生，这是——”张辅问。

“爵爷不是问少数监生在哪里吗？他等演练一曲乐章，为爵爷们的酒宴助兴。”李时勉说。

“他等唱的是《诗经》中的《鹿鸣》一章。”赵琬补充说。

众人都放下酒盅和筷子，静听从隔壁传来的歌声。歌词是：

> 呦呦鹿鸣，食野之苹。我有嘉宾，鼓瑟吹笙。
> 吹瑟鼓簧，承筐是将。人之好我，示我周行。

“停一停。”李时勉道。乐声停止，他招呼道：“小张先生！”

“晚生在。”方才讲诗的博士应道。

“你原来准备讲《鹿鸣》诗，我要你换一篇，你现在懂得我的用意吧？”李时勉问。

“是。”小张先生应道。

“你现在过来，给爵爷们讲解这几句吧。”李时勉道。

“是。”小张先生应着，向张辅、朱勇这边走过来几步，把古代的诗句译成时文：

> 鹿儿呦呦而鸣，攫食原野青苹。我处迎来嘉宾，奏起瑟，吹响笙。
> 吹响瑟，鼓动簧，双手奉上礼物。嘉宾待我友善，为我指明道路。

“爵爷，你听听。”李时勉对张辅、朱勇说，“他在不经意中就把古诗变成新诗，在我，这是想也不敢想的。”

“解说得好，我等如醉如痴。”张辅回应道。

“时勉先生当真没让他事先准备吗？”朱勇则似乎不信。

“当真没有。”李时勉回答。

“为给爵爷们一个惊喜，也给国学同僚们一个惊喜，监生演唱《鹿鸣》一诗，时勉先生只和我计议过，他人皆不知。”赵琬作证。

“这位小张先生确是个奇才。”朱勇赞道。

“再听下面的吧。”李时勉对张辅、朱勇说，也是对调度者说。

在鼓乐伴和下，歌声又起：

呦呦鹿鸣，食野之蒿。我有嘉宾，德音孔昭。

视民不恌，君子是则是效。我有旨酒，嘉宾式燕以敖。

因为有两个长句，勋臣们更急迫地想知道诗的内容。而小张先生因为这次准备，译起来更显得从容。他吟道：

鹿儿呦呦而鸣，攫食原野蒿草。我处迎来嘉宾，无不儒雅风骚。

待人亲切有礼，君子纷纷仿效。我备下美酒啊，酒宴迭起高潮。

张辅听得很仔细，听完后问："原诗四字，小张先生解为六字；原诗六字，小张先生仍解为六字。这是为何？"

"他是按照诗意重新遣词造句，若是死守原来诗句一字一字解说，那就没有味道，"李时勉说。

"小张先生方才讲诗，却是一字一字解说吧？"张辅问。

"不错，讲诗之时，一定要一字一字讲解清楚，否则贻害学生；那和宴席上助兴之作不同。"李时勉说。

"太师问的这等仔细，是不是也想窜改古诗呀？"朱勇开玩笑地问。

"你以为不会吗？先生若留这道题目，看你窜改不窜改！"张辅道。

最后一段的诗句是：

呦呦鹿鸣，食野之芩。我有嘉宾，鼓瑟鼓琴。

鼓瑟鼓琴，和乐且湛。我有旨酒。以燕乐嘉宾之心。

不等小张先生解译，张辅先问："我听监生们所唱，重复之句甚多，时勉先生，这是不是为凑够句子呀？"

"并非如此，"李时勉摇着头，为他讲解，"古诗里多有重复之句，一来为的加强语气，二来是转折。这正是古诗之一大特点。"

"是吗？"张辅还是难以理解。

"听听小张先生如何把它变作新诗，或有所悟。"李时勉说。

小张先生吟道：

鹿儿呦呦而鸣，攫食原野之芩。我处迎来嘉宾，奏起瑟，奏起琴。

奏起瑟，奏起琴，乐曲陶冶群情。我备下美酒啊，取悦嘉宾之心。

“这段里也有一句重复。诗里讲的是迎来嘉宾、奏起瑟、琴、陶冶群情三件事，爵爷看，不重复‘鼓瑟鼓琴’，有没有更好的法子把上下连接起来？”李时勉当真出题考他。

“好啊，且听太师窜改出来的佳句！”朱勇在一旁幸灾乐祸。

“我时文都作不好，何况古诗！先生这不是难为弟子吗”张辅道。

“其实，你可以任意使用四字，代替第二个‘奏瑟奏琴’，但修改之后你会发现，都不如重复‘奏瑟奏琴’为好。”李时勉讲解道，并说，“太师，太保，你二位府上文人墨客甚多，回去后不妨让他等修改这四句，看看韵味如何。”

众勋臣至国子监，听讲用两个时辰，宴饮用两个时辰，离开时，天已昏暗。

第四十章

四月，朝廷发布，右佥都御史卢睿出巡宁夏。他曾先出巡宣、大，后出巡宁夏，正统九年还院，距这次外放，正好两年。时掌院右都御史陈镒因事下狱，才被释出，他行前去看望。

“仲思先生是来辞行的吧？”陈镒问。

卢睿揖了揖，道：“先是慰问，其次才是辞行。有戒先生在狱里这些日子还好吧？”

陈镒字有戒，南直隶吴县人，永乐十年进士。他在陕西镇守多年，正统九年升右都御史，与掌院都御史王文对调。对卢睿的慰问，他回答说：“你也是下过狱的，应该知道呀。”

卢睿是正统五年在宣、大巡抚任上，被逮下锦衣卫狱的。想到那次的遭遇，他笑着说：“我在锦衣卫狱里听他们议论，对都察院的官员，尤其是堂官，较为客气。我开始不知缘故，后来才知道，锦衣卫的官员犯事，多有下都察院狱的。礼遇都察院官，大概是互行方便之意吧。”

“锦衣卫官倒是礼遇，只是和户部正、佐卿关在一起，从早到晚争论是非，有些吃不消。”陈镒说。

“是啊，都宪大人的这桩官司实在让人摸不着头脑。”卢睿附和道。

说起来也好笑，户部尚书、侍郎，刑部尚书、侍郎，再加上都察院掌院都御史、副都御史，一共七八个人下锦衣卫狱，竟然是为一名伯爵争禄。这种事很难确定由哪个衙门管理。户部说应由法司处置，不知有什么依据；同样，刑部和都察院一致说应由户部处置，也不知有什么依据。结果，和此事能挨一点儿边的礼部和兵部堂官躲过一劫，户部、刑部和都察院的正、佐卿悉数下狱。

“这件晦气的事，还是不说的好。”陈镒挥了挥手，好像能把心里的不痛快一并挥去，“我记得仲思先生说过，上次出巡宁夏，不足一年，有许多事来不及问，来不及看，来不及想，来不及办。这次奉旨，倒是遂你所愿。希望仲思先生这次把该问的都问遍，该看的都看遍，该想的都想遍，该办的都办完。”

“有戒先生倒是在陕西多年，边塞之事可是问得遍的，看得遍的，想得遍的，办得完的？”卢睿问。

陈镒听他口气不对，不由一愣，问道：“仲思先生是不欲出巡？”

“不是不欲出巡，而是有些不安。”卢睿说。

“不安？”陈镒以言语相激，“难道因为久居京师，仲思先生害怕面对北边纷乱的局势？”

“倒不是害怕，是有些想不通。”卢睿说。

“奉旨出行，又有何事想不通？”陈镒问。

“都宪大人是不是去年十月被召还的？”卢睿以问代答。

“是啊。”陈镒道。

“罗尚炯则是前年的二月接替我出巡宁夏的。”卢睿说。

“这我知道，罗尚炯还往西安与我见过一面。”陈镒说。

他们提到的罗尚炯，名绮，河南磁州人，宣德五年进士。他以监察御史的身份，出巡一镇，而不是按使一方，这是少有的任用。

“原定以一年为期，使人代之；结果，一年之期到，军民纷纷乞留。此事有戒先生也是知道的吧？”卢睿问。

“你既知我去年十月才被召还，又何必多此一问！”陈镒道，“去年宁夏军民到西安呈递的乞留表，正是我转奏的。”

“都宪大人详知此事，应知我的不安。”卢睿说。

“恕我愚昧，看不出这两件事的前因后果。”陈镒道。

“都宪大人想啊，两年前，以一年之期相约，因军民恳请，不曾召回；一年前，并无一年之期的约定，却匆匆将他召还。”卢睿叙述之后问道，“都宪大人不觉得此事蹊跷吗？”

虽然仍没把前因后果讲得很清楚，但他的心思，陈镒总算琢磨出来。

“仲思先生想说事出有因；罗尚炯被召还，也的确事出有因。但你为何要说蹊跷呢？”他不理解的是卢睿的提法。

“这么说，都宪大人是知其因？”卢睿问得很尖锐。

“这么说，仲思先生对其因一无所知？”陈镒问得更尖锐。

“在下确是一无所知，还望赐告。”卢睿道。

“那就难怪你心里不安。”陈镒点着头说。

“都宪大人的意思，我若知道原委，就不会不安？”卢睿问。

“恰恰相反，若是知道原委，你会更加不安。”陈镒说着，问道，“仲思先生前者在宁夏虽则一年，任信、陈斌二将不会不知吧？”

“有戒先生若问别人，我或许记不起来；此二人善于上蹿下跳，我是忘不掉的。”卢睿说。

“可曾与二人打过交道？”陈镒又问。

“都宪大人指的是——”卢睿不明白“交道”二字的含义。

“仲思先生可曾与此二人有过冲突？”陈镒换个词。

“不曾有大的冲突。”卢睿说。

“仲思先生曾否纠劾他二人？”陈镒问得更具体。

“我虽不喜欢此二人，但也没发现其大恶，故不曾纠劾。”卢睿说。

“这是仲思先生之幸啊！不然，前次从宁夏召回，就不是佐理院事。”陈镒道。

这话再明白不过，但卢睿还想问得再明白些：“都宪大人是说，罗尚炯纠劾任信、陈斌二人，是他的不幸？这让人难以理解呀。陈斌，一指挥而已；任信，也只是署都指挥佥事。罗尚炯纠劾他二人，有何不可？”

“仲思先生，你在宁夏一年，当真收获甚微呀。”陈镒不无感慨。

“都宪大人为何这么说？”卢睿问。

“你对任、陈二人知之不深，还不要紧；怎么连二人在朝廷有强劲援手，居然也不知！”陈镒道。

地方武职最强劲的援手，应该是朝廷上有势力的武职吧？朝廷最有势力的武职，莫过于五军都督府的掌印都督，因为他们多是勋戚。卢睿想到此，问道：“强劲援手？是掌哪一府的爵爷吗？”

“掌府事的都督，反而容易交涉。”陈镒否定他的猜想。

“难道是大司马、少司马们？”卢睿立刻意识到，这个想法很荒谬。且不说兵部堂官们会不会和地方武职有超过职事之外的密切关系，他们和都察院掌院都御史、副都御史地位相当，陈镒绝不应该使用“强劲援手”这样的说法。他又改问：“或是阁老们？”

“仲思先生自己说呢？”陈镒不屑于回答。

“无稽之谈。”卢睿要否定自己时，不怕说得难听。现今阁员虽多，但除杨溥的话还起点儿作用，其他人的话，有谁会看重？全部阁臣说一天的话，恐怕还不如从司礼监传出的一句话。想到司礼监，他忽有所悟：“强劲援手在司礼监？是他吗？”

陈镒当然知道“他”指的是谁；也知道，只要自己不否定，卢睿就不会领会错。但他还是多说一句：“仲思先生，我能告诉你的，只有这些；再多的话，我不能说。”

“下官却想再多说一句。”卢睿道，“罗尚炯先后出按直隶、福建，皆以能吏名；复出巡宁夏，颇有治绩。都宪大人即便不能为他争功，也不能眼看着他遭人陷害吧？”

陈镒很能理解他现在的心情。罗绮被召回，他被差去。该着他和任信、陈斌，或许还有与他们差不多的武职们打交道，该着他和他们发生冲突。下一个被陷害的，可能就是他自己。

但陈镒有什么法子呢？总不能劝告卢睿，切莫与任、陈之流发生冲突；更不能向卢睿保证，在朝廷之上予以支持。他叹口气，道："仲思先生好自为之吧。罗尚炯若被追究，都察院也难脱干系。仲思先生今日离开这个是非之地，实是件幸事。"

镇守陕西总兵官黄真奉旨复核罗绮与任信、陈斌互纠一案，思之再三，他决定还是先和巡抚都御史王文通通气。虽说巡抚和总兵官不相辖治，但王文是文职，而且是以大七卿之尊，巡抚陕西全省。当年，靖远伯王骥以兵部尚书总督陕西军务，几位封了爵位的都督，在他帐下俯首听命，黄真是见识过的。据说，王文的才具气度，只在王骥之上，与他共事，还是小心一点儿为好。

正要出总兵府大门，却见任信纵马至门外，一勒缰绳，翻身跃下。他正在想：要来就是一双，不会仅来一人。果然，与任信形影不离的陈斌晚一步也到。二人都带有亲兵，接过缰绳去喂马。

黄真想，今日恐怕去不成察院，且与这两个莽撞人周旋吧。察院即巡抚衙门，因为巡抚都御史、巡按御史、清军御史等常在该衙门相聚，当地人把它当成西安的都察院，简称察院。

站在院里等着任、陈二人进来，肯定不妥：他二人会以为总兵大人特意出来迎候，愈发得意。转身往回走也不合适：被他二人看个背影，招呼一声，还得回身与他二人在院子里叙话。黄真灵机一动，快走几步，钻进角落里的茅厕。他憋住呼吸，在里面站一会儿。出来时，任信、陈斌已经走到他的前面，他两腿高抬轻落，不紧不慢地跟在后面，正好听见他二人说话。

"大哥。"陈斌招呼之后，没有下文。

"有话快说。"任信道。

"咱就这么来西安，是不是太唐突？"陈斌问。

"你的意思，西安来不得？"任信的态度好不骄横。

"不是来不得，应等老黄传檄再来。"陈斌说。

"他若不传檄呢？"任信问。

"大哥可以设法让他传檄呀；再者，皇上让他复核，他总不能不找我二人问问话吧！"陈斌道。

"等他问话问到你我头上，你不觉得晚吗？老黄这人，不先晓以利害，他一旦公事公办，你知道他会问出个什么结果？”任信道。

“大哥说的也是。”陈斌和往常一样，先让一步，再进一步，“我只是担心，擅自闯来，会惹他不快。”

“你呀，就是分不清轻重。”任信道。

“大哥说，什么是轻重？”陈斌正好让他说。

“平时呢，惹老黄不快是重；今日对老黄晓以利害是重。”任信说。

“大哥这么一说，我豁然开朗，再无顾虑。”陈斌道，“但愿老黄通晓事理，别辜负你我这一路的辛苦。”

离堂房渐近，任信嘱咐陈斌：“兄弟，再走一步，称呼得改一改。”

“怎么改？”陈斌问。

“称镇帅，称总镇，不能再称老黄。”任信说。

“大哥放心，见面后，刀架在脖子上，我也叫不出老黄。”陈斌道。

“你看你，仍在叫，还不改过！”任信命道。

黄真咳嗽一声，任信、陈斌二人即刻迈不动腿。离大堂只有几步，二人先往前看，再向侧面看，最后很不情愿地回过头。见黄真果然在身后，二人行跪拜礼，口称：“末将参见镇帅。”

黄真从二人身边走过，径向正房走去。人进去，他才回转身子说：“称谓不改也罢，倒是你二人行礼，得改一改。”

“镇帅，我等行礼有何不妥？”任信问。

“有一种纨绔气息，不宜于军中蔓延。”黄真说着，命道，“起来吧。”

“谢镇帅。”任信、陈斌叩谢，起身。在迈一步即入屋时，二人的腿抬起来后，都有些犹豫，不知该不该落下。

“理当如此。”黄真道，“两位将军是客人，就算是贵客吧，也要主人有请，才好进人家的房子。”把二人奚落一通，他让道，“请进来吧。”

任信、陈斌愈发规矩，进屋后躬身而立。

“两位将军是贵客，在我这总兵府里，不会没有座席。不过，在二位就座前，有件事还是先讲清楚为好。”黄真说。

“是，末将等恭听镇帅训示。”任信、陈斌应道。

“我方才说，称谓不改也罢；听二位叫一声老黄，亦是亲切。不过，有一件不好：老黄被人叫过，你二人再叫，有些不合适。”黄真说。

“不知是谁叫过老黄？”陈斌问。

任信瞪他一眼，说：“管他谁人叫过，我二人反正叫不得。”

黄真指指陈斌，道："他问得好，我若说不出这个人来，倒显得我小气。"说着，两手举过头顶，朝东方一揖，"前次赴京述职，在司礼监拜谒王公，王公唤我老黄。"

任信、陈斌慌了手脚，口不择言。

"我等皆镇帅属下，老黄岂是我等可称呼的！"陈斌道。

"王公唤镇帅老黄，我等更不能称呼。"任信道。

"我等当面不敢再呼老黄。"陈斌道。

"背后也不敢再呼老黄。"任信道。

"在西安不敢再呼老黄。"陈斌道。

"回到宁夏，也不敢再呼老黄。"任信道。

"好，好。"黄真听得不愿再听，才打断他们，他指指下边的座椅，让道，"你二人坐吧。"二人屁股才挨到椅子，他说，"二位来西安，一路辛苦。我虽不甚通晓事理，但也不会辜负这辛苦的。"

陈斌忙站起来，惶恐言道："末将出言不逊，乞镇帅宽恕。"

"你这话说得并无错处呀，为何要请罪？"黄真说是对陈斌说的，眼睛却看着任信。

任信也站起来，道："末将未加制止，罪过也不小。"

"任将军也说是罪过？那我可得琢磨琢磨。"黄真说着，做出用心琢磨的样子。琢磨一会儿，他说："我琢磨不出来，二位还是告诉我，一路辛苦赶来西安，为的何事。"

"想帮镇帅一个忙。"陈斌抢着说。

"你二人，帮我的忙？"黄真火气好不容易消去，又被这句话勾起。

"镇帅听错，是我二人请镇帅帮个忙。"任信忙更正。

"大哥，我等是想帮忙的嘛。"陈斌还在斗气。

"闭上你的嘴！"任信怒斥道，"你区区一员守备，连我的忙都帮不上，又能帮上镇帅什么忙！"

"可大哥是参将呀，手握一路兵马大权呢。"陈斌说。

"这你还看不出来，在镇帅眼里，参将和千户、百户，和一名军士，又有什么区别！"任信道。

"哎呀，任将军在怨我呢！"黄真惊叫，叫是真叫，惊则是做给人看的，"怨得有理，怨得有理！谁见千户、百户在总兵府里有个座席，谁见军士在总兵府里有个座席？两位将军进总兵府许久，仍未坐定，这就是我的不是。坐吧，坐吧，两位将军一时不坐，一时会在心里骂我。"

陈斌欲坐，被任信一把拉住。

“你一时不坐，一时会在心里骂镇帅吗？”任信道。

“不会呀。”陈斌说。

“那为何要坐？”任信道。

“镇帅命我等坐呀。军令如山，末将不敢不遵。”陈斌说。

任信无话可说，眼睁睁地看着陈斌坐下，自己则坐也不是，不坐也不是。他本来想在黄真面前表现得顺从一些，这一来反而显得不顺从。

“任将军也坐吧，我有正事与两位将军计议。”幸亏黄真给他一个台阶。黄真笑话也看够，把二人也戏弄够，再要赌气，有失风度。

“末将遵命。”任信应一句，又狠狠瞪陈斌一眼，才坐下。

“方才你帮我、我帮你的纠缠不清，其实你我本来就纠缠在一起，无法分得清。两位将军说，是不是呀？”黄真至此才说句贴心的话。

“镇帅语惊四座，末将口服心服。”陈斌说。

“你与我，最多两座，哪儿来的四座？”任信和他抬杠。

“比喻而已，大哥干吗认真？”陈斌道。

“镇帅那是抬举我等，你难道听不出来！”任信道。

黄真不理会二人的争吵，笑了笑，继续说：“就大者而言，确是我要帮你等。朝廷命我复核你等与罗某互纠一案，我说理在你二人一边，你二人就赢；我说理在罗某一边，你二人就输。我一言而决定你二人前程，说我帮你二人一个忙，不过分吧？”

“末将说请镇帅帮个忙，是心里话。”任信接过他的话说。

“我不会说理在罗某一边。”黄真道，“为什么呢？我露个底：朝廷命我复核你等与罗某互纠一案，同时，王公也传话与我。王公说，理不在罗某一边。王公既然这么说，不管罗某为什么要纠劾你二人，你二人为何要纠劾罗某，理自然不会在罗某一边。”

“镇帅确认理不在罗某一边，于我等有再生之德。”陈斌要的只是这句承诺；得到这句承诺，他再没什么不放心的。

“还有就小者而言呢？”任信较为细心。

“那就要你等帮我。”黄真说。

“兄弟。”任信推推陈斌，道，“看你的！”

“怎么看我的？”陈斌问。

“你不说，想帮镇帅一个忙吗？”任信道。

“我说的是我二人想帮镇帅一个忙，并非我一人想帮镇帅一个忙；再者，大哥也说，我连大哥的忙都帮不上，又能帮镇帅什么忙？”陈斌分辩。他有点儿怕任信，但不怕和任信争辩。

“无论如何，镇帅既开金口，要我等帮他，你就不问问，镇帅要我等帮什么忙？”任信对他很是无奈。

“是啊，镇帅要我等帮什么忙？”陈斌问。

“理不在罗某一边，这是确定无疑的；我与二位要计议的是，理在不在你这一边。”黄真说。

“大哥，镇帅说的是计议，不是帮忙呀。”陈斌道。

“好，我说错，我改。”黄真也很无奈，“我要证实理在二位一边，请二位帮我个忙。”

“理既然不在罗某一边，自然就在我二人一边，这应该也是无疑的呀。”陈斌看不出这有什么需要帮忙的。

“并非如此。”任信较能理解黄真的意思，“两方相争，理不在此方亦不在彼方的事例，比比皆是。”

“若王公说理在我二人一边呢？”陈斌拿出谁也驳不倒的理由。

“那就另当别论。”任信嘴上应着，心里想着：陈斌蠢有蠢的好处。换别人，怎么好一上来就拿王公压人，而且压的是顶头上司?

“对，要与二位计议的，”生怕陈斌打岔，黄真马上改口，“需要二位帮忙的，正是此事。王公若是说，理在任、陈二将一边，我会毫不犹豫地帮二位的忙，何须二位帮我的忙！二位在宁夏亦可安坐，又何须不辞辛苦地跑来西安？”

看得出来，既议起正事，他就不在意对方小小的不恭。

“也就是说，理不在罗某一边，镇帅不需要证实；理在我二人一边，镇帅仍需要证实。”任信引申他的话。

“非如你言。”黄真摇着头说，“不是我需要证实，是王公需要证实。”

“镇帅言之极是，”陈斌正好接上他方才的话，也不管这话会不会让人反感，“若是王公说一句理在任、陈一边，镇帅随着也就说理在任、陈一边，还用得着重新证实吗？反之，镇帅若是说理在任、陈一边，王公会不会随着也说，那却难料。”

“兄弟，少说两句，可否？”任信试图制止。

“陈将军有见识，为何让他少说？”黄真又制止他。

“并非我有见识，这些话都是我大哥说的。”陈斌道出真情。

“镇帅称你有见识，你再接着说吧。”任信赌气。

“怎么是我有见识？分明是大哥一路都在说：看来，王公一定不会判定罗某赢，但也不一定会判定我二人赢；要王公判定我二人赢，须得让他老人家相信，理在我二人一边；要王公相信理在我二人一边，须得让他老人家相信，我二人是为维护他老人家才与罗某争执。”陈斌道。

“真有这话？”黄真问。

“一字不差。”陈斌道。

“兄弟呀！”黄真也学着任信唤他一声，“难怪你要叫他大哥，他的见识高出你甚多。”说着，又问，“如何让王公相信你二位在维护他老人家，你大哥有主意吗？”

“我大哥有的不是主意，是妙计。”陈斌说。

“那倒要洗耳恭听。”黄真道。

“就这样听，镇帅听不成。”陈斌说。

“为什么？”黄真问。

“大哥吩咐过，定要镇帅问之再三，才可言之。”陈斌说罢，指出他心不够诚，“镇帅只问句‘你大哥有主意吗’，我怎么好说？”

“这容易。”黄真把“洗耳恭听”改成问话，“将军妙计可否告知？”

“不为禀告镇帅，他干吗拉末将来西安！”陈斌认真地回答。

“是你说与我听，还是你大哥说与我听？”黄真问。

“够了，已问之再三。镇帅问的是末将，末将说与镇帅听吧。”陈斌正要说，忽然捂住嘴，“镇帅恕罪，还有一事。”

“不妨，我可再问下去。”黄真道。

“用不着再问，是末将要请求镇帅。”陈斌说。

“好，你说！”黄真道。

“请镇帅准许末将近前。”陈斌说。

“你，要走到我身边来说？”黄真指着他问。

“是。镇帅若要听大哥说，可准许他近前。”陈斌说。

“不，就是你说吧。”黄真听他絮聒这么久，当然不想换人，并在陈斌走近时问，“为何要近身而言？”

“大哥吩咐，事关机密，不可泄露。”陈斌说。他走到黄真帅位前，弯下上身，俯在黄真耳边说一句话。

“就一句话？”黄真问。

“就一句话，镇帅看妙不妙？”陈斌反问。

“妙，妙！”黄真道。说第一个“妙”时，他有种被戏弄的感觉；紧接着说第二个“妙”时，他开始品出味道。他说：“有此一言，王公就不会不相信，你二位是在维护他老人家；就不会不相信，理在你二位一边。”

王振低首踱步，想着心思。听马顺在外咳嗽，他命道：“别装神弄鬼的，进来吧。”马顺入室行礼，他问，“小顺子是为罗绮而来吧？”

“是。”马顺道，“罗绮已由都察院狱移至锦衣卫狱，卑职特来禀报。”

“我正在想他的案子。你说，他真敢詈骂我老奴吗？”王振问。

“这个嘛，”马顺不好回答。说罗绮敢，他不过是以大理寺左寺丞巡视宁夏，居然敢辱骂王振，王振的权威何在？说他不敢，黄真复核，称他詈骂王振老奴；法司审理，说他只是詈骂陕西镇守内臣，并非詈骂王振，故以赎论罪，即仅罚银了事。王振将他下锦衣卫狱，显然是觉得罪定得太轻。好在这种事情经历的多，马顺自有应对之法。他故作轻松地说：“秀才们的心思，谁料得准。”

“我看，罗绮的心思你用不着料；倒是老黄的心思，你要好好料一料。”王振道。

“王公的意思是——”马顺问。

“罗绮詈骂镇守内臣是实，但他绝不敢詈骂我。”王振自信地说。

“老黄为何要无中生有？”马顺表示不理解。

“还不是一则向我邀功，一则向任、陈二人示好。”王振说。

“他那点儿鬼心思，不足让王公料之。”马顺奉承一句，复言正事，“詈骂内使，而以赎罚论之，王公，不能说法司有差错呀。”

“你是说，把罗绮移至锦衣卫狱，也是论赎？”王振有些不高兴。

“不，不，罗绮即入锦衣卫狱，就休想赎银得释。”马顺道。

“可你才说，法司并无差错。”王振以他的话驳斥他。

“卑职是说，詈骂内使，而以赎罚论之，法司没有差错；若詈骂的不是普通内使，而是王公，那就不同。詈骂王公，即詈骂朝廷，詈骂圣上。”马顺道。

“我才说，罗绮不敢詈骂我。”王振以自己的话驳斥他。

“是，王公既断定他不敢詈骂，他自然不敢詈骂。”马顺道。

“照我的说法呢，他不敢詈骂我；照你的说法呢，他没有詈骂我，赎罚即可。小顺子，我看你有难处。”王振说。

“卑职的心思，也不足让王公料之。”马顺道。

“要不，把你的话改一改？”王振说笑道。

“卑职话已出口，不好改。”马顺道。

“要不，把我的话驳一驳？”王振又说笑。

“王公话已出口，无人敢驳。”马顺道。

“那你却如何处置？”王振问。

“卑职想先批驳自家的话，乞王公恩准。”马顺道。

“是‘不能说法司有差错’那句话吧？”王振又是嘲笑又是赏识地说，“出口之言不好改，却可批驳，你果有几分小聪明。”

“王公恕罪，卑职要批驳的不是这句。”马顺小心翼翼地说。

“不是这句？却是哪句？”这有点儿出乎王振的意料。

“无中生有。”马顺说。

“你是说，罗绮詈骂我，不是无中生有？”王振问。

“卑职正是此意。”马顺说。

“那不还是批驳我吗？”王振道。

“不，不，”马顺连声否认。“卑职若是说此事定有，那是批驳王公；但卑职只是说并非无中生有。”

“并非无中生有，又不是此事定有，难道还有别者？”王振问，但不用马顺回答，他已然悟出，“等等，二者之间，的确还有别者。小顺子，你把它叫作什么？”

“有中生有。”马顺道。

“有中生有？有趣。”王振命道，“你究竟何意，仔细说与我听。”

“是。”马顺应罢，掰着手指数道，“罗绮议罪之途有三：一是无中生有，一是定然有之，一是有中生有。”

“无中生有，罚赎即可；定然有之，万死难赎；有中生有，含糊其中，可任意处置，但不至于论死。”王振接着说。

“王公英明。”马顺又奉承一句，“王公不满法司的处罚，又称罗绮不敢加骂于己，可见不想罗绮论死。那么，可在二者之间任选一项处罚加在他身上。”

“不能以赎了事，也不致要他性命，正是我所想要的结果。我的心思，小顺子，你料得也不差呀！不过，”王振眉头一皱，又说，“依照你的法子，传出去可不太好听。”

“为什么？”马顺问。

“你难道不知这叫莫须有吗？”王振道，

“莫须有的典故，卑职是知道的。古人制造莫须有，为的是杀人；王公制造莫须有，为的是不杀人。传出去，也是美谈。”马顺分辩道。

“是小顺子的莫须有，莫随便送人。”王振笑道，“好吧，咱们就来制造一出不杀人的莫须有，你看如何在二者之间选一种处罚？”

“这正是卑职要向王公请示的。”马顺说。

“戍边如何？”王振道。

“好。”马顺边应边问，“戍于何处？”

王振随便一指，说：“辽东吧。”

罗绮被谪戍辽东，三法司堂官亦因蒙蔽受到指责。

第四十一章

吏部文选郎中张琛出东安门，与礼科给事中章瑾不期而遇，这让他感到很困惑。二人虽都住在东城，但张琛家在北，章瑾家在南。在午门外坐衙的章瑾回家，应出长安左门，径往东走便可，根本用不着转到东安门来；如同坐衙东华门外的张琛回家，出东安门，径往北走，不会转到长安左门一样。除非是——

章瑾一开口，证实张琛所料不差。

“廷玉先生，在下恭候多时。”他说。

一个困惑解决，张琛随之产生另一个困惑：两个人在公务上拉不上什么关系，也说不上有什么私交，他为何专门绕到东安门外等候自已？除非是——

“用钦兄在等我？”他问。

张琛字廷玉，北直隶南和人，永乐十三年进士。章瑾字用钦，浙江会稽人，正统元年进士。二人中科第相差二十年，对张琛来说，章瑾是完完全全的晚辈。他以兄称之，是因为一个第三者：吏部右侍郎赵新，一方面是章瑾的岳父，一方面是张琛的长官。换句话说，他对二人而言都是长辈。张琛想的是：章瑾找他，或与赵新有些关系。这也很快被证实。

“奉尊长之命，与廷玉先生说句话。”章瑾道。

“日新先生？”张琛的困惑更加重，“我与日新先生才在衙门里分手，他有什么话不能直接对我说吗？”

赵新字日新，浙江富阳人，举人出身。

“尊长若得开口，还不早对廷玉先生说！”章瑾苦笑道。

“看来，用钦兄也有些开不得口嘛。”张琛看出他的苦衷。

“不管开不开得口，在下却不得不开口。”章瑾道。

“我知道。”张琛说。“日新先生对我开不得口的，定是选官之事；日新先生开不得口，而用钦兄不得不代为开口，定是为日新先生的亲眷。用钦兄，我所料如何？”

“所料如何，廷玉先生在意吗？”章瑾不愿正面回答。

“那么，此人是谁，我总是在意的吧？”张琛道。

“在下一位内兄。”章瑾含糊其词地说。

所谓内兄，一般的理解，即其妻兄。他实际上承认，张琛所料不差。张琛道：“我从未听说，用钦兄有什么内兄需要关照呀。”

“是堂兄。”章瑾说。

这么一说，就很明确。章瑾妻子的堂兄，即赵新的侄子。赵新只有一个侄子面临迁转之事，就是赵澄。张琛道：“用钦兄是为赵澄说项？”

章瑾脸一红，说：“可不是他嘛！”

“这就难怪。”张琛道。

“廷玉先生何意？”章瑾问。

“难怪日新先生开不得口，难怪用钦兄说不得不开口。”张琛道。

“听廷玉先生的口气，我这位内兄口碑不甚好？”章瑾问。

“不是不甚好，而是极不好。”张琛说到这里，不觉奇怪，“怎么，用钦兄对此竟一无所知？”

“若说一无所知，未免欺世；不过，在下所知，充其量是不甚好，若知是极不好——”章瑾顿住，不说下去。

“便不来为他说项？”张琛问。

“不，不，岳丈之命不可违；不过，措辞或有所不同。”章瑾觉得有必要解释一下，“其实，极不好也罢，不甚好也罢，哪怕是口碑甚好、极好，涉嫌说项，总是件难为情的事。家大人若在世，我是绝不敢为的。”

他的父亲章敞，官至礼部侍郎，一生爱惜名节。章瑾这时提起他，既有自责之意，也有称颂父亲之意。

“若是令尊大人在世，用钦兄周旋于两位老侍郎之间，恐怕更要为难。”张琛说。章敞、赵新都在宣德五年升至侍郎，至今已十六七年，完全可以称作老侍郎。

章瑾默然点头，对此他丝毫也不怀疑。

“用钦兄是从吏卿，还是从礼卿？”张琛问罢，加上一句，“我是说，令尊大人若在世的话。”

“宁得罪泰山，不得罪家父。”章瑾回答。

“换言之，你宁行正道，不行苟且。”张琛说。

章瑾不能认同，又不想否认，只能回复一句：“这话不是我说得的。”

张琛理解他的难处，把话岔开：“用钦兄可有小酌之意？”

“有啊。”章瑾应道。

“用钦兄看，”张琛指着路旁的酒店道，“那间肆上的酒虽浊，但力道不小，且从不掺水欺客。我从它门前经过，往往立饮一碗而去。用钦兄，今日你我立饮一碗而别，如何？”

“此等小酌，质朴不俗，甚好。在下奉陪。”章瑾道。

小店里没几个人，店家在打盹，凳子一条一条闲放着，但张、章二人遵照立饮之约，谁也不坐。

“用钦兄出淤泥而不染，这碗酒敬你。”张琛说着，把自己碗里的酒喝了。见章瑾捧着碗不动，他说，“用钦兄嫌这酒不干净吗？我有言在先，此肆酒浊，但不假。”

“酒浊不妨，廷玉先生话里有毛病，这酒我饮不得。”章瑾道。

“我话里有何毛病？”张琛问。

“廷玉先生说我出淤泥而不染，试问，何为淤泥？”章瑾道。

张琛一想，他质问的很有道理：说他出淤泥而不染，淤泥是指赵新，还是指赵澄？无论指谁，章瑾都难以公然接受。于是，张琛又要碗酒，换句说词：“用钦兄从善如流，这碗酒敬你。”

章瑾微微一笑，仍不饮。

“我的话里又有毛病不成？”张琛问。

“有没有毛病且不说；廷玉先生称我从善如流，亦即廷玉先生导我从善。这碗酒应当我来敬呀。”章瑾说。

“那就当作你敬。”张琛不予分辩。

“但世间焉有敬者未饮被敬者先饮的道理？”章瑾道。

“用钦兄是不是要我再多饮一碗呀？”张琛问。

“我并无此意，廷玉先生自己或有此意。”章瑾道。

“好。”张琛应道，吃两次亏，他不再谈论是非曲直，“我引用钦兄进此酒肆，品此浊而不假的劣酒，饮与不饮，自家斟酌而定。”

章瑾这次爽快地喝酒。

赵新正在读书。书的内容很枯燥，他的心思也不在书上。在他准备把书放下的时候，门帘忽然掀起，他立刻想到来的是赵澄。这比无聊的书更让他厌烦，他索性把头埋在书里。

进来的果然是赵澄，他做出在衙门里与上官周旋的架势，油腔滑调地说：“光禄寺典簿赵澄，见过吏部侍郎赵大人。”

赵新翻一页书，此外没别的动作。

“有扰大人清修，下官晚些再来。”赵澄说。

这话很是见效，赵新把书重重地放下。他斥道：“澄儿又来胡闹！”

“下官来给大人请安，怎是胡闹？”赵澄分辩道。他需要的是赵新搭话，赵新一搭话，他就露出一副无赖相。“大人可否赐座？”

“随你。”赵新无奈地说。

赵澄坐在赵新对面，把他扔下的书拿起来，翻了翻，更觉无聊。他轻轻地把书放下，嬉皮笑脸地问：“大人可否赐茶？”

“你饮茶，难道还要我来伺候？”赵新道。

“不用，不用，下官自己动手。”赵澄说着，倒杯茶水。

赵新见他举着茶杯，却不饮用，知道他并非口渴，而是要和自己比定力。论起定力，赵新不会输给赵澄，但不知为什么，他却先开口。

“澄儿，我不是告诉过你，你的事，我会放在心上的！”他说。

“二叔只放在心上，怕不会有效果。”赵澄用改换称呼的方式，表示他也要正经谈论。

“我不只是放在心上，我已交代与司官。”赵新说。

赵澄哼一声，问：“二叔不是亲自交代的吧？”

“用钦代为转达，也是一样的。”赵新说。

“二叔看，姑爷办得了这等事吗？”赵澄问。

“人情之事，有什么办不得的！”赵新虽然嘴上这么说，其实也不放心。他问，“澄儿是不是听到什么消息？”

“岂止听到消息，侄儿已经证实，姑爷无功而返。”赵澄说。

“无功而返？怎么回事？”赵新问。

“其一，姑爷被二叔部属一句‘说项’，说得满脸通红，连侄儿所请都不好意思道出；其二，姑爷被二叔部属一句‘周旋于两位老侍郎间’，说得心神不定，更无心恋战；其三，姑爷被二叔部属一句‘从善如流’，说得心花怒放，竟与他饮起知心酒来；其四，姑爷要侄儿在衙门好好当差，争个考最，再广接人缘，不愁不得升迁。”赵澄说到这里，颇有怪罪之意，“二叔，这就是你差去的好说客！”

这四件事，特别是前三件事，所有关键词的含义，都是明白无误的，赵新不得不信。他自言自语道：“用钦甲科出身，书卷气难免重些。但不让他出面去说，却让哪个出面去说？”

“有人呀。”赵澄把他的话接过来。

“你说是谁？”赵新问。

“二叔自家呀。”赵澄道。

“我去对张廷玉说？”赵新连连摇头，“使不得，使不得！”

“别人对张郎中说，如姑爷对张郎中说，是求他；二叔对张郎中说，是命他。有何使不得？”赵澄道。

“张廷玉不是随意受命之人，若可以命他，我还不早就命他！我怕的是，我与他闹僵，连转圜的余地都没有。”赵新说。

“二叔这话，我有点儿不信。”赵澄说。

“何事不信？”赵新问。

“二叔命不得他呀。”赵澄说。

“此乃实情，澄儿为何不信？”赵新道。

“是二叔要侄儿说的，莫怪侄儿嘴下无德。”赵澄说。

“你有话就说，我从未想过你嘴下会积德。”赵新不高兴地说。

“好。”赵澄显然要说一件十分机密的事，先睁大眼睛从门帘、窗框间向外张望，又竖起耳朵听听外面的动静，确定没人，才说，“洪县令欲升知府，不就因为二叔一句话，便如愿以偿！”

“澄儿，这话可不能张口就说。”赵新有几分慌张。

“我怎么张口就说？二叔大约忘记，洪县令是我引荐给二叔的；如何行事，也是我教给他的。”赵澄说。

“好个侄儿，设个圈套让我钻，眼下却来要挟我！”赵新道。

“当年实实在在地得份厚礼，怎么是圈套？要挟长辈，侄儿也是不敢的。侄儿只是想，与二叔是至亲，求二叔办事，或用不着备一份厚礼。二叔若因侄儿未备厚礼而不肯帮忙，侄儿倾家荡产，也去备下一份厚礼。只求二叔看在至亲的分上，能让侄儿也如愿以偿。”赵澄说。

“澄儿，看你说的哪儿的话！”赵新半是气愤，半是寒心，掰着手指数落道，“为你入富阳县学，我费尽心机，难道不是念着至亲？为你选入国子监，我又费尽心机，难道不是念着至亲？为你在朝廷清要衙门选官，我再次费尽心机，难道不是念着至亲？”

“二叔所谓费尽心机，言过其实吧？”赵澄讥道，“我当初就对二叔说过，要进就进府学，不要进县学。你看，与我同时的举子，凡入府学的，十之八九乡试中第，十之四五会试中第。二叔再多费一分心机，不难把侄儿送进府学的。以侄儿之聪慧，不在四五之列，也在八九之列。侄儿幸而中进士，不幸而中举人，二叔都用不着再费心机在选送国子监上，也用不着再费心机在选官上。你老人家呢，偏偏把我送去县学！后面的路走得不顺，首先要怪学校选得不好。再者，选官时，我对二叔说过，要选就选二品衙门里的官，不要选三品以下衙门里的官。你看，与我同时的选官，凡入部、院衙门的，放外官的，升二秩，改入下属衙门办事的，也升一秩。二叔再多费一分心机，不难把侄儿选在部、院衙门。以侄儿之才干，纵然升不成二秩，总也升得成一秩。你老人家呢，偏偏为我选个从三品的衙门！侄儿前程受阻，其次要怪衙门没选好。学校不选好，衙门不选好，这也叫费尽心机？”

富阳属杭州府。杭州府学不仅是杭州府最好的学校，而且是浙江布政司最好的学校。六部与都察院是最显要的衙门，即便品秩相同，六部和都察院的官员也比其他衙门的官员高出一头；而且，六部和都察院属官升迁的机会也有可能多一些。赵澄埋怨前者未入杭州府学，后者未入部、院衙门，不能说全无道理。但他把未中进士归结于未入府学，把未得升迁归结于未入部、院衙门，把责任全部推到赵新身上，则显然是强词夺理。

“澄儿，做人做官，都要有良心呀！”赵新道。

“我是有良心呀。”赵澄道。“要是没良心，我会把洪县令引荐给二叔吗？要是没良心，二叔得一份厚礼，我还不来分一杯羹？”

“澄儿，你和洪某的情形有所不同。”赵新说。

“有何不同？”赵澄问。

“洪某可是在偏远之区做了二十年知县的。”赵新道，“澄儿，你开口闭口，称我得洪某一笔厚礼，你可知这笔厚礼是多少？”他用手比画着说，“五十两纹银而已。知县与知府相差三品六秩，五十两银子买得三品六秩，自古以来恐怕没有这样买官卖官的吧？实话告诉你，我帮他的忙，不是因为五十两纹银，而是因为看他这二十年知县做得实在不易。”

“是啊，我知道有所不同。所以，他求的是由县令径升太守，我只求由典簿升作署正。这个忙二叔也应该帮呀。”赵澄道。

他们一直在谈论的洪某名钧，原为某偏远地区的知县，经过一番活动后，升为铜仁知府。铜仁属贵州，亦属偏远；但由知县径升知府，无论如何称得上超擢。而光禄寺典簿从七品，署正从六品，在本衙门里属于正常升迁的范围。

“我指的不是这一层意思。”赵新说。

“不是这一层意思，却是哪一层意思？”赵澄问。

“洪某为偏远县令二十年，我同情他，张文选也同情他，故我一说，张文选欣然从命。澄儿，你养尊处优数载。”见赵澄欲发作，赵新做个手势，示意他少安毋躁。“好，我说错，虽非养尊，总是处优吧？即便我肯与张文选说，澄儿想，他肯不肯行这个方便呢？”

“二叔说都不说，谁知他肯与不肯？”赵澄道。

“我知道，他是断然不肯的。”赵新说。

“二叔先别把话说得太满。”赵澄道，“你不与张文选说，我只当你不愿说，我对你的抱怨超过对张文选的抱怨；你与张文选说，他不肯行方便，我就只抱怨他一个。”

“澄儿一定要我亲自对张文选说，就不怕把事情闹大吗？”赵新问。

“闹大便怎样？”赵澄反问。

“你，”赵新指着他说，“固然要一败涂地。我，”又指着自己说，“也难免要一败涂地。”

赵澄呆呆地想想，最后固执地说：“一败涂地者，是二叔想出来吓唬侄儿，吓唬自家的。不试一试，谁知结局如何！”

王直到得南杨先生府邸，被引进杨溥的卧房。卧床养病的主人一下坐起来，命传出话去：老爷倦息，不再会客。

“弘济先生这话不是为我说的吧？”王直不安地问。

“怎么不是为你？我明明就是为你嘛。”杨溥说。

“糟糕！”王直道，“我原本就在来与不来之间犹豫：不来吧，弘济先生一病，举朝震惊；我呢，不来看一眼，也觉得心神不宁。来吧，又怕搅扰弘济先生安养。后来想，来就来吧，只看一眼，说两句话，不致大碍。现在看来，也只得看一眼，两句话亦不说为好。”

“看一眼，两句话，行俭先生在说什么呢！”杨溥责备道。

“老爷倦息，弘济先生这话不是为我说的吗？”王直道。

“堂堂大冢宰，好小的心眼！”杨溥取笑他，“老爷倦息，这话是对其他的客人说的；不再会客，这话才是对行俭先生说的。”

“恕我愚直，听不出这两句话的差别。”王直道。

“差别就在一个‘再’字，不再会客，即不见行俭先生以外的客人，我若说不宜会客，那就要把行俭先生也赶走。”杨溥做一番诠释。

“原来如此，承教。”王直一揖。

“若不见怪，我就坐在床上与行俭先生说话？”杨溥用的是询问的口吻，其实他知道王直是不会反对的。

“甚好。弘济先生不见外，我方不见怪。”王直说着，自己动手从不远处搬过来一把椅子坐。

从谈吐到动作完全是随意的，这使得杨溥感到欣慰。看王直坐得很舒服，他也选择一个让自己在床上坐得舒服的姿势，然后说："行俭先生不是有两句话要说吗？请吧。"

"那不过是泛泛之辞，非有所指。"王直道。

"也不指吏部近日的风波吗？"杨溥问。

"怎么，弘济先生知道此事？"王直乍一听，有些发呆。他此次造访的目的，只是探望；所谓说两句话，只是说些宽慰的话，绝没有拿衙门里的变故来打扰之意。但接下来一想，衙门里的变故也不是说不得的，既然杨溥自己提及，说说也无妨。他反问杨溥："弘济先生把我留下，不再会客，是不是也想谈吏部的这场风波呀？"

"我想说说吏部的风波，也想说说行俭先生。"杨溥道。

"说说我？"王直大觉惊诧。

"是啊，"杨溥点点头，道，"不过，行俭先生既然提到吏部的风波，那就先说它吧。"说着问道，"吏部两位侍郎都被逮下狱，是吗？"

"是，子宜先生和日新先生那日恰好都在衙门里，被锦衣卫官校一起带走。"王直答的比他问的要具体。

"除他二位，下狱的还有谁？"杨溥问。

"我部文选郎张琛、礼科给谏章瑾、日新先生亲侄赵澄。"王直答道。

"我听说，赵澄谋升迁，日新先生着章瑾打通张琛关节，张琛不从，反将赵澄降一秩。于是乎，在内则有侍郎与司官之争，在外则有赵澄詈骂，还传出日新先生收受赂银之事。"杨溥述罢，问道，"是这样的吧？"

"我所知，亦如此。"王直道。

"行俭先生不觉得此事蹊跷吗？"杨溥问。

"是争执双方均被下狱吗？"王直解答说，"各衙门发生争执，分出是非之前，双双下狱，眼下几乎是惯例。"

"不，我指的不是这件事。"杨溥说。

"不是这件事，却是哪件事？"王直问。

"日新先生与其他各人都是当事之人，按照行俭先生的说法，合当一同下狱；但收受赂银也好，谋求升迁也好，与子宜先生毫无牵连，他怎么也被下狱？"杨溥道。

"衙门出事故，则追究堂官责任，眼下这也几乎是惯例。"王直说。

"前一个惯例还说得过去，这个惯例却说不过去。"杨溥道，"行俭先生不也是吏部堂官吗，而且是正卿，朝廷为何不追究你的责任？"

"依公之意，我也该下狱？"杨溥说的直率，王直问的也直率。

"行俭先生言重，我只是问朝廷为何不追究你的责任。"杨溥道。

“谁说朝廷不追究我的责任！听司礼监的公公说，我的名字原在下狱名帖中列于首位。”王直道出一件并非人人皆知的内情。

“行俭先生却未下狱。”杨溥道。

“所以，弘济先生觉得蹊跷？”王直问。

“不，此事一点儿也不蹊跷。”杨溥道，“行俭先生列于名帖之首，却未下狱，定是行俭先生的名字被划去，而绝非锦衣卫网开一面。”

“那么，蹊跷的是我的名字被划去？”王直问。

“此事行俭先生只说对一半。”杨溥道。

“另一半呢？”王直问。

“先把行俭先生的名字列上，然后划去，此事方才蹊跷。”杨溥道。

王直思来想去，觉得这一解释毫无意义：如果自己的名字没列入名帖，何来划去？难道自己的名字并未列入名帖，或者自己的名字被列入名帖，不被划去，难道就不蹊跷？

“弘济先生，我不懂。”他说。

“这并不难懂。”杨溥道，“行俭先生说的两个惯例，一则争执双方一并下狱，一则衙门出事故堂官下狱。我再举一个惯例：近二十年来，特别是今上改元以来，各部及都察院正卿均有下狱之事发生，独吏部尚书不曾被下狱。行俭先生想想，是不是这样？”

“是。”王直应道。这用不着细想，太祖、太宗朝，吏部尚书被下狱甚至被诛杀之事时有发生；自洪熙、宣德以来，则无吏部尚书下狱。

“这是为何？”杨溥不是在问王直，而是他自己对这个问题思考过一段日子。他说：“或是因为吏部的作用越来越重要，吏部尚书领袖廷臣的地位经已确定，故其他衙门出事故，正卿动辄下狱，而吏部出事故，正卿则须优礼？”

“不对吧。”王直反驳道，“三杨在时，廷臣皆视三杨为领袖；三杨逝其二，廷臣皆视弘济先生为领袖。”

“是吗？”听他这话，杨溥内心涌出一阵苦涩。如果说，内阁确实有过一段极盛时期，阁臣确实曾被视为廷臣领袖，那么，在杨荣、杨士奇相继去世后，这个极盛时期已经结束。王直说他被视为廷臣领袖，不是言不由衷，就是宽慰而已。他说：“行俭先生，我给你讲个故事。蹇老天官去世后，东翁、勉仁兄和我不止一次地议论过吏部。行俭先生知道我等议论的是什么吗？我等都以为，一定要有一个更有品德更有声望的人掌吏部才好。等到行俭先生掌吏部，东翁和我又不止一次地议论过吏部。行俭先生知道我二人议论的是什么吗？我二人都以为比勉仁兄幸运，因为我二人终于见到一个更有品德更有声望的吏部尚书。”

“老先生们谬奖，愧不敢当。”王直谦道。

“众望所归，行俭先生不必自谦。”杨溥说着，口气一转，“这几年来，内阁也有人员更替，先是补入两员后生，接着又补入两员后生，却有谁人议论，一定要有一个更有品德更有声望的阁臣？”

“弘济先生想说，有人议论一定要有一个更有品德更有声望的吏部尚书，却无人议论一定要有一个更有品德更有声望的阁臣，所以，吏部尚书才是廷臣领袖？”王直重复他话里的意思。

“难道不是？”杨溥道。

“难道不是高山仰止，一进内阁，无人再敢议论？”王直提出反论。

“行俭先生这是在狡辩。”杨溥说。

“弘济先生难道不是狡辩？”王直道。

话一出口，他不由得失声而笑。杨溥分辨得出他在嘲笑，但分辨不出他嘲笑的是谁。盯着他看一会儿。等分辨出他既是自嘲，也是在嘲笑自己，杨溥也跟着笑起来。

“弘济先生不是在说蹊跷吗？怎么说着说着，我二人却争辩起哪个衙门是廷臣领袖！”王直道。

“不错。”杨溥把思路顺回来，“近二十年吏部尚书不曾下狱，今日行俭先生险些下狱，你说蹊跷不蹊跷？”

“与其说蹊跷，不如说衙门出事故，则追究堂官责任，这的确是惯例；而优恤吏部尚书，却未必是惯例。”王直说。

“我看，与其说是惯例，不如说是人情。”杨溥道。

“怎么讲？”王直问。

“行俭先生说两个惯例，我说一个惯例，实则皆为人情。”杨溥道，“发生争执，双方一并下狱，此人情也；衙门出事故，则堂官下狱，此人情也；对受到优礼的吏部尚书，亦追究其责任，此人情也。”

“弘济先生所谓人情者，即某人之欲吧？”王直问。

“不错，有人就是要造成一个动辄得咎、人人自危的局面。”杨溥道。

“在其职，食其禄，不谋其政，上下养成懈怠风气，固然可虑；而造成动辄得咎、人人自危的局面，尤其可虑。”并问，“行俭先生以为如何？”

“弘济先生称之为可虑，我再加一句：可惧，”王直对此稍加解释，“有私者惧之，有识者虑之。”

“这两句话说得好！”杨溥赞道。

“弘济先生称我说得好，那蹊跷二字就用得不好。”王直说。

“怎么讲？”杨溥问。

“可虑，可惧，都不是蹊跷二字所能替代的呀。”王直说。

“行俭先生别忙下定论，我这里还有后半句话呢。”杨溥道。

“弘济先生是说，我的名字被划去，也有文章可做？”王直问。

“正是此意。”杨溥道。

“好，在下恭闻其详。”王直一揖。

“行俭先生列于名帖之首，却未下狱，定是行俭先生的名字被划去，而绝非锦衣卫网开一面。”杨溥今天特别喜欢重复自己说过的话，好像有意检验自己记忆的能力。重复过后，他又不经意地问一句：“谁把行俭先生的名字划去的？是皇上吗？”

王直看他一眼，目光中的含意很明确：立朝数十年，身为中枢大臣，怎么会问出这样不宜宣之于口的问题？

“是，一定是皇上划去的，不是皇上亲笔划去的，也是遵照圣意划去的。”杨溥给自己找个台阶下。说完，或是因为这个台阶下得可笑，或是因为根本不需要台阶下，他还笑笑：“不蹊跷，皇上不欲行俭先生下狱，一点儿也不蹊跷。”

“是吗？”王直又看他一眼，好像本来不觉得蹊跷，现在倒拿不准。

“这是不好猜疑的。”杨溥一本正经地说，“东翁和我都庆幸大冢宰得人；其实，最早看出行俭先生堪大用的，既不是东翁，也不是我，而是太皇太后。她老人家在世时，对行俭先生称赏有加，我亲耳听到的就不止一回。皇上自幼经太皇太后调教，自然对行俭先生甚是敬重。若非如此，行俭先生恐怕也不会由礼部贰卿而径授吏部尚书。”

“弘济先生前后两句话，一则说有人要造成一个动辄得咎、人人自危的局面，一则说皇上不欲我下狱。”王直说前者时伸出一只手，说后者时伸出一只手。他抬高左手时，降低右手；抬高右手时，降低左手。这样摆弄几次，他问：“弘济先生，此二事有何关联？”

“有啊。”杨溥学他的样子，伸出两手，不同的是，他的两只手平伸在胸前，“有人要造成一个动辄得咎、人人自危的局面。他的手法呢，一是发生争执，一并下狱，姑且称之为不分是非；二是衙门出事故，堂官下狱，姑且称之为小题大做。皇上圣明，是不会不分是非的，是不会小题大做的。那么，他的许多次不分是非的处置，许多次小题大做的处置，是瞒着皇上的。对不对？换句话说，他许多次不分是非的处置，许多次小题大做的处置，是可以瞒得过皇上的。对不对？但这一次小题大做到行俭先生身上，他却没瞒住皇上，这是为什么？是因为他也看到吏部尚书的重要，还是因为他也敬重行俭先生，或是他根本没让皇上知道，自己就打消将行俭先生下狱的念头？”

在滔滔不绝地谈论时，他的两手不是上下挪动，而是翻来转去。看得出，他不是用两手比喻两件事，而是用两手比喻两个人。

“还有一种可能弘济先生没说，王某对人家俯首从命。”王直道。

“这种可能我想也不曾想过。仅我所举几种可能，行俭先生，你能确定其中的一种吗？”杨溥问。

“我非其人，焉能确定！”王直道。

“那么，蹊跷二字用得并不错吧？”杨溥问。

“错是不错；不过，最蹊跷的却不是这件事。”王直答道。

“行俭先生还有更蹊跷的事情要说？”杨溥问。

“是啊。”王直点点头，反问，“弘济先生想说说吏部的风波，也想说说我，不知以上究竟说的是吏部的风波呢，还是说的我？”

“我承许先说吏部的风波，上面说的自然是吏部的风波。”杨溥道。

“可件件事都把我牵扯进去。”王直说出他的困惑。

“对，虽然件件事都把行俭先生牵扯进去，却是由吏部的风波引起的，所以，仍是在议论吏部的风波。”杨溥自有一番解释。

“那么，关乎在下，弘济先生还有什么话要说？”王直问。

“只有一句：莫辜负廷臣领袖的身份。”杨溥说。

“怎么，此事一定要争出个结果吗？”王直又摆出争辩的架势，“在我看来，前者廷臣领袖是三杨，今者廷臣领袖是弘济先生。”

“不争，不争！”杨溥则摆出息事宁人的姿态，“我换句话来说吧：朝廷纪纲系于行俭先生一身。”

“维系纪纲，人人有责；但弘济先生所言，令我战战兢兢。如果一定要说朝廷纪纲系于一身，那也是系于弘济先生一身。”王直说。

“唉。”杨溥叹口气，“若系于老朽之身，朝廷纪纲必将荡然无存。”

“弘济先生何出此言？”王直惊问。

“行俭先生看不出来吗，三杨已败下阵来！”杨溥道，他缓缓地说，“三杨同在之日，还能与人家斗个平手，那也是因为有太皇太后在维系。勉仁先生先病逝，接着太皇太后宾天，内阁就难与司礼监匹敌。不过，东翁言出有声，还能领袖廷臣，弥合朝政。不幸的是，东翁被人抓住把柄，以至意志消沉。待东翁仙去，我与内阁几名后生就完全不在人家眼里。行俭先生，我不是无心维系纪纲，我实在是无力呀！”

“弘济先生别这么说，”王直劝慰道，“老先生们维系纪纲的举措，众人都看在眼里；弘济先生举臂号召，谁不奋力追随？”

“这就是我要说的第二事。”杨溥道，“行俭先生看不出来吗，老朽已然来日无多？”

“不，弘济先生只是早年系狱多年，落下病根。静心将养，假以时日，并不难康复。”王直说两句宽慰的话。

“这话，行俭先生自家信吗？”杨溥问。

王直无话可答，只能保持沉默。

“故朝廷纪纲系于行俭先生一身。”杨溥最后一次重复自己的话。

七月十四日，杨溥病卒于家中。

第四十二章

喜宁升御用监太监，除在王振面前有时还倚小卖小，做出调皮模样；在别人面前，则颐指气使，换副大人物的面孔。似乎皇帝第一，王振第二，排在第三的就是他。当然，这至多是个想法，而且是深埋在心底的想法，要是说出来，哪怕不明着说出来，只是有所暗示，有所表现，不但地位高于他的太监们饶不了他，王振也不会放过他。

有两个人，不但把他排在第三，而且把他和王振并列排在第二；不但心里这么想，而且当着喜宁的面也这么说。他们就是挂名在御用监、不离他左右的两名小宦者。喜宁相信，普天之下只有这两个人这么想、这么说。他知道，只要王振在，他至多排在第三。他也知道，他升为太监，许多人以为是王振的一句话，其实不对，他并不像自己竭力表示的并导致许多人以为的那样在王振面前得宠，要不是万岁爷偶尔想起小宁子，并在王振面前问起，恐怕再过十年八年他也升不成太监。因为这个缘故，喜宁觉得，身边的两个小宦者这么想、这么说，并非没有道理。所以，他不阻止他们这么想、这么说；只是警告他们，在外人面前，仍可以这么想，但不能这么说。

直到有一天，一名番僧找到他在北安门内一条小巷新安置的外宅，对他说一句话，他才惊喜地发现，把他和王振并排在第二的，不止身边的两个小宦者，还有第三个人。这个人甚至把他排在王振之前。

被小宦者引入的番僧，进屋合十道："小僧恭贺宁公公荣升。"

"怎么，你也知道称我宁公公？"喜宁颇感意外。

"是，宁公公的姓氏乃天子所赐，无人敢称呼。"番僧说。

"大师是——"喜宁问。

"河州卫番僧加失领真。"番僧自报姓名。

"河州卫？我只听说过锦衣卫，可没听说过河州卫。"喜宁道。

"宁公公知道锦衣卫就够，用不着知道河州卫。河州卫属陕西行都司，是个僻远的边镇。"番僧说。

“我说呢。”番僧为喜宁的无知开脱，喜宁心安理得地接受，又问，“加失领真是法号，还是姓名？”

“是姓名。”番僧道。

“大师的法号呢？”喜宁问。

“小僧尚未得天朝赐封，趁此次入朝觐见之便，小僧也想讨个法号回去。”番僧道。

“我知你的来意。”喜宁指指对方，指指自己，说，“你想我帮你。”

番僧既不承认，也不否认，面无任何表情地说：“宁公公若肯相帮，小僧的封号就算到手。”

“你可不要寄望太深。”喜宁说，“我不过在我王叔面前有点儿面子；我要帮你，只是在我王叔面前替你周旋一二。封号到不到得手，还得看我王叔的心境和你的造化。”

“据我所知，并非如此。”番僧道。

“大师听到些什么？”喜宁问。

“宁公公办事，靠的是在天子圣人面前的面子；故要办的事，没有办不成的。”番僧道，下面他说到关键的地方，“实不相瞒，小僧此次入朝觐见，是冲着宁公公的面子；要是冲着王公公的面子，来不来还在两说。”

“你听谁说的，我有这么大的面子？”喜宁好奇地问。

番僧回头看看两个小宦者，不答。

喜宁会意，对两个小宦者挥挥手，道：“去，去！不见我与大师谈得投机吗？快去备下酒菜，我要留大师畅饮。”

两给小宦者相互挤眉弄眼，都不动弹。

“不知叔让我二人中哪一个去。”一小宦者说。

“问得好。”喜宁阴笑着说，“你为人乖巧，我自然是让他去。”

“听见吗，叔让你去呢。”该小宦者得意地对另一小宦者说。

另一小宦者瞪他一眼，嘴里不知嘟囔着什么，转身离去。

“你也得去。”喜宁对留下的小宦者说，“他向来指挥不动厨子，你去连他一起指挥。什么时候酒菜备好，你二人什么时候回来。”

留下的小宦者不敢违命，得意变为失意。

等屋里只剩下两个人，番僧问：“是有人安插在宁公公身边的？”

“那倒不是。”喜宁否认，“这两个人对我忠心是忠心，就是嘴快。”

“小僧看出来，所以请宁公公略加防备。”番僧说。

“好，大师现在可以说说，究竟从谁那里知道我的吧？”喜宁道。

“从小僧的主子那里。”番僧说，“小僧封号事小，不敢让宁公公费心；小僧的主子却有大事要烦劳宁公公。”

“我有主子，大师也有主子？”喜宁顿时感到亲切，“大师的主子是河州卫的指挥使吧？他想加衔到都指挥使，还是都督佥事？”

“小僧虽居住河州，主子却不是河州卫指挥使。”番僧说。

“不是河州卫指挥使？那会是谁？”喜宁问。

“是宁公公的一位故人。”番僧说。

“我的故人？我说句实话：陕西布政司在西安，我是知道的，其他一概不知。西安我也只是闻名而已，从未亲临其地，河州就更不用说。”喜宁说着，哂笑道，“大师很对我心思，不必设什么故人的圈套。”

“小僧不敢，确是宁公公的故人。”番僧说。

“说说看。”喜宁道。

“有一位无名狼辈君，宁公公不会不记得吧。”番僧说。

“悄声！”喜宁恨不得扑上去堵住番僧的嘴。但随即想到屋里再无他人，他又若无其事地问：“你说你是狼辈爷的人，可有凭据？”

“狼辈君告诉小僧，宁公公最钟爱此物。”番僧说着，从怀里掏出一颗硕大的珍珠，“他让小僧把此物送与宁公公；并说，睹物思人。”

喜宁把珍珠放在手里把玩弄一阵，感叹道：“你别说，见此物，我还真思念起狼辈爷。”抬头见番僧仍站在那里，他忽然觉得礼数有缺，忙让道，“大师怎么还站着呢？快请坐下。”

番僧笑笑，边坐下来，边说：“小僧一直站立，并非因宁公公没有相让，而是小僧自己不敢坐。”

“这是为何？”喜宁问。

“小僧站着，若宁公公反目，便于逃窜呀。”番僧说。

“大师多虑。我若要反目，怎么会让下人离开？再说，我在反目之前，一定要让大师坐下，以便于擒拿呀。”喜宁说得得意，把话题扯远，“咱们祖宗有个擒拿人的法子，叫作请君入瓮，大师知道吧？我觉得请君入瓮的法子不好，瓮这种器皿只有鳖才愿意往里钻。人嘛，谁也不承认自己是鳖，你让他进去，那得费多少心思？我这个请君就座的法子要高明得多：我请你坐，是客气，你好意思不坐吗？你不坐，是不知好歹；你坐下，我就好下手擒拿。”

说着，他真把手伸过去。番僧一惊，险些跳将起来。

“开个玩笑，大师莫慌。”喜宁说着，自己先坐稳当。等番僧也坐稳当，他说：“不过，不明白的事体，我还得问问。”

“宁公公尽管问。”番僧道。

“大师说，河州卫属陕西行都司？”喜宁问。

“是。”番僧应道。

“距西安还远吗？”喜宁问。

“尚有一千余里。”简单回答后，番僧想说得形象一点，“若以京师至西安为一程，则西安至河州，又有半程。”

“一程、半程的，说得我更糊涂。总之距京师很远，是不是？”喜宁却喜欢简单的答案。

“宁公公说的是。”番僧应道。

“狼辈爷是瓦剌部达官，对吧？虽然他老人家在京城里露过一面，就再也不见踪影；但我听说，瓦剌部常出没于宣化、大同边墙外。宣、大距京师很近，对吧？”喜宁说一句，问一句，好像这样才说得清楚。

“我途经宣、大，确实距京师很近。”番僧说。

“那么，大师怎么能在河州与狼辈爷结识呢？难道狼辈爷为与大师结识，特意奔波几千里？”喜宁问。

“奔波几千里，在瓦剌部是常事。”番僧道，“宁公公想一想，瓦剌根基在大漠，不奔波几千里，怎么到得宣、大？它既能向东奔波几千里到宣、大，也就能向南奔波几千里到陕、川。”

“是这么个道理。”喜宁含混地说。无论大漠，还是陕、川，对他来说，都是很模糊的概念。

“不过，”番僧又说，“宁公公确有见识，狼辈君不会奔波几千里去见小僧。是小僧云游至罕东卫，误闯入瓦剌军中的。”

“罕东卫？”这也是喜宁不曾听到过的地名，他问，“罕东卫近大同，抑或近宣府？”

“近嘉峪关。”番僧道。

“嘉峪关？”秦长城东起山海关，西至嘉峪关，喜宁听宫里年老的公公说起过，“那不是比西安还要往西？”

“往西往北。”番僧说。

“原来这就是大师说的向南奔波几千里。”喜宁道。

“宁公公说的是。”番僧应道。

河州比较像内地的地名，瓦剌部是否到过河州，喜宁有怀疑；罕东比较像西域的地名，瓦剌部到过罕东，喜宁一点儿也不怀疑。狼辈爷与加失领真在罕东结识的可能性，远高过在河州结识的可能性。通过这一番盘问，他确信加失领真入朝，是奉狼辈爷的差遣。

“狼辈爷有什么大事要我帮忙？可是与罕东卫有关？”他问。

“与罕东卫无关，但与同在嘉峪关外的另一卫有关。”番僧说。

“又是哪一卫？”喜宁问。

“沙州卫。”番僧道。

喜宁觉得河州比较像内地的地名，是因为有个州字，现在又出来个沙州，他就说不上比较像内地的地名，还是比较像西域的地名。

“大师居住在河州卫，跑到罕东卫与狼辈爷结识，管的却是沙州卫的事，这个圈子未免绕得太大！”他的语气除取笑，还有些不耐烦；但因刚收下人家的重礼，又不得不听下去。

“小僧是出家人，有什么要管的事？这是狼辈君的事。”番僧道。

“不错，你且说说看。”喜宁道。

“沙州卫内部纷争，首领喃哥，被朝廷授都督佥事，欲率部众内迁肃州，其部下却多欲投靠瓦剌。狼辈君的意思，如果朝廷不准喃哥内迁，他被逼无奈，或率全部投靠瓦剌。”番僧直言不讳地交代狼辈爷的意图。

喜宁听得目瞪口呆，喃喃言道：“狼辈爷这是要和朝廷分庭抗礼呀！”

“他只为瓦剌求利，并不想与朝廷做对。”番僧分辩。

“他是要我帮他与朝廷分庭抗礼呀！”喜宁自顾自地说。

“狼辈君说，宁公公办成此事，定有重谢。”番僧诱之以利。

喜宁在与朝廷分庭抗礼的压力和获得重利的诱惑之间反复权衡着，渐渐做出取舍。他忽问：“大师，你说狼辈爷是什么来头？”

“自然是瓦剌的大人物。”番僧说。

“是大到哪一等的大人物？”喜宁又问。

“这么说吧，”番僧向他提个问题，“瓦剌首领中，宁公公知道谁？”

“也先。”喜宁说，“近来瓦剌贡使都称奉太师淮王也先之命行事，我想，他应该是瓦剌最大的人物。”

“那么，狼辈爷在瓦剌部的地位，仅次于太师淮王。”番僧告诉他。

“我猜也是。”喜宁似乎很有先见之明地说。

兵部尚书邝埜与掌院都御史陈镒在司礼监值房前相遇，彼此都有些尴尬。尴尬的不是身为公卿，却要来谒见司礼太监：眼下的局面，王振不着人去传命，谁也不会来的；王振着人去传命，谁也不能不来。说老实话，有机会来司礼监谒见，对许多人来说，是一种荣耀。他们尴尬的是：进去见王振时，当如何行礼。他们都曾单独被王振召唤来，知道见王振时，要行跪拜礼；也曾和多名大臣一起被王振召唤来，知道见王振时，同样要行跪拜礼。单独行跪拜礼，或许多人一起行跪拜礼，都不会觉得难堪；只有两个人行跪拜礼，你担心被我嘲笑，我担心被你嘲笑，才会觉得不自在。尽管有顾虑，见了王振，二人还是不约而同拜下。

“今日请二位来做先生的，受不起如此大礼。”王振说。

这句不同寻常的开场白引起二人许多联想，暂时忘记尴尬。

“孟质先生曾在陕西任职吧？”王振先问邝埜。

邝埜字孟质，湖广宜章人，永乐九年进士。他应道：“是。”

“任何职？”王振又问。

“按察副使。”邝埜回答。

“任职若干载？”王振问。

“大约十载。”邝埜回答。

“也称得上久任。”王振说着，又转过去问陈镒，“有戒先生是在皇上即位之初镇守陕西的吧？”

“王公说的是。”陈镒应道。

“这么说，也有十年？”王振估算着。

“下官宣德十年三月奉旨镇守陕西，正统十年十月召还，算起来，刚好十年出头。”陈镒说。

王振点点头，道：“二位久在陕西，对西边的事务定然知之甚详。把二位请来，是想议一议沙州之事。”

“沙州是羁縻卫，陕西按察司从来不曾过问其事。”邝埜插话。

“那么，兵部呢？兵部也不过问吗？”王振道。

邝埜立刻醒悟，自己插话的时机不对。王振话说到一半，是不允许别人打断的。他说：“诚如王公所言，此事兵部曾议过。”他在心里对自己说，一定要等王振问时，再陈述兵部的议论。

“有戒先生给我讲讲沙州卫设立的始末吧。”王振偏不问他。

“是。”陈镒应道，“其地属古敦煌郡，距玉门关、阳关不远，后魏年间置沙州，前元时为沙州路。我大明立国，盘踞沙州的蒙古王子遣使入朝，进贡马、玉等。永乐二年，其酋长率众来归，始置沙州卫，酋长二人并授指挥使。”

“沙州卫有二指挥使吗？”王振问。

“是。”陈镒应道，他开始怕番人姓名不好记，王振会不耐烦，听王振发问，他才具体解说，“初时有二指挥使，一名困即来，一名买住。后来，买住部下赤纳归附，授都指挥佥事。”

“酋长授指挥使，部属授都指挥佥事，岂不是上下失序？”王振道。

“王公说的是，此事在当时有失检点，好在番人了解上下伦序之前，困即来、买住二人亦升都指挥佥事。后买住死，困即来掌卫事，因护送瓦剌贡臣之功，进都督佥事，再积功至都督同知。”陈镒说。

“这个困即来，功劳还不小呢。”王振回忆起旧事，“我记得，他死不过两三年，死前已不复居于沙州。”

“王公说的是。”陈镒应道，“困即来是正统九年死的。他移居苦峪是在宣德九年，其时沙州西遭哈密侵夺，北有瓦剌逼迫。困即来难以自立，率二百余人奔走塞下请附。边臣请将其移至苦峪，朝廷准允。从那以后，困即来即居于苦峪，遥领其众。”

“这倒应了他那古怪的名字。”王振笑着说。

邝埜、陈镒因为心情紧张，一下子没明白他话里的意思；等明白过来，也随着笑几声。

“孟质先生，番人内迁之事，该不该按察司管呀？”王振转问邝埜，显然对他遇事推诿仍有不满，但随即又说，“对了，困即来内迁之际，孟质先生似已不在陕西任职。”

“是，下官其时已调任应天府尹。”邝埜如实回答。

“远避江南，如愿以偿，好啊。”王振讥道，“不过，看来孟质先生终归还是避不过去，避开困即来，却避不过其子。”

被他这般数落，邝埜深以为耻。但他不敢分辩，不敢说自己并不想逃避责任。他知道，只要一分辩，一定会招致更严厉的斥责。他只有在王振给出题目时，妥善对答，才能消除王振对自己的恶劣印象。

“有戒先生给我讲述沙州始末，讲得不错；孟质先生，你给我讲一讲喃哥吧。”王振终于给出题目。

“是。”邝埜应道，“喃哥是困即来长子。正统九年，困即来卒，喃哥率弟克俄罗领占来朝。朝廷授喃哥都督佥事，授克俄罗领占都指挥使。待还沙州，兄弟相争，部众分离。我甘肃镇守总兵官任礼，差将随喃哥赴沙州。任总兵之意，是要喃哥就地抚谕其众。但沙州部众多欲投靠瓦剌，喃哥抚谕不力，乃请于边臣，欲仿效其父困即来，迁居塞内。”

王振见他不再讲下去，问道：“就这些？”

“关于喃哥，下官只知道这些。”邝埜说。

“有戒先生，你呢？”王振问陈镒。

“喃哥本人，下官知道的也只有这些。”陈镒只能这样回答。

“也就是说，与喃哥相关的事情，还有不少可讲的。”王振从他的话里引申出一层意思，然后问邝埜，“孟质先生，是不是呀？”

“王公说的是。”邝埜无奈地应道。

“那就麻烦你再讲一讲吧。”王振道。

“是。”邝埜应一声，后面的话却接不上。

“有难处吗？”王振问。

“王公要下官讲哪些事情，请明示。”邝埜说。

“譬如，喃哥内迁，是否出于真心？”王振道。

画出范围，邝埜就不难讲：“有人说，喃哥犹豫反复，阴持两端。”

“孟质先生怎么看？”王振问。

“下官也以为，喃哥奏请内迁与困即来奏请内迁有所不同。”邝埜说。

“如此说来，番人不可信？”王振问。

“番人狡诈善变，确不可信。”邝埜说。

“那么，兵部的意思，不该准允喃哥率众内迁？”王振问。

“喃哥情不可测，似无可疑。不过，”邝埜口气一转，说，“该不该准允喃哥率众内迁，众说纷纭。”

“喃哥情不可测似无可疑，孟质先生的话却有些可疑。”王振挑剔地说，“喃哥奏请内迁，无非一则可准，一则不可准。所见不同，不过是各持一端，何至于众说纷纭？”

“王公说的是。大而言之，两端而已；不过，”邝埜委婉地分辩，“同是可准，或同是不可准，其说亦有不同。”

“可准者都有哪些理由呀？”王振问。

“一就道义而言，说番人仰慕华夏文明，理应接纳；一就事例而言，说宣德朝已有沙州番人内迁事例，尽可遵行；一就边境安宁而言，说番人内迁，可除后患；一就会计而言，说沙州数陈饥窘，则令边臣发粟赈济，不如使其自屯。”邝埜一连举出四种说法。

“不可准者呢？”王振问。

“首先自然是番人狡诈，情不可测。”邝埜道。

“别的还有哪些理由？”王振问。

“有人说，困即来内迁，乃是权宜之计，不可使之成为制度。还有人说，昔日困即来虽居苦峪，尚可遥制沙州；今时沙州分崩离析，喃哥内迁，则不过边关内一农耳，于边事无补。”邝埜述道。

“还真是众说纷纭呀。”王振不知是认可他的说法，还是继续嘲讽，“可准者四说，不可准者三说，孟质先生自家也赞成前者吧？”

“不，下官以为不可准。”邝埜道。

“却是为何？是怕权宜之计成为制度，还是怕喃哥不能遥制沙州？”王振问罢，自己解答，“如果喃哥内迁可以消除后患，又何必指望他遥制沙州？权宜之计成为制度，这种事例可是为数不少。”

“权宜之说，遥制之说，皆不足虑，下官另有顾虑。”邝埜道。

“原来孟质先生自家还有一说！说说看。”王振命道。

“下官的顾虑，得从沙州卫的设置说起。”邝埜道。

“怎么，沙州始末，有戒先生讲的还不够？”王振又多一层不满。

“并非有戒先生讲的不够，是下官还有几句题外的话。”邝埜说。

“好啊，我们就来听听孟质先生的题外话。”王振道。

“如有戒先生所言，沙州卫设立于永乐二年，在这前后，还设立哈密、赤斤蒙古、罕东三卫。”邝埜说。

“在永乐二年前后？”王振这回听得很仔细，问得也很仔细。

“是。”邝埜应道。“罕东卫是在洪武三十年设立的；赤斤蒙古卫是在永乐二年先设立千户所，永乐八年改卫的；哈密卫设立于永乐四年。”

“孟质先生为何要把此四卫放在一起说？”王振问。

“此四卫皆在嘉峪关外，皆为羁縻卫。”邝埜说。

“且慢！”王振取一张纸，一支笔，放在邝埜面前，他说，“请孟质先生将就着画出个草图来。”

“是。”邝埜先在纸的中央标出嘉峪关，然后边画边解说，“这是嘉峪关。哈密大约在嘉峪关正西，相距约一千六百里，在四卫中最远。赤斤蒙古卫大约也在嘉峪关正西，相距约二百四十里，在四卫中最近。沙州卫在嘉峪关西南，相距约千里。罕东卫亦处嘉峪关西南，近赤斤蒙古。”

“孟质先生担心者何事？”王振问。

“王公请看。”邝埜在嘉峪关以东标出一处，道，“这里是肃州卫。”又在肃州以东标出一处，道，“这里是甘州卫，亦即陕西行都司。祖宗朝设立哈密、沙州等四卫，为的是相互依存，屏蔽西陲。准允喃哥内迁，是不是消除得了后患，我不敢妄言；但沙州定然废弃。沙州废弃，其他三卫难以自立，肃州从此多事矣。肃州不守，甘州从此多事矣。”

王振两眼在邝埜画出的草图上从东到西、从西到东地搜寻着，看来有些动心。但他什么也没说。在图上看一阵以后，他转问陈镒：“有戒先生，都察院是不是也众说纷纭？”

“是，都察院官亦各持一端。”陈镒换成王振用过的词句。

“有些什么高明的议论呀？”王振问。

“大略如孟质先生所言。”陈镒道。

“有戒先生所见如何？”王振问。

“下官以为可准。”陈镒道。

“为什么？有戒先生不担心沙州卫废弃吗？”王振问。

“担心是担心，但并不十分担心。”陈镒道。

“却是为何？”王振问。

“孟质先生言及屏蔽西陲，这肯定是祖宗朝设立四卫的初衷。但几十年来，四卫却不仅是保障西陲安宁；与他部暗中联手、骚扰西陲之事，四卫大概也都做过。本欲其屏蔽，反受其牵制。”陈镒说。

王振似乎又动心。他瞥邝埜一眼，问：“可有具体事例？”

“有。”陈镒道，“哈密卫设立之次年，即有头目叛乱，朝廷不得不以官军防御。赤斤蒙古由千户所改卫的第三年，官军讨伐叛贼老的罕，赤斤蒙古卫反藏匿之。洪熙元年，西域各国入贡，道经哈密，为沙州贼所劫。至于罕东卫，多次侵扰西番部族，正统四年，我皇上降诏切责。总之，所谓哈密贼、赤斤贼、沙州贼、罕东贼，皆四卫部众也。四卫不能说没有一点屏蔽之功，但其功过如何评定，非一言可以蔽之。”

“所以，沙州废弃亦不足惜？”王振问。

“或于边事有益。”陈镒说。

“怎讲？”王振问。

“孟质先生言道，沙州部众多欲投靠瓦剌。下官以为，喃哥不能遥制沙州，这还在其次；沙州反为瓦剌所用，这才是大患。”陈镒道。

“有戒先生的意思，不如主动废弃沙州卫？”王振说得直截了当。

“是不得已而为之。”陈镒则说得委婉一些。

主动为之也好，不得已为之也好，总之都是放弃。王振似乎有些不甘心。他说：“沙州部众欲投靠瓦剌是一回事，瓦剌打沙州的主意是另一回事。在有戒先生看来，瓦剌是否在打沙州的主意？”

“下官以为，瓦剌已经在打沙州的主意。”陈镒答道。

“有何凭据？”王振问。

“巡城御史说，京师近日来一个名叫加失领真的番僧。”陈镒道。

“我也听说这个人，有人称他为大师、高僧。”王振回应一句，问道，“有戒先生，这个加失领真有什么不妥的地方吗？”

“他在京城活动频繁。”陈镒道。

“他活动频繁，为的是向朝廷讨个封号，这算不得不妥。”王振说。

“可他是河州番僧。沙州内迁与否，与河州毫无干系；他在言谈之间，却颇涉及沙州内迁之事，这不能不让人起疑。”陈镒说。

“加失领真颇言及沙州内迁之事？”王振也不由起疑心。

“是，他甚至到都察院，大谈沙州不可内迁。”陈镒道。

“是向有戒先生游说？”王振问。

“那倒不是；他是向几位资深御史游说。”陈镒道。

“有戒先生的意思，他此行是受人指使？”王振不难想到这一点。

“是受瓦剌指使。”陈镒说得更明确。

“为什么一定是瓦剌？”这却是王振没有判断出来的。

“除瓦剌，还有哪一部会阻挠沙州内迁？”陈镒一一辨析，“加失领真是河州番僧，但河州人根本不会关心沙州内迁否。沙州兄弟相仇，并无人强使喃哥内迁，他用不着一面奏请内迁，一面指使人来朝活动，阻止内迁。克俄罗领占不欲内迁，同样，他也不欲喃哥返回沙州。哈密、赤斤、罕东三卫，久已垂涎沙州之地，沙州内迁，正好由他等蚕食。独瓦剌不同，沙州全部内迁，则不能为其所用；部分内迁，则难以抵御其他三卫的蚕食。反之，喃哥既持两端，朝廷若不准他内迁，他或转而投靠瓦剌。故下官以为，指使加失领真来京师活动的，一定是瓦剌。”

王振默默地听着，不时点一点头，看得出他比前几次都要动心。陈镒的辨析告一段落，他问邝埜：“孟质先生以为如何？”

“加失领真若受人指使，应是受瓦剌指使。”邝埜说。

“孟质先生仍以为沙州不可内迁吗？”王振问。

“是。”邝埜应道。

“这是为何？孟质先生就不怕沙州为瓦剌所用吗？”王振问。

“有戒先生担心的是沙州为瓦剌所用；下官担心的是沙州既废弃，瓦剌直冲我西陲。”邝埜说。

各有各的道理，各自清楚地表述自己的看法，王振知道，必须由他定夺。在说出自己的决断前，他忽问：“苦峪在何处？”

邝埜在赤斤蒙古以西、沙州东北标出一处，道：“就在这里。”

苦峪本来就距赤斤蒙古近而距沙州远，让邝埜一画，就距赤斤蒙古更近距沙州更远。王振的目光在草图上停留片刻，说：“沙州能否为我抵御瓦剌，尚未可知；为瓦剌所用，却迫在眉睫。既如此，不如使其内迁。不过，苦峪距赤斤蒙古卫太近，沙州部众迁至该地，难免与赤斤蒙古发生冲突，仍有可能为瓦剌所用。既曰内迁，我看，”他指着草图中的一处说，“不如迁至甘州。”

邝埜、陈镒恭恭敬敬地听着。在邝埜，不一定被陈镒的理由说服；在陈镒，也不一定考虑过把沙州部迁至甘州。但王振既然已做出决断，他二人就不好再多说什么。

“还有那个加失领真。”王振又说，“不管他是不是受瓦剌指使，都不要让他有机会与瓦剌部接触。把他安置南京，二位看可使得？”

对这件事，邝埜、陈镒更没必要发表意见。

第四十三章

也先、伯颜帖木儿各率一支瓦剌军队，在大同、榆林之间的边墙以外会合，安营扎寨。也先一军从东北来，伯颜帖木儿一军从西边来，会合的地区、日子，在出动前就约定好，两军先后到达，只相差两三天。

伯颜帖木儿先到，做一回主人，命人端来一大盆煮的羊肉，一大盆烤的羊肉，外带一坛得自汉人地区的酿酒。也先抓起一块盐水煮的羊肉，大口大口地吃起来，对酒坛则看也不看。渴了，他从腰间取下盛酒的革囊，拔去塞子，大口大口地喝着。

“伯颜，”也先抹一把嘴，问道，“沙州可得手？”

“尚未得手，”伯颜帖木儿摇摇头，说，“斗智，我等斗不过汉人。”

“我看未必。”也先道，并责备，“你就是长汉人志气，灭自己威风。”

“大哥这句话跟谁学的？”伯颜帖木儿问。

“还不是跟你学的！”也先说。

“这是汉人常说的话。”伯颜帖木儿告诉他。

“不会吧？”也先道，“汉人为何要说，长汉人志气？”

“汉人说的是长他人志气，我改成长汉人志气。”伯颜帖木儿说。

“这一改才对。”也先说，“你只长汉人志气，从不长他人志气。”

“大哥呢？”伯颜帖木儿问。

“我不长他人志气，更不长汉人志气。”也先道。

“可大哥却自封太师，自封淮王。”伯颜帖木儿说。

“我那是长自己的志气，”也先道，“太师不是汉人最大的官吗？我不要汉人皇帝封，自己封自己太师；韩信不是汉人的大英雄吗？他只被汉人的皇帝封淮阴侯，我偏要自封为淮王。我每次向汉人的皇帝上表，自署太师、淮王，汉人皇帝也奈何不得我。你说，这是不是长自己的志气？”

伯颜帖木儿自以为口才好过兄长，但一说起汉人来，他总是居于下风。或许真是因为他在长汉人的志气，而兄长是长自己的志气吧。

也先知道，自己这个兄弟不会平白无故地长汉人的志气。他问：“伯颜，你为何说斗智斗不过汉人？”

“大明朝廷似已准允沙州部内迁，大明官军进至沙州，收其全部，内迁之势已不可扭转。”伯颜帖木儿说。

“克俄罗领占呢？他不是说，可以抵御明军吗？”也先道。

“这次，是任太师亲率大军。”说到任礼，伯颜帖木儿有几分敬畏。

“难怪沙州无法抵御。”也先也知道任礼能征善战，他又问，“沙州部内迁，地方还在，我等可否派部占据？”

“难。”伯颜帖木儿只回答一个字。

“为什么？”也先问，并取笑道，“伯颜又要长谁人志气？”

“我另教大哥一句汉人的话吧：近水楼台先得月。”伯颜帖木儿说。

“这句话是什么意思？”也先问。

“我先问大哥吧。”伯颜帖木儿道，“天上的月亮，大哥能得到吗？”

“若在阳世，无法得到。”也先说。

“水里的月亮呢？”伯颜帖木儿又问。

“跳入水中，或可得到。”也先说。

“那么，只要在水边修筑一座楼台，就能比别人先看到月亮，先得到月亮。”伯颜帖木儿做个最通俗的解释。

“你是说，近水楼台先得月，即抢占得先机？”也先问。

“就是这个意思。”伯颜帖木儿说。

“伯颜在沙州下不少工夫，怎么反让别人抢占得先机？”也先问。

“因为有人更近水呀。”伯颜帖木儿说。

“是谁？”也先问。

“罕东卫。”伯颜帖木儿道。

“罕东卫？那不是与沙州卫同时在嘉峪关外设立的吗？”也先问。

“大哥说得对，”伯颜帖木儿道，“两部一直相互争斗，你侵我地，我侵你地，沙州人前脚离开，罕东人后脚就踏进去。在我看来，罕东人比汉人朝廷还要期待沙州部内迁。”

“罕东既不是汉人的卫、所，咱就不怕。”也先自信地说，“沙州有人情愿投靠我瓦剌，罕东就无人情愿投靠我瓦剌吗？”

“使一二人投靠不难，使多数人投靠，只能靠机缘。”伯颜帖木儿说。

“机缘也是汉人的话吧，怎讲？”也先问。

“拿沙州来说吧。”伯颜帖木儿举例，“喃哥、克俄罗领占虽出于一胎，却全无兄弟之情。汉人朝廷封喃哥都督佥事，封克俄罗领占都指挥使，相差只有一级。喃哥虽然职衔高，沙州部喜欢他的人却没有喜欢克俄罗领占的人多。喃哥依仗职衔高，处处欺负克俄罗领占，并处处得到大明边臣的庇护，所以克俄罗领占才生投靠我瓦剌之心。克俄罗领占欲投靠我瓦剌，大部沙州人才欲投靠我瓦剌。这些事一件与一件衔接，在罕东未必都遇得上；即便遇上，又未必衔接得起来。”

“这么繁杂，伯颜不知在与谁斗智。”也先又取笑一句。然后正经地说，“既然使大部罕东人投靠我瓦剌没有机缘，那就把西边的事放一放，全力来办东边的事。”

“我也是这个意思。”伯颜帖木儿道。并问，“大哥在东边甚久，看兀良哈三卫的情势如何？”

“不堪一击。”也先说。

伯颜一愣，道：“这句汉话不是我教大哥的。”

“不错，这是我和汉人边将谈论兀良哈三卫时，他说过的一句话。”也先不无得意地说，“他还说，太师国公朱爵爷率官军出边墙，三卫望风而逃，扰边者捕之无数，被掠边民夺回无数。”

“如此说来，不堪一击大哥是听人说的，并非亲眼所见。”伯颜帖木儿对这句成语用得到底对不对表示怀疑。

“在汉人边将看来，三卫不堪一击；在我看来，汉人官军也不堪一击。三卫不堪一击，还用得着我亲眼去看吗！”也先道。

“这话也对。”伯颜帖木儿附和道。瓦剌主动提出，配合朝廷征剿兀良哈三卫，不管汉人官军是否不堪一击，只要三卫不堪一击，对瓦剌来说，就是件好事。他且自语：“这可真是失之东隅，收之桑榆呀。”

“伯颜，你说的什么？”也先听不懂。

伯颜重复一遍，然后把这句话译成本部族的语言。

“明明是失之于西，怎成失之于东？”也先道。

“东隅是清晨，并非东方。”伯颜帖木儿纠正他的理解，“这句话的意思是，清晨丢掉，傍晚拾回。”

“你是说，在沙州得不到的，在兀良哈却可以得到？”也先有所感悟。

“是啊，大哥这回是捡个大便宜呀。”伯颜帖木儿不仅羡慕，甚至还有些嫉妒。

“大便宜也可以捡回来吗？我却不知。”也先说。

“那我一件一件说与大哥听。”伯颜帖木儿说着，问道，“协征兀良哈，是大哥自请。要在平日，汉人朝廷会怎样回复？”

“八成不准。”也先说。

“这次汉人朝廷虽非明确准允，但也没明确不准。大哥想，这算不算个便宜？”伯颜帖木儿道。

“我看，算也成，不算也成。”也先模棱两可地说，“我瓦剌出兵，协征兀良哈，对汉人朝廷来说，不也是个便宜吗？”

“大哥出兵，会给汉人朝廷便宜？”伯颜帖木儿忍不住笑出声。

也先也笑。他说：“所以我并未说，对我不是个便宜呀。”

“再者，”伯颜帖木儿接着说，“三卫若是强盛，大哥协征，就不得不费些气力，打来打去，说不定得不偿失；今三卫不堪一击，迫其降服，不必费吹灰之力。这算不算个便宜呀？”

“三卫降服，可是汉人朝廷所求。”也先说。

“汉人朝廷求的，是三卫对其降服；三卫若对他人降服，就不见得是汉人朝廷所求。”伯颜帖木儿说。

“伯颜的话，我怎么听不懂？”也先道。其实，他说听不懂，正是从伯颜帖木儿的话里听出味道。

“我一说利害，大哥就会懂。”伯颜帖木儿说，“三卫虽是汉人朝廷设置，三卫虽然与我瓦剌部，以及与鞑靼部，有过战事，但三卫之人，与汉人并非一族，反与我等同为蒙古族。大哥想想，以亲疏而言，三卫是愿臣服于我瓦剌，还是愿臣服于汉人朝廷？三卫昔日臣服汉人朝廷，是因汉人朝廷强大，不得已而为之；今在大哥眼里，汉人官军不堪一击，实则我瓦剌军比汉人官军更为强悍。大哥再想想，以强弱而言，三卫愿臣服于我瓦剌，还是愿臣服于汉人朝廷？汉人朝廷设立三卫，为的是用它安抚边地。因此，在上须遵朝廷法度，在下每遭汉人边将凌辱，一有越轨，轻则训饬，重则兵讨。若臣服我瓦剌，为的是扰乱汉人边地，越是恣意妄为，越被褒奖。大哥再想想，以利害而言，三卫愿臣服于我瓦剌，还是愿臣服于汉人朝廷？前者，三卫已与我瓦剌暗通款曲，泰宁卫拙赤将女儿也嫁给大哥。自今以后，三卫眼里恐怕只有我瓦剌，再没有汉人朝廷。大哥想想，这算不算个大便宜？”

“我无意中上道奏表，却捡这么大个便宜，说起来，连我自己也难以置信。”也先喜不自胜。

“顺便呢，大哥还可以捡个小便宜。”伯颜帖木儿又说。

“那是什么？”也先问。

“汉人有句话：兵马未动，粮草先行。我瓦剌是协征兀良哈，大哥可以名正言顺地向朝廷讨饷呀。”伯颜帖木儿说。

“汉人朝廷会拨给粮饷吗？”也先问。

“拨给不拨给，大哥何必操心！”伯颜帖木儿道。

“不错，这该让汉人朝廷去操心。”也先明白了他的用意，欣然回应道，又说，“伯颜最愿意去汉人的京城，这次还是你去吗？”

“要是去汉人京城，我真想走一遭。不过，讨饷之事，宜言在边镇，不宜言在京城。”伯颜帖木儿道。

“为何宜言在边镇，不宜言在京城？”也先问。

“言在京城，仅一纸文书，一使臣之言，朝廷未必看作大事；言在边镇，我大军在后，边臣一定当作大事、急事，报与朝廷。”伯颜帖木儿说。

“好，奄克通晓汉人语言，让他去大同走一遭。”也先道。

皇帝在御花园里散步时，想起许多儿童时节的往事。那时他喜欢在御花园里玩耍，且特别喜欢蹴鞠的游戏，是出于儿童喜动的天性。现在休闲时，他仍喜欢在御花园里走一走。他觉得，这是在修身养性。

但总难得尽兴。皇帝正走在兴头上，范弘找来，他跟在皇帝身后，躬身言道：“爷让奴才好找。”

“何事？”皇帝不耐烦地问。

“是宣、大那边出点儿事。”范弘答道。

“王先生知道吗？”皇帝问。

“知道。”范弘回答。

“既然知道，就由着王先生处置吧。”皇帝说着，指指撒在御花园早已枯黄的草木上的阳光，不无责怪之意，“你看，风已刮十日，云已遮十日，今日好不容易风停，云一散，朕想在外面散散步，晒晒日头，又被你打搅。”

“奴才有罪，奴才该死。”范弘匍匐在地，慌不择言。

“起来吧。”皇帝命道。等范弘起身，他问，“是王先生让你来的吧？”

“是。”范弘应道，“王太监说，此事须请旨。”

“好，说说吧，宣、大出什么事，一定要朕降旨。”皇帝道。

“是两件事，宣府一件，大同一件。”范弘说。他这么说也是在请旨，看皇帝让他先说哪一件。

“先说宣府的事。”皇帝命道。

“是。”范弘应一声，简单扼要地说，“镇守宣府总兵官郭玹上疏称道，瓦剌一部寇边，悉数被我边军擒获。”

“瓦剌寇边？”瓦剌军到宣府，与京师只有一步之遥，难怪皇帝甚觉恐慌，连声调都在变。

“郭玹奏疏是这么说的。”范弘道。

“多少人？”皇帝问。

“三十人。”范弘答道。

“三十人，何意？”皇帝质问。

“郭玹奏疏说的，擒获三十人。”范弘说。

“朕问的是寇边的有多少人！”话一出口，皇帝自己也想笑。郭玹疏称悉数擒获，擒获的是三十人，寇边的自然也是三十人，这还用问吗！当然，皇帝笑得出来，是因为心情不像才听到瓦剌寇宣府时惊慌。京师达官成百上千，三十人也敢寇边？

“王先生怎么说？”皇帝问。

“只冷笑两声，一言未发。”范弘回答。

“不是要你请旨吗，怎么一言未发？”皇帝责问。

“是，除要奴才来请旨，一言未发。”范弘更改自己的回话。

“老范，王先生冷笑两声，你知道是何意？”皇帝也冷笑两声，好像在问范弘，是不是这样冷笑？

“奴才不知。”范弘嘴上说不知，却点点头。点头的意思是：王太监正是这样冷笑的。

“他在笑郭玹小题大做呢。”皇帝道，“瓦剌一次入贡，从者上千人，三十人若是寇边，每次入贡岂不是都成寇边？”

“爷冷笑，也是此意吧？”范弘讨好地问。

“王先生冷笑，朕冷笑，老范，你何不也冷笑两声。”皇帝道。

范弘试着笑出声，但不像是冷笑，而像是苦笑。他无可奈何地说：“奴才是什么人，怎能像爷和王太监般经得起事？”

皇帝又笑两声，是得意的笑。笑过后，他问：“老范，除让你请旨，王先生当真未发一言？”

“当真未发一言，奴才不敢有瞒。”范弘说。

“也没和你谈论谈论郭玹其人？”皇帝仍不放心。

“别的日子谈论过，今日未谈论。”范弘说。

“别的日子是如何谈论的？”皇帝问。

“王太监曾言，昔者谭广镇宣府，年事虽高，威风犹在；今者郭玹虽出自名将之后，但全无其祖风范。把宣府交在他手里，真让人心存焦虑。”范弘把王振的话学说一遍。郭玹是武定侯郭英孙辈，永乐末年袭爵，正统九年谭广病卒，朝廷用他镇宣府。

“哈，与朕想的一样。”皇帝高兴地说，“老范，朕和你博个彩，宣府小题大做，大做的是郭玹，小题却非出于他手。”

“这个彩头奴才博不得。”范弘道。

“为何？”皇帝问。

“若是说小题出于郭爵爷之手，奴才输定；若说小题非出于郭爵爷之手，奴才难道还能和爷平分彩头吗？”范弘道。

“算你聪明，”皇帝笑道，“你既然不敢博这个彩，就博另一彩，你说说，宣府的小题是出于谁人之手。”

“这个彩头爷博不得。”范弘道。

“为何？”皇帝问。

“奴才料定瓦剌部三十人是参将杨洪擒获，爷若是说非杨洪擒获，爷输定；爷若是说乃杨洪擒获，奴才也不肯与爷平分彩头。”范弘道。

“你既料定事情是杨洪做下的，你再说说，若以杨洪独当一面，镇守宣府，他胜任否？”皇帝命道。

“杨洪有才干，于边镇屡建战功，奴才略知一二；至于他能否独当一面，奴才不敢妄言。”范弘说。

“朕即位之初，他不过是指挥之流，若非屡立战功，怎能在十年里官至左都督？不过，今日朕不想谈论他昔日的战功，只想谈论他能不能独当一面。”皇帝道。

“奴才恭聆圣谕。”范弘应了一句。

他想要滑头，但被皇帝识破。皇帝命道：“不，朕要你说。”

“是。”范弘不得不说，“当年因谭广老迈，以杨洪升参将，佐谭广守宣府。后杨洪升至左都督，佐郭玹守宣府。奴才想，七八年里，两佐勋爵，他应该能够独当一面。”

“一则难以胜任，一则堪当重用，为何朕不提易将之事，王先生也不提易将之事呢？”皇帝问。

“奴才不知。”范弘道。

“你最善揣摩他人心思，何不揣摩揣摩王先生的心思！”皇帝道。

“奴才想，王太监或是不忍废黜勋臣之后。”范弘说。

“他不怕贻误国事吗？”皇帝问。

“或有善始善终之法。”范弘说。

“怎么个善始善终？”皇帝问。

“宣府传来的话，郭玹体衰病重，恐不久于人世。”范弘说。

皇帝想着自己的心事，没马上回应。

“奴才是不是揣摩错？”范弘不安地问。

“朕不知你揣摩王先生的心思是对是错，但你把朕的心思揣摩出来。”皇帝道，稍稍停顿，又说，“此际宣府易将，郭家的名声肯定保不住。郭英是圣祖朝爱将，朕心有所不忍。”

“爷慈悲心肠，必传颂万世。”范弘奉承道。

“且不说郭玹。”皇帝挥挥手，把话题又转回宣府今日之事，“瓦剌三十人寇边虽有谎报边情之嫌，但杨洪是可用之才，朕不想处分他。老范，这样吧，让宣府把这三十人遣送入京，许他等在京师做一回贸易，待遇与贡使同。因小厄而获大利，他等应该无话可说。”

“要内阁拟旨吗？”范弘问。

“且等一等，不是还有大同的事吗，你说完，一同处置。”皇帝说。

“是。”范弘应一声后，禀奏大同的事，“镇守大同太监郭敬急报朝廷，瓦剌也先使臣奄克求见。”

“他要见谁？”皇帝问。

“指名道姓，要见郭敬。”范弘说。

“番使约见边臣，指名道姓者多吗？”皇帝问，他似乎由此觉察出这一次的约见不同寻常。

“间或有之，不多。”范弘答道。

“番使约见，边臣似乎不一定要请旨而后行吧？”皇帝又问。

“爷说的是。”范弘应道，“边镇有距京师数千里者，故准许边臣便宜行事。郭敬此次请旨，据奴才想，一是大同近京师，一个来回三五日足矣，不会耽误事；二是今次之事，他不敢擅自做主。”

“你是说，事体重大？”皇帝问。

“是。”范弘应道。

“何等之事，他说没说？”皇帝问。

范弘点点头，道：“番使言，瓦剌部往征兀良哈，乞朝廷拨与粮饷。”

“瓦剌部往征兀良哈？谁让他去的，朝廷吗？”皇帝愤道。

“官军曾征讨兀良哈，但朝廷不曾命瓦剌同征。”范弘说。

“朕说怎没印象！既非奉旨，为何却来要饷？”皇帝果断地做出决定。

“告诉郭敬，番使莫见，粮饷不给！”

“郭敬那里，爷写道手谕给他吧？”范弘请旨。

“可以。”皇帝想到宣府的事，补充说，“本来宣府之事，宜令内阁拟旨。既然给郭敬写道手谕，郭玹那里也写道手谕吧。老范，这两道手谕，都由你都代朕拟。”

“奴才遵旨。”范弘应道。

郭敬手下有个叫王长友的长随，精通瓦剌、鞑靼等部话。往常他每日都来见郭敬，有一天不来，哪怕天黑，郭敬也要派人把他找来。但这几天，王长友每天来镇守太监衙门至少两次，每次来，都被挡在衙门外。守衙门的小宦者告诉他，这是郭叔亲口吩咐的；有意思的是，郭叔每天早晨的第一件事，就是告知在衙门口当值的小宦者，今日不得放王长友入内，让他明日再来。王长友只得怏怏而去。他不是担心被郭敬疏远，而是要从郭敬这里得到一个明确的回复。这几天来，他在镇守太监衙门和大同馆驿之间奔走，进不去衙门，见不到郭敬，再去馆驿，无法给住在里面的番使一个答复。

王长友不是自己走到衙门口被放进去的，而是在家里被找去衙门的。自打大同开始设立镇守太监，他就随着来到大同，迄今已在几名镇守太监手下当过长随。在大同呆得久，蒙古语自然好；蒙古语好，新任的镇守太监就要想尽办法把他留下。久之，他自然要在大同安一个家。

“老王，听说你在找我呀？”郭敬怪声怪调地问。

“是。这几天小的不知来衙门几次，就是见不到郭叔。”王长友说。

“小兔崽子们怎么说？”郭敬问。

“不是说郭叔有小恙，就是说郭叔在接待贵客。”王长友道。

“你看我是有小恙呀，还是在接待贵客？”郭敬问。

“小的看都不是，郭叔是不愿见小的。”王长友说。

“胡说！”郭敬斥道，“我手下只有这么几个人，你看我不愿见谁？况且你身担重任，我不愿见谁，也不能不愿见你呀。告诉你吧，日后说起这几日我不见你，你得作着揖、磕着头地谢我呢。”

“小的这就作着揖、磕着头地谢郭叔吧。”王长友说着动起来。

郭敬让他作揖，但不让他磕头，在他要跪下时，出面制止：“老王，等等！你为何要谢我？”

“为的嘛。”王长友挠着头皮，“说实话，小的不知。”

“不知你就作揖、磕头？”郭敬怪道。

“小的作揖、磕头，为的是——”王长友灵机一动，说，“让郭叔告诉小的，为何要谢郭叔。”

“老王，算你乖巧！”郭敬被他逗笑，“你这一揖，我领受；等我说完，你再看该不该磕个头。”

“总是要磕头的，郭叔何必啰唆。”王长友道。

郭敬不理会他，按照自己的想法问起话来：“老王，你每日去馆驿，与那个什么奄克见面，他都问你些什么？”

“问粮饷之事。”王长友道。

“你如何回答他？”郭敬问。

“我告诉他，未见到郭叔。”王长友道。

“你若见我，还能这样告诉他吗？”郭敬问。

“郭叔知道的，小的不善撒谎。”王长友道。

“那你怎对他说？”郭敬问。

“自然郭叔要小的怎说，小的就怎说。”王长友道。

“我若让你告诉他，明日衙门里相见呢？”郭敬问。

“小的便约他明日在衙门外会齐。”王长友道。

“我是正午前告诉你的。”郭敬打个比方。

“小的保证不到正午就知会他。”王长友道。

“若午后万岁爷颁下手谕，不准我见他呢？”郭敬问。

“小的保证天黑前知会他。”王长友道。

“奄克若质问本太监为何不守信诺，朝令夕改呢？”郭敬问。

“这个——”王长友答不上来。

“我先承许，万岁爷后颁手谕，能怪到万岁爷头上吗？”郭敬问。

“小的万万不敢。”王长友道。

“那就是怪到我头上？”郭敬问。

“小的也不敢。”王长友念头一转，知道一定要把责任揽到自己头上，才过得了关，“千错万错，都是小的错。”

“怎成你的错？”郭敬仍不罢休。

“小的若不到衙门里求见郭叔，郭叔何至于承许明日见他！郭叔不承许，万岁爷颁下手谕，郭叔就可以从容应付。”王长友说。

“你很明事理嘛，怎么我说你得谢我，你就不懂呢！”郭敬道。

“郭叔一点拨，小的不就懂了吗？”王长友说着，做个准备下跪的动作，“郭叔坐好，受小的一拜。”

“免。”郭敬道，说清事由，又不丢面子，是他最高兴的。他亲切地唤声“老王”，问道，“你今日午前来一次，午后来一次，没想到天黑后我会把你请来吧？”

“小的做梦也想不到。”王长友说。

“知道我为什么找你来吗？”郭敬问。

“小的想，郭叔嫌奄克在咱馆驿住久，要回复他。”王长友说。

“我不怕朝令夕改吗？”郭敬问。

“小的想，万岁爷已颁下手谕，郭叔心里有底。”王长友说。

“好，算你伶俐。我唤你来，正是要你去馆驿传话。”郭敬道。

“是，小的明日一早就去。”王长友应道。

“太晚。”郭敬道。

“郭叔的意思——”王长友问。

“即刻就去。”郭敬道。

“郭叔吩咐，小的即刻就去。”王长友应道，他抬腿要走，忽然觉得不对，“郭叔，小的对奄克说什么？”

“奄克求的什么？”郭敬反问道。

“他求见郭叔。”王长友说。

“你告诉他，别再想。”郭敬说得干脆。

“万岁爷不让郭叔见他？”王长友问。

“不该问的你别问，不该说的你别说。你只对他说：本监奉天子命守边，不敢擅见外臣。”郭敬道。

“是，小的照郭叔的话回复奄克。”王长友应一句，复问，“只这么一句话回复番使吗？”

“圣主一句话，还不够？”郭敬终于透露出，这是皇帝手谕里的话。

“他还别有所求。”王长友说。

“我知道，不就是乞粮吗？你告诉他，更别想。”郭敬道。

“万岁爷不让郭叔给他？”王长友问过，忙捂住嘴，“小的没长记性，不该问的又问。”

“你告诉他，大同虽有粮草，那是供给我朝边军的。京师仓库，粮储如山，他若想要，不妨自己去京师奏乞。”郭敬道。

王长友面露为难之色，嗫嚅问道：“小的就这么对他说吗？”

“有何不妥？”郭敬问他。

“引狼入室，郭叔不怕朝廷责怪？”王长友道。

“老王，有时我真搞不懂，你是聪明过头，还是假装聪明。”郭敬讽刺道，“我让你不该说的话别说，不该说的话，我就会说吗？”

“是，是，郭叔不会像我这么糊涂。”王长赔着笑脸，心中暗自懊恼。郭敬警告过他不该说的别说，他又犯忌。

“最后还有一句话，你定要记好。”郭敬嘱咐。

“郭叔说。”王长友做出全神贯注的样子。

“朝廷已敕边将勒兵，瓦剌军宜回归本部，勿近我边，恐真伪难辨。”郭敬说。

一方面不惜诱使番使去京师乞粮，一方面又想瓦剌收兵归部，王长友觉得有些自相矛盾。他问：“若不得粮饷瓦剌不肯离去呢？”

“瓦剌若有异动，大同有巡抚，有总兵，还有本监，自会严阵以待，何须你来操心！”郭敬怪他又多话。

第四十四章

皇帝咳嗽一声，侍寝的宦者捧盂进入寝宫，以备皇帝吐痰之用。皇帝面朝外躺着，见他走近，挥挥手。捧盂的宦者退下，另一名宦者捧一盏热水而入。皇帝干脆把身子掉转过去。捧盏的宦者站在那里也不是，退下也不是，不由手足无措。

“谁在外面当值？”好在皇帝很快问话。

“回爷的话，是范叔。”捧盏的宦者道。

“好，让他陪朕去外面走走。”皇帝说着，又把身子转过来。

捧盏的宦者吓一跳，暗自埋怨自己行动迟缓，走在后边，不得不承担起重大的责任。这么晚，皇帝要出乾清宫，该造成多大的动静，别说外廷论劾，就是宫里管事的太监怪罪下来，谁担当得起！若是惹得司礼王太监恼怒，更不是责怪几句就可了事的。

“爷，夜已深。”他试图劝止。

“是啊，所以朕才要老范陪着呀。”皇帝说。言外之意，不要他担什么责任，他也担不起责任。

范弘应宣而入，行礼道：“爷，奴才侍驾。”

皇帝已然由卧而坐，两条腿盘着，有点儿像和尚打坐。

“你来得好。”皇帝做个手势，要他平身，“老范，今晚朕怎么也睡不着，你看如何是好？”

“爷躺下，自然睡着。”范弘憨憨地说。

“朕躺着睡不着，才坐起来的。”皇帝说。

“躺着睡不着，坐着反而能睡着？”范弘觉得好笑。

“是啊，朕原本就是这么想的：躺下睡不着，坐着说不定反而能睡着。”皇帝兴致勃勃地说，“老范，你别说，刚坐起来时，朕真有倦意。”随即懊恼，“但坐起稍久，倦意又荡然无存。”

“坐着睡不着，立起或能睡着。”范弘说。

“此话当真？”皇帝立刻追问。

本来是句玩笑话，换谁也不敢承认。

“奴才是这么想。”范弘却说。

“这朕倒要试一试。”皇帝说着，跃下御榻，他闭起眼睛站一会儿，说，“老范，你的话不错，朕站立片刻，有些想睡。”又站立一会儿，睁开眼睛说，“立久也不成，倦意又无。”

“走动走动如何？”范弘道。

“朕再试一试。”皇帝走几步，停下来，“据朕想来，走动走动应该管用的；但在这里走动不会有效果。为什么呢？朕躺下睡不着，是因为躺在这张床上；朕坐着睡不着，是因为坐在这张床上；朕立着睡不着，是因为立在这张床前；朕走动走动，一抬头，见到的还是这张床。你想个法子，让朕见不到这张床。”

“要不，爷去外面走动走动？”范弘道。

“老范，你可怕担干系？”皇帝激他。

“干系奴才倒不怕担。不过，明日是正旦的正日子，百官朝贺，天下瞩目，奴才怕骤热骤冷，爷龙体欠安。”范弘并不强劝。

“不妨，朕多穿些。”皇帝说。

“那，”范弘应承道，“为爷得以安歇，奴才陪爷到外面走动走动。”

皇帝一招手，两名近侍、两名宫女上前帮他更衣。他把胳膊伸出去，对范弘说：“老范，看看够不够厚。”

“奴才看够厚。”范弘应着。他根本不用摸，皇帝的哪件衣服有多厚，他心里都有数。

皇帝出寝殿，径直向西北角门走去，一看，就是要出乾清宫。

“爷，还要出宫吗？”范弘急问。

“说的是去外面走动嘛。”皇帝说。

范弘无奈地摇头，紧跟在皇帝后面。几名近侍也跟上去。

“让他等离远些。”皇帝头也不回地说。

范弘扫近侍们一眼，他们稍稍拉开距离，但仍保持在十步左右。

东北角门名凤彩。出凤彩门，皇帝招手，示意范弘走近些。范弘快走两步，在距皇帝还有半步时，又恢复常速。

“老范，几次？”皇帝没头没脑地问。

“爷说的什么事？”范弘未必揣摩不出皇帝问的事，但以他的憨厚稳重，是一定要问清楚的。

“坐等正旦大朝会呀。”皇帝说。

“容奴才想一想，”范弘掰着手指数道，“宣德十年的除夕夜，爷第一次等待正旦大朝会，难以入眠，那一次奴才就在爷的身边。正统元年的除夕夜，奴才没在爷身边，奴才听说爷也难以入眠。以后的两年，奴才又在爷身边，眼见爷难以入眠之状。正统四年的除夕夜，爷就寝是就寝，但是否睡得安稳，奴才说不准。然后就到今夜，加起来非五次，即六次，十二年里，爷有一半的除夕夜难以入眠。”

皇帝任凭他讲，不插话打断。听他讲完，直摇头。

“奴才说得不对？”范弘问。

“你用几个模糊的字，也不好直批不对。”皇帝说。

“哪几个字？”范弘问。

“难以入眠。”皇帝说，“朕问坐等，并非一定要坐着等，朕指的是不眠。但所谓难以入眠，最终是入眠，还是没入眠？”

“爷批的是，奴才口服心服。”范弘道。

“朕来告诉你吧，真正坐等正旦大朝会的，其实只有宣德十年除夕那一次；其他几次仅难以入眠而已，朕后来睡的还很香甜。不过，”皇帝停了停，忽问，“老范，你说朕是否已老？”

范弘吓一跳，道：“爷这话从何说起呀！”

“你看啊，”皇帝为他解说，“十二年前朕一夜未能入眠，是因为朕在幼聪之龄，第一次以天下一人的至尊身份，与群臣相见，难免心情激荡。随后的几年，朕虽然仍难以入眠，但今日回想起来，是一年比一年心静。朕想，这就是在长大吧。不料，在七八年的心静之后，朕又难以入眠，而且，恐怕会再一次坐等正旦大朝会。老范，你说，这不是朕已老，又是什么缘故？”

“乞爷恕罪，奴才不是这么想。”范弘好不容易插上一句话。

“怎么，你要批朕？”皇帝问。

“奴才不敢。”范弘道，并机敏地学舌，“爷道一年比一年心静，是一年比一年长大，乃至理之言。奴才想，爷今夜难以入眠，圣虑不在明日的大朝会，而在天下之大政。爷一年比一年焦虑朝政，亦一年比一年长大。”

“此言不无道理。”皇帝欣然接受这个奉承，“一年比一年心静，是一年比一年长大；一年比一年焦虑，也是一年比一年长大。哈，朕是在长大，不是在变老。老范，你说得好，朕要赏赐你。”

“奴才据实而言，不当赏赐。”范弘道。

“当赏赐，当赏赐。”皇帝连说两句，却说不出赏赐什么。他知道，范弘为人比较超脱，要使赏赐中他的意，不是那么容易。心里想着事，他不由自主地向远处看去，忽然看到一块空旷的场所，心一动，问道：“老范，还记得那块空地吗？”

“奴才记得，那是爷当年游戏之所。”范弘说。

“是朕当年蹴鞠之所。”皇帝说得更准确，“看到此地，朕不由想起一个人来。老范，你知道是谁人吧？”

“是不是小宁子？”范弘试探着回答。

“就是他，朕也要赏赐他。”皇帝道。

“爷赐他姓氏，又升他太监，恩宠无比。”范弘说。

“他和你不一样，你喜爱名，他喜爱物。”皇帝道，想了想，他说，“当年他投朕所好，今日朕投他所好吧。老范，你去问问他想要何物，能给他的，朕一定给他。”

“是。”范弘应道。

喜宁叹口气，喝口闷酒。被他邀到家里来喝年酒的跛儿干嘴拙实在，不问缘由，陪着他喝口闷酒。

“你怎么问也不问一声？”喜宁责怪。

“问何事？”跛儿干反问他。

“问我为何唉声叹气呀。”喜宁说。

“你迟早要说的，何劳我问。”跛儿干道。

“你倒有先见之明，”遇到他这样的呆子，脑筋灵活的喜宁一点儿办法也没有，“跛哥，今年我大概要过个穷年。”

“不怕，我有一碗饭，就饿不死你小宁子；我有一杯水，就渴不死你小宁子。”跛儿干很仗义地说，又关切地问，“怎么，御用监停俸？”

“御马监不停俸，御用监怎会停俸！”喜宁道。

“既未停俸，你为何说出一个穷字？”跛儿干问。

“你呀！”喜宁指点着他，大概想评说一番，但话到嘴边，又咽回去，“算了，和你说也无益。”

“你怕算，我可不怕算。我仍是少监，月俸若干，你已升至太监，月俸若干，我心里清清楚楚。我都不哭穷，你哭什么穷！”跛儿干道。

“你不怕算，难道我真的怕算？”喜宁摆出理论的架势，“你说你有饭，我就饿不着；你有水，我就渴不着。对吧？”

“不错，我既说出口，绝不反悔。”跛儿干道。

“我要是想喝酒呢？”喜宁问。

“我有一口酒，就馋不死你小宁子。”跛儿干这次有些后悔，改口说，“一口酒怎么个分法，得有两口酒，才馋不死你小宁子。”

“自你我兄弟喝酒以来，你请我喝过酒吗？”喜宁问。

“怎么没请你喝过酒？”跛儿干不服气。但仔细一想，二人认真地喝酒，都是喜宁做东。他作声不得。

“跛哥别生气，我要说的是，为何不停俸，跛哥不会哭穷，我却要哭穷。支得月俸，你我兄弟是饿不着、渴不着，但要想吃得好一点儿呢，要想多喝几次酒呢，要想穿得光鲜一点儿呢，咱们那点儿月俸差得太远。”喜宁说着，问道，“跛哥，这道理不错吧？”

“不错。”跛儿干点头，但随即一想，又发现问题，“不对呀！小宁子。你往年怎么不穷的，咱们且不说它；今年万岁爷要重赏，你怎么反而哭起穷来？”

“你有所不知，爷说重重赏赐，只是一句话。”喜宁说。

“闹得宫里都知道，爷还能不认账？”跛儿干想不通。

“爷是不会不认账的，但我不好开口呀。”喜宁说，“爷发话，小宁子要何物，能给的，朕一定给他。可你让我去讨要何物？”

“这有何难，你往年喝酒，都要绞尽脑汁，连哄带骗；今年你就正大光明地向爷讨酒，咱们不是每天都有酒喝！”跛儿干道。

“每天都有酒喝？那不成。”喜宁摇头，“你我酒量虽浅，每天也要一瓶吧？一年呢，就是三百多瓶。”

“你若因其多而开不了口，三十瓶如何？”跛儿干道，“三十瓶藏于府上，你也可十日邀我一小饮。”

“跛哥没明白我的意思。”喜宁说，“不好开口，并非因为三百瓶御酿太多，而是因为此物太小。向爷讨要若干御酿，丢小宁子的面子还在其次，要是连爷的面子一起丢，岂不是罪过？”

“你想讨要大的物件？”跛儿干问。

“我正有此意。”喜宁说。

“那是何物？”跛儿干问。

“你猜猜看。”喜宁抑制不住内心的得意，由摇头晃脑而手舞足蹈，由手舞足蹈而左顾右盼。

“你曾抱怨宅院小，是想讨要个大宅院吧？”跛儿干受到启发。

“再往大猜。”喜宁说着，手向上一扬。

跛儿干目光随着他的手而上，道：“小宁子，你不会向爷要天吧？”

“这等糊涂事，只有你跛哥会做。”喜宁说，“你向爷要天，爷说，好，朕把天给你，你怎么办？是身插两只翅膀飞到天上去，还是把天塞进包裹扛回家去？”

跛儿干被逗笑：“也是，我给你讨要的是个大而无用的物件。”

“岂止无用，麻烦还多着呢。”喜宁说，“若淫雨霏霏，连月不开，爷一定发话：跛儿干，你倒是管一管你的天，让云散开吧，让雨停止吧！若骄阳横空，久旱不雨，爷又发话：跛儿干，你倒是管一管你的天，把云招拢吧，让雨狂泄吧！不管哪一种情形，都够你忙一阵的。”

“不对，不对，”跛儿干又是摇头，又是跺脚，就差冲过去捂住喜宁的嘴巴，“爷发话，定是说小宁子如何如何，不会说跛儿干如何如何。”

“跛哥不知，我向爷讨要来天，转手就送给你。”喜宁说。

“小宁子好好护着天吧，我不要。”跛儿干道。

“你不要，我就会要吗？”喜宁说着，指了指地，“跛哥，咱们还是要点实惠的物件吧。”

“你是说，要地？”跛儿干问，见喜宁点头，跛儿干学着他方才的腔调说，“你把地讨要来，是想钻进地里面开矿，还是想把地蜷缩到你院子里，为你遮风挡雨？”

“想耕耘、播种。”喜宁说。

“你要的是田？”跛儿干这才听懂。

“然也。”喜宁愈发得意，两眼斜视他，问道，“跛哥，你看我要的物件，比天如何，比宅院如何？”

“我不知它好在哪里。你又不是农夫，要田作甚！”跛儿干道。

“就藩各地的王爷们是农夫吗？他们有的是钱财，有的是禄米，可他们到藩国后，做的第一件事是什么？是奏乞田亩。京城里的国丈、国舅们是农夫吗？一登龙门，会缺钱财吗？会缺粟米吗？要宅院，爷一道旨意，京城里最大的宅院就给他。可他们忍一年，忍两年，最终都向朝廷乞奏田亩。”喜宁问，“跛哥，凡此之类，你不会视而不见吧？”

“是，这事是有的。”跛儿干道。

“就没有什么领悟吗？”喜宁问。

“纵有领悟，以前也不敢说。”跛儿干道。

“为何？”喜宁问。

“尊为帝胄，贵为皇亲，我可不敢批个‘傻’字。”跛儿干说。

“你今日却敢批我！”喜宁道。

“你是帝胄，你是皇亲？”跛儿干和喜宁谈论，很少占到便宜，这次觉得占到便宜，颇为得意。

“不错，我不是帝胄，不是皇亲。”喜宁点头。

“好吧，你也领悟，咱们话到此为止吧。”跛儿干说。

“那不成。”喜宁不答应，“我不是帝胄，不是皇亲，你想把这个‘傻’字送给我；却没想到，半道上被人截去。”

“被谁截去？”跛儿干问。

“老祖宗呀，高皇帝爷呀。”喜宁说。

“胡说！”跛儿干斥道，“太祖高皇帝爷有天大的智慧，怎会扯到‘傻’字上！”

“是啊，高皇帝爷有大智慧，本来是扯不到‘傻’字上的；但让你生拉硬拽，不幸就扯上。”喜宁说。

“你越说越没道理，傻的是你，与高皇帝爷有何牵连？”跛儿干道。

“有无道理，你听听就知道。”喜宁说，“帝胄、皇亲们奏乞田亩，你觉得傻，但不敢说；我向爷讨要田亩，你觉得傻，就痛痛快快说出来。可你不知道呀，帝胄、皇亲们奏乞田亩，小宁子我讨要田亩，都是遵照高皇帝爷的教诲。”

跛儿干听得瞪大眼睛。他问：“难道高皇帝爷也讨要过田亩？”

“普天之下，莫非王土，高皇帝爷向谁讨要田亩去！我说的是他老人家的圣言，不是他老人家的圣行。”喜宁说着，问道，“他老人家说过一句话，叫作‘有恒产者有恒心’，你听过吗？”

“未曾听过，听过也不懂。”跛儿干说。

“哪个字不懂，是恒吗？”喜宁解释，“恒者，常也。”

“那何谓恒产？何谓恒心？”跛儿干问。

“归你所有、怎么也不会丢失的家产，就是恒产；安安稳稳、不思作乱的心肠，就是恒心。”喜宁的解释虽然浅显，倒也实在。

“有家产，则安稳生活，高皇帝爷实在圣明。不过，我还是不懂，这话和你等奏乞讨要田亩有何牵连？”跛儿干道。

“道理深奥，谅跛哥一时半会儿也参不透。”喜宁做出很无奈又很有耐心的样子，“我先出个简单的题目吧：何物堪称恒产？”

“金银。”跛儿干随口说道。

“跛哥身上有银子吗？”喜宁也随口问道。

“有。”跛儿干应着，从怀里掏出一块碎银子。

喜宁接过银子，放在自己面前，然后把酒壶推到跛儿干面前。

“跛哥想喝酒，拿了锭银子去酒肆。酒跛哥喝完，银子却留在酒肆。”喜宁说，大概觉得有些亏待跛儿干，他又从自己身上掏出一把碎银子，从里面挑选出一块比跛儿干给他的银块要小的，和酒壶放在一起，并说，“公平交易，一壶酒，不值那么多。”

“你是说，我的银子很容易就丢失，所以算不得恒产？”跛儿干并不像他想的那么愚昧。

喜宁向他伸出大拇指，以示赞许。

“可我想喝酒，不一定要去酒肆呀。我可以对自己说：去找小宁子，他那里藏有好酒。”跛儿干道。

“是，跛哥想喝酒，不一定要去酒肆，可以来找小宁子。”喜宁边重复，边琢磨其他的例子，“对，跛哥来找小宁子，不想在街上碰到两个江洋大盗。江洋大盗用刀抵住跛哥胸口，问：要财要命？跛哥自然说：要命。于是，银子归江洋大盗。”

“我若是说要财呢？”跛儿干问。

“明摆着的，江洋大盗手上用力，刀捅破衣裳，却怎么也捅不进去。他在跛哥怀里一摸，原来是块银子，于是取走。”喜宁说。

“我又不常上街，怎么碰到江洋大盗的是我！”跛儿干道。

“跛哥要是不喜欢这个例子，我再想别的。”喜宁说。

“不用再想，你有的是法子让银子离开我的腰包。不过，算你有良心，还留下我一条命。再举个例子，我恐怕命也要丢！”跛儿干说着，用手在眼前画一圈，“金银当不得恒产，宅院总当得吧？”

“是，跛哥去酒肆，不会提着宅院；碰到江洋大盗，他也摸不去宅院。不过，宅院也有可虞之处。”喜宁说。

“有何可虞之处？”跛儿干问。

“要是走水，好端端的一座宅院就变成瓦砾。”喜宁说。

“那倒是可虞，小宁子总不能安居在瓦砾中吧？”跛儿干讥道。

“是啊，跛哥也不能在瓦砾中喝酒吧？”喜宁回敬一句。

跛儿干还想说什么，但想来想去，他不得不承认，在口舌之战中，绝不是喜宁的对手。他不敢真的让太祖高皇帝把“傻”字截去，只好把它取回来由得自己享用。

喜宁更希望皇帝在御花园里宣召他。开春后，白天渐暖，皇帝可以到外面走动走动。但皇帝把他叫到了文华殿里，这就预示着，他一言一行得循规蹈矩，不能太放肆。

“小宁子，见你一面不容易呀，好在你模样没变，朕还认得出来。”皇帝对他，比对其他内臣要亲切许多。

“奴才生怕爷认不出来，所以没敢大变。”喜宁逗得皇帝一笑，又说，“爷若想多见小宁子几面，何不把他留在身边？”

“好是好，但也有不好的地方。”皇帝说。

“有什么不好？”喜宁问。

“第一，小宁子长大，皇上也长大，继续为伴，有一天朕或会杀他；第二，你看看朕的身边朝夕相伴的，有太监吗？你仍在朕的身边，顶多封个长随；第三，也见不上今天这一面。”皇帝说。

“为何见不上今天这一面？”喜宁问。

“你仍在朕的身边，朕就不会说‘他要什么，只要能给他的，朕一定给他’，今天这一面还用见吗？”皇帝道。

“原来如此，爷说的这几条，都是为奴才好。”喜宁说。

“你心里有数就好。”皇帝道，“朕今天把你宣来，是想问问，天下万物中，你为何单单选上田地。”

“奴才不过是胡乱那么一选。”喜宁含糊其词。

“朕却闻得，你还有一大套说法呢。”皇帝说。

“那是对跛儿干那等蠢材说的；在爷面前，奴才不敢搬弄。”喜宁说。

“是啊，你在天下万物中选上田地，而且有一套说法，不枉朕说你长大。”皇帝很有些感慨，“小宁子，朕既应承你，田地又是朕可以给的，朕不会失信于你。但在把田地赏赐给你之前，朕得问个清楚：天下州、县数千，京师州、县过百，你怎么选的都是青县的田地？”

“爷所问之事，奴才难以启齿。”喜宁扭捏作态。

“说！”皇帝命道。

“爷恕奴才无罪，奴才方敢说。”喜宁道。

“说！”皇帝不松口。

“是。”喜宁不得不说，“奴才在宫里有个相好的，是青县人。”

“相好的？漂亮吗？”皇帝打断他。

“爷说呢？”喜宁脸皮又变厚，“她爹来京城，向奴才讨盅酒喝。酒喝到一半，他说，家里有几亩闲田，愿送与奴才。”

“闲田？有多少？”皇帝问。

“几十顷吧。”喜宁说。

“几十顷，那可不是几亩。”皇帝说，“小宁子，你是使的手段，将老丈人灌醉，把田骗到手的吧？”

“天地良心，他喝的每一口酒，都是自愿喝的！”喜宁发誓。

“我才不管他是不是自愿喝的呢，接着说。”皇帝命道。

“蒙爷钦赐，奴才就称他老丈人？”喜宁试探。

“有何不可！”皇帝道。

“爷有所不知，奴才的老丈人兄弟甚多，二伯才向奴才讨酒喝，五叔又来。不知什么缘故，这一家人人都有几亩闲田，都愿把闲田送给奴才。奴才只收老丈人的闲田，不收他兄弟的闲田，倒显得亲疏分得太清楚，只得一一收下。”喜宁述说着。

“他等的田亩，也是几十顷吗？”皇帝问。

“也有十几顷的，他送与奴才时，颇有些难为情；最多的有一百余顷，他可是趾高气扬得很。”喜宁说。

“一百多顷，是不是一村的地都成他的闲田？”皇帝道。

“这奴才真不晓得。”喜宁避而不答。

“有十几顷的，有一百余顷的，合计起来呢？”皇帝问。

“奴才计算过，约四百一十五顷。”喜宁回奏。

“这四百一十五顷都是闲田吗？”皇帝又问。

“这奴才敢担保，他等送的皆是闲田。”喜宁说。

“好啊，你既敢担保，朕与你相约：若有一顷闲田，朕送与你一顷；若有一顷非闲田，你也留与朕些物什，如何？”皇帝道。

“爷要奴才留下什么物什？”喜宁有些担心，但尚未十分担心。

“朕要是着人从你身上割下一块肉来，你一定会抱怨朕心狠。”皇帝不动声色地说，“这样吧，若有一顷非闲田，朕让宫女拿针刺你一下；不准深刺，见血而止。你看可使得？”

“爷，刺在脸上吗？”喜宁仍显得轻松。

“不全刺在脸上，十针嘛，只刺一两针在脸上。”皇帝说。

“万万不可！”喜宁见皇帝不像开玩笑，才知道害怕，“假若四百一十五顷皆非闲田，奴才脸上刺那么四五十针、八九十针，模样将大变。”

“你既敢担保，又为何担心？”皇帝道。

“奴才敢担保，是想他等皆至亲，还会欺骗奴才不成？至于四百一十五顷是否皆闲田，奴才实未勘查。”喜宁说。

“你既说实话，朕就不责怪你。你看，而今怎么做好？”皇帝问。

“奴才亲自勘实再回奏。”喜宁说。

“岂有此理，你向朕讨要的田亩，能让你自己去勘查吗！”皇帝道。

“依着爷呢？”喜宁问。

“朕找个人去勘查吧。”皇帝似自言自语，“朕最信得过的人是王先生，就请他这两日去一趟青县吧。”

“万万不可！”这比让宫女用针刺还要让喜宁恐惧。

“怎么，你惧怕王先生？”皇帝问。

“王先生待小宁子如子侄，小宁子对王先生只有爱戴，怎会惧怕？奴才是想，王先生帮着爷打理朝廷，事无巨细，都得操心，怎好用奴才的这点儿小事烦扰他？”喜宁绕个不大不小的圈子，最后说到点子上，“勘查青县闲田，爷还是换个人吧。”

“也是，你都知道体恤王先生，朕焉能不体恤！”皇帝戏弄地说，“你依朕一回，不再提自己勘查；朕也依你一回，不烦王先生勘查。朕传谕司礼监，让王先生差个人去勘查。”

“万万不可！”喜宁又一声惊呼。

“怎的又不可？差个人，用不着费多少心呀。”皇帝道。

“终归是要费些心的。”喜宁强辩。

“也罢。”皇帝下极大决心似的说，“青县的闲田须得勘查，这一条不能改；不得由小宁子自行勘查青县闲田，这一条也不能改。其他之事都由得你。”

“爷与其让王先生差人去勘查，不如亲自差人勘查。”喜宁说。

“可以呀，朕找个司礼监的人去青县，也不用费什么心。但他去前告假，回来销假，朕不能让他编个故事欺骗王先生吧？”皇帝道。

“爷何不从其他衙门找个人去？”喜宁道。

“对，他等外差，不必直接向王先生告假、销假，倒可以避开王先生。不过，也只能避得一时。朕曾传谕，内臣各衙门的事，皆须禀明王先生。朕料想，各衙门的掌印，也不愿编个故事欺骗王先生。”皇帝说。

喜宁终于明白，无论他再说什么，皇帝一定要让王振知道这件事，因为皇帝不愿把青县的几百顷田地赏赐给他。

“不烦扰王先生，奴才还有个主意。”他说。

“你说！”皇帝很想听一听。

“奴才收回陈请，不向爷讨要田亩。”喜宁说。

“那不是让朕失信于你吗？”皇帝却不答应。

“奴才的主意掏空，爷给奴才出个主意吧。”喜宁垂头丧气地说。

“此话当真？”皇帝问。

“奴才怎敢在爷面前说半句假话！”喜宁道。

“那好。”皇帝不再戏弄他，“有人告诉朕，蓟州郊外有几亩闲田。朕找人勘查过，千真万确是闲田。朕把它赏赐给你吧。不过，朕得告以实情，那几亩闲田没四百顷，只有四十顷。你要是嫌少呢，就算朕没说；咱们还是找人去勘查青县的闲田。”

“不少，不少。”喜宁连声说道，“奴才为爷办事，要那么多地作甚！有几亩闲田，奴才着人种上瓜，种上菜，隔上几日，给爷奉献一筐瓜果，一车蔬菜，也是奴才的一片孝心。”

第四十五章

喜宁一接近司礼监值房，就觉得气氛不对。除在司礼监当差的长随们，包括在王振面前很得宠的几个小宦者，一个个屏住呼吸，在外面侍立；还有在其他衙门当差的太监、少监、长随们，也侍立不动。他们显然是来禀事的，却无人敢往前走一步。

喜宁也不敢径往里走，他蹭到一个在王振面前很得宠、自己又很熟悉的小宦者身后，用胳膊肘碰碰他后背，在他转过身时点点头，努努嘴，低声问："这是怎了？"

那小宦官眼睛都没眨，就转过身去。

不应该呀！喜宁心想：自己在他身上下的工夫最大。平日见到自己，他像蝇子见到残羹剩饭一样凑过来。又一想：也对，他是白眼狼呀，你平日里把他喂饱，他还理你做什么？喜宁心里恨恨地说：小子，等你被贬出司礼监，看我怎么收拾你！

他向另一个在王振面前很得宠、自己又很熟悉的小宦者面前蹭过去，这回，那一宦者冲他点点头，努努嘴。

"出了何事？"他低声问。

"脸沉下来。"该小宦者低声说。

"为何缘由？"他还想问。

该小宦者摆摆手，不多说一个字。这可以理解为他不知道，也可以理解为他不能多说，你也别多问。

他拍拍该小宦者的后背，以示感谢，转身往回走去。知道王振脸沉下来，回去可以向爷交差。走十步左右，他忽地站住。不错，爷若问"王先生在做何事"，自己可以回答"在生气呢"；爷若问"为何生气"，自己怎么回答？编个瞎话，爷放得过自己，王先生知道，也放不过自己。回答说"不知道"，那不是让爷小看自己？

想到这里，他又向值房走去，在门前稍站一会儿，和往常一样咳嗽一声，然后闯进去。在门外站立的大小宦官们先是愕然，随即松口气。

王振脸沉得阴森，喜宁进去后躬身站立，不敢再往前走。

王振看他一眼，不予理睬。

“叔，卑职叩见。”喜宁知道，自己得先开口。

在王振面前，他一直自称“小的”；升至太监，仍“小的”“小的”不离口。这次改用其他的称呼，好引起王振的注意。王振又看他一眼，问道：“小宁子，是我唤你来的？”

“叔没唤。”喜宁回答。

王振哼一声，道：“那你也敢来！”

“叔不传唤，小的本是不敢来的；可爷命小的来，小的又不敢不来。其实，纵然爷命小的来，小的仍不太敢来。”喜宁说。

王振本想问一句后，就把他撵走。不知他又自称“小的”引起王振的注意，还是因为他说是皇帝命他来的，王振不急于撵他。

“你从哪里来？”王振问。

“文华殿。”喜宁回答。

“你去文华殿做什么？”王振问。

“爷要观赏一幅沈学士的字，小的给送去。”喜宁回答。

“沈学士的条幅收在武英殿吧？”王振问。

“叔说的是。”喜宁应道。

“我记得，武英殿书籍、画册，由仁智殿监工太监掌管；却不记得，你小宁子几时摊上这桩差事。”王振道。

“小的识不得几个字，哪里摊得上掌管书籍、画册。”喜宁说。

“那么，为何皇上要看的字，由你送去？”王振责问。

“是这样：爷要的急，咱们御用监的伙计们全体出动，分头去找。侥幸被小的找到，小的顾不上多想，就送到文华殿去。”喜宁解说道。

“分头去找，当然会被你找到，你当然用不着多想。”王振道。

喜宁听出王振的不满，忙说：“事后小的也觉出这事办得唐突。”

“你能觉出就好。”王振道，“我不止一次地对你说过，少在皇上面前晃荡，那对皇上不好，对你也不好。但愿你没当作耳旁风。”

话里虽有责怪之意，但和方才阴沉着脸比起来，他的恶劣心情已经缓和得多，这也使得屋里的气氛不那么紧张。

“小的怎敢！”喜宁借机说几句调皮的话，“叔这话，小的年年告诫自己，月月告诫自己，日日告诫自己，时时告诫自己。谁知有那么一瞬间忘告诫，就犯下大错。”

“算了，你的话越恳切，就越当不得真。”王振说着招招手，让他走近些，“说说吧，皇上让你过来，有何交代。”

"并无特别之事。"喜宁道，"小的呈上沈学士的条幅，爷边看边说：小宁子，你来的正好，今日是端午节，你代朕去看看，王先生在做什么。小的想，爷对叔的关怀之情，溢于言表；小的得了这个差事，不正可以巴结叔吗？谁知这是不该巴结的。"

王振谅喜宁再狡黠，也不敢撒这个谎。他说："好啊，我在做什么，你已看到，去复旨吧。"

"是。"喜宁犹疑不决。既然冒险进来，总得多问几句，他不会就这样走。但怎样问得恰到好处，他则拿不准。

"你想问我，该怎样复旨吧？"王振道出他的心思。

"是，叔教教小的。"喜宁应道。

"你自己打算怎样复旨？"王振反问过去。

"小的想说，王先生在日思万机。"喜宁道。

"亏你想得出来！"王振脸上露出笑容，"何不言日理万机？"

"叔若以为不妨，小的就说日理万机。"喜宁道。

"你见到的，我什么事情也没做；而且，连累外面许多人什么事情也不敢做。说日理万机，我于心有愧。"这个说法被王振否定。

"那小的还是说日思万机吧？"喜宁请示。

"日思万机你也不要说，你见到什么，就回复什么。"王振教给他。

"小的见到的是——"喜宁欲言又止。

"说呀。"王振催促。

"是。"喜宁仍不敢直言，"小的说错，叔莫怪罪。"

"你照直说，我不怪罪。"王振道。

"小的见到，王先生在气恼。"喜宁说着，身子往回一缩，好像怕王振出拳打他。

"我是在气恼呀，你就这么说！"王振道。

"小的若这么说，爷一定要问：王先生为何气恼？"喜宁继续请教，"叔，小的又该怎样回复？"

"你说呢？"王振反问他。

"若叔知道小的犯错在先，气恼在后，一定是气恼小的不争气。今日之事并非如此，小的着实说不出来。"喜宁道。

"既然不知，如实回复即可。"王振说着，调侃道，"怎么，无所不知的小宁子居然说出不知，不怕丢面子？"

"小的面子值几个钱，但爷一定要命奴才来问个明白。"喜宁说。

"那是怕跑腿？"王振道。

“小的两条狗腿，跑断也不足惜。小的是怕爷着急。”喜宁说。

“这倒是你有良心的地方。好吧，我与你说说今日为何气恼。”王振不是说，却是问，“小宁子，你方才说，今日是什么日子？”

“端午节。”喜宁回答。

“端午节，例当举宴吧？”王振道。

“是，小的从光禄寺前过，见里面正在忙碌。”喜宁说。

“何人得以预宴？”王振问。

“赐宴百官呀。”喜宁说，一不小心，他信口道来，“小的从内阁外面经过，往里瞥一眼，见阁老们端坐闲话，谁也不办正经事，想来是准备着领受赐宴。”

“这话不实吧，你从内阁外面经过，能见到阁中的情形？”王振道。

“小的未必看得仔细，但想来应是如此。”喜宁说。

“其他衙门想来也是如此吧？”王振一一数道，“朝廷赐宴，阁员得以领受，五军都督府的都督等得以领受，部、院堂上官得以领受，大小衙门的堂上官得以领受，大大小小的文武官员皆得以领受；唯独一人却被摒除在外，故我为之气恼。”

“叔说的是谁呀？”喜宁问。

“周公。”王振说出一个名字。

“周公？”喜宁重复。他不是没听清楚，而是没弄懂其中的含义。

“怎么，你不知道周公？”王振问。

“叔讲过周公辅成王的故事，小的记得。”喜宁应过后，觉得不对，“叔，周公不是两千年前的人吗？”

“两千年前有个周公，今日就不会有周公吗！”王振道。

“叔说的是，换张三、李四什么的，每年都会有好几个。”喜宁说。

“周公功劳盖世，在古往今来的功臣中居于首位，可不是什么张三、李四可与之并论的。”王振道。

“叔这么一讲解，小的终于懂得。”喜宁说，“朝廷赐宴，不管哪个衙门，有用的衙门也好，无用的衙门也好；不管哪个官员，天下第一能臣也好，天下第一蠢材也好，都得以领受。今日之周公却被摒除在外，难怪叔要气恼。”周公指谁，他是真的懂得，但也有他不懂的，“叔，今日之周公地位尊崇，大摇大摆地赴宴就是，难道还有人敢阻拦不成？”

“这你去问皇上吧。”王振懒得再多讲。

皇帝听完喜宁的讲述，笑着说：“小宁子，你竟没被吓得屁滚尿流，也真难为你。”

“奴才原来是要屁滚尿流的，但一想，小的若是屁滚尿流，岂不丢爷的脸！所以生生给憋回去。”喜宁说。

“你想，王先生说的周公是谁呢？”皇帝问。

“这个嘛。”喜宁答非所问，因为他相信皇帝也听懂，“总不会是奴才吧。听说周公善于解梦，奴才充其量只能胡乱说说梦；至于辅佐天子，那是想也不敢想的。”

“是啊，周公辅佐天子，功莫大焉。当今世上，还真有这样一个人物。朕赐宴百官，却没有为他设一席位，难怪王先生气恼，朕心里也很不是滋味。”皇帝不无感慨地说。

“对了。”喜宁想起自己的讲述中落下一句，“奴才对王先生说，既有今日之周公，何不大摇大摆地赴宴？”

“王先生怎么说？”皇帝问。

“他让奴才来问爷。”喜宁道。

“他自己是不好说呀。”皇帝又感慨一声，然后问，“小宁子，前辈太监中，你最敬佩哪一个？”

“三宝太监。”喜宁随口答道。

“为何独敬他？”皇帝问。

“奴才听说，他率领船队，想出洋就出洋，每次航行万里。他所辖大船有数十只，军士有数万人，那是何等威风，何等惬意！”喜宁说。

“可朕听说，出洋是很辛苦的。”皇帝道，“这朕就不与你多说。朕要告诉你的是，即便是郑太监，即便是郑太监多次威风八面地出洋，朝廷赐宴外廷时，他也不得与席。这是本朝的制度。”

“难怪王先生不明着对奴才说，原来有这一层障碍。”在王振面前没有弄懂的事，喜宁现在也弄懂。

皇帝踱来踱去，双眉紧锁，低头不语。

“既有制度，奴才看，爷也不必多想。”喜宁劝解道。

“可朕不忍心王先生伤心呀。”皇帝说。

喜宁劝解是虚，他已想好应对的办法。

“爷，这事也不难办。”他说。

“你是说，既可不让王先生伤心，又可不违祖制？”皇帝问。

“奴才是想，有两全之策。”喜宁说。

“快说！”皇帝命道。

“爷，奴才斗胆问一句：内臣不预外臣之宴，是高皇帝爷写在敕令里的吗？”喜宁不慌不忙地问。

“朕不曾听说。”皇帝说。

“是文皇帝爷写在敕令里吗？”喜宁又问。

“朕也没听说。”皇帝道。

“爷不妨使人查一查，若祖宗并未写在敕令里，就好办。”喜宁说。

“怎么说？”皇帝还没完全琢磨出来。

“写在敕令里，是制度；没写在敕令里，只能算作惯例。制度难违，惯例易改。”喜宁说。

“不错，是这个道理。”皇帝一扫心中的阴霾，吩咐道，“兴大伴熟知本朝制度，小宁子，你去找他问一问此事。果如你所料，你就为朕好生安排，定要使王先生开颜。这才对得起朕赐你的喜字。”

轿子到东华门外，王振敲敲轿板，轿子停下。小宦者服侍他出轿。他指着东华门问：“这是怎么回事？”

小宦者已然看到，东华门的正门大开，但没多想。听王振发问，他答道：“小的不知。”

“我知道你答不上来，我是叫你去问问。”王振说。

小宦者答应着去问，只见他指手画脚地与守东华门的官校说一会儿话，又疾跑回来。这段路不下二百步，跑到王振面前，他气喘不止。

“叔，小的已问、问清。”他喘着气说。

“他怎么说？”王振问。

“当、当值的崔、崔头说，是奉、奉守、守东、东华门的公、公之命，将东、东华、华正、正门开启的。”小宦者说。

王振皱起眉头，道：“你先把气喘匀。”

小宦者以为是在夸奖自己办事利落，喘几口长气。

等他不再出长气，王振问：“守门内臣为何开启正门？”

“老崔说，是奉旨。”小宦者说。

“他不奉旨，岂敢私启正门，我还不知道吗！你没问问，今日有何庆典，要将东华门大开。”王振道。

“这个，小的忘问。”小宦者说。

“唉，你办事就是没小宁子机灵。”王振抱怨。

“是啊。”小宦者见王振情绪已大好，也就不像方才在值房外大气不敢出的模样，

“小的要是像小宁子那么机灵，不早就被叔把嘴撕烂。”

“没规矩，小宁子是你叫的吗？”王振叱道。

“是，小的要是像宁叔那么机灵，叔还不得整日里生气。”小宦者既改称呼，又改回话，但意思没变。

王振想起什么，脸上挂出微笑。

“叔，咱走咱的，不管它吧。”小宦者生怕王振要他再去问话。

“不问清楚了，怎么走？”王振道，又说，“我看，小宁子的两条腿是怎么也跑不断的；你的两条腿嘛，难说。”

小宦者的两条腿也跑不断。他虽然没喜宁机灵，但也不至于傻到吃一堑却不长一智，第二次他就带来一个知晓内情的人。王振以为是守门内臣，没在意，等二人到了眼前，才发现被小宦者拉来的是喜宁。

“小宁子，怎么又是你？”王振问。

“小的奉旨，在此恭迎王先生大驾。”喜宁大模大样地说。

“怪，我去见驾，还要你接引吗？”王振道。

“叔没注意，今日与往日有所区别吗？”喜宁问。

王振往东华门方向一指，问道：“你知此事？”

“小的奉旨，开启东华正门，请王先生进入。”喜宁说。

这是王振没有想到的。他追问：“此门是为我开的？”

“是，周公大贤，应行正门。”喜宁做个手势，道，“王先生请。”

王振迟疑着往东华门走去，喜宁和随从们跟在他后面。接近门口时，他们向两边散去。王振得旨，可以走正门，他们却只能走旁门。想不到，王振走到正门前，向右一转，又往旁门走去。

正要从旁门进入的喜宁忙迎过去，道：“爷当真为叔开启的正门，叔千万不要辜负爷的一片爱戴之心。”

“我知道。”王振说，“虽皇上恩宠，但禁苑正门，岂臣子得以行走！还是从旁门进入，我心里踏实。”

进东华门，往前过一座御水桥。行不多远，到文华殿门。王振自恃熟门熟路，不理会喜宁，径自向御水桥走去。

“叔，不须过桥。”喜宁紧跟在后面说。

“那怎么个走法？”王振问。

“左转，再右转，即可。”喜宁说。

这条路王振也是熟悉的。走下去，出左掖门，是午门外的开阔场地。他问：“皇上不在文华殿？”

“爷在文华殿，他却未请王先生去文华殿。”喜宁说。

“皇上要我去何处？”王振问。

“小的奉旨，恭迎王先生午门外赴宴。”喜宁说。

王振看他一眼，好像没听明白。

“叔，小的可不敢假传圣旨。”喜宁忙说。

他说好几次“奉旨”。虽然不是皇帝直接降旨，不过，皇帝命他代为安排，也不能说他是假传圣旨。

午门外，两旁的廊庑上，一张张桌子摆放整齐，方才在光禄寺官指挥下搬桌子搬凳子的差役们，正离开现场；但不能远离，因为在宴席结束后，他们还得收拾残局。大大小小的官员们陆续到场，但不能依序就座，因为桌上还是空空的，谁会往空桌子上凑呢？光禄寺官留在原处，但没人去向他们打听。因为他们只管张罗酒肴和端午宴上一定要有的粽子，至于时辰已到，为何还不举宴，他们一样摸不着头脑。

一官员问身边的同僚：“老兄，一年赐宴数次，有没有延挨的事例？”

“有是有，但不会延挨太久。”被问的官员说。

“今日是不是太久？”前一官员问。

“我看是太久。”后一官员说。

第三名官员走过来，朝二人拱拱手，说：“凡延挨者，必有缘故。”

“承教。”第一名官员还过礼，问道，“兄台看，今日是何缘故？”

“据说，圣上把王天官宣召入宫，想是事关重大，一时片刻说不完。而天官不赴宴，岂不是百司无首！所以大家只得等候。”第三名官员说。

“原来如此，天官未至，自然不能举宴。”第一名官员说着，向四面张望，他很快发现破绽，“传言有误吧，兄台请看，王天官不是在和几位翰林说笑吗？”

第三名官员一看，王直果然被几名翰林官围在当中，不知谈论着什么，都很开心的样子。

“天官立于翰林群中，谁能料到！看来，另一种说法是对的。”第三名官员不知真获悉许多说法，还是为遮掩。

第一名官员对他的说法不感兴趣。第二名官员插进来说：“皇上宣召的不是天官，是其他大臣，对吧？”

“诚如兄台所言。”第三名官员道。

“不知是哪一位？”第二名官员问。

“大学士。”第三名官员说。

“这就更不对，不见万钟先生在成国公身旁？”第二名官员道。

在杨溥去世后，曹鼐成为排在第一位的阁臣。

“宣召大学士，未必就是万钟先生。”第三名官员分辩。

“亦非性和先生吧？我方才见他和万钟先生边走边议呢。”第二名官员边说边向曹鼐、马愉所在的方向张望，“至于其他阁臣嘛——”

“兄台不必寻找了，陈、苗、高三位都在。”第一名官员说。除陈循在正统九年四月入阁，苗衷、高谷都是在正统十年十月入阁。

“也就是说，皇上宣召的并非大学士。”第二名官员得出结论。

“或许皇上没宣召任何大臣。”第一名官员道。

“不管有无宣召，延挨是为等候该赴宴之人，而不是为等候凉糕粽子下锅。”第三名官员很没面子，但不肯就此服输。

话是不错，但这人会是谁？另两名官员苦苦寻思。

曹鼐等与成国公朱勇说着说着闲话，逐渐转到正经的题目。

“爵爷率先放出私阉，令人敬佩呀。”曹鼐对朱勇说。

“皇上降旨，礼部具文，我怎敢抗拒不遵！”朱勇道，“再者，由私阉引起的那场官司打得天翻地覆，那干私阉都被发戍去南丹卫，说起来，是皇上为我等做出表率。”

“爵爷称那场官司由私阉引起，未免主次颠倒吧？”苗衷插话。

“依着公彝老弟呢？”朱勇问。

苗衷字公彝，凤阳定远人，永乐七年进士。而朱勇祖籍怀远，亦属凤阳府，所以，他称呼苗衷，比称呼其他文臣亲昵许多。

“是由率领私阉闹事的某人引起。”苗衷说。

“公彝先生此言，可比一句古诗。”马愉说。

“哪句古诗？”苗衷问。

“犹抱琵琶半遮面。”马愉道。

“性和先生将某喻为娼人太尖刻，亦可比一句古文。”苗衷反击。

“哪句古文？”马愉问。

“性非和顺。”苗衷道。

“天哪！”马愉呼道，“我只把公彝先生打进第九层地狱，公彝先生却把我打进第十八层地狱！”

苗衷引的是唐人讨武则天檄文中的句子，可谓恰到好处；马愉指杀子篡位、毒如蛇蝎的武则天，比一名无助的妓女，罪孽要深重得多，也得到阁臣们的认同。他们都欢快地笑起来。

朱勇虽然体会不到其中的妙处，也随着笑几声。笑罢，他问："依着性和先生，是怎么个说法？"

"其人有名有姓嘛。"马愉道。

"那就请性和先生揭开这层面纱吧。"苗衷将他一句。

"谁不知是那个叫小胜子的顽劣，领头闹事。"马愉道。

"性和先生这么说，仍是半遮其面。"高谷插话。

"世用先生还要给他个囫囵姓名不成！"马愉道。小胜子是小宁子的同胞兄弟，皇帝赐小宁子姓喜，却没说明，小胜子是不是也可以姓喜。苗衷借此事将马愉一句，马愉又借以将高谷一军。

高谷字世用，南直隶兴化人，永乐十三年进士。他轻蔑地说一句："人不囫囵，要囫囵姓名作甚！"又解释说，"我之意，小胜子亦非首脑，他后边的那个人才是首脑。"

他们谈论的官司，的确是因喜宁而起。他看中英国公府的一块宅地，厚着脸皮去讨要。原本想自己向皇帝讨要田地，皇帝答应给；向张辅讨要宅地，他还能不给吗？不料，张辅很看重那块宅地，一口回绝。于是，喜宁唆使小胜子率私阉若干，去英国公府寻衅，双方由詈骂而动起拳脚，英国公府的一名家人被打死。此案呈报朝廷，皇帝亲自处分：将参与打斗的私阉发戍南丹，小胜子捐赀恕罪，喜宁则被放过。

"世用先生所言甚是，那些私阉若非与小胜子后边那人有牵连，爵爷怎会说皇上做出表率！"曹鼐道。言外之意，皇帝虽宠爱喜宁，但他手下的人犯事，还是要严厉处置的。

"我只说公侯府第的私阉当清理，并没说闹事的私阉后边还有小胜子，更没说小胜子后边还有什么人。"朱勇不愿与喜宁结怨。

"那么，表率云云，从何说起呀？"曹鼐道。

"我乃一介武夫，不甚通文义，降旨难道不是表率？"朱勇道。

"二位无须再争，你们争的那个人正走过来。"陈循在一旁说。

王振、喜宁一行出现在午门外，立刻引起百官的关注。他们意识到，端午宴马上要开始；也意识到，今年的端午宴将有一个不小的变化。

"叔，小的告罪。"喜宁在王振后侧说。

王振知道，他要向众人宣告自己将参加今年的端午宴的消息，点点头，示意他可以往前站一站。

喜宁有分寸，往前跨半步，比王振的其他随从要靠前，但比王振本人仍要靠后。比量着位置合适，他高声喝道："有旨！"

这两个字一出口，偌大的场地，偌多的官员，立刻肃静下来，因此，下面的话喜宁就用不着扯起嗓子喊叫："着掌司礼监太监王先生振，代朕与众卿共贺端午，众卿其拜迎王先生赴宴。"

虽然被唤至司礼监值房、或唤至私第的官员，在王振面前行跪拜礼的，不在少数；但出自纶音，命群臣在重大集会时对王振行跪拜礼，还没有过。喜宁宣旨后，群臣皆不知所措，目光都向公卿们身上集中，公卿们的目光都向阁臣们身上集中，其他阁臣的目光则集中在曹鼐、马愉这两名资深阁臣的身上。

曹鼐、马愉四目对视，都流露出悲哀和无奈，他们不约而同地跪拜下去，大概也会不约而同地想到：前辈三位杨先生，或者只有一位杨先生，在这种场合下，会怎么做？会有怎样的心情？

英国公、成国公等勋臣，部、院正卿、佐卿等文官，不约而同地跪拜下去。他们中，有人已经跪拜过王振，有人尚未跪拜过王振，此时会有不同的想法，会想起不同的人和事。例如，被视为外朝领袖的吏部尚书王直，会想到国子监祭酒李时勉。他是绝不肯跪拜王振的文臣之一。幸亏他在两个月前致仕，不然，在今天的场合，他该怎么做、怎么想呢？

级别较低的衙门的堂上官、各衙门高低不等的属官们，不约而同地跪拜下去。他们大概不会像公卿大臣们那样难堪，但也会有不同的想法。方才谈论过为何延挨举宴的第三名官员或许会想：如何，是在等候一个人吧？第二名官员或许在想：只想到在等候阁臣、天官，却忘记还有比他们更重要的人物！第一名官员或许会想：早知如此，何苦抱病而来！

内臣参预外臣之宴，在本朝是没有先例的；群臣跪拜一名太监，在本朝是没有先例的。在场的官员，从公卿大臣到属员，却无一人提出异议，无一人不行跪拜之礼。

王振笑了。不是哂笑，不是冷笑，而是发自内心的欢笑。他傲然坐上首席，连让都没让，连一句请群臣起身的话都没说。

请各位大人就座的话是喜宁说的。他也许比王振更加开心。因为皇帝授权的"安排"二字，他已经最大限度地使用过，皇帝提出的使王振"开颜"的要求，他也最大限度地做到。下一步，他也许就想自己也坐到为外臣举行的宴席上。

今年的凉糕和粽子，真与往年的味道不同呀。

第四十六章

王骥记得曾在古书中看到一种战具，名字好像叫铁蒺藜，两军交战时，用来对付敌军的骑兵，再实用不过。该战具是在哪本书里看到的，王骥完全记不起来了，制法也只有隐隐约约的印象。他想，与其翻书本，不如自己重新设计一番。

虽曰铁蒺藜，中心部分却不能用铁块，而要用方木。方木多大为宜？他向家里的裁缝要了把尺子，比比画画一阵，觉得长四尺，宽、高各三尺，既便于搬运，又便于布阵，最为适宜。

方木外可以裹以牛皮，可以裹以羊皮，但既然用来对付敌军骑兵，最好裹以马皮。马皮散发着死马的气息，也许会让敌军的马匹不战而乱。

方木外布铁钉，这是铁蒺藜名称的缘由。以三面布钉计算，一块方木上大约可布铁钉一百八十枚。铁钉的长短粗细，不必苛求；但钉芒部分须得有个规制，应以寸许为宜，太长没必要，短了恐效果不佳。

这些都是比着尺寸、看着实物设想出来的，下一步该绘制图形。因为他呈与皇帝的，只能是奏章，不可能是实物。

绘制图形是件很细致的事，先要确定比例，然后计算每一部分在图形中的长度，还得设计好各部分的说明文字写在什么地方。

听到脚步声，王骥头也不抬地说："吩咐下去，迟些再开饭。"

进书房禀事的家人心想：再迟，就该吃明天的早饭。反正饿的不是我，老爷不心疼自己的肚子，谁也没法子。

稍一犹豫，被王骥觉察出来。他问："为何还不去？"

"老爷，有客。"家人道。

"是谁？"王骥问。

"沈大人。"家人道。

"哪个沈大人？"沈姓虽不是极大的姓氏，但各衙门姓沈的官员不止一二人，王骥想不出会是谁。

"他自己说，才从云南回来不久，又要去宣、大，我对老爷一说，老爷就知道。"

家人重复客人的话。

“是他呀。”王骥道。

他知道，来者沈固，先以户部右侍郎赞襄云南军务，回朝后奉敕旨，以原衔督理宣、大粮饷。他也知道，沈固是南直隶丹阳人，乡举出身，在进士的身份越来越被看重，非进士出身官员的升迁越来越艰难的今天，获得一个实任的侍郎，是当务之急。这样才有希望进一步升到部、院正卿的位置。因此，督饷宣、大的敕旨，一定让沈固深感失望。他还知道，沈固在失望之际，不找别人，却来找自己，是什么缘故。凭借一道奏本，换得一个实任的侍郎，应该是大有希望的。但不知是不是命途多舛，沈固的一道奏本，却只得到一片嘘声。

“老爷见不见他？”家人问。

“见。请他进来。”王骥说。他想到，要是别人来不见，事后解释一两句，问题不大；这会儿要是不见沈固，他会嫉恨一辈子。

沈固在家人引领下进书房，王骥呼着他的字，热情地招呼：“仲威先生来了。”随即命家人奉上茶水。

沈固看着满地的杂物，惊道：“尚公是个善动脑子的人，怎么动起手来？”他不称王骥“爵爷”，而称字号，表明仍把王骥当文臣看待。

“偶一为之。”王骥笑道。

“尚公且忙着，我自己坐一会儿。”沈固说。

“在写一篇小文章，不忙。”王骥说着，把纸、笔推到一边，关切地问，“仲威先生出行在即，是否已打点好？”

“今日拜谒尚公，不谈出行之事，如何？”沈固道。

“好，仲威先生说不谈，就不谈。”王骥无可无不可地说。他说个话题，沈固不接受，他就静等沈固说个另外的话题。

“尚公，在下这次两头不讨好，心里甚是委屈，连寻死的念头都有。”沈固既然来，就不想隐瞒自己的心情。

“这话从何说去呀？”王骥问。

“我近日上一疏本，尚公知道吧？”沈固切入主题。

“听到些议论才知道的。”王骥说。

“恐怕不会有好听的话吧？”沈固道。

“是，不好听的话居多。”王骥如实地说。

“尚公，你说我冤不冤！”沈固诉说起冤屈，“今年的端午宴，我没有赶上，可我知道，王公被让至上座。端午宴是赐宴外臣，本朝从无内臣参预外臣之宴，此事有谁说过一个字？百官拜迎王公赴宴，文臣自曹阁老、马阁老以下，武臣自英国公、成国公以下，无不跪拜，可有一人敢于挺立其中？”

“确是如此，我也跪拜。”王骥插一句话。

“我绝无指责尚公之意，绝无指责跪拜之意。”沈固忙说。

“指责也不妨。”王骥一点儿也不动气。

“再者，”其实，沈固不管他动气不动气，是一定要说下去的，“我听说，还有王姓官员在王公面前竟以义子自居。”

“仲威先生莫忘，我也是王姓官员。”王骥又插一句话。

“尚公自重，当然不会行此下作之事；王公爱公，也只以尚公为兄弟。”沈固道，“我想说的是，百官跪拜王公，无人以为怪诞，无人以为不齿；某官以王公义子自居，无人以为怪诞，无人以为不齿。我不过顺理成章地奏请如外臣例，给予王公诰敕，以荣其身家，怎么就人人以为怪诞，人人以为不齿！”

“仲威先生此言差矣。”王骥摇着头说。

“尚公是说，并无王姓官员在王公面前以义子自居？”沈固问。

“此事亦差。”王骥道。他也听得传言，工部右侍郎王佑，被唤去王振私第，说话间，忽以孩儿自称。王骥说：“仲威先生听到的，恐是传言吧？在王公私第，仅一主一宾，最多再有一二役使之人。主人不曾对人说起，宾客不曾对人说起，怎知此事真伪？不过，我并不想为我等王姓官员强辩必无此事；我想说的是，仲威先生说人人以为怪诞，人人以为不齿，此言差矣。”

“怎么？”沈固有些发蒙。

“有人并不以为怪诞，并不以为不齿。”王骥说。

“譬如——”沈固似乎难以置信。

“譬如鄙人。”王骥说。

“尚公是说，在下奏请，并不过分？”沈固一定要他说个明白。

“自然不过分。”王骥说，“诚如仲威先生所言，百官跪拜，无人以为怪诞，无人以为不齿；义子自居，无人以为怪诞，无人以为不齿。则请予王公诰敕，有什么可怪诞，有什么可不齿的？”

“尚公一席话，说得在下心里一块巨石落地。不过，在下实是不解，为何该疏一上，多人侧目？”沈固问。

“或事出有因吧。”王骥道。

“在下正要请教。”沈固说着，一揖。

“百官跪拜，王公欣然领受，故无人以为怪诞，以为不齿；义子自居，王公未公然否认，故无人以为怪诞，以为不齿。”王骥说。

“尚公是说，在下奏请，未为王公采纳，故遭人侧目？”沈固问。

“愚意以为如此。”王骥说。

“这也是在下今日所要请教的。”沈固道，“为何他人有所奏议，凡有利于王公者，他无不采纳；独在下奏议，自忖有利于王公，他却不肯采纳？是不是王公对在下存有成见？”

“此言差矣。”王骥说。

“尚公是说，王公对在下并无成见？”沈固问。

“此言亦差。”王骥道，“王公对仲威先生有无成见，得问王公本人，他人怎知？但据我想来，王公对仲威先生并无成见；否则，仲威先生佐卿的职衔，还保得住吗？我想说的是，仲威先生说凡有利于王公的奏议，他无不采纳，此言差矣。”

“怎么？”沈固又懵。

“有些奏议，看似对王公有利，他却并不采纳。”王骥说。

“有这等事？”沈固不信。

“我给仲威先生举个例子吧。”王骥说，“仲威先生只知王公参预端午宴，只知百官跪拜迎候；可知王公由值房入宫时，皇上曾命将东华门大敞，请王公从正门进入？”

“有所耳闻。”沈固道。

“在仲威先生看来，行走东华正门，与给予诰敕，哪一件事对王公更为有利？”王骥问。

“二者如同霄壤，不可比较。”沈固道。

“而且，命王公行走正门，乃是圣谕，并非奏议。”王骥特别强调这一点，“王公想赴端午宴，皇上传旨他去；皇上命从正门入宫，他却不肯。须知，他不是没有采纳奏议，而是没有遵旨！那么，对看似有利于他的奏议不予采纳，又何足怪哉！”

“尚公一席话，说得在下茅塞顿开。”沈固说着，向王骥一揖，“尚公，容在下最后请教一事。”

“仲威先生欲问何事，不必客气。”王骥还揖。

“奏请有利于王公之事不难，奏请有利于王公却又是王公愿意采纳之事，却大有讲究。尚公的奏议，王公无不采纳，不知尚公是如何做到的？”沈固问。

“此言差矣。”王骥道。前两次他说同样的话都不带什么情绪，这一次却显然不满，以至没有对此言差在哪里做任何解释。

沈固等不到他的解释，只得再问下去：“尚公是说，王公对你的奏议也有驳回的时候？”

王骥不为他觉察地哼一声，说："驳回不驳回，还在其次。在下入仕以来，尤其是主掌兵政的那些年里，议事无算，自忖所议之事，皆有利于朝廷；至于是否有利于王公，非我始料所及。"

沈固一愣：这话不无讽意呀！看来，王骥所谓不以为自己的奏议怪诞、不以为自己的奏议不齿，不全是真心话。

王骥也觉得自己的话重，设法弥合。但弥合不能是认错，既然说漏嘴，不如索性把话说开。

"这正是我的愚驽之处。"他虚接一句，说下去，"既然仲威先生不耻下问，我就略述自家的体会。这些年来，在庙堂之上，与王公有所接触；统兵在外，又多次领受他的指教。我觉得，王公对有利于朝廷的奏议，是很看重的。仲威先生今次奏议，有几句话写得十分精彩。王公虽未采纳其议，却一定记得住其词。如'帝座有宦者之星，周官设常侍之职'；如'今内官保护圣躬，赞翊皇化，其功尤著'。仲威先生若肯在边事下些功夫，于国于己都有好处。"

短短几句话，沈固听起来，脸一阵红一阵白。什么写得精彩，谁不知那都是阿谀奉承的话！所谓下些功夫，还不是劝他要在议论正经的事上下些功夫，不要在阿谀奉承上下功夫！但再一想，王骥也没错，是自己向他请教的，既曰请教，总不能让人家只说自己喜欢听的话，甚至按照自己的想法去说吧？怎想怎说，正说明不见外。换言之，他对自己并无成见；自己的奏议，他的确不以为怪诞，不以为不齿。

想到这里，沈固说："如何下功夫，还望尚公垂教。"

"我才作的一篇小文章，请仲威先生指正。"王骥把自己还没绘制成功的图形拿给沈固看。在他看来，二人能够在一起谈论谈论军事，谈论谈论边事，应该是最好的结果。

沈固先到宣府，后到大同，公务之外，一路上都在对自己念叨：你能议军事，我就不能议军事？要议军事的决心既下，具体议些什么，他心里却没底。王骥绘制的铁蒺藜图，以及王骥本人的说明，给他留下很深的印象。不过，那已经是人家的成果，无法窃为己有。

在宣府，他不时要接触巡抚宣、大的右副都御史罗亨信和才接任宣府总兵官的杨洪；在大同，他不时要接触大同总兵官、武进伯朱冕和大同镇守太监郭敬。他暗自把他们和王骥做个比较，相信无论在军事素养上，还是在统兵经验上，王骥都要高出一筹。因此，他和他们谈兵论道的兴趣不大。倒是有个职位中等的武官，引起他的注意，这个人就是以都指挥使衔佐守大同的石亨。或许并非石亨在统兵打仗方面有特别过人之处，例如，他不一定比杨洪更有才能；而是因为他的堂堂仪表，更容易吸引人，他的性格与沈固更投缘。

督粮侍郎衙门，石亨径入内室，见室内摆着一桌酒菜。他顾不得多想，向沈固行跪拜礼，口称："末将石亨参见钦差大人。"

"石将军无须行此大礼，快快请起。"沈固把他搀起，并自嘲道，"我不过是伺候你等的粮草官，算得什么钦差！"

"兵马未动，粮草先行，是有古训的。大人若不把粮草安顿妥当，末将等寸步难行。"石亨拣沈固爱听的说。

"石将军真是能打仗，也会说话呀！"沈固赞道，"来，石将军，我备下薄酒一杯，今晚与你边饮边谈。"

"大人面前，末将不敢放肆。"石亨推辞。

"与本官同饮几杯酒，也算放肆吗？石将军，你看你如此魁伟的一员赳赳武夫，怎么比我等酸秀才还要畏首畏尾。"沈固激道。

"大人既如此说，末将在下首相陪。"石亨说。

"不，今日不分上首下首，你我平起平坐。"沈固道。

他先打横坐下，石亨别无选择，只得坐在对面。

沈固为石亨斟酒，石亨忙伸手说："末将自己斟。"

"慢，"沈固推开他的手，说，"虽然不分上首下首，宾主还是要分的。第一盅酒我为你斟，余者自便。"

"末将已入彀中，但凭大人吩咐。"石亨说。

"听你这句话，即非一般将领可比。"沈固道。

他斟满一盅酒，递给石亨。石亨喝后，复为沈固斟酒，并说："宾客也为主人斟一盅，其后不敢再劝。"

"大同有这习俗吗？"沈固问。

"末将做宾客，是这等习俗。"石亨说。

"好，就依你。"沈固说着，也把酒喝了。

接下来，二人或是自斟，或是互斟，都很随意。

"石将军，我听郭公公唤你大石，有什么讲究吗？"沈固问。

"末将有个侄儿，叫石彪，跟随末将作战，立过些微功。大同军中，遂有大、小石之称。"石亨说。

"那么，我也可以称你大石？"沈固道。

"大人若唤末将大石，末将就唤大人仲威先生。"石亨说。

“好啊。”沈固大笑，“你这叫后发制人。”

“兵书云：先发制人，后发制于人。”石亨说。

“先发制人易，后发制人难；后发制人者，方为高明。”沈固说。

“大人深谙兵法，令末将折服。”石亨道。

“为何不称仲威先生？”沈固问。

“末将是后发制人呀。”石亨道。

沈固一想，可不是，自己还没正式叫人家大石呢！他于是说：“大石称我深谙兵法，是被蒙蔽。我不过离京前，去拜会靖远伯，在他那里见到一样东西，是准备献上朝廷的，我受到些启示而已。”

“仲威先生看到的是什么？”石亨问。

“靖远伯告诉我，该物名曰‘铁蒺藜’。”沈固把他看到的图形形容一番，说，“我想，该物是御敌骑兵的，可谓后发，却能够制人。”

对他的理解，石亨不置可否。

“大石，在想什么？”沈固问。

“爵爷为何欲献此图？”石亨问。

“他说，当年曾亲聆东翁说过，瓦剌渐强，将为边患；而边军缺马，恐不能御。他自己亦巡视过延绥、宁夏、甘肃等边镇，见识过瓦剌军，亦深为瓦剌骑军之悍而忧虑。这些年为制服瓦剌而筹谋，想来想去，以为此物最适宜。”沈固述道。

石亨不吱声，但看得出，他不以为然。

“是东翁过虑？”沈固问。

“要我说，东翁虑的还不够。”石亨道。

“怎么讲？”沈固问。

“十年前谓瓦剌渐强，尚可；今日瓦剌非渐强，而是已强。”石亨说。

“其骑师强悍之说呢？”沈固问。

“仲威先生是知道的，北虏依仗的，只有骑师。十年前，东翁谓，恐不能御，不错；今日靖远伯虑瓦剌骑师之悍，亦不错。”石亨说。

“你的意思，以‘铁蒺藜’御敌非计？”沈固问。

“靖远伯苦心孤诣地设计‘铁蒺藜’，末将不敢说全无用处；但使用该器具，有二事须得商榷。”石亨说。

“是哪二事？”沈固问。他听王骥谈论“铁蒺藜”，没发觉毛病；而石亨一下子就听出毛病，这使他感到今晚约石亨饮酒很值得。

“其一，‘铁蒺藜’防御的是骑师，瓦剌军若下马步战，它就起不到多大作用。”

石亨说。

“我看不尽然。”沈固反驳说，“瓦剌悍在骑师，改成步战，我‘铁蒺藜’的威力或小，他们作战的威力也小。”

“瓦剌步战则威力小，诚如仲威先生所言；但其步战若捣毁‘铁蒺藜’，如何应对？我总不能以大军守护‘铁蒺藜’吧？”石亨道。

“这倒是个难题，大石，你再说其二。”沈固道。他不具有在北边实际指挥作战的经历，因此无法和石亨再深入地探讨下去。

“‘铁蒺藜’阻止敌骑师攻我，亦阻止我骑师攻敌。”石亨说。

“亦即该器具只可用于守而不可用于战。”沈固换个说法，“若我仅限于守而不战，以‘铁蒺藜’布阵尚可；但仅守而不战，则北边的局面不是可虑，而是大可虑。”

“仲威先生说的是。”石亨应道。

“既然应对瓦剌骑师，‘铁蒺藜’并非良具；大石，你看还有其他战具可用吗？”沈固请教。

“有。”石亨很肯定地说。

“是何战具？”沈固问。

“车。”石亨道。

“车？”沈固重复，是因为还不理解。

“战车可守可战，守时收‘铁蒺藜’阻敌之效，战时无‘铁蒺藜’阻我之害。”石亨解释，并说，“自古以来，我华夏与夷狄交战，我虑的是夷狄骑战，夷狄惧的是我车战。”

“不错，不错！我以步战，敌以骑战，我矮一头；我以车战，敌以骑战，我高一头。”沈固深以为然，他和石亨商量，“我欲上一疏，但议车战之事，你看如何？”

“议车战可，但仅议车战不妥。”石亨说。

“这是为何？”沈固问。

“靖远伯功高位尊，且为当权者倚重。他才献‘铁蒺藜’图，你就上车战议，这不明摆着和他唱对台戏吗？”石亨道。

“你是说，在议过车战后，再议些他事？”沈固揣摩着说。

“不，我是说，在议过他事后，再议车战。”石亨说。

“好啊，大石还有些什么事可议？”沈固问。

“甚多。”石亨道。

“譬如——”沈固问。

“譬如守。”石亨道。

“那不又要和靖远伯唱对台戏？”沈固问。

“不一样，仲威先生可议如何守，不必议以何器具守。”石亨说。

“这倒要大石教教我。你在北边守御这么多年，一定知道守御之诀窍。”沈固说。

“不敢，末将只把这当作仲威先生出题考较吧。”石亨道，“一年四季十二个月里，瓦剌及北边其他各部，在深秋，亦即九、十月间，最为好战；我之防御，亦以深秋最为艰难。”

“这是为何？”沈固问。

“北虏好战，是因北边百姓才把田禾收割完毕，纵兵劫掠，收获最多。若早，田禾未熟，或尚未收割，他会来替你收割吗？若迟，百姓则以部分粮草至内地易物。”石亨耐心地解说。

“深秋多事不会变，大石对防秋有何良策？”沈固问。

“一曰快：百姓收割要快，北虏以为半月方能收割完毕，实则十日即收割完毕；二曰藏：将百姓打下的谷物，窖藏起来，不让北虏轻易得到；三曰避：深秋季节，收割窖藏完毕，老弱避入城中，精壮男子则闻讯而避，不使北虏轻易俘获我人民。”石亨说。

“一环扣着一环，好！北虏寻衅，为的是抢夺粮草，掳掠人民，若是既不见人，又不见物，他们肯定会心灰意懒。”沈固赞过，又道，“大石守得好，一定也能战得好。”

“战的要诀是随机而动。”石亨说。

“怎么个随机而动？”沈固问。

“将我大同守军分为三路，探得敌小股入寇，我则出一路与之战；敌大军入犯，我则出三路互援。”石亨说。

见他只简单几句就停下来，沈固问：“所谓战者，仅此而已？”

“请仲威先生指正。”石亨道。

“守在前，战在后，难免被人指为怯敌；详于守，略于战，恐怕更要被人指为纵敌。”沈固说。

“仲威先生不是说，守得好，一定战得好吗？况且，并非略于战，而是将战分而言之。”石亨道。

“第三事，大石仍要说战？”沈固问。

“不是我要说战，是仲威先生仍可议战。”石亨道，“第三事，仲威先生可议劫。劫，亦是战。”

“可是劫掠之劫？这个字有些刺耳。”沈固说。

“劫掠是劫，故仲威先生怕这个劫；殊不知劫营也是劫，虏寇更怕这个劫。”石亨道。

“原来大石说的是劫营，可行吗？”沈固不是没深想过劫营，而是头脑里从未产生过劫营的念头。

“夷狄也是昼驰夜宿。只要侦得其行踪，选精锐勇士行事，并许以重赏，劫营比两军列阵苦战，斩获更多。”石亨说。

“好，劫也是战。”沈固应着，问，“再有呢？”

“追。”石亨道。

“追？大石是说敌人溃退，我军乘胜追击吗？”沈固问。

“那也是追；我说的却不是那种追。”石亨说。

“难道还有别一种追？”沈固问。

“有啊。”石亨道，“北虏入塞劫掠，获利出塞，则负重而行，臃肿迟缓；若一无所获，则懊恼沮丧，身心疲困。我军或据险设伏，或蹑后追袭，必获大胜。”

沈固若有所思，皱起眉头。

“仲威先生以为此议不妥？”石亨问。

“我宁愿北虏是一无所获，不愿其获利出塞。”沈固自语道。

“我懂得仲威先生的心思。”石亨说，“仲威先生是想，北虏获利，一定是杀我军民，掠我财物；既能追袭于后，何不阻止于前？”

“我是这么想的。”沈固并不否认，“我等食国家俸禄，不管在朝在边，文臣武臣，皆应恤民爱民，你能说我不对吗？”

“此乃仁者之心，末将敬之不及，怎敢说个不字！”石亨道，“但仲威先生也要想一想，北边自我大明立国以来就有虏患，若次次皆使北虏一无所获，虏患早就被灭。实情却是，对虏患阻止于前，是有的；追袭于后，也是有的；而更多的是，在虏患之后无所作为。追袭于后，诚不如阻止于前，但比起无所作为，不是要好得多吗？阻止于前，在守在战上，已然议过；再议议追袭，有何不可！”

“大石所言，不无道理。”沈固沉吟着，说，“一者，议守；一者，议战；一者，议劫，劫亦是战；一者，议追，追亦是战。合而计之，是四件事，加之前者所言车战，是五件事。大石，议论边事战法，有此五议，不少吧？”

“末将以为，在车战之前，还可以议一事。”石亨说。

“何事？”沈固问。

“选兵。”石亨道。

“选兵？大石前面不是已讲过选精锐勇士吗？”沈固问。

“那是为劫而特选的；这里说的却是，各边镇各卫、所之军士都要经过筛选，以利守、战、劫、追等各事。”石亨说。

“真能应付各事，可谓人尽其才。”沈固议论着，忽又想起一事，“选兵之议，会不会又和靖远伯唱起对台戏？”

“仲威先生此话怎讲？”石亨问。

“我记得，前些年靖远伯与总宪有戒先生巡视延绥、宁夏、甘肃诸边。”沈固把时间拉回到多年前，“靖远伯议曰：宁夏备边军，三年始一更换，军士甚是疲惫。若每岁一更，但代者以十月至边，下值者以次年正月遣归，则边情紧急时，我军力倍增；而戍边一年，亦有节制。”

“这事我也记得。靖远伯之议，朝廷命先于宁夏试行，果然边备足而军不劳，后于其他各边推行。”石亨把该事补充完整，他问，“仲威先生为何以为，今议选兵，是与靖远伯唱对台戏呢？”

“这不明摆着吗！”沈固道，“靖远伯更戍之议，强调的是兵足；大石选兵之议，强调的是兵精。强调足，则兼收并蓄；强调精，则宁缺毋滥。靖远伯好不容使我军在十月至次年正月军力加倍，被大石这么一筛选，又要散失殆尽。”

石亨觉得，沈固当真迂腐得可以。所谓筛选，淘汰的是无用之人，怎么会削弱因更戍之法而增强的兵力呢？但这话他不能说，直接一说，对沈固的轻视岂不表露无遗！

“仲威先生所虑极是。”石亨先迎合一句，然后说，“不过，选兵之议，与更戍之议，乃互为补充，非互为削弱。一则，靖远伯所议更戍之法，在大同也推行，兵备亦足，今日在大同才可以议选兵。二则，靖远伯当年以改变更戍之法而足兵备，是因为兵员大缺。今兵备稍足，贵在精而不贵在众的道理，靖远伯不会不懂得。”

“大石，何必在意！”沈固却笑起来，“我不过想起你前面说的与靖远伯唱对台戏，故而戏言之。其实，这两件事根本风马牛不相及，我还能分辨不出？管他靖远伯懂不懂兵贵在精而不贵在众的道理，我也要把选兵列为一事。大石，倒是有一事，我要与你计议。”

“仲威先生请讲。”石亨道。

“朝廷差我督饷宣、大，我却偏想议一议宣、大的用兵之道。守，战，劫，追，选兵，车战，这个提纲是你列出来的，我与你一起来上这道奏本。”沈固说出他的想法，征求石亨意见，“大石看如何？”

“仲威先生抬举之情，末将感铭。但末将与仲威先生身份悬殊，同上此疏，甚是不妥。”石亨不仅委婉地拒绝，而且还出主意，“仲威先生为壮声势，不如拉上我大同总兵官朱爷签署。”

“这样也好，就算我欠你个人情。”沈固同意。

第四十七章

一名官校把使者带入大堂，低声对他说:“上边坐的就是总兵大人，还不快参拜，报上姓名。”

杨洪耳朵尖。使者跪拜，他不阻拦；使者要自报姓名时，他命道：“不必报上自家姓名，只说是谁人差使你来的。”

“属臣奉脱脱不花汗王差使而来。”使者说。

“这么说，是鞑靼部？”杨洪道。

“是，属臣为鞑靼一部之长。”使者说。

杨洪盯着他脸打量一番，道：“我看你样貌，颇类我汉人呀。”

“杨王说的是，属臣祖母是汉人。”使者说。

“既有些许汉人血源，我给你讲点儿规矩。”杨洪说着，问道,“你方才所称杨王，称的是谁？”

“尊驾不知吗？杨王即尊驾也。”使者说，见杨洪摇头，他说，“尊驾骁勇善战，用兵如神，我部无不敬佩，无不以杨王称之。”

“那你听好！”杨洪板着面孔说，“在你部怎样称我，鞭长莫及，我管不了许多。只要进宣府城，进总兵衙门，就没什么杨王。”

“杨王不得称，我等如何称呼尊驾？”使者问。

“你可以称镇帅，可以称大人，也可以称总兵，甚至可以唤一声老杨，就是不得称杨王。”杨洪说，并嘱咐，“这一点你要切记。”

“是，属臣记住。”使者说。

“再者，你方才称脱脱不花汗王，难道不知朝廷赐其号为达达可汗吗？”杨洪道。

“知道是知道，只是叫顺口。”使者说。

“那就改一改！不然，我就把你撵出去。因为我不知道脱脱不花汗王是哪一方的神明。”杨洪虽是说笑，但有一种让人无法抗拒的气势。

“是，杨王——”使者应着此事，忘记彼事；想起来，又忙改口，“镇帅的这个规矩，属臣也记住。”

“好，说说来意吧。”杨洪道。

“达达可汗命属臣来给镇帅送礼。”使者说。

“是何礼品？”杨洪问。

“宝马一匹。”使者道，并细说来由，“达达可汗近日得到两匹宝马，按照汉人的说法，脚力在伯仲之间。达达可汗自留一匹，另一匹送与镇帅。”

“送我宝马？就不怕他日败在我手下，我追得更快？”杨洪道。

“达达可汗说，有无宝马，镇帅在宣府一日，我部就一日不敢有犯。送上宝马，聊表敬意而已。”使唤者说。

“他这番话倒说得实在。”杨洪点点头，道，“好，这件礼品我收下，贵使回去，代我向达达可汗致谢。你且在宣府城里住一两日，待我寻思一件礼品，交与你带回。”

“是，属臣谨遵台命。”使者应道。

“在馆驿安置使者，好生款待。”杨洪又吩咐亲信。

“卑职遵命。”亲信人等应道。

两三天后，又有使者求见杨洪。守在总兵府门外的官校问他何事，他说来投书。官校要他把书信拿来，代他投进，见与不见，须得总兵大人自己定夺。使者傲慢地拒绝。

“太师淮王发话，此书定要当面交到杨王手里，不能代呈。”他说。

杨洪也发过话，无论是鞑靼使者，还是瓦剌使者，都要待之有礼，所以，官校不敢把他拒之门外。出于好心，他嘱咐说：“我家大帅不愿听杨王二字，贵使进去后，换个称呼吧。”

“称呼习惯，为何要改口！”使者毫不理会。

杨洪于堂上接见使者，两旁仪仗威严，军士健硕。使者稍加收敛，身体前躬，两手把书信举过顶，道：“属臣奉太师淮王差遣，致书杨王阁下，乞杨王收纳。”

杨洪回头示意，身后的官校上前取信。使者两手向后一缩，引他进来的官校乘机禀报：“大人，他说此书须当面交到你手里。”

他本来是奚落使者，却惹得杨洪勃然大怒。

“混账话！”杨洪斥道，“怎叫当面交到本镇手里？难道非要本镇离座到他手里取来？本镇属下取来，当他面交到本镇手里不成吗？这话若是他说的，那是他欺辱本镇；现在你替他说，那是你推波助澜。”

“是，卑职糊涂。”该官校战战兢兢地说。

杨洪不理会他，大喝一声：“来呀，刑具伺候！”

“噢。”两旁的军士应道。

有人上前，把守门的官校按倒，又有人手持军棍，站立一旁。

“与我重责二十。”杨洪吩咐。

“大人，他人虽糊涂，亦有微劳，还乞从轻发落。”一亲信官校求情。

“别的事好说，与番使交接之际，言行无不关乎国家威严，岂能有半点疏忽！”杨洪说着，喝道，“打！”

两名行刑的军士，一棍接着一棍，打得一丝不苟。每一棍落下，都引出被打者的一声嚎叫。

使者听懂他们的对话，看到眼前的情景，不敢再坚持原来的想法，欲把书信交给取书信的官校。该官校的两手却收回去，胳膊也垂下。他明明看出使者要把书信交给他，但丝毫没有取的表示。

“属臣愿将太师淮王书信交与杨王部属。”使者不得不说。

杨洪眉毛向上一扬，该官校才从使者手里取过书信。他回到杨洪座前，双手把书信呈上。杨洪接过书信，说：“贵使看到，此书是当着你面交到我手里的，你回去可以复命。”

“是。”使者应道。

也先命人送来的书信，寥寥数语，无非是些仰慕的话。杨洪把书信读完，那边也行刑完毕。有人把被打的官校搀扶起来，他向搀扶他的人告过谢，一瘸一拐地退下。

“等等，我还有话问你。”杨洪说。

“是。”被打的官校退后两步，几乎站不住，又有人过去搀扶他。

杨洪问他话之前，先问使者：“你是瓦剌部的？”

“是。”使者应道。

“世代为瓦剌人？”杨洪又问。

“回杨王话，属臣世代为瓦剌人。”使者说。

“怪不得不懂规矩。”杨洪道。

使者觉得自尊心受到伤害，说：“属臣坏的什么规矩，乞杨王指教。”

“我要告诉你的是，杨王这两个字不恰当。”杨洪道。

“尊驾或有所不知，在瓦剌部，无论与尊驾有没有打过交道，对尊驾无不敬佩，无不以杨王称之。”使者说。

“我见过的瓦剌人不少，怎会不知！”杨洪道，“若是在瓦剌部，你与别人说起杨王如何如何，我管不得。若是在宣府城外，你与我汉人官兵说杨王如何如何，我也懒得去管。但你这是在宣府城里，是在我总兵衙门。我是天朝皇帝钦封的总兵官，我在总兵衙门与你会晤，你称我一声某总兵，我是会答应你的；要不，你像他们一样，称我一声大人，我也会答应你的。再不然，你觉得杨洪这个人没什么了不起，直呼其名，或者叫一声老杨，我也不能不答应。唯独这杨王，在宣府城里，在总兵衙门，是叫不得的。我见你是条汉子，告诉你这些规矩，你听懂没？”

使者还没来得及应答，被打的官校急不可耐地叫声“大人”。

“你有何话说？”杨洪问。

“叫不得杨王，卑职曾嘱咐过他。”被打的官校说。

“你嘱咐过他，怎么回事？”杨洪问。

“在门外，他说要呈书与杨王；卑职当即对他说，进总兵衙门，杨王是叫不得的。”被打的官校道。

“原来如此，你怎不早说！”杨洪责怪他。

“大人没问，卑职怎好说？”被打的官校嘻嬉笑道。

“你若早说，我就不责打你二十。”杨洪道。众人都在想，无论如何，事先警告过番使，总是微劳一桩吧，他这二十军棍实在挨得冤枉。不料，杨洪接着说：“我会直接责打你四十。”

此言一出，不但被打的官校大惑不解，其他官校和使者也都大惑不解。难道事先警告番使，还有错不成？

“不告诉你为何责打，你一定不服。”杨洪道，“该使若没对你说起杨王，你若没告诫该使不得称杨王，我若不知你曾告诫该使不得称杨王，都不必再说什么。今你既告诫，而未能阻止，且欲邀功，难道不该责打吗？”说着，命道，“来人，把那二十军棍补上。”

被打的官校意欲分辩，却一个字也说不出来。先前为他抱屈的官校，不曾为他抱屈的官校，这时都想：怪不得总兵大人，也怪不得其他人；要怪，只能怪你那张嘴太快。

听他一声一声地哀号，使者于心不忍，上前言道：“大人，他确曾告诫过属臣，若有过失，是属臣的过失，属臣愿顶替他受几下军棍。”

“我在教训部属，与贵使不相干。”杨洪示意行刑的军士打下去，打够了数，他对被打的官校说，“我前者打你，打的是你无心；后者打你，打的是你无能。你服与不服？”

“卑职服。”被打的官校气息微弱地说。

“是口服？”杨洪问。

“心也服。”被打的官校道。

“既如此，抬下去，将养两日。”杨洪挥挥手，有人把该官校抬下去，他又对使者说，“贵使请在馆驿歇息一二日。你头领的书函，我将上呈朝廷；届时我将按照朝廷旨意复函，差人送去。”

“是。”使者应道。

被打的官校一会儿责备前边抬他双腿的人不小心，一会儿责备后边抬他双臂的人不体恤。抬他的官校开始念他遭一番大罪，不与他计较；听得一多，难免心里有气。

“你栽在大人手里，别找我等晦气，成不成？”前边的官校道。

“说话好听点，什么叫我栽在大人手里？”被打的官校道。

“这话还不好听？”后边的官校道，“把你扔下，让你自己爬回去，看你如何小心，如何体恤！”

“好啊，我又没让你抬，你尽管扔下。”被打的官校说，“大人吩咐把我抬下去，又没吩咐把我抬到哪里。把我扔在这里，你二人也算抬过。还告诉你老哥，把我扔下，别担心我会叫唤。告诉你，我一声也不会吭。也别怕我爬不回去。告诉你，我一步也不会爬。我就躺在这里！大人吩咐将养一两日，我在这里躺一两日，大约也可养好。”

后边的官校气得咬牙切齿，但又无可奈何。他才不相信被打的官校一声也不会吭，想想他被打时的嚎叫，现在要是把他扔在半路上，谁知他会叫成什么样子！其实，他叫不叫倒不要紧；把他扔在半路上，总兵大人总会知道的，那时叫唤的肯定是自己！

“你老哥就少说几句吧，但凡你闭上自己的嘴，何至于挨两通无名的军棍？眼下，我等要心疼你，都不知道该怎样心疼。”前边的官校说。

“你等心疼我？你等心疼自己吧！”被打的官校道。

“我等又没挨军棍，为何要心疼自己？”前边的官校问。

“明摆着一件功劳，被我抢去，你等能不心疼？”被打的官校说。

“一件功劳？”后面的官校忍不住冷笑，“是不是大人手痒，想找个人出来打一顿军棍，恰好被你撞上？”

“你懂什么，我不和你说！”被打的官校抢白一句，对前面的官校说，“你老哥识字比我多不了几个，但听过的故事不少。三十六计里有一计叫作苦肉计，总听过吧？”

“三十六计听过，却没听过三十六计里有苦肉计。”前边的官校说。

“当真没有？”被打的官校问。

“我记得是没有的。”前边的官校也没十分的把握。

“你说没有，或许没有吧。不过，三十六计里没有苦肉计，七十二计里一定有苦肉计。”被打的官校为自己打圆场。

“你还是先把七十二计拼凑齐，再说苦肉计吧。”后边的官校讥道。

“闭上你的嘴！”被打的官校无心和他纠缠，只和前面的官校说话，“我让他闭嘴，又没让你老哥闭嘴。你老哥知道有七十二计，对吧？”

“你还是说说苦肉计吧。”前边的官校道。

“说就说！”被打的官校一点儿不含糊，“你等看到，今日这个虏使，正应一句古话：前倨后恭。”

“此四字如何讲解？”后边的官校这次是诚心诚意地请教。

“就应该这样。知者为知，不知者为不知，是孔圣人的教导。”被打的官校说，他希望后边的官校接着问他这句话如何讲解，但人家不问，他只好满足于讲解前面那四个字，“倨者，傲慢也；恭者，恭顺也。你等看，番使初至时，是不是很傲慢，大人责打我后，是不是很恭顺？什么缘故呢？就是因为大人在我身上实施苦肉之计。他想，两国交战，不斩来使；两国平日交往，也不能打来使。怎么镇一镇他呢？大人乃借着我一句并无大错的失言发威，于是，一顿军棍打在我身上，怕在虏使心里。”

他的话初听起来荒诞不经，但细细一想，并非全无道理。总兵大人虽说治军极严，但爱兵如子弟，从不妄加责罚。今日许多人都觉得，被打的官校有些冤枉，这实在不像总兵大人平素的作风。

就在前后两名官校将信将疑时，后面有人叫道：“前面的，且站下！”

回头一看，另一名官校正匆匆赶上来。他和这几个官校职位无多大区别，却是杨洪的心腹。追上来后，他喘口气，问道：“怎么才走到这里？”

“他一路喊疼，我二人不得不慢行。”后边抬人的官校说。

“也慢得太狠些，他就是爬也爬到此处。”心腹官校说。

“他原本是想自家爬的；我二人想到，总兵大人吩咐抬下去将养，故不放他下地。因争执这事也耽搁些时辰。”后边的官校说。

“幸亏你二人没放他下地，不然就要让人抬你二人。”心腹官校说。

“兄长这话是什么意思？”后边的官校问。

“大人打他可以，那是他罪有应得；但别人欺凌他，大人却不准。大人部属，绝不允许任何人欺凌他人。况且——”心腹官校知道三个人都要追问，得意地卖个关子。

“况且我以前有微劳？”被打的官校问。

“那是我为你讨情时的话，大人并没认可。”心腹官校说。

“况且他比我年长？”后边的官校问。

“他比你年长，却比那位老兄年少。欺凌就是欺凌，不在乎年长年幼。”心腹官校说，既提到前边的官校，他问，“我等议得五花八门，你老兄怎么无动于衷？”

“我想，他自己说得对。”前边的官校答道。

“他怎么说的？”心腹官校问。

“他说，大人两次责打，另有深意。”前边的官校说。

“什么深意，何不直言苦肉计！”后边的官校说。

“怎么，他料到大人在使苦肉计？”心腹官校颇为惊诧。

“他的确这么说。”前边的官校道。

“你这个人呀！”心腹官校指点着被打的官校，既似赞叹、又似讪笑地说，“别说还真有几分小聪明。”

“大人当真使用的苦肉计？”后边的官校煞是不服。

“一派胡言！”心腹官校驳斥道，“小小瓦剌，还用得着大人费心行苦肉计吗？另外，大人还有一层意思，就是杀鸡儆猴。他罪有应得，却罪不该死。大人打他是真的，杀他却是假的。大人唯恐他重责之下，一命呜呼，让我赶来看看。既然他自己爬的心思都有，我即去回复大人，也好让他老人家放心。”说着要往回走。

“请稍候，”前边的官校叫住他，问道，“兄长手里拿的何物？”

“咳，”心腹官校把一只手掌张开，里面握着两张纸片，“你不提起，我险些忘记。这是大人亲自开的两副药方，煎熬后，一副内服，一副外敷，你二人辛苦一趟，去药铺替他抓药吧。”

“他自己爬的心思都有，我看，这药无须服敷。”后边的官校说。

“哎哟，痛杀我也！”听这话，被打的官校号叫起来。

“我劝你休得偷懒，大人问起来，你无法交代。”心腹官校说着，张开另一只手掌，里面握着一块不大不小的银子，估摸着有二三两重，“大人交代，他该责打，也该犒赏。他如此疼痛，你二人就拿这点儿银子去给他把药抓回来吧。”

“不用，不用！”被打的官校不知从哪里来的劲头，身子一挣，抬他的两个人都松手，他不等站稳，一把从心腹官校手里夺过银子，“吃药不如吃酒，我做回东，请三位喝酒。”

朝廷降旨，命待瓦剌使臣以礼；回札也先，申明国家威德。也先所请之事，勿得严拒，以失其心。

杨洪料到，朝廷旨意会是如此。以他所处的地位，应该按照朝廷的旨意复函也先；但以他所负的责任，他不能不有许多想法。

也先所请，无非是允许瓦剌增加入贡的人员和贡物。本来，朝廷既赐脱脱不花以达达可汗名号，就是确定他在北元各部中的领袖地位，瓦剌也先能否入贡，应由他来决定。但这些年来，鞑靼与瓦剌，脱脱不花与也先，各自入贡，已成为不争的事实；朝廷不把瓦剌贡使拒于关外，就说明已经承认这种君臣各贡的格局。应该说，这并不是件坏事。古训云“以夷制夷”，不云“以夷治夷”，强调的是制约，而不是治理。要是北元各部铁板一块，对朝廷来说，才可虞呢。但要命的是，瓦剌一日强过一日，贡使一年多过一年，由数十而上百，由数百而上千。朝堂之上的有识之士，已经有危机感；杨洪身在瓦剌入贡的要冲，自然更有危机感。而这些年朝廷的处置，以勿使失其心为基本点，虽然有时对瓦剌日益增加的贡使有所遏制，例如，只准部分入关，或准予入关，但微加谴责。现在不用考虑其他，只想一想，贡使若加至上万，该如何应付。那时欲加遏制，恐怕亦不可得。

当然，朝廷的旨意也很有讲究：申明国家威德，既要申明威，又要申明德；而且，申明威在申明德的前面。正因为有此讲究，复札就不那么好把握分寸，就不那么好写。

杨洪和许多武臣不同，重要的文书，他宁愿自己动笔。就在他把自己关在按照书房模样布置、其中书籍并不太多的房间里，字斟句酌地做文章时，心腹官校来报，外面有一北人求见。

怪事！他在心里琢磨，难道北元又新起一部，可与鞑靼、瓦剌两部并列？那可真成三国鼎立。

“大人见不见？”心腹官校问。

“见！”杨洪遇事绝不犹豫。

“那么，卑职这就去把他带到大堂。”心腹官校说。

“不，你把他引到这里来。”杨洪说。

“是。”心腹官校不懂他的安排，但不敢多问。

来人入室，不是躬身行礼，而是跪拜行礼，说的也不是“参见杨王”之类，而是“参见镇帅大人”。

“来者何人？报上姓名。”杨洪也不同以往地问起他姓名。

“瓦剌部罪民阿儿脱台。”来人道。

“你不是鞑靼部的？”这有些出乎杨洪意料。根据这些年的接触，他觉得，鞑靼使者比瓦剌使者恭顺。

“罪民原属鞑靼部，后所部败于瓦剌，遂归属瓦剌部。”阿儿脱台道。

“你可是奉也先差遣而来？”杨洪问。

“不是。”阿儿脱台道。

“是奉脱脱不花密令而来吗？”杨洪又问。

“罪民自归属瓦剌，再不奉脱脱不花为尊长。”阿儿脱台说。

“阿儿脱台，你求见本镇，端的为何事？”杨洪问。

“罪民欲投奔天朝，有秘事相告。”阿儿脱台说。

“你说！”杨洪命道，阿儿脱台才要开口，他忽伸手止住，“等等！”并吩咐心腹官校，“你去守在门外。”

“大人！”心腹官校对阿儿脱台的话半信半疑，担心会出意外。

“去！”杨洪不容他争辩，“有人接近此屋，我拿你问罪。”

“是。”心腹官校不得不走出屋外。他眼睛盯住不让他人走近，耳朵倾听屋里的动静，眼睛还可以眨一眨，耳朵却不敢有一刹那闲着。

“他怕外面寒冷，不愿出去。”杨洪说。

“镇帅大人说笑，他怕的是罪民将不利于大人。”阿儿脱台一语道破。

“是吗？”杨洪笑笑，道，“这会儿只你我二人，你可以坦言。”

“也先谋入寇，请镇帅大人上奏朝廷，严阵以待。”阿儿脱台说。

“也先谋入寇？”杨洪心里一惊，表面上却很镇静，“阿儿脱台，你大概不知道吧，也先才差人致函与我，以示友好；朝廷也才降旨与我，命我待之以礼，申明国家威德。”

“也先示好，镇帅相信吗？”阿儿脱台问。

“为何不信？”杨洪反问。

“也先野心甚大，反复狡诈，绝不可信。”阿儿脱台道。

“你怎么能让我相信，你不是反复狡诈？”杨洪问。

“此言何意，难道猜疑我是来欺诈镇帅大人的？”阿儿脱台反问。

“本镇为何不该猜疑？”杨洪又问。

“我为何要来欺诈？”阿儿脱台又反问。

“譬如，你与也先有杀亲之仇，假称也先谋入寇，欲借朝廷之手将其剿灭；再譬如，你与瓦剌有灭族之仇，假称瓦剌谋入寇，欲借朝廷之手将其削弱。”杨洪随便说两个理由，听起来不甚负责任。

阿儿脱台报之以笑，开始笑声和缓，很快变成狂笑，引得守在门外的心腹官校忍不住推开门，把头探进来。杨洪挥手，他又把门关好。

“你笑什么？”杨洪问。

“笑镇帅大人的猜疑毫无根据，罪民不费吹灰之力，就可以驳得，驳得大人——”阿儿脱台想不出一个适当的词；或者想到，却不敢说。

“体无完肤。”杨洪替他说，“好啊，你倒是驳驳看。”

“也先谋入寇，是罪民说的。请镇帅大人想一想，接下来罪民是怎么说的。”阿儿脱台道。

“你要本镇上奏朝廷，严阵以待。”杨洪说。

“在我北人心目中，严阵以待与出兵征剿，是有差别的；在镇帅大人心目中，这两句话是同一个意思吗？”阿儿脱台问。

“自然也不相同。”杨洪说。

“大人看！”阿儿脱台道，“罪民若为报杀亲之仇，或灭族之仇，应请大人上奏朝廷，出兵征剿；但罪民明明是请大人上奏朝廷，严阵以待。可见罪民是为朝廷计，为镇帅大人计，并非为一己之私。而且，镇帅大人恐怕还有一个猜疑，只是没说出来。罪民此来，会不会是奉也先差遣行使奸计的？道理是相同的。罪民若诱骗镇帅大人出兵征剿，或对也先有利，因为宣府变成空城，也先可趁机而入；但罪民明明是请镇帅大人严阵以待，这对也先有何益处？”

“你说的不错，所以，本镇从一开始就不曾猜疑你是也先细作；听你的分辩，本镇也不猜疑你为私情而来。现在告诉本镇，说也先谋入寇，你有什么确凿的证据吗？”杨洪问。

“有。”阿儿脱台应道，“在瓦剌内部，也先并不隐讳其野心，罪民就亲耳听到他与知院合计入寇之谋。”阿儿脱台说。

知院是知枢密院事的简称，本是枢密院的佐官。在元代，由于枢密使常缺，知院就成枢密院实际上的长官；而到北元时期，除打仗没什么别的事要管，知院就成可汗以下的最高长官。

“瓦剌知院是伯颜帖木儿吧？”杨洪问。这是他新近得知的。

“镇帅大人消息很灵通呀。”阿儿脱台道。

“你接着说，除他兄弟合计，你还知道些什么！”杨洪命道。

“也先还差人与达达可汗相约，共谋入寇。”阿儿脱台说。

“这也不避人耳目？”杨洪问。

“不管避不避人耳目，罪民是知道的。”阿儿脱台说。

“这是为何？”杨洪问。

“也先差去与达达可汗相见的，就是罪民。”阿儿脱台说。

“是你在两部间联络？”杨洪急问。他原本对阿儿脱台所称的秘事不能说不重视，但不想让阿儿脱台看出他的重视。现在他却不想遮掩。

“是。”阿儿脱台应道，“半年间，罪民在两部间来往数次。”

“达达可汗如何答复，欲与也先共谋入寇吗？”杨洪问。

“达达可汗在先想以大汗权势，制止也先入寇。也先根本不把他放在眼里，再次差遣罪民去鞑靼部，对达达可汗说，汗不谋汉人朝廷，我自谋之。那时我不会分一杯羹与汗。”阿儿脱台叙述道。

鞑靼部不与瓦剌部共谋，是件足以欣慰的事。但就像也先谋入寇难以断定真伪一样，脱脱不花拒绝与也先合作也难以断定真伪，所以，杨洪并没感觉轻松多少。

“在达达可汗那里碰壁，也先还会联络其他部族吧？”杨洪问。

“镇帅大人料的是，也先还在与西北诸番联络。”阿儿脱台说。

“诸番可有附和者？”杨洪问。

“罪民不知。联络诸番，都是知院差遣的人。”阿儿脱台道，又说，“不过，据罪民看来，附和者不多。”

“你怎看出？”杨洪问。

“若是附和者众，他早该大举入寇。”阿儿脱台说。

“你说的不错。所谓失道寡助，鞑靼不肯与也先为伍，西北诸番也未必肯与他为伍。”杨洪回应一句，他现在关心的已不是也先的计划，而是阿儿脱台的安置，因而问，“阿儿脱台，你对本镇说的这些话，到得朝廷，会不会改口？”

“罪民说的，句句是实，到朝廷绝不会改口。”阿儿脱台道。

“那好，本镇要把你送去京师。到京师，可能兵部会问你话，可能都察院会问你话，可能司礼监还要问你话。无论谁问你话，你都把对本镇说的，对他等再说一遍。”杨洪嘱咐道。

“是，罪民谨遵台命。”阿儿脱台应道。

杨洪准备奏章，但称北民阿儿脱台意欲归顺，其人颇知瓦剌内情，云云。至于也先谋入寇等言词，他踌躇再三，还是不写为好。反正朝廷会有人询问的，他多写，倒像是在批评朝廷的大政方针。

复札也先，他还是要遵旨写的。稍有不同的是，与阿儿脱台相见以前，复札中申明威和申明德的部分，各占一半；现在他准备以六分或七分申明威，而以四分或三分申明德。再多申明威不成；再多，就变成完完全全的威胁。

将阿儿脱台送入京师后，杨洪很关心哪个衙门的哪个人询问过他，他谈论的密事在朝廷引起什么反响，朝廷的大政方针会不会因此而发生改变。差人去京师打听，得到的消息都很模糊。后来忽然得知，阿儿脱台授南京锦衣卫镇抚，是带俸的。带俸镇抚不同于挂名镇抚，这个安置还是不错的；但也仅说明朝廷对他的归顺很重视而已。至于他报告的秘事，则看不出朝廷有任何重视的迹象。

对此，杨洪无可奈何，好在他已经习惯。

第四十八章

寄寓在西长安街庆寿寺里的书生岳正，夹着个蓝布包袱，匆匆往外走去。寺庙里乱哄哄的，他顾不上问一句；寺庙外张贴告示，他也顾不上看一眼。今天是他一生中最重大的日子，正统十三年戊辰科会试举行首场试，他正满怀憧憬也满怀信心地赶赴考场。

三场试下来，他疲惫而又兴奋地回到庆寿寺，却发现面目全非：悬挂在寺门上的斑驳陆离的匾额被取，门外堆满砖瓦、灰料、石料、木料，原本就残缺的院墙被整段整段地拆掉。寺庙内的杂乱无章，从寺门或从拆掉的院墙往里看一眼，可知大概。

岳正正在发呆，身后有人说："岳施主，大功告成。"

回头一看，是熟悉的僧人慧生。岳正顾不上体会他话里的意思，拉着他问："慧生师傅，庆寿寺可是遭劫？"

"岂有此理，清平世界，天子脚下，谁敢行劫！"慧生道。

"这是——"岳正指着周围问。

"阿弥陀佛。"慧生合十道，"朝廷要修缮此寺，顺天府、宛平县都出具告示。对，就在你赴试那一天张挂的，你没见到？"

岳正想起那一天的情形，说："那天走得急，没有留意。"见陆陆续续有工匠出入，却不见一个僧人，他问，"各位师傅呢？"

"暂寄挂他寺，我被留下来内外打点。你回来的正好，可以陪一陪我。对了，"慧生想起一事，"客房都在翻修，你可以搬去和我一起住。白天在工匠灶上搭伙亦可，和我一起吃斋亦可，晚间一同谈天说地。日后我也好对人吹嘘，曾与天下第一学子同铺。"

"多谢师傅照拂。"岳正一边揖谢，一边在心里琢磨"天下第一学子"这句话的意思，同时回想慧生今日见他的第一句话似乎是"大功告成"，都像是有所指，他问，"慧生师傅方才在说'大功告成'吧？"

"是啊，大功告成，可喜可贺。"慧生道。

"不知师傅说的是哪一件事？"岳正问。

“自然是岳施主关切之事。”慧生道。

“眼下我最关切的，是榜上有名，或名落孙山。”岳正说。

“我说大功告成，怎会名落孙山！”慧生道。

“多谢师傅宽慰。”岳正又是一揖。

“我可不是漫无边际地说句好听的话；我是知道，施主今次一定能够夺魁。”慧生道。

“夺魁？”这句话倒不是漫无边际，却着实把岳正吓一跳，“慧生师傅，你让我平息平息心脉。”等心跳正常，他说，“此际即便许我榜上有名，我都不敢领受；慧生师傅怎么一下子就说到夺魁！”

“来，我二人去那边说。”慧生拉岳正往外走几步，以避开进出的工匠，“岳施主，我说你夺魁，并非胡说，我的梦是很灵验的。”

“师傅有梦？”岳正问。

“不错，就在前一夜。”慧生道。

“师傅梦的是物，还是人？”岳正问。

“是物。”慧生道。

“是怎样的情景？”岳正问。

“梦有一山，暗合你的姓氏。”慧生道。

“这却未必。”岳正反驳，“僧舍亦曰山房，师傅梦到的说不定就是自家住的那间僧舍。”

“可匾额上写的并非山房二字。”慧生道。

“山还有匾额？”岳正觉得很稀奇。

“有啊。”慧生道，“匾额上的确有两个字，写的是‘山丘’。施主不能说，丘字亦作房字解吧？”

“确无此解法。”岳正点点头，又从其他方面反驳，“就算山丘二字暗合姓氏，今次姓岳的举子可不止我一个。”

“这我知道。”慧生道，“假若梦里只有一座山，只有山丘二字，我就不会称大功告成，就不会妄许施主夺魁。”

“师傅梦境里还有其他情景？”岳正问。

“有。”慧生应道，“我还梦到一座城池。城外正兴土木，地基已然夯实。旁有砖瓦，有灰料，有石料，有木料，其中一柱高可擎天。地基外旁，有流水绕过。”

“这就叫日有所见，夜有所梦。”岳正笑着说，“师傅白日见到的是砖瓦，夜里就梦见砖瓦；白日里见到的是灰石，夜里就梦见灰石；白日里见到的是木料，夜里就梦见木料。这不足为怪。”

“那么，城池呢？”慧生问。

“师傅梦到的，或是庙宇。”岳正说，“庙宇外有砖瓦、灰料、石料、木料。至于流水，应是庙内放生池。一切皆与师傅白日所见相合。”

“施主如此鉴梦，错在一个字上。”慧生道。

“不知是哪个字？”岳正问。

“人人都说，日有所思，夜有所梦，施主偏偏要说日有所见，夜有所梦。我白日里见的是砖瓦、灰料、石料、木料，这不假；但我白日里思念的，都是施主应试之事。”慧生说到这里，有充分理由得出他的结论，“此梦定然应在施主身上，而非应在本寺修缮上。”

“师傅挂念学生应试，感激不尽。”岳正先致谢，后质疑，“此梦纵然应在学生应试上，怎见得擎天柱就是学生？”

“你想啊，城外要建造的是什么？是郭。郭旁流水，是个漷字，岂不是说，擎天柱出在漷县？”慧生道。

岳正家在顺天府漷县。在慧生解梦之后，他依然无法信以为真；但他由衷希望，慧生的梦的灵验的。

江西安福举子彭时坐寐，模模糊糊地听到有人呼唤“彭相公”，他不理睬。然后觉得有人在轻轻推他，他仍不理睬。直到有人一边轻推一边呼唤，他才不情愿地问句：“何事？”

“彭相公，时辰快到。”那人说。

他一惊，睁开眼，见面前站着会馆的役人。他问：“什么时限快到？”话一出口，发觉“时限”二字不祥，似乎只有把人锁将去的小鬼才说，他忙改口，“你说的是时辰吧？”

“小人说的可不是时辰！”役人道。

“什么时辰快到？”彭时问。

“唱名的时辰呀。”役人道。

“哎呀！”彭时一拍脑门，跳起来。昨日得知今天要在长安门外张榜，在午门外唱名，他担心起晚，很早就上床，盘算的是早睡早起。谁知越想早睡，越难以入眠，在床上翻来覆去，折腾到后半夜。三更一过，他想干脆别睡，坐等天亮吧。不料坐没一会儿，倒睡着，而且睡着就不醒。看到阳光射进屋里，他抱怨道：“今日唱名还是你告诉我的，怎么不早点儿叫起我来。”

“小人见彭相公比起其他相公都睡得晚，起得早，原以为彭相公和其他相公一起出门。进来收拾房间，才见彭相公还在闭目养神。亏得我这时辰来收拾房间，再晚上半个时辰，彭相公根本用不着去午门。”役人自以为有功，喋喋不休地唠叨。

彭时不等他说完，一个箭步冲出门去。好在起来坐等时，已着好装，省去更换衣服的工夫。

出会馆，穿街越巷，一路碎步小跑，不多时身上已出汗。到东长安街上，看看离承天门很近，却总是跑不到跟前，而且有一种越跑离得越远的感觉。大概是因为街面太宽，看着近，其实并不近。

几匹马从身边一闪而过，他恍惚觉得，人是两个，马却是三匹。或是看花眼，两个人为什么要骑三匹马呢？他想。又想，怎不早些看到！把他等拦住，或能借给自己一匹马骑骑。

正在胡思乱想，后面响起急促的马蹄声。他还没来得及反应，随着一声吆喝，一匹马已冲到他身后，前蹄高高扬起，要不是骑者狠命勒住缰绳，使得该马昂首挺脖，大声嘶鸣，它的两只前蹄就踩到彭时头顶上。

彭时受惊，往旁边闪去。他这下看清楚，的确是两个人，三匹马。两个人，着锦衣卫官校服饰；三匹马，一看就是官家豢养的好马。

一官校跳下马来，问道：“是彭相公吗？”

“是。”彭时犹犹豫豫地应道。“彭相公”的称呼太空泛，他不知人家要找的是不是他。

“是江西安福来的彭相公？”那官校又问。

“是。”彭时这才有点儿把握。

“是江西安福来应试的彭相公？”那官校第三次问。

“是。”彭时确信他们找的是自己。

“老兄你太啰唆，一看就知道不会错，还用一而再再而三地问！你耽搁再久也不怕，人家彭相公耽搁得起吗？”另一名官校责备前一名官校，却不想他这几句话比人家三问还耽搁得久。

彭时忍耐不住，问道：“二位找我有何贵干？这位军爷说的是，小生着实耽搁不起。”

“上马再说。”马下的官校把另一匹马的缰绳交给他。

彭时接过马缰绳，不知所措。

“相公不曾骑过马？”马下的官校问。

“从不曾骑过。”彭时回答。

“这样，你勒紧缰绳，左脚伸进马镫，身子向上一跃，就可骑上去。”马下的官校教他。

“费那事作甚！你托我提，不成吗！”仍骑在马上的官校说。

马下的官校依言，在下一托，马上的官校冲彭时声“得罪”，抓住他衣领一提，彭时不觉两脚离地，骑到马鞍上。马下的官校随即飞身上马，两名锦衣卫官校的马把彭时的马夹在中间，三骑奔驰而去。

彭时两手抓紧马鬃，一颗心悬到嗓子眼。但他还是不忘问一句：“二位军爷是特意来寻小生的吗？”

“不是特意来寻，还是巧遇不成！”一官校道。

“寻字用得好，相公运气稍差，我等就不是寻你。”另一官校道。

“二位不寻，岂不无缘相见？”彭时讪笑着说。

“谁说的！我等不寻你，却要逮你。”一官校说。

“逮我？”彭时惊问，“小生有何罪过，军爷要逮我？”

“唱名不到，还不是罪过吗！”另一官校道。

“糟糕，莫非已开始唱名？”彭时愈发心惊。

“谁说不是！”一官校道，“据官人们说，大明朝自举会试以来，还不曾有过鸿胪寺官唱名，当场找不到状元公的情形。”

“你呀，若能逃过这一劫，好好去给大宗伯磕几个头吧！”另一官校道，“依着御史老爷，状元唱名不至，该着锦衣卫逮；胡老先生说句：状元唱名不到，合着锦衣卫寻。所以，我二人没来逮你，而来寻你。”

彭时这才知道，午门外唱名，因他未到，好生乱过一阵。纠仪御史提议逮，礼部尚书胡濙提议寻，一字之差，决定着他的命运。看来，皇上采纳的是胡濙的提议，彭时暗自松口气。

要是今科状元真的找不到，要是胡濙没出面巧妙地改用一个字，要是皇帝采纳纠仪御史的提议，治以重罪，一定会引起一场大风波。所幸事态没朝着这个方面发展，状元唱名未至成这个盛大日子里的一段小插曲。一切仍按程式进行，一甲第一名彭时，第二名陈鉴，第三名岳正，被宣召至奉天门外。皇帝宣谕：赐彭时、陈鉴、岳正进士及第，彭时授翰林院修撰，陈鉴、岳正授翰林院编修。三人伏阙谢恩。

按照惯例，三人接下来赴内阁参拜阁臣。

马愉在去年九月去世后，内阁现有四名阁员，依序是曹鼐、陈循、苗衷、高谷。本来应该先由曹鼐说几句祝贺、鼓励的话，但因为今日的事变太特殊，而陈循与彭时都出自江西吉安府，所以，他首先把几位阁员的心里话说出来。

“纯道，”他呼着彭时的字，道，“你好大的胆！”

彭时已从极度惊恐中解脱出来，可以从容不迫地应对。

“晚生自忖，不如季方兄大胆。”他说。季方是岳正的字。

“难道你到迟了，与他有牵连？”陈循问。

“那倒不是。”彭时道。

“既无牵连，怎见得他大胆？”陈循问。

“方才在路上，季方兄告诉缉熙兄和我，曾有僧人预言，今科他将夺魁。不想状元却被我得到。”彭时先讲事由，再得结论，“晚生想，若非坦荡大胆，这等事只可让它烂在肚子里。”缉熙是陈鉴的别字。

“这倒也是，”陈循说着，问岳正，“季方，你何不让它烂在肚子里？”

“晚生不讲，难保他人不讲，与其他人传来传去，虚幻怪诞，不如晚生先讲一个正版的故事。”岳正说。

“好，季方这等见识，实高过我等状元。”曹鼐因为自己也是状元出身，才好这么说，他又问彭时，“纯道，你来迟，是不知今日唱名，还是不知自家夺得今科魁首？”

“唉，这两件事晚生有一件不知，也不至于迟到。”彭时说。

“这话怎么讲？”曹鼐问。

“当年在唱名前夕，万钟先生能入眠吗？”彭时反问一句。

“确是无法入眠。”曹鼐道。

“无法入眠，辗转反侧，万钟先生不难受吗？”彭时问。

“难受呀。”曹鼐道。

“万钟先生如何处置？”彭时问。

“我坐起来。”曹鼐道。

“坐了很久吗？”彭时问。

“很久。”曹鼐道。

“万钟先生不乏吗？”彭时问。

“乏呀。”曹鼐道。

“万钟先生又如何处置？”彭时问。

“坐寐。”曹鼐道。

“不怕睡过头吗？”彭时问。

“怕呀。”曹鼐道。

“万钟先生怎么可以不睡过头？”彭时问。

“再容易不过。”曹鼐道,“我把房门大开，在外面走动的人多，一定会把我惊醒；即便不被惊醒，走动的人见我在内，一定会招呼。”

“到底是前辈，比我多这么一着。”彭时一句话，引得众人都笑，等笑声停下来，他说，“自打知道侥幸被取在第一，晚生就在告诫自己，心情千万要平稳，谁知还是没平稳；唱名、廷谢的前一夜，千万要睡好，谁知还是没有睡好；坐寐之际，晚生就在想，千万不可睡过头，谁知还是睡过头。真可谓事事想到，事事出错。”

“纯道兄唯独没想到大开房门，可谓智者千虑，必有一失。”陈鉴说。

“智者皆产于江南，我乃愚者千虑，未必一得。”彭时道。陈鉴是南直隶长洲人，所以他这么说。

“在我看来，想的还是少。”岳正说。

“请季方兄指正。”彭时道。

“纯道兄若是想心情万万要平稳，万万要睡好，万万不可睡过头，就不会出差错。”岳正说。

众阁臣皆笑，边笑边想：彭时不掩饰自己的激动心情，岳正不掩饰对彭时的羡慕，这两个人都够憨厚实在的。

说话之间，到午饭时辰。高谷有些坐不住，和苗衷私下议论。

“世用先生有什么高见，也说给我等听听。”曹鼐道。

高谷大概不好意思说出来，只指指自己的肚子。

“世用先生肚饿，看来也是不会把东西烂在肚子里的人。”曹鼐取笑。

在众人笑声中，高谷说:“我饿一饿不碍事，别把进士及第的后生们饿出毛病来。我在想，该留纯道等在阁中吃酒饭。”

“世用先生用不着操心，你不留，他等也不会走的。”陈循说。

“这是为何？”高谷问。

“我料想，他等早已探听好规矩，只要登一甲之列，就可以在内阁吃一顿白饭。”陈循说。

“好，我去光禄寺交代一声。”高谷边说，边往外走。

“世用先生别去，免得规矩自我辈坏。”曹鼐说。

“我是照规矩办事，怎么会坏规矩？”高谷问。

“内阁留一甲之士用饭，向来不添加酒馔的，光禄寺送来什么，众人就吃什么。”曹鼐说。

“这也是规矩。”陈循说。

“原来如此。你等几位，都是吃过内阁白食的，唯独我没吃过，难怪不知这等规矩。”高谷说。他和陈循是同年的进士，却列在三甲；他在正统十年入阁，那一年也是春闱之年，但春闱在二三月，他却是十月入阁的。所以，这些规矩他不甚了然。又想起，苗衷是他那一科的榜眼，因而责备道：“公彝先生是在内阁吃过白食的，怎么不给我讲一讲？”

“世用先生错怪我，我那一科还没这多规矩呢。”苗衷说。内阁之设在永乐初，他永乐七年中第，许多规矩还没成形。

不多时，光禄寺差役送来酒馔，果然酒不加多一壶，菜不加多一碟，只是点心比平日多几个。

“既曰吃白食，那就不管你吃得饱不饱，更不管你吃得好不好。”曹鼐边说，边招呼彭时等，“纯道、缉熙、季方，请就座，吃多吃少，就看你等肯不肯出力。”

主人热情，宾客情绪自然高。众人依次就座，拿起筷子，抢着酒壶，相互斟酒，相互布菜，其乐融融。

陈循偶见彭时进食甚少，问道：“纯道，不合口味吗？”

“还好。”彭时说。

“那就多吃一些，光禄寺的酒馔，是讲不得口味的。”陈循说。

“是。”彭时应是应，却没多吃一口。

“看来，纯道心不在食，也不在内阁呀。”曹鼐道。

“那在何处？”陈循问。

“还用问吗，在礼部呀。”曹鼐道。

陈循听懂他的意思，对彭时说：“纯道是想当面向源公叩首致谢吧？去不得，去不得！”

“为何去不得？”彭时问。

“老先生最识大体，”陈循赞誉一句后，具体解释，“他今日出言，并非为帮你，而是要顾全天下读书人的体面。状元是天下读书人翘首以盼的，若将状元锁至午门外，不仅天下读书人的面子丢尽，我等由科举而进的人面子也丢尽。纯道若为此事致谢，是把老先生此举的意义看小，他会责怪你的。”

众人都以为他这一番话说得精辟，纷纷议论几句。

“前辈们的心胸、胆识，真是令人敬佩。”彭时听罢陈循的训言，情绪开始变化，和陈鉴、岳正一样，奋力进食。

兴安奉召来到文华殿侧室，皇帝与他说起闲话，而且自然而然地把话题转到今年的春闱。因为皇帝知道，兴安是和士大夫接触最多的太监，也是殿试前后最忙碌的太监。

“兴大伴，今次春闱，外面有何传闻？”皇帝问。

“状元彭时唱名不至，皇上差锦衣卫官校速去寻找，并不加罪，闻知此事者无不盛赞皇上宽仁。”兴安说。

“不说此事。”皇帝不让兴安说，自己却说起感受，“十年寒窗，为的就是在乡、会试时出头；殿试中拔得头筹，尤其是天下举子所渴求的。朕料定，彭时绝不会轻视这个状元的名号，也绝不敢轻视这个状元的名号。朕想，他一定是心念次日的唱名、廷谢等事，一夜不得入眠；天快亮时，却不小心睡过去。这等心情，朕也经历过，故不忍加罪。”

“爷这般体恤，实乃天下读书人的福气。”兴安道。

“朕说不说此事，怎么又说起来！”皇帝止住他，命道，“说说今次春闱中有意味的事。”

“今次春闱还真出件事，不但本朝从未有过，奴才敢说，自科举取士以来，也不曾有过。”兴安说。

皇帝被深深吸引，问道：“是何等事，兴大伴敢口出狂言？”

“外间传言，今次春闱，一甲三教具备。”兴安说。

“三教，是指儒、道、释吧？”皇帝问。

“爷说的是。”兴安应道。

“这不可能呀，科举只考儒者，怎么会有道家、佛家？”皇帝问。

“所谓道、释，不一定遁世。”兴安说。

“那么，是不是研习道家之说、释家之说有大成？”皇帝问。

“也不是。”兴安解释说，“外间传言的意思，是今次一甲三人，出身分别为儒、道、释三家。”

“有这等巧事？”皇帝刚要点头表示懂得，忽又觉得不对，“且慢，让朕想想。户籍中有儒，亦为民户，朕是知道的；户籍中却并没有道籍、释籍呀。一甲三人若列出儒、道、释三籍，今次春闱的麻烦可就太大。”

“爷恕罪，是奴才没说清楚。”兴安道，“今次一甲三人，并非出身儒、道、释三家，而是与三者各有渊源。”

“这却有趣，你给朕讲讲。”皇帝吩咐，又说出自己的期盼，“朕但愿今次的状元与儒家的渊源更深。”

“彭时岂敢不遂爷之心愿，他果是三教具备中之儒。”兴安说。

“不是因为朕有言在先，你随口逢迎吧？”皇帝问。

“奴才不敢诳骗，其家世代儒籍。”兴安说。

“这算不得数。”皇帝道,“你方才说，三人并非出身三教，而是与三教各有渊源。他世代儒籍，就不能与道、释二家有渊源？”

“爷明鉴秋毫，回爷的话，非得滴水不漏才成。”兴安一时难以应对。

“你是称颂朕呢，还是无言以对？”皇帝看出他的心思，“你若是无言以对，朕倒可以给你出个主意。”

“是，乞爷教诲。”兴安道。

“你可以避实就虚呀。”皇帝说，“一甲三人，三教具备，要是榜眼、探花分别摊到道家、释家，状元不就与儒家有渊源？”

“爷的这个主意好，奴才就说说榜眼？”兴安请旨。

“说吧，朕听着呢。”皇帝道。

“榜眼陈鉴，原籍苏州。其父因事谪戍盖州卫，全家随往，不久其父母双双亡故。”兴安说。

“可怜，那不是无所依靠？”皇帝道。

“是。陈鉴自幼无所依靠，稍后，沦落为厨役。”兴安说。

“仍在盖州？”皇帝问。

“不，奴才听说，已进山海关；至于到哪个州、县，在哪个衙门里当厨役，奴才不得而知。”兴安说。

“不会是在某道观或寺院吗？”皇帝问。

“奴才想，道观或寺院的厨子该称火者。”兴安说。

“好吧，就当他在某地某衙门当厨子。”皇帝同意，并推测，“也就是说，当厨子这一段经历，与他的出处无关。”

“爷圣明，与他出处有关的，是个热心肠人。”兴安说。

“不是道者，就是释者吧？”皇帝道。

“是个云游道者。”兴安说。

“道士都以俗名称吧？”皇帝问。

“爷说的是。”兴安应道。

“这个云游道士叫什么？”皇帝问。

“姓王名一居。”兴安说。

“一居？名字有些怪。不过，有姓名可查，多半不是杜撰。”皇帝说着，问道，“这个王一居把陈鉴怎样？”

“他收陈鉴为弟子，命陈鉴与他同在神乐观居住。”兴安说。

“哪里的神乐观？”皇帝追问。

“这个，奴才说不上来。但陈鉴应的是顺天府乡试，想来应该是北直隶某处的神乐观。”兴安说。

“好吧，这且不追究。”皇帝道，“朕不明白的是，王一居收陈鉴为弟子，陈鉴怎又习儒？”

“所以奴才说陈鉴遇到个热心肠的人。王一居得知陈鉴幼时读过两年私塾，在神乐观里，仅让他以一分精力做杂务，以一分精力跟着自己习剑炼丹，而以八分精力读儒家经典。奴才听内阁几位老先生议道，以文章之老成而论，陈鉴还在彭状元之上。”兴安说。

“难得这个王一居，不但有情义，而且有见识。”皇帝赞道，看上去，他还有话，兴安不敢轻率开口，他却问，“兴大伴，怎不说下去？”

“是，奴才再说说探花。”兴安应道，“探花岳正，顺天府漷县人，生母早亡，继母嫉恨他长子的身份，继母之子嫉恨他学业优良，母子二人对他百般欺辱陷害。为避是非，岳正离家出走，寄寓京城庆寿寺。方丈见他学问不错，人也老实，聘他为寺里书记。”

“寺院里也有书记？”皇帝问。

“为寺里记记账目、整理整理图书，类似于书记。”兴安解释。

“亏得为他想出这么一个职位，不然，光凭着寄居庆寿寺，很难说明他与释家的渊源。”皇帝道。

“爷说的是。”兴安应道。

“朕方才的确有话要说。”皇帝道，“陈鉴被王一居收为弟子，所以才与道家有渊源；岳正为庆寿思书记，所以才与释家有渊源。所以，才有一甲三人、三教具备的传言。而究其实际，彭时固然是儒，陈鉴、岳正也无不是儒，要不，怎会允许他等先参预乡试，再参预会试，怎会让他等于一甲中占一席位！朕倒是从你讲的故事中，感悟到一句古话。”

“爷说的是哪句古话？”兴安问。

“家和则事兴。”皇帝道，“据你所言，陈鉴文章老成，在彭时之上；岳正学问文章如何，朕不知道，想来他被列为探花，一定也有他人所不能及者。为何状元是彭时，而不是陈鉴、岳正呢？朕想，并非因为彭时与儒家更有渊源，而另两个人与道家、释家有渊源；而是因为，陈鉴家有不幸，岳正家有不和。彭时家无不幸，无不和，故得以夺魁。”

“爷圣明。”兴安称颂，“外间传言，只见其表；皇上一言，由表及里。皇上诠释家和则事兴，更可警千秋万世。”

“兴大伴只拣朕爱听的说，这可不像你的为人呀。”皇帝道。

“奴才说的是真心话，绝非谀词，天可鉴之！”兴安恨不得发个重誓。

“朕不过说句笑话，你不必介意。”皇帝说着，把话岔开，“岳正寄寓的庆寿寺，是在长安街上吧。”

“是，王先生已奏请易名为大兴隆寺。”兴安应道。

“朕记得，王先生不久前奏言该寺凋敝，请准予修缮。兴大伴，”皇帝忽招呼一声，大发奇想，“你说，王先生是不是因为该寺出名探花，才要修缮？”

“奴才想不会。”兴安说。

“为什么？”皇帝问。

“王先生奏请修缮在前，岳正考中探花在后。”兴安答道。

皇帝想想，前后顺序确是如此。但他还是不甘心地说：“寺以人兴，人以寺兴。王先生修庆寿寺，岳正高中，总是有关联的。”

第四十九章

御用监少监牛玉边加快步伐，边“小宁子、小宁子”地呼唤着。喜宁明明听得真切，却既不停步，也不回头。他不紧不慢地往前走，脸上还露出一丝冷笑。二人从小在一起厮混，牛玉一直叫喜宁小宁子，喜宁一直叫牛玉阿牛。现在二人官阶不同，喜宁仍习惯于叫牛玉阿牛，但不习惯牛玉再叫他小宁子。

牛玉好不容易追赶上，一把拉住喜宁，大叫大嚷：“小宁子，今日怎么又和我装聋作哑起来！”

喜宁看他一眼，阴阳怪气地说：“是阿牛啊！我在想心思呢，没听到你唤我。莫怪，莫怪！”

“你处处得意，又会有什么心思？”牛玉问。

“你不知道，咱御用监摊个差事，我不知让谁去好。”喜宁说。

“有掌监的叔在，你犯的什么难！”牛玉语气中嘲讽的味道甚浓。

“这你就更不知道。衙门里的事，我不说出个子丑寅卯，掌监的叔会比我还要犯难。”喜宁说。

“不就派个差事吗，有什么可犯难的！”牛玉又说。

“这可是个苦差事呀。”喜宁说罢，两眼就一直盯在牛玉脸上。

牛玉被他看得心里发毛，问：“你不会让我去吧？”

“原本没想到，但一见你，我怎觉得不难了呢？”喜宁道，“你叫我二十年‘小宁子’，这三个字就那么好叫的吗？我现在有难处，不让你分担，却让谁去分担？”

牛玉也很乖巧，听出话里有话，忙改称呼。他赔着笑脸问：“小宁哥，你说的苦差事，能苦到哪里去？”

“也就是脱一层皮吧。”喜宁轻描淡写地说。

牛玉一哆嗦，道：“小宁哥，看在你我兄弟一场，放过我吧。”

“你不愿去？”喜宁问。

“不愿去。”牛玉道。

“当真不愿去？”喜宁又问一遍。

牛玉稍稍迟疑，最后还是讪笑着说：“阿牛别无所惧，但脱一层皮，就是铁打的金刚，也不能不惧呀。”

“唉，”喜宁叹了口气，道，“可惜！”

牛玉看出他的话已起作用，喜宁不会把苦差事派到自己头上，难免有几分得意。他说：“小宁哥与其为自个儿可惜，不如快找个别人当差吧。”

“我不是为自个儿可惜，我是为你可惜。”喜宁说。

“为我可惜？这话怎么说的？”牛玉听不懂。

“这趟差事是我精心为你阿牛挑选的，你却不愿去。”喜宁说。

“多谢小宁哥。”牛玉一抱拳，说，“脱一层皮，果然是精心挑选的！”

“脱一层皮，是我对别人用的托词，为的是把这桩差事给你留下来；不想，说顺口，对你也这样说。”喜宁道。

“这么说，不是苦差事？”牛玉问。

“苦差事倒是苦差事，苦就苦在路程上。你想呀，几百里的陆路，几千里的水路，怎么也得吃点儿苦吧？”喜宁道。

“几百里陆路，几千里水路，这是要去哪里？”牛玉问。

“江南。”喜宁道。

“江南！”牛玉大叫一声，跳起来。

喜宁早料到他会激动，道：“阿牛，不过是江南，何至于如此！”

“不过是江南？”牛玉说，“你没听过，江南湖光山色，美如仙境？没听过，江南精致佳肴，美如仙馔？没听过，江南婀娜女子，美如仙子？这么好的差事，小宁哥怎么舍得让与他人！”

“是啊，我本想去江南走一遭，无奈爷离不开，只得割爱。”喜宁说。

“既然割让，自然割给自家兄弟。”牛玉谄笑着说。

“我是想到两个自家兄弟，第一个是你阿牛，第二个是跛哥。阿牛不愿去，只好辛苦跛哥。”喜宁说。

“谁说我不愿去！”牛玉眼睛瞪得老大，好像受天大的诬陷。

“你愿去？”喜宁问。

“小宁哥的美意，我能不领受吗？”牛玉道。

“当真愿去？”喜宁又追问。

“即便真脱一层皮，我也愿去。”牛玉道。

“小宁哥，看在你我兄弟一场，放过我吧。你这话可是说得恳切之至呀！”喜宁重复他方才的话，且在“小宁哥”三个字上特别加重语气。

牛玉懂得他的意思，再次改换称呼："吃苦得看为谁。为小宁叔，别说脱一层皮，就是脱十层皮，我阿牛也在所不辞。"

"我倒真想看看，你有没有十层皮可脱。"喜宁亲昵地拧他一把，说，"你想去，我当然成全。实话告诉你，这趟差事，不但去的地方好，还有大把小把的油水可捞呢。"

"小宁叔，差往江南，端的为何事？"牛玉问到实质。

"大内各宫各殿，建成后还有许多墙壁、梁柱未加彩绘，爷决心在一两年里把这工程完成。彩绘须得大量牛胶，阮叔算计，大约需要一万斤。"喜宁讲罢差事的内容，开玩笑地说，"我说脱你一层皮，并非恐吓。你去呢，就是看着你徒儿徒孙的皮一层一层剥下来，煮成牛胶。"

"小宁叔，这趟差事怎会有大把小把的油水？"牛玉请教。

"你惯于装腔作势，还用得着我教你吗！"喜宁道，"牛皮合格不合格，牛胶分量够不够，还不是你说了算！"

"承小宁叔指点。真捞到大把小把的油水，大把的油水由小宁叔收存，小把的油水阿牛为小宁叔收存。"牛玉讨好地说。

牛玉一行乘坐的官船，在运河河道昼行夜宿。船只由大兴县提供。衙门里的人都知道，内臣使用车船，马虎不得，因此挑选的是一条油得崭新的大船，在运河上很是显眼。加之牛玉使人在船头插上一面旗帜，上面写着"奉使江南　牛"的字样，对面来的船只早早让到一旁，同方向行驶的船只也知趣地贴着边走，让他超过。

这天天黑后，牛玉的官船停靠在临清码头。同行的长随怂恿："临清可是天下第一的水陆码头，灯红酒绿，牛叔不上去逛逛？"

"我也有所耳闻，只是我不知路径，如何是好？"牛玉问。

"我熟呀！算上这次，我是第三次到临清，前两次都是陪着某公公转道临清办差的。"长随说。

"算你小子有福气，动不动就出来打个秋风，"牛玉说着，拍打他一下，"咱可说好，上岸是去找乐子；找不着乐子，拿你是问。"

二人登岸，长随熟门熟路，不多时就找来两顶轿子，还跟来一名管理车、马、船、轿的小官吏。临清来往人多，不但城里，而且码头上，都得专设官吏迎来送往。

见牛玉，该官吏连连作揖，一口气问道："公公怎么称呼？是第一次到咱们临清吗？是入驻，还是路过？"

"嗨，自己看。"牛玉懒得回答，朝自己的船那边指指。

该官吏伸着脖子往那边看去，不得要领。

“怎么着，不识字呀？”牛玉冷笑着问。

“公公恕罪，小的眼神不好。”该官吏说。

“给他念。”牛玉吩咐长随。

“我家公公是何等人，我都对你说过，你非得自己来巴结，这不是自找无趣吗！”长随虽然埋怨，还是把旗帜上写的，一个字一个字念给他听，并说，“我家公公姓牛，记住！”

“原来是钦使牛公公，失敬。”该官吏说着，深作一揖，又指着长随说，“这位公公说来位贵人，小的不敢不来点个卯。小的在临清别的管不了，这几个轿夫是管得了的。他等伺候不好，小的剁去他的脚。”

“剁手也别剁脚呀！剁去脚，你来抬轿？”牛玉取笑道。

“公公说的是，留下他的脚，好为贵人们抬轿。”该官员应着，牛玉不好惹，他已领教，恨不得马上躲得远远的；但又不得不问一句，“公公在城里游逛，可要小的引路？”

“我这个兄弟是临清的熟客，有他引路就成。”牛玉说着，问道，“我只问一句：你这两顶轿子，可是好的？”

“好的，好的，”该官吏连声道，“不好的轿子岂敢伺候公公。”

“可是最好的轿子？”牛玉问。

“是最好的，小的特意挑来服侍公公的。”该官吏说。

“好，本公公在你的地盘，就是要乘最好的轿子，尝最好的酒，吃最好的菜，品最好的女人。既有第一个最好，其他的最好一定要接踵而来。你的好处，本公公记住，绝不会亏待你。”牛玉说。

“不敢，不敢，小的暂且告退。”该官吏只求无过，哪里敢望报答。

牛玉和长随回到码头，已经是下半夜。船工头目睡得酣甜，被唤醒后，揉着眼说：“两位公公终于回来。”

牛玉想到喜宁给他的脸色，很不高兴人家把他和长随并称。但眼下他顾不得这些，大叫道：“今夜月好，星好，吃得痛快，玩得痛快，快烧锅热水来！我烫烫脚，好去睡觉。”

“公公恐怕还不能睡。”船工头目不知深浅地说。

“哼！”牛玉瞥他一眼，道，“本公公要睡觉，你还拦得住不成！”

“小人自然拦不住，小人下面这几个人更不敢拦；小人的意思，有人不让公公睡觉。”船工头目说。

“那是谁呀？”牛玉问。

“公公请看——”船工头目指着不远处的一条大船，说，“那边一只船，是公公走后不久泊下的。”

“我看出来，是只官船。那又怎样？”牛玉问。

“船上过来一位先生，说，他家主人请公公过去一叙。”船工头目道。

“你不会告诉他，本公公上岸拜客！”牛玉说。

“小人是如此这般告诉他的；可他说，他家主人有话，无论公公多晚回来，都请过去一叙。”船工头目道。

“无论多晚回来，都得过去？”牛玉不由冷笑，对长随说，“嗨，伙计，巴结咱们，也没这样巴结的吧？”

“我看不像巴结。”长随说。

“那是寻衅了？”牛玉问。

“也不像是寻衅。”长随说。

“既不像巴结，又不像寻衅，为何如此无礼？”牛玉问。

“或是有重大之事。”长随揣测。

“那好，他不怕晚，我还怕晚吗？去！”牛玉吩咐船工头目，“烧一大锅水，我得把一身脂粉气洗去，才好见人呀。”

牛玉洗完澡，换好衣服，带上长随，往那条官船走去。船板上一片漆黑，悄然无声，只船舱里隐隐有一丝灯火。

“船上是哪位大官人呀？”牛玉尖着嗓子问。

船舱里轻轻地应一声，大概是怕惊动别人。不多时，一官人身着日常衣物，一手举着灯笼，一手背在身后，走出船舱。外面有风，他担心灯火被吹灭，把身后那只手伸出来，遮住灯笼口。牛玉这才看出，他手里拿着一卷书。借着灯笼的光亮看，他没有六旬，也相差不会太多。他的动作稍显迟缓，更证明这个估计。

“是牛公公吗？”官人问。

牛玉不正面回答，却反问：“阁下识我？”

“我不识你，却识你那面旗帜。”官人笑着说，“快请上船吧，我已在船上恭候多时。”

话虽客气，却有一种让人拒绝不得的气势，牛玉在长随的搀扶下，踏着从船身接到岸上的木板上船。官人引路，把二人让进中舱。

舱里有一张矮桌，几把矮凳，桌上笔、墨、纸、砚齐备。看来，主人真的在读书，而且，边读书，边记录着什么。

官人很容易辨别二人的身份，但还是先请牛玉坐下，再请长随坐下。长随受宠若惊，打算就座，被牛玉瞪一眼，他身子一转，乖乖地站到牛玉身后去。官人微微一笑，又亲手为二人斟茶。

“真不懂事，这是大人该做的事吗？”牛玉对长随呵斥道。

“大人，我来。”长随说着，从官人手里接过茶盅。

牛玉啜一小口，抬头问道：“阁下一直在等我吗？”

“是啊，有一事定要请教牛公公，否则，今夜无法入睡。”官人说。

“请教不敢当。”牛玉头一歪，向官人正面看过去，好像要再次确认与他是否相识。然后说，“我与阁下素昧平生吧？”

“是。”官人应道。

“那请教二字从何说起呢？”牛玉道。

“我虽不识牛公公，却识牛公公船上那面旗帜。”官人又说一遍。

“那又怎样？”牛玉道。

“我见旗帜上写有奉使江南，故须请教。”官人说。

“阁下为此事把我邀来？”牛玉问。

“是啊，本来我过去拜晤牛公公亦可；恰逢牛公公不在船上，只好恭请牛公公移步。”官人说。

“若为此事，阁下用不着去我的船上，我也用不着来阁下的船上，你我——”到嘴边的一句话，牛玉却怎么也想不起来。

“风马牛不相及。”长随在他身后说。

牛玉本来要说的正是这句话，但被人提醒，他偏偏不说。

“阁下与我是井水不犯河水呀。”他说。

“那却未必，井挖在河边，水不就相通？”官人道。

“阁下确信，你我必要来往？”牛玉问。

“不，不，我不能确信，故须请教。”官人道。

“你须请教，我却为何要奉告呢？”牛玉道。

官人一愣。奉使江南四个字是写得明明白白的；可去江南是何公干，人家为什么要告诉他，或会不会告诉他，他连想都没有想过。

“当然，赐告与否，全在牛公公。”他只能这么说。

“既如此，告辞。”牛玉说着，就要起身。

“牛公公少安毋躁。”官人忙劝阻。“赐告与否，全在牛公公；不过我想，牛公公还是赐告为好。”

“这是为何？”牛玉问。

“牛公公江南之行，或与我相关。”官人道。

“与阁下相关？”不管信不信，牛玉确实坐得更安稳。“对，有件事咱们先扯平吧：阁下得知我姓牛，我却不知阁下姓氏。”

“好说，我姓周。”官人道。

“姓周？”牛玉没想到，对方一开口，还真有关联，“别只告以尊姓呀，大名呢？”大概想到这一问不只扯平，为让对方不得不回答，他先说，“我单名一个玉字，金玉之玉。”

“久仰。”官人客气一句，道，“我单名一个忱字。”

“久仰。”牛玉也客气一句，他正要往下说，忽然想到什么，忙问，“阁下所说，不是沉鱼落雁的沉吧？”

“不错，也不是折戟沉沙的沉。”官人笑道，并拿起笔把忱字写纸上。

牛玉回头，与长随面面相觑：姓周名忱，和他们奉敕往江南要找的那个人完全相同呀！现在首先要证实，他们是不是同一人。

“是周老大人？”牛玉试探着问。

“不敢。”官人应道。

“是巡抚江南侍郎周大人？”牛玉再问。

“区区正是。”官人应道。

“哎呀！”牛玉大叫一声，站起身来，深作一揖，“久闻老大人大名，如雷贯耳。此次出行，司礼王公特别吩咐：到江南，一切全凭老大人做主。不想，半路上就有机缘。”

“牛公公请坐好，你一多礼，我心里发慌，”周忱安抚他坐下。内臣奉差往江南，一般是为督办物料，这他心里是有数的。他现在只想知道，这位大张旗鼓申明往江南办差的牛公公，要督办哪一种物料；而在知道这一点之前，他先得把牛玉的一句话坐实。他慎重地问，“牛公公方才说，离京前，司礼王公曾有训示？”

“是，王公吩咐，到江南，一切皆凭老大人做主。”牛玉重复道。

周忱稍觉踏实。他问：“牛公公大驾出行，端的为何事？”

“督造牛胶，供大内彩绘之用。”牛玉简而言之。

“原来为的此事。”周忱点点头，问，“牛公公奉的哪个衙门差使？”

牛玉这才想起，自己是奉敕书而行，可不是奉的哪个衙门差使。他咳嗽一声，端足架子说：“有敕旨。”

“是给下官的？”周忱忙问。

“对，是给周大人的。”牛玉道。

周忱不能再安坐。他边起身边问：“牛公公带在身上吗？”

“我又不知来见周大人，怎会带在身上？”牛玉拖着长音问，“是我回去取来，还是周大人与我一同回船？”

“自然是我去牛公公船上拜接敕旨。”周忱说。

朝廷敕旨，是要周忱限期如数贡纳牛胶，由牛玉解送回京。周忱恭读敕旨毕，向牛玉一揖，道：“牛公公赍敕南下，一路辛苦。所幸三程中只行一程，即办完差使。”

“同幸同幸。”牛玉还一揖后，觉出毛病来，“周大人，不对呀！”

“怎么？”周忱问。

“三程行一程，差事三分也只办一分，周大人如数交纳牛胶是另一分，在下解送回京才是第三分呢。”牛玉说。

“不错，不错，差事还远未办完。”周忱应付道。

牛玉大概想到，周忱知道他此行的缘由，他却不知道巡抚江南的周忱为什么跑到山东，这事也得扯平。他于是问：“周大人这是——”

“进京朝觐。”周忱也简而言之。

“真巧。”牛玉拼命摇头，是在表示，太不巧，“我奉使江南，周大人肯定是不知道的；周大人进京朝觐，我也是不知道的。不过，周大人进京朝觐，肯定有人知道吧？”

“吏部、礼部、都察院，都应该知道。”周忱说。

“宫里采办牛胶，怎会和这几个衙门通气！”牛玉道，“这下可好，我和周大人在半路上相遇，是该着我陪着周大人返回京师呢，还是该着周大人陪我返回江南？”

周忱不像方才那样痛痛快快回答，他反问：“牛公公说呢？”

“论路程嘛，这里距京师近，距江南远。似乎应该我陪周大人返回京师；论事体呢，宫里所需事急，周大人朝觐事缓，似乎应该周大人陪我返回江南。”牛玉说。

“若牛公公不陪我返京师，我也不陪牛公公返江南呢？”周忱问。

“大人的意思，咱们各走各的？”牛玉想了想，说，“也不是不可，但周大人得差派个亲信随我去江南，我才好办差。”

“人我是要派的；不过，他不是帮牛公公办差，而是安置好牛公公的吃住。牛公若有兴致，他也可以陪着在江南水乡转转。”周忱说。

“大人这话是什么意思？”牛玉问。

“采办牛胶之事或会有变，牛公公不妨静候下一道敕旨。”周忱说。

朝觐后，周忱匆匆赶往司礼监值房。王振交代，要与他说几句话。其实，就算王振没交代，他也要设法与王振见上一面。

大臣见王振，要行跪拜礼，周忱知道这个规矩。进值房，他要下拜，王振坐在上面，摆摆手，说："这个礼可免。"

"下官不敢坏规矩。"周忱仍要拜。

"还有个规矩，你却不见得知道。"王振说。

"是。"周忱应着，顺势把膝盖挺直，"请王公示下。"

"你和于廷益熟吗？"王振像拉家常一样地问道。

"廷益先生中第，即授御史。下官那时任职于刑部郎署，和他相处过一两次，并无深交。不久，下官就外放越府长史。"周忱回答。

"怎么会呢，古人不是说惺惺相惜吗？"王振觉得奇怪。

"廷益先生或为能员，下官不过一俗吏耳。"周忱道。

"这是恂如先生自谦。"王振说，"你们那次差往各地督粮的，是先帝命廷臣精选出来的，皆非俗吏。其中，尤以你和于廷益为人杰。"

"王公称赏，下官如何当得起！"周忱躬身道。

"好，还是说回规矩吧。"王振道，"这个规矩，就是因于廷益而立的。前两年，廷益丁父忧，朝廷拟选人接替他。我说，本朝从无因人设职、因人裁职之事，这回就因人裁一回职，把河南、陕西巡抚裁革吧。廷益守制毕，还朝候命，在兵部做个实在的侍郎。一次，他与邝尚书来看我，邝尚书行过礼，他复行礼，被我止住。我对他说，前次因同名御史之事，朝廷让你受委屈，这次我替朝廷给你补礼吧。于是，免他行大礼。恂如先生，你和他同时外放地方大员，并有建树，这大礼也免去吧。我这是为朝廷敬重人才。"

"王公如此说，下官唯有感激二字可言。"周忱道。

"说是敬重人才，却让恂如先生一直站立，还是失礼。"王振笑着说，并指指自己对面的椅子，让道，"来，恂如先生请坐下说话。"

周忱依命坐下，仍是恭听训示的姿势。

"恂如先生，听说你在路上与牛玉不期而遇？"王振问。

"是。"周忱应道。

"听说他要拉你返回江南？"王振问。

"牛公公确有此意。"周忱应道。

"他是个极不讲道理的人，怎不强拉你返回江南？"王振问。

“有王公的话制约，故他不曾强拉。”周忱道。

“我说过什么话，还把他制约住？”王振想不起来。

“王公说，到江南，一切皆由下官做主。”周忱重复道。

“这话我是说过的。”王振点一下头，把这件事认下来；又摇两下头，说，“不过，我说的是到江南，一切都由恂如先生做主；你二人却是在山东境内相遇的，这个牛玉若犯起浑来，完全可以把你强拉回江南，再让你去做主嘛。”

“牛公公不把下官强拉回江南，正可见他懂得事理。”周忱说。

“怎讲？”王振问。

“王公交代，一切由下官做主；其实，只有交纳牛胶之事，由下官做主。下官对牛公公说，不管下官在哪里，此事都做得主；所以，他不用把下官强拉回江南。”周忱说。

“依我看，牛玉不把朝觐当一回事，正可见他不懂事理；你若听从他，犯的可是大错。”王振却说，稍稍沉吟，他又说，“不过，朝觐结束，恂如先生须速返任上。宫里要用牛胶，这也是件大事。”

“下官正要向王公禀明此事。”周忱道。

“不必说。”王振立即打断他话，“恂如先生爱民如子，朝廷早已领教。别说临时征收物料，就是例行征收的物料，也一次次进言，把多的说少，把少的说没。可朝廷这次要用牛胶，也是不得已呀。你就忍心让各宫各殿的墙壁上、梁柱上，总是空白？”

“王公说的是。”周忱打算先应一声，再说自己要说的话。

但王振不给他机会：“再说，朝廷近来用银子的地方很多。再次用兵麓川，想必恂如先生也略知一二吧？”

“是。下官听说，仍是尚德公总督军务。”周忱说。

两年前，缅甸终于将思任发献至云南，有司斩之，函首京师。其子思机发复起，为报父仇，屡次劫掠缅甸等部牛马、金银。因此，朝廷决定以靖远伯王骥总督军务，再征麓川。

“这次朝廷采用变通的法子，降谕木邦、缅甸、南甸、千崖等宣抚司，各助兵饷；但大宗的兵饷，还得朝廷出。恂如先生，你总不能让朝廷在这时候拿出一笔银子，去买牛胶吧！”王振说得很恳切。

“是，下官理当为朝廷分忧。”周忱回答得也很恳切。

“恂如先生既有此心，还有什么好说的？”王振道。

“下官是想，这牛胶不必在江南各府、州、县熬制。”周忱说。

“我说这么多，恂如先生怎么又把话绕回来？”王振有些不满。

“王公误会下官的意思。”周忱揖道，“下官是说，一万斤牛胶可征于江南，但牛胶不必在江南熬制。”

“恂如先生的话，我怎么听不明白？”王振道。

“是这样，”周忱说，“大内仓库与工部仓库均存放牛皮，合而计之，不下数万张。此乃历年所贡纳，或存放三五年，或存放七八年，甚而有存放十年以上者。日久易腐，终成废物，不如用以熬胶，可足万斤。”

“你是说，用库贮旧牛皮就地熬制牛胶？”王振说。

“下官是这个意思。”周忱道。

“旧牛皮不是大内之库存，即为工部之库存。恂如先生一句话，就可不征于江南，这可是一大笔无本的买卖呀。”王振笑着说。

周忱看出，他已决定采纳自己的主意，于是说：“下官不敢以言语相欺，这笔买卖的本钱，下官还是要出的。”

“怎么个出法？”王振问。

“一万斤牛胶的账，记在江南所征余米上。不管哪间仓库用的旧牛皮，用一张，下官回到江南后，以余米购一张新牛皮补上。共用五千张旧牛皮，下官购五千张新牛皮补上；共用一万张旧牛皮，下官购一万张新牛皮补上。总之，不使府库亏空。”周忱道。

“据我所知，余米是为运送漕米而征的吧？”王振问。

“王公说的是。”周忱应道。

“恂如先生拿余米购牛皮，不会使运送漕米亏空吗？”王振问。

“下官仔细计算过，不会亏空。”周忱信心十足地说。

余米本在应征之数，用它充作加征的牛胶，要是认真追究起来，还是无本的“买卖”；但是，王振不想再追究。

“恂如先生精打细算，使朝廷得所需，而分毫不取于民，着实难得。”他称赞一句，然后问，“库存旧皮，恂如先生何以得知？”

“王公莫忘，下官带的是工部侍郎衔。”周忱笑着说。话说到现在，他不像才进来时那么拘谨。

“朝廷有实任的少司空，还有大司空，”王振不称工部尚书、侍郎，而用其古称，或俗称，听得出对他们的不满，“我敢和恂如先生打个赌，若问他等，必不知库中存放牛皮；即便知道，也不知存放数量之大。”

“下官不敢和王公赌。”周忱道。

“恂如先生怕输？”王振问。

“下官怕王公输。”周忱道。

“你是说，他等知道？”王振问。

“他等是否知道详情，下官并无把握；但下官是得到大司空准允，才查实各库存放旧皮数量的。”周忱说。

“这么说，是我忽略。”王振自语道。

“看看，还没赌，王公就认输。”周忱说。

“谁道我输？”王振冷冷地说，“输的是大司空、少司空！他等既知此法可行，不待我询问，就该禀明。”

“大司空不禀明，有他的道理。若是当初即禀明王公，这笔牛胶的买卖就不会做到江南。”周忱说。

王振明知这是在为他人开脱，仍忍不住笑了。

第五十章

江西士子刘寅之与乡人构讼，连累其兄刘定之下狱。后审明，刘寅之与乡人都有错，该训的训，该罚的罚，各打五十大板结案。和这场官司毫无干系的刘定之释出，直接回翰林院报到。

翰林官们多是温言慰藉，独侍讲陈文大骂法司糊涂。

“算了，安简兄，教弟不严的过失总是有的。”刘定之大度地说。

陈文字安简，江西庐陵人，正统元年进士。庐陵，亦属吉安府；在正统元年那一科，陈文以江西解元、即乡试第一名的身份，列殿试一甲第二，刘定之以会元、即会试第一名的身份，列殿试一甲第三；十几年过去，现在二人又同升为侍讲。有这三层关系，陈文对刘定之无端下狱表现出极大愤慨，在情理之中。

“翰林院里一干学士，属下遇难，竟无一人出面讲句公道话，说起来，让人齿冷。”陈文又大骂学士无情无义。

编修岳正听不过去，说：“安简先生要怪，首先该怪贵家乡的贵学长，他可是资历最深的一位学士。”

他说的是陈循。陈循先升翰林学士，后入阁。

“既曰一干，自然他也在其中。”陈文道，口气一转，又说，“不过，德遵先生碍于同乡，又碍于师弟名分，有所顾忌，情有可原。况且，他虽是资历最深的学士，却不是地位最尊的学士。”所谓师弟名分，是指陈循为正统元年会试的主考之一。

“安简先生说的地位最尊的学士，可是万钟先生？”岳正问。

“他的职衔总在德遵先生之上吧？”陈文道。

曹鼐则是先入阁，后升翰林学士。不说他在内阁中排在第一，陈循以户部右侍郎入阁办事，曹鼐以吏部左侍郎入阁办事，这也分得出上下。

“那又怎样？碍于同乡，碍于师弟名分，可以有所顾忌；碍于地位最尊，就不会有所顾忌吗？”岳正道。

“有的顾忌，是以公论；有的顾忌，是以私论。”陈文说。

修撰彭时深知岳正秉性耿直，陈文要是为同乡的学士陈循开脱，岳正一定也要为同是北直隶人的曹鼐开脱；陈文要是为陈循开脱而指责曹鼐，岳正一定也要为曹鼐开脱而指责陈循。这样指责下去，什么难听的话都可能说出来。为缓和一下气氛，他把话岔开：“安简先生说一干学士，到底有几个呀？”

“没有十个，也有八个吧。”陈文随口答道。

“有这多，我怎不知？”彭时不信。

“咱们来数呀。”陈文道。“除以吏侍、户侍兼翰林学士的二位外，还有以兵侍、工侍兼翰林学士的二位。”

另外两个身兼翰林学士的内阁大学士，苗衷加的是兵部右侍郎的职衔，高谷加的是工部右侍郎的职衔。

“苗、高两位先生兼的似乎是讲、读学士吧？”编修陈鉴插话。

“不会吧，即以侍郎兼，就该是光学。”修撰吕原说。

“未必，当年二王升礼部侍郎，不仍兼讲读学士吗？”修撰商辂说。

这有些扯远，陈文把话题拉回来：“光学士也罢，讲、读学士也罢，反正都是学士。而今的翰林院，除这四位以侍郎兼署的学士，还有一位实任的学士。他又不兼他衔，翰林们遇到麻烦，他该出面说话的。”

“蔺学士不谙世事，安简先生又何必强求于他！”岳正道。

他们说的是翰林学士蔺从善。此人洪武年间举于乡，在宣德朝，因预修《永乐实录》《洪熙实录》，渐升至翰林学士。在众多进士出身的学士中间，他一直是默默无闻的。

“五位。”彭时又适时地平息二人随时可起的争执，“安简先生还能说出几位来吗？”

“怎么不能，”陈文道，“行俭先生而今掌吏部，时彦先生而今掌南京礼部，不管他二人是否仍兼翰林学士，或讲、读学士，我都不算在里面。陈汝同先生、周公叙先生这两位前辈，却还健在。”

陈汝同名询，南直隶华亭人。周公叙名叙，江西吉水人。二人都是永乐十六年进士，在翰林院熬三十年，才升至侍讲学士。

“公叙先生以讲学领南翰林院，也算一个吗？”彭时问。

“怎么不算！近日不是有旨，将他召回。”陈文道。

“好吧，把陈汝同先生、周公叙先生都算在里面，共是七位学士；安简先生说的可是没有十个，也有八个。另一位呢？”彭时问。

陈文想不起其他人，实际上，挂翰林学士及讲、读学士衔的，再无其他人。他有些后悔不假思索地把王直、王英摒除在外，不然，就不是七个，而是九个，在十个和八个之间。

“纯道兄莫再追问，难道看不出来，第八位学士就在我等之间。”岳正怪腔怪调地说。

“在我等之间，那是谁呀？”彭时问。

“安简先生呀，”岳正字正腔圆地说，“谁看不出来，再要补一位讲、读学士，一定是他！”

众翰林听得出这是戏谑之言，但无伤大雅，都报以一笑。

刘定之有些坐不住。陈文为他打抱不平，而受到嘲笑，使他颇为不安。他严肃地说：“这个玩笑是开不得的，我可以断言，安简兄绝无觊觎讲、读学士之位的心思。”

岳正虽然对陈文的谈论不满，也知道适可而止。刘定之出面制止，他不再开玩笑，众人也不再说什么。

等众翰林渐次散去，屋里只剩下陈文、刘定之时，陈文问道：“主静兄，为何说我觊觎讲、读学士之位？”

“安简兄责怪的是，我也奇怪自己怎会用觊觎二字。”刘定之赔礼道。

“不，不，觊觎二字用的未必错；我是问，主静兄为何说我觊觎讲、读学士。”陈文在“讲、读”二字上加重语气。

刘定之听这话，不由一愣。回过神来，他问道：“依着安简兄，我该怎么说？难道该说安简兄觊觎翰林学士？”

“哼，”陈文冷笑一声，“主静兄小觑我，翰林学士也值得觊觎！”

刘定之又是一愣。他定定神，说：“安简兄莫小觑翰林学士，行俭先生、时彦先生升至礼侍，也只兼讲、读学士，万钟先生、德遵先生以阁臣之尊，才兼的学士。”

“既提及万钟先生，我就问一句：他是哪一年的进士？”陈文问。

“宣德八年吧。”刘定之道。

“他是哪一年入阁办事的？”陈文又问。

“正统五年。”这个年头刘定之记得很清楚。

“主静兄数数，其间相隔几年？”陈文问。

“仅七年。”刘定之道。

“你我中第至今有几年？”陈文问。

刘定之明白了他的意思，说：“安简兄，这是不好比的。”

“几年？”陈文坚持要问。

“十二年。”刘定之不得不回答，但又坚持说，“这是不好比的。”

“怎的不好比？”陈文问。

“万钟先生是状元公。”刘定之随便找个理由。

“状元一甲，榜眼、探花亦一甲；状元赐进士及第，榜眼、探花亦赐进士及第，能有多大差别？”陈文不服气地说，随即退让一步，“好吧，就算状元高过榜眼、探花一头，那就来说说你我那一科的状元公吧。万钟先生这个状元公七载而入阁，你我那一科的状元公怎么升至右庶子就到头？难道你我那一科的状元公就真抵不过曹状元？”

“也不能这般说，周兄短命，你我也只能叹息而已。”刘定之说。正统元年的状元周旋的确只升至右春坊右庶子，比他二人现在的侍讲高出半级，就一病不起。

“所以，人与人之不同，不在于是不是状元公，而在于有没有觊觎之心。”陈文很顺口地又说出这两个字。

“安简兄，换两个字如何？”刘定之央求。

“好吧，换两个字。”陈文也不过分难为他，“人与人之不同，在于有无进取之心。”

刘定之愣了愣神，道：“这么说，安简兄当真瞄准阁臣之位？”

“实不相瞒，我手中有箭，不射则已，要射，则以阁臣之位为靶子。我可不想和陈汝同、周公叙两位先生一样，苦熬三十年，才熬出个讲、读学士来。”陈文说。

“真是人各有志。”刘定之说着，叹口气，“我看，还是用觊觎二字吧。”

陈文是陈循家的熟客，用不着通报，径入书房。

“安简，听说你来过三次？”陈循问他。

“不，这次是第三次。”陈文虽称“不”，其实并不否认来得频繁。

“歉甚，这几日内阁事务繁多，故返家稍迟。”陈循说。

“老师这两句话恐怕是轻描淡写吧。”陈文道。

“此言何意？”陈循问。

“一则，并非这几日内阁才事务繁多；二则，这几日老师并非返家稍迟。晚生可是恭候到很晚呀。”陈文说。

“那就是这几日内阁事务较平日更繁多，我返家较平日更晚。这么说，安简满意吧？”陈循和他说笑。

陈文摇摇头，不作答。

“仍是不满？安简要我怎么说？”陈循问。

“晚生并非对老师的说法不满，是对老师的做法不满。”陈文道。

“安简，把话说明白！”陈循不得不用命令的口吻。

“内阁事务繁多，就该增添阁员。老师不心疼自家，也该心疼其他几位先生。总这么累下去，难为持久计。”陈文说。

“难得安简如此体恤，增添阁员之事，我等其实议论过。”陈循道。

“议论出什么结果？”陈文问。

“惭愧而已。”陈循道。

“老师此言当作何解？”陈文问。

“若干年里，内阁只有三位杨先生，事情却办得井然有序；今阁员虽不甚多，也有四人，却不得不挨至晚间才离阁。和前辈比起来，我等能不惭愧！”陈循道。

“老师这话又错。”陈文说。

陈循看他一眼，道：“看来，你今日是专门来挑我的错的。”

“晚生不敢。”陈文作了一揖，静坐不语。

“怎的不说？”陈循问。

“老师不说晚生挑错，晚生才敢说。”陈文道。

“不说你挑错，我该怎的说？”陈循问。

“老师的话原本是错的。”陈文说。

“你是要我先说自己有错，你才肯说？既然我知道自己有错，又何必要你来说！”陈循道。

“老师可以问晚生，自己错在哪里呀。”陈文说。

“好吧，”陈循觉得好笑，但还是顺着他说，“我错在哪里？”

“一则，三杨在朝日事简，今日事繁；老师等尽心办事，何言惭愧？二则，老师说的若干年里，乃三杨在朝前期；后来，还不是增补马、曹两位先生？亦即三杨在朝日，也曾有过五阁员，并非老师等才干不如前辈。”陈文准备充分，反驳陈循的错话，都能列出几条。

“安简说得好；不过，还是不要拿我等与三杨比吧。”陈循说。

“是，晚生也觉得，时过事异，无须与前辈相比。如今日内阁人数，不必局限于五人。”陈文道。

“这话我赞同。若增添阁员，不见得只增添一人。”陈循回应着，忽生疑窦，“安简一直围绕着增添阁员说话，是不是有人要荐？”

“老师明察。”陈文道。

“是谁？”陈循问。

“老师主试那一科的进士。”陈文道。

“也就是你应试那一科的进士，说说看。”陈循命道。

“此人名次甚前，合当江西才子之誉；办事干练，不负朝廷选拔之恩。”陈文出口成文，而且是骈体文。

“原来安简欲自荐呀。”陈循道。

“晚生愿协助老师办事，还望老师成全。”陈文说。

“是啊，师弟同阁办事，日后也是一段佳话。”陈循说。

“老师愿荐晚生？”陈文没想到这么快就成功，不由喜出望外。

“在我却有难处。”陈循摇着头说。

“老师有何难处？”陈文的失望也全写在脸上。

“一则，增补阁员一事尚未成定论，我怎好先荐人？二则，安简不向他人自荐，而向我自荐，无疑是因为师弟之谊。安简可因师弟之谊自荐，我却不可因师弟之谊荐人。三则，一旦增补阁员成为定论，其他阁臣所荐之人皆适宜在内阁办事，我所荐之人也要适宜在内阁办事。”陈循学陈文的样子，把理由说得很充分。

这让陈文大为不满。他质问：“老师是说我不适宜在内阁办事？”

“并非此意，我只是说，安简还缺少历练。”陈循道。

“要说缺少历练，哪个入阁之前不是缺少内阁办事的历练！”陈文不服气地说，但他想到，多说无益，闹不好还会伤感情，又改口说，“老师既有难处，不必勉强；但有一事，望老师应允。”

“你说说看。”陈循道。

“若晚生得他人举荐，老师不要出面驳回。”陈文说。

“再说吧。”陈循含糊其词。

范弘走着走着，听到后边有人招呼“范先生”。初时并未在意，连听三四声，他才回头望去。只见陈文走在后面，不住地向他招手。“范先生”的称呼让他十分受用，因皇帝称王振先生，在老太监中就很少有人还被称作先生。

他投桃报李，问道：“陈学士在叫我吗？”

陈文赶上来，点点头，反问一句：“范先生去何处？”

“正要回家。”范弘回答。

“我与范先生同走一段，如何？”陈文道。

“陈学士陪我走？”范弘挠着头说，“我记得，陈学士家在西安门外，我家却在北安门内。”

“早欲往范先生府上拜谒，不得其便。今日途遇，正可遂此心愿。”陈文道，见范弘面有难色，他又说，“范先生若不方便，改日亦可。”

“不，不，没什么不方便。陈学士造访，敝舍生辉呀。”范弘说。

二人走成一路，边走边说闲话。

“范先生为何呼我学士，不知我只是侍讲吗？”陈文问。

“是吗？我怎么听说，安简先生是第八位学士呀。”范弘道。

“那是翰林院的后生们开的玩笑，当不得真。”陈文说。

“原来如此。”范弘不再称他“学士”，但仍拣他爱听的话说，“不过，安简先生做学士，是迟早的事。”

“范先生若肯助一臂之力，或可变迟为早。”陈文说。

范弘心想，我猜他是有事而来，如何？这就快说到正题上！外官升迁的事，他从不多言，一是怕皇帝不高兴，二是怕王振猜忌。因此，对陈文这句话，他不做任何表示。

陈文不再说闲话。默默地走一会儿，他问：“外面议论纷纷，都道内阁该增添阁员，范先生听过这话吧？”

“听过。”范弘觉得不妨应一声。两件事不可同日而语，陈文肯定是想自己在他在升学士时助一臂之力，不会是在他选补阁员上助一臂之力。

“这话也已上达圣聪吧？”陈文问。

“应该是吧。”范弘模棱两可地回答。

“圣意以为如何？”陈文问。

“安简先生在问我？”范弘反问。

“不该问，不该问，范先生知道也不会说的。”陈文讪笑着说。

到范弘家不算太远，二人又是慢行，但走到时，身上还是出汗。为范弘料理家务的小宦者知道主人的习惯，早煮好一杯浓浓的茶。范弘一边吩咐小宦者再多煮一杯，一边把自己的茶分半杯给陈文，以表示不把他当作外人。

陈文品一口，连声赞道：“好茶，好茶！”

“安简先生喜欢，走时可带一些。”范弘说。

陈文连连摇手，道：“那我岂不成上门索取！”

“上门索取，与上门馈赠，均无不可，只要是识货者。”范弘说。

“范先生这话说得好！正因范先生识货，我才敢上门馈赠。”陈文道。

“你要馈赠与我？”范弘问。

“是。”陈文给他一个肯定的回答。

“那是何物？”范弘问。

“我听说，范先生最喜爱二沈的字？”陈文以问作答。

二沈即沈度、沈粲兄弟。范弘也给他一个肯定的回答："是。"

"范先生一定以收藏二沈字幅为快事吧？"陈文问。

"实不相瞒，我更欲得小沈字幅。"范弘说。

"这是为何？大沈一字千金，小沈一字只得五百金呀。"陈文道。

"先帝朝，我侍东宫，与大沈有些交情，蒙他赠我两帧条幅。与小沈，我却无此机缘。所以，我曾对人说，愿以一帧大沈条幅，换取一帧小沈条幅。"范弘告诉他。

"若是不必割爱，可得一帧小沈条幅呢？"陈文问。

"那当真是喜从天降。"范弘说罢，带着几分疑惑问，"安简先生，你不会收有一帧小沈的条幅吧？"

"该当范先生喜从天降，我家里恰巧有一帧小沈条幅。"陈文说。

"安简先生愿与我交换？"范弘问。

"不是交换，是馈赠。"陈文道。

"馈赠？当今世上，不曾闻得有人肯以大、小沈条幅为馈赠。"范弘自言自语。他生怕喜从天降，却是空欢喜一场。

"后世之人，言及陈某以小沈条幅馈赠范先生，定是一段佳话。范先生愿得小沈字幅，我愿得佳话，你我各取所需。"陈文说。

"好，好，各取所需，各取所需。"范弘念叨着。他眼睛死死盯住陈文的手和胸前，唯恐他取出条幅时，自己没看到。

陈文拍拍身上，又摊开两手，说："范先生别性急。我不曾料想今日会来府上，所以，没有把小沈的条幅带在身上。"

"不性急，不性急，如此贵重之物，不可以随便带在身上。"范弘虽然这么说，却怎么也坐不住，"要不，我也去安简先生府上走一遭？"

"我说家里有一帧小沈条幅，就一定是小沈真迹，我绝不敢拿赝品在行家面前卖弄；我说将小沈条幅馈赠范先生，就一定不会反悔，范先生尽管放心。"陈文笑着说。

"嘿嘿，安简先生君子之约，我有什么不放心的。"范弘赔着笑说，他显然仍不放心，所以又说，"既然安简先生不取大沈的字幅，这样吧，我家里所有玩物，你看中哪一件，就把哪一件取走。"

"不可，不可，"陈文摆手道，"府上的玩物，都是宝物，不知哪一件就是宫中所赐，在下岂敢轻举妄动！"

"这却如何是好？得安简先生珍品，总要有所回报。"范弘说。

"范先生既有此心，出一言即可。"陈文道。

"安简先生是说——"范弘虽已听懂，但一定要他说得更明白。

"助一臂之力。"陈文道。

"为晋升学士吗？"范弘问。

"不，为入阁办事。"陈文道。

范弘思前想后，终于无法抵挡沈粲字幅的诱惑。他狠了狠心，说："好，我就改一回宗旨，为安简先生进一言。"

皇帝召众阁臣至文华殿议事，议罢，把陈循单独留下来。

"陈爱卿，知道朕为何留下你吗？"皇帝问。

"臣不知。"陈文道。

"朕听说，你曾抱怨阁中事务繁多。可有其事？"皇帝问。

"一则——"两个字一出口，陈循心里一惊：这是在回皇上的话，怎么能和臣僚间议事一个腔调呢？他忙改变语气，"阁中事务繁多，不但臣说过，臣鼒、臣衷、臣谷等，都说过。但臣等荷国家厚恩，蒙陛下超擢，只知尽心办事，不敢有半句抱怨。"

"阁中事务繁多，朕也听别人说过。既然事务繁多，备员不足，何不增添一二人入阁办事？"皇帝道。

"增添阁员之事，臣等私下里也曾议过。"陈循说。

"卿等私下里议不出名堂，当与吏部议一议。"皇帝道。

"是。臣等与吏部尚书、臣直亦曾议过。"陈循说。

"议的如何？"皇帝问。

"臣等皆以为，内阁宜增添一二人，但不急于一时；且内阁补员，须由廷臣举荐，吏部斟酌，皇上裁定。"陈循说。

"朕知道。卿等入阁，不都是这样一步步议定的？不过，谁人适于入阁办事，阁臣或看得更清楚。故朕欲与你议一议。"皇帝道。

"是。"陈循应道。

"翰林侍讲陈文，其人如何？"皇帝问，陈循才要说，皇帝一抬手，又问，"陈文与卿是同乡吧？"

"臣文与臣皆吉安府人。"陈循回答。

"可是同宗？"皇帝又问。

"并非同宗，臣出自泰和陈氏，臣文出自庐陵陈氏。"陈循回答。

"既如此，爱卿品评他可无所顾忌。"皇帝道。

“即便同宗，臣亦当直言不讳。在臣看来，臣文可当八字。”陈循说。

“哪八字？”皇帝问。

“文采出众，办事干练。”陈循道。

“这么说，在爱卿看来，陈文是个适当人选？”皇帝问。

“臣并无此意。”陈循答道。

“这是为何？卿所言二事，占得其一，即不妨试用于内阁呀。”皇帝说着，似有所悟，“朕知道，爱卿还是有所顾忌。”

“臣以为臣文不宜入阁，并非有所顾忌，而是臣文长处虽过人，短处亦可虑。”陈循说。

“爱卿说说他的短处。”皇帝命道。

“未经历练，有欠老成。”陈循字斟句酌地说。

“也是八个字。”皇帝点点头，析道，“未经历练，不是他的过错，是朝廷没给他历练的机会；有欠老成，却当真不宜入阁。”

“皇上圣明。”陈循称颂道。

陈文再次来到陈循家中，虽不至于到公开兴师问罪的地步，但已不像上一次那么恭顺。

“老师与晚生不是有约的吗！”他开门见山地说。

“我与安简有何约定？”陈循看出他情绪不对，一时猜不透原委。

“晚生得他人举荐，老师不出面驳回。”陈文道。

陈循想起来，点头道：“对，安简说过这话。”

“那老师为何要阻晚生进身之阶！”陈文愤道。

“我怎阻你进身之阶？”陈循问。

“未经历练，有欠老成这八个字，难道不是老师说的？”陈文道。

“安简，等等。”陈循几乎不相信自己听到的，“我没听清楚这两句话，你再重说一遍。”

“未经历练，有欠老成。”陈文重复后，见陈循瞠目结舌的样子，不由得冷笑，“要不是这八个字，哪怕这八个字里少四个字，晚生入阁也可成为定局。老师偏偏一字不差地说出这八个字，既阻晚生的进身之阶，亦违背老师的允诺。”

陈循定一定神，道：“我从未允诺过什么。我记得，那天我对安简说的是‘再说吧’。‘再说吧’不能算是允诺吧？”

“可‘再说吧’也不算是拒绝呀。”陈文说。

“各有各的理由，是非只能由他人判定。”陈循并不想和他争论这一点，“再者，我想问一问：这八个字是我在圣驾前说的，密迩之言，安简是如何得知的？”

“如此说来，这八个字果然出自老师之口？”陈文道。

“不错，这八个字是我说的。”陈循先承认，再问，“我是在圣驾前说的，安简却是从何得知的？”

“老师认下自家的账就好，晚生从何而知，与老师不相干。”陈文想用一句无礼的话，阻止陈循的追问。

“怎么不相关？”陈循不慌不忙，按照自己的思路推断，“密迩之言，只有密迩之人才听得到，安简，你说是不是？”

“是又怎样！”陈文道。

“由此而知，这话由密迩之人传出，对不对？”陈循问。

陈文紧绷着脸，没有回答。

陈循用不着他回答，继续说：“由此而知，在皇帝面前举荐安简的，也是密迩之人，对不对？”

“老师不肯举荐，就不举荐吧；至于谁肯举荐，更与老师不相干。”陈文说。

陈循点点头，道：“如此说来，确如我所料。安简说此事与我不相干，怎的不相干？由此一事，便可知我的话是不错的：请密迩之人举荐自家入阁，这是有历练的人做得出来的吗？是老成的人做得出来的吗？安简呀，你惹了大祸。”

“不能入阁而已，会有什么祸事！”陈文嘴头虽硬，心里却发虚。

“这不明摆着嘛！”陈循道，“皇上圣明，外臣举荐大臣，或不会追问缘故；内臣举荐大臣，尤其是举荐阁臣，却泰半是要问的。我不知安简与举荐你的内臣究竟有没有交易，但我想，该内臣不会凭空举荐。皇上不追究则已，皇上一旦追究，他会为你隐瞒吗？他肯担当一半责任还好说，他若不肯担当，把责任一股脑推到你身上，你担当得起吗！”

“老师是说，晚生要大难临头？”陈文着实担当不起。

“那倒不见得，我还说你八个字，就没人告诉你吗？”陈循道。

“是文采超众、办事干练吗？这晚生也是担当不起的。”陈文说。

“皇上爱惜人才，不见得因你和内臣交往，就加罪与你。”陈循说着，又问，“你再说说，举荐你的是哪一位公公？”

“范太监。”陈文不由自主地说出来。

“司礼监的范太监？还好，范太监不会做落井下石之事，皇上对他也是最放心的。”陈循思忖道，他咳嗽一声，极是严正、极是恳切地对陈文说，“安简，我说你未经历练，有欠老成，是句很实在的话。要是果如你所言，因这句话而阻你进身之阶，我也是为你好。未经历练，有欠老成，猝然入阁办事，绝非一件好事。安简，还望你三思。”

陈文不发一言，转身而去。陈循望着他的背影心想，他心里的芥蒂，非一两句话可以化解；师弟情分，从此休矣。

第五十一章

福建延平府沙县城南，有一条溪水，名沙溪。即便在当地，也很少有人能考究出来，究竟沙县因沙溪得名，还是沙溪因沙县得名。说起沙溪，沙县许多乡民不知所云，他们把该溪称作太史溪，至于是因哪一位太史公而得名，或因哪一位复姓太史的人而得名，又是说不清楚的。

沙溪畔有一个集市，乡民称作墟。他们走墟，不仅是为把辛苦养大的生猪、肥鹅，把牙缝里省下来的鸡卵、鸭卵，拿去换钱，拿钱去买几尺布头，几斤盐、醋；更是为和墟长邓茂七说上几句话。墟长管的是集市，墟上的大小商贾都敬他服他。邓茂七在被县里任为墟长之前，还做过里长。乡民也很想念他，遇到什么难事，还会来找他。

他见张三口渴，手边不管是一碗水，还是一碗酒，都会推过去。在张三大口大口地喝着水或酒的时候，他会问："阿三，今岁交租，是拎着几只鸡几只鸭去的，还是拎着一袋新米去的？"

"里长将此项革除，租米之外，未携一物。"张三会说。

"不怕田主将田收回吗？"邓茂七问。

"我看出来，有里长做主，他不敢收田。"张三说。

本地惯例，佃户交租时，要奉献田主新米、鸡鸭，田主心安理得受之。若干年前，邓茂七从外地迁至沙县，租几亩地种。第一年交租，他是空手去的。第二年交租，他号召革去田租之外的奉献，响应者寥寥无几。第三年交租，不携奉献交租的佃户有七八成。第四年，他成里长，田租之外不奉献他物，也成规矩。

听了张三的话，邓茂七爽朗地笑道："好，等来年，再减三成租。"

他见李四肚饿，不管自己在吃饼，还是在吃馍，都会掰一大半递过去。在李四狼吞虎咽地吃着饼或馍的时候，他会问："小四子，今年给大善人放牛，还是饱两日饥一日的吗？"

"再饿肚皮，我把黄牛杀了吃肉。"李四会说。

"你有这胆量？"邓茂七问。

“里长不是说，当年太祖爷给人放牛，也这么做过。”李四说。

听了李四的话，邓茂七爽朗地笑道：“好，等来年，再加一斗辛苦米。”

终于有一天，张十三气急败坏地跑来。邓茂七见他神色异常，既不让水让酒给他，也不掰饼掰馍给他。

“里长，事情不妙呀。”张十三说。

“怎么？”邓茂七问。

“租田与我的大户，联络几家大户，告了你一状。”张十三说。

“去哪里告？”邓茂七问。

“县里。”张十三说。

“你怕不怕？”邓茂七问。

“里长不怕，我也不怕。”张十三回答。

“好，”邓茂七道，“那就等他告到福州，你再来说与我听。”

张十三气急败坏而来，沉着稳重地回去接着探听消息。

终于有一天，李十四神色不安地跑来。邓茂七既不主动问他，也不让他说话，就这样僵持一盏茶的工夫，李十四平静下来。

“说吧。”邓茂七这才开口。

“里长，大祸临头。”李十四说。

“大户们告到延平？”邓茂七问。

“没有。”李十四回答。

“告到福州？”邓茂七问。

“没有。”李十四回答。

“既没有，祸从哪里来？”邓茂七问。

“县里要发兵逮拿里长。”李十四说。

“兵来将挡，水来土掩。他来逮拿，我难道会束手被擒，难道不会大动干戈？”邓茂七似乎早料到会有这一天，一点儿也不慌张。他问李十四，“小子，你敢不敢？”

“里长敢，我也敢。”李十四说。

邓茂七问聚在他周围的乡民和小贩：“你等敢不敢？”

周围的人有的称“里长”，有的称“墟长”，后面的话是一样的：“你敢，我等也敢。”

“好，”邓茂七指挥道，“你等去各乡各村问问，还有谁是敢的。”

李十四神色不安而来，和众人一起精神抖擞而去。

沙县县令担心单派出县衙的差役，不足以逮拿邓茂七，又命县城北的北乡寨巡检司的弓兵悉数出动。县衙的捕头率十几个差役，巡检率几十个弓兵，会合后都觉得声势够大。谁知到沙溪畔集市，挡在他们前面的却有数百人。

捕头以为这不过是乌合之众，吆喝道："散开，散开，官府只拿一人。"

就这一句，又围上来数百人，与前面的数百人合在一起，不下千人。捕头咋舌，不敢出声。

巡检威胁道："大胆刁民。敢抗拒官军吗？"

"敢！"不知有多少人在吼，只眼见又围过来上千人。

邓茂七分开众人，走到前面。他说："我在这里苦等三天，老爷们怎么今日才到！既到，不拿回一人，恐怕交不了差吧？"

"不错，我等奉县太爷之命，拿一人见官。"捕头硬着头皮说。

"拿的可是邓茂七？"邓茂七问。

"不错，拿的就是他。"捕头说。

"不是他，是我。"邓茂七指着自己的鼻子说。

"你就是邓茂七？"捕头看着巡检，不往下说，好像下面的话一定要巡检说，才有分量。

"那就请吧。"巡检说。

"你要我跟你走？"邓茂七问。

"是啊，你不跟我走，难道还要我跟你走？"巡检道。

"这话有点儿意思。"邓茂七摸着满脸的胡须，说，"我跟你走，去见官，这两句话颠倒过来，老爷的差事就好办。"

"怎生颠倒过来？"巡检问。

"这一嘛，当真要你跟我走，不是我跟你走；这二嘛，到县城，却是官见我，不是我见官。"邓茂七说。

"你这不是要造反吗！"巡检道。

"不过要你跟我走，要官见我，并非造反呀。你不跟我走，不要紧，说不定有人会跟我走。"邓茂七说着，冲着十几个差役问，"你等中有没有人愿意跟我去县里？"

差役们交头接耳，先有两三个人走过来，再有四五个人跟在后。

邓茂七又冲着几十个弓兵问："你等中有没有人愿意跟我去县里？"

弓兵们交头接耳，先有五六个人走过来，再有十来个人跟在后。

捕头也和巡检交头接耳，他说的是："大人，撤吧。"

巡检不甘心就这样断送前程，他咬咬牙，道："打一阵，再说。"他对部下诱之以利，"众人听好，有拿得邓茂七者，赏纹银二十两。"

留在他身边的弓兵，留在捕头身边的差役，大声呐喊，刀枪向前举着，两条腿却不住地向后退。

巡检叹口气，道：“撤吧。”

沙县县衙大堂上，邓茂七的屁股往知县的座椅上一靠，如坐针毡，有说不出的不舒服。正好兄弟邓茂八进来，他招手道：“老八，过来。”等邓茂八走近，他站起身，把邓茂八一拉，坐到椅子上。

“这是七哥的座椅。”邓茂八要站起来。

“别动，我看看。”邓茂七说着，往外走几步，转过身来。见邓茂八身子歪歪扭扭，他说：“老八，坐有坐的模样，你端起架子来。”

邓茂八坐直，两只胳膊僵直地撑在官案上。

邓茂七左看右看，仍是大摇其头。他说：“不过如此，怪不得县太爷连大印也不拿，就出城去也。”

邓茂八坐得难受，问：“七哥还看吗？”

“不看。你不愿坐，也起来吧。”邓茂七说。

邓茂八站起来，拍拍屁股，像是从田埂上站起来一样。他走到邓茂七身边，说：“七哥不愿坐这椅子，倒有一个人可以来坐。”

“谁呀？张三、李四之流，也不会愿意坐的。”邓茂七道。

“不是他等，是县太爷。”邓茂八说。

“县太爷？你找到他？”邓茂七问。

“不是沙县的县太爷，是一位家在县城里的致仕县太爷。”邓茂八说。

“既有此人，把他唤来。”邓茂七说。

“好。”邓茂八应道，往外走几步，他又转身回来，“读书人都要面子，七哥对他要客气一些。”

“怎生客气？”邓茂七问。

“七哥可说：既有此人，把他请来。”邓茂八道。

“这是对他客气，还是对你客气？”邓茂七拍拍他肩膀，说，“放心，你七哥和读书人打过交道。该客气时，我自然会客气。”

不到一个时辰，邓茂八带一年迈士绅回来。他向邓茂七引见：“七哥，这位就是城中大名鼎鼎的廖文昌廖大人。”

“廖先生，久仰，久仰。”邓茂七抱拳寒暄。他同时向邓茂八瞥去一眼，似乎在问：你看我客气得如何？

“墟长客气得很呢。”廖文昌不冷不热地说，“久仰云云，恐怕不实，你敢说今日之前，知道城中有我这么一个老朽？倒是墟长大名，我是久仰的；可墟长有今日，我也是没有料到的。”

邓茂七既然客气，不会在乎对方的态度。他问：“我邓某有今日，有什么不对吗？”

“错的不是墟长。”廖文昌道。

“那是谁人？”邓茂七问。

“第一个是我闽中前任御史柳某。”廖文昌道。

“他错在哪里？”邓茂七问。

“他不该传檄各郡、县，编各乡民为什伍，设总甲、小甲统辖；又于城中建重屋，于乡村建高楼，白日令乡民各谋生业，夜则轮宿重屋、高楼。墟长不妨想想，乡民若没有编为什伍，有几个拿过刀枪，上得阵去？”廖文昌侃侃而谈。

他说的柳御史，叫柳华，因患闽中多盗寇，将民编为什伍。不想，邓茂七抗拒官府，被编为什伍的乡民一伙一伙地投奔他。

“老八，你别说，这话有道理，我还真得感谢这位柳大人。”邓茂七对邓茂八说，又问廖文昌，“第一个错的是柳大人，第二个呢？”

“自然是本县父母大人。”廖文昌道，“他不知看中墟长什么，让墟长做里长，做总甲，又在要冲地段做墟长。要不是这样，沙县能有几个人识得墟长，墟长又怎能一呼百应？”

“那只有去问他。”邓茂七说，并问，“廖先生，还有第三个吗？”

“第三个就是我。”廖文昌说。

“廖先生有什么错处？”邓茂七问。

“我没料到到墟长会有今日，还不是大错吗！”廖文昌道。

“廖先生料到，又会怎样？”邓茂七问。

“我若料到，一定让本县父母大人除掉墟长；父母大人不肯的话，我自家想方设法也要除掉墟长。”廖文昌说。

“你——”邓茂七待要发作，忽见邓茂八在关注自己，他朗声笑道，“老八，你听到吧，他说要除掉我。我真替他发愁，手无缚鸡之力，拿什么除掉我？不过，老八放心，我仍会对他客气。”

“七哥说说，请廖先生来的本意吧。”邓茂八提醒他。

“好。”邓茂七点点头，指着空着的知县座椅，问廖文昌，“廖先生，认得那把椅子吗？”

“怎不认得，那是本县父母大人的座椅。”廖文昌回答。

“今日请廖先生来，别无他意，只是请你坐那把椅子。”邓茂七道，“廖先生，你要想方设法除掉我，我却请你来坐县太爷的座椅，这也算得上以德报怨吧？”说罢，哈哈大笑。

“墟长要我坐那把椅子，是别有图谋；我若坐那把椅子，是助纣为虐，为虎作伥。”廖文昌说。

“什么纣呀虐呀，虎呀伥呀，老八，你听得懂吗？”邓茂七问。

“听廖先生的意思，是不敢坐那把椅子。”邓茂八给出一个解释。

“廖先生，是这样吗？”邓茂七问。

“哼，我十年前就坐过知县的座椅，有什么不敢坐！”廖文昌道。

“这么说，是看不上这把座椅？”邓茂七不管他是不是，先准备好一番话，“不瞒廖先生，我也看不上那把椅子。请廖先生来坐它，不过因为它不能总空着，且委屈廖先生坐个一两日。我这个墟长，今日当到头；廖先生这个致仕县太爷呢，今日也当到头。日后，我称王，我八弟是正选先锋官，廖先生就是军师；我得天下，我八弟是兵马大元帅，廖先生就是相国。这总不委屈廖先生吧？”

“称王？得天下？”廖文昌连声冷笑，“墟长大概不记得，你家的祖坟是朝哪边立的吧！”

本来谈笑风生的邓茂七，听这话，脸色立刻阴沉下来。

“姓廖的，让你说对！”他拍着案子吼道，“我祖辈居住江西建昌，在故乡，我就不知祖坟立在哪方；背井离乡，流落至此，就更不知祖坟立在哪方。那又怎样，就不能有一番作为吗？我今日就是要你看看，不知祖坟立在哪方的邓茂七，是怎样称王，怎样得天下的！”

“还有不知祖坟立在哪方的邓茂八。”邓茂八也拍着案子吼道，“你看看是怎样做先锋，怎样做兵马大元帅的！”

“来人！”邓茂七大喝一声。

站立大堂之外的张三、李四等，早就按捺不住，这时一起拥入。

“拉出去，砍！”邓茂七喝道。

“得令！”张三、李四等把廖文昌拖出去。

兄弟二人默默坐一会儿，邓茂七略显歉疚地说：“还是没忍住。”

“读书人歹毒，骂人骂到祖宗，别说七哥压不住怒火，我也压不住。”邓茂八说，又说，“廖某杀就杀了，不值得多想，七哥想大事吧。”

“对，咱们想大事。”邓茂七爽快地应道。做过的事，他很少后悔。

邓茂七率部，从尤溪县南门攻城，尤溪县矿主蒋福成率部，从东门攻城，两部几乎同时攻陷城门，在城中央回合。

“七哥来得好快呀。”蒋福成说。

“还是蒋大哥快一步。”邓茂七说。

“明明七哥先下的马，怎么我反而快？”蒋福成问。

“你开口快一步。”邓茂七说。

蒋福成大笑。二人携手并肩往县衙走去。

进县衙大门，蒋福成要往大堂去，邓茂七摆摆手，拉着他穿过大堂边的小径，绕到后堂。

“那里坐着不舒服，还是坐在这里好。”邓邓茂七解释一句，让道，“蒋大哥请上座。”

“不可，不可，上座是七哥的。”蒋福成推辞。

“以宾主论，该蒋大哥上座。”邓茂七说。

“你我两部已合，不能以宾主论，要以座次论。”蒋福成说。

“怎么以座次论？”邓茂七问。

“七哥是大首领，我是副首领。”蒋福成说。

“蒋大哥说的是真心话？”邓茂七问。

“若不真心，死在七哥刀下。”蒋福成起誓。

“蒋大哥这么说，我不再让。不过，有件事，须与蒋大哥说明：我原有副首领的。”邓茂七说。

“我知道，是八哥。”蒋福成道。

“我得在身边，为老八留个席位。”邓茂七说。

“八哥坐第二把交椅，我心服口服，我的属下也都心服口服。”蒋福成道。他当初差人去沙县联络，邀邓茂七合攻尤溪，首先见的是邓茂八。

“好。”邓茂七不再客套，在首席就座。

蒋福成隔把椅子，在第三把椅子上坐下。

“蒋大哥，我原以为只有沙县的县太爷无能，故而一举夺城；谁知尤溪也是这么不禁攻打。”邓茂七说。

“七哥威名远播，官府早吓破胆。”蒋福成说。

“说句不中听的话，强龙压不过地头蛇，尤溪县的县太爷怕的还是蒋大哥。”邓茂七道。

“我也说句不中听的话，我要是振臂一呼，能把县太爷吓跑，何不占据县城后，再把七哥请来？”蒋福成道。

“要是那样，蒋大哥，你我就真成宾主。”邓茂七说。

“还是强龙压过地头蛇好，要不，怎么合起伙来？”蒋福成道。

二人正你一句我一句地说笑，邓茂八匆匆走进来。

“八哥一向冲在前面，今日为何姗姗来迟？”蒋福成起身招呼。

“蒋大哥坐。”邓茂八让道，他不明白邓茂七和蒋福成之间为什么空出个椅子来，自己并不坐，“说来惭愧，我在沙县等个人，致误攻城。”

“老八，坐下来说话。”邓茂七道。

“好，一路上马不停蹄，我也着实得歇一歇。”邓茂八说着，随便拉把椅子过来要坐。

“这边坐，”邓茂七手指中间的椅子说，“这第二把交椅是蒋大哥让给你的，你不坐，辜负他。”

“七哥坐的是第一把交椅？”邓茂八问。

“这也是蒋大哥客气。”邓茂七说。

“七哥坐第一把交椅，是众望所归。”邓茂八说，“七哥一举拿下沙县，七哥和蒋大哥一举拿下尤溪，我无尺寸功，还是坐在后边吧。”

“八哥，你我好兄弟，不要让来让去。”蒋福成说。

“我没和蒋大哥让来让去呀。”邓茂八说。

“你不是不肯坐第二把交椅吗？”蒋福成道。

“不错，我不肯坐第二把交椅，可也不是把第二把交椅让给蒋大哥坐。”邓茂八说句话，大家都听不明白。

“老八再往后坐，我怎听你说话？第二把交椅日后不管由谁来坐，今日你先坐着。”邓茂七说，等邓茂八坐下后，他问，“可见着那人？”

“见着。”邓茂八应道，“说一夜话，才把他送走。”

“他怎么说？”邓茂七问。

“他那边坐第一把交椅的人，愿与七哥会合。”邓茂八说。

“哈！他若肯来，咱们就真的成大气候，我宁愿把第一把交椅让给他。”邓茂七道。

“我料到七哥会这么说，把这层意思透露给来人。但他那边坐第一把交椅的人有个提议。”邓茂八说。

“有何提议？”邓茂七问。

“他和七哥都攻下过县城，眼下是平手。不如订下盟约，先攻下府城者，坐第一把交椅。”邓茂八略述对方的意思。

“倒也公平。”邓茂七自语，复问蒋福成，“蒋大哥，你说呢？”

“七哥、八哥说的是谁，我一无所知呀。”蒋福成道。

“让老八说。”邓茂七让他二人问答，自己把头一歪，去想心思。

“蒋大哥，此人与你一样。”邓茂八说。

“率众开矿？”蒋福成问。

“对，蒋大哥知道是谁了吧。”邓茂八道。

“八哥说笑，天下开矿之人，以千万计。”蒋福成说。

“也是在福建开矿的，在北边。”邓茂八说。

“在建宁？”蒋福成问。为找矿，他去过不少地方，福建各府的位置，一点即知。

“不错，是在建宁的政和。”邓茂八说。

“那我知道是谁。”蒋福成道，“二叶一陈，是他们吧？”

“蒋大哥果然见多识广。”邓茂八称赞道。

“七哥，”蒋福成转向邓茂七，“和他们恐怕合不到一处。”

“为什么？蒋大哥和他等熟识？”邓茂七问。

“我与他等从没见过面，但关乎他等传言，听过不少。”蒋福成道，“二叶，说的叶宗留和叶希八，都是浙江处州府庆元人，八哥说的在那边坐第一把交椅的，应该是叶宗留。一陈，说的陈鉴胡，是处州丽水人。三人原本在处州山中开矿，后被官府驱赶，到我八闽来开矿。”

“是不是蒋大哥矿山被他等抢去，所以说合不到一处？”邓茂七问。

“那倒不是。”蒋福成摇着头说，“俗话说，鱼有鱼道，虾有虾道，我想，他等都是浙江人，和我福建人未必会一心。况且，二叶一陈，眼下就不在福建，而是回到处州。”

“是吗？”邓茂七问的是邓茂八。

“他等果在处州。不过，他那边坐第一把交椅的首领说，只要七哥发话，随时可返回闽地。”邓茂八回答。

“我不管他等是不是福建人，也不管他等眼下是不是在福建，蒋大哥，你且说说他为人如何。”邓茂七道。

“见人有难，拔刀相助，称得上豪爽。”蒋福成说。

“很对我脾性。”邓茂七道，又问，“有无胆量？”

“他去年就在政和举事。”蒋福成说。

“这可是走在你我的前边！这等汉子，他不来巴结我，我也要去巴结他。”邓茂七说。

“七哥，是否邀他入闽？”邓茂八问。

邓茂七略加思索，道：“不用。差人去告诉他，我不日将攻打延平；他有兴致，不妨在处州小试牛刀，看看谁先得手。”

“好，我就去传话。”邓茂八应道。他看出来，邓茂七感兴趣的，不在于和叶宗留等相合，而在于彼此呼应。

巡按御史张梅、福建布政司分守建南道参议金敬率府、县官登上城门楼。金敬原本驻于延平，张梅恰巡查至延平，有他们在，知府、知县等官自然退到第二位。城外，一队一队的乡民和矿徒或首尾相接，或并排而列，虽不齐整，声势却很大。他们距城池在百步开外，在他们和城池之间，一绯衣男子，骑着马来回游荡。

“是邓茂七吗？”张梅问。

“不是。”都指挥范真答道，“属下有认得贼人众头领者，说他不是邓茂七，不是邓茂八，也不是蒋福成。”

“不会连个小头目也不是吧？”金敬道。

“我看，他不会是小头目。”张梅说。

“何以见得？”金敬问。

“这是在延平，不是在沙县，不是在尤溪，邓茂七若差个小头目来喊话，也太小觑我吧！”张梅道。

“此言有理，不是邓茂七本人，不是邓茂八、蒋福成，也是排在他等之后的大头目。”金敬一边琢磨，一边说，他问范真，“范大人，我看他距城不过三四十步，应在射程之内吧？”

“没问题，一箭可断其咽喉。”范真炫耀自己的箭法。

“你看呢？”金敬又问张梅。

“你说一箭将其射杀？”张梅摇头，“不，先听他说些什么。”

城上军士向下喊话：“我家大人在此，你有话便说！”

“哪一位大人在？”绯衣男子问。

“巡按张大人，参议金大人。”城上军士回答。

“那好。”绯衣男子放开嗓门喊道：“邓首领命我等进一言在大人面前：我辈贫苦乡民及贫苦矿徒，苦于富民鱼肉，官府又不肯为我辈做主。若蒙大人宽宥，并应允免除三年徭役，我等即刻散去。”

“告诉他，这些事我都做不了主。”张梅命军士。

城上军士喊过话，城下绯衣男子道："那就请大人上奏朝廷。"

张梅略想片刻，命道："告诉他，我答应把他这一番话上奏朝廷。"

"大人当真要为他等奏请？"金敬问。

"我尚未想好。"张梅说着，问范真，"范将军，你以为呢？"

"在下愿与贼人一战。得胜，他的那些狗屁话就用不着渎扰朝廷；若不胜，再请大人定夺。"范真说。

"好，就依范将军之言。"张梅要的就是范真这句话。战与不战，特别是能战不能战，他完全没把握。

范真回营，安排夜袭。官军出动后，张梅、金敬等，聚在巡按衙门里等待消息，一夜没睡。

天要亮时，都指挥同指雍埜率部回城，径奔巡按衙门而来。

衙役远远见他驱马而来，忙报进去。张梅等顾不上一夜的疲惫，一起拥出屋外。雍埜下马要进，张梅等要出，平日里觉得很宽敞的大门，一下被堵得严严实实。雍埜没想到应该后退一步，张梅等也没想到应该回到院子里，两边干脆堵在门廊说话。

"怎样？"张梅问。

"贼退，全部都退。"雍埜说。

"好哇，雍将军终于给我等带回好信息！"张梅长长出一口气。

其他官员也长长出一口气。他们开始移步后退，其他话可以留到院里或屋里再说。

"但也有不好的消息。"不料雍埜又加上一句。

众官员又驻步。张梅问："那是何事？"

"范大人战死。"雍埜说。

"谁战死？"张梅好似没听清。

"都指挥范大人，还有指挥彭玺。"雍埜又补充一人。

张梅、金敬等面面相觑。他们都在心里掂量，好的消息，不好的消息，究竟哪个分量更重一些？

"范将军等是战死的？"张梅多问一句。

"官军与贼人在城东南剑溪边遭遇，发生混战。范大人欲登舟指挥，忙乱中，跌入溪里，溺水而死。"雍埜说。

"那不能算战死的。"张梅首先明确自己方才那一问的含义。他一拂衣袖，倒背双手，率先退回院子里。众官员跟随在后，雍埜隐隐觉得不妙，走在最后面。

"你来。"张梅向他招手。等他走到近前，张梅说："范将军死于混战，你身为副职，却安然无恙，这是怎么回事？"

“其实，并、并无混、战。”雍埜结结巴巴地说。

“那么，和贼人是否遭遇？”张梅问。

“并、并未遭、遭遇，范大人是、是溺水而死。”雍埜说。

“只有这样，雍将军才没有过失。”张梅说。

众官员散后，金敬问道：“明明战死，为何说不得？”

“以延平之兵，战延平之贼，金大人有几分胜算？”张梅反问。

“难说得很。”金敬不敢随意乱说。

“那么，延平之贼杀多名命官，朝廷还会恩准安抚吗？”张梅又问。

“看来，大人是要为邓茂七等留条生路。”金敬说。

“金大人说的是好听的话，不好听的话是：我等也要为官府留个转圜的余地。”张梅这么说时，已经在为奏章打腹稿。

第五十二章

太常寺所辖四夷馆，分蒙古、女直、西番等八馆。各馆俱设译字生和通事，译字生的职责是笔译，通事的职责是口译。八馆中，最忙碌的，应属蒙古馆的通事。因为蒙古各部每年都有不止一批贡使到京，而且每批贡使都带来为数众多的随员。朝廷对贡使的安置，对贡使所请的答复，大者通过礼部，小者通过太常寺，而最终都要通过蒙古馆通事，传达给贡使。甚至馆驿与贡使及其随员的交涉，也离不开通事。

通事还有一项苦差事，那就是直接前往蒙古各部营地，传宣敕旨。

通事刘全，正统十三年底被差往鞑靼大营，向脱脱不花传宣敕旨。奉差即行，到得宣府，只要住上两日，就可以在宣府城里过一个踏踏实实的正旦节。但他不敢多住这两日，只睡一夜，第二天就动身。即便他决定住下来，宣府的守臣恐怕也要出面干涉。因此，正统十四年的正旦日，他是在途中度过的。到大同，只要住上五日，就可以在大同城里过一个踏踏实实的上元节。但他不敢多住这五日，仍是睡一夜，第二天就动身。即便他决定住下来，大同守臣恐怕也要出面干涉。差事不可谓不重要，但他只是传送文书的下吏，而不是钦差大臣，谁都可以对他发号施令，谁的发号施令他也不能不听。

离开大同，他算计着路程，断定今年的上元节又要在路途度过。没想到的是，上元节这一天的正午时分，他撞进一座蒙古大营里。

他向帐外守护的头目报上自己姓名，并说明是来给达达可汗传宣敕旨的。又没有想到的是，该头目听了他的话，大笑不止。

“首领为何发笑？”刘全不管对方身份是什么，称首领总不会错。

“好笑你天朝皇帝，只会给无用的脱脱不花送敕旨。”那头目说。

“首领难道不是达达可汗属下？”刘全惊问。

“脱脱不花会有我这等威猛的首领吗？实话告诉你，我是太师淮王的属下。”该头目说。

“对不住，对不住，我走错路。”刘全又是打拱，又是致歉。

“你也没走错路。这两年，南朝皇帝给脱脱不花的敕旨，不知有几多是送到我们太师淮王手里的。你既来，这一份也留下吧。”该头目说。

“那怎成！留在首领这里，我回去如何交差？”刘全道。

“有什么不成的，送到脱脱不花手里也好，送到我太师淮王手里也好，反正是送到。”该头目说着，又加以诱惑，“再者，凡送敕旨来的，不管送对的，还是送错的，我太师淮王都要见上一面，赠以厚礼的。你何乐而不为呢？”说完，拿挎在腰间的短刀刀柄捅他一下，道，“走，走！有什么话，见了我太师淮王再说。”

刘全不得不随他走进营帐。

营帐内以干牛粪和柴草混合在一起，放进泥土垒起的类似壁炉的槽里，点燃取暖，和外面浑然两个天地。也先随便坐在营帐中央，两边各坐几个人。帐外守护的头目向他禀明刘全的来历，他不出一言，向刘全伸出手去，刘全身不由己地把敕旨取出，双手将它举过头顶，被一名也先的贴身护卫拿走。

也先看也不看，就交给其他人。他向刘全问候：“刘官人好呀。”

“太师淮王殿下好。”刘全也向他问候。

“为何加殿下二字？”也先问。

“我汉人凡封王者，都称为殿下。”刘全解释。

“你是说，我可以和汉人的王并列？”也先问。

“不，殿下比我们汉人的王更胜一筹。”因为过节，刘全拣好听的说。

“胜在哪里？”也先问。

“汉人的王绝无再称太师者。”刘全说。

“这我知道，汉人最高最高的官人才称太师。”也先说着，想出一个更全面的称谓，“那你该称我太师阁下淮王殿下才是。”

“是，太师阁下淮王殿下好。”刘全重新问候。

也先没听够，对坐在他身边的瓦剌首领说：“你等也称一声。”

瓦剌首领们轮番呼叫一遍。也先觉得有趣，瓦剌首领们也觉得有趣，都笑起来。刘全也跟着笑几声。

“刘官人，你不错，初次见面就送给我一个名头。我要加倍送礼给你，还要请你喝酒、吃肉。”也先说。

酒、肉送上来，也先招呼刘全坐在对面，拎起一个盛酒的革囊，抛给他，然后自己拎过一个革囊。其他人不够每人一个，便两三个人合用一个革囊喝酒。

“刘官人，今日是你们汉人的一个节日吧？”也先问。

“是上元节。”刘全答道。

“我听伯颜说，汉人上元节要吃圆子。”也先道。

“是，这是汉人的习俗。”刘全说。

“我连圆子是什么样都没见过，所以，今日无法请你吃圆子，只能请你吃大块的羊肉、牛肉。不过，”也先猛地喝一大口酒，颇有豪情地说，“早晚有一天，我要请你吃你们汉人的圆子！”

“我原本想，今日要在冰天雪地里啃一口干馍，喝一肚子冷水。能喝到太师阁下淮王殿下的酒，吃到太师阁下淮王殿下的羊肉、牛肉，有如步入天堂，在下感激不尽。”刘全说着，也喝一大口酒。

“来，吃肉。”也先道。

他先拿肉盘子里的刀子割一块肉，其他瓦剌首领和刘全也拿刀割肉吃。烧酒和煮成六七成熟的羊肉、牛肉下肚，身上顿觉暖洋洋的。

等到割的肉块越来越小，革囊也仅象征性地碰一碰嘴唇，话又多起来。不过，瓦剌的其他首领只相互打闹，和刘全说话的只有也先。

“刘官人，汉人天子待你如何？”也先问。

“我吃的是皇粮，天子待我，可谓恩重如山。”刘全说。

“不，我问的是，你的话汉人天子肯听吗？”也先道。

“贵部及瓦剌等部的事务，若没有我，朝廷难以决断。”刘全说。他不知真的喝多，还是将错就错，既然敕旨交出，干脆把这里当作鞑靼。

“刘官人好不省事，这里就是瓦剌大营。”也先说。

“一样的，反正蒙古各部事务，朝廷不能不听我的。”刘全含混道。

“这就好！既然汉人天子听你的，我有件事，要你帮个忙。”也先说。

“太师阁下淮王殿下请说。”刘全道。

“我几个虎子中，最合我心意的，是第三子。”也先见刘全嘴巴在动，问道，“刘官人，你要说什么？”

刘全本来想告诉他，自家的儿子只能称犬子，又一想，瓦剌人就习惯这么说，你管得着吗？于是换成其他话：“太师阁下淮王殿下想让他学点汉人文化吧？这好办，我先把他安置在四夷馆里，等他识得汉字，能做文章，再送他去学校。他的衣、食、住、行，我都可以关照。”

“那倒不劳刘官人费心，我还有个更简便的法子。”也先说。

“请问太师阁下淮王殿下，是什么法子？”刘全问。

“老三已到娶妻的年纪，我想为他定一门汉人的婚姻。”也先说。

“这也好办，我为他找个殷实人家的女子。”刘全说。

“一般殷实人家的女子恐怕不成。”也先道。

“有功名的人家，也不是说合不成。可惜我没女儿，不然，我倒情愿与太师阁下淮王殿下结亲。”刘全还真把自己看成一号人物。

“若刘官人真有女子，也不好高攀。”也先说。

“一般殷实人家女子，看不上；有功名人家女子，攀不上。不知太师阁下淮王殿下是不是选中某一人？”刘全问。

“是选中一个，但轻易不敢使人提亲。”也先道。

“不妨，只要在京城，这个亲我来提。”刘全拍着胸脯说。

“再好不过！我想让老三与你们汉人公主成婚。”也先道。

刘全吓一跳，心里说：那是成婚吗？那是我们公主下嫁！

“公主，是天子之女呀。”刘全小心地说。

“是啊！天子肯听你的，所以，我才请你帮忙。”也先道。

“可太师阁下淮王殿下方才说，有功名的人家也不好高攀。”刘全试图用他自己的话来打消他的这个念头。

“我是说，他等不好高攀。”也先道。

刘全心想：我若有女儿，肯定也不好高攀。既已承诺提亲，他不愿改口，便借着酒力说：“太师阁下淮王殿下把此事托付给我，算是找对人。我一回朝，即奏与天子知道。太师阁下淮王殿下静候佳音吧。”

刘全回到京城，心里惦记着这件事，除了因为吃人家，拿人家，还有另一层盘算：敕旨送错地方，朝廷八成是不会追究的。但真要追究起来，原本不多的皇粮，就不用再想吃；要是把天子和也先的婚姻说合成，那可是一件天大的功劳，从此以后，人们就得对他另眼看待，对不起眼的通事另眼看待。

这是件大事，刘全知道，一定得找个和自己熟悉又比自己聪明的人商量。他一下想到喜宁。

喜宁贪财，刘全把也先送的礼物分成两堆，大的一堆留下，小的一堆准备给喜宁拿去。看了看，小的一堆东西太少，他从大的一堆里取出一件，放进小的一堆。再看，还少，就再取一件。每取一件，他的心便被刺痛一下。直到两堆差不多，他相信，只要再从留给自己的那堆里取出一件，一定会心疼死，这才作罢。

刘全见喜宁，作个大揖，嘴里甜言蜜语地说着：“小宁叔，今年正旦节、元宵节耽误给你老拜贺，今日补上。”说着，把挎在肩头的小包袱打开，让喜宁看里面的东西。

喜宁见里面的好东西不少，喜上眉梢。

“我知道你被派差事，是厚着脸皮跟达达可汗要的吧？”他问。

“不是，小人哪有那么厚的脸皮！”刘全说。

“不是要的，难道是人家自愿送你的？”喜宁问。

“不是，小人也没那么大的面子。”刘全说。

“非此非彼，难道会有别的出处？”喜宁开始动脑筋想。

“小宁叔说得对，这是太师淮王送的。”刘全道。

“我说嘛！我敢说，你所得之物，至少留下一半，至多拿一半来孝敬我。人家达达可汗凭什么送你这么多东西呀！”喜宁把他看得很透，但很快又想到另一层，“不对呀，我听说你去的是鞑靼部呀。”

“小人是被差去鞑靼部，谁知却撞到瓦剌部。”刘全说。

“我知道你的来意。”喜宁点着头道，“送错敕旨，你担心被朝廷治罪，想让我为你谋划自保。对不对？”

“小宁叔一眼就把小人的心思看透。”刘全奉承一句。

“老刘，你放心。”喜宁道，“把敕旨送错地方，你又不是第一个；再者，有我庇护，你怕个什么？”

“多谢，多谢！不过，我来看小宁叔，为的不是此事。”刘全说。

“还有别的事？”喜宁看看他带来的礼物，似乎在评估，是不是值得再过问其他的事？评估很快有结果，他点点头，道，“好，你说。”

“太师淮王也先要小人做个媒，小人不知管得管不得。”刘全说。

“那有什么管不得的。”喜宁话一出口，忽然想到什么，“老刘，他是要娶个汉人老婆吧？”

“诚如小宁叔所料，是要个汉人老婆；不过，不是他要娶，是要给他的第三个虎子娶。”刘全说。

“接不接这个牵线的活计，可得好好琢磨琢磨。”喜宁道，“你给他说个一般人家吧，保准他不乐意；你要是给他说个不一般的人家，谁知道这边乐意不乐意呢？”

“哎呀，小宁叔真是神仙呀！”刘全惊呼。

“怎样，他要的是不一般的人家吧？”喜宁问。

“可不是！这个不一般比一般的不一般还要不一般呢。”刘全简直不知道该怎样进一步形容。

“怎么个比一般的不一般法还要不一般？”喜宁问。

“他想给老三娶个汉人的公主。”刘全说。

“娶汉人的公主？那我还真帮得上忙。不过，他小子一辈子就别想舒坦。”喜宁这么说，是把也先当成普通汉人的子弟，他随即想到不对，“老刘，是你糊涂，还是太师淮王糊涂，公主，是咱爷的千金呀！”

“我是这么告诉他的。”刘全道。

“他怎说？”喜宁问。

“他说，所以才要我回来提亲。”刘全道。

“好个太师淮王，太师也不做，淮王也不做，只想做咱爷的亲家！也不知哪个有心眼的人给他出的主意，我若是做太师淮王军师，说不定也会出这么个主意。”喜宁自言自语。

“小宁叔是说，此事可为？”刘全问。

“竟想提这门亲事，简直猪狗不如！”喜宁骂道。

“小宁叔不是说，若做军师，也会出这么个主意吗？”刘全不甘心。

“我不是没做太师淮王的军师吗！”喜宁道，“老刘，别的先不说；我且问你：提这门亲事，图的什么？”

“为朝廷尽绵薄之力。”刘全说。

“尽绵薄之力，图尺寸之功，对吧？”喜宁加上一句。

刘全腼腆一笑，算是默认。

“我告诉你，要是你提及此事，别的赏赐能不能得到，我不敢说；有一件赏赐，你肯定会得到。”喜宁说着赏赐，语气里却透出幸灾乐祸

“是何赏赐？”刘全问的是赏赐，语气里透出的是不安。

喜宁用手掌在颈项间划过，道：“这里挨上一刀。”

“掉脑袋？”刘全浑身一哆嗦，“小宁叔，不至于吧？”

“不信，你就试试！”喜宁不愿他试，又说，“老刘，你想一想，自太祖皇爷立国以来，可有将公主下嫁番邦的故事？”

“小宁叔知道，小人听过的故事不多。”刘全有些难为情。

“那我告诉你，没有！”喜宁道，又问，“老刘，你知道，太祖皇爷一生，有过多少位皇女吗？”

“小人不知。”刘全说。

“一百多位吧。”喜宁信口说道，其实，太祖高皇帝只有十六女，但和后来的几位皇帝比起来，已是最多的，“要把公主下嫁番邦，也该太祖皇爷时率先下嫁呀。太祖皇爷时不曾下嫁，太宗皇爷时不曾下嫁，你让今日爷带这个头，岂不是把祖宗抛到脑后！”

“是，是，今上不能带这个头。”刘全慌忙应道。

“再者，就算咱爷看开，想拿个女儿下嫁给番邦，你却要他拿哪个公主下嫁？”喜宁问。

“皇上不是有几位小公主吗？”刘全道。

“你这个小字用的实在是妙。你算一算，咱爷最大的公主几岁；你算不出来，我帮你算。”喜宁说。

这个忙不必帮。皇帝是正统七年大婚的，就算当年得女，今年也只有七八岁，况且，皇帝长女并非皇后娘娘所出。

“宫里不是还有几位长公主吗？”刘全又打皇帝姐妹的主意。

“没有几位，只有两位，差不多十年前都下嫁。”喜宁指点着他说，“你也不想想，贵为皇家女，会留在宫里做老皇姑吗？”

“不会，不会！小人记得，长公主早就遴选过驸马。”刘全说。

“要不，咱们想法子让哪位驸马爷先去给太皇太后老娘娘做伴，为寡公主续个丈夫，那时或可下嫁番邦？”喜宁轻描淡写的语气，使这几句话听起来格外恐怖。

“不要，不要，还是让驸马爷多陪伴长公主几年吧。”刘全说，他心想：送错敕旨，未必是死罪；谋害驸马，那一定是死罪。即便送错敕旨是死罪，也没必有再给自己多找个死罪。

“老刘决心让长公主一家平安无事？”喜宁煞有介事地问。

“是，小人祈求佛祖，祈求太上老君，祈求各位菩萨，各位仙长，保佑长公主阖府平安无事！”听刘全的口气，驸马爷府上有人暴死，就一定会把账记在他的头上。

“那么，太师淮王乞婚之事呢？”喜宁问。

“小人把它藏在这里。”刘全指着自己的胸间说。

“这不太好。”喜宁摇着头说。

“小宁叔还有什么指教？”刘全问。

喜宁伸出手去，到刘全胸前抓一把，然后把手放在自己唇下，轻轻吹一口，并说：“把它抛到九霄云外，老刘一家才会平安无事。”

“是，是，小人出小宁叔府第，就把这件事忘得干干净净。”刘全应道。他心里却说，要是真能把这事忘个干净，那才是上天眷顾呢。

刘全的预感不错。两天之后，在他离开四夷馆回家，路过会同馆时，被一名突然现身的达官拦住。

“刘官人，别来无恙呀。”达官与他招呼。

“我与阁下素不相识，说不上别来无恙。”刘全道。

“刘官人用错称呼，不是太师才称阁下吗？”达官冷笑着说。

刘全立刻判断出，他是瓦剌部的贡使，是也先差派来的。

“首领有何见教？”刘全改用他用惯的称呼。

“太师阁下淮王殿下想知道，提亲之事有无下落。”达官说。

“我凭什么告诉你！”刘全道。

“不告诉我也行呀，你可以去直接告诉太师阁下淮王殿下。”达官说。

“我凭什么告诉他！”刘全道。

“怎么，做媒的大礼都收下，却要赖账？”达官讥讽道。

“我几时收下做媒的大礼？”刘全问。

“刘官人回到京城，一匹马驮你，一匹马驮物。那不是媒人大礼，又是什么！”达官道。

“那是太师淮王送我的礼物。”刘全分辩。

“把太师阁下淮王殿下说全，不会费多少口舌。”达官道。

“好，那是太师阁下淮王殿下送我的礼物。”刘全重说一遍。

“太师阁下淮王殿下交代，那些礼物，一半是送与刘官人交个朋友的，一半是托请刘官人提亲的大礼。”达官说。

“太师阁下淮王殿下当真这么说？”刘全问。

“我每一字都是重复太师阁下淮王殿下的话。”达官说。

“既如此，这样吧：提亲的那一半大礼，我转送宫里的宁公公；提亲之事，首领可以径直找他询问。”刘全道。

“宁公公？好啊，我瓦剌首领中识得他的人不少，我也久闻其名。找到他，一定会有结果吗？”达官问。

“别的结果有没有，我说不好；有一个结果，是一定有的。”刘全道。

“是何结果？”达官问。

刘全用手掌在颈项间划过，道：“首领这里要挨上一刀。”

达官不由大笑，不是因愤怒而生的冷笑，而是纯粹被逗笑。

“伯颜知院给我讲过一个汉人的故事，叫什么狐假虎威，想不到刘官人也会玩这一伎俩。”他说。

“我不想吓你，宁公公不像我，和首领们天天混在一起，被纠缠惯；若是把他惹怒，首领性命堪忧。”刘全道。

“好极，妙极，我给刘官人讲个全新的狐假虎威的故事吧。”达官说。

"虎者是谁？狐者是谁？"刘全问。

"虎者是我兄弟，狐是我呀。"达官说。

"小首领有什么大威？"刘全问。

"不是大威，只做过一件小事。"达官说着，问起一件往事，"去冬，就在这会同馆里，有一官人被杀，刘官人听说过吗？"

"岂止听说，我亲眼所见，被杀的是我四夷馆的同僚。"刘全说。

"杀人那人，可见到？"达官问。

"见到，也是个达官。"刘全说。

"此事后来惊动朝廷，是不是？"达官问。

"刑部亲自勘查，礼部上疏陈奏，可说是惊动朝廷。"刘全说。

"朝廷如何处置杀人达官？"达官问。

"先命指挥杖责，复命提督四夷馆少卿赐宴。"刘全说。

"杀一人，挨几板，吃喝一顿，也值得吧？"达官问。

"那要看怎么说，被杀的通事就冤得很。"刘全说。

"刘官人，知道杀人的达官是谁吗？"达官最后一问。

刘全才要说：是个极为莽撞的汉子；忽然领悟，改问："是小首领？"

"对，他是我兄弟。"达官道，"他返回大营，说起此事，太师阁下淮王殿下大为称赏，众首领甚是敬佩。我身为兄长，反不如弟，你道心里是个什么滋味！用你们汉人的话来说，无地自容啊！要是有个机会，在会同馆前，杀个身份相当的人，回去让太师阁下淮王殿下也称赏一番，让众首领也敬佩一回，我何乐而不为呢！"

达官说着，把刀从刀鞘里拔出小半截，然后重重地放回去。拔出的那一小段，放出一道寒光，晃得刘全眼晕。他连忙措词奉承："首领哪里是狐，首领也是虎呀，这叫作二虎争先。"

"你说我也是只虎？"达官问。

"是，首领是大虎，小首领是二虎。"刘全说。他心里暗自得意：他的两个儿子，老大取名大虎、老二取名二虎，把达官兄弟唤作大虎、二虎，自己拣个大便宜。

达官当然不知他的心思，但问："那我去见宁公公，不必怕吗？"

"首领怎会怕见他，是他怕见首领。"刘全说。

"既如此，你可带我去见他。"达官道。

"首领别忙，在下还有个计较。"刘全说。

"又有什么计较？"达官抱怨，"你等汉人就是啰唆，遇事计较来计较去，也计较不出什么名堂！"

“这回却是为首领计较。”刘全说，“为太师阁下淮王殿下提亲一事，在下的确与小宁叔计议过，小宁叔也答应帮忙。在下见不到天子，只能写疏呈进。小宁叔却是日日可以面朝天子。在下把这件事写在疏里，小宁叔再当面奏请，定可促成这件好事。首领在京城安住一两日，一定会有消息。这才是极好、极妙呢。”

“刘官人说一两日？”达官问。

“或三五日。”刘全说。

“到底是一两日，还是三五日？”达官问。

“差不多，差不多。”刘全支吾。

“你说一两日，我等你一两日；你说三五日，我等你三五日。怎么会差不多？”达官一丝不苟。

“这样吧。”刘全说，“一日太短，五日略长，暂定为三日吧。”

“好，三日后我等你消息。”达官道。

次日起，刘全去衙门应差和从衙门回家，都小心翼翼。不得不去会同馆时，他则东张西望，心里打鼓。还好，一直不见那达官的影子。熬到该有消息的那天，去衙门的路上，在会同馆门外，他更加提心吊胆。也还好，那达官并没出来纠缠。回家的路上，他尽想好事：那达官是不是骑马摔死？是不是喝酒醉死？是不是斗殴被杀死？是不是争吵被骂死？再不济，也是遇有急事赶回瓦剌。刘全知道，纵然此人不在，事情也没了结，也先还会差人来啰唆。差人来不怕，但求上天保佑，差来的人不要有一个杀人不用偿命的兄弟。

正在胡思乱想，已走近他家所在的胡同。一抬头，他就什么也不用再想，因为那达官在胡同口悠闲地走来走去。要转身而去来不及；再者，躲避总不是长久之计。他硬着头皮走过去。

“刘官人，别来无恙呀。”达官还是那句话。

“首领到此，有何贵干？”刘全问。

“在等候刘官人呀。”达官说。

“等我？何事？”刘全问。

达官伸出三根手指，在他眼前晃来晃去。

“三，首领是说，三日之期已到吧？”刘全装模作样，掰着手指数着，“不错，是第三日。不过，不劳首领移玉步，我会去找你的呀。”

“我改了主意。”达官说。

“首领是说，准备再宽限几日？”刘全一厢情愿，自问自说，“给天子提亲，不是件小事，太急不成。”

“我不急，我只是想，在会同馆前杀人的，是我的兄弟，我干吗要学他？赶到家里来杀人，不但能杀他本人，还能捎带着杀他妻儿老小，岂不更加有趣？”达官道。

刘全惊得两眼发直，嘴巴张开又合上，经过几个来回才说出话来。

“首领千万别动不动就想到杀人，我们汉人有句成语，叫东施效颦。它说的是，丑人学美人举动，只会让人取笑。”他说。

达官无心与他谈论成语，只说：“刘官人不是要宽限几日吗？”

“谁说我要宽限几日？”刘全问。

“刘官人自个儿才说的呀。”达官道。

“我只说向天子提亲不是件小事，太急不成，谁要宽限几日？”刘全不认账。

“太急不成，不是要宽限吗？”达官问。

“首领对我们汉人的言语懂得太少。提出宽限，自然有不可太急之意；说太急不成，却不一定是提出宽限。”刘全说。

“刘官人不是要宽限？”达官被他说糊涂。

“与首领见面的当天，我就给天子写疏，干吗要宽限！”刘全道。

“宁公公也答应帮忙？”达官问到最关键的问题。

“小宁叔次日见过天子，极力撺掇此事。”刘全说。

“天子呢？”达官问。

“天子犹豫一日，这不，今日终有回音。”刘全撒个弥天大谎。

“天子怎么说的？”达官问。

“首领在京不止一天，怎么还不知道！天子金口一开，不是说，是宣谕。”刘全调侃还在其次，主要的是在琢磨怎么把谎再撒下去。

“好，天子怎么宣谕的？”达官无心与他调侃。

“天子宣谕：太师淮王也先，欲与朕联姻，可见心存归化。朕心甚悦，不日择一公主下嫁。”刘全拿腔拿调撒个更大的谎，并说，“首领须知，天子嫁女，都说下嫁，这是不能改的。”

“下嫁听着顺耳，改它作甚！”达官不反感这两个字，只问，“天子几时发布敕旨？”

“发布什么敕旨？”刘全问。

“下嫁公主呀。”达官道。

“首领又不懂，太师阁下淮王殿下欲与天子联姻，须得先行奏请，天子才好恩准。”刘全说。

“我太师阁下淮王殿下不是向刘官人奏请过吗？”达官道。

“那是口头奏请，天子也口头恩准；太师阁下淮王殿下还须备下彩礼，贡入朝廷，才算是正式奏请。”刘全说。

“原来有这多讲究，刘官人不说，我怎晓得！”达官点点头，问道，“刘官人看，我太师阁下淮王殿下该备何等彩礼？”

刘全想了想，说：“太师阁下淮王殿下珍爱什么，就多多备下什么。”

“好，我这就返回大营禀报。”达官不再多说，转身就走。

刘全拿手抹去脸上的汗，心里念叨：达官爷呀，但愿你有去无回！

第五十三章

二月，福建多雨，白日里行路都有些艰难。沙县士绅罗汝先带一家仆，夜行昼宿，更是分外艰难。从沙县到延平只有两日的路程，二人竟走五日。到延平城下，天还没亮，主仆二人又累又困，后背靠墙，半坐半卧，熟睡过去。

去年邓茂七举事，延平被攻打过一次。半年以来，延平所属各县，均有邓军活动，多数县治被攻陷。因此，延平人心动荡，草木皆兵。天将亮时，城上军士见城下有人，惊叫起来。守城指挥登城探望，看清只有两个人，亲率一队士卒出城，把罗氏主仆围住。

城上军士的惊叫，没把罗氏主仆吵醒；一队士卒围拢过来发出的声响，也没把罗氏主仆吵醒。

“大人，别是两具死尸吧。”一士卒说。

指挥也拿不准，他命一士卒：“去，上前看看。”

该士卒不情愿地走过去，他不敢太接近，老远就往前挺着长抢。触到罗仆的脚时，他手上加点气力。罗仆的脚往回一缩，他也惊得往回一跳，并呼叫：“大人，一个是活的！”

“另一个呢？”指挥问。

罗汝先终于醒了，他伸个懒腰，答道：“也是活的。”

指挥见他书生模样，心放宽一半。他一挥手，士卒们往前走几步；又一挥手，士卒们再往前走几步。包围的半圆越缩越小。

指挥站在半圆的中心，问道：“从哪里来？”

“沙县。”罗汝先回答。

指挥瞪大眼睛，士卒们手里的刀抢都举向罗汝先。

“是贼人的细作吧？”指挥盘问。

“贼人若有我这样的细作，延平的日子恐怕更难过。”罗汝先说。

“不是细作，是逃难到此？”指挥又问。

“危难是有，我却不是逃难到此，而是解难到此。”罗汝先说。

“好大的口气！”指挥嘲笑道。“你若真有解难的本事，在沙县就能解难，何必跑到延平来！”

“沙县有罗某，却无丁大人。”罗汝先说。

“哪个丁大人？”指挥问。

“奉旨招讨闽贼的丁大人。”罗汝先说。

“你与丁大人可是旧识？”指挥问。

“我与丁大人从不相识。”罗汝先说。

“既不相识，为何冒死而来？”指挥问。

“我有破贼的奇计，只有丁大人识得其妙，也只有丁大人认可，方可实施。”罗汝先说。

“好大的口气！”指挥又说一遍对他的评价，转身走出士卒们包围的圈子。士卒们没接到命令，不知该撤掉包围圈，跟着离开，还是要继续把罗汝先主仆围起来。走出一小段路，指挥才回过头，命道：“带上此二人，回城！”

他到底不该太小看前来献策的士绅。

福建发生动乱以后，朝廷一面准允乡民、矿徒乱军三年免役的陈请，一面责成福建办差的监察御史丁瑄招讨。所谓招讨，一是招抚，二是征讨。丁瑄招抚不成，朝廷调集军队，以都督刘聚、佥都御史张楷总督军务，征讨福建境内之贼。后因刘聚、张楷征讨不利，复征集大军，以宁阳侯陈懋为总兵官、征夷将军，保定伯梁珤、平江伯陈豫为左、右副将，都督同知范雄、都督佥事董兴为左、右参将，刑部尚书金濂参赞军务，太监曹吉祥、陈梧监军，丁瑄、张梅纪功。从第二次的安排来看，朝廷真的把邓茂七看作大敌。

而今大军尚未至，丁瑄仍是招讨闽贼御史的身份；或在罗汝先的眼中，他仍是招讨闽贼御史的身份。

“罗先生有何见教？”丁瑄问。

“学生愿助招讨一臂之力。”罗汝先答道。

“而今不是招讨，是记功。”丁瑄说。

“正式记功前，丁大人仍是招讨。”罗汝先道，如果这句话还没什么特别的含义，下一句话却耐人寻味，“况且，丁大人完全可以把功记在招讨头上，那就不必为他人记功。”

“罗先生此言何意？”丁瑄自然要问。

“大军到来之前，招讨即可建立殊勋。”罗汝先道。

“如何建立殊勋，守城，抑或出剿？”丁瑄问。

“擒贼先擒王。”罗汝先道。

他说的是句简单的成语，也是个简单的道理。但这五个字一下把丁瑄吸引住，他问：“罗先生欲擒哪个王？”

“铲平王。”罗汝先道。

队伍壮大以后，邓茂七在邓茂八及其他首领的拥戴下，称“铲平王”。这个名头当然有其他含义，但恰好可以理解为针对延平的，这也是守在延平的官员和官军惊惧不安的原因。听说有办法擒拿邓茂七，丁瑄不仅被吸引，而且自己也兴奋起来。

“罗先生有何妙策？”他问。

“一味守城是擒不住他的；出剿也不是上策。邓某忽而沙县，忽而尤溪，官军尾随其后，彼逸我劳，难收功效。”罗汝先先排除其他战法，再献计，“不若诱贼攻城，预设埋伏，可一举败之。”

“来，来，”丁瑄这才注意到，罗汝先一直站立，忙招呼，“罗先生请坐，你我具体议议。”又对衙役喝道，“为何不奉茶，没见罗先生说得口渴吗？快去煮一壶浓茶！”

罗汝先苦笑一声，说：“丁大人，学生除昨日午间吃口冷饭，再不曾进食，浓茶恐消受不起。”

“是我疏忽。”丁瑄说着，改命道，“速为罗先生准备吃食，别忘了，烫一壶酒，切一盘牛肉。”

在等食物时，二人说些闲话。食物送上来，酒、肉、蔬、饼俱全。罗汝先也不谦让，一手拿饼，一手拿壶，吃一口饼，喝一口酒，三两口下肚后，又拿起筷子，吃一口牛肉，吃一口菜蔬。不多时，酒壶也干，盘子也净。丁瑄再也想不到，一个读书人能吃下这么多东西。

“不够，厨房里还有。”他说。

“学生眼下只缺一口浓茶。”罗汝先说。

“正好，我也缺一口浓茶。”丁瑄说。

于是，二人各一杯浓茶，隔几而坐，边品茶，边谈论起军事。

“败敌之计，要在把贼酋诱出，是吧？”丁瑄问。

“大人说的是。”罗汝先应道。

“诱敌之要又是什么呢？”丁瑄问。

“使贼人相信，官兵都出外征剿，延平差不多是座空城。”罗汝先说。

“请罗先生具体说说。”丁瑄道。

“学生先请教：丁大人可调动的官军有多少？”罗汝先问。

“眼下有五千，等本官去记功，则一个也不能调动。”丁瑄说。

“五千足矣。”罗汝先道，“大人可差一部官军，分成几支，出城征剿，一支往沙县，一支往尤溪，一支往临府。差出的官军，人数不必多，但声势要大，最好所过乡镇都鸡飞狗跳。有声势，贼酋才会相信，延平的官军果真致力于征剿。”

“罗先生说人数不必多，究竟要多少？”丁瑄问。

“八百人，或五百人，只要有声势就成。”罗汝先说。

“延平的官军我知道，刀对刀枪对枪地打仗不见得行，对乡民造造声势，不在话下。”丁瑄笑着说。

“声势造大，还有个好处，老远把贼人吓跑，就用不着刀对刀枪对枪，就可以不暴露虚实。”罗汝先说。

“好，这五百人，或八百人，我做个特别交代。”丁瑄道。

这表示诱敌之事，他有把握，不必再议。

“另外四千五百人或四千二百人，再分成两部，一部守城，一部在城外设伏。”罗汝先说。

“守城需多少人？”丁瑄问。

“五百人，或八百人。”罗汝先说。

“那不和虚张声势出城征剿的人一样？”丁瑄道。

“大不一样，出城是八百人，或五百人，守城则是五百人，或八百人。”罗汝先说。

“二者有何区别？”丁瑄仍不明白。

“八百人或五百人，八百人足够，只要造成声势，再少些亦可；五百人或八百人，五百人虽够，为预防不测，不妨再多些。”罗汝先说。

“用兵以百人算计，可谓精细。”听不出丁瑄道是赞赏，还是不放心。

“有五百人或八百人守城，丁大人不必忧虑。”罗汝先宽慰他，“一则，以主力设伏，不待贼兵攻城，伏兵既起，交战之区在伏兵处，不在城池；二则，延平城池坚固，易守难攻。只要大人心不乱，则军心不乱；只要军心不乱，即便贼兵攻城，一月亦难攻下。一月攻不下，贼酋心不乱吗？贼众心不乱吗？”

“那么，伏兵选在何处？”丁瑄问。

“大人请看，”罗汝先把自己用的茶杯往前挪挪，“这里是府城。”又把丁瑄用的茶杯往前挪挪，“这里是剑津。剑溪自建宁州而来，绕延平东南至此；西溪自汀州、邵武而来，由此而过，与沙县之沙溪合于沙溪口。贼兵自沙县来，必沿沙溪而进；至沙溪口，转沿西溪而进；至剑津，渡溪。官军设伏于此，定获全胜。”

“不错，确是设伏的好去处。”丁瑄道，说到此，他还有一个疑问，“不过，那个王一定会来攻延平吗？”

“对。”罗汝先有十分把握地说。

“说说看。”丁瑄道。

“邓茂七与浙江处州贼有约，先攻得府城者，为大首领。眼前摆着一个攻得府城的大好时机，他不会弃之不取。”罗汝先说。

“罗先生对郡内地形了如指掌，对贼人心思了如指掌，这一仗胜定。”丁瑄欣然言道。

深夜，邓茂七自率大军，到达剑津，在得到前部平安渡溪的口信后，命大军渡溪。他和邓茂八骑马并行，马蹄踏进浅溪，溅起片片水花。虽看得不真，但可以感觉出来，那是幅悦目的画面。

邓茂七就感觉出来这个画面，他不无得意地对邓茂八说：“老八也忒小心，官军与我打一仗，败一仗，还敢打我的主意？依我的意思，大军铺开一起渡溪，岂不快许多。”

“七哥如今是铲平王，总以谨慎为上计。”邓茂八说。

“是啊！所以，我听老八的，分三部先后渡溪。等到天亮，我上万兵马渡溪完毕，老八就不用再担心贼官人有什么诡计。”邓茂七说。

“若天亮时渡溪完毕，明日午时可到达延平城下。”邓茂八算计。

“那就在未时攻城，如何？”邓茂七问。

“不如在天将黑未黑时攻城，城中必大乱；即便一时攻城不下，也让他受一受惊吓。”邓茂八说。

“城中只有数百人，怎会攻不下！无论天黑前攻城，或天黑后攻城，或天将黑未黑时攻城，我都志在必得。”邓茂七说，他顺便提到和叶宗留的竞争，“我等第一次未攻陷延平，原以为要落在老叶后面，谁知他也没有攻陷府城。看来，老天是要我这个‘铲平王’坐上第一把交椅。”

“但愿老天当真有此心。”邓茂八不愿扫他的兴。

说话间，渡过剑溪，邓茂七看看已渡溪的部属，看看后面的正在渡溪的部属，对邓茂八说：“老八，我率上岸的弟兄们先行，你催一催后面的弟兄，并告知伯孙放心渡溪。”

邓伯孙是他们二哥的儿子，率一部断后。

“是，七哥仍要谨慎。”邓茂八说。

“除非老天有意，官军怎会单单拦截下我！”邓茂七全然不以为意，命心腹催促岸上的部属疾行，以便尽快与前部会合。

行进不过二三里，跟随在邓茂七身边的心腹眼尖心细，从前面黑乎乎的一片中看到人影。他指着前方，向邓茂七禀报："大王，有人。"

"一定是老蒋人困马乏，在那里安营歇息，我冲上去抽他两鞭，看他还偷不偷懒。"邓茂七笑着说。

话音未落，前方一阵呐喊。就在邓茂七一愣间，两旁呐喊声又起。呐喊声含糊不清，但隐隐约约可以听到"活捉邓茂七""射杀邓茂八"等句子。紧接着，火烛高举，把邓茂七及其部属暴露在火光中。

邓茂七观察形势，已处在官军的三面包围之中。如果后退，自己阵脚先乱。道路两旁是壕沟，壕沟之外官军严阵以待，难于冲过。看来，只有向前，才是生路。他命部下拼死前冲，希图夺路而出，摆脱三面被围的被动局面。

但前面正是官军重兵所在。邓茂七部尚未冲到阵前，前方的火烛也高高举起，火光下，竖起一面大旗，旗上有一斗大的刘字，那是都督佥事刘得新的号旗。号旗摆动，三面箭矢齐发，邓茂七部属纷纷中箭，骑者落马，行者倒地。邓茂七本人也被流矢射中胸部，翻身落马。

邓茂八在后面听到呐喊声，见到火光冲天，知道邓茂七中了埋伏。他顾不得多想，催马往前赶来。他刚刚看到邓茂七落马，伏下身去，想把邓茂七抱上自己的马。但没等抱到邓茂七，他自己头部中一箭，也跌落下来，正好躺在邓茂七身边。

"老八，伤在何处？"邓茂七语音衰弱地问。

"在头。"邓茂八语音衰弱地回答。

"我是大首领，你却头上中箭，何其荒唐！"邓茂七想笑，但实在没气力笑出来，"老八，我想过，我若死于非命，就让你来做这个'铲平王'，谁知你竟与我同日而死！"

"和七哥同日而死，我之大愿。"邓茂八道，"你我都死，也不要紧，咱们邓家还有人呢。"

"你是说伯孙？不错，那小子像我，也像你，或有作为。"邓茂七说。

官军检扫战场时，邓氏兄弟已咽气。

正统初，福建曾设巡抚。正统三年以后，已经十几年没有差派巡抚。曹吉祥手提宝剑，闯进巡抚衙门，一个房间一个房间搜索。房间无人，他恨恨而去；有人，他问一声："姓邵的那厮呢？"

少事的，会回答："此处并无姓邵的。"

多事的，会问一句："公公欲寻哪个姓邵的？"

曹吉祥说："贻误战机、首战败北的邵宏誉。"

问的人见他杀气腾腾，后悔自己多嘴，忙不迭地摇头，说："在下今日尚未见到邵副史。"

邵宏誉是福建按察副使，与延平乱军作战时失机。本来，打败仗的不止他一人；但他是在总兵官、参赞军务尚书、监军太监等陆续到达后打的败仗，这可有他受的。

曹吉祥撞上陈梧，也问："姓邵的那厮呢？"

陈梧是军中另一名内臣。他反问："曹哥寻他作甚？"

"我屋里缺个夜壶。"曹吉祥说。

"那事不该姓邵的管，我知道该谁管，我带曹哥去要。"陈梧说。

"有现成的，何必去要！"曹吉祥道。

"曹哥是说，姓邵的那里有现成的？"陈梧问。

"不错，他那颗头，不就是个现成的夜壶吗！"曹吉祥道。

陈梧看看他手里的剑，这才明白他话里的意思，忙问："曹哥，姓邵的有什么得罪你的地方吗？"

"他没得罪我，他得罪的是朝廷法度。"曹吉祥道。

"曹哥说的是他兵败如山倒、落荒而逃吧？"陈梧问。并说，"得罪朝廷法度，自有朝廷法度等着他，曹哥不可莽撞。"

"我为朝廷除奸，怎么是莽撞！"曹吉祥道，"等到总兵、尚书上奏，御史、给事中弹劾，刑部、都察院会鞫，早就大罪化小，小罪化无。皇上命我等监军，为的何事？就是要惩奸除恶。该杀的不杀，上有负皇上信托，下难振官军士气。陈哥，和我一起杀姓邵的去！"

"曹哥先消消气，我看，此事还是和陈爵爷、金尚书商量着办。"陈梧边说边往后退，显然是不想和曹吉祥一起负临阵杀人的责任。

陈懋等和金濂计议，巡抚衙门封闭已久，重新启用会很麻烦，因此把督粮等杂务安排在那里，他等则在按察司衙门议事。

"宗瀚先生，邓茂七死讯已坐实，确是死在剑津。"陈懋说。

金濂字宗瀚，南直隶山阳人，永乐十六年进士。

"余贼呢？"他问。

"余贼推举邓伯孙为首领，凭借九龙山之险，以拒官军。"陈懋说。

"九龙山虽险，余贼却不难破。"金濂说。

“宗瀚先生有何高见？”陈懋问。

“前者丁记功杀邓茂七，用的是两个字，一字曰诱，一字曰伏。依我之见，这两个字可再用一次。”金濂说。

“伏字归我，诱字归宗瀚先生，如何？”陈懋问。

“我愿一试。”金濂道，他有个附加条件，“不过，爵爷得借我一师。”

“你我奉旨用兵，宗瀚先生各部皆得指派，何言一个借字！宗瀚先生要用人，可率先挑选一支精锐之师。”陈懋说。

“不，”金濂摆摆手，说，“我不要精锐之师，只要孱弱之师。”

“孱弱之师？”陈懋拍拍脑门，笑道，“是我糊涂，以精锐之师，却如何诱敌！”

正议到关键处，一人抱头闯入，大呼道：“金公救我！”

二人一看，进来的是邵宏誉。他指挥不力，导致官军败绩，此事他等确实议过，但还没议到如何处置。陈懋知道金濂与邵同乡，心想，不管如何处置，还是由他二人私下里说说为好。他起身道：“宗瀚先生，用兵之事就这么定吧，我再去和几位将领议议。”

说吧，也不和邵宏誉招呼，大步走出大堂。

“邵兄，何事惊慌？”金濂问。

“金公要杀我吗？”邵宏誉问。

“邵兄何出此问？”金濂反问道。

“监军太监曹公公手提宝剑，各衙门搜寻下官，大有必欲杀某而后快之势。若金公以大司寇之贵，欲杀下官，下官引颈受戮而已，不再逃避；若金公并无杀下官之意，还望相救。”邵宏誉边揖边说。

“原来如此。”金濂点点头，又问，“曹公公现在何处？”

“已离开巡抚衙门，下官想，接下来就要搜索这里。”邵宏誉说。

“巡抚衙门离这里有一段路，还来得及说几句话。”金濂道，“一则，邵兄，我并不想杀你；邵兄官至四品，也不是我想杀就能杀的。二则，邵兄，我也无法救你。”

“金公是说朝廷要杀我，故救不得？”邵宏誉问。

“并非如此简单。”金濂道，“朝廷要杀你，我固然救不得；即便是曹公公要杀你，我也救不得。”

“这是为何？金公参赞军务，地位在他之上呀。”邵宏誉说。

“这与地位不相干。”金濂道，“监军者，维护纪刚也。有违纪者，有违令者，有杀敌不力者，有临阵脱逃者，他皆可杀之。”

“照金公这么说，我只得死在他手里？”邵宏誉问。

“躲得过躲不过这一劫，得看造化。”金濂说。

“还有救吗？金公如何救我？”邵宏誉忙问。

“不是我救你，是你自个儿救自个儿。”金濂说，“我朝惯例，凡违节制者，即违即杀，稍缓或不问矣。”

“金公是说，躲避几日，可消灾弭祸？”邵宏誉把他说的或然的结果理解成必然的结果，并说，“曹公公一定不会搜索金公处的，我就躲避在金公这里吧。”

“好啊，邵兄看躲避在梁上，还是躲避在我衣袖里？”金濂居然还有心说笑，“曹公公若来，是不会搜索这里，因为他根本不用搜索，一眼就看得到邵兄。邵兄还是另找一个避难之所吧，免得保不住自家的命，又使我脱不掉干系。”

“是，是，我且去城外躲避几日。”邵宏誉应道。

但别说去城外，衙门外他也去不成。他一条腿才要跨到衙门外，就听街上传来曹吉祥的问话声。他吓得脸色煞白，浑身战栗，打着十二分的小心，把跨出衙门的腿抽回来，转身就往衙门里跑。大堂上不能去，他绕过大堂。后堂变成按察司官临时坐值的地方，不必多想也可料到，按察司没一个人敢得罪曹吉祥，也就是说，没一个人保得住自己。他又绕过后堂。最后面的院子里，是随军的几名幕僚住的地方，邵宏誉见再无他处可去，推开一间房门，一头钻进去。

房间里的人正在读一本诗集，读到精彩处，摇头晃脑，啧啧有声。房门忽开，好像又自行关闭，一开一关都没有声音，眼前却多一人。他惊得把书一甩，喝问：“是哪一个？”

邵宏誉看清是幕僚周鼎，把食指放在嘴边，“嘘”一声，眼睛还一眨一眨的，示意他悄声。

周鼎也看清，来者是邵宏誉。他连拍几下胸前，道：“我还以为白日见鬼，原来是邵大人。”

“周先生见的，已是半个鬼；要是再说出邵字，邵某还留在阳世的一半，也要去阴间。”邵宏誉说。

“邵大人，”周鼎呼唤得很轻，“怎么回事？”

“曹公公正追杀我。”邵宏誉悄声告诉他。

“曹公公在追杀？怪不得我见邵大人脸上有杀气。”周鼎道。

“可解否？”邵宏誉久闻他善于看相，忙问。

周鼎两只眼睛在他脸上一扫而过，直摇头。

“不可解？”邵宏誉带着哭声问。

“尚不可知。”周鼎含糊其词。他不是没看出结果，而是不忍把话说得太直接。

“邵大人欲解此厄，该求助于宗瀚先生呀。”

“求过。”邵宏誉绝望地说。

“宗瀚先生怎么说？”周鼎问。

“他说我只可自救。”邵宏誉道。

“宗瀚先生的话不错，邵大人或许唯有自救。”周鼎说着，要去推开门，他的意思很清楚，是要邵宏誉离开。

“周先生，容我暂避一时。”邵宏誉央告，见周鼎还要推脱，他深作一揖，道，“周先生不能见死不救呀！”

这时，外面传来嘈杂的声响，有曹吉祥的问话声，有被问的人的答话声，还有翻动家具的声响。周鼎叹口气，指了指床底，道：“邵大人只好屈身其下，能否救得邵大人，我不敢担保。”

邵宏誉只听前半句话，已先头后腚，钻进床底，后半句话，根本没听到。周鼎在不同的位置看看，看不到床底有人，这才回到桌前坐下，拾起掉在地上的书，做个读书入迷的表情。他看不到自己的脸，但感到这个表情太生硬。想了想，他把椅子搬到床对面的墙壁下，面壁而坐。

门被推开，人未入，问话先入：“姓邵的那厮在否？”

曹吉祥见周鼎坐的位置和坐的姿势，大觉奇怪；走近，更看到周鼎紧闭双眼，两手相合，托在腹部，他更觉奇怪。

“老周，为何装神弄鬼？”他问。

周鼎不睁眼，只用手指指自己的嘴巴，然后摇两下。

“你说不出话？”曹吉祥问。

周鼎摇了摇头，仍不答话。

“不是说不出话，你倒是说呀！”曹吉祥跺脚，“你要急死我呀！”

周鼎这才睁开眼睛，说句“曹公公自便”，又要闭眼。

“等等！”曹吉祥抢先问道，“老周，你这是作甚？”

“惭愧，在下今日填写文书，竟错三个字，宗瀚先生震怒，命我面壁三个时辰思过。”周鼎说着，眼睛又闭上，“曹公公要找我下棋，等三个时辰之后再说吧。”

“我不是找你下棋的，我是找你要人的。”曹吉祥说。

“找我要人？”周鼎这回眼睛睁得比平日还大，“曹公公找我要谁？”

“姓邵的，贻误战机、首战败北的邵宏誉！”曹吉祥说。

“是邵大人呀，曹公公为何找我要他？”周鼎问。

“有人见他进来。”曹吉祥说。

“进了我这房间？”周鼎问。

“见这个院子，不知是否进这间屋子。”曹吉祥说。

“那就请曹公公好好搜上一搜。曹公公也看到，我方才在面壁思过，是否有人进来，我如何得知？”周鼎道，见曹吉祥显得犹豫，估计因二人是棋友，多少要留点儿面子，他说，“要不，我先帮曹公公搜一搜。”

“再好不过。”曹吉祥自然同意。

“曹公公也看到，这间屋子，只有床下可以藏人，我与公公先搜一搜床下。”周鼎说着，走到床边，身子弯到足够低，向床下望去。忽听他惊叫一声“有人”，身往后退。

曹吉祥警觉地把剑举起。

“我再看看。”周鼎又弯腰看看，不觉失笑，“真是杯弓蛇影，原来是只鼠儿。”他直起身子，拍拍衣袍下半部沾上的土，让出路来，对曹吉祥说，“曹公公，你再搜一搜。”

“老周搜过，我还搜什么！”曹吉祥边说，边往外走，他天生怕老鼠，正好给周鼎留个面子，跨出门外，他又回过头说，“老周若见到姓邵的那厮，让他去我那里领死。”

周鼎随曹吉祥走出门外，他面孔还保持镇定，两手却攥着冷汗。他想，自己都成这样，床下的邵宏誉不被活活吓死，也要吓出一身冷汗。估摸着曹吉祥不会反转来，他转身进屋，把门带上，快步走到床边，敲敲床板。邵宏誉爬出来，满脸满身是土，活像一只大老鼠。

“惭愧，终于躲过一劫。”邵宏誉说。

“趁着曹公公去别房搜索，邵大人快走吧。”周鼎道。

“天色尚早，不如等天黑再走。”邵宏誉说。

周鼎叹口气，道：“邵大人自行决定吧。”

天黑后，邵宏誉出周鼎房间，向周鼎一揖，道：“周先生救命之恩，容邵某后报。”

周鼎还揖，道：“邵大人此行珍重。”

邵宏誉摸索着往外走。到大门口，正好撞到曹吉祥。听守在门口的衙役唤声“邵大人”，曹吉祥不再多言，一剑挥过去，将他头颅斩下。

四月中旬的一天，一支押粮的官军在九龙山下歇脚。邓伯孙接得探报，知道这支官军纪律松懈，疲惫已极，且前后均无接应，乃率部下山。粮食正是山上最缺乏的。押粮官军见邓伯孙军马，叫喊着，四下里逃散。邓伯孙正指挥部下搬运粮食，一声炮响，官军从四面冲杀过来，邓军被打了个措手不及，邓伯孙在溃败中被擒。

这是后话。

第五十四章

官军在孟那海安营扎寨已经五天，总督军务的兵部尚书、靖远伯王骥，没发布任何号令。挂平蛮将军印的总兵官宫聚按捺不住，去他那里探虚实，被他留下。左右副总兵张軏、田礼，左右参将方瑛、张锐，以及参赞军务的云南巡抚侯琎等按捺不住，纷纷往王骥大营去探虚实，却被一个一个挡在大帐外。守在大帐外的军校说，爵爷和平蛮将军在谈论军机大事，眼下不见任何人。

众人进又进不去，走又舍不得走，干脆找个地方坐下闲聊。

“张副帅，还知今夕是何年吗？”张锐问张軏。

“正统十四年呀。”张軏道。

“几月几日？”张锐又问。

“三月或四月吧，至于几日，还真说不上来。”张軏道。

“两位张将军在云南未曾停留几日，就已思乡？”侯琎插话。

“未曾停留几日？廷玉先生是云南人，在云南是一年一年数着过的；我却是京师人，祖籍也是河南开封，在云南是一日一日数着过的。你我心境自然各不相同。”张軏说。

“我虽两镇云南，加起来有五六年，但也曾在兵部任职。副帅应该记得，我与你还曾有一面之缘，说起来，也该算是京师人吧？论祖籍，我是山西，比起副帅来，还要往北呢。”侯琎反驳道。

侯琎字廷玉，山西泽州人，宣德二年进士。正统七年，他以礼部右侍郎参赞云南军务，九年召还；十一年，又以兵部右侍郎参赞云南军务。在王骥等班师回朝后，他仍留抚云南。

“廷玉先生莫与老张计较。他新娶的小妾，在发兵前临产；他是担心，回家以后儿子不认他。”田礼拿张軏取笑。

“那又如何？田兄怕是连这个念想也没有。”张軏反唇相讥。

田礼被说到痛处，绷起脸。他也有妻有妾，每次有孕，稳婆都说怀的是男，但一生下来，又是女。

方瑛担心二人翻脸，忙把话岔开：“张副帅说一日一日数着过，我倒想请教请教，是怎么数过来的。”

“你看，”张軏一桩一桩数道，“去年三月发兵，对吧？六、七月间入滇，对吧？今年初，与木邦、缅甸、南甸、干崖等部会师于腾冲，对吧？二月，破思氏于鬼苦山，对吧？”

“对倒是都对，不过，副帅这是一月一月数着过的，并非一日一日数着过的。”方瑛找张軏话里的破绽。

“老方，你说的也不对。”张锐一方面承认方瑛的话对，一方面找他话里的破绽，“副帅是数月数月数着过的，并非一月一月数着过的。”

“三月至六月，是三个月，六月至正月，是半年。还不如说，副帅是半年半年数着过的。”方瑛道。

“那岂不和廷玉先生一年一年数着过，无甚差别？”张锐道。

“差别还是有的：滇池是何景象，孟那海是何景象？滇池景色秀丽，孟那海景色凄厉；滇池冒的是清气，孟那海冒的是瘴气。”方瑛说着，问侯琎，“廷玉先生，我说的可是？”

“方将军说的不错，既然将军留恋滇池，我愿上表恳乞，挽留将军守卫云南。”侯琎说。

“放过我吧，我宁愿与副帅一起一日一日数着过；等数够日子，一起班师。”方瑛道，他做出一副可怜相，问张軏，“副帅不会撇下我吧？”

“不撇下亦可，但先要把你放在孟那海里泡上几日。”张軏说。

众人大笑。好似被他们的笑声吸引，王骥正好送宫聚出来。

众人有的呼“爵爷”，有的呼“大帅”，有的呼“尚德先生”，有的呼“尚公”，给二人行礼，主要是给王骥行礼。

“诸位在笑什么？”王骥问。

“张副帅要把方将军泡到孟那海里。”侯琎说。

“但不知此海有没有鳄鱼？若只是瘴气，泡上几日，泡出个金刚不坏身，倒也值得。”王骥笑着说，众人亦笑，等没人再笑，他说，“难得渡江，其实大家都该去泡一泡。”

“尚公，要发兵征剿思禄吗？”张軏似乎从他的话似乎听出玄机。

“为何这么问？”王骥反问他。

“尚公与聚帅关起门来谈论军机大事，出来又要我等去泡孟那海，这不明摆着要有大举动吗？”张軏自以为聪明地说。

“谈论军机大事？”王骥对宫聚说，“宫帅，他居然说我二人关起门来谈论军机大事！”

“这话不错呀，门是关着的，谈论的也是军机。”宫聚道，“不过，不是口谈，而是手谈。至于把门关起来，并非怕泄露军机，而是怕这里的各位知道你的手谈又输。”

众人这才知道，二人原来在大营里下棋。

“棋枰上我虽输，在做人上，宫帅，可是你输。”王骥指着宫聚说，“你曾应允我，不在外面说此事的。”

“失口，失口，尚德先生勿怪。”宫聚揖道。

“有一个大的举措，我一直在琢磨。但我先不说。有个题目，正好请各位分辩分辩。”王骥说，见众人都在认真地听，他问，“自去岁用兵以来，哪一役至关重要？”

“还用说吗，自然是日前的鬼哭山之役。”张軏道。

“张将军为何看重此役？”王骥问。

“并非我一人看重鬼哭山之役，众人谈论时，无不看重该役。”张軏道，“一则，鬼哭山为思氏巢穴，攻破鬼哭山，思氏再无立足之地；二则，杀叛军两千余人，为麓川兴兵以来，斩获最多的一次。”

“两千四百余人。”张锐补充说。

“那就更是斩获更多的一次。”张軏道。

“张副帅还有第三吗？”王骥问。

“有啊。”张軏应过后，却想不起来，他抱怨张锐，“老张，你急的什么，等我说完再说不成吗！你看，你这一打岔，我不知该说什么了。”

“大约是说思机发吧。”方瑛道。

“不错。”张軏被提醒，“三则，或曰思机发死于乱兵。”

“‘或曰’恐不能作数。”田礼说。

“有个‘或曰’，总强于没有‘或曰’。”张軏道，“要说‘或曰’是无稽之谈，怎么鬼哭山之役后，麓川贼只提思任发、思禄，再无人提及思机发？我等渡江为的是思禄，也不是思机发呢？”

思禄是思任发幼子，在鬼哭山之役后，率麓川残部盘踞孟养。

“老方，你也相信这个‘或曰’的吧？”张軏问方瑛。

方瑛才要说自己的看法，田礼抢在前面说：“鬼哭山之役，老方六千军率先突入贼寨，立了首功，他当然相信思机发死于该役。”

张軏瞪他一眼，道：“老方，别理会他，你说！”

“田副帅话都点明，让我怎么说！”方瑛死活不愿再说。

“那就问问廷玉先生，看他信还是不信。”张軏道。

“对。”王骥对张軏、田礼二人的争执没多大兴趣，插话说，“廷玉先生，我也正想听听你的高见。”

“思机发死不足喜，遁不足忧。在下以为，鬼哭山之役的成功，并不在他是否死于该役。”侯琎说。

“但廷玉先生也以为，鬼哭山之役至关重要，对吗？”王骥问。

“不错，鬼哭山之役大伤思氏元气，我想，自今以后，思氏再掀不起太大的波澜。不过，”侯琎口气一转，道，“我更看重管屯之役。”

管屯是金沙江西岸一个并不起眼的地方，思机发在这里构筑营寨，目的是阻止官军渡江而西。官军造巨舟，沿金沙后而下，至管屯渡江。时缅甸、木邦两宣慰司军十余万人列于沿江两岸助阵，声势颇大。官军因势强攻，一举拿下管屯。

“廷玉先生抬爱，小将承情之情。”张軏揖道。

“副帅为何谢我？”侯琎不得其解。

“廷玉先生不知道吧，管屯之役，张副帅第一个渡过江去。你看重该役，他心里自然很舒服。”田礼说。

“心里舒服不假，但我有自知之明。”张軏道，“管屯之役，仅斩获数百人，难与鬼哭山之役相比。廷玉先生这么说，令我无地自容。”

“愚见以为，尚公所谓至关重要，不全在斩获之多少。”侯琎说着，看了王骥一眼，好似在询问：然否？

“廷玉先生接着说。”王骥不置可否。

“一则，官军足迹从未至金沙江以西，管屯之役是官军在江以西打的第一仗，令蛮夷震悚；二则，管屯之役，斩获仅数百，却得谷四十余万石，足以支应十余万官军、土兵两月之用。”侯琎说。

“廷玉先生还有其三吗？”张軏问。

“没有。”侯琎道。

“那输我一则。”张軏说。

“虽输张兄一则，但也不必经人提醒。”田礼像是定要和他作对到底。

“田兄从不甘于人后，何不也说上几则？”张軏道。

“宫帅以为如何？”王骥问宫聚。

“廷玉先生不愧督粮多年，开口即粮草事。”宫聚说。

“在宫帅看来，实则管屯之役并非至关重要？”王骥问。

“不，不，管屯之役得粮，的确至关重要。”宫聚说，“若无此四十万石谷物，若十余万官军、土兵的食粮皆须自昆明或其他腹地运来，官军能否无后顾之忧地在金沙江畔行进、作战两个月，就难说；最后能否轻而易举地打赢鬼哭山之役，也就难说。”

“宫帅这么说，张副帅又要承你的情。”王骥道。

“尚公别拿我取笑，还是对此二说做个裁定吧。”张軏说。

“是啊，我等恭聆尚公高论。”众人齐声附和。

“在我看来，管屯之役是第一个至关重要，鬼哭山之役是第二个至关重要。”王骥说。

“尚公这是两不得罪呀。”田礼说。身为武臣，他当然更看重鬼哭山之役的斩获。王骥双双肯定，让他多少有些失望。

“尚公两不得罪，自有两不得罪的道理。”只要他失望，张軏就开心。

“我并非怕得罪人，确是此二役缺一不可。”王骥说，“无管屯之役，官军在孟养举步维艰，不仅能否获鬼哭山之捷是未知之数，能否进入孟养亦未知之数。即便最终获鬼哭山之捷，也是精疲力竭，绝无今日之从容。无鬼哭山之役，官军在孟养行进、作战两个月，则没有结果，以后的举措也无从说起。我这么说，张副帅是用不着承我的情的，不知其他各位意下如何？”

王骥问的是众人，但他知道，武臣们多半猜不透他的心思，因此特别注视侯琎。

“各人议论被尚公囊括，自然是一篇全论；不过，尚公恐怕醉翁之意不在酒，不如再为我等说说山水之间。”侯琎果然看出他的心思。

“廷玉先生是说，尚有他役至关重要？”张軏问。

“不，我是说，尚公的大举措，我已略知一二。”侯琎道。

“当真？”张軏想起，王骥一开始就说，他有个大举措，“尚公拿大举措吊我等胃口，吊到这会儿，不如廷玉先生替他说吧。”

“不错，廷玉先生说说看。”众人附和。

侯琎不理会众人，却看王骥。从王骥那里，得到一个鼓励的眼神，他说：“尚公欲班师。”

话一出口，众人骚然。张軏推推这个，拍拍那个，好不容易别人都不出声，他问：“廷玉先生如何得知？”

“尚公自家说的呀。”侯琎道。

“尚公自家说的，我怎没听到？”张軏张嘴问问这个，用眼神问问那个。

其他人都看着侯琎，谁也不搭理他。

“尚公不是说吗，有鬼哭山之役，才有以后的举措？”侯琎道。

这个理由难以服人，众人都是一副不以为然的神情。

“鬼哭山之役后的举措，就不会是征剿思禄吗？”张軏问。

“但哪里去找第二个管屯之役呢？指望境外运粮草到金沙江以西，岂不太艰难！”侯琎道。

单独这一个理由，也不见得成立；这一个理由和前一个理由合在一起，却很能说服人。众人或是点头称是，或是自己思忖。

只有张軏急于证实，他问王骥：“尚公当真在动班师的心思？”

“怎么，副帅以为不可班师？”王骥反问他。

“怎会！”张軏道，“再者，我才说，是一日一日数着过，眼看数到头，我干吗以为不可？不过，”他口气一转，又说，“尚公这是第三次征麓川，但愿不会有第四次。”

“张兄，才有鬼哭山之捷，说些吉祥话不好吗！”田礼责备他。

“他直言无忌，理应嘉勉。我也不愿第四次发兵西南，故大举措之前，还要有个小举措。”王骥说着，指指张軏、田礼，“张副帅还得数些日子，田副帅还得和他打打嘴仗。”

“尚公的小举措是什么？”张軏问。

“尔且拭目以待。”王骥道。

王骥把向导刀孟宾请到大营，烫一壶酒，与他小酌。

刀氏是孟养最大一族，永乐时，在孟养置宣慰使司，以刀木旦为宣慰使。因屡屡遭其他部族侵扰，特别是被麓川思氏盘踞，孟养宣慰司无力抵御，形同虚设。去年，朝廷干脆降旨废之。无正式名目，刀家势力较大的头人便以宣慰头目自称，刀孟宾也曾自称宣慰头目。

“头人引路有方，功劳不小，来，我敬你一杯。”王骥劝酒。

“下邦小臣，消受不起天朝大司马敬酒；大司马剿灭麓川寇，于下邦有再造之恩，理当在下敬大司马。”刀孟宾说。

“那就各饮各的，不须互敬。”王骥自饮一杯，刀孟宾也饮一杯。王骥说：“官军征讨麓川，的确于孟养有再造之恩。但恩不在我，在朝廷，在王公。若非王公坚持，不会一而再，再而三地发兵，也不会容我一而再，再而三地统兵。”

“大司马每次出征皆有功，为何不以大司马统兵？”刀孟宾不懂。

“妒能嫉功者有之，信口雌黄者有之。”王骥一肚子牢骚，不便对属下讲，正好对刀孟宾发泄几句，“你说，一训导懂得朝政吗，懂得军政吗，竟也抗疏弹劾，说什么‘师行无纪，十五万人一日起行，互相蹂躏’。十五万人若无军纪，你让他一日起行试试！又说什么‘每军负米六斗，跋涉山谷，自缢者多’。不自行负米，自缢者不会有，饿死的将百倍之千倍之！又说什么‘抵金沙江，彷徨不敢渡，既渡不敢战，既战则失都指挥数人’。以损失都指挥数人，换得斩获以千计，难道得不偿失？别说损失都指挥数人，就是本爵丧命，也是值得的。又说什么‘结交土司以邀厚利’，我今日与头人饮酒，说不定又会被人参一本。”

“在下饮一口酒，给大司马引来天大麻烦，太不值得。”刀孟宾说。

“不妨，好在朝中有王公维持，不至中途作罢，无功而返。”王骥说。

“弹劾大司马的训导，王公治以重罪否？”刀孟宾问。

“那倒没有，只是命他到我军前效力。”王骥说。

“好法子！”刀孟宾笑道，“他得罪大司马，让他到大司马军前效力，既可让他知道大司马征战之不易，又可看看大司马如何处置他。”

“用不着我处置他。”王骥摇着头说。

“怎么？”刀孟宾问。

“他不知藏匿何处，根本未至军中。”王骥说。

“大司马可让官府通缉他呀。”刀孟宾道。

“算了吧。”王骥不屑地摆手，“一迂阔书生，头人以为我真会和他计较吗？他到军中，我也不过让他抄写抄写文书，不会刁难他的。”

“大人大量，说的就是大司马。”刀孟宾奉承一句。

“不说他，来，头人，再喝一杯。”王骥邀道，喝过第二杯，转入正题，“头人说征讨麓川，于孟养有再造之恩，这话有些过。”

“大司马的意思，朝廷仍不打算恢复孟养宣慰使司？”刀孟宾问。

“不是不打算恢复，是时机不至。思禄藏匿于孟养腹地，即便复置孟养宣慰使司，也无奈其何，反而成其傀儡。”王骥说。

“怎么，大司马不打算再征剿思禄？”刀孟宾又问。

“不是不打算征剿，是难收全功。”王骥和他实话实说，“思机发沿江结集部属，官军用两个月左右光景，将其剿灭。现思禄部属散匿于孟养腹地，地广林深，头人为我算算，将其剿灭，需要多少日子？”

“再用两个月左右的光景吧。”刀孟宾说。

王骥摇摇头：“恐怕连思禄的踪影都找不到。”

“再加两个月呢？”刀孟宾问。

“我算计过了，不得少于六个月。”王骥说，“在孟养行进、作战六个月，和在云南昆明左近其他府、州、县行进、作战六个月不同，和在内地省份行进、作战六个月更不同，官军会有不少人死于疲惫，死于疟瘴，死于水土不服。这且不说，仅粮草供应，别说孟养本部支应不下来，木邦、缅甸等部支应不下来，云南全境恐怕也支应不下来。再奏请从其他省份征调粮饷，不但我的日子不好过，王公恐怕也不好维护。我再三思量，还是趁着鬼哭山击溃麓川军，歼其大部，思机发本人下落不明之际，罢兵还师吧。头人，你说呢？”

“大司马说的是。”刀孟宾当然不会妄自议论。

“头人，有件事要与你计议。”王骥说到正题的核心部分。

“请大司马吩咐。”刀孟宾应道。

“头人为我向导，在孟养腹里走上三五个月，也不见得寻觅到思禄；头人自家前往孟养腹里，则不难寻觅到思禄。是不是？”王骥问。

“这也要看机缘。”刀孟宾不把话说死，但已懂得王骥的意思，“大司马是要我只身一人去寻觅思禄？”

“是。”王骥应道。

“寻觅到思禄，又当如何？”刀孟宾问。

“请他到江边来见上一面。”王骥道。

“与谁见上一面？大司马吗？”刀孟宾问。

“自然是我。”王骥道。

“在下不知大司马是怎么想的；但在下想，他无论如何也不敢来江边拜见大司马。”刀孟宾说。言外之意，王骥有些想入非非。

“他为何不敢来？”王骥问。

“他属下不过数千，至多一两万，官军不下十万。他来的话，不是羊入虎口吗？”刀孟宾道。

“我要请头人转告他，官军在十日之内，全部渡江而东，江面上不留一舟，我将留在江以西，部属不超过百人。他不放心的话，可差人看清官军渡江，可数清我身边的军士，还可以带二百人来。头人，你看我给他的条件够优渥的吧？”王骥说。

“优渥是够优渥的，他要是仍不敢来呢？”刀孟宾问。

“那他不过一懦夫而已，我何必把他放在心上，朝廷何必把他放在心上！我看，孟养的头人们也不用把他放在心上。”王骥说。

“大司马说的是，在下愿为大司马寻觅到思禄。”刀孟宾说。

“还有句话。”王骥说得不像方才那么随意，“寻觅不到思禄，错不在头人；寻觅到思禄而他不肯来，错也不在头人。只要头人尽心尽力办好这件事，我一定奏明朝廷，为头人讨个封赏。”

“多谢大司马。”刀孟宾也规规矩矩地说。

官军开始起行，并不是大军一日起行，而是一营一营有序地起行。

夜深时，张軏来到王骥大营求见。

“副帅为何事而来？”等他行过礼，王骥问道。

“末将明日渡江，特来向尚公辞行。”张軏道。

“我已晓谕各营，轮至即行，不必来辞。”王骥说。

“末将不止辞行，尚有军机大事禀报。”张軏道。

“说。”王骥命道。他知道张軏虽然顽皮，但不敢拿军机大事开玩笑。

“末将接获探报，思禄近日将至江边寻衅。”张軏道。

王骥一惊，不问消息从何而来，却问：“此事还有谁人知道？”

“末将得报即奔大营，未曾与他人说及。”张軏道。

“刺探的人呢？”王骥问。

“末将知事关重大，将他囚禁在营，命他不得多嘴。”张軏道。

“处置得好。”王骥松口气，“副帅知道也好，思禄并非来寻衅，他是我着人请来的。”

“尚公请来的？”张軏很是困惑，但过一会儿，他自己清理出头绪，“尚公是将他诳来，一举歼之？末将愿迟走一两日，在江边设伏，待他到来，一阵乱箭，将他射杀。”

“副帅有此把握？”王骥脸上怪笑。

“只要思禄敢来，末将绝不让他活着离开。”张軏说。

“我不是问你能否射杀他，我是问你能否不伤及另一人。”王骥道。

“尚公说的是谁？”张軏问。

“我。”王骥毫无表情地说。

“尚公？”张軏更加困惑，“设伏杀贼，怎会累及尚公？”

“思禄是我着人请来的呀！我请他来，并非为设伏杀他，而是要与他盟誓。”王骥道。

“尚公欲与他盟誓？”张軏困惑不已，“朝廷重臣，天兵统帅，却与一叛贼盟誓？”

“苟利国家，那又何妨！”王骥道，“麓川余贼，难以剿灭，我日前多次说过。既难剿灭，官军又不能久留此地，当如何措置？我想，只要余贼不渡江而东，只在江以西苟延残喘，就成不了大患。”

“尚公欲以盟誓阻止思禄过江？”张軏问。

“不错。”王骥应道。

“尚公以为，行得通吗？”显然，张軏以为行不通。

“总得试一试。”王骥道，“我虽没十成把握，但官军自出腾冲以来的气势，思禄看在眼里，总不能无动于衷吧？”

“尚公说的也是。”张軏不再多说什么，他行礼告辞，将出帐时，又说一句，“若信得过，末将愿代尚公前往。”

“这可不成。”王骥道，“既已约定，不可失信于蛮夷。”

天朗气清，是西南山林难得的好天气。

江边挖个大坑，坑前竖立一块大石碑，四名军士扶碑而立。奇怪的是，有碑文的正面对江，空白的背面朝西。

石碑前方十余步开外，放一把椅子，王骥四平八稳地坐在椅子上。身后二人，一是他的心腹将佐，一是通晓西南夷各种方言的通事。其他军士在他们和石碑后面数十步外列队。

将近午时，远处尘土飞扬。不多时，一队人马奔驰而来，在五十步外停下来。其阵，前方单独一骑，紧靠其后二骑，大队陈列在后，和这边官军的阵势恰好相应。

“大人，他等来了。”心腹将佐伏在王骥耳边说。

“看看前面那人是不是思禄。”王骥命通事。

“小人认得思禄，是他。”通事回答。

“让他数数这里官军的人数。”王骥命道。

通事用当地语言喊话。对方思禄身后通晓汉话的人答道：“我家头领说，早就数过，未多一人。”

“让他看看周围是否有官军埋伏。”王骥喊话。

对方答道：“我家头领说，大司马一诺千金，他信得过。”

“既如此，见到本爵，为何不拜！”王骥喝道。

通事一丝不苟地把话译过去。思禄向身后的心腹交代一句，该心腹指挥后面的部属下马，肃立。思禄本人则和身后二人跪拜。

“着他起来说话。”王骥命道，等思禄等起身，他说，“麓川思氏兴兵作乱，惊扰四邻，抗拒朝廷，本当扫平。天朝皇帝悯尔等众生，或为胁从，不忍玉石俱焚。今罪魁思机发既已奔窜，莫知所终，特准余众自新。其散居孟养等地者，各安生业，不可再有恶行。”

通事一字一字将他的话译过去，花费不少时间。等他译完，思禄叩拜谢恩，起身后，对译员耳语。

“我家头人请大司马上奏朝廷，愿回归麓川。”对方译员喊话。

“告诉他，麓川名目早就没有，其地改设陇川宣抚司。朝廷准他居于孟养，已是格外恩典；再兴麓川之事，他想都不必想！”王骥道。

思禄大概也知此事不可为，不再提。

“告诉他，此碑有八个字，问他想不想看？”王骥道。

“我家头领正要问，大司马为何不让我等看到碑文。”对方译员道。

“告诉他，有缘者见之。这八个字他若做不到，就不必看，我会让人把碑横着埋入地下。”王骥道。

“我家头领问：可是不让他返回麓川的字句？”译员答话。

“是陇川。”王骥道。

“是。”译员更正，“可是不让我等返回陇川？”

“告诉他，他很聪明。不过，这八个字规定得还要严格，世世代代，思氏不得再过江东。”王骥道。

“我家头领问，官军呢？”译员回话。

“告诉他，只要他不过江东，我将上奏朝廷，官军亦不渡江而西。”王骥道。

“只要官军不至江以西，我誓不过江东。”思禄的答复针锋相对。

“但愿他言而有信。”王骥道。

“我家首领愿以此江为誓。”译员答话。

“这倒和我想到一起。”王骥自语。

他手一抬，石碑旁站立的四个健壮的军士，脚下移动，两臂和腰身一起用力，把石碑的正面转向思禄等。碑文八个大字，以正楷撰写，写的是：石烂江枯，尔乃得渡。

“问问他，识不识这八个字？”王骥道。

“每一字都识。”译员答话。

“问问他，和他以江为誓，是不是同一个意思。”王骥道。

“我家首领说，大司马作誓词，再贴切不过。”译员答话。

“问问他，要我把石碑竖起，还是横埋。”王骥道。

“我家首领说，见碑如见大司马，请大司马树起。”译员答话。

王骥手往下一按，另有四名军士拎着木夯上前，将坑内夯实。扶着石碑的四名军士，缓慢地把石碑平移至坑里。八人轮流扶碑挥铲，往坑内填土。填上一层，夯实，再填上一层，再夯实，很快将坑填平。

一名当地头人，提上一只鸡来。他攥住鸡冠，向后一拧，薄刀在鸡脖上一划，眼见鸡血滴出。他让鸡血滴在一碗酒里。同时，那边也有人把鸡血滴在一碗酒里。王骥的心腹将佐将这边的血酒送过去，思禄的心腹护卫将那边的血酒送过来。

王骥起身，接过碗。

“蛮贼多诈，我替大人喝吧。”身后的通事说。

“不，这碗酒我得自己喝。”王骥说。他举起碗来，遥向对方示意。思禄也举起碗，二人同时饮酒。

第五十五章

也先不知因何事引发一股无名之火，见东西就想摔，见人就想打。最初，打人用的是拳脚、马鞭，还没想到用利器。等他想到用匕首等时，被一声吼叫止住。

“大哥，为何震怒？”伯颜帖木儿大吼一声后，问道。

“南朝皇帝欺人太甚！”也先说。

“大哥息怒，坐下慢慢说。”伯颜帖木儿一边自己盘腿坐下，一边拉了也先一把。

也先不由得也坐下去。他怒气稍稍平息，把话题转移：“伯颜，你总说汉人礼节如何如何令你向往；我欲行汉人礼节，你怎么不遵行？”

“什么礼节我没遵行？”伯颜帖木儿问。

“凡瓦剌部属，无不称呼我太师阁下淮王殿下，独你嫌费气力，不肯这般称呼。”也先道。

“并非我怕费气力，实因这并非汉人礼节。”伯颜帖木儿说。

“我问过许多人，他等说，每一字都是汉人惯用的称呼，怎的不是汉人礼节？”也先不信。

“汉人的称呼是有节，太师即太师，王即王。王不一定被称作殿下，如大明朝立国之初，封过几个异姓王，就不曾听说有人称他等殿下；阁下又不是特别用在太师身上，如我这个知院，也是可以称作阁下的，就连微不足道的通事，你称他一声阁下，也不算错。大哥把这么多的称呼纠合在一起，我原本想说不合适；无奈大哥愿听，我就不多说。但要我这般称呼，我张不开嘴。”伯颜帖木儿说。

“你觉得不合适，那就为我想个合适的称呼呀。”也先道。

“眼下我唤你兄汗最合适。但你称太师淮王前，唤兄汗；称太师淮王后，仍唤兄汗，你不乐意，我只好唤你大哥。”伯颜帖木儿说。

“随你吧。”也先想不出什么话来反驳。

二人又说几句闲话，伯颜帖木儿才问：“大哥说南朝皇帝欺人太甚，究竟是怎么回事？”

“我欲与南朝皇帝联姻。”也先忽想起，这其实是伯颜帖木儿的提议，“对，这不是你的主意吗？”

“大哥有此心，是好事；但不知大哥向谁请亲的？”伯颜帖木儿问。

“通事刘某。”也先说。

“通事者，无足轻重，恐怕靠不住。”伯颜帖木儿说。

“但南朝皇帝答应了呀。”也先道。

“当真？”伯颜帖木儿无法相信。

“刘某亲口说的，还会有错！”也先道。

“他的话，信不得。”伯颜帖木儿说。

“他不是在我瓦剌营地说的，他是在京城里说的。”也先道，“他在这里，为讨好我，胡乱编造一通，还说得过去；回到京城，他没有理由再编造一通呀。”

“或是大哥差去的人逼迫他？”伯颜帖木儿想到一种可能。

“我差去的人逼迫他，也只是逼迫他从速奏请，并不会逼迫他胡乱编造一通。”也先道。

“这太奇怪！”伯颜帖木儿根据自己对大明朝制度的了解，怎么也不相信，一个通事，就能为天子说合婚事，但他不想过多纠缠于此，于是说，“南朝皇帝答应，大哥该高兴才是呀。”

“是高兴啊。”也先道，“我贡马三千，作为聘礼，还不够高兴吗？”

“大哥到处搜罗马匹，原来是聘礼，这我却不知道。马匹三千，称得上丰厚的聘礼，南朝天子也该高兴才是。”伯颜帖木儿说。

“未见得。”也先道。

“大哥怎知？”伯颜帖木儿问。

“这不，敕旨才送过来。”也先道。

“南朝皇帝难道反悔、拒婚？”伯颜帖木儿问。

“若是拒婚，我还不会如此愤怒。他在敕旨里，一句也没提到婚约，一字也没提到聘礼！”也先紧握双拳，怒不可遏。

“等等，大哥。”伯颜帖木儿握住他的拳头，好像怕他的拳头挥出去，“我听明白，南朝皇帝或许根本不知道议亲一事。”

“不知道？”这话也先听都不要听，“他不知道议亲一事，怎么知道把马收下？”

“三千匹马都收下？”伯颜帖木儿问。

“反正解入京城的马一匹也没放回来。”也先道。

“是做为聘礼收下的？”伯颜帖木儿问。

“谁知他是不是做为聘礼收下的！”也先没有好气，“不管做为什么礼收下的，既然你缺马，既然收下，你何不冠冕堂皇地说收下！”

“怎么，朝廷竟称没收？”伯颜帖木儿惊问。

“收的是三千匹马，却只承认收两千。”也先道。

“会不会路上跑脱一些，病死一些，到京城验收，只有两千？”伯颜帖木儿又设想一种可能。

“伯颜只会为南朝皇帝开脱，也不知究竟我是你大哥，还是他是你大哥！”也先嗔道，“就算跑脱一些，病死一些，到京城验收只有两千，验收过的应该都是良马吧，南朝皇帝凭什么按羸马给价！”

“朝廷给大哥马价？”伯颜帖木儿问。

“收下三千匹，却称两千匹；本是良马，却称羸马。要是连羸马的价银都不给，他还有脸称天子！”也先道。

“大哥，再等等。”伯颜帖木儿这回真的听明白，“三千匹马作两千匹马，是不对；良马作羸马给价，更是不对。但既给价银，南朝皇帝就没把这些马当作聘礼呀。南朝皇帝没把这些马当作聘礼，或是以为不足为聘礼；而更有可能的是，他并不知道这些马是聘礼。”

“你是说，我用不着和他计较？”也先问。

“是，我以为大哥不必为此事计较。”伯颜帖木儿说。

“那么，贡使被朝廷扣留在京城呢？”也先问。

“大哥这次差出的贡使被扣留？”伯颜帖木儿在了解了事情的真相后，也了解了事情的严重。

“是，我差的贡使，少数回来，多数却被扣留。”也先说。

“大哥做何打算？与朝廷交涉吗？”伯颜帖木儿问。

“自然要交涉，但不是再差使者交涉，而是发兵交涉。”也先说着，问道，“伯颜，你助不助我？”

“大哥决心已下，我没别的选择。”伯颜帖木儿道。

皇帝和近侍在下围棋，皇帝的技艺远高过近侍，从殿内不时传出他们的言谈嬉笑声。

“爷，奴才招架不住，只得认输。”近侍说。

“不准逃之夭夭，下到底再说。”皇帝道。

“那奴才找个人帮忙吧。”近侍央请。

“一个不够，让他三个都过来帮忙。”皇帝道。

棋没下到底，殿外当值的宦者入内禀奏："爷，王先生求见。"

"他来做什么？"皇帝心里想着，不由念叨出来。

没人敢劝皇帝把王振拒之门外，他们都知道，一旦说出这样的话，小命就保不住；也没人敢劝皇帝结束棋局，这可能使皇帝不满，皇帝不会把气发泄在王振身上，倒霉的还是他们。

皇帝也知道，必须他来决定。他吩咐说："你等下去吧。"

"奴才等遵旨。"陪皇帝下棋的近侍们应道。

一近侍不知想讨好皇帝，还是想讨好王振，欲收拾棋枰、棋子，皇帝说："朕让你等下去，并没让你等搅乱棋局。"

王振入殿，行寻常礼，道："臣未蒙宣召，前来见驾，皇上恕罪。"

"王先生来的好，朕正想请王先生来一起消遣。"皇帝说。

"皇上做何消遣？"王振问。

"朕在琢磨棋局。"皇帝说。

"战局如棋局，愿陛下把心思用于战局。"王振道。

"王先生指的是哪一处的战事？"皇帝问。

"东南乱民平息，西南丑类授首，而今朝廷须全力应付的，是瓦剌也先大举寇边。"王振说。

"日前，选京营往宣、大备虏，难道尚不足以应付？"皇帝问。

选京营的敕旨，是在边臣报警后颁下的，所以皇帝记得很清楚。其内容是：命成国公朱勇选京营四万五千人，由平乡伯陈怀、驸马都尉井源等率三万人往大同，都督王贵等率一万五千人往宣府。

"守关足矣，臣想的是，给也先一个教训。"王振说。

"不知怎样才能给也先一个教训？"皇帝问。

"以大军出征。"王振说。

"王先生所称大军，比四万五千人要多许多吧？"皇帝问。

"皇上说的是。"王振应道。

"多多少？"皇帝问。

"十倍之。"王振回答。

"那就是四五十万。"皇帝低头默默地想一会儿，抬起头说，"王先生，朕记得你讲过，不可使臣下统兵过众，以免尾大不掉。四五十万之众出征，以谁总督军务，可无后忧？"

"我朝自太宗皇帝五次亲征漠北之后，再无此壮举。"王振说。

这句话虽然答非所问，但其中的含义是显而易见的。所以，皇帝问："王先生的意思，朕当亲征？"

"皇上挥威武之师，一举扫荡北虏，后世必以尧、舜称颂。"王振说。

"以四五十万大军征虏，扫荡应不在话下吧？"皇帝的雄心被激发，跃跃欲试，他问，"朕亲征，谁可扈驾？"

"臣当随驾。"王振道。

"有王先生伴随，朕心里才踏实。"皇帝说，又问，"朝廷呢，当作何措置？"

"可使郕王殿下居守。"王振道。

郕王朱祁钰，宣宗皇帝次子，贤妃吴氏所出。由于皇帝长子朱见深只有五岁，还没被立为皇太子，皇帝亲征，由朱祁钰暂时主持朝政，就成为必然。

"好是好，只是祁钰未经历练。"皇帝说。

"朝中大臣可分成两部，一部扈驾，一部辅佐郕王居守。"王振说。

"还得有一名老成太监辅佐祁钰。"皇帝说。

"司礼太监金英可胜任。"王振说。

看来，他考虑得很周全。皇帝问："王先生，几时发兵？"

"兵贵神速，臣以为，两日后即可。"王振道。

翰林院侍讲徐珵一进太医院，就左一声"原博兄"右一声"原博兄"地叫个不停。一医官说："刘原博虽在太医院挂衔，但从不给人看病的。元玉先生哪里不舒服，不如给我写幅字，我给你开个好方子。"

这虽是玩笑话，但也有实在的成分。刘原博名溥，南直隶长洲人，世代医家，祖父和父亲均为医官。刘溥以文学被召，却因这种家庭背景，被授以太医院吏目。太医院吏目和翰林院待诏都是从九品，但对热爱文学的刘溥来说，一个在天上，一个在地下。他的精力都消耗在太医院之外，就算人到太医院，也是静坐度日。

家都在苏州，都长于文学，徐珵不因其地位卑微而小看他，日子一长，二人成为挚友。

刘溥从一间屋里探出头，问道："元玉先生，何事？"

"走，走，回家！"徐珵上前拉他。

"走不得。"刘溥道，"太医院不似翰林院，闲散随意，不坐到散院，怎对得住五斗米。"

徐珵拉住他不放，又"院使""院使"地叫起来。

"来了，来了。"应的是院判，"院使不在，元玉先生有何吩咐？"

“我与他说几句话，告个假可使得？”徐理道。

“使得，原博先生在太医院最闲散随意。”院判说。

“请吧！”徐理推着刘溥往外走。

出太医院，刘溥如鸟儿出笼，又是击掌，又是欢笑。

“元玉兄，想去哪里饮酒？”他问。

“不想饮酒，只想和原博兄说几句话。”徐理说。

“谁信有个只说话不饮酒的徐元玉！”刘溥道。

“今日真的只想说话。”徐理说是只想说话，但许久不开口。

“元玉兄有话就说呀。”刘溥催促。

“出去再说。”徐理道。

出东华门，刘溥又催促：“还不说吗！”

“出去再说。”徐理仍是那句话。

刘溥耐着性子和他走出东安门，催促中含着威胁：“元玉兄说不说？再不说，我回衙闷坐。”

“事由重大，原博兄耐心听我说。”徐理正要说，见右手一条巷子里十几个孩童在做游戏，又改主意，“走，看看去。”说着，不管刘溥是否愿意，拉起他拐进巷子。

游戏才开始。众孩童选出一孩童，他欢蹦乱跳地站到一边去。

“童儿，选他做什么？”徐理问。

“狼！”众孩童七嘴八舌地抢着说。

“狼乃恶畜。你做狼，为何反而得意？”徐理问选出的孩童。

“做狼，其他畜生无不怕我。”那孩童说。

众孩童又选出一孩童，他垂头丧气地站在原处。

“他是羊吗？”徐理问。

“不是羊，是猪。”众孩童又七嘴八舌地抢着说。

“狼该吃羊，怎么吃起猪来？”徐理问。

“而今恶狼只吃猪，不吃羊。”孩童们说。

“这话是谁说的？”徐理的声音显得严厉。

众孩童被吓住，你看看我，我看看你，这个想躲到那个身后，那个想躲到这个身后，谁也不出声。也许没人能说得出，这话究竟是谁说的，或究竟是谁听来的。

“元玉兄，你这是做什么？”刘溥责备道。

“你没听他等说吗，狼要吃猪！”徐理道。

“那又怎样？狼要吃马，吃牛，乃至吃猪，尽管让它吃。”刘溥说，他安抚众孩童，“尔等且做游戏，莫理会他。”

孩童容易被吓，也容易被哄。除两个被选出来的外，其他人手拉手，把被选作猪的孩童围在当中，被选作狼的孩童留在圈外。

“元玉兄，走吧。”这回是刘溥去拉徐珵。

“不，”徐珵摇摇头，道，“再看看。”

游戏开始。领头的孩童问：“正月里狼来咬猪吗？”

“不咬猪。”众孩童答道。

于是，圈外的孩童悠闲地往左边走几步，圈内的孩童则警惕地注视着他，往相反的方向移动。

“二月里狼来咬猪吗？”领头的孩童又问。

“不咬猪。”众孩童答道。

圈外的孩童悠闲地往右边走几步，圈内的孩童往另一方向移动。

就这样一月一月问下去，等问到八月时，骤起波澜。众孩童齐声道：“狼咬猪！”只见圈外的孩童变成一只凶恶的豺狼，左突右奔，试着从其他孩童的手臂下钻入圈内。众孩童手臂上下摆动，试图阻拦他，但最终没阻拦住。圈内的孩童绕着圈子奔跑，但最终没跑脱，被“狼”一把揪住。

游戏告一段落。

刘溥觉得有趣，想评论几句。忽见徐珵一脸的焦虑和愁苦。他把自己的评论放到一边，问道：“元玉兄，出何事？”

“狼为何不吃羊，却吃猪？”徐珵念念不忘的，还是这个问题。

刘溥又好气，又好笑。他说：“狼吃的是肉。吃羊是吃肉，吃猪也是吃肉，怎么就不能吃！”

“不对，其中有蹊跷。”徐珵说。

“有何蹊跷，元玉兄倒是说说看。”刘溥道。

徐珵不告诉他原委，又问：“狼为何偏偏选中八月咬猪？”

“这还不简单吗，狼饿，或猪肥。”刘溥说。

众孩童哄笑。

“这很好笑吗！”徐珵斥道。

众孩童不敢笑出声，便捂嘴窃笑。

“元玉兄，走吧。”刘溥拉徐珵离开。

徐珵不抗拒，只是嘴里念叨：“本月是七月，下月就是八月。”

“七月怎样，八月又怎样？”刘溥问。

“八月才对。”徐理喃喃地说。

“当然对了，七月之后不是八月，还会是六月吗！”刘溥道。

徐理四下里了看，并无一人。他的神智好像这才清醒过来，低声对刘溥说：“实不相瞒，我昨夜观看天象，见荧惑闯入南斗。”

刘溥常听他谈论天象，知道荧惑即火星，在各星中运行最无规律，根据其运行常常能预测人世间的变故。因而问：“是何征兆？”

“祸事将临。”徐理说。

“何等祸事？”刘溥问。

“天大的祸事。”徐理说。

“荧惑在天，不用元玉兄说，我也知是天大的祸事。然祸事怎样如天大，还请元玉兄说个明白。”刘溥道。

“不可言传，原博兄且自家领会。”徐理说。

“无根无据，让我如何领会？”刘溥道。

“我问过无数遍，并非无根无据。”徐理说。

“不错，元玉兄是问过无数遍；问的却是狼为何咬猪，这也算根据吗？”刘溥道。

“原博兄不妨也多问几遍。”徐理说。

“狼为何咬猪，咬猪，猪。”刘溥依言，嘴里念几遍，脸色忽变，“元玉兄是说，大祸将降于——”

“原博兄领会即可，切莫宣之于口。”徐理说。

“果如元玉兄所言，如何是好？”刘溥心神已乱。

“我已命拙荆收拾衣物，携带稚子，急速还乡。原博兄若有意，可两家并作一家同行。”徐理说。

“但覆巢之下，焉得完卵！”刘溥道。

“我看过天象，大祸只在北方，江南无碍。”徐理道，顿了顿，他不忘再说句充满豪情的话，“我等身为臣子，自当与朝廷共福祸，但妻弱子幼，怎忍心他等流落异邦，做奴做婢！”

“元玉兄说的是，刘家与徐家同行。”刘溥道。

王振把喜宁、马顺叫到外宅，问他们：“知道为何唤你等来此说话？”

喜宁答“小宁子不知”，马顺答“卑职不知”。

“从今日起，司礼监值房我会有些日子不去，让老金先在那里坐稳吧。”王振说着，又单问喜宁，“小宁子，知道为何唤你来此说话吗？”

“小宁子不知。”喜宁道。

“你平日里野闻甚多，有野闻则传播。今日我要你说说，瓦剌也先此次大举入寇，有什么野闻。”王振说，见喜宁斜着瞪马顺一眼，他说，“你别怪他。并非他在我面前拨弄是非，我还在怪他呢。”

在喜宁那里的误会消除，马顺更加不安；被王振责怪，比被喜宁误会要可怕百倍。

喜宁知道，矢口否认是没用的。他硬着头皮说：“小宁子确实听到些野闻，不知叔要小宁子说些什么。”

“就说说曲在朝廷吧。”王振道。

“这话小宁子没听过。”喜宁理直气壮地回答。

“你听到的是什么话？”王振问。

“小宁子只是听一些人说，也先贡马，以两千匹为三千匹，以羸马为良马，向朝廷要价银；以两千人为三千人，鼓噪喧闹，大打出手，向朝廷要赏赐。”喜宁说。

王振冷笑一声，问：“这话是听谁说的？”

“是——”后面几个字，喜宁声音低得不能再低，“听叔说的。”

“我说的，也在野闻之内吗？”王振喝道。

“叔说的，怎在野闻之内！其他的，才是野闻。”喜宁说。

“那就说说其他的吧。”把喜宁逼到悬崖边上，是王振的一大乐趣。

“是。”喜宁眼珠一转，一口气说下去，“有人说，也先贡马，谁知是两千还是三千；也先贡使，谁知是两千还是三千；所贡马匹，谁知是羸马还是良马；朝贡之使，谁知有没有鼓噪喧闹，大打出手？”

“还有呢？”王振问。

“还有人说，就算以两千匹马作三千匹马，以两千贡三千贡使，以羸马做良马，就算贡使鼓噪喧闹，堂堂天朝，大度一些，不就可以息事宁人吗？”喜宁道。

“这些话是听瓦剌贡使说的吧？”王振问。

“不是，要是听也先贡使说的，就不是野闻。”喜宁道。

“是听朝中官员说的？”王振又问。

“不是，要是听朝中官员说的，也不是野闻。”喜宁道。

“那么，纯粹是闻于市井？”王振问。

“叔说的是，这些话纯粹闻于市井；至于有没有瓦剌贡使装扮成市井无赖，有没有朝中官员装扮成市井无赖，小宁子不得而知。叔也知道，小宁的眼睛不如耳朵好使。”有机会说几句俏皮话，喜宁不会放过。

“那你听好。我还有几句野闻的话，你给我听好！”王振道，“瓦剌贡马肯定是两千，不是三千；瓦剌贡使肯定是两千，不是三千；瓦剌所贡肯定是羸马，不是良马；瓦剌贡使肯定曾鼓噪喧闹，大打出手。”说罢，问道，“这几件事，你听清楚没有？”

“小宁子听得清清楚楚。叔的这几句话，小宁子在市井也好，在士大夫面前也好，在瓦剌贡使面前也好，定要舍命传播。”喜宁说。

“你听清楚就可以，用不着你舍命传播。”王振道。

“叔信不过小宁子了吗？”喜宁好不委屈。

“不是信不过你，是有更要紧的差事给你。”王振道。

“叔但吩咐，小宁子出生入死，在所不辞。”喜宁说。

“你总炫耀与瓦剌首领们的交情不错，我要你随我出征。”王振道。

“是出征瓦剌？”喜宁似乎不相信王振会把他捎上。

“是啊，你不乐意吗？”王振道。

“小宁子乐意。小宁子随叔出征，有个别人都没有的好处呢。”喜宁表现出的欢天喜地，一大半是装出来的。

“什么好处？”王振问。

“叔打了胜仗，别人劝降，未必见效；小宁子挟叔虎威，开口劝降，瓦剌大首领定然争相投降。”喜宁说。

“哼。”王振冷笑，“但愿不是我打败仗，你割下我的脑袋去也先那里邀赏。”

“小的怎敢！再者，叔亲统大军，怎会打败仗。”喜宁道，又一本正经地说，“不过，小宁子以为，在市井，在士大夫面前，在瓦剌贡使面前，传播叔的几句话，也很要紧。”

“这事有人做。”王振说着，招呼马顺，“小顺子，小宁子给你安排的差事，你记好，别让他逮着你的短处。”

“是，卑职记好。”马顺应道。

“好，小宁子的野闻说够，你也说几件吧。”王振吩咐马顺。

“是。”马顺拣最要紧的一件说，“吏部尚书王直联络廷臣，欲伏阙陈谏，劝阻皇上亲征。”

“圣意已决，他再陈谏也没用；再者，这是公然行事，人人皆知，你怎么当成野闻？”王振道。

“是，卑职正要说到一件野闻。”马顺也会一本正经地述说野闻，“王公，有人想拿大明门作文章。”

大明门是皇城的南门，在承天门和正阳门之间。正阳门，原名丽正门，正统初更用今名。

“大明门有什么文章可作？”王振问。

“大明门外，东西各有石狮子一，石狮子前各有水井一。王公一定知道吧？”马顺说一件稀奇事似的说着。

“我不知道呀。”王振不知是真不知，还是拿马顺开心，他并问喜宁，“小宁子，你知道吗？”

“小宁子也不知。”喜宁心领神会地说。

“有事说事，休得装神弄鬼！”王振道。

“王公，不是卑职装神弄鬼，是有人装神弄鬼。”马顺略为自己辩解，随即说起故事，“大明门外两井清澈，来往汲水者不绝。昨日清晨，一汲水者在左手井里汲上一桶水，然后往右手井里汲上一桶水，挑起来就走。有人说，一人连起两口井，是个哭字，不吉。这话迅速传开，在城坊间有不少人议论。”

“这个人是我呀，还是皇上呀？”王振冷冷地问。

“卑职想，这个人也就是个普通人。没人敢把哭字和皇上，或王公，联系在一起。”马顺说。

“不见得吧。”王振道，“皇上决意亲征，人人都知道我是始作俑者，不少流言都是冲着皇上和我来的。这次要哭的，也不外乎是皇上和我。但我不怕。有圣人保佑，有佛祖保佑，我不会哭，也不怕哭。”

“叔，那人拆解的不对。”喜宁插话。

“我也知道不对。”王振道，“一人连起二井，是个白字，哭字的一点到哪里去？”

“还不止于此呢。”喜宁说。

“你还有什么说法？”王振问。

“井字连起二人，是个笑字。今次出征，必获全胜。”喜宁说。

马顺把笑字在手心写一遍，看出毛病：“笑字下边倒有二人，上边却不是井呀。”

“你把笑字上边的两半颠来倒去，看能不能拼凑成一口井。”喜宁说。

马顺颠来倒去地试试，说：“即便是井，也没有封实。”

“马大人，不是笑字上边的井没封实，大明门外的两口井我见过，每口井沿都少两块砖。”喜宁说。

“那人呢？大家都说一人挑水，怎么到你这里，成二人抬水？”马顺明知争辩不过喜宁，也要争辩到底。

“仍是一人挑水，加上拆解字的人，就成二人。”喜宁说。

“这两个人有何牵连？”马顺问。

“这两个人原无牵连，被你生生拉到一起。”喜宁说。

"明明是你把二人连在一起，怎么怪到我头上！"马顺道。

"你勘查流言，别人都可以不问，这两个人是一定要问的。"喜宁说。

马顺眨眨眼，无话可说。

"是啊，小顺子，你勘查得怎样？"王振问。

"汲水之人，卑职问过。"马顺说。

"他怎么说？"王振问。

"他说，汲上第一桶水，见井里有些浑，故去另一井。"马顺道。

"每日都是如此吗？"王振问。

"不是。"马顺道，"往日汲水，他从不往井里看的。"

"真是巧得很呀。"喜宁话里带刺。

王振看他一眼，没理会，接着问马顺："那个拆解字的人呢？"

"惭愧，卑职差出不少眼线，至今还没找到他。"马顺说。

"再找。"王振命道。

"是。"马顺应道。

"小宁子，"王振转向喜宁，"人家一人连二井，拼出个哭字；你却一井连二人，拼出个笑字。你是不是觉着自己很高明呀？"

"小宁子想，叔一定拆解得更高明。"喜宁说。

"我根本不拆解。"王振道，"我把那两口井填平，让一个人连不起两口井，一口井也连不起两个人。"

"叔说的是，此井一填，大明门外就哭笑不得。"喜宁说。

这句话很有味道，王振顾不上细品。他命马顺："小顺子，我把你留在京里，你要有些担当。凡妖言惑众者，杀无赦！"

他声音阴沉，两眼放出凶光，马顺、喜宁都禁不住打个冷战。

七月十四日，王直率廷臣谏皇帝亲征。其言曰：

> 国家备边，最为谨严。谋臣猛将，坚甲利兵，随处充满；且耕且守，是以久安。今敌肆猖獗，违天悖理。陛下但宜固封疆，申号令，坚壁清野，蓄锐以待之，可图必胜；不必亲御六师，远临塞下。况秋暑未退，寒气未回，青草不丰，水泉犹塞，士马之用未充，兵凶战危，臣等以为不可。

皇帝不予接纳。

十六日，差遣大臣祭告太庙、社稷，皇帝亲率大军从京师出发。扈从的武臣有：英国公张辅、成国公朱勇、镇远侯顾兴祖、泰宁侯陈瀛、恭顺侯吴克忠、驸马都尉石璟、广宁伯刘安、襄城伯李珍、修武伯沈荣、建平伯高远、永顺伯薛绶、忠勇伯蒋信、左都督梁成、右都督李忠等；文臣有内阁大学士曹鼐、内阁大学士张益、户部尚书王佐、兵部尚书邝埜、刑部右侍郎丁铉、工部右侍郎王永和、右副都御史邓棨等。

十九日，皇帝出居庸关。因风急雨大，文武大臣狼狈不堪，吏卒叫苦连天。

二十三日，皇帝至宣府。风雨之大，超过在居庸关时。随驾之臣或进言，请皇帝驻跸。王振大怒，凡有章奏者，命于军前掠阵。

第五十六章

天色阴沉，四面的乌云都压过来。

曹鼐去王振的营帐，见王佐、邝埜两位尚书跪伏在营帐外的草地里，忙过去搀扶。王、邝二人摆摆手，复指指营帐内，指指自己的嘴，向他示意，他二人欲进言，但不得入。

“欲言何事？”曹鼐问。

“圣驾不可再进。”王佐说。

“宜早日回师。”邝埜说得更明确。

曹鼐已经想到是这么个事。他说：“二位稍候，我去与王公理论。”

“不可理喻，恐怕万钟先生说也无用。”王佐道。

“那也得说，大不了出来陪二位跪上一跪。”曹鼐说着，匆匆进帐。

王振对阁臣，比对其他大臣客气。因此，曹鼐未被阻拦。王振正与钦天监正彭德清争论，见他进去，说道：“曹状元来得好，老彭与我争个不休，你来做个评判。”

“不知争的何事？”曹鼐问。

“你问他。”王振指着彭德清说。

曹鼐看着彭德清。彭德清告诉他：“小臣对王公说，天象示警，若再进，恐危及圣驾；王公却说，天变不足畏。小臣对王公说，天变不可不畏；王公却说：你懂什么军国大事！果如你言，也不过天命而已。正说到此处，万钟先生进来。”

在曹鼐眼里，在众多大臣眼里，彭德清是一味巴结王振的无行小人。他怎么也没有想到，王佐、邝埜等大臣不得进言，彭德清却会不顾王振的淫威，据理力争。

“王公，彭监正所言甚是，天变不可不畏呀。”他说。

“你也说天变不可不畏？万钟先生，天变不足畏这句话，虽出自姓王的之口，却不是我说的。”王振道。

“在下知道，这句话是宋朝大臣王安石说的。”曹鼐说。

“那你说说，王安石是个怎样的人物？”王振道。

“有人称他为救时宰相，亦有人称他为乱臣贼子。我则以为，无论如何，他不是圣人。”曹鼐说。

“也就是他的话并非格言？”王振问。

“在下正是此意。”曹鼐说。

“我却以为，天变不足畏是一句传世的格言。”王振道，“再者，国家军政大事，岂能当作儿戏！五十万大军，征集不易，粮草供给不易，圣驾亲征尤为不易，岂能说出征就出征，说回师就回师！”

“王公担当国事之心，豪迈之情，令人景仰；不过，在下仍有一句话已到嘴边，望王公俯听。”曹鼐说。

“你说。”王公本不想他议论，有这两句赞扬，却不得不听说。

“天变不足畏或不可不畏，不得一概而论。我等臣子，为国家，为社稷，身蹈险境，固不足惜；然圣天子一身而系天下之安危，宁求稳而退百里，不可轻率而进一步。”曹鼐说。

王振低头不语。帐中三人，两个人是劝他回师的；他相信，再有十个人进来，其中九个人也是劝他退师的。他心内烦躁，但发作不得，因为是他同意曹鼐开口的。他最好的选择，是不发作，也不应允，把两个人请走了事。

沉默一会儿，他抬起头，道：“万钟先生的话，说也说出，我听也听进。我还得思量思量，万钟先生请先回去吧。”

曹鼐还在考虑怎样应对，彭德清忍不住先说：“王公，何不趁着万钟先生也在，商定出个章程来？”

“什么趁着万钟先生还在，我看是趁着你还在吧！”王振对他则一点儿也不客气，“趁着你在这里，由我和万钟先生担起干系；你出去好吹嘘，是你把数十万官军劝退的。是不是？”

“卑职并无这等心思。”彭德清分辩。

王振不理他，继续说：“告诉你，我和万钟先生商定，轮不到你来插嘴。既是天子亲征，而今是进是退，你做不了主，我和万钟先生也做不了主；须得上奏朝廷，由天子圣裁。”

彭德清不敢再争，只在心里说：上奏朝廷，你让吗！

曹鼐知道，再争也争不出个结果。趁着王振还给面子，他说：“王尚书、邝尚书在外候命，王公也听听他等是怎样说的吧。”

“他二位有何话说，我已知之，不听了。麻烦万钟先生把他二位一起带回去吧。”王振说。

“是。”曹鼐应道。

王佐、邝埜二人，本着尽职尽责的心理，不当面对王振进言，不会离开；而且，王振得报，既不让进去，也不让回去，他二人不敢擅闯，也不敢擅去。现在不同，一来他二人要说的话，曹鼐已经代言，二来王振发话，他二人可以回去。

官军没有因为大臣们的议论而止步，八月初一日，到达大同。

原大同职位最高的武臣是总兵官、武进伯朱冕，他是总兵府的主人。朝廷为加强大同防务，又差西宁侯、驸马都尉宋瑛前来总督军务。宋瑛一到，成总兵府新的主人。现在，宋瑛和朱冕都战死，当务之急是给总兵府派来个新主人。而在委任新总兵之前，王振先住进总兵府。

喜宁把大同镇守太监郭敬带进来后，发现气氛不对。想让郭敬离去，已经来不及，他只得硬着头皮问："老郭请见，叔见不见？"

"人都进来，有什么见不见的。"王振没好气地说，又对郭敬说，"老郭，你知道吧，这一路上，不请自来的人不少，曾有大学士一人，在我面前有所议论，没说上两句话，被我撵走；曾有尚书二人欲进言，在雨里跪到黄昏，我见都没见。"

"卑职已听说。"郭敬应道。

"你想坐下来和我好好说一阵话呢，还是愿效仿他等？"王振问。

"以私心计，卑职愿坐下来和王公好好说一阵话。"郭敬道。

"还有以公心计吧？"王振讥道。

"是。为王公计，卑职甘愿被撵出营帐，甚尔被罚跪草丛，也要冒死直言。"郭敬说。

王振听他的话很恳切，点点头，示意他说。

"前程险恶，王公不可再进。"郭敬把他的话归纳成一句。

"老郭，你也是来劝我回师的？"王振开始不高兴，但还没不高兴到立刻要把郭敬撵走。

"是。"郭敬应道。

"哼，谅他跳梁小丑，掀得起多大的风浪！"王振道。

"卑职原先也是这么想的。"郭敬说，"接获猫儿庄败讯，我还在想，这或是偶一失手，或是将士不尽心，不用力。我大同守军齐出，跳梁小丑何足道哉！因而我极力鼓吹出战。谁知在阳和和瓦剌一交手，与卑职想的完全不一样，不堪一击的不是瓦剌军，竟是我堂堂官军。王公、宋爷、朱爷，还有参将石亨，都不是无能之辈，结果一触即溃。宋爷、朱爷死于战事，石亨率残部奔还大同。卑职伏于草间，才侥幸拣回一条性命。"

猫儿庄在大同城以北，是个险要去处。七月中，瓦剌大举入犯，也先率一路，经猫儿庄寇大同，伯颜帖木儿率一军寇宣府，脱脱不花不见得有意配合，但利用这个有利时机，率部寇辽东。大同北路参将吴浩在猫儿庄阻敌，结果全军覆没。

正是在猫儿庄之役后，王振动了劝说皇帝亲征的心思。他没想到的是，在猫儿庄战败后，还有一场更大的败仗。七月十三日，即大军发自京师的前一日，官军又在阳和战败。要是阳和之役提前几日，在出师前几日接获败讯，王振说不定会有别的打算。

阳和卫在大同城东北，地处大同、宣府之间，位置重要。官军在猫儿庄战败后，宋瑛、朱冕等率大同官军主力，在阳和口迎敌，同样也遭到惨败。对于阳和之败，逼迫宋瑛、朱冕等仓促出战的郭敬应负主要责任，王振却不想把账算在他头上。

“那名参将叫什么？”王振问。

“吴浩。”郭敬回答。

“不是他，我是问奔还大同的那个。”王振道。

“石亨。”郭敬回答。

“对，就是他！”王振道，“老郭，若是石亨不奔逃，官军在阳和是不是不至于一败涂地？”

郭敬和石亨有宿怨。要是给石亨加个临阵脱逃的罪名，把他下狱，甚至处死，郭敬一点儿也不会心疼。但那样一来，王振就不会相信也先是不可战胜的。权衡利弊，他宁愿保一保石亨。

“王公，一败涂地在先，石亨奔逃在后。要是石亨不奔逃，卑职看，他也要死在也先手里。”郭敬说。

“身为大将，死则死耳，怎能奔逃！”王振还是不愿放过石亨，“且着他官降三级，募兵自效。”

“叔这等处置，再公平不过。”喜宁讨好地说。

“这等处置，不仅为示公平；用人之际，赏罚一定要分明。”王振说着，问郭敬，“老郭，你守大同十几年，我再给你个好处：扈从武将中，你看中谁，我让他留下做大同总兵。”

“王公知人善任，无论点谁的将，卑职都会与他同心协力，坚守大同。”郭敬说。

“广宁伯怎样？”王振问。

“再好不过。卑职听说，刘爷甚有情义。”郭敬道。

“老郭手下的参将，再不济也得是都督佥事。有与你同姓之将，名登，曾随靖远伯征麓川，半年前才由都指挥佥事超擢都督佥事。让他接替石亨的参将一职吧。”王振说。

“郭登是武定侯孙辈吧？”郭敬问。

“不错。”王振道。

“将门虎子，定有作为。”郭敬说。

“总兵是好总兵，参将是好参将。不过你记住，大同守得住守不住，在你，不在他等。”王振道。

“是，卑职记住。”郭敬应道，从王振的安排可以看出，他已有退兵之意，郭敬说，“王公既有决断，回师宜早不宜迟。”

“老郭，又在胡言，谁说叔要回师！”喜宁生怕他勾起王振的火来。

郭敬看他一眼，又看王振一眼，没有说话。

王振叹口气，道：“确该回师。”

“叔当真要回师？”喜宁还是不信。

“你不愿回京，可在老郭这里谋个差事。”王振道。

“不，不！我随叔出师，也随师回师。”喜宁忙说，又问，“叔，咱们几时回师？”

“明日。”王振随口答道。

“明日？”郭敬、喜宁齐声问道。在郭敬，是喜悦多过惊诧；在喜宁，则是惊诧多过喜悦。

回师之旨颁下，无论大同城里还是大同城外，无论军营内还是军营外，无论文臣间还是武臣间，无不洋溢着喜庆的气氛。不过，喜庆是喜庆，却无法宣泄出来。因为人人身心疲惫，没有精力大声议论；更重要的是，为今日的退兵庆贺，那就是指责昨日的出师，传到王振耳中，说不定他要用什么古怪的法子惩治你。

借宿在民居的阁臣曹鼐、张益，和其他大臣一样，匆忙收拾行囊。

“士谦先生，当浮一大白呀。”曹鼐按捺不住，不该说的话脱口而出。

张益字士谦，南京人，永乐十三年进士，今年五月才以侍读学士入阁办事。他问：“酒呢？”

“无酒何妨，可以茶代酒。”曹鼐说。

“茶呢？”张益问。

“没茶，还没水吗？”曹鼐说着，兴冲冲去到外间灶台。让他扫兴的是，灶台冰凉，一口热水也没有；而从井里打上的生水，又不敢喝。他只得打消和张益碰杯共饮的念头。

他正要回里屋，听到身后有人叫声“万钟先生”。回头一看，是一全身戎装的武将，虽然看着眼熟，却叫不出名字。

“将军是——”曹鼐问。

“上任不足一个时辰的大同参将郭登。”来将报上姓名。

“原来是少将军。”曹鼐称他少将军，因他是名门之后，并非因他年少，“而今做主人，是来送客的吧？”

“送客尚在其次，有几句要紧的话，说与先生听。”郭登道。

“是吗？”曹鼐招呼道，“来，来，士谦先生也在，我二人一起听听，少将军有什么要紧的话。”

郭登在灶间没向曹鼐行礼，到里屋也不向张益行礼。看得出，他心内焦急，顾不上礼节。

“圣驾明日一早启程，二位老先生知否？”他问。

“已知。”曹鼐答道。

“二位老先生也要同行。”郭登说。

“是，王公已着人交代。”曹鼐道。他心里奇怪：皇上离开大同，他二人是扈从文臣中最重要的，自然随驾，这还用说吗？他看张益一眼，张益向他示意：下面的话才是要紧的。于是，他不问。

“二位老先生知道循哪一路线回师吗？”郭登问。

“这却不知。”曹鼐道。并说，“回师就好，谁有心思问路线！”

“万钟先生，并非回师就好，选取路线是很要紧的。”郭登说。

“怎的要紧？”曹鼐问。

“选取的路线好，圣驾和各位大人可安然返回京师；选取的路线不好，各位大人性命堪虞，且将危及圣驾。”郭登说。

曹鼐、张益相互看一眼，心里都在想：这个郭登，不像是危言耸听，还得听他说个究竟。

“我听说，王公选的是往蔚州去，这条路线如何？”张益问。

“还好，可谓中策。”郭登说。

蔚州是王振的老家。他选这一条路走，是为挟天子之威，炫耀乡里。这个心思，人人心知肚明。同时，人人和曹鼐想的一样：回师就好，管他选什么路线。所以，没人考虑过这条回师之路选得好不好，更没人提出批评。曹鼐、张益甚至想，郭登或许以为经蔚州而返是下策，但碍于这是王振的选择，他不敢说得太露骨。

“少将军为何以为取蔚州为中策？”曹鼐问。

“二边之外，皆为险地。”郭登大而划之地说一句，二边即连接倒马关、紫荆关、居庸关等内三关的边墙，“我问过向导，蔚州位于大同东南，路程约三百五十里，在二边之外。二位老先生想一想，三百五十里，要走上三天，三天之后，仍在险地，这能算是上策吗？好在蔚州尚无大警，只要不耽搁过久，还不至于有大险，故我称为中策。”

曹鼐、张益这才知道，郭登言之有据，是分析过地势和敌情的；并不是有所忌讳，更不是信口说来。

“在郭将军看来，何为上策？”张益问。

“径向东行，取紫荆关而入，到二边之内，方可安然无恙。”郭登说。

“少将军以为的下策呢？”曹鼐问。

“向东北，循出师的路线而返。”郭登说。

“少将军是说，宣府去不得？”曹鼐问。

“断然去不得！”郭登说。

要是让曹鼐、张益评价这三条退兵路线，他们会把沿来路返回列为上策，把经紫荆关而入列为中策，把绕道蔚州列为下策。现在，郭登分析了绕道蔚州的利弊，他们觉得不无道理，但把经宣府返京列为下策，他们怎么也想不通。

“宣府为北边重镇，驻有重兵，距大同路程又近，怎么这一条路线反而不能走？”曹鼐问。

“攻大同的瓦剌军，获胜几仗，士气正旺。它若绕过大同，与攻宣府的瓦剌军会合，那么，大同与宣府两大重镇之间，就成为一条最危险的路线。”郭登说。

不懂军事的曹鼐、张益又一次被他说服。

“少将军看，劝王公舍中策，取上策，有无可能？”曹鼐问。

“绝无可能。”郭登道，“在下不担心王公取中策；虽欲二位老先生劝说王公舍中策，取上策，但也知不可强求。在下担心的是王公舍中策，取下策；王公果出此下策，还望二位老先生力争。”他看得出，曹鼐、张益对他的分析仍半信半疑，遂加重语气，“圣天子安危，大人们安危，悬于一线，此事万万不可小觑。”

“好吧，我等可以力争。但如少将军所言，舍中策，取上策，不可强求；至于会不会舍中策，取下策，也难以强阻。”曹鼐说。从话的内容到说话的语气，都很难被理解为承诺。

王振早有回老家的盘算，差别在于：在京城时想的是彻底扫除瓦剌军后，再荣归故里。现在却把这个计划提前。为回老家，他准备了许多物品。大量的辎重，使得官军行动缓慢，大半天过去，只行进四十里。按照这个速度，郭登所说三日到达蔚县，只是空想。

喜宁勒住马，等候王振的车子过来。虽然已是仲秋时分，骑大半日的马，他还是觉得又躁又热。

王振所乘马车有车篷，右边的窗帘原是掀起的，他见喜宁站立在路边，一手牵马，一手擦汗，命放下窗帘，加速行进。

一眨眼的工夫，车从喜宁身边冲过去。喜宁嘴张得老大，是准备唤“叔”的。见此状，他心里骂道：闻风丧胆，还有脸神气！他跨上马，往前追赶。追到车后，跳下马，紧跑几步，“叔、叔”地叫几声。

王振掀开窗帘，问：“小宁子，在骂我吧？”

“小宁子为何要骂叔？”喜宁问。

“千里驱驰，不是件舒坦的事呀。”王振道。

“叔这是让小宁子多个历练，小宁子心里有数。”喜宁说。

“我可不是让你多个历练，我是不放心你。”王振颇有深意地看喜宁一眼，道，“我不把你带在身边，一朝还京，不知是小顺子因你妖言惑众而把你下狱，还是你设法把他下狱，或是你又闹出什么别的动静。”

“小宁子不敢，小宁子是叔调教出来的，一向中规中矩。”喜宁说。

“好个中规中矩，”王振笑道，“你去吧，我要闭闭眼，歇一会儿。”

他才要放下窗帘，喜宁又唤声：“叔！”

“你等在路边，是有事要说吧？”王振道。

“是。”喜宁应道。

“那就快说。”王振吩咐。

“叔累，爷也累，歇一歇吧。”喜宁说。

“是皇上要你来说的？”王振问。

“不，是小宁子自个儿心疼叔和爷。”喜宁说。

“那你得去向皇上请旨呀。”王振道，“我说皇上累了，请歇一歇吧。皇上说不累，我不是自讨没趣吗？反之，皇上说累，歇一歇吧，我敢说不歇吗？”说罢，放下窗帘，或许也闭上眼睛，不再理会喜宁。

喜宁气得直咬牙，暗自发誓：一两里地之内，我要不叫你停下来，小宁子的名号我就不要，爷赐的喜字也不要！

想到这里，他放马驰去。

王振在车里打个盹，也就是一顿饭的工夫，就被外面的喧哗吵醒。他隐隐约约听得出，是喜宁半似撒泼半是犯横的叫骂。

“停车，问问何事。”他命道。

喜宁快步跑到车旁，喘着气说：“叔，你看他！”

被劈头盖脸抽一顿马鞭的军士，蹲在路旁庄稼地里，不敢声张。

“他犯何事？”王振问。

“他去小解。”喜宁说。

王振直想骂他几句，但又懒得怄气。

“小解怎了？你就不小解吗！”王振道。

“叔看，他在哪里小解不好，却偏要去田里小解；要去田里小解，倒是小心一点呀，他却不管不顾，左脚踩倒一株，右臂碰倒一株，田里的谷子怎经得起他这般蹂躏。”喜宁说。

“想不到，小宁子还知体恤农家。”王振道。

“叔教导我等，谁知盘中餐，粒粒皆辛苦。叔的话，小宁子一直记着呢。”喜宁说。

“那是古诗里的话，不是我的话。”王振说着，忽往田里一指，“小宁子，别说人家，看看你的马吧！”

缰绳没有勒住的马匹，正悠闲地在田里啃着青草，它的躯体移到哪里，它的头甩到哪里，哪里就有一小片谷穗掉落。

“哎呀！”喜宁尖叫一声，撒腿就跑。跑一半的路，他回过头，大声对王振说：“叔，数十万大军，人人如他，不知爱惜庄稼，管也管不过来；数万骑者，有几个似我知道爱惜庄稼？我知约束，还让它践踏许多绿禾，何况他人的马！叔信不信，大军过后，这里将一片荒芜。”

王振心有所动，他的脑海里浮现出庄稼被践踏被毁灭的景象，浮现出乡民绝望、激愤的嘴脸。而这些乡民，都是他的叔伯、兄弟、子侄。

由于他的车停在官道当中，后面的人马自动地停下来。他传命：“着前部暂歇，全军举炊。”

从第一把火点起，到用餐完毕，花费整整两个时辰。王振美美地在车上睡一觉。醒来后，他命后军改为前军退回，但走的不是原路，而是直插大同以东的官道。

曹鼐、张益不知道在往那里走，等知道时，被裹挟在大军之中，根本见不到王振，更不要说力争改道。

八月十四日，车驾至土木堡，以设在该地的驿站为行殿。设备虽简陋，礼仪不废，皇帝面南而坐，扈从大臣们，文左武右，在前面排列两行，王振、范弘则站立皇帝身后。

“有事奏来，无事散朝。”范弘宣旨。

“臣有奏言。”邝埜出班言道。

“讲。”皇帝命道。

“此间距怀来仅二十里，此际日尚未晡。为万全计，请车驾即行，速入怀来，并严兵殿后。”邝埜说。

“为万全计，此言何意？”皇帝问。

“探马报：瓦剌一部，在后追杀；也先率大部，连夜奔袭。土木堡既无壁垒，又无深壕，瓦剌军至，难以抵御。”邝埜说。

皇帝看着王振，问道：“王先生，你说呢？”

“皇上已命成国公率数万官军在后阻截，这还不是严兵殿后吗？有人言道，大同、宣府之间为危途，绝不可行。”王振看曹鼐一眼，继续说，“而今圣驾不是毫发无损地过经宣府吗？可见殿后官军足以制敌，邝尚书不必过虑。”

“是啊，数万官军，难道抵挡不住小股瓦剌军！”皇帝道。

“瓦剌进犯以来，官军数次败于其手，原委固不止一端；然究其大者，在于轻敌。愿陛下以前者为鉴，不蹈覆辙。”邝埜说。

“你是说，官军数败，责任在于皇上？”王振厉声喝问。

“臣没这么说。”邝埜当然不能承认，“官军数败，在外则是将帅指挥不力，在内则是臣等调度无方。值此兵戎相接之际，进退取舍之间，凡危及圣驾者，臣等再不敢不以直言。”

“你说进退取舍之间，我倒要问你，千辆辎重在后，不待其来，匆匆入城，难道舍以资敌吗？再者，皇上一切用度，皆载于车上，入城以后，你让皇上吃什么，用什么？”王振质问，“我看，你不是为万全计，你是为虎作伥，为虏张势，乱我军心。”

众人都知道，上千辆辎重车上，皇帝的日用品十无一二，绝大多数是王振的私人物品，但没人敢指出这一点。

邝埜再倔也不敢指出这一点，他只是倔强地说：“臣确是为万全计，此外别无他意。”

“辎重未到，皇上绝不会先入怀来城。”王振代皇帝下决心，并警告说，“此事不得再议，再出妄言者，必杀之！”

“我为江山社稷，为天下生灵，王公奈何以死相胁！”邝埜豁出去。

“你——”王振手指邝埜抖个不停。多年来，没人当面这么顶撞他，他恨不得立即将邝埜处死。不过，在皇帝面前，他还不得不收敛一二。他朝侍卫挥挥手，要他们把邝埜架出去。

一个时辰后，天昏暗下来，辎重车辆仍未赶到，却传来阻截敌人的官军兵败的消息。两个时辰后，天色全黑，辎重车辆仍未赶到，却传来朱勇等殉国的消息。更要命的是，皇帝的近侍们这才发现，别说使用御用器具，别说进食御馔、御酿，就是想用粗糙的陶器喝一口普通的水也不可得。因为土木堡驿站附近，没有水源。当有人想到寻找水源，并为皇帝和大臣们汲来饮用水时，却发现水源已被瓦剌军控制；当有人想试探有没有可能去往怀来时，却发现道路已被瓦剌军封锁。

大明朝君臣已处在瓦剌军包围之中。

大臣们再次被召进行殿，不是为计议汲水，不是为计议探路，而是为计议怎样应付也先的使臣。也先差使臣来见大明天子，表示愿意议和，这是谁也不曾料到的。有大臣揣测，他是在刺探虚实；有大臣议论，他还知臣民的本分。不管说的什么，没有人反对议和。真诚的议和也好，虚与委蛇的议和也好，议起来再说，先摆脱眼下困境再说。

曹鼐伏案而书，草拟敕旨。他用的是驿站备用的笔、墨、纸、砚，笔有些秃，墨散发着怪味，敕旨写在次等的官用纸笺上。这些都无人计较。敕旨拟好，也没人愿读一遍。送达敕旨的差事，皇帝交与王振，王振找两个随军的通事，命他们与也先的使臣一同前往瓦剌军营。

天微亮，被饥渴所困的官军奉命，开始向水源地移动。大明朝君臣们以为，也先既然差人来议和，就给他们一个缓兵的机会，给他们一个险中求生的机会，却不知，也先的缓兵之计不是为他们设计的。官军一动，虚实完全暴露，刹那间，分布在各个方向的瓦剌军齐声呐喊，冲杀过来。凡会说汉话的瓦剌人，喊的都是：解甲者免死，投倒者不杀！

喜宁从被杀的瓦剌人身上剥下衣裤，套在自己身上，摸索着往前走。他记不清楚，今天是八月十五还是八月十六，反正月亮圆圆的，挂在当空；他也记不清楚，究竟是哪一天放晴的，反正今晚的月光把地面照得很亮，好像特意让他把惨烈的景象看在眼里。

从天才亮，到入夜，官军与瓦剌军苦战一天。说是苦战，其实将不见兵，兵不见将，军士们能做的只有两件事：一是各自逃命，二是任人宰割。文臣打又不能打，跑又跑不动，只能引颈就戮。

喜宁小心地从死人堆里走过，每当经过脸朝上、形状看上去像是他要找的人时，他会多看一眼；每当经过脸朝下、衣饰的样式看上去像是他要找的人时，他会不惜气力地把死者翻过来。他在寻找王振。当他在翻转过不知多少死人后，竟然寻找到王振，特别是感触到王振还有些许气息时，一阵狂喜涌上他的心头。他把王振抱在怀里，把随身带的葫芦里的清水灌进王振嘴里，在他耳边不停地呼唤。

王振气息渐强，终于睁得开眼。第一眼看到的，是一身异族的衣物，他被吓一跳，但无力挣扎，只想看看自己将命丧谁手。他的目光移到喜宁脸上，在那里停留很久，认出这个抱起他的人。他闭上眼，不知是想抑制住生命有望的喜悦，还是想避开在这一时刻见到喜宁的尴尬。

再睁开眼时，他叹道："是小宁子呀。"

"叔，是我。"喜宁应道。

"皇上呢？"王振问。

"小宁子打算先寻到叔，再去寻爷。"喜宁说。

"难得你有这一片心！"王振感慨不已，泪水涌出眼眶。

"叔，有何事交代？"喜宁问。

"我若回不去，你记住：杀我者，护卫将军樊忠也。"王振说。

"叔这话不对了。"喜宁不仅这么说，还很用力地摇头。

"怎么，小宁子知道杀我的不是樊忠？"王振问。

"是啊，樊忠不过伤叔，并没杀叔，杀叔的另有他人。"喜宁说。

王振听他的话很别扭，一时却辨别不出别扭在哪儿。他问："是谁？"

喜宁不回答，他把王振放落在地，自己起身，拍拍屁股上的土，然后从身边的死人手里抽出一把刀。当他回过身后，满脸狰狞。

王振不会再不明白。他凄凉地一笑，道："好，小子，我没看错你。"

喜宁割下王振的头，撕下一角衣服，把头包起来，挎在肩上，大步而去。

天亮后，他仍大摇大摆地走来走去，不仅因为他穿着一身瓦剌人的衣服，而且或是出于天性，或是出于留意，他还能说上几句瓦剌的话。他见一骑疾驰而来，路旁的瓦剌人都行礼致意，眼睛就一直盯在骑者身上。等看清楚这个人的模样，他兴奋地叫道："狼辈爷！"

他是用汉话叫的，周围的瓦剌人被惊动，拿枪的拿枪，拔刀的拔刀，向他逼近。他一边用瓦剌话解释，一边仍用汉话叫着"狼辈爷"。

骑马而来的果然是伯颜帖木儿。他跳下马，喝住众人，向喜宁说："是宁公公呀，别来无恙。交兵之际，我可没给你备礼。"

"我却给狼辈爷备礼。"喜宁说着，解开布包。

伯颜帖木儿看着血淋淋的人头，问道："这是什么？"

"司礼太监王振的人头。"喜宁说。

“我要死的王公公的人头做什么，宁公公，快去为我寻找活着的大明天子！”伯颜帖木儿吩咐道。

瓦剌首领们聚在距战场较远的地方，就着革囊里盛的烈酒，大块大块吃肉，战场的血雨腥风，一点儿都不影响他们的食欲。

“我说那人是南朝皇帝，大哥怎么就是不信！”也先的三弟赛刊说。

“就凭着那两兄弟的胡言乱语？”也先问。

“那人面南而坐，不止那两兄弟见到，许多人都见到。”赛刊说。

“伯颜，面南而坐的，一定是南朝皇帝吗？”也先问伯颜帖木儿。

“南朝的百姓，或许没那么多讲究；但南朝的臣子，一定不会面南而坐。”伯颜帖木儿说。

“你也相信，那人是南朝皇帝？”也先问。

伯颜帖木儿没来得及回答，赛刊抢着说：“况且，不只是那兄弟二人说他样貌不凡，我还亲耳听到他的谈吐不凡。”

伯颜帖木儿到得晚，不知他们在议论什么。他问：“那人怎对你说？”

也先已听赛刊说过，代他说：“那人问老三是也先，是伯颜，还是赛刊。老三听后，吃惊不小，马上奔来告诉我。”

“听他的口气，确是不凡。”伯颜帖木儿同意赛刊的说法。

“可大哥就是不信。”赛刊更觉得委屈。

“我差去议和的二人，才见过南朝皇帝，让他二人去看一看，即可分辨出真伪。”也先道。

等不多久，二人返回。伯颜帖木儿抢上前去，问道：“如何？”

“回知院话，那人果是南朝皇帝。”二人中的一人回答。

众人一声惊呼，也先追问一句：“你二人分辨清楚？”

“我二人再三辨认，不会有错。”另一人回答。

“好啊。”也先振臂高呼，“我等皆为大元后裔，我常祈告苍天，愿恢复大元一统天下。今南朝皇帝落我手中，是天在应答。”

“说得好！”一首领喝彩。“大明天子是大元第一大仇家，今天以大明天子赐我，不如杀之。”

大多数首领都要附和，但伯颜帖木儿出手更快，一巴掌按在说话的首领脸上，用力一搡。那些要附和的首领知趣地把嘴巴合上。

“知院为何搡我？”说话的首领问。

“你说得不好，”伯颜帖木儿道，又对也先说，“大哥，我等议事，安用此等鼠辈在一旁开口！”

“知院，他的话不错，天予不取，必为后祸。”另一首领说。

“天予不取，这是汉人的话。你既学会汉人的话，就该知汉人的礼；既知汉人的礼，就该知尊卑之分。杀不杀汉人至尊，也是你可以议的吗！”伯颜帖木儿怒斥道。

他态度如此坚决，把其他人的话都堵回去，使得场面僵持凝重。也先出来打圆场：“伯颜既不许别人碰南朝皇帝，就将他留在你军中吧。”

于是，皇帝随军而行。在众多人眼里，他只是个战俘，人人可杀可辱。但伯颜帖木儿的监护，使他获得一定的尊重，免除许多对他人格的侮辱。当然，生活环境的艰苦，是改变不了的。